CLIVE CUSSLER

&

DIRK CUSSLER

Mission Dragonfly

Autoren

Seit er 1973 seinen ersten Helden Dirk Pitt erfand, ist jeder Roman von Clive Cussler ein »New York Times«-Bestseller. Auch auf der deutschen SPIEGEL-Bestsellerliste ist jeder seiner Romane vertreten. 1979 gründete er die reale NUMA, um das maritime Erbe durch die Entdeckung, Erforschung und Konservierung von Schiffswracks zu bewahren. Er lebte bis zu seinem Tod im Jahr 2020 in der Wüste von Arizona und in den Bergen Colorados.

Dirk Cussler, Clive Cusslers Sohn, arbeitete nach seinem Studium in Berkeley viele Jahre lang in der Finanzwelt, bevor er sich hauptberuflich dem Schreiben widmete. Darüber hinaus nahm er an mehreren der über achtzig Expeditionen der NUMA teil.

Clive Cussler
&
Dirk Cussler

Mission Dragonfly

Ein Dirk-Pitt-Roman

Deutsch von Michael Kubiak

blanvalet

Die Originalausgabe erschien 2021 unter dem Titel
»The Devil's Sea (Dirk Pitt 26)« bei Putnam's Sons, New York.

MIX
Papier | Fördert gute Waldnutzung
FSC® C014496

Penguin Random House Verlagsgruppe FSC® N001967

1. Auflage 2024

Redaktion: Joern Rauser
Umschlaggestaltung: Johannes Wiebel | punchdesign;
unter Verwendung von Motiven von stock.adobe.com
(NorthShoreSurfPhotos; Erlantz; Andy Shell; aerial-dron; Kalyakan)
Satz, Druck und Einband: GGP Media GmbH, Pößneck
Printed in Germany
ISBN 978-3-7341-1303-1

www.blanvalet.de

HANDELNDE PERSONEN

Team der NATIONAL AND MARINE AGENCY (NUMA)

Dirk Pitt – Direktor der NUMA.

Al Giordino – Direktor der Abteilung für Unterwassertechnologie der NUMA.

Rudi Gunn – Stellvertretender Direktor der NUMA.

Summer Pitt – Direktorin der Abteilung für Sonderprojekte und Tochter von Dirk Pitt.

Dirk Pitt. Jr. – Direktor der Abteilung für Sonderprojekte und Sohn von Dirk Pitt.

Hiram Yaeger – Chef des Computer Resource Centers der NUMA.

James Sandecker – U.S. Vizepräsident und ehemaliger Direktor der NUMA.

Loren Smith Pitt – Kongressabgeordnete aus Colorado und Ehefrau von Dirk Pitt.

Bill Stenseth – Kapitän des NUMA-Forschungsschiffs *Caledonia*.

Homer Giles – Chefingenieur des NUMA-Forschungsschiffs *Caledonia.*

Crew der MELBOURNE

Alistair Thornton – Eigentümer der Thornton Mining Company.

Margot Thornton – Geophysikerin und Tochter von Alistair Thornton.

Chuck Sonntag – Steuermann der *Melbourne.*

Dr. Yee – Ingenieur des taiwanischen Ministeriums für Nationale Verteidigung.

CHINESISCHE VOLKSBEFREIUNGSARMEE

General Xu Junhai – Kommandant des Weltraumflug-Kontrollzentrums in Peking.

Oberst Yan Xiaoming – Programmdirektor des *Dragonfly*-Projekts.

Dr. Liu Zhenli – Raketeningenieur des *Dragonfly*-Projekts.

Leutnant Zheng Yijong – Mitglied des Special Operations Command der People's Liberation Army Rocket Force und Neffe von Yan Xiaoming.

Ning – Mitglied des Special Operations Command der People's Liberation Army Rocket Force.

Mao Jing – Agent der People's Liberation Army in Sikkim, Indien.

TIBETER in INDIEN

Ramapurah Chodron – Guerilla in Lhasa.

Thupten Gungtsen – Buddhistischer Mönch im Nechung-Kloster in Lhasa.

Khyentse Rinpoche – Lamaältester der Zentraltibetischen Regierung.

Kuten – Nechung-Orakel und Staatsorakel von Tibet.

Tenzin Norsang – Sicherheitsagent der Zentraltibetischen Regierung.

ANDERE

James Worthington – *Skytrain*-Pilot in Tibet.

Delbert Baker – *Skytrain*-Copilot.

Staff Sergeant Nathaniel Jenkins – Air-Force-Satellitenanalyst, 100th Missile Defense Brigade.

Dr. Chen Yuan – Direktor der Abteilung für Buddhistische und Tibetische Kunst im National Palace Museum.

Dr. Feng Zhoushan – Ehemaliger Direktor der Abteilung für tibetische Antiquitäten im National Palace Museum.

Lee Hong – Stellvertretender Direktor des National Palace Museums.

Rob Greer – Inhaber und Besitzer des Tibet Club Museums in McLeod Ganj, Indien.

Henry Buchanon – Direktor des Amerikanischen Instituts in Taiwan.

Jiang Ji – Fischer von der Insel Qimei.

PROLOG

LHASA, TIBET

18. März, 1959

Die Pratt & Whitney Sternmotoren rasselten und sägten, während sie sich abmühten, die dünne Höhenluft einzuatmen. Ein Paar der ehrwürdigen Twin-Wasp-Vierzehnzylinderflugzeugaggregate, während des Krieges zu Tausenden produziert, trieben die ungekennzeichnete C-47 Transportmaschine an, während sie sich durch eine stürmische Nacht kämpfte. Ohne auch nur ein Gramm Fracht im hinteren Rumpfabschnitt war die Maschine – bekannt als Skytrain – für die ständig wechselnden Luftströmungen, die sie über dem Dach der Welt wie einen Spielball hin und her warfen, ausgesprochen anfällig.

»Wir kratzen an den zweiundzwanzigtausend Fuß Flughöhe«, ließ sich Delbert Baker in schleppendem Tonfall aus seinem Copilotensitz vernehmen und ließ dabei einen Zahnstocher zwischen den Lippen herumwandern. Ungekämmt, unrasiert und milchgesichtig, lag in seinen Augen, die Lider auf Halbmast, der gelangweilte Ausdruck eines Mannes, der nicht mehr als ein Gähnen dafür übriggehabt hätte, hätte ihm ein Alien aus dem Weltraum auf die Schulter geklopft. »Die Maschinen sind nicht gerade begeistert.«

»Wir befinden uns deutlich unterhalb unserer Gipfelhöhe, auch wenn die Motoren anderer Meinung sind«, sagte der Pilot herausfordernd. In jeder Hinsicht das absolute Gegenteil seines

Copiloten, saß James Worthington, bekleidet mit einer sauberen, sorgfältig gebügelten Flugkombination, in seinem Pilotensessel, den Steuerknüppel des Flugzeugs fest im Griff, im gleichen Maß unbeeindruckt von den Stößen und den gequälten Ächzlauten des leeren Frachtflugzeugs, während es, von Windböen herumgeworfen, durch den Himmel taumelte. Auch wenn die Maschine nahezu in Tuchfühlung über unsichtbare Bergspitzen unter ihrem Bauch hinwegsegelte, blieb Worthington vollkommen ruhig, so wie jemand, der sich auf einem touristischen Vergnügungsrundflug befand.

Ebenso wie Baker kannte er die herrschenden Flugverhältnisse nach zahllosen Transportflügen über den Himalaya aus dem Effeff. Beide hatten das Gebirgsmassiv während des Zweiten Weltkriegs regelmäßig überflogen, als die Air Force der U. S. Army die Nationalchinesen von Flugbasen in Indien aus mit Waffen und Lebensmitteln versorgt hatte. Nun flogen sie für die CIA. Aber die Gefahren beim Überqueren der hoch aufragenden Gebirgskette hatten sich – zumal bei schlechtem Wetter – um keinen Deut verringert.

Prüfend legte Worthington eine Hand auf ein Paar mit roten Knäufen versehene Hebel, die zwischen ihren Sitzen aufragten, und vergewisserte sich, dass sie bis an den Anschlag zurückgezogen waren. Der Gashebel-Quadrant steuerte die Zusammensetzung der Treibstoffmischung. Sie befand sich für die Überquerung der höchsten Gebirgskette der Welt auf der magersten Stufe.

In den Kopfhörern erklang krächzend die Stimme ihres Navigators, der in einem Abteil des Cockpits hinter ihnen saß. »Noch etwa zwanzig Minuten bis Lhasa. Aktuellen Kurs beibehalten.«

Plötzlich vollführte das Flugzeug einen Hüpfer wie ein Achterbahnwagen, der aus den Schienen geworfen wurde. Baker blickte aus dem Seitenfenster auf dichten Schneefall, der um die Tragflächen herumwirbelte. »Hoffentlich haben unsere Leute die Beleuchtung eingeschaltet.«

Worthington nickte. »Wenn sie es nicht getan haben, müssen sie den Himalaya zu Fuß überqueren.«

Das Flugzeug setzte seinen Weg durch die Nacht unbeirrt fort, wobei die Piloten ständig gegen heftige Aufwindböen kämpfen mussten, die die Maschine immer wieder in die Höhe schleuderten. Weniger häufig, aber bei weitem gefährlicher, waren die Abwinde, die sich ohne Vorwarnung auf die Maschine stürzten und sie nach unten drückten.

Nicht mehr lange, und sie näherten sich ihrem Ziel. Worthington, der wusste, dass die höchsten Bergspitzen nun schon hinter ihnen lagen, leitete den Sinkflug ein. Eine Handvoll Lampen flammten in der kalten schwarzen Nacht auf und funkelten wie weit entfernte Wachskerzen.

»Das muss der Ort sein«, sagte Baker.

Der Navigator berechnete einen neuen Kurs, Worthington nahm eine entsprechende Änderung ihres Flugwegs vor und legte die Maschine über den verstreuten Lichtern von Lhasa in eine weite Kurve. Tibets historische Kapitale war eine bunte, aber staubige Stadt, die sich in der imposanten Höhe von zwölftausend Fuß an dem schmalen Kyichu River Valley entlang erstreckte. Der einzige offizielle Flughafen des Landes lag achtzig Meilen entfernt im Nordosten, aber Worthington hatte nicht die Absicht, auf von Chinesen besetztem Terrain formell zu landen. Stattdessen lenkte er die C-47 zu einer behelfsmäßigen Landebahn, die eigens für diese Mission von freundlich gesonnenen Einheimischen angelegt worden war. Dazu hatten sie auf der Westseite der Stadt heimlich eine Fläche von Steinen und Geröll befreit.

Der dichte Schneefall ließ nach und hörte schließlich vollends auf, während Worthington im Tiefflug die Stadt überquerte und beide Piloten durch die teilweise aufgerissene Wolkendecke hindurch den Grund absuchten.

»Dort, ein Stück voraus und auf der rechten Seite.« Baker deutete durch die Windschutzscheibe. Der Zahnstocher in seinem

Mund entwickelte plötzlich ein hektisches Eigenleben. Es war ein erster Hinweis auf die zunehmende Anspannung, die sich unter der Flugzeugbesatzung breitmachte.

Worthington entdeckte es ebenfalls: ein Paar blassblauer Lampen, die hintereinander von Osten nach Westen aufgestellt worden waren. Zwischen ihnen erstreckte sich ein langes schwarzes Feld.

Baker warf einen prüfenden Blick in die Ferne und fuhr das altertümliche Fahrwerk aus. »Ich bin mir nicht ganz sicher, ob sie uns die siebenhundert Meter zugestanden haben, um die wir sie gebeten hatten.«

Worthington schüttelte den Kopf. »Jetzt ist es zu spät, um sich darüber den Kopf zu zerbrechen.« Er richtete die Nase des Skytrains auf die nächste blaue Positionslampe und drosselte die Geschwindigkeit. Ein starker Gegenwind brachte das Flugzeug anscheinend in der Luft zum Stillstand, während seine Böen an den Tragflächen zerrten. Worthington wartete noch, bis der blaue Lichtschein unter der Nase der C-47 verschwand, dann gab er Baker ein Zeichen und rief: »Landescheinwerfer!«

Baker schaltete die Positionslichter ein, während das Flugzeug tiefer sank. Mit den geschickten, minimalen Bewegungen einer erfahrenen Chirurgenhand konterte Worthington die heftigen Windattacken in Bodennähe und brachte die Maschine der schütteren Grasnarbe näher.

In den Kegeln der Landelichter erschien die Oberfläche eines ebenen und mit Lehmstaub bedeckten Feldes, während die Reifen des Fahrwerks den festen Boden höchstens einen Meter hinter der blauen Lampe berührten. Die C-47 hüpfte über den rauen Untergrund, während Worthington sein gesamtes Gewicht auf das Bremspedal verlagerte, das Heckrad aufsetzte und durch den Staub pflügte. Der Pilot brachte das Flugzeug dicht vor der zweiten blauen Lampe zum Stehen, dann wendete er und navigierte es über das Feld zurück zur ersten blauen Lampe. Dort drehte er die

Maschine für den bevorstehenden Start in den Wind und schaltete die Motoren aus.

Baker öffnete sein Seitenfenster und ließ den Blick über das Feld schweifen. Südlich von ihrem Standort waren die Lichter mehrerer Häuser zu erkennen, ansonsten aber herrschte tiefe Dunkelheit. Dort wartete niemand auf sie. »Entweder sind wir zu früh«, sagte er, »oder unsere Passagiere verspäten sich.«

»Oder sie kommen überhaupt nicht«, erwiderte Worthington. »Zumindest werden wir nicht von einem Empfangskomitee erwartet.« Er legte den Kopf leicht auf die Seite, dann schob er das Seitenfenster auf und lauschte in die Dunkelheit. Er wandte sich zu Baker um, verzog missbilligend das Gesicht und schüttelte den Kopf.

Über dem Rauschen und Pfeifen der heftigen Windböen war das unverwechselbare Knattern schweren Gewehrfeuers in der Ferne zu hören.

***

Ramapurah Chodron lauschte demselben Gewehrfeuer, das im Zentrum der Stadt aufbrandete, und krümmte sich gequält. Wäre die Mission so abgelaufen wie geplant, hätte kein einziger Schuss fallen dürfen. Eine schnelle Exfiltration hätte stattgefunden, gefolgt von einem leisen Flug aus der Stadt, bevor die Chinesen noch begriffen hätten, was überhaupt geschehen war. Aber der Schusslärm aus der Nachbarschaft des Potala-Palastes sagte etwas völlig anderes.

Ram, wie seine CIA-Ausbilder ihn genannt hatten, drückte mit der flachen Hand auf seinen mit einem Schalldämpfer versehenen Colt .38 und wagte einen Blick um die Ecke einer niedrigen Steinmauer. Das Nechung-Kloster in ein paar Dutzend Metern Entfernung erweckte – so dunkel und still, wie es da stand – den Eindruck einer Leichenhalle. Aber die Schüsse in der Ferne signalisierten, dass ihre Tarnung aufgeflogen war und sie sich den

Luxus eines langsamen, geduldigen Eindringens nicht mehr leisten konnten.

Er versuchte, in der Dunkelheit etwas zu erkennen, konnte in der Nähe des Bauwerks jedoch keinerlei Bewegung wahrnehmen. Einer von einem Dutzend tibetanischen Guerillas war zwei Tage zuvor mit einem Fallschirm über einem breiten Tal nordwestlich von Lhasa abgesprungen. Ram war dann die Leitung der einfacheren Mission anvertraut worden. Er führte ein vier Männer starkes Kommando an, das das Nechung-Orakel, den wichtigsten spirituellen Ratgeber des Dalai-Lama, gefangen nehmen und zu der Rollbahn führen sollte, um ihn mit einem Flugzeug in Sicherheit zu bringen.

Die schwierigere Aufgabe wartete allerdings im Zentrum der Stadt. Dort sollten die restlichen acht Männer unbemerkt in den Potala-Palast eindringen, niemand anderen als den Dalai-Lama herausholen und in Sicherheit bringen.

Während chinesische Truppen Tibet seit 1950 besetzt hatten, heizte sich die Stimmung allmählich auf und mündete schließlich in den Aufstand von Lhasa. Die Angriffe Aufständischer und Rebellenproteste überall im Land fanden ihren Höhepunkt in Demonstrationen in Tibets Hauptstadt, verbunden mit der Forderung nach Unabhängigkeit. Diese Aktivitäten hatten heftige Reaktionen zur Folge. Ein paar Tage zuvor war ein umfangreiches Kontingent chinesischer bewaffneter Streitkräfte in Lhasa eingedrungen und hatte die allgemeine Anspannung um einiges erhöht.

Gerüchte machten die Runde, dass die Chinesen die Absicht hätten, den Dalai-Lama zu ergreifen, ihn aus Tibet zu entführen und einzusperren. Ins Exil verbannte tibetische Regierungsangehörige reagierten, indem sie Hilfe bei ihren wichtigsten Unterstützern suchten, der CIA.

Seit Jahren hatte die Central Intelligence Agency im Exil lebende tibetische Führungspersönlichkeiten unterstützt und die Guerillas mit Waffen versorgt, um Informationen über das chinesische

Atombombenprogramm zu sammeln. Nun, da örtliche Hilfstruppen aktiv wurden, befürwortete die CIA den Versuch, den Dalai-Lama außer Landes und in Sicherheit zu bringen.

Die Tibeter, die für diese Mission ausgewählt wurden, waren der CIA bestens bekannt. Man hatte sie um die halbe Erde nach Colorado geflogen, wo sie in den Rocky Mountains zu Fallschirmspringern ausgebildet wurden. Chodron war einer der ersten Absolventen dieser Ausbildung und machte dank seiner Kenntnisse im Umgang mit Funkgeräten eine schnelle und steile Karriere.

Während er seine Pistole schussbereit in der Hand hielt, hörte Ram das Schnaufen und Stampfen eines ausgewachsenen Yaks, das über ein Feld neben dem Kloster wanderte. Die Geräusche erinnerten ihn an die Hereford-Rinder, die er auf den Weiden in den Bergen Colorados gesehen hatte. Und genussvoll rief er sich den Verzehr des ersten Beefsteaks ins Gedächtnis, das ihm in einer Autoraststätte in der Nähe von Vail serviert worden war.

Dann aber verdrängte er dieses Bild wieder aus seinem Bewusstsein, als sich einer seiner Mitstreiter in dunkler Tarnkleidung von der Seite anschlich, sich neben ihm ausstreckte und ihn am Ellbogen antippte.

»Hinten ist alles klar«, flüsterte der Mann.

»Okay. Dann sollten wir jetzt reingehen. Raj und Tagri sollen vor dem Eingang Posten beziehen und die Umgebung sichern, während wir im Innern des Gebäudes suchen.«

Der Guerilla nickte und gab die Anweisungen an zwei Männer mit Gewehren weiter, die sich hinter ihnen in die Schatten drückten. Er folgte Ram, als dieser sich erhob und sich dann geduckt dem Eingang zum Kloster näherte.

Niemand wusste, wie lange dieser Ort schon als heilige Stätte betrachtet wurde, aber das derzeitige Kloster stand bereits seit fast vierhundert Jahren auf seinem Platz. Es war ein bescheidenes, schlichtes Bauwerk am Fuß der Berge am nördlichen Stadtrand. Ram betrat es durch offene blutrot lackierte Türen und gelangte auf einen weitläufigen Innenhof. Stufen im hinteren Teil des Hofs führten zu Kapellen auf beiden Seiten, während sich an einem Flur im ersten Stock die Wohnquartiere der Mönche befanden.

Ein Feuer flackerte neben der Kapelle auf der linken Seite, und der Duft von Weihrauch erfüllte die Luft. Ram drückte sich an die Wand und schlich an ihr entlang zu den hinteren Treppen. Durch eine Türöffnung drang ein Rascheln zu ihm heraus, und er erstarrte. Eine Gestalt erschien auf der Treppe, offenbar nicht ganz sicher auf den Füßen.

Es war ein chinesischer Soldat, der ein Gewehr mit altmodischem Kammerverschluss in der Hand hielt. Er deutete mit der Mündung in Rams Richtung. »Wer ist da?«, rief er in leicht lallendem Mandarin.

Es war zu dunkel, als dass Ram die blutunterlaufenen Augen hätte erkennen können, aber der Mann kam nahe genug heran, sodass er den Alkohol in seinem Atem riechen konnte. Die .38er in seiner Hand richtete sich aufwärts und spuckte zwei gedämpfte Feuerstöße aus. Der Kopf des Soldaten kippte nach hinten, und er sackte zu Boden. Sein Gewehr landete mit einem Klappern neben ihm auf dem Steinboden.

»Versteck ihn«, raunte Ram seinem Partner zu, der mit schnellen Schritten an seiner Seite erschien.

Ram ging weiter zur Kapelle und näherte sich dem kleinen Feuer, das in einem behelfsmäßigen Eisenring brannte, um den Soldaten Wärme zu spenden. Seine Flammen zauberten tanzende Schatten auf die Wände am hinteren Ende der Kapelle, wo sich ein erhöhter Altar erhob, der mit Kerzen geschmückt war. Der Raum schien leer zu sein. Dann drang ein Lichtstrahl aus einem Seitenraum. Ram brachte seine Pistole in Anschlag und drückte sich hinter eine Steinsäule, während sich eine Gestalt näherte. Ram wartete, bis der Mann ihn passiert hatte, dann sprang er hinter der Säule hervor und drückte dem Eindringling die Mündung seiner Pistole gegen die Wirbelsäule.

»Gibt es Ärger?«, fragte der Überrumpelte. Er wandte sich zu Ram um.

Im Licht seiner kleinen Kerze war ein älterer Mann zu erkennen, mit rasiertem Schädel und bekleidet mit dem roten Gewand eines Mönchs. Ungewöhnlich breitschultrig, musterte er Ram mit ruhigem, stetigem Blick.

Ram ließ die Pistole sinken und neigte den Kopf, als wollte er sich für seine Anwesenheit an diesem Ort entschuldigen. »Ich suche das Nechung-Orakel«, sagte er in der tibetischen Muttersprache des Mönchs.

»Hier ist das Orakel nicht«, erwiderte der Mönch. »Es hat sich vor zwei Tagen zum Potala-Palast begeben, um dort den Dalai-Lama zu treffen. Bisher ist es nicht zurückgekehrt.« Der Mönch betrachtete die dunkle Uniform des Guerillas. »Sind Sie hier, weil Sie ihm helfen wollen?«

Ram nickte. »Es heißt, dass die Chinesen die Absicht hätten, den Dalai-Lama und seine Berater einzukerkern. Wir sind hergekommen, um ihm die Flucht zu ermöglichen.«

Der Mönch nickte. »Das Orakel hat eine unmittelbar drohende Gefahr vorausgesagt.«

Ein Walkie-Talkie an Rams Gürtel summte, und eine von lautem Knistern verzerrte Stimme erklang. »Rothirsch, hier ist Schneeleopard. Die Zielperson hat sich vor unserer Ankunft entfernt. Wir befinden uns zurzeit unter heftigem Beschuss. Wir gehen zum Fahrstuhl. Ich wiederhole, wir gehen zum Fahrstuhl.«

»Rothirsch bestätigt, verstanden zu haben«, erwiderte Ram. »Wir machen uns auf den Weg.«

Knirschend biss Ram die Zähne zusammen. Der Plan sah vor, dass sie mit einem Vorauskommando hätten zusammentreffen sollen, das bereits am Vortag mit Fallschirmen abgesprungen war, aber die Männer hatten sich nicht am Rendezvouspunkt blicken lassen.

Jetzt ergab das Versäumnis einen Sinn. Irgendetwas musste schiefgegangen sein. Vielleicht hatten die Chinesen einen Tipp erhalten. Das Vorauskommando war entweder gefangen genommen worden oder es hatte es fertiggebracht, den Dalai-Lama zu Fuß aus Lhasa herauszuschmuggeln. Ram blickte in die ersterbenden Flammen des Feuers und schickte ein Stoßgebet zum Himmel, Letzteres möge der Fall sein. So oder so war ihre eigene Mission nun sinnlos geworden.

Ram befestigte das Walkie-Talkie wieder an seinem Gürtel und sah den Mönch an. »Sind der Dalai-Lama und das Orakel bereits aus Lhasa geflohen?«

Der Mönch nickte. »Ich glaube, mit einer solchen Möglichkeit ist durchaus zu rechnen.«

»Wer sind Sie?«

»Mein Name ist Thupten Gungtsen. Ich bin der *khenpo* für das Kloster und der Assistent des Orakels.«

Als Abt des Klosters und leitendem Administrator drohte Gungtsen ständig Gefahr.

»Ihr Leben ist nicht mehr viel wert, sobald die Chinesen bemerken, dass der Dalai-Lama geflohen ist. Sie müssen mit uns kommen.«

Der Mönch bedachte ihn mit einem nachdenklichen Blick. »Ich bin nicht wichtig, aber dem Nechung-Götterbild darf nichts zustoßen.«

Er deutete über die Schulter hinter sich auf den Altar. In einer Wandnische darüber stand eine dunkle Statue. Ram erkannte in ihr Pehar, eine tibetische Gottheit, auch bekannt unter dem Namen Nechung und damit zugleich die Namensgeberin des Klosters. »Ohne dieses Götterbild kann das Orakel seine Aufgabe nicht richtig erfüllen. Wir müssen die Statue unbedingt zu ihm bringen.«

Ram blickte über den Tempelhof und nickte. »Beeilen Sie sich.«

»Ich brauche Ihre Hilfe.« Gungtsen machte auf dem Absatz kehrt. Er durchquerte die Kapelle gemessenen Schrittes und blieb vor der Wandnische stehen. Darin stand das dicke und schwere

Standbild, umringt von einer Ansammlung kleinerer Statuen von gleicher Farbe.

Ram hatte den Tempel bereits als Junge wiederholt aufgesucht, aber er war dem alten Artefakt noch nie so nahe gekommen. Es war gut einen halben Meter groß und aus einem glänzenden schwarzen Stein herausgehauen worden. Der Mönch kniete vor der Statue nieder und begann ein Gebet zu murmeln, aber Ram ging zu ihm hin und zog ihn auf die Füße hoch. »Dazu haben wir jetzt keine Zeit mehr.«

Der Mönch nickte und sammelte die kleineren Gottheiten ein. Er wickelte sie in ein goldenes Altartuch und reichte das Bündel an Ram weiter. Der Guerilla stopfte das Bündel in seine Jacke, stellte überrascht fest, wie schwer es war, und trieb den Mönch zur Eile an.

Gungtsen wickelte ein anderes Tuch um das Nechung-Götterbild, dann lud er es sich auf die Schulter. Nachdem er es zurechtgerückt hatte, sah er Ram auffordernd an. »Ich bin bereit.«

Sie verließen die Kapelle, vor der Guerilla Nummer zwei im Innenhof des Tempels stand und auf sie wartete. Während sie durch den Vordereingang des Klosters hinausgingen, wurde aus wenigen Schritten Entfernung ein einziges Mal geschossen. Auf der anderen Seite der breiten Lehmstraße kam ein bewaffneter Mann in grüner Tarnkleidung aus den Schatten herausgestolpert und stürzte zu Boden.

Der Guerilla namens Tagri tauchte hinter einem Busch auf, mit der Hand einen M1-Karabiner umklammernd. »Er musste auf eine Patrouille achten, die hier entlangkommt.«

Seine Worte erhielten ihre Bestätigung, als ein heiserer Ruf durch die Straße hallte, gefolgt vom Knirschen schwerer Stiefel auf Schotter und Geröll.

»Das Orakel ist nicht hier«, sagte Ram. »Wir müssen das Flugfeld erreichen.«

»Was ist mit der feindlichen Patrouille?«, wollte Tagri wissen.

»Um die kümmern wir uns hier schon.«

Ram ergriff den Mönch am Arm und zog ihn hinter eine Säule. Er schob seine Pistole um die steinerne Rundung und zielte mit dem Colt auf das ferne Ende der Straße. Hinter ihm kauerte der Mönch und flüsterte ein Gebet.

Die chinesische Patrouille war klein, lediglich drei junge Männer, die mit russischen Gewehren bewaffnet waren. Ihre mangelhafte Ausbildung zeigte sich, als sie alle zu ihrem gefallenen Kameraden hinrannten und ihn mit zum Himmel gerichteten Gewehren umringten.

Ram nutzte ihre Dummheit ungerührt aus. Er zielte mit seinem .38er auf den Soldaten, der ihm am nächsten stand, und feuerte drei Schüsse ab. Die erste Kugel traf den Mann in der Schulter, während die beiden nächsten ihn verfehlten.

Aber das spielte jetzt keine Rolle. Die anderen Tibeter eröffneten das Feuer mit ihren Karabinern und streckten alle drei chinesischen Soldaten bereits mit der ersten Salve nieder.

Ram zog den Mönch am Ärmel hinter sich her. »Kommen Sie hier entlang.«

Er wartete, bis der Mönch sich die Götterstatue wieder auf die Schulter geladen hatte. Das Kloster hinter sich lassend, führte Ram sie an den Toten vorbei, während die anderen Guerillas in lockerer Formation einen Schutzwall um sie herum bildeten.

Das Nechung-Kloster stand auf einer flachen Anhöhe am nordwestlichen Rand von Lhasa. Das improvisierte Flugfeld befand sich östlich davon hinter einer Hügelkette. Der direkte Weg dorthin wäre um einiges kürzer gewesen, aber Ram wollte es vermeiden, von überlegenen Streitkräften in vollkommen freiem Gelände überrascht zu werden. Aus Geheimdienstberichten hatten sie entnehmen können, dass während der letzten Tage ein ganzes Bataillon Soldaten der chinesischen Volksbefreiungsarmee nach Lhasa verlegt worden war.

Der Lehmstraße folgend, führte er die Gruppe den Berghang hinunter in die relative Deckung der tiefer gelegenen Stadtlandschaft. Im Südosten, wo der imposante Potala-Palast auf einer felsigen Anhöhe stand, erklang heftiges Gewehrfeuer. Ram hoffte, dass die dortigen Kampfhandlungen die Chinesen von ihrem geplanten Fluchtweg fernhielten.

Als sie eine Nebenstraße erreichten, die mit Einkaufsläden und Wohnhäusern gesäumt war, bogen sie ab und folgten ihr nach Osten. Um diese späte Uhrzeit war die Straße dunkel und verlassen. Die Gruppe legte ein rasantes Tempo vor, hielt dabei jedoch weiter wachsam nach feindlichen Soldaten Ausschau. Trotz der schweren Last auf seinen Schultern hielt der Mönch das Tempo offenbar mühelos mit.

Beim Geräusch eines sich nähernden Automobils ging die Gruppe in den nächsten Hauseingängen in Deckung. Ein chinesischer Militärlastwagen bog in hohem Tempo um eine Straßenecke. Ein halbes Dutzend Soldaten klammerte sich an die seitlichen Klappgitter seiner Ladefläche.

Ram spürte, wie sich der Mönch neben ihm in den Eingang eines Stoffladens zwängte, und registrierte die athletische Gestalt des Mannes unter seinem Gewand. »Sie stammen aber nicht aus Lhasa«, stellte Ram fest.

»Nein, aus einem kleinen Dorf in Amdo.«

»Sind Sie ein Golok?«

Der Mönch nickte.

Ram kannte die Region und die Stammesangehörigen, die dort wohnten. Von den Goloks wusste man, dass sie die zähesten Kämpfer in Tibet waren, und Ram konnte auch erkennen, weshalb.

Der Lastwagen rollte mit hohem Tempo und unbekanntem Ziel an ihnen vorbei. Ram sah auf die Uhr, während sich der Staub, den das Fahrzeug mit seinem grobstolligen Reifen aufgewirbelt hatte, wieder setzte. Das Guerilla-Team war im Begriff, zu spät zu seinem Rendezvous zu kommen.

»Los«, trieb er seine Leute an. »Wir müssen einen Zahn zulegen.«

Das Team verfiel in Laufschritt und passierte mehrere Häuserblocks. Die Gebäude wurden auf der linken Seite weniger und gaben den Blick auf weite Felder frei, die sich bis an den Fuß der benachbarten Berge erstreckten. Aus dieser Richtung drang noch immer der Lärm von Gewehrfeuer zu ihnen, allerdings war es mittlerweile von Südwesten direkt in ihre Marschrichtung gewandert.

Ram vollführte einen Schwenk, um die Straßen zu verlassen und in die Berge zu ihrer Linken vorzurücken. Er führte sein Team einen felsigen Berghang hinauf. In dem steilen Gelände kamen die Männer schnell außer Atem. Gungtsen, der die Nachhut bildete, hatte sichtlich Mühe, seine Last zu bewältigen, schaffte es jedoch, den Anschluss zu halten. Nachdem sie den Grat einer felsigen Erhebung erreicht hatten, gelangten sie auf eine hochgelegene Ebene. In nicht allzu weiter Entfernung entdeckte Ram eine blaue Lichtquelle.

Sie hörten das kratzende Geräusch eines Flugzeugmotors, der angelassen wurde und zum Leben erwachte, gefolgt von einem zweiten. Mehrere Mündungsblitze und gleichzeitige Explosionslaute aus dem Dunkel hinter dem blauen Licht machten ihm klar, dass dies ein Wettlauf auf Leben und Tod werden würde.

Eine zweite blaue Lichtquelle kam in Sicht, während sie über die kahle Hügelkuppe hasteten, und dann war ein matter Lichtschein im Innern des Flugzeugs zu erkennen. Das Gewehrfeuer wurde lauter, während sie sich der C-47 näherten.

»Werden Sie es schaffen?«, fragte Ram den Mönch.

Die Statue lastete schwer auf den Schultern des alten Mannes, doch der stille Mönch erwiderte mit fester Stimme: »Aber sicher.«

Als die Gruppe die lang gestreckte Ebene erreichte, die als Rollbahn benutzt wurde, wirbelte der Wind Eisnadeln hoch, die ihre Rücken massierten. In der Nähe des weiter entfernten blauen Lichts konnten sie die C-47 sehen und hören. Kleine Rauchwölkchen stiegen von den Triebwerksgondeln hoch, während Worthington und Baker das Flugzeug startklar machten. Eine kleine Gruppe von Männern drängte sich vor der offenen Rumpftür und begann schon hineinzuklettern, als das Flugzeug sich allmählich in Bewegung setzte.

Rams Walkie-Talkie krächzte. »Rothirsch. Wir sind am Startpunkt. Wir müssen abheben. Wo seid ihr?«

»Unterwegs und gleich bei euch«, rief Ram. »Halt die Maschine zurück.« Er wandte sich zu seinem Team um. »Im Laufschritt. Schnell, schnell.«

Die Guerillas lösten ihre Formation auf und sprinteten los. Ram wartete, um in der Nähe des Mönchs zu bleiben, der einige Schritte zurückgefallen war. Trotz seiner Last bewies Gungtsen eine erstaunliche Fitness und holte schnell zu den anderen Männern auf.

Während sich das Flugzeug nach und nach vor ihnen aus der Dunkelheit schälte, flammte ein wahres Feuerwerk von Mündungsblitzen in der Dunkelheit am Ende der Rollbahn auf. Ein halbes Dutzend chinesische Soldaten hatte den Rand am Ende des Feldes erklommen und nahm nun das Flugzeug unter Beschuss. Niemand brauchte Rams Männer anzutreiben, schneller zu rennen, während Kugeln den Untergrund um sie herum aufwühlten.

Der letzte Guerilla des anderen Teams, der darauf wartete, an Bord klettern zu können, streckte sich unter der Tragfläche auf dem Boden aus und sorgte für wirkungsvollen Feuerschutz, in dessen Verlauf es ihm gelang, mehrere chinesische Gewehre zum Schweigen zu bringen. Dies reichte aus, um den drei Männern von Rams Team die Möglichkeit zu verschaffen, sich unbeschadet dem Einstieg zu nähern und sich mit einem Hechtsprung an Bord in Sicherheit zu bringen.

Ram und Gungtsen hatten das Heck des Flugzeugs fast erreicht, als der Mönch stolperte und hinstürzte. Das Nechung-Götterbild rutschte von seiner Schulter herunter, rollte ein Stück und blieb vor ihm im Gras liegen.

»Sind Sie getroffen worden?«, rief Ram über den Lärm der Flugzeugmotoren hinweg. Er blieb stehen, bückte sich, ergriff Gungtsens Arm und zog den Mann auf die Füße hoch.

»Nein, ich bin gestürzt.«

»Steigen Sie ins Flugzeug ein. Ich hole die Statue.«

Er schob den Mönch vor sich her, dann streckte er die Hände aus, um die Tempelstatue aufzuheben. Die Twin Wasps der C-47 heulten auf, als Worthington Vollgas gab, um den Start einzuleiten. Eine Wolke aus Staub und Schnee, die Ram ins Gesicht geschleudert wurde, blendete ihn, während er das Götterbild schulterte. Er kämpfte sich auf die Füße, aber gleichzeitig entfernte sich das Flugzeug. Der Mönch hatte kaum die Türöffnung erreicht, als er in den Flugzeugrumpf gehievt wurde und die Maschine Fahrt aufnahm.

Ram rannte hinter der Maschine her und kämpfte mit dem Gewicht der Statue. Er konnte kaum glauben, dass der alte Mönch diesen schweren Artefakt vom Kloster bis zum Rollfeld geschleppt hatte, ohne dass ein einziger Klagelaut über seine Lippen gekommen war. Die Statue war schwer, viel schwerer, als es ihm vorgekommen war, als er sie zum ersten Mal gesehen hatte. Ihr Gewicht lähmte Rams Beine so sehr, dass er das Gefühl hatte, sie steckten in einem tiefen Sumpf fest.

Aber er musste sich bewegen, und das sofort, denn die Maschine entfernte sich immer schneller von ihm. Er kniff die Augen zu schmalen Schlitzen zusammen und blickte durch die wirbelnden Staubwolken. Das Feuerwerk der Mündungsblitze am Ende des Flugfeldes hatte nicht nachgelassen. Das Dröhnen der Antriebsaggregate füllte seine Ohren, während Ram sämtliche Kraftreserven mobilisierte, um den Laufschritt beizubehalten. Mühsam sprintete er neben dem Rumpf der C-47 her. Als er sich Zentimeter für Zentimeter nahe genug an die Frachttür herangearbeitet hatte, wuchtete er die Statue durch die Öffnung.

Bei dieser Aktion stolperte er beinahe, fing sich jedoch schnell wieder, während das Flugzeug ihn schon hinter sich ließ.

Tagri erschien in der Türöffnung. »Komm schon, Ramapurah, du kannst es schaffen!«, rief er.

Ram hatte das Gefühl, er werde jeden Moment zusammenbrechen, raffte jedoch seine letzten Energiereserven zusammen und streckte sich in einem verzweifelten Sprung nach der Tür, während sich das Heck der Maschine bereits vom Untergrund löste. Seine Finger krampften sich um den Türrahmen, und er spürte, wie er unaufhaltsam abzurutschen begann, aber Tagri und ein anderer Guerilla packten die Ärmel seiner Kampfjacke, und gemeinsam zogen sie ihn in den Flugzeugrumpf hinein.

»Bleib unten!«, brüllte ein Mann.

Ausgestreckt auf dem Bauch liegend und mühsam nach Luft ringend, befand sich Ram nicht in der Position, sich der Aufforderung zu widersetzen.

Das Flugzeug raste über die Behelfsrollbahn und erhob sich schwerfällig taumelnd in die Luft. Doch während es beängstigend langsam an Höhe gewann, nahmen die Chinesen, die seine Verfolgung aufgenommen hatten, es unter heftigen Beschuss. Zwei der tibetischen Guerillas wurden getroffen, als Einschusslöcher in die Aluminiumhaut der C-47 gestanzt wurden.

Im Cockpit zog Baker reflexartig den Kopf ein, als eine Kugel durch die Windschutzscheibe drang und seinen Schädel nur um Millimeter verfehlte. Während die Lichter von Lhasa unter ihnen wegtauchten, fuhr er das Fahrwerk ein und blickte durch das Seitenfenster. Sekundenlang beobachtete er den wirbelnden Propeller und überflog dann mit schnellem Blick eine Gruppe Anzeigeinstrumente auf der Kontrolltafel direkt vor ihm. »So wie es aussieht, verliert Motor Nummer zwei Öl. Momentan ist der Druck aber noch konstant.«

Worthington klammerte beide Hände unverrückbar um den Steuerknüppel, sein Körper war so angespannt wie eine Stahlfeder, und er hatte den Blick konzentriert auf das Dunkel vor sich gerichtet. »Auch die rechte Landeklappe lässt sich nicht mehr richtig bedienen. Aber immerhin, wir sind in der Luft. Ich hatte eigentlich mit weitaus Schlimmerem gerechnet.«

Schlimmeres stellte sich zwanzig Minuten später ein, als die Piloten aus Richtung des Steuerbordmotors ein hohles Husten vernahmen. Baker tippte auf das Deckglas eines der Öldruckmessgeräte. »Der Öldruck ist im roten Bereich, und ebenso die Temperatur.« Er wandte den Kopf zum Seitenfenster und fasste den Motor ins Auge. Schwarzer Qualm drang zwischen den Lamellen des Motorgehäuses hervor. »Das sieht nicht gut aus«, sagte er, einen Anflug von nervöser Anspannung in seiner sonst ruhigen Stimme.

»Okay«, entschied Worthington. »Schalte ihn aus. Wir müssen versuchen, uns mit einem Motor über die Berge zu quälen.«

Baker vollzog die einzelnen Schritte der Motorabschaltprozedur und drehte die Propellerflügel in den Wind, um den Luftwiderstand des stillgelegten Propellers so weit wie möglich zu verringern. Worthington richtete sich in seinem Sitz auf, erhöhte behutsam die Drehzahl des Backbordmotors und begann mit dem Steuerknüppel den leichten Linksdrall der Maschine auszugleichen.

Eine vollständig beladene C-47 mit nur einem funktionierenden Motor in der Luft zu halten, war selbst bei guten Wetterbedingungen ausgesprochen schwierig. Glücklicherweise befanden sich nur wenige Passagiere und keine nennenswerte zusätzliche Fracht an Bord. Aber die sonstigen Bedingungen waren alles andere als günstig. Das Wetter war stürmisch, und sie hatten gegen die in dieser Höhe deutlich dünnere Luft zu kämpfen. Zudem lag die mächtige Barriere des Himalaya noch vor ihnen.

Sie hatten die südöstliche Hinflugroute nach Darjeeling auf der indischen Seite des Himalaya gewählt. Von Lhasa war es ein halbstündiger Flug über das ziemlich ebene Central Tibetan Plateau, ehe sich ihnen die Gipfel des Himalaya in den Weg schoben.

Die aufragende Gebirgskette war in der nächtlichen Dunkelheit und bei dem zunehmend dichteren Schneegestöber nicht zu sehen. Die Windverhältnisse über dem Himalaya waren heimtückisch und unberechenbar, aber der Frühjahrsschneesturm verstärkte ihre Gefährlichkeit deutlich. Eisnadeln prasselten gegen die Windschutzscheibe, während Querwinde die Maschine von allen Seiten attackierten und vom Kurs abzubringen drohten. Der Navigator der C-47 gab ständig neue Kurskorrekturen durch, während er einer Zickzack-Route folgte, die in ausreichendem Abstand zwischen den Bergspitzen hindurchführte.

Während sich die Frachtmaschine der ersten Bergkette näherte, hob ein willkommener starker Aufwind sie auf eine komfortable Flughöhe. Worthington hatte schon früher versucht, mit dem Steigflug zu beginnen, musste seine Bemühungen jedoch bei neunzehntausend Fuß abbrechen, weil mit einem einzigen Motor eine größere Flughöhe nicht zu erreichen war. Daher verzog sich seine Miene zu einem erleichterten Lächeln, als er verfolgen konnte, wie die Nadel des Höhenmeters sich gerade der Zweiundzwanzigtausend-Fuß-Marke näherte.

»Schaffen wir es?«, fragte Baker, der beobachtete, wie Worthington unbewusst nickte, während er den Höhenmeter fixierte.

»Dazu besteht berechtige Hoffnung – ohne Scherz.« Der erfahrene Pilot wusste, wie launisch die Winde über dem Bergmassiv sein konnten. Was sie im einen Augenblick an Hilfe bereitstellten, mochten sie wenige Minuten später schon wieder streichen.

Den Insassen der C-47 drehte sich der Magen um, als die Maschine mehrere hundert Fuß absackte und – wie es schien – in einen Luftwirbel geriet. Der Wind kam aus mehreren Richtungen und hämmerte wie ein Preisboxer von allen Seiten auf die Maschine ein. Das Schlimmste war ein seitlicher Aufwind, der die Maschine auf Grund ihres unausgeglichenen Antriebs auf den Rücken zu kippen drohte.

Aber Worthington ließ sich davon nicht aus der Ruhe bringen. Mit sicherer Hand an den Kontrollen wehrte er die Schläge ab und hielt das Flugzeug in horizontaler Lage, bis es von der nächsten Windböe erfasst wurde. Er hoffte nur, dass die Guerillas hinten in der Frachtkabine sich an den Innenwänden angeschnallt hatten.

»Position?«, rief Worthington ins Mikrofon seines Headsets, während er weiter angestrengt in die Schwärze vor ihnen starrte.

»Wir sollten eigentlich achtzehn Meilen südlich von Kangmar sein«, meldete der Navigator. »Und uns der ersten Hochgebirgskette nähern.«

Mehrere Minuten lang war ihr Flug ruhig und gleichmäßig. Dann, ohne Vorwarnung, packte ein starker Abwind die Maschine wie eine gigantische Hand und drückte sie auf die Erde hinab. Worthingtons Augen weiteten sich entsetzt, während die Höhenmeternadel wie ein Kreisel rotierte und bei achtzehntausendfünfhundert Fuß stehen blieb. Es war eine Höhe weit unterhalb der Gipfel einiger Berge in ihrer Umgebung und auf ihrem Weg.

Der Pilot schob den Gashebel bis zum Anschlag nach vorn und zog am Steuerknüppel, um schnellstens an Höhe zu gewinnen. Das Manöver erfolgte jedoch zu spät.

Mit einem dumpfen Laut setzte das Heckrad auf festem Untergrund auf. Wie durch ein Wunder streifte das Rad nur den Boden, und das Heck brach nicht auseinander, während das Flugzeug seine Geradausrichtung beibehielt und wieder in die Luft sprang.

In der Frachtkabine saß Ram auf dem Boden und beobachtete Gungtsen, der ihm gegenüber hockte und das Nechung-Götterbild in den Armen hielt, bis ein weiterer heftiger Stoß den Mönch über die Aluminiumplatten des Frachtraumbodens katapultierte. Der Aufprall entriegelte gleichzeitig die Frachtraumtür, die hinter seinem Rücken aufsprang. Während das Flugzeug nach rechts taumelte, rutschte Ram auf die Türöffnung zu. Er spreizte die Arme, um sich an den Türrahmen zu klammern, aber sein Schwung war zu groß. Er flog durch die Tür und stürzte ins Leere hinaus.

Der kalte Wind und der Schnee attackierten seinen Körper, während er in einen wilden Mahlstrom hinabtauchte. Eispartikel trafen seine Augäpfel und blendeten ihn. Sein Herz hämmerte gegen seine Rippen, und seine Arme bewegten sich in dem vergeblichen Versuch, sie als Flügel zu benutzen.

Das Röhren der einmotorigen Maschine verhallte zu einem leisen Rumpeln, dann zerriss ein lautes Krachen und Knirschen die

Nacht. Er hatte kaum Gelegenheit, sich über dessen Ursache klar zu werden, als er auf der unsichtbaren Erde aufschlug. Während er über Schneewälle und Eisrippen talwärts rutschte und rollte, verschwanden die Schatten und Geräusche in seiner Umgebung und schließlich auch die Schmerzen in seinem gepeinigten Körper, als er von einem schwarzen bodenlosen Abgrund verschlugen wurde.

TEIL I

1

Kosmodrom Wengchang
Hainan, China
Oktober 2022

Nach ihrem Start beschrieb die Rakete einen eleganten Bogen, während das Donnern ihres Feststoffantriebs durch den frühmorgendlichen Himmel hallte. Es war keine große Rakete, kaum sechs Meter lang, und sie wurde von einer Reservestartplattform der weitläufigen Küstenbasis auf die Reise geschickt, von der aus gewöhnlich riesige Satellitenträgerraketen aufstiegen. Aber für all jene, die diesen Flug beobachteten, war die Rakete um einiges wichtiger als der jüngste Spionagesatellit.

Der Flammenschweif, den sie hinter sich herzog, war innerhalb weniger Sekunden nicht mehr zu sehen. Doch die Kameras eines Beobachtungsflugzeugs verfolgten ihren Weg hinaus auf die offene See, unterstützt von Satelliten, die den Start ins Visier genommen hatten und jede Phase überwachten. Die fernen Linsen im All waren auf die Rakete gerichtet, als der Flammenschweif plötzlich erlosch und sie ihren Weg für kurze Zeit stumm fortsetzte. Ein naher Beobachter hätte bei ihrem Vorbeiflug einen Überschallknall hören können, gefolgt von einem Motorrauschen, das nun von dem fauchenden Geräusch des verbrennenden Flüssigkeitstreibstoffs begleitet wurde. Aber der Gehörsinn des Beobachters hätte schon empfindlich sein müssen, da die

Rakete mit einer Geschwindigkeit von mehr als einer Meile pro Sekunde ihrem Kurs folgte.

In einem Operationsraum zwölfhundert Meilen entfernt im Pekinger Raumfahrtkontrollzentrum verfolgte General Xu Junhai den Flug der Rakete auf einem großen Videobildschirm. Kameras mit extremer Reichweite, die sich auf Hainan und auf Schiffen im Südchinesischen Meer befanden, zeichneten lediglich einen winzigen Fleck auf, als die Rakete beschleunigte und außer Sicht geriet. Xu wandte sich an einen der zahlreichen Wissenschaftler im Operationsraum, der vor einer Instrumententafel saß und die Telemetriedaten des Raketenflugs überwachte. »Ist der Motor angesprungen?«

Der Ingenieur, eine schmächtige Erscheinung mit dicken, rechteckigen Brillengläsern, nickte, ohne aufzublicken. »Ja, Genosse General. Die *Dragonfly* hat erfolgreich von Feststoffantrieb auf den Scramjet-Modus umgeschaltet.«

»Geschwindigkeit?«

»Knapp über achtundzwanzigtausend Kilometer pro Stunde und zunehmend.«

Der General drehte sich wieder zu dem Videobildschirm um, wo ihm eine kleine Rauchwolke ins Auge sprang, die auf der Flugbahn der Rakete kurz hochwallte und sich dann auflöste. »Was war das?«

Auf seine Frage folgte eine längere Pause. Dann gab sich der Ingenieur einen Ruck. »Der Datenfluss wurde unterbrochen. Wir … wir haben es wahrscheinlich mit einer Fehlfunktion zu tun.« Aus Angst, dem General in die Augen zu blicken, hielt der Techniker den Kopf gesenkt. »Der Flug ist offenbar abgebrochen worden.«

Der General, ein humorloser Mann von sechzig Jahren, der sein schütteres Haar mit Pomade nach hinten gekämmt trug, konnte sein Missfallen nicht verbergen. »Abgebrochen?«, fragte er mit dröhnender Stimme. »Schon wieder?«

Es war der dritte Fehlschlag nacheinander bei diesem Raketenprototyp.

Der Ingenieur nickte.

Der General blickte zu einem korpulenten Mann in Uniform hinüber, der auf der anderen Seite des Raums stand und sich mit dem Flugdirektor unterhielt. »Oberst Yan.«

Oberst Yan Xiaoming wandte sich um und näherte sich dem General in der schicksalsergebenen Haltung eines Mannes, auf den der Galgen wartete.

Der General funkelte ihn drohend an. »Berichten Sie mir, was geschehen ist.«

»Wir sind noch dabei, alle Daten zu sammeln und zu analysieren, Genosse General«, sagte Yan, »aber es scheint ein Flugfehler während der Beschleunigungsphase nach der ersten Hälfte des Testflugs gewesen zu sein.«

»Das blieb mir nicht verborgen. Und was ist die Ursache gewesen?«

Der Oberst starrte auf das Klemmbrett, das er krampfhaft umklammerte. »Vorab protokollierte Messwerte deuten auf eine mögliche Schwachstelle in der wärmeisolierenden Bleiverkleidung hin. Aber der Flugkörper setzte kurz vor dem Defekt eine neue Geschwindigkeitsmarke.«

»Ein thermaler Defekt? Das war doch schon die Ursache des letzten Fehlschlags, oder? Mir wurde versichert, dass dieses Problem gelöst worden sei.«

»Das Ganze ist eine ziemlich heikle Geschichte, wie wir immer wieder … neu feststellen müssen.«

Der General deutete mit einer Hand auf den Videobildschirm, auf dem nur noch ein leerer Himmel zu sehen war. »Der Präsident erwartet, heute eine Erfolgsmeldung zu hören.« Er ließ die Worte auf seinen Untergebenen wirken. »Dies ist Ihr dritter Fehlschlag, Genosse. Er wird außerdem ihr letzter sein. Was kann ich dem Präsidenten melden, wann diese Probleme beseitigt sein werden?«

»Ich … ich kann Ihnen zurzeit keine verbindliche Frist nennen. Dr. Liu überprüft mögliche Lösungen. Wir werden nicht ruhen, bis wir Antworten auf die offenen Fragen gefunden haben, Genosse General.«

»Ich gehe davon aus, dass morgen früh ein ausführlicher Bericht über die Fehlerserie auf meinem Schreibtisch liegt«, sagte Xu, »und bis zum Ende der Woche erwarte ich eine grundsätzliche Lösung.« Er machte auf dem Absatz kehrt und marschierte aus dem Kontrollzentrum hinaus, das Gesicht vor Wut gerötet.

Eine unbehagliche Stille breitete sich in dem Raum aus, dann fuhr der Techniker damit fort, die Flugdaten zu untersuchen.

Oberst Yan führte ein Telefongespräch, danach wandte er sich wieder an den Flugdirektor. »Bestellen Sie Dr. Liu, er soll in mein Büro kommen.« Er verließ mit schleppenden Schritten den Raum und warf einen letzten Blick auf den leeren Videobildschirm.

Yan ging nach oben in sein im dritten Stock des Verwaltungsgebäudes der People's Liberation Army Rocket Force gelegenes Büro. Als leitendem Manager des *Dragonfly*-Raketenprojekts stand Yan ein geräumiges, aber weitgehend spartanisch eingerichtetes Arbeitszimmer mit Blick auf einen kahlen Sandplatz zu. Er blickte aus dem Fenster auf eine auf und ab marschierende Kolonne frischer Rekruten der Volksbefreiungsarmee, deren Kakiuniformen die gleiche Farbe hatten wie der lehmige Untergrund, auf dem sie ihre Exerzierausbildung absolvierten.

Yan ließ sich in seinen Schreibtischsessel fallen und suchte in einer Schreibtischschublade nach einer Flasche japanischen Hakushu Single Malt Whiskys, den er von einem Besuch in Hongkong mitgebracht hatte. Er schenkte sich eine größere Portion ein und kippte sie in einem Zug hinunter. Während die feurig brennende Flüssigkeit seine Kehle benetzte und seine Speiseröhre hinabfloss, dachte er über seinen Absturz nach.

Angefangen hatte es mit seiner Geliebten, einer Frau, der er zwei Jahre zuvor in Hongkong vorgestellt worden war, und … mit dem Whisky. Sie war Patentanwältin einer chinesischen Elektronikfirma, die nach Peking verlegt worden war. Zumindest war es das, was sie ihm erklärt hatte. In Wirklichkeit war sie aber eine Agentin des taiwanesischen Militärs gewesen. Dies fand er erst in dem Augenblick heraus, als er hatte entdecken müssen, dass sie bei mehreren Gelegenheiten als geheim eingestufte Dateien von seinem Computer kopiert hatte. Und auch erst nachdem seine Frau sich von ihm hatte scheiden lassen.

Wussten die Führungsgremien der Kommunistischen Partei oder General Xu darüber Bescheid? Als die Frau spurlos verschwand, wurde kein Sterbenswort darüber verloren. Aber in seiner aufsteigenden Karriere kam es zu einem abrupten Stopp. Vorgesetzte ließen ihn ihre Ablehnung spüren, stellten ihn von wichtigen Aufgaben frei, und alte Freunde zogen sich zurück. Nach den bisherigen Fehlschlägen in diesem einzigen Projekt, das er noch weiterverfolgen durfte, stand er nun offenbar kurz davor, alles zu verlieren. Seinen Posten als Projektleiter, seine Mitgliedschaft in der Partei. Vielleicht sogar sein Leben.

Während er die Whiskyflasche wieder verstaute, klopfte es an der Tür. Zwei Männer, an entgegengesetzten Enden der Altersspirale, betraten das Büro. Der erste, weißhaarig und mit einem Laborkittel bekleidet, kam mit schlurfenden Schritten herein. Dr. Liu Zhenli war ein angesehener Raketentechniker, der Anfang der 1970er-Jahre maßgeblich an der Entwicklung der ersten chinesischen ballistischen Interkontinentalraketen beteiligt gewesen war.

Der andere Mann, ein Soldat im Kampfanzug, war hochgewachsen und muskulös. Sein Auftreten verströmte unerschütterliche Selbstsicherheit. Sein Name lautete Leutnant Zheng Yijong, und er war Mitglied des Army Rocket Force Special Operations Command. Außerdem war er Oberst Yans Neffe.

Yan forderte sie mit einer Handbewegung auf, auf den Stühlen vor seinem Schreibtisch Platz zu nehmen. Sich an den Mann im weißen Kittel wendend, sagte er: »Wie Sie wissen, hat es beim letzten Startversuch der *Dragonfly* den nächsten Fehlschlag gegeben. Offenbar sind abermals thermische Probleme die Ursache.« Er verfolgte die präzise abgezirkelten Manöver der in zackigem Gleichschritt marschierenden Rekruten. »Wir stehen unter enormem Erfolgsdruck. Zu weiteren Fehlschlägen darf es nicht mehr kommen.«

»Wir bewegen uns längst an der Grenze der physikalischen Gesetze«, erwiderte Liu, »und versuchen nicht weniger, als sie zu überschreiten. Wir haben innerhalb der Atmosphäre Geschwindigkeiten erreicht, wie sie bei einem suborbitalen Flugkörper niemals für möglich gehalten wurden. Allein dies kann als ein bedeutender technischer Erfolg gewertet werden, weil wir auf dem Weg dorthin das Problem des für eine solche Leistung nötigen Antriebs gelöst haben. Dafür haben wir es jetzt mit einem Materialproblem zu tun.«

»Schmilzt die Rakete?«, fragte Yan.

»So könnte man es ausdrücken. Wie Sie wissen, besteht das wesentliche Problem darin, dass eine innerhalb der Erdatmosphäre mit Überschallgeschwindigkeit fliegende Rakete hochgradigen thermischen Belastungen ausgesetzt wird, vor allem an den Vorderkanten. Die Raketen versagen auf Grund der Hitzeentwicklung, ausgelöst durch die bei hohen Geschwindigkeiten exponentiell ansteigende Luftreibung.«

»Ja, aber unsere ICBM-Raketen überstehen ähnliche Temperaturen beim Wiedereintritt in die Erdatmosphäre unbeschadet, oder nicht? Und sie schmelzen nicht während ihres Flugs.«

»Das ist wahr. Aber sie sind bedeutend größer und mit massiven Schutzschilden ausgestattet, die die hohen Temperaturen ableiten und über eine größere Fläche verteilen. Diese Möglichkeit ist bei einem taktischen Flugkörper wie der *Dragonfly* aber nicht gegeben. Ein klobiger Hitzeschild würde die Geschwindigkeiten, die wir bereits erreicht haben und noch zu übertreffen hoffen, verhindern.«

»Lässt sich der gleiche Materialtyp«, fragte Yan, »nicht so weit modifizieren, dass er auch bei der *Dragonfly* verwendet werden kann?«

»Wir haben alle Arten vom Keramik-, Karbon- und Kompositmischungen getestet, aber keine hat den Geschwindigkeiten standgehalten, die unser Flugkörper erreicht.«

»Der Flugdirektor hat angedeutet, dass Sie einer möglichen Lösung des Problems auf der Spur sind.«

»Es war eher eine Art Zufall«, sagte Liu. »Im Labor wurden einige natürliche Verbindungen durchgetestet, und dabei ist man auf eine Probe gestoßen, die sich durch eine erstaunlich hohe thermale Resistenz auszeichnete. Das Ursprungsmaterial zu finden, ist jedoch ein wenig problematisch.«

Zheng räusperte sich, und Liu wandte sich um und musterte den Mann.

Yan lieferte die unausgesprochen geforderte Erklärung. »Dr. Liu, dies ist Leutnant Zheng vom Special Operations Command. Ein besonders einfallsreicher und tatkräftiger Mann. Ich teile ihn dem *Dragonfly*-Projekt zu, um in jeder erdenklichen Weise dazu beizutragen, dass die Rakete ein Erfolg wird.«

Zheng sah seinen Onkel mit leeren schwarzen Augen und einer zu allem entschlossenen Miene an.

Yan wusste schon, dass Zheng kompetent war und die in ihn gesetzten Erwartungen erfüllen konnte, aber er war gleichzeitig auch ein zu Gewalt neigender Hitzkopf. Er hatte in einer Bar Streit angefangen und einen Mann mit dem Messer niedergestochen und wäre beinahe aus der Armee ausgestoßen worden, hätte sich Yan nicht eingeschaltet. Der Oberst hatte seine Zweifel, was die mentale Stabilität seines Neffen betraf, aber er konnte es sich nicht mehr leisten, wählerisch zu sein. Er brauchte Ergebnisse.

»Leutnant, Sie müssen den Absturzort sichern, dafür sorgen, dass keine Unbefugten Zutritt haben und den Bereich schützen, bis das Bergungsteam der Marine, sobald es eintrifft, die Trümmer ungehindert einsammeln kann. Gleichzeitig«, fuhr er fort und deutete auf den weißhaarigen Ingenieur, »könnten Sie vielleicht ein weiteres Team zusammenstellen, das Dr. Liu dabei behilflich sein wird, das hitzebeständige Material zu beschaffen, das er für seine weitere Arbeit braucht.«

Zheng nickte. »Ich werde mich persönlich um die Sicherung der Absturzstellen kümmern, Genosse Oberst. Ich verfüge auch über das nötige Personal, um Ihnen in der anderen Angelegenheit behilflich zu sein.« Er wandte sich an Liu. »Verraten Sie mir, Genosse Doktor«, fragte er mit einer kehligen Stimme, die Liu an eine Hyäne erinnerte, »wo finden wir den hitzefesten Stoff, den Sie so dringend brauchen?«

Liu lächelte väterlich. »Das ist nicht so einfach, wie Sie sich das vielleicht vorstellen.«

»Weshalb?«, fragte Yan.

Liu ließ sich mit der Antwort einige Sekunden Zeit. Er blickte an dem Oberst vorbei durch das Fenster hinaus auf den braunen Sandplatz.

»Weil es ein Stoff ist«, sagte er schließlich, »der nicht von dieser Welt stammt.«

2

Geistesabwesend trommelte Staff Sergeant Nathaniel Jenkins auf die Platte seines Schreibtisches, als der Monitor seines Computers begann, Pieptöne von sich zu geben. Die Sensoren eines Beobachtungssatelliten hunderte Meilen über dem Südchinesischen Meer hatten den Start einer kleinen Rakete vom Weltraumbahnhof Wenchang aufgezeichnet. Da früher aufgezeichnete Satellitendaten keinerlei Hinweise auf Startvorbereitungen an den Abschussrampen der chinesischen Raketenbasis enthalten hatten, war Jenkins schlagartig hellwach und richtete sich kerzengerade auf.

Während er die Bahn des Flugkörpers verfolgte, rief der Air-Force-Spezialist in schneller Folge ältere Satellitenfotos von der Basis auf und vergrößerte sie. Als Mitglied der 100th Missile Defense Brigade auf der Schriever Air Force Base am östlichen Rand von Colorado Springs war Jenkins einer von Dutzenden Analysten, die die Aufgabe hatten, Raketenstarts überall auf der Welt aufzuspüren und die Wege der Flugkörper zu verfolgen.

Seine Vorgesetzte, eine Frau namens Harrington, im Leutnantsrang und mit kastanienbraunem Haar, hörte das Warnsignal des Computers und trat hinter ihn. »Was haben wir da?«, fragte sie.

»Die Chinesen haben vor sechzig Sekunden irgendetwas Kleines in Wenchang gestartet. Fast zu schwach, um von den Infrarotkameras aufgespürt zu werden, und anscheinend nicht in die Atmosphäre gerichtet. Auf den letzten Fotos von den Rampen waren keine Aktivitäten zu erkennen, daher blieb uns so gut wie keine Zeit, um uns vorzubereiten.«

»Wahrscheinlich ein Marschflugkörper«, sagte Harrington. »Schauen Sie nach, ob Kyogamisaki oder LRDR den Start aufgezeichnet haben.«

Jenkins bearbeitete seine Tastatur und tippte sich durch ein kombiniertes System von Radarstationen und Sensoren, die rund um den Globus positioniert waren, um Bedrohungen durch fremdländische Raketenaktivitäten aufzuspüren. Er schaltete sich in den Datenstrom eines AN/PY-2 Radarsystems in einer Sendestation in der Nähe von Kyoto, Japan ein. »Kyogamisaki kann nur begrenzte telemetrische Daten liefern«, sagte Jenkins. »Das LRDR müsste dagegen einiges aufgezeichnet haben, das uns weiterhilft.«

LRDR, ausgesprochen »larder«, war das Akronym für Long Range Discrimination Radar, ein erst in jüngster Zeit entwickeltes und installiertes Nachverfolgungssystem, das mitten in Alaska stationiert war. Jenkins nickte zufrieden, während das System die beiden Datenströme zusammenfasste und eine visuelle Animation des Flugs der Rakete vor dem Hintergrund des Ozeans erzeugte.

»Der Flug ist beendet«, sagte er, als der Datenstrom des Nachverfolgungsprozesses abbrach. »Flugstrecke etwa siebenhundertzwanzig Meilen.«

Harrington nickte. »Muss ein taktischer Flugkörper sein. Wahrscheinlich eine HN-3.«

»Aber irgendetwas ist trotzdem seltsam und unerklärlich.« Jenkins deutete auf den Monitor. »Die Flugdauer betrug weniger als drei Minuten.«

Harrington betrachtete den Wert der errechneten relativen Geschwindigkeit und schüttelte den Kopf. »Kein herkömmlicher Marschflugkörper kann eine derartige Geschwindigkeit entwickeln.«

Jenkins beugte sich wieder über die Tastatur und fügte weitere metrische Daten aus jedem Radarsystem ein. Auf dem Schirm schuf er zwei Säulen, die die relativen Geschwindigkeiten der Rakete zu verschiedenen Zeitpunkten ihres kurzen Fluges markierten. Er strich mit einem Finger über den Monitorschirm und studierte die jeweiligen Zahlenwerte.

»Ma'am, ich habe die Daten beider Radarsysteme genauestens überprüft. Die Werte liegen vollständig außerhalb jeder bekannten Norm.«

Harrington starrte mit zusammengekniffenen Augen auf den Bildschirm. »Mach 25. Dass kann aber nicht sein. Sind Sie sich ganz sicher?« Sie fuhr sich mit der Hand durch ihr kurzes Haar. »Das ist einfach unmöglich.«

Jenkins überprüfte ein weiteres Mal die errechneten Werte, dann blickte er zu seiner Vorgesetzten hoch und nickte bestätigend.

»Gehen Sie noch einmal den gesamten Datenstrom durch, Jenkins. Und drucken Sie danach eine vollständige Analyse aus. Wenn Sie damit fertig sind, soll Corporal Winters Ihren Platz an der Workstation übernehmen.«

»Ja, Ma'am. Und was soll ich tun?«

»Sie schnappen sich die Daten und begleiten mich. Wir müssen den General informieren.«

3

Wie ein greiser Krieger schälte sich das versunkene japanische Kriegsschiff aus dem Dunkel. Seine graue Außenhaut war dunkel und voller großflächiger Verfärbungen, seine Decks waren unter einer dicken Schicht aus Schlick vergraben. Es wirkte überhaupt nicht massig, und seine schlanken und elegant geschwungenen Konturen verliehen ihm einen Ausdruck von Tempo und Gefährlichkeit. Ein Paar Zwillingsgeschütztürme richtete ihre Einhundert-Millimeter-Geschützrohre drohend nach oben. Aber Streifen von Rost, Algenkolonien und eine Schicht aus Muschelschalen und versteinertem Meeresgetier signalisierten, dass dieses Schiff nie mehr zum Tageslicht aufsteigen würde.

»Eindeutig ein Kriegsschiff, was sonst.« Summer Pitt beugte sich zu der Sichtscheibe vor ihr hinunter. »Es sitzt aufrecht auf dem Grund der Schlucht. In der Nähe des Hecks sind Beschädigungen zu erkennen«, fügte sie hinzu, nachdem sie sich einen möglichst gründlichen Überblick verschafft hatte. Summer war groß und attraktiv, mit leuchtend rotem Haar, das auf ihre Schultern herabfiel. Und die Konturen ihres gertenschlanken Körpers waren trotz des grau-blauen Overalls, den sie trug, deutlich zu erkennen.

Neben ihr, genauso groß und schlank, saß ein Mann mit dunklem Haar im Pilotensessel des Unterseebootes. Seine Hände bedienten ein Paar Druckstrahlruder, mit denen er das Boot manövrierte. »Der Größe nach zu urteilen ist das ein Zerstörer«, meinte Dirk, Summers Zwillingsbruder. Er betrachtete das Schiff mit einem Ausdruck freudiger Faszination. »Lass uns ein Video für die Bande oben auf dem Schiff aufnehmen. Vielleicht stoßen wir dabei auf einen Namen oder irgendeine andere Identifikation.«

Unter seiner geschickten Führung glitt das Tauchboot an dem gesamten Wrack entlang. Das gesunkene Schiff war in einem tiefen, engen unterseeischen Canyon verkeilt, und Dirk musste beim Manövrieren aufpassen wie ein Schießhund, dass ihr Tauchboot nicht die steilen Seitenwände der Felsschlucht streifte. Die hinteren Strahlruder wirbelten dichte Sedimentwolken aus den Steilwänden hoch, die sich im Wasser ausbreiteten und die Sichtweite bis auf wenige Meter reduzierten. Er stoppte das U-Boot und hielt es für eine Minute in dieser Position, bis er ihre Umgebung wieder erkennen konnte, dann lenkte er das Boot näher an das Wrack heran, um das tiefe gezackte Loch in der Backbordseite des Kriegsschiffs genauer in Augenschein zu nehmen.

»Man könnte meinen, dass der Kreuzer einen Torpedo verschluckt hat«, sagte Summer, »und vielleicht sogar noch etwas mehr.«

Dirk betrachtete die umfangreichen Schäden. »Vielleicht hat der Treffer das Munitionslager erwischt und gezündet. Jedenfalls muss sie im Rekordtempo gesunken sein.«

Während Dirk die Videoaufzeichnung abschloss, griff Summer auf einen Computer auf der *Caledonia* zu. Sie war das ozeanographische Forschungsschiff an der Meeresoberfläche, das sie mit allem versorgte, was sie für ihre Erkundungstauchfahrten benötigten. Auch wenn sie deutliche zeitliche Verzögerungen in Kauf nehmen mussten, gestatteten Unterwasser-Transponder den Austausch von Videos, Daten und Sprachkommunikation zwischen dem Tauchboot und seinem Mutterschiff. Summer verknüpfte sich mit dem Computer des Schiffes und benutzte ihn, um auf das Datenarchiv der NUMA zuzugreifen und nach Schiffswracks in der näheren Umgebung zu suchen. Das Zwillingspaar arbeitete für die National Underwater and Marine Agency, kurz NUMA, eine staatliche

Organisation, deren Aufgabe darin bestand, alles vom Wettergeschehen über Küstenerosion und -verschmutzung bis hin zum Zustand der ozeanischen Ökosysteme zu überwachen. Summer – als diplomierte Ozeanographin – und Dirk mit seinem abgeschlossenem Schiffsingenieurstudium arbeiteten oft gemeinsam an Projekten, die sie rund um den Erdball führten.

»Das Wrack könnte die *Akizuki* sein«, sagte Summer. »Sie war ein von den Japanern als Typ-B-Zerstörer bezeichnetes Kriegsschiff, das in der Schlacht von Kap Engaño im Golf von Leyte gesunken ist.«

»Da sind wir hier gar nicht sehr weit entfernt«, sagte Dirk. »Wie ist sie denn gesunken?«

»Genaues weiß man nicht. Sie wurde von Flugzeugen angegriffen, könnte aber auch von einem Torpedo der USS *Halibut* getroffen worden sein.«

»Ich tippe auf Letzteres.«

Summer grinste. »Ein echter Glückstreffer, vor allem wenn man bedenkt, dass wir gar nicht nach einem Schiffswrack gesucht haben.«

Stattdessen befanden sie sich im westlichen Pazifik, um die Auswirkungen von Unterwasserströmungen auf die Meeresversauerung und die Kohlenstoffspeicherung zu untersuchen. Der gesunkene Zerstörer war im Zuge einer Sonarerkundung des Cagayan Canyon, der sich von der nördlichen Küste von Luzon in den Philippinen in den Ozean erstreckt, aufgespürt worden.

Eintausend Meter über ihnen saß ihr Vater in einem abgedunkelten Operationsraum im Achterschiff der *Caledonia* und sah sich den von dem U-Boot übertragenen Video-Stream auf einem großflächigen Projektionsschirm an. Als amtierender Direktor der NUMA hätte der ältere Dirk Pitt die Mission eigentlich von seinem Platz in der Zentrale der Agentur in Washington aus überwachen müssen. Aber Pitt gehörte nicht zu denen, die ihren Einsatzort ausschließlich hinter einem Schreibtisch sahen. Bei jeder sich bietenden Gelegenheit entfloh er dem vergifteten politischen Klima in der Hauptstadt der Nation, um an einem der Forschungsprojekte der Agentur aktiv teilzunehmen. Eine kurz bevorstehende ozeanographische Konferenz in Singapur eröffnete ihm die Gelegenheit, seinen Kindern in einer Phase ihres momentanen Vermessungsprojekts behilflich zu sein.

»Ein Wrack wie aus dem Bilderbuch«, sagte eine raue Stimme. Pitt wandte sich zu einem untersetzten Mann mit athletischer Figur und dunklem lockigem Haar um, der neben ihm saß. Al Giordino, der die Abteilung für Unterwassertechnologie der NUMA leitete, hatte sich Pitt auf diesem Abstecher angeschlossen. Mit den Überresten einer kalten Zigarre zwischen den Zähnen überwachte er die Energiereserven und lebenserhaltenden System des Tauchboots, während er gleichzeitig die Videoübertragung verfolgte.

»An einem absolut nicht bilderbuchmäßigen Ort«, sagte Pitt. Eine Schlickwolke füllte den Bildschirm aus, als das Tauchboot erneut an einer Steilwand der Schlucht entlangschrammte. »Sie sollen bloß aufpassen, dass sie da unten nicht hängenbleiben.«

Giordino winkte mit einem beruhigenden Lächeln ab. »Dein Sohn weiß ganz genau, was er tut. Schließlich ist er bei einem der Besten in der Lehre gewesen.«

Daran hatte Pitt nicht den geringsten Zweifel. Giordino wusste mehr über Tauchboote als jeder noch so erfahrene Schiffsingenieur auf den sieben Weltmeeren und hatte mit Dirk, seinem Sohn, bei Dutzenden von Tiefseetauch-Projekten zusammengearbeitet. »Bestell ihm nur, dass er darauf achten soll, den Lack der Außenhülle nicht zu zerkratzen. Das Tauchboot ist nämlich ganz neu.«

Giordino gab die Bitte über ein Headset weiter und grinste, während er der Antwort lauschte. »Er meint, das Boot sei ausreichend versichert. Übrigens glaubt Summer, dass es sich bei dem Wrack um einen japanischen Zerstörer namens *Akizuki* handelt.«

»Das Videomaterial, das sie bis jetzt geliefert haben, ist allerdings exzellent. Sie sollen da unten Schluss machen und wieder nach oben kommen. Wir müssen noch ein ziemlich großes Gebiet überprüfen, ehe ich hier meine Zelte abbrechen kann.«

Hinter ihnen drang ein lauter Schiffsalarm aus einem Lautsprecher über ihren Köpfen. Nach zwanzig Sekunden verstummte das schrille Signal und wurde von der Stimme des Kapitäns abgelöst.

»An alle Mannschaftsmitglieder! Achtung! Eine hohe Welle nähert sich dem Schiff. Bereit halten für den Aufprall! Ich wiederhole. Mannschaft bereit halten für den Aufprall!«

Giordino leitete die Warnung an das Tauchboot weiter, dann räumte er einige Schnellhefter vom Schreibtisch und deponierte sie auf dem Fußboden. Pitt blickte durch eine offene Lukentür hinaus auf die Steuerbordreling, sah jedoch nur eine im morgendlichen Sonnenschein funkelnde ruhige See. Dann bockte das Schiff wie wildes Pferd, das sich gegen den Sattel wehrt.

Beide Männer wurden hochgeschleudert, als das Deck unter ihren Füßen anstieg und gleich wieder absackte. Das Schiff knarrte und hallte von lautem Gepolter wider, als lose Gegenstände durch die Luft flogen und gegen stählerne Schotten prallten. Und dann war es auch schon vorbei. So schnell, wie sie zugeschlagen hatte, rollte die Welle unter ihnen durch, und das Schiff richtete sich auf und lag erneut kerzengerade auf ebenem Kiel.

Pitt kam auf die Füße und trat durch die Lukentür aufs Deck hinaus. Hinter dem Schiff bewegte sich eine etwa vier Meter hohe glatte Welle wie eine mächtige Walze über die Meeresoberfläche. Sie entfernte sich in Richtung der tropisch grünen Küste von Luzon und verschwand schon bald außer Sicht. Pitt blickte einen Augenblick lang auf die ferne Küste der nördlichsten Provinz der Philippinen, dann duckte er sich unter dem Rahmen der Lukentür hindurch zurück in den Operationsraum. »Ist die *Stingray* okay?«

»Dirk meldet von unten gemäßigte Turbulenzen.«

Pitt nickte. »Ich bin oben auf der Brücke.«

Er machte kehrt, verließ den Operationsraum und überquerte das Oberdeck. Die *Caledonia*, ein großes, modernes ozeanographisches Forschungsschiff, war eins von mehreren Schiffen dieser Art in der Flotte der NUMA. Pitt stieg die steile Treppe zur Kommandobrücke hinauf und betrat sie durch eine offene Tür auf einer Seite der Brückennock. Drei Mannschaftsmitglieder, bekleidet mit weißen kurzärmeligen Tropenuniformen, hielten sich auf der Brücke auf. Pitt ging auf einen breitschultrigen Mann mit rotblondem Haar zu, der gerade einen Telefonhörer auflegte, der zur Schiffssprechanlage gehörte. »Ist das Schiff beschädigt worden?«

Kapitän Bill Stenseth schüttelte den Kopf. »Es wurde nichts gemeldet. Solche Erscheinungen sehen immer schlimmer aus, als sie es in Wirklichkeit sind, weil sie wie aus dem Nichts auftauchen und mit erstaunlichem Tempo über die ansonsten fast spiegelglatte See wandern. Offenbar war es eine Monsterwelle. Der Aufprall war nicht allzu hart, weil sie uns genau frontal erwischt hat.«

Pitt ließ den Blick über die glatte Wasserfläche vor dem Bug des Schiffes wandern. »Wahrscheinlich wurde sie durch einen unterseeischen Erdrutsch oder durch ein Erdbeben ausgelöst.«

»Das wird es wahrscheinlich gewesen sein. Vielleicht kann das Wissenschaftlerteam mit den bordeigenen Instrumenten feststellen, ob in der Nähe ein Erdbeben stattgefunden hat. Die Ursache könnten auch starke Strömungen gewesen sein.«

Pitt sah ihn fragend an.

»Der nördliche Abschnitt der Straße von Luzon ist für seine gelegentlich gefährlichen Umweltbedingungen berüchtigt. Es wimmelt hier von starken Oberflächen- und Unterwasserströmungen. Je nachdem, wie sie aufeinandertreffen, können sie derartige Monsterwellen auslösen, die sich ohne Vorankündigung aufbuckeln und wie aus heiterem Himmel zuschlagen.«

»Wir sollten in Erfahrung bringen, ob die NUMA in dieser Region Überwachungsbojen eines Tsunami-Warnsystems ausgesetzt hat.«

Stenseth nickte. »Ich kümmere mich darum, sobald das Tauchboot wieder an Bord geholt wurde. Sind Summer und Dirk okay?«

»Sie haben keinerlei Probleme mit der *Stingray* gemeldet«, sagte Pitt, trat an die vordere Windschutzscheibe und suchte die See in ihrer weiteren Umgebung ab. Die gleichmäßige weite dunkelblaue Wasserfläche wurde von einer Handvoll kleiner Inseln unterbrochen, die zum philippinischen Archipel namens Babuyan gehörten. Die nächste dieser Inseln – Calayan Island – war offenbar nicht mehr als eine halbe Meile vor ihnen entfernt. Pitts Blick wanderte nach Westen, wo ein kleines weißes Schiff zu erkennen war, das ein an seinem Heck befestigtes Kabel hinter sich herschleppte. »Interessiert sich noch jemand anders für die Gewässer in dieser Region?«

Stenseth nickte. »Ich habe vor ein paar Stunden per Funk Verbindung mit ihnen aufgenommen. Sie gehören zu einer australischen Bergwerksfirma, die in dieser Gegend nach Erzvorkommen Ausschau hält.«

Giordino betrat den Brückenraum und gesellte sich zu den beiden Männern. »Die *Stingray* trifft Vorbereitungen zum Auftauchen. Sie sollte in etwa vierzig Minuten an der Wasseroberfläche erscheinen.«

»Dann können wir unsere Arbeit fortsetzen, sobald wir sie aufgenommen haben«, sagte Pitt, ging zum Kartentisch und inspizierte die bathymetrische Karte des umliegenden Seegebiets. »Käpt'n, nehmen Sie die Suche an dem Punkt wieder auf, wo wir sie kurzfristig abgebrochen haben. Das war nicht weit von der Südspitze von Calayan Island entfernt.«

»In Ordnung.«

Stenseth betrachtete die grüne Insel nordwestlich des Schiffes und berechnete im Kopf einen Kurs, als sich der Rudergänger neben ihm bemerkbar machte und rief: »Käpt'n! Eine zweite Welle kommt auf uns zu! Sie ist … riesig!« Pitt gewahrte am Horizont eine Turbulenz. Sie bewegte sich von Norden auf sie zu – genauso wie die vorangegangene Welle. Ihre Höhe genau zu bestimmen war zwar schwierig, aber der Rudergänger hatte beide Wellen auf das

Schiff zukommen gesehen und wusste, dass diese Welle doppelt so hoch war wie die erste.

»Maschine volle Kraft voraus. Nach Steuerbord halten, Kurs null-eins-fünf«, befahl Stenseth und versuchte, den Bug des Schiffes besser auf die anrollende Welle auszurichten.

Pitts erster Gedanke galt seinen Kindern. Aber Giordino hatte bereits reagiert und eilte zur Tür, die auf die Brückennock hinausführte. »Ich warne Dirk und Summer davor aufzutauchen. Sie sollen um jeden Preis unten bleiben«, rief er, ehe er die Treppe hinunterpolterte.

Pitt betrachtete die sich aufbuckelnde Welle, dann wanderte sein Blick weiter zu der Insel in ihrer Nähe.

»Wir könnten es schaffen, dort in Deckung zu gehen.« Er deutete auf eine felsige Landzunge, die sich vom südöstlichen Ende der Insel ins Meer erstreckte.

Stenseth folgte seinem Blick und nickte. »Volles Ruder scharf links. Volle Kraft voraus. Kurs drei-drei-null.«

Er sah mit besorgt gerunzelter Stirn zu Pitt hinüber. »Es wird verdammt knapp.«

Alarmsignale ertönten im gesamten Schiff, während die Zwillingspropeller der *Caledonia* die Drehzahl erhöhten und das Schiff nach Nordwesten schoben. Stenseth rief per Funk die philippinische Küstenwache, damit sie die Dörfer am nordöstlichen Ufer von Luzon vor der drohenden Wasserwand warnten.

Pitt stand neben dem Rudergänger und beobachtete die Welle, während er in Gedanken das Schiff zu höherem Tempo antrieb.

Die *Caledonia* war jedoch qualvoll langsam. Das Forschungsschiff der NUMA war nicht für hohe Geschwindigkeiten und besondere Wendigkeit konstruiert, aber Stenseth holte alles an Leistung aus den Maschinen heraus, das in ihnen steckte. Eine Meile voraus traf die gewölbte Front der Welle bereits auf Ausläufer von Calayan Island. Die Wasserwalze überspülte nicht das östliche Ufer der Insel, sondern schoss als riesige Gischtwolke in die Luft, als sie mit einem dem Ufer vorgelagerten Felswall kollidierte.

Während sich die Welle weiter näherte, konnte Pitt verfolgen, wie sie stetig in die Höhe wuchs, als sie die Untiefen in Ufernähe überquerte. Ihr Kamm neigte sich nach vorn und krümmte sich zu einem Tunnel – ein untrügliches Anzeichen dafür, dass sie steil genug war, um schwere Schäden zu verursachen.

Stenseth stand hinter der Windschutzscheibe, berechnete die Geschwindigkeit der Welle und schätzte ihren eigenen Abstand zum Landstreifen vor ihrem Backbordbug. Als ehemaliger Kapitän eines Zerstörers der US Navy konnte er auf eine jahrelange Erfahrung zurückblicken und hatte in dieser Zeit schon mit allen möglichen widrigen ozeanischen Bedingungen zurechtkommen müssen. Außerdem kannte er die *Caledonia* in- und auswendig und wusste um ihre Fähigkeiten und speziellen Eigenarten und konnte somit geradewegs in ihre Seele blicken. Die sich heranschiebende Wasserwand wachsam im Auge behaltend, verließ er sich auf seine Sinne und sein Gefühl für das Schiff und strahlte unerschütterliche Ruhe und Gelassenheit aus. In einem präzise berechneten Moment wandte er sich an den Rudergänger und sagte mit ruhiger Stimme: »Okay, Mr. Hopkins, Ruder scharf nach rechts, Maschinen halbe Kraft und Kurs null-eins-fünf Grad.« Der Steuermann kurbelte am Ruder des Schiffs und löste den Blick von der Welle, um das Gyroskop direkt vor ihm zu kontrollieren. Während das Schiff auf den neuen Kurs umschwenkte, riskierte er einen Blick in die neue Fahrtrichtung.

Ihm war allerdings nur ein kurzer Blick auf die von der Insel ins Meer hinausreichende Felszunge vergönnt, als die Wasserwand sie erreichte und überflutete. Die Männer auf der Kommandobrücke hörten den dumpfen Donner des Aufpralls, während eine Schaumwolke zum Himmel aufstieg. Dann tauchte die massive Welle aus der Wolke auf, als wäre sie über eine Bremsschwelle gesprungen.

Der Bug des Schiffes stieg in die Höhe, dann schien das gesamte

Schiff himmelwärts abzuheben. Pitt spürte den abrupten vertikalen Impuls in seinem Magen, als befänden sich Schiff und Mannschaft in einem rasenden Fahrstuhl. Der stählerne Rumpf des Schiffes schrie gepeinigt auf, während das Heck ruckartig angehoben wurde, als der Bug plötzlich in die Tiefe sackte. Die Männer auf der Kommandobrücke taumelten auf dem schwankenden Deck nach vorn und wurden zurückgeworfen, als das Heck ebenfalls abstürzte, während die Welle vorbeirollte.

Nahezu gleichzeitig überfluteten Schadensmeldungen aus allen Abteilungen des Schiffes die Kommandobrücke, und doch hatte die *Caledonia* diesen wilden Ritt weitgehend unversehrt überstanden. Eine Kombination aus Stenseths präzisem Timing und Pitts umsichtiger Führung hatte das Schiff vor schlimmeren Beschädigungen bewahrt. Die *Caledonia* hatte sich weit genug hinter der Felseninsel verkrochen, um vor der vollen Wucht der Monsterwelle geschützt zu sein.

»Genau die richtige Entscheidung, Deckung zu suchen«, stellte Stenseth fest.

»Ich hoffe, das war die letzte.« Pitt blickte nach Norden und suchte den Ozean ab, der sich ihm wieder so glatt und ruhig wie zuvor darbot. Er schlug den Weg zur Brückennock ein. »Ich bin unten im Operationszentrum, sollten Sie mich hier oben brauchen.«

Er verließ die Kommandobrücke, stieg zum Operationsraum hinunter, wo er Giordino fand, der vor einem leeren Videobildschirm saß. Handbücher und Notizkladden waren auf dem Boden verstreut, als wäre ein Tornado durch den Raum gefegt.

Pitt faltete sich in einen freien Sessel neben Giordino. »Wissen wir, wie es in der *Stingray* aussieht?«

»Für einen Moment war die Verbindung unterbrochen.« Al Giordinos ruhiger, fester Stimme war seine Besorgnis nicht anzumerken. Er betätigte die Sendetaste und rief das U-Boot, erhielt jedoch keine Antwort.

Pitt schaute auf den Monitor, der den Weg des Tauchboots verfolgte und seine aktuelle Position anzeigte. Ein pulsierender gelber Punkt bestätigte, dass noch immer ein Funksignal empfangen wurde. Pitt registrierte die Koordinaten der Position mit irritiertem Blick. »Al, sieh dir das an. Wenn kein Übertragungsfehler vorliegt und die Berechnung zutrifft, dann deutet alles darauf hin, dass sie sich vier Meilen vom Fundort des Wracks entfernt haben.«

Ungläubig zog Giordino die buschigen Augenbrauen hoch. »Um diese Strecke zurückzulegen, bräuchten sie mindestens eine Stunde.«

Summers Stimme erklang plötzlich in seinem Headset. »*Stingray* an *Caledonia*, könnt ihr uns hören?«

»Laut und deutlich«, sagte Giordino. »Wie ist die Lage bei euch?«

»Alles okay. Wir haben eine ziemlich holprige Schlittenfahrt hinter uns, befinden uns jetzt jedoch in ruhigen Gewässern. Wir sollten jeden Moment auftauchen.«

»In welcher Tiefe seid ihr?«

»Knapp unter fünfzig Fuß. Wir wurden ziemlich heftig hochgedrückt.«

»Verstanden. Wir nehmen Kurs auf euch, um euch aufzufischen. *Caledonia* Ende.«

Pitt rief per Schiffstelefon auf der Brücke an. »Können wir Kurs auf die *Stingray* nehmen?«

»Aber sicher«, antwortete Stenseth. »Die technische Ausrüstung wurde stellenweise beschädigt, einige Labore sind in Mitleidenschaft gezogen worden, und ein Wissenschaftler hat sich den Arm gebrochen, aber ansonsten haben wir alles heil überstanden. Sind Dirk und Summer okay?«

»Ja. Nur befinden sie sich nicht mehr dort, wo wir sie abgesetzt hatten.«

»Am besten sammeln wir sie so schnell wie möglich auf und nehmen Kurs aufs Festland«, sagte Stenseth. »Einige Küstenregionen dürfte es ziemlich heftig erwischt haben, und wir können vielleicht Hilfe leisten.«

Pitt kehrte mit den Koordinaten der neuen Position des Tauchboots auf die Kommandobrücke zurück, und die *Caledonia* machte kehrt und dampfte nach Süden weiter. Während Pitt die Wasserfläche nach dem gelben Unterseeboot absuchte, bemerkte er nicht weit von ihrem Weg ein tief im Wasser liegendes Objekt.

»Käpt'n, in Höhe des Steuerbordbugs treibt etwas im Meer.«

Stenseth nahm ein Fernglas von einer Konsole und blickte auf die See hinaus. »Es sind zwei Männer, die sich an einen leeren Benzinkanister klammern.«

»Bringen Sie uns so nah wie möglich heran. Al und ich lassen das Zodiac zu Wasser.«

Eilig verließ Pitt die Kommandobrücke und gab Giordino ein Zeichen, ihm zum Schiffsheck zu folgen. Dort machten sie ein Schlauchboot mit starrem Boden startbereit. Als die *Caledonia* einige Minuten später neben zwei kaum über die Wasseroberfläche ragenden Köpfen das Tempo drosselte, wurde das Zodiac über die Seitenreling geschwenkt und an seinen Halteseilen abgelassen. Giordino startete den Außenbordmotor, sobald das Schlauchboot das Wasser berührte, während Pitt die Halteleine losmachte. Das schwarze Boot rauschte mit hoher Fahrt auf das zwischen den flachen Wellen treibende Ziel zu.

Schon bald konnte Pitt zwei junge Männer erkennen, beide mit hellem Haar, die sich an einem roten Benzinkanister festhielten. Sie wagten nicht, ihn loszulassen, bis Giordino das Schlauchboot auf Armeslänge neben sie manövriert hatte und Pitt die Hände nach ihnen ausstreckte.

»Sie sind in Sicherheit. Kommen Sie an Bord.« Pitt packte den ersten Mann am Kragen seiner Jacke und hievte ihn mit Schwung ins Zodiac. Der Mann rollte über den schwarzen Gummiwulst ins Boot, richtete sich auf und sah sich vor Kälte zitternd benommen um. Der zweite Mann war in deutlich besserer Verfassung als sein Leidensgenosse. Er löste die Hände vom Kanister, ergriff Pitts Hand und ließ sich an Bord ziehen, wobei er tatkräftig mithalf.

»Danke«, murmelte der durchnässte Schiffbrüchige.

»Woher kommen Sie beide?«, fragte Giordino.

»Von dem Vermessungsboot. Es wurde von der Welle zum Kentern gebracht.«

Beide Männer sahen aus wie durch eine Mangel gedreht, und der Redselige hatte eine tiefe Wunde am Arm, die er behutsam abtastete und untersuchte. Dann hob er den Kopf, und seine Augen weiteten sich entsetzt. »Miss Thornton! Sie war im Boot!« Er richtete sich auf und deutete aufgeregt nach Südwesten.

Giordino gab Gas und lenkte das Schlauchboot in die Richtung, in die der Mann zeigte. Pitt stand auf und gab Giordino weitere Anweisungen. »Bleib auf Kurs. Es ist nicht mehr weit. Gleich kannst du es auch sehen.«

Giordino entdeckte eine weiße runde Wölbung zwischen den Wellen und lenkte das Zodiac genau darauf zu. Die Entfernung betrug nur eine Viertelmeile, aber als sie sich bis auf wenige Meter ihrem Ziel genähert hatten, war bloß ganz wenig zu erkennen.

Das Vermessungsboot war nach der Begegnung mit der Monsterwelle umgeschlagen und bereits zu neunzig Prozent gesunken. Pitt reichte ein kurzer Blick, um zu erkennen, dass das Boot schon bald in den Tiefen des Ozeans verschwinden würde. Während das Zodiac längsseits ging, gab sich das gekenterte Boot endgültig geschlagen, wälzte sich herum und glitt unter die Wasseroberfläche. Das klare tropische Wasser ermöglichte Pitt einen ungehinderten Blick in die Kabine des Bootes. Für einen kurzen Moment nahm er hinter dem seitlichen Bullauge eine Bewegung wahr.

Es war eine Frau. Sie presste das Gesicht gegen die Glasscheibe und hatte einen Ausdruck der Verzweiflung in den blauen Augen. Es kam zu einem kurzen Blickkontakt mit Dirk Pitt, dann verschwand sie außer Sicht, während das Vermessungsboot seinen dreihundert Meter langen Abstieg zum Meeresgrund begann.

4

Ohne zu zögern hechtete Pitt über den Gummiwulst des Zodiacs. Das Wasser war warm, die Sicht klar, und als er die Augen weit öffnete, konnte er sehen, wie das Vermessungsboot unter ihm sank. Er schwamm hinter ihm her, hatte jedoch das Gefühl, ihm keinen Deut näher zu kommen. Er verstärkte seine Armzüge und trat kraftvoll mit den Beinen aus.

Das Boot hatte sich nach vorn geneigt und wurde immer schneller, während es seinem Bug folgte. Pitt streckte eine Hand aus und bekam eine freie Vermessungsleine zu fassen, in die kleine Sensorscheiben hineingeflochten waren. Er benutzte sie, um den Heckspiegel zu erreichen. Dann hangelte er sich Hand über Hand daran entlang bis zur Seitenreling, glitt an einer kleinen Winde vorbei und erreichte die Kabine.

Die Sicht hatte sich verschlechtert, und Pitt fröstelte, als die Wassertemperatur merklich sank. Als erfahrener Taucher führte er Kaubewegungen aus, um den zunehmenden Druck auf seinen Ohren auszugleichen. Er wusste jedoch, dass sein Kampf gegen die zunehmende Tiefe aussichtslos war, und beschleunigte seine Bemühungen, um keine wertvolle Sekunde zu vergeuden.

Ein dünner Strom kleiner Luftbläschen stieg vom Rahmen der geschlossenen Kabinentür auf, und Pitt konnte die dumpfen Laute heftiger Schläge von innen gegen die Tür hören. Er streckte sich, umfasste den Türgriff mit beiden Händen und drehte daran. Er ließ sich zwar leicht bewegen, aber die Tür gab nur den Bruchteil eines

Millimeters nach und entließ weitere Luftblasen aus der Kabine. Ein Lichtschein drang durch den winzigen Spalt. Noch war die Elektronik des Bootes nicht durch einen Kurzschluss ausgeschaltet worden. Jetzt spürte er auch die pulsierenden Schwingungen im Wasser, als die eingesperrte Frau die Tür hektisch mit Faustschlägen und Fußtritten bearbeitete. Außerdem hörte er eine Flut gedämpfter Flüche, woraus er auf das Vorhandensein einer Luftblase im Innern der Kabine schloss.

Im nachlassenden Licht erkannte Pitt, weshalb die Tür sich nicht öffnen wollte. Das Dach der Kabine war stellenweise eingedrückt worden, als das Boot gekentert war, sodass sich der Türrahmen an dieser Stelle verformt hatte. Pitt drückte mit der Hand gegen den verbeulten Bereich, aber die Tür gab nicht nach. Jeder Versuch, sie auf die Schnelle aufzuhebeln, wäre zum Scheitern verurteilt.

Seine Lunge begann zu schmerzen, während das Boot stetig tiefer sank. Aber da ihm nur noch Sekunden blieben, um eine Lösung des Problems zu finden, handelte er, ohne lange zu überlegen. Er ließ den Türgriff los und streckte sich auf dem Deck aus. Während das Wasser, das über ihn hinwegströmte, ihn in Richtung Bootsheck spülte, streckte er den linken Arm aus, stieß gegen die Winde, packte mit beiden Händen zu und klammerte sich daran fest. Aufgrund der herrschenden Dunkelheit nahezu blind, tastete er das aufgewickelte Kabel ab, bis er den frei hängenden Haken erreichte, an dem ein Querbalken befestigt war.

Er fand die Bedienelemente und betätigte den Schalthebel, der die Kabeltrommel entriegelte, und schickte ein Stoßgebet zum Himmel. Die elektrisch angetriebene Winde erwachte zum Leben, die Kabeltrommel setzte sich in Bewegung, und das Kabel lief durch seine Hand. Er wickelte etwa vier Meter ab, dann stemmte er sich mit den Füßen gegen die Winde und zog das Kabelende mit dem Querbalken bis zur Kabine. Er suchte am Rahmen der Kabinentür Halt, richtete sich auf und schlang das Kabel um den Türgriff. Dann ließ er den Rahmen los, zog sich am Kabel entlang zur Winde und setzte mit einem Knopfdruck den Windenmotor in Gang.

Die Kabeltrommel rotierte und zog das durchhängende Kabel ein, bis es sich spannte. Für einen kurzen Moment stoppte die Trommel, kämpfte gegen den zunehmenden Widerstand, dann sprang die Tür mit einem heftigen Ruck auf.

Pitt sah einen breiten Lichtbalken herausdringen. Gleichzeitig stieg eine große Luftblase durch die Türöffnung hoch und mit ihr die Gestalt einer Frau. Dann wurde es schlagartig dunkel. Pitt stieß sich vom Deck ab und stieg mit kräftigen Schwimmzügen und Beinschlägen zur Meeresoberfläche auf, während das Boot unter ihm wegsackte und in der Tiefe verschwand.

Nicht länger mit dem Rettungsversuch beschäftigt, wurde das dringende Bedürfnis, Luft zu holen, übermächtig. Er atmete langsam aus, um den Krampf in seiner Lunge zu lösen, und forderte seinen Muskeln alles an Leistung ab, was noch in ihnen steckte. Während er zum Licht aufstieg, entdeckte er auch die Frau über sich. Sie bewegte sich vollkommen lethargisch und paddelte kaum mit den Beinen. Pitt schwamm hinter ihr her, hakte eine Hand unter einen ihrer Arme, als er sie erreichte, und behielt seine kraftvollen Beinschläge bei.

Pitt spürte, dass das Wasser wärmer wurde, und sah das silbrige Funkeln der Wasseroberfläche über sich, während sein Körper nach Luft gierte. Mit einem letzten verzweifelten Armzug reckte er den Kopf aus dem Wasser in den Sonnenschein und hob die Frau neben sich ebenfalls ans Licht.

Das Schlauchboot der NUMA tanzte nur ein kurzes Stück entfernt auf den Wellen. Giordino dirigierte es herum, bekam die Frau zu fassen und zog sie ins Boot, während Pitt sich wassertretend an einer Halteleine am Gummiwulst festhielt und nach Luft rang.

»Knapp unter drei Minuten, wenn ich richtig gestoppt habe«, sagte Giordino zu Pitt und streckte eine Hand aus.

Pitt machte mehrere tiefe Atemzüge, dann ergriff er die Hand seines Freundes. »Ich hab auch mal ganze fünf Minuten geschafft, aber ich glaube, diese Zeiten sind längst vorbei.« Er keuchte, während er sich auf den Gummiwulst hinaufzog und ins Boot rollte.

Auf der vorderen Sitzbank saßen die beiden jungen Männer und stützten die Frau zwischen ihnen. Bleich und apathisch blickte sie hoch, während Pitt sich ihr gegenüber auf die zweite Sitzbank niederließ. Er schätzte ihr Alter auf fünfunddreißig Jahre. Nasses braunes Haar rahmte ihr attraktives Gesicht ein, dessen Ausstrahlung von einem Paar blauer Augen bestimmt wurde. Sie richtete sich ein wenig auf, während Pitt sich hinsetzte, und wollte etwas sagen, aber ihr Versuch, sich zu bedanken, mündete in einen heftigen Hustenanfall.

Pitt legte eine Hand auf ihr Knie. »Es war ein ziemlich langer Tauchausflug. Entspannen Sie sich. Unser Schiffsarzt wird sich in Kürze um Sie kümmern.«

Sie nickte stumm, während das Zodiac die *Caledonia* erreichte, neben ihr längsseits ging und an Bord gehievt wurde. Zwei Mannschaftsmitglieder nahmen das RIB in Empfang, halfen der Frau und ihren beiden Gefährten beim Aussteigen und brachten sie in die Krankenstation, während sich Kapitän Stenseth an Pitt und Giordino wandte.

»Waren noch weitere Insassen im Boot?«, wollte Stenseth wissen.

»Nein«, antwortete Giordino. »Nur diese drei. Die Männer berichteten, sie hätten eine Untersuchung des Meeresbodens durchgeführt, als sie von der Monsterwelle überrascht wurden und das Boot kenterte.«

»Sie können sich glücklich schätzen, dass sie noch am Leben sind«, sagte Stenseth.

Das Deck unter ihren Füßen erzitterte, als das Forschungsschiff seine Ruheposition verließ und zügig Fahrt aufnahm.

»Dirk und Summer sind auch aufgetaucht und warten darauf, geborgen zu werden.« Der Kapitän deutete über die Reling nach Süden. »Ich schlage vor, dass wir anschließend Kurs auf Luzon nehmen und uns dort nützlich machen. Wie es aussieht, hat die Welle einen beträchtlichen Teil der Küste ziemlich heftig heimgesucht.«

»Al und ich können die Schäden schon vorab aus dem Hubschrauber in Augenschein nehmen«, sagte Pitt, »sobald ich trockene Sachen zum Anziehen gefunden habe.«

»Wir haben den Sprechfunkverkehr in der Küstenregion überwacht. Aus der Stadt Aparri kamen mehrere Hilferufe, also steuern wir sie als erstes Ziel an, es sei denn, Sie sind der Meinung, dass wir irgendwo anders dringender gebraucht werden.«

Pitt nickte, dann begab er sich auf kürzestem Weg in seine Kabine und zog sich um. Anschließend eilte er zum Helipad, das ein Stück über die Heckreling hinausragte. Giordino hatte sich bereits im Pilotensitz angeschnallt und überwachte das Warmlaufen der Maschinen.

»Ich dachte, ich verschaffe dir ein wenig Zeit für eine Verschnaufpause.« Giordino tippte gegen den Steuerknüppel, während Pitt sich in den Copilotensitz faltete.

»Vielen Dank.«

Giordino funkte die Kommandobrücke der *Caledonia* an, dann ließ er den Bell 505 Jet Ranger in den wolkenlosen blauen Himmel aufsteigen.

»Das Festland ist etwa zwölf Meilen entfernt«, sagte Giordino ins Mikrofon seines Headsets.

Die nördliche Küste von Luzon war als breiter hellgrüner Streifen am Horizont zu erkennen. Pitt rief eine digitale Landkarte von der Region auf und legte sie auf das Flugdisplay des Helikopters. »Wenn du nach links schwenkst, sobald du das Ufer erreicht hast, sind es bis Aparri etwa drei Meilen«, sagte er. »Anscheinend ist es die größte städtische Ansiedlung im Zentrum der Zone, in der die Welle aufs Land getroffen sein muss. Westlich davon befindet sich noch eine kleinere Ortschaft, die man zur Sicherheit vielleicht kurz überfliegen sollte, um auch dort nach dem Rechten zu sehen.

Glücklicherweise ist die Küstenregion in dieser Gegend nur dünn besiedelt.«

Nachdem Giordino das Forschungsschiff hinter sich gelassen und einen südlichen Kurs eingeschlagen hatte, wich er für einen kurzen Moment von diesem Kurs ab, um die *Stingray* zu umkreisen. Das gelbe Unterseeboot trieb auf der Meeresoberfläche und wies keinerlei erkennbare Beschädigungen auf.

Giordino setzte den Weg fort, bis die sattgrüne Küste die Windschutzscheibe ausfüllte. Das Vernichtungswerk der Monsterwelle wurde sofort sichtbar. Entwurzelte Palmen lagen kreuz und quer auf dem Strand und trieben in der Brandung, umgeben von anderen Pflanzenresten und Trümmern. Eine weiter landeinwärts deutlich zu erkennende Wasserlinie zeigte an, dass die Welle nach ihrem Auftreffen auf das Ufer noch gut einhundert Meter weiter vorgedrungen war.

Giordino legte den Helikopter in eine enge Kurve nach Westen und überquerte den Strand im Niedrigflug. Das Ausmaß der Schäden nahm hier schon deutlich ab, und dann war gar nichts mehr zu sehen. Nach etwa fünfzehn Meilen erreichten sie mit Abulug die nächste Stadt. Kinder spielten hier auf den unbefestigten Straßen und am Strand. Sie machten einen vollkommen sorglosen Eindruck, als gebe es nichts, was ihre Lebensfreude beeinträchtigte.

»Hier sieht alles vollkommen trocken und weitgehend unberührt aus«, stellte Giordino fest. »Die Welle muss sich weit vor diesem Bereich verlaufen haben.«

»Also haben wir es zum Glück nur mit einem ziemlich schmalen Streifen Festland zu tun, der von den Wassermassen heimgesucht wurde«, sagte Pitt. »Das kommt mir ziemlich seltsam vor. Entweder ist die Welle in nächster Nähe des Festlandes entstanden, oder die vorgelagerten Inseln haben geholfen, ihr die Wucht zu nehmen.«

Giordino beschrieb einen Bogen in die entgegengesetzte Richtung, flog nach Osten und folgte dem Kurs bis über den Punkt hinaus, wo sie ursprünglich an Land gegangen waren. Die zerstörende Kraft der Welle wurde auf einem etwa zwei Meilen langen Abschnitt sichtbar. Doch je weiter sie nach Osten vordrangen, desto geringer waren die Spuren der Vernichtung. Sie überquerten den Cagayan, den längsten Fluss der Philippinen, dessen Ufer vom Rückfluss der landeinwärts vorgedrungenen Wellenfront überspült wurden.

Nicht weit vom Flussufer entfernt erschien unter ihnen eine Stadt. Im Gegensatz zu Abulug war Aparri, Hauptstadt des Bezirks Cagayan, nicht von den Auswirkungen der Welle verschont worden. Schlamm und Trümmerteile füllten die Straßen, in denen noch immer Überreste der nach und nach abfließenden Springflut zu sehen waren. Mehrere eingestürzte Häuser und hohe Schutthaufen zeugten von der zerstörerischen Gewalt der Monsterwelle. Allerdings war der größte Teil der Stadt dennoch vor schlimmeren Schäden bewahrt worden.

Giordino kreiste über der Strandzone und den angrenzenden Ortsteilen. »Allem Anschein nach hatte die Welle ihren Schwung längst verloren, als sie hier auf Land traf.«

»Nur geringe Überschwemmungen abgesehen von einigen wenigen zerstörten Häusern.« Pitt erwiderte das freundliche Winken eines alten Mannes auf der Straße unter ihnen. Dann deutete er nach links auf die Brandung. »Sieh dir das dort an.«

Giordino drehte den Kopf. Im Wasser, das vom Schaum der Brandung teilweise bedeckt war, konnte er die Umrisse eines Flugzeugs erkennen, dessen Heckleitwerk aus den auflaufenden und abfließenden Wellen ragte.

»Ein ziemlich großer Vogel. Soweit ich erkennen kann, viermotorig«, sagte Giordino. »Ein interessanter Landeplatz, wenn du mich fragst.«

»Er wollte wohl auf dem Strand aufsetzen und hat es nicht ganz geschafft. Sieht so aus, als läge die Maschine dort schon seit längerer Zeit.«

Sie setzten ihren Flug über die Stadt fort und wurden mehrmals von Einheimischen mit einem freundlichen Winken begrüßt. Dann kehrte der Hubschrauber zum Cagayan River zurück. Als dessen schäumende Fluten unter ihnen sichtbar wurden, rief Pitt plötzlich: »Stopp!«

Giordino ging mit dem Jet Ranger in den Schwebeflug, während Pitt nach unten auf das Wasser deutete. Giordino folgte seinem Finger und entdeckte den geborstenen Stamm einer Palme, der den Fluss hinuntertrieb. Es war einer von vielen, die der Strom mit sich gerissen hatte, aber in diesem Fall war es nicht allein der Stamm …

Das halb versunkene Stück Holz war offenbar die letzte Rettung einer Frau mit langem Haar und zwei Kindern, die sich aus Angst zu ertrinken verzweifelt an ihn klammerten.

5

»Geh so tief runter wie möglich und such dir eine Position weiter flussabwärts«, sagte Pitt, während er sein Headset abnahm und seinen Sicherheitsgurt öffnete.

Giordino beschleunigte den Fluss hinunter und ließ den Hubschrauber bis dicht übers Wasser absinken. »Willst du abspringen?«, rief er Pitt zu. »Reicht es dir nicht, dass du heute schon einmal nass geworden bist?« Pitt schraubte sich aus seinem Sessel hoch und schob die Seitentür des Cockpits auf.

Giordino fasste den näherkommenden Baumstamm ins Auge und lenkte den Helikopter leicht zur Seite, um auf gleiche Höhe zu gelangen. Er schwebte nur wenige Meter über der reißenden Strömung, dann wandte er sich zu Pitt um, doch der befand sich schon nicht mehr in der Kanzel, sondern war auf die Landekufe hinabgestiegen und ins Wasser gesprungen.

Giordino ging sofort in den Steigflug und lenkte den Hubschrauber ein Stück flussaufwärts. Per Funk rief er die *Caledonia*, während er Dirk Pitts Rettungsversuch von Weitem verfolgte.

Sobald er ins Wasser eintauchte, spürte Pitt den heftigen Sog der Strömung. Im Gegensatz zu seinem letzten Tauchgang war das Wasser diesmal dunkel, kalt und turbulent. Während er zur Wasseroberfläche strebte, musste er sich durch ein Gewirr von abgebrochenem Astwerk und entwurzelten Pflanzenresten und Trümmern kämpfen, das von der Strömung gegen seinen Körper gedrückt wurde.

Er wandte sich flussaufwärts, orientierte sich und entdeckte die treibende Palme ein Dutzend Meter von ihm entfernt. Nur zwei Köpfe waren daneben zu sehen. Über dem Flappen der Rotorflügel, dem Motorenlärm und dem Rauschen des Flusses hörte Pitt schrille Schreie. Sie kamen von einer der Gestalten neben dem Baumstamm. Pitt tippte auf die Frau mit dem langen Haar. Er kämpfte gegen die Strömung an und arbeitete sich an die Palme heran. Er kam zwar keinen Deut vorwärts, konnte aber immerhin seine Position halten und abwarten, bis der Baumstamm in seine Reichweite gelangte.

Pitt erkannte, dass sich Mutter und Tochter an den Baumstamm klammerten. Die Frau streckte einen Arm nach hinten zu einem schwarzen Haarschopf aus, der aus dem Wasser ragte. Aber die starke Strömung trennte sie von ihrem Sohn. Während sich der Junge von ihr entfernte und außer Reichweite geriet, stieß die Frau einen weiteren Hilfeschrei aus.

Pitt ließ die Palme an sich vorbeitreiben, dann warf er sich vorwärts ins schmutzige Wasser und überquerte mit kraftvollen Armzügen den Fluss. Die Schreie der Frau blieben hinter ihm zurück, als sie mit dem Mädchen im Schlepp an ihm vorbeitrieb. Während Pitt seinem Ziel entgegenstrebte, verschwand der Junge unter einer Welle. Für einen Moment befürchtete Pitt, er könnte ihn verloren haben. Aber dann tauchte der kleine Kopf ein paar Meter entfernt wieder auf. Pitt pflügte durchs Wasser, erreichte den Jungen mit einer Hand und hob seinen Kopf und seinen Hals über Wasser. Er war höchstens fünf Jahre alt und hustete keuchend, während Pitt ihn an sich drückte.

»Alles okay, mein Freund«, sagte er tröstend und suchte das Flussufer nach einem geeigneten Punkt ab, um an Land zu gehen. Er erkannte jedoch, dass sie zu schnell abtrieben, um an der felsigen Böschung ausreichenden Halt zu finden. Der Fluss war wieder in sein ursprüngliches Bett zurückgekehrt, aber die Strömung nahm in dem deutlich schmaleren und tieferen Kanal sprunghaft zu. Nicht lange, und der Fluss würde sich in den Ozean ergießen, wo sie seiner Strömung nicht länger ausgesetzt wären. Pitt rechnete sich aus, dass es sicherer wäre, sich treiben zu lassen.

Nicht allzu weit entfernt entdeckte er einen dicken Baumstamm, der von der Strömung ebenfalls in Richtung Ozean getragen wurde. Pitt machte mit einem Arm einige Schwimmzüge, fand einen festen Halt an dem Baumstamm und zog den Jungen mit sich. Der Junge kletterte auf den Baumstamm und setzte sich rittlings darauf, in den weit aufgerissenen Augen einen Ausdruck namenloser Panik. Sein Hustenkrampf hatte nachgelassen, und ein wenig Farbe war in sein Gesicht zurückgekehrt, während er Pitts Hand wie in einem Schraubstock festhielt.

»Halt dich fest und pass auf, dass du nicht runterrutschst«, sagte Pitt. Obgleich der Junge nur Tagalog beherrschte, nickte er und sah Pitt dankbar an.

Während sie in Richtung Flussmündung trieben, wurde Pitt für einen Augenblick von dem Bell 505 abgelenkt. Giordino hatte sich einen Eindruck von der Lage flussaufwärts verschafft, kam in diesem Moment jedoch im Tiefflug zurück und blieb nicht sehr weit entfernt in der Luft stehen. Pitt schaute zu ihm hinauf und sah, dass Giordino flussabwärts auf die Frau deutete.

Der Stamm der Palme, an dem sie sich festgehalten hatte, war mittlerweile vollständig untergetaucht. Die Frau und ihre Tochter hatten offensichtlich größte Mühe, die Köpfe über Wasser zu halten.

Pitt gab Giordino mit einem Winken zu verstehen, dass er die Frau im Visier hatte, und klopfte dem Jungen auf die Schulter. »Schön festhalten«, sagte er und deutete auf den Baumstamm. Dann warf er sich herum und entfernte sich flussabwärts.

Sie passierten einen Nebenfluss, der in den Cagayan River mündete und Trümmer und Abfall aus der Stadt in ihn entlud. Pitt kraulte an Pappkartons und prall gefüllten Müllsäcken vorbei, um zu der Frau und zu dem Mädchen zu gelangen.

Kaum hatte er sie erreicht, versanken sie mitsamt dem Stamm der Palme, an der sie sich festhielten. Wenige Sekunden später tauchten sie heftig mit den Armen rudernd und Wasser spuckend wieder auf.

Pitt kümmerte sich zuerst um das Mädchen, knapp über zehn Jahre alt und das nackte Grauen in den Augen. Er ergriff einen Arm des Kindes und hielt es daran über Wasser, während er der Frau folgte. Weder das Kind noch die Frau konnten schwimmen, und Pitt wusste, dass es schwierig würde, beide gleichzeitig an der Wasseroberfläche zu halten.

Er entdeckte eine breite Holzbank, die an ihnen vorbeitrieb, und zog das Mädchen zu diesem willkommenen Rettungsfloß hin. Die Kleine suchte sich einen festen Halt, ohne dazu aufgefordert werden zu müssen, und ließ Pitt bereitwillig los, damit er ihrer Mutter helfen konnte.

Die Frau schlug wild um sich. Sie schaffte es kaum, den Kopf über Wasser zu halten, und es war deutlich zu erkennen, dass es nur eine Frage der Zeit war, bis ihre Kräfte sie verließen. Pitt schwamm auf sie zu, zögerte jedoch, als er sich ihr bis auf Reichweite genähert hatte, weil er wenig Lust hatte, mit ihren haltsuchenden Händen und ihren austretenden Füßen unliebsame Bekanntschaft zu machen. Er spürte, wie er schneller wurde, als der Fluss dem letzten deutlich engeren Abschnitt bis in die See folgte. Während die Bemühungen der Frau langsamer und fahriger wurden und ihr Kopf mehrmals unter der Wasseroberfläche verschwand, vollführte Pitt zwei kräftigen Schwimmzüge und bekam sie zu fassen.

Er hätte sich wegen ihres Um-sich-Schlagens keine Sorgen zu machen brauchen. Wie er feststellen konnte, war sie eine kleine, zierliche Frau und kaum größer als ihre Tochter. Sie entspannte sich, als sie sich sicher in Pitts Griff wusste, und machte mehrere tiefe Atemzüge, während er sie sich regelrecht unter den Arm klemmte.

»Meine Kinder. Meine Kinder!«, rief sie in Tagalog.

Pitt drehte sie so im Wasser, dass sie ihren Sohn und ihre Tochter hinter ihnen sehen konnte. Die Turbulenz nahm zu, dann ließ die reißende Strömung abrupt nach, und das Flussufer blieb zurück. Sie wurden aufs Meer hinausgetragen. Während die Rotorflügel des Jet Rangers über ihnen die Luft peitschten, paddelte Pitt mit der Frau im Schlepptau zu ihrem Sohn auf dem massiven Baumstamm hinüber. Auch das Mädchen schob die Holzbank mit einigen Beinschlägen herüber, um sich mit ihrer Familie zu vereinigen.

Pitt war ebenfalls dankbar, an dem Baumstamm Halt zu finden und sich nach der erschöpfenden Schwimmübung ausruhen zu können. Das Adrenalin in seinem Kreislauf hatte sich längst verflüchtigt, und zurückgeblieben waren vier bleischwere und müde Gliedmaßen. Er legte den Kopf in den Nacken und beobachtete einen Kormoran, der in geringer Höhe über dem Trümmerfeld kreiste und nach einer Mahlzeit Ausschau hielt. Ein Ruf aus der Ferne störte seine Ruhe, während der Hubschrauber seitlich abschwenkte und das Flappen seines Rotors vom schrillen Heulen eines Außenbordmotors abgelöst wurde. Ein schwarzes Festrumpfschlauchboot mit drei Insassen näherte sich ihnen mit hoher Geschwindigkeit.

Pitts Miene hellte sich auf, als er seine Tochter im Bug und Dirk an der Ruderpinne erkannte. Die dritte Person, so stellte er überrascht fest, war die Frau, die er aus dem Vermessungsboot befreit hatte.

Das Schlauchboot rauschte heran, dann schaltete Dirk den Motor aus und ließ das Boot bis zu den Opfern der Monsterwelle und ihrem Retter treiben.

»Wer kommt zuerst?« Summer strich sich eine Strähne ihres widerspenstigen Haars aus der Stirn und bückte sich zum Wasser hinab.

»Die Ladys, natürlich.« Pitt ergriff das Mädchen am Arm und schwamm mit ihm zum Schlauchboot, wo Summer die Kleine in Empfang nahm und ins Boot hob. Er wiederholte diese Aktion mit der Mutter des Mädchens, und dann half er dem Jungen, an Bord zu klettern. Er stieß den Baumstamm mit den Füßen weg und schnellte sich aus dem Wasser auf den Gummiwulst, wo Dirk seinen Arm ergriff und ihn vollends an Bord zog.

»Bist du okay?«, erkundigte sich der jüngere Pitt bei seinem Vater.

»Für diese Marathonschwimmübungen bin ich mittlerweile wirklich zu alt.« Erschöpft von seinen beiden Rettungstauchgängen, ließ sich Pitt auf den starren Boden des Bootes sinken, lehnte sich mit dem Rücken an den Gummiwulst und leerte die Wasserflasche, die Summer ihm gereicht hatte, in wenigen tiefen Zügen. »Ich hatte nicht erwartet, euch beide hier zu sehen.«

»Summer und ich waren gerade an Bord der *Caledonia* gekommen, als Al das Schiff anfunkte«, berichtete Dirk, wandte sich um, winkte dem schwebenden Bell-Helikopter zu und verfolgte, wie Giordino mit dem Rotor ein Nicken andeutete, dann kehrtmachte und nach Norden dem Forschungsschiff entgegenflog. »Das Schlauchboot war startbereit, also sind wir reingesprungen und herübergekommen.«

»Etwas Besseres konnte euch gar nicht einfallen. Ich denke, ihr könnt unsere Gäste jetzt an Land bringen.«

Pitt drehte sich zum Bug des RIB um. Summer saß auf einer Seitenbank und hielt die Hand des verängstigten Mädchens, während die Frau aus dem Vermessungsboot den Jungen untersuchte.

»Margot hat uns erzählt, sie sei ausgebildete Rettungssanitäterin«, sagte Dirk, als er die Frage in den Augen seines Vaters las. »Sie bestand darauf mitzukommen für den Fall, dass jemand verletzt wurde.«

Nachdem sie die Mutter untersucht hatte, rutschte die brünette Frau herüber und ließ sich neben Pitt auf dem Boden nieder. Sie trug einen geborgten NUMA-Overall. Das lange Haar hatte sie zu einem Pferdeschwanz zusammengerafft. Sie musterte Pitt aufmerksam. »Wie war Ihr Bad im Fluss und im Ozean?«, fragte sie, dabei war der australische Akzent ihrer Worte unüberhörbar.

Pitt lächelte müde. »Nicht besonders erbaulich. Es war eher eine Wildwasserfahrt.«

»Margot Thornton«, stellte sie sich vor und streckte eine Hand aus. »Ich fürchte, ich habe vorhin vollkommen vergessen, mich bei Ihnen dafür zu bedanken, dass Sie mir das Leben gerettet haben.«

»Sie waren zu dem Zeitpunkt noch ziemlich durchnässt und mussten sich gründlich abtrocknen. Freut mich, dass Sie das offensichtlich gut überstanden haben.«

»Dank Ihres Einsatzes.«

»Sind Ihre Freunde soweit okay?«

»Seth und Alec? Ja, ihnen geht es gut. Sie schämen sich nur ein wenig, dass ein Fremder ihre Chefin gerettet hat und sie selbst keinen Finger gerührt haben. Aber keiner der beiden kann sich rühmen, ein guter Schwimmer zu sein.«

»Ich war nur zur rechten Zeit am richtigen Ort.« Pitt deutete mit einem Kopfnicken in Richtung der Flussmündung. »Ich hätte nicht erwartet, dass Sie so schnell wieder auf die Beine kommen.«

»Ich stand an der Reling und habe es genossen, wieder frische Luft atmen zu können, als Ihr Sohn mich darüber informierte, dass Sie in den Fluss gesprungen waren, um einigen Leuten zu helfen. Ich habe einen Kurs in Erster Hilfe absolviert und dachte, ich könnte vielleicht behilflich sein.« Sie sah kurz zu der geretteten Philippinin hinüber, die die Arme um ihre Kinder geschlungen hatte.

Dirk schob den Gashebel nach vorn und lenkte das Boot in rasanter Fahrt zum Ufer. Ein Mann in Shorts und Muskelshirt stand am Strand und winkte ihnen aufgeregt. Dirk lenkte das RIB durch die Brandung in Richtung des Mannes und setzte das Schlauchboot in der Nähe des versunkenen Flugzeugs, das Pitt und Giordino kurz vorher entdeckt hatten, auf den Strand. Der Mann kam im Laufschritt zu ihnen herüber, hob die Kinder aus dem Boot, dann schloss er seine Frau in die Arme.

Er kam zu Pitt und schüttelte ihm so heftig die Hand, dass Pitt schon befürchtete, dass seine Schulter ausgekugelt würde. »Ich habe Sie im Wasser gesehen. Vielen Dank, dass Sie meine Familie gerettet haben.«

Pitt nickte. »Gibt es in der Stadt Verletzte?«

»Einige Leute hat es wohl erwischt, als die Welle zuschlug, aber ich weiß nicht wie schlimm.«

»Wir sollten lieber nachschauen und uns vergewissern, ob wir helfen können«, sagte Margot, während sie aus dem Boot kletterte. Dirk und Summer folgten ihr, als sie den Weg zur Stadt einschlug.

»Schwerverletzte können wir jederzeit aufs Schiff bringen, falls das notwendig sein sollte«, sagte Dirk.

Während sie den Strand hinaufgingen, stoppte Summer und wandte sich zu ihrem Vater um, der neben dem Schlauchboot stand und das abgestürzte Flugzeug betrachtete. »Hast du vor, hier beim Boot zu bleiben?«

»Ich komme gleich nach. Ich will nur kurz nachschauen, was hier im Wasser liegt.«

Summer betrachtete ihn. Durchnässt und erschöpft, wie er war, hielt er sich kerzengerade und hatte einen undeutbaren Ausdruck in den Augen. Es war eine Mischung aus unstillbarer Neugier und Bedauern. Summer konnte nur lächeln. Dann wandte sie sich ab und überließ ihn seinen Gedanken. Sie wusste, dass er nicht anders konnte. Das Geheimnis des gesunkenen Flugzeugs würde ihm keine Ruhe lassen. Es aufzuklären war wie ein Ruf der Sirenen aus der Tiefe, dem er folgen musste.

6

Das Flugzeug lag auf dem Rücken. Nur die Unterseite seines Zwillingsheckleitwerks ragte aus dem Wasser und verschwand alle paar Sekunden unter dem Schaum der Brandungswellen, die es in einem gleichmäßigen Rhythmus überspülten. Pitt watete in die Brandung und näherte sich der großen Maschine von der Seite. Soweit er auf den ersten oberflächlichen Blick erkennen konnte, war sie vollkommen intakt und musste schon sehr alt sein.

Er bückte sich, reichte nach unten und legte eine Hand auf den Rumpf. Er bestand aus Aluminium, das, früher mal auf Hochglanz poliert, nun korrodiert und mit Algen bedeckt war. Pitt tauchte in eine Brandungswelle ein und schwamm dicht über dem Meeresboden an dem Flugzeug entlang. Dabei umrundete er seine Nase, die vom Strand weg aufs Meer hinauszeigte. Jetzt konnte er sehen, dass eine der Tragflächen abgebrochen war, aber die verbliebene war mit zwei großen Motoren ausgestattet. Pitt schwamm dicht an die Tragfläche heran und inspizierte den Motor, der ihm am nächsten war und einen Teil seines Gehäuses verloren hatte.

Das stromlinienförmige Gehäuse bot einem großen Zwölfzylindermotor ausreichenden Platz. Pitt entfernte eine Schicht Sediment von den Ventildeckeln und entzifferte den Namen *Rolls-Royce*, der in roter Farbe auf dem Motorblock zu lesen war.

Pitt schwamm weiter zum Heck und ging auf Tauchstation, um das Heckleitwerk näher in Augenschein zu nehmen. Im seichten Wasser stehend und mehrmals tief durchatmend, um den

Sauerstoffbedarf seines Organismus zu decken, kam er zu dem Ergebnis, dass es sich bei der Maschine um eine Avro Lancastrian handelte. Sie war die kommerzielle Version des Lancaster-Bombers, der von den Briten im Zweiten Weltkrieg eingesetzt wurde. Er wusste, dass er mit den berühmten Rolls-Royce-Merlin-Motoren angetrieben wurde. Dann watete er am Rumpf entlang, holte abermals tief Luft und tauchte zu einer Seitentür dicht vor dem Ansatz des Heckauslegers hinunter. Er griff durch ein geborstenes Fenster, drehte die Türverriegelung und stemmte die Schulter gegen die Tür. Die Luke schwang langsam in die überflutete Flugzeugkabine hinein.

Pitt zwängte sich durch den Türspalt, konnte in der Dunkelheit innerhalb des Rumpfs aber kaum etwas erkennen. Sediment und Algenbewuchs bedeckten die Fenster und verliehen dem schwarzen Inneren, das vollkommen leer erschien, einen grünlichen Schimmer. Er tastete sich an der Kabinenwand entlang zum Cockpit, dort war es jedoch ebenso dunkel, weil dessen Fenster tief im Sand vergraben waren.

Da sein Atem nahezu aufgebraucht war, kehrte Pitt zur Tür zurück und strebte mit kräftigen Beinschlägen zur Wasseroberfläche empor. Sein erschöpfter Körper meldete ihm, dass seine Kraftreserven nahezu aufgebraucht waren, und er watete durch die Brandung zurück auf den Strand.

Vom Stadtrand aus beobachtete Summer, wie er aus dem Wasser trat, und rannte zu ihm hinunter. »Hast du irgendetwas Interessantes gefunden?«

»Ein altes englisches Flugzeug, das in den vierziger Jahren gebaut wurde, vermute ich.« Pitt deutete auf das überflutete Heckleitwerk. »Eine Avro Lancastrian, nehme ich an. Eine Tragfläche fehlt, aber das Innere ist intakt und weist keine Schäden auf.«

»Du bist reingekommen?«

Pitt nickte. »Aber es war zu dunkel, um irgendetwas zu erkennen.«

»Dann muss die Maschine erst vor Kurzem abgestürzt sein.«

»Nein, das glaube ich nicht. Die starken Brandungswellen hätten sie innerhalb kürzester Zeit zerlegt. Allerdings lässt das Ausmaß an Korrosion darauf schließen, dass das Flugzeug schon seit Jahren im tiefen Wasser liegt. Ich denke aber, es wurde erst in jüngster Zeit an diesen Strand gespült.«

»Das ist merkwürdig«, sagte Summer. »Von der Monsterwelle möglicherweise?«

»Die muss es wohl gewesen sein.«

Ein tiefes Dröhnen drang über die Meeresoberfläche an ihre Ohren. Sie blickten in die Richtung und entdeckten die *Caledonia*, die sich dem Ufer näherte. Summer reckte sich und beantwortete das Hornsignal des Schiffs mit einem Winken. »Es klingt, als wollten sie, dass wir an Bord zurückkehren. Dirk hat das Sprechfunkgerät bei sich.«

»Dann sollten wir am besten die anderen suchen.« Summer und ihr Vater gingen den Strand hinauf und erreichten die Stadt.

Sie stellten fest, dass die Straßen mit einer dicken Schlammschicht bedeckt waren – die Einwohner jedoch fügten sich anscheinend klaglos in ihr Schicksal. Männer, Frauen und Kinder arbeiteten bereits mit Schaufeln und Besen, um das Chaos zu beseitigen.

Die Schäden beschränkten sich nur auf die ersten ein oder zwei Wohn- und Büroblocks in Strandnähe. Während Summer und Pitt Senior sich einen Weg durch die Schlammmassen auf der Straße suchten, stand Dirk einen Block weiter vor einem Obst-und-Gemüse-Marktstand. Eine ältere Frau saß auf einer Steinstufe und hatte die Arme um den Oberkörper geschlungen, während Margot den einen Fußknöchel der Frau mit einem dicken Verband umwickelte.

Dirk schaute hoch, als sein Vater und seine Schwester sich näherten, dann tippte er mit einer Hand auf das tragbare Sprechfunkgerät an seinem Gürtel. »Die *Caledonia* hat gerufen«, sagte er zu seinem Vater. »Sie brauchen dich so bald wie möglich auf dem Schiff.«

»So viel habe ich mir auch schon gedacht. Haben sie gesagt, weshalb?«

»Rudi hat aus D.C. angerufen.«

Pitt nickte. »Wie ist hier die augenblickliche Lage?«

»Nur ein kleiner Teil der Stadt hat die volle Wucht der Welle zu spüren bekommen. Auch wenn es hier ziemlich wüst aussieht, gab es kaum Verletzte. Margot hat einem Mann mit einer Armwunde geholfen, und diese Frau hat sich offenbar das Fußgelenk verstaucht. Wir sprachen mit einem amtlichen Vertreter der Stadt, und er meinte, ihre Hauptsorge bestünde darin, dass das Trinkwasserreservoir kontaminiert wurde. Unter den derzeitigen Bedingungen würden sich Krankheitserreger rasend schnell verbreiten.«

»Das Schiff verfügt über eine transportable Entsalzungsanlage. Wenn wir diese an den Strand schaffen und dort in Betrieb nehmen, kann sie die Trinkwasserversorgung vorübergehend sicherstellen – so lange jedenfalls, bis die Einheimischen sich vergewissert haben, dass von ihrem Wasservorrat keine Gefahr ausgeht.«

Dirk nickte. »Ich werde sofort alles Notwendige in die Wege leiten, sobald wir wieder zurück an Bord sind.«

Margot stand auf und stützte die Frau, die sie verbunden hatte, als sie in ihr Haus zurückkehrte, dann kam sie zu Dirk Pitt und seinen Kindern. »Was die medizinische Versorgung betrifft, können wir wahrscheinlich nicht viel mehr tun«, stellte sie fest, »solange nicht irgendeine ansteckende Krankheit ausbricht.«

»Wir bleiben mit der *Caledonia* in der Nähe und halten uns für den Fall der Fälle bereit.« Pitt erkannte in Margots Augen, dass sie mindestens ebenso erschöpft war wie er. »Sie haben schon viel mehr getan, als nötig war. Wir sollten Sie und Ihre Kollegen zu Ihrem Schiff zurückbringen. Ihre Freunde meinten, es sei ein Bergbauschiff. Verfügt es zufällig über einen Helipad?«

»Das tut es. Unser Helikopter befindet sich momentan in Reparatur, daher ist der Landeteller frei. Können Sie uns zu unserem Schiff fliegen?«

Pitt sah auf, als die ältere Frau aus dem Fenster blickte und ihnen winkte. »Ich denke, das ist das Mindeste, das Sie sich mit Ihrer Aktion verdient haben«, sagte Pitt.

Während sie zum Schlauchboot hinuntergingen, informierte Pitt seinen Sohn über das gesunkene Flugzeug. Dirk machte einen kleinen Schlenker, um selbst einen Blick darauf zu werfen, dann kam er zum Schlauchboot und half, es ins Wasser zu schieben. »Ich würde sagen, es könnte sich lohnen, das Flugzeug ein wenig genauer in Augenschein zu nehmen.«

»Du und Summer, ihr solltet euch auf dem Schiff ein paar Luftflaschen schnappen«, sagte Pitt, »und nachsehen, was ihr sonst noch darüber in Erfahrung bringen könnt.«

Dirk grinste. »Ich hatte schon befürchtet, du hättest keine Lust, uns an diesem Abenteuer zu beteiligen, und wolltest das ganze Vergnügen exklusiv für dich pachten.«

7

Mit der nervösen Energie eines Kolibris auf Koffeintrip ging Rudi Gunn in dem Zimmer auf und ab. Der Vizedirektor der NUMA nahm mindestens zum dritten Mal seine dicke Hornbrille ab und polierte die Gläser mit einem Zipfel seines Oberhemdes. Gunn, drahtige Gestalt und ehemaliger Navy-Commander, legte gewöhnlich eine geradezu stoische Geduld und Gelassenheit an den Tag. Aber in einem engen, dunklen Konferenzraum in den Eingeweiden der NUMA-Zentrale – die in Washington, D.C. residierte – untätig in Wartestellung verharren zu müssen, strapazierte sein Nervenkostüm aufs Äußerste.

Es war genau genommen gar kein spezieller Sicherheitsraum, da die NUMA für etwas derartiges keinerlei Notwendigkeit sah. Aber die umgewandelte Abstellkammer im Herzen des Gebäudes war trotzdem um einiges abhörsicherer als jede Räumlichkeit im Weißen Haus.

Die Farbe kehrte in Gunns Gesicht zurück, als Pitt und Giordino auf dem Videowandschirm erschienen. Die Männer nahmen in einem ähnlich engen Raum an Bord der *Caledonia* Platz.

»Tut mir leid, dass wir Sie haben warten lassen«, sagte Pitt. »Aber wir mussten uns erst noch mit einem unerwarteten Wellenproblem herumschlagen, das einige Schäden verursacht hat.«

»Kapitän Stenseth hat mich darüber schon ins Bild gesetzt«, antwortete Gunn. »Ich habe das weltweite Tsunami-Alarmsystem aufgerufen, aber keinerlei Warnmeldungen in der Region gefunden.«

»Falls es etwas Derartiges gegeben haben sollte«, sagte Giordino, »hat uns niemand eine diesbezügliche Nachricht zukommen lassen.«

»Das System weist noch immer einige große Lücken auf, darum ist es weit davon entfernt, perfekt zu sein.«

»Auch wenn die Welle keinerlei Warnung ausgelöst hat, hatte sie doch eine beträchtliche Wucht«, sagte Pitt. »Wir vermuten, dass sie irgendwo in der Nähe entstanden sein muss.«

»Ich lasse das von unseren Erdbebenspezialisten überprüfen«, sagte Gunn.

Giordino wedelte mit einer kalten Zigarre vor der Videokamera des Laptops herum und betrachtete interessiert die nackte Betonwand hinter Gunn. »Hören Sie mal, Rudi, verstecken Sie sich da etwa im Keller des Hauses Ihrer Eltern?«

»Nein, ich sitze im unterirdischen Testzentrum der NUMA-Zentrale. Und Sie, sind Sie beide in abhörsicherer Umgebung?«

»So sicher wie möglich«, sagte Pitt. »Wir nutzen eine Satellitenverbindung und befinden uns überdies in einer separaten Kammer direkt neben dem Maschinenraum.«

Giordino wischte sich über die Stirn. »Und sie ist nicht an die Klimaanlage angeschlossen.«

»Ich komme gleich zum Wesentlichen. Das Pentagon braucht Ihre sofortige Hilfe bei einer Bergungsmission.«

»Wir sind hier auf einem ozeanographischen Vermessungsschiff«, erwiderte Pitt. »Das ist kein Bergungsdampfer. Wir sind nicht entsprechend ausgerüstet, um ein gesunkenes Wrack zu heben.«

»Das Militär ist auch nicht an einem Schiff interessiert, sondern an einer Rakete. Wie es der Zufall will, befinden ausgerechnet Sie sich momentan in nächster Nähe des fraglichen Gebiets.«

»Was ist denn so wichtig an einer verloren gegangenen Rakete?«, fragte Giordino.

»Es ist keine aus unserem Arsenal.« Gunn putzte abermals seine Brille. »Es ist ein Mittelstrecken-Marschflugkörper, der von den

Chinesen von einer Basis in der Provinz Hainan abgefeuert wurde. Sie nennen diesen Typ *Dragonfly*. Ich habe soeben erst an einem Meeting mit Vizepräsident Sandecker und dem Direktor der NSA teilgenommen. Sie bitten auf Drängen des Präsidenten um unsere Hilfe.«

Der Vizepräsident, Admiral James Sandecker, hatte Jahre zuvor die National Underwater and Marine Agency geleitet, dann jedoch ihre Zügel in Pitts und Gunns Hände gelegt, nachdem er ausgewählt wurde, ein Regierungsamt zu übernehmen. Als nicht immer bequemer, jedoch allseits geachteter Führer hielt Sandecker fortan einen ständigen engen Kontakt zur Agency und seinen dort tätigen alten Freunden.

»Was meinen Sie, wo sie geblieben ist?«, fragte Pitt.

»Sie wurde in der Straße von Luzon aufgespürt, etwa achtzig Meilen nördlich von Ihrer augenblicklichen Position entfernt. Sie stürzte vor weniger als drei Stunden ins Meer. Sie müssen zusehen, dass Sie so schnell wie möglich an Ort und Stelle aufkreuzen.«

»Was ist so besonders an dieser Rakete?«, fragte Giordino verwundert.

»Ihre Geschwindigkeit«, sagte Gunn. »Die *Dragonfly* ist offensichtlich eine Überschallrakete mit einem Antrieb, der mit Scramjet-Technologie arbeitet. Die Air Force glaubt, dass sie eine Geschwindigkeit von Mach 25 erreicht hat, ehe der Flug in geringer Höhe abbrach. Das ist zweimal so schnell wie die schnellsten Abwehrraketen in unserem Arsenal, und schneller als alles, was auf dem Zeichenbrett jemals auch nur als möglich angedacht wurde. Es ist von entscheidender Bedeutung, dass wir sie finden und bergen, ehe die Chinesen an sie herankommen.«

»Kann man daraus schließen, dass das Pentagon ein wenig nervös ist?«, fragte Giordino mit einem Anflug von Spott in der Stimme.

»Sie sind vollkommen aus dem Häuschen, das trifft es eher. Vor ein paar Jahren behaupteten die Russen, sie verfügten über eine Mach-25-Rakete, aber das war vollkommener Unsinn und reine

Propaganda. Aber diesmal ist es anscheinend keine Ente und eine ernste Bedrohung für die nationale Sicherheit.«

»Demnach«, fasste Pitt zusammen, »wird jemand gebraucht, um die Trümmer von Meeresboden aufzusammeln.«

»Ja. Und unglücklicherweise sind die entsprechenden Experten der Navy mitsamt ihren technischen Einrichtungen mindestens zwölf Stunden vom Ort des Geschehens entfernt. Außerdem würde ihr Erscheinen den Chinesen auch nicht verborgen bleiben. Sie und Ihr Schiff aber würden weniger Verdacht erregen, und außerdem können Sie in verhältnismäßig kurzer Zeit in der Region sein.«

»Wenn dieses Ding mit Mach 25 auf dem Wasser aufgeschlagen ist«, sagte Giordino, »ist dann überhaupt damit zu rechnen, dass Trümmerteile größer als eine Pennymünze davon zu finden sein werden?«

»Die Telemetrie und die Bilder, über die wir verfügen, lassen den Schluss zu, dass die Rakete mitten im Flug auseinandergebrochen sein muss. Experten der Air Force glauben, es bestehe eine reelle Chance, dass der Scramjet-Motor den Absturz halbwegs intakt überlebt hat. Durchaus möglich, dass sich dies als frommes Wunschdenken entpuppt«, sagte Gunn, »aber das ist alles, was wir momentan haben.«

»Bei dieser Geschwindigkeit«, sagte Pitt, »könnten die Trümmer über eine Fläche von hundert Quadratmeilen verteilt sein.«

Gunn schüttelte den Kopf. »Die niedrige Flughöhe hat dies verhindert. Ich habe Hiram Yaeger die Satelliten- und die Flugbahndaten im NUMA-Computerzentrum analysieren lassen, und sein System lieferte ein grundlegendes Suchraster. Es besteht aus einem ziemlich schmalen Streifen, der nur eine halbe Meile breit und etwa zehn Meilen lang ist. Mehr als fünfundneunzig Prozent der Trümmer sollten innerhalb dieser Zone niedergegangen sein, sofern unsere Annahmen zutreffen.«

»Aber wir haben es noch immer mit sehr kleinen Trümmerteilen zu tun«, sagte Pitt.

»Sie müssen Ihre Suchparameter eben entsprechend anpassen. Ich habe Stenseth bereits die Koordinaten übermittelt. Begeben Sie sich auf schnellstem Weg dorthin und lassen Sie Ihre AUVs zu Wasser.«

»Und was geschieht«, fragte Giordino, »wenn die Chinesen auf den Plan treten?«

Gunn nahm seine Brille ab. »Bei der letzten Kontrolle hat sich kein chinesisches Schiff in der Nähe dieser Zone befunden. Sie haben alle Hände voll mit einer Kollision zweier ihrer Kriegsschiffe im Golf von Thailand zu tun. Daher operieren ihre Bergungsschiffe viel weiter südlich. Sie müssten ein oder zwei Tage Vorsprung haben, um die Trümmer zu finden und die Region wieder zu verlassen. Sie befänden sich noch immer in internationalen Gewässern, daher tun Sie am besten so, als würden Sie fischen.«

»Fischen«, murmelte Giordino. »Haie vermutlich.«

»Okay, Rudi«, sagte Pitt. »Bestellen Sie dem Vizepräsidenten, dass wir der Angelegenheit nachgehen werden.«

»Er hat mit dem Direktor der NSA um eine Flasche Scotch gewettet, dass Sie das Gesuchte finden. Also enttäuschen Sie ihn nicht. Viel Glück.«

»Danke«, murmelte Pitt. Als das Satellitengespräch beendet war und Gunn vom Bildschirm verschwand, wandte er sich zu Giordino um. »Eine strohfarbene Nadel ist in einem riesigen Heuhaufen vielleicht leichter zu finden.«

»Ich tue, was er empfohlen hat, regle die Sensoren der AUVs herunter und justiere sie für schmale Suchbahnen.« Giordino nickte. »Wenn dort jetzt noch irgendetwas herumliegt, werden wir es finden.«

Pitt verfolgte, wie sein alter Freund den Raum verließ, und konnte sich ein Lächeln nicht verkneifen. Diese Haltung, sich durch nichts den Schneid abkaufen zu lassen, war ein typischer Charakterzug Giordinos, ganz gleich, wie abweisend sein Verhalten gelegentlich auf jene wirken mochte, die ihn nicht kannten und daher nicht einschätzen konnten. Vielleicht hatte er recht. Sie konnten nicht kontrollieren, was von der Rakete noch übrig war, aber sie hatten es in der Hand, die Suche danach entsprechend zu organisieren.

Während sich Giordino zum Achterschiff entfernte, wo sich das Steuer- und Schaltzentrum der Unterwassertechnologie der *Caledonia* befand, trat Pitt aufs Seitendeck hinaus. Summer und Dirk luden soeben eine voluminöse Kiste sowie mehrere Kästen Mineralwasser ins Schlauchboot.

»Planänderung«, sagte Pitt. »Wir haben Befehl, unverzüglich nach Norden aufzubrechen, um eine neue Suche zu starten.«

Dirk und Summer sahen sich irritiert an.

»Befehl von wem?«, fragte Summer.

»Aus Washington«, sagte Pitt.

»Ich dachte mir schon, dass Rudi ungewöhnlich nervös wirkte«, sagte Dirk.

»Was ist mit den Menschen in Aparri?«, fragte Summer. »Wir müssen doch dieses Wasser und die Geräte an Land bringen, um dem Ausbrechen von Krankheiten vorzubeugen.«

Dirk ergriff das Wort, ehe Pitt antworten konnte. »Warum lässt du uns nicht einfach zurück? Wir können die Entsalzungsanlage an Land bringen und aufstellen. Und wenn du die Suche abgeschlossen hast, kannst du uns hier wieder abholen.«

»Ich habe keine Ahnung, wie lange es dauern wird.«

»Ist schon okay«, erwiderte Dirk. »Auf diese Weise finden wir vielleicht auch noch Zeit, das Flugzeug zu untersuchen.«

Pitt registrierte, dass bereits zwei Sauerstoffflaschen ins Schlauchboot eingeladen worden waren.

Summer nickte. »Wir werden ohnehin in ein paar Tagen auf den Malediven erwartet. Wir können auch von Manila aus dorthin fliegen.«

»Na gut, ihr habt gewonnen. Packt eure Sachen zusammen und macht euch auf den Weg.«

Summer umarmte ihren Vater kurz. »Mach dir wegen uns keine Sorgen.«

»Gebt mir Bescheid, was ihr über das Flugzeug herausfindet.«

Dirk und Summer packten Koffer und Reisetaschen und kehrten zum Schlauchboot zurück. Während Giordino half, das Boot mit der Winde in die Höhe zu hieven und über die Seite zu schwenken, stand Pitt an der Reling und winkte seiner Tochter und seinem Sohn zu. Sobald sich das Zodiac weit genug vom Schiff entfernt hatte, nahmen die Zwillingsschrauben der *Caledonia* ihre Arbeit auf, und das Forschungsschiff entfernte sich mit rasanter Fahrt nach Norden.

»Da ist noch etwas, das wir nicht vergessen dürfen«, sagte Giordino zu Pitt. »Unsere nicht eingeladenen Gäste.«

»Richtig. Wir sollten sie lieber nach Hause bringen, bevor noch neugierige Fragen gestellt werden. Margot erwähnte, ihr Mutterschiff verfüge über einen freien Helipad. Wir können sie mit dem Bell rüberfliegen.«

»Ich lasse ihn schon mal warmlaufen.«

Eine halbe Stunde später hob der NUMA-Helikopter mit Pitt am Steuerknüppel von der *Caledonia* ab. Giordino saß neben ihm, und Margot Thornton und ihre Helfer hatten sich im Heck in ein paar freie Klappsessel gezwängt. Während sie das Schiff unter sich zurückließen und auf Nordwestkurs gingen, meldete sich Pitt per Sprechfunk bei Margot.

»Wir haben die *Melbourne* geortet und dürften in zwanzig Minuten dort sein. Ich habe es bisher nicht gefragt, aber nach welcher Art von Mineralien suchen Sie eigentlich?«

»Nach Diamanten«, antwortete sie.

»Ist es denn wirtschaftlich, sie aus dem Meeresboden herauszuholen?«

»Dank moderner technischer Hilfsmittel lohnt es sich. Das Hauptproblem ist, dass die konventionellen Diamantminen überall auf der Welt nahezu vollständig ausgebeutet sind. Selbst De

Beers hat zahlreiche seiner Bergwerke in Südafrika geschlossen und sucht jetzt auf See nach neuen Vorkommen.«

»Woher wissen Sie«, fragte Pitt weiter, »wo auf See es sich lohnen könnte, eine Suche zu starten?«

»Der gesamte sogenannte Pazifische Feuerring kann als Ausgangspunkt für Suchprojekte betrachtet werden. Diamanten entstehen unter hohem Druck tief in der Erdkruste und werden durch vulkanische Aktivitäten zur Erdoberfläche gedrückt. Was wir suchen, sind Urquellen.«

»Ist das ein vertikaler Lavaschlot?«

»Eigentlich leiten diese Kimberlit-Röhren, wie ihre technische Bezeichnung lautet, die Lava während einer vulkanischen Eruption durch die Erdkruste zur Erdoberfläche. Nicht in allen dieser Röhren sind Diamanten zu finden, und wenn, dann nur in sehr geringen Stückzahlen. Aber wenn man Glück hat, kann man auf Röhren stoßen, die nahezu unerschöpflich sind. Sie unter Wasser zu finden ist schwierig, und noch schwieriger ist es, sich zu ihnen Zugang zu verschaffen, da sie in den meisten Fällen mit erstarrter Lava oder irgendeinem anderen geologischen Deckel verschlossen sind.«

»Und hatten Sie in dieser Gegend Glück bei Ihrer Suche?«

»Wir haben zwei Lavakonzentrationen gefunden, die Anlass zur Hoffnung geben, und bereiten weitere umfangreiche Untersuchungen vor.«

Ein großes Schiff mit schwarzem Rumpf kam am Horizont in Sicht, und Pitt drosselte die Geschwindigkeit, während sie sich ihm näherten.

»Das ist die *Melbourne*«, sagte Margot Thornton.

Es war ein wuchtiges Arbeitsschiff, dessen Hauptdeck von einem Wald von Kränen und Winschen sowie von einem dichten Kabelgewirr beherrscht wurde. Auf einem ausladenden Achterdeck befand sich ein Lagerraum, der, wie durch seine offenen Türen zu erkennen war, eine reichhaltige Kollektion von Geräten enthielt, die für den Einsatz unter Wasser vorgesehen waren. Auf beiden Seiten des Schiffes hingen zahlreiche Kabel ins Wasser, die von Auslegern und Bojen in Position gehalten wurden.

»Sehr hübsch«, sagte Giordino. »Sie ist offenbar für alle Eventualitäten ausgestattet.«

»Es ist das einzige Schiff seiner Art«, sagte Margot. »Mein Vater hat seine gesamten Ersparnisse in den Bau investiert.«

Pitt funkte das Schiff an und bat um Landeerlaubnis auf dem Helipad, der sich auf der Steuerbordseite des Bugs befand und ein Stück über den Schiffsrumpf hinausragte.

»Identifizieren Sie sich«, sagte eine Stimme nach einer ausgedehnten Pause.

»Bell 505 vom NUMA-Forschungsschiff *Caledonia*«, rasselte Pitt herunter, »mit Margot Thornton und zwei Begleitern als Passagiere.«

»Kurzfristige Landung zum Abladen der Passagiere gestattet. Ein längerer Aufenthalt ist auf Grund laufender Operationen nicht möglich.«

»Roger.« Pitt sah Margot mit einem Ausdruck des Bedauerns an. »Ich nehme an, dass wir unsere Teestunde auf unbestimmte Zeit verschieben müssen.«

Während er bei seinem Landeanflug das Schiff einmal umkreiste, bemerkte er ein kleineres Schiff – dem Anschein nach ein FCB in Militärgrau – in seiner Nähe. Pitt manövrierte den 505 in einen leichten Gegenwind und setzte behutsam auf der Plattform auf. Giordino sprang hinaus und öffnete die Hecktür. Die beiden männlichen Passagiere verabschiedeten sich mit einem Winken und liefen geduckt zur Treppe, die auf den Helipad führte. Margot ließ sich im Passagierabteil Zeit, öffnete ihren Sicherheitsgurt, behielt ihr Headset jedoch auf dem Kopf, um mit Pitt sprechen zu können.

»Ich kann mich nicht genug für das bedanken, was Sie für uns getan haben.« Während sie Pitt die Hand schüttelte, sah sie zum ersten Mal, wie tiefgrün seine Augen waren. Sie fühlte sich unwillkürlich zu ihm hingezogen. Aber was sie empfand, war mehr als ein romantisch gefärbtes Interesse. Es war eher ein Gefühl wie … Vertrauen. Sie hatte kaum Gelegenheit gehabt, den Mann näher kennenzulernen, spürte jedoch, dass sie ihm ihr Leben anvertrauen konnte.

Er zwinkerte ihr zu. »Sie können sich revanchieren, indem Sie einen fetten Diamanten für mich finden.«

Margot Thornton stieg aus dem Helikopter, umarmte Giordino, dann trat sie an den Rand des Helipads. Sie verfolgte, wie Pitt mit dem Bell 505 Jet Ranger in den Himmel aufstieg. Er winkte ihr kurz zu, dann drehte er eine halbe Runde um das Schiff und entfernte sich mit zunehmender Geschwindigkeit zum südlichen Horizont.

Sie spürte, dass jemand hinter ihr erschienen war, drehte sich um und sah einen ihr unbekannten Mann von der Treppe näher kommen. Ein Asiate in schwarzer Tarnkleidung mit kahl geschorenem Kopf. Margot machte einen Schritt nach hinten, aber weiter konnte sie sich auf dem erhöhten Hubschrauberlandeteller nicht zurückziehen. Sie blickte zum Helikopter, um Pitt ein Zeichen zu geben, aber die Maschine hatte sich bereits zu weit entfernt.

Der Mann kam gemächlich auf sie zu und musterte sie mit kalten Augen. Margot Thornton wartete darauf, dass er redete, aber er sagte nichts. Stattdessen ballte er die Hand zu Faust, holte aus und versetzte ihr einen Schwinger gegen den Kopf. Sie wäre aufs Deck gestürzt, wenn er nicht ihren Arm gepackt und sie aufrecht festgehalten hätte. Dann rammte er ihr den Lauf einer Pistole zwischen die Rippen, dabei grinste er hässlich.

»Sie dürfen mich begleiten.«

8

Der Pickup-Truck der Filipino Army kam beim Anblick von Summer Pitt, die dem Fahrer winkte, mit quietschenden Bremsen zum Stehen. Es geschah nicht jeden Tag, dass eine eins achtzig große attraktive rothaarige Frau durch die Straßen von Aparri wanderte.

»Können Sie uns helfen, eine Trinkwasseraufbereitungsanlage zur Versorgung der Stadtbewohner aufzustellen?«, fragte sie. »Sie liegt unten am Strand. Wir haben sie gerade von unserem Schiff hierhergebracht.«

Sie führte die drei Soldaten vom Lastwagen hinunter zum Wasser, wo Dirk mit dem Zodiac gelandet war und ihre Hilfsgüter auslud. Summer bat die Männer, den Transport eines tragbaren Generators und den des Filtersystems zu übernehmen, während Dirk ihnen mit einer Schlauchtrommel und einem Werkzeugkasten folgte.

»Gibt es in der Stadt einen öffentlichen Brunnen, den wir anzapfen können?«, fragte Dirk. »Ideal wäre, wenn er sich im Stadtzentrum befände.«

»Ja, nur einen Block weiter finden Sie eine öffentliche Wasserstelle, die aus dem Brunnen gespeist wird«, erwiderte einer der Soldaten.

Dirk und Summer kletterten auf die Ladefläche des Lastwagens und sicherten die Geräte, während die Soldaten den Wagen zu einem mit Kopfsteinen gepflasterten Platz lenkten. Der Truck blieb neben einer alten Mauer aus Natursteinen stehen. Mehrere kleine Kinder verließen fluchtartig den Platz, und zum Vorschein kam ein undichter Wasserhahn, der aus der Mauer ragte und den Boden darunter benetzte.

Dirk und Summer brauchten weniger als zwanzig Minuten, um die tragbare Umkehr-Osmoseanlage zusammenzusetzen und zu aktivieren, wobei sie den Wasserhahn als Quelle benutzten. Als sich in Windeseile herumgesprochen hatte, dass die Anlage ihren Dienst aufgenommen hatte, bildete sich schnell eine Warteschlange aus Frauen mit Plastikbehältern unterschiedlichen Volumens. Ein Mann, der sich als Bürgermeister des Ortes vorstellte, näherte sich. Staunend verfolgte er das Geschehen.

»Woher kommt diese Apparatur?«, fragte er ungläubig. »Ich habe bei der Provinzverwaltung um die Bereitstellung einer solchen Anlage gebeten und wurde mit der Auskunft abgespeist, dass es noch mindestens eine Woche dauern würde, bis wir mit Hilfe rechnen könnten.«

»Sie stammt von dem NUMA-Schiff *Caledonia*«, erwiderte Summer. »Wir haben uns zufälligerweise in der Nähe befunden, als die Monsterwelle zuschlug.«

Nicht das an Land gespülte Meerwasser war die potentielle Quelle der Verschmutzung, sondern die Trümmer der Ortschaft, der Inhalt der Mülldeponien und die tierischen Abfälle der regionalen landwirtschaftlichen Betriebe, die von der Flutwelle mitgeschwemmt und über das gesamte Gebiet verteilt wurden. Das mit Bakterien verseuchte Wasser, vor allem wenn es sich in Tümpeln und Pfützen gesammelt hatte, konnte in die örtlichen Brunnen einsickern und die Verbreitung aller möglichen Krankheiten begünstigen. Bis diese Brunnen überprüft und wenn nötig stillgelegt oder gründlich gereinigt wurden, konnte die Filteranlage der NUMA eine sichere Trinkwasserversorgung gewährleisten.

»Diese Anlage ist von Gott gesandt.« Der Bürgermeister ging um die miteinander verbundenen Geräte herum und begutachtete sie von allen Seiten. »Vielen Dank.«

»Können Sie dafür sorgen, dass der Generator regelmäßig aufgetankt wird und so lange beständig in Betrieb bleibt, wie er benötigt wird?«, fragte Dirk.

»Ja. Ich werde mich persönlich darum kümmern.« Er übernahm die Kontrolle des Abfüllschlauchs und veranlasste die Leute mit den Gefäßen, sich in einer geordneten Warteschlange aufzustellen – wobei er ihnen versicherte, dass genügend sauberes Trinkwasser zur Verfügung stehe und niemand befürchten müsse, abgewiesen zu werden.

Summer bedachte ihren Bruder mit einem von Stolz erfüllten Blick, als er von der Anlage zurücktrat und dem Bürgermeister die Kontrolle überließ. »Ich denke, das war für heute unsere gute Tat des Tages.«

»Ich denke, dass er uns arbeitslos gemacht hat.« Dirk deutete mit einem Kopfnicken auf den amtlichen Vertreter. »Viel mehr gibt es hier offenbar nicht mehr zu tun. Was hältst du davon, wenn wir zu dem Flugzeug hinabtauchen und uns einen ersten Eindruck von seinem Zustand verschaffen?«

Sie blickte zum westlichen Horizont. »Wir haben noch für ein bis zwei Stunden Tageslicht. Das sollten wir auf jeden Fall nutzen.«

Sie kehrten zum Strand zurück und legten im Zodiac ihre Tauchausrüstung an. Mittlerweile hatte die Flut eingesetzt und überspülte das Heckleitwerk vollständig. Aber als sie sich ins klare Wasser gleiten ließen, brauchten sie nicht lange danach zu suchen, sondern fanden es auf Anhieb. Dirk übernahm die Führung, tauchte in die Brandung und schwamm an dem auf dem Rücken liegenden Flugzeug entlang. Er kopierte den Tauchgang seines Vaters, verschaffte sich einen Überblick über die Außenhülle des Flugzeugs und näherte sich dann der offenen Seitentür. Er schlängelte sich hinein, wobei Summer dicht hinter ihm blieb, und schwamm durch den Frachtraum nach vorne zum geräumigen Cockpit. Er knipste seine Unterwasserlampe an und schwenkte den Lichtstrahl herum. Die Flugkontrollen und die stählernen Sesselrahmen befanden sich über seinem Kopf. Er richtete den Lichtstrahl der Lampe nach unten und fand unter den Pilotensesseln nur eine geringe Menge Sediment.

Dirk kehrte in den Frachtraum zurück und schwamm neben Summer her, die ihre eigene Lampe eingeschaltet hatte und in Augenschein nahm, was der Lichtkegel der Dunkelheit entriss. Ein Blinken fiel ihr ins Auge, und sie zwängte sich an Dirk vorbei zu einem glänzenden Objekt, das sich unter ihr befand. Es war eine Gürtelschnalle, und daneben entdeckte sie die Sohlen eines Schuhpaars. Nicht weit davon entfernt fand sie einen Ledergriff, offenbar waren dies die einzigen Überreste des Pilotengepäcks, wie sie vermutete.

Sie wandte sich zu ihrem Bruder um, der seine Lampe auf das Heckleitwerk gerichtet hatte. Das Innere schien leer zu sein. Während mehrere auf dem Kopf stehende Sitze auf einer Seite der Kabine aufgereiht waren, gab es in dem Raum darüber hinaus nichts zu sehen – außer einer dünnen Sedimentschicht. Aber als Dirk seine Lampe herumschwenkte, blieb Summers Blick an etwas hängen.

Sie schwamm zu dem sich verengenden Flugzeugheck, dann richtete sie den Lichtstrahl ihrer Lampe nach oben. Auf dem Kabinenboden war eine kleine Holzkiste verankert. Mehrere Latten hatten sich aufgelöst und auf einer Seite eine große Öffnung geschaffen. Summer erreichte mit wenigen Schwimmzügen die Kiste und bemühte sich, so wenig Sediment wie möglich aufzuwirbeln, als sie die Lampe in die Öffnung schob.

Der Lichtstrahl wurde von einem metallischen Objekt reflektiert. Sie schob die Lampe weiter und sah, dass es ein ziemlich dicker Transportkoffer war. Sie fasste zwischen die Holzlatten und ergriff ihn. Muscheln und anderer maritimer Bewuchs hatte sich im Lauf der Jahre auf dem Koffer festgesetzt und ihn in der Kiste festgebacken, aber er löste sich schon nach einem kurzen, leichten Ruck von seinem Untergrund. Sie zog ihn vorsichtig aus der Kiste heraus und fing ihn mit beiden Armen auf.

Selbst unter Wasser fühlte sich das Gepäckstück schwer an. Es hatte die Ausmaße eines großen Aktenkoffers, und seine Aluminiumhaut war stark verwittert. Dirk kam näher, um ihn eingehender betrachten zu können, dann deutete er auf die Tür des Rumpfes. Summer nickte und wartete darauf, dass ihr Bruder das Flugzeug verließ, um ihm dann mit dem Koffer unter dem Arm zu folgen. Sie schwammen ans Ufer, gingen über den Strand zum Schlauchboot und befreiten sich von ihrer Tauchausrüstung.

»So wie es aussieht, hast du offensichtlich das einzige Teil gefunden, das in dem Wrack zurückgelassen wurde«, stellte Dirk fest.

»Insgesamt befand sich das Flugzeug noch in einem ziemlich guten Zustand, so wie Dad es beschrieben hatte.« Summer angelte sich ein Handtuch und begann, sich die Haare abzutrocknen. »Ziemlich seltsam, wenn man bedenkt, dass es an die achtzig Jahre alt sein dürfte.«

»Nach den Fotos zu urteilen, die wir uns auf dem Schiff ansehen konnten, glaube ich, dass er recht hat. Die Maschine sieht wie eine Avro Lancastrian aus. Das letzte Exemplar dieses Modells wurde in den 1940ern gebaut und in Dienst gestellt.«

Summer streifte sich ein T-Shirt und Shorts über den Badeanzug, dann hob sie den Transportkoffer hoch. »Leicht ist er nicht.« Sie legte ihn auf den Gummiwulst des Zodiacs und wischte ihn mit ihrem Handtuch ab. Dann schüttelte sie ihn und rechnete mit dem Geräusch von schwappendem Wasser, aber sie hörte nichts dergleichen. »Er fühlt sich an, als sei er wasserdicht geblieben.«

»Na, dann warte nicht lange und öffne ihn.« Dirk ging neben ihr auf die Knie hinunter.

Sie hebelte zwei stark korrodierte Verschlüsse auf und versuchte, den Deckel anzuheben, aber er gab keinen Millimeter nach. Sie tastete seinen Rand ab, schob die Fingerspitzen in den Spalt und versuchte ihr Glück ein zweites Mal, diesmal mit höherem Krafteinsatz. Der Deckel protestierte, dann ließ er sich einen Spaltbreit öffnen. Summer suchte sich erst noch einen besseren Halt und klappte den Deckel dann ganz auf.

Das Innere war tatsächlich vollkommen trocken geblieben. Ein rotes Filztuch mit der Stickerei eines abstrakten Abbilds der Sonne bedeckte den Inhalt.

»Dort ist ein Etikett.« Summer tippte auf ein quadratisches Lederschild, das im Innern des Deckels befestigt war. Der Text bestand aus den gekrümmten Symbolen einer Schrift, die keinem von beiden bekannt vorkam.

»Ich kann das nicht entziffern«, gestand Dirk. »Sehen wir mal nach, welche Überraschung sich darunter verbirgt.«

Vorsichtig zog Summer das Tuch beiseite. Darunter kamen acht kleine Fächer zum Vorschein. Jedes Fach enthielt ein in Seide eingewickeltes Objekt, so groß wie eine Orange und in jeweils unterschiedlicher Form. Sie erfasste eins der Objekte mit den Fingerspitzen und nahm es aus dem Koffer.

»Für seine geringe Größe ist es erstaunlich schwer.« Sie untersuchte seine Umhüllung.

»Mach weiter«, sagte Dirk. »Pack es aus.«

Sie wickelte die Seidenumhüllung langsam ab, als handele es sich bei dem Objekt um eine Mumie. Als sie die letzte Lage behutsam entfernte, erschien eine kunstvolle Schnitzerei aus schwarzem Stein. Jedes Detail war sorgfältig ausgeführt. Ein echtes Kunstwerk.

»Ist es das, was ich vermute?«, fragte sie.

»Ich finde, es sieht wie eine Muschelschale aus.«

Summer nickte und hielt die Schnitzerei in das abnehmende Sonnenlicht. Im Stein eingeschlossene Metallsplitter und helle Farbstreifen verliehen dem Gegenstand ein ungewöhnliches Aussehen. »Der Stein ist ebenfalls interessant.«

Sie wickelte auch die anderen sieben Objekte aus. Sie bestanden aus dem gleichen Material. Eins hatte die Form eines Rades, eins die Form einer Blumenblüte und ein drittes stellte ein Paar Fische dar. Sie hatten einige Mühe, die restlichen Objekte zu identifizieren. Während Summer die letzte Schnitzerei in den Koffer zurücklegte, fiel ihr ein gelblicher Streifen an der Seitenkante des Koffers auf. Sie schob einen Fingernagel in den schmalen Spalt und angelte eine vergilbte Visitenkarte heraus.

»Ich glaube, der Text ist in Mandarin.« Sie hielt die Karte so hoch, dass Dirk die Schrift lesen konnte.

»Wenigstens dies können wir übersetzen«, sagte er.

Sie drehte die Karte um. »Das brauchen wir gar nicht.« Sie reichte ihm die Karte, deren Rückseite in Englisch beschriftet war.

»›Dr. Feng Zhoushan, Director of Tibetan Antiquities, National Palace Museum, Republic of China‹«, las er vor.

»Das nenne ich einen handfesten Hinweis«, sagte Summer. Und sofort kramte sie ihr Mobiltelefon hervor. Nach kurzer Suche fand sie die Telefonnummer des Museums in Taipeh und wählte sie. Wenige Minuten später unterbrach sie mit einem enttäuschten Kopfschütteln die Verbindung.

»Ich wurde mehrmals weitergeleitet. Aber anscheinend ist der Name dort unbekannt, trotzdem hat man mir versprochen, dass in Kürze jemand zurückrufen werde.«

»Das wird sicher nicht vor morgen geschehen. Lass uns unsere Sachen zusammenpacken und einen Abstecher in die Stadt machen. Vielleicht finden wir dort irgendwas zum Essen.«

Ehe sie ihr Vorhaben in die Tat umsetzen konnten, klingelte Summers Telefon. Sie nahm den Anruf an, sprach mehrere Minuten lang, während Dirk ihre Ausrüstung einpackte und ihr Boot für die Nacht an einem massiven Betonklotz festmachte. Summer beendete das Gespräch.

»Das war ein Dr. Chen vom Nationalen Palastmuseum in Taipeh. Er wusste über das verschollene Flugzeug Bescheid und wirkte ziemlich geschockt über unsere Entdeckung. Er sagte, es sei während eines Fluges von Taipeh nach Hongkong verschwunden, und man sei bisher davon ausgegangen, dass es südlich von Taiwan in den Ozean gestürzt sei.«

»Irgendwo muss die Maschine vom Kurs abgekommen sein, sodass sie hier heruntergekommen ist«, erwiderte Dirk. »Hat er erwähnt, wann sie verschwunden ist?«

»Im März 1963. Er meinte, es sei eine große Tragödie gewesen, Feng zu verlieren, der eine angesehene Autorität für tibetische Kunst und Antiquitäten gewesen sein muss.«

»Tibetische Artefakte?«

»Ja.« Sie legte eine Hand auf den Metallkoffer. »Vielleicht ist er damals unterwegs gewesen, um diese Objekte aus dem Museum nach Tibet zu bringen.«

»Ich vermute, dass sie Eigentum des Museums sind.«

»Dr. Chen hatte keine Ahnung, was sich an Bord der Maschine befand, äußerte jedoch lebhaftes Interesse, den Fund zu untersuchen.«

»Das kann ich mir vorstellen.«

Summer lächelte schuldbewusst. »Ich habe ihm ganz spontan versprochen, dass wir mit dem Koffer zu ihm kämen.« Sie hielt kurz inne. »Dad wird sicherlich während der nächsten paar Tage nicht zurückkommen, und dann verlangt unser Zeitplan doch ohnehin, dass wir unsere Zelte hier abbrechen. Danach können wir genauso gut auch gleich nach Taiwan fliegen und uns auf konstruktive Weise nützlich machen.«

Dirk blickte zu dem gesunkenen Flugzeugwrack und nickte. »Ich nehme an, dies ist das Wenigste, das wir für den verblichenen Dr. Feng tun können.«

9

Pitt sah von der Brückennock aus zu, wie das hellorangefarbene autonome Unterwasserfahrzeug in der Luft hing und dabei an eine Rakete im vollen Flug erinnerte. Geformt wie ein Torpedo, war es aus dem grellen Lichtschein der Deckbeleuchtung gehievt und über den Rand des Decks der *Caledonia* geschwenkt worden, wo es in diesem Augenblick zur Wasseroberfläche hinabgelassen wurde. Ins Wasser eingetaucht und vom Kranseil getrennt, entfernte sich das batteriebetriebene AUV vom Schiff. Für einen kurzen Moment konnte Pitt die Heckwelle unter dem nächtlichen Himmel verfolgen, bis das Vehikel unter die Wasseroberfläche sank und außer Sicht geriet.

Die *Caledonia* hatte zügige Fahrt gemacht und den Absturzort der Rakete nach kurzer Zeit erreicht. Als sie an Ort und Stelle eintrafen, hatte Giordino die beiden AUVs bereits startfertig vorbereitet. Ab jetzt oblag es allein den elektronischen Geräten, die Überreste der chinesischen Waffe aufzuspüren.

Speziell für Tiefseeaufgaben konstruiert, tauchten die AUVs fast dreihundert Meter tief zum Meeresboden hinab und begannen dort einen vorprogrammierten Suchzyklus. Vollgepackt mit Sonar-, Navigations- und einer umfangreichen Kollektion von Wassersensoren, würden sie den schnurgeraden Bahnen eines imaginären Suchrasters systematisch folgen, unbehelligt von der niedrigen Wassertemperatur in dieser Tiefe und den Kreaturen, die diese dunkle Welt bevölkerten.

Pitt blickte von dem Punkt, an dem die AUVs abgetaucht waren, über die leere See zu den Lichtern eines Schiffes am Horizont, dann verließ er seine Aussichtsposition, stieg die Treppe zum Hauptdeck hinunter und begab sich zum Achterschiff. In einem mit Hightechgeräten ausgestatteten Operationsraum traf er Giordino und einen Techniker. Beide saßen vor identischen Computermonitoren, auf denen rechteckige Suchraster zu erkennen waren. Kleine orangefarbene Dreiecke, die das Paar zu Wasser gelassener AUVs darstellten, wanderten über die Bildschirme. Das Markierungszeichen auf Giordinos Bildschirm befand sich noch im Anmarsch auf ein grünlich leuchtendes Raster, während das Markierungsdreieck auf dem Bildschirm des Technikers bereits einer geraden Bahn folgte.

»*Artemis* bisher okay?«, fragte Pitt.

»Alle Datensignale waren fehlerfrei und deutlich zu empfangen, ehe sie auf Tauchstation gegangen ist«, antwortete Giordino. »Sie hängt etwa eine Stunde hinter *Apollo* her.« Er deutete auf die AUV-Markierung auf dem Bildschirm des Technikers. Giordino hatte die AUVs nach den griechischen Zwillingsgöttern benannt, da Artemis die Göttin der Jagd und Apollo der Schutzpatron der Seefahrer war.

Pitt ließ sich in einen freien Sessel fallen und verfolgte auf dem Bildschirm, vor dem er stand, wie das soeben gestartete AUV auf den Grund des Ozeans hinabsank und auf seine erste Suchbahn einschwenkte. Aber die Darstellungen auf den Bildschirmen basierten nur auf Schätzwerten. Während sie dreihundert Meter unterhalb der Wasseroberfläche ihre Bahnen zogen, befanden sich die AUVs nicht in ständigem Kontakt mit dem Schiff. Die gelegentlichen Positionsmeldungen wurden von Transpondern im Wasser aufgefangen. Giordino hatte einen Verfolgungsalgorithmus entwickelt, der aus der programmierten Geschwindigkeit der AUVs und den geschätzten Strömungsverhältnissen ihren jeweils zurückgelegten Weg über dem Meeresboden berechnete.

»Welche Laufzeit haben die AUVs?«, fragte Pitt.

»Sie schaffen normalerweise zwanzig Stunden, aber wir holen sie morgen gegen Mittag zurück, um die gesammelten Daten zu kopieren und die Batterien auszuwechseln.«

»Da sie gleichzeitig in Betrieb sind, denke ich, dass *Artemis* und *Apollo* schon während des ersten Durchgangs einen beträchtlichen Teil von Rudis Suchraster abdecken werden.«

»Sechsundachtzig Prozent, nach meiner Berechnung«, antwortete Giordino.

Pitt blickte auf die Zeiger eines Wandchronometers, die sich der Zwölf näherten. »Ich glaube, in der Zwischenzeit gibt es nur noch eins, was man tun kann«, sagte er und unterdrückte ein Gähnen. »Ich denke an schlafen.«

10

Die gekrümmte Türklinge drehte sich mit einem Knirschen, und dann schwang die Stahltür auf. Morgendlicher Sonnenschein dang in das Vorratslager ein und beleuchtete die drei Insassen. Margot, Seth und Alec lagen zusammengekrümmt auf einer dicken Taurolle. Margot hätte die Augen gern vor dem grellen Licht abgeschirmt, aber ebenso wie bei ihren Gefährten waren ihre Hände auf dem Rücken gefesselt. Sie konnte die Augen nur zu Schlitzen zusammenkneifen, als eine stämmige Gestalt in der Türöffnung erschien.

Sie schätzte, dass zehn oder zwölf Stunden verstrichen waren, seit sie aus dem Helikopter der NUMA ausgestiegen, sofort gefesselt und zusammen mit ihren Vermessungsassistenten in den Ship's Locker eingesperrt worden war. Dies war lange genug für ihren Magen, um sich wegen akuten Nahrungsmangels mit einem lauten Knurren zu melden, und für einen ihrer Gefährten, um sich mangels einer Toilette zu besudeln.

Während sich ihre Augen auf das Licht einstellten, erkannte sie in der Gestalt in der Türöffnung den glatzköpfigen Mann wieder, der sie auf dem Helipad in Empfang genommen hatte. Es war derselbe Mann, der sie mit einem Schwinger zu Boden gestreckt hatte, nachdem sie gezögert und versucht hatte, den bereits davonfliegenden NUMA-Helikopter noch mit einem Winken zurückzurufen. Von dem Treffer pulsierte in ihrem Gesicht nach wie vor ein dumpfer Schmerz.

»Sie … hoch.« Er deutete mit einem Finger auf sie.

Margot rollte sich herum, kam auf die Knie und stand auf. Der Mann musterte die beiden anderen Gefangenen drohend, dann ergriff er Margot am Ellbogen und zerrte sie aus dem Lagerraum. Sie registrierte, dass seine Pistole im Halfter steckte, aber das war bedeutungslos. Ein anderer Mann, ebenfalls in schwarzer Tarnkleidung, stand in der Nähe und hatte eine Maschinenpistole auf sie gerichtet.

Der Glatzköpfige schlug die Stahltür zu und verriegelte sie, dann machte er kehrt und marschierte los. Der Mann mit der Maschinenpistole forderte Margot mit einem Wink seiner Waffe auf, ihm zu folgen. Sie schritten langsam über das Schiff, sodass Margot Gelegenheit hatte, sich über ihre Lage klar zu werden. Ihr fielen gleich mehrere Dinge auf.

Das Erste war, dass ihre asiatischen Geiselnehmer – denn etwas anderes konnten sie kaum sein – Uniformen ohne Rangabzeichen oder sonstige Markierungen trugen. Beide Männer waren deutlich über dreißig Jahre alt, agierten selbstsicher und furchtlos und strahlten eiskalte Aggression aus. Margot vermutete, dass es chinesische Kommandosoldaten waren, die bei Spezialoperationen eingesetzt wurden. Vor allem der Glatzköpfige war offenbar daran gewöhnt, seine Ziele durch den Einsatz nackter Brutalität zu erreichen, wie Margot am eigenen Leib hatte feststellen müssen. Ihm fehlte ein Stück seines vernarbten linken Ohrs, das bei einem Zweikampf offenbar Bekanntschaft mit einem Messer gemacht hatte.

Das Zweite, was ihr auffiel, war die ungewöhnliche Ruhe auf der *Melbourne*. Gewöhnlich herrschte auf dem Schiff eine Aktivität wie in einem Bienenkorb. Überall waren Arbeiter zu sehen, die die verschiedensten Tätigkeiten ausübten. Hinzu kam der nicht allzu leise Klangteppich im Hintergrund, den die Pumpen, Kompressoren und Generatoren erzeugten. Nun hingegen war es auf dem Schiff so still wie in einer Geisterstadt. Ein Blick über die Reling verriet ihr jedoch, dass sie zügige Fahrt machten.

Ein graues Mannschaftsboot, das an einem Schleppseil hing, folgte ihm. Dies hätte ihr auffallen und ihren Verdacht erregen müssen, als sie mit dem Helikopter der NUMA eintraf, aber sie hatte es auf den ersten Blick für ein Patrouillenboot der Küstenwache der philippinischen oder taiwanesischen Regierung gehalten.

Das Trio stieg einen Niedergang hinauf und betrat die geräumige Kommandobrücke des Schiffes. Margot Thornton blickte sofort zu einem Einbauschreibtisch im hinteren Bereich des Raums hinüber, von wo aus ihr Vater üblicherweise die Aktivitäten auf dem Schiff überwachte und lenkte. Es traf sie ein Schock, als sie den blutüberströmten Leichnam eines Mannes in einem Winkel des Brückenraums liegen sah. Doch es war der Erste Offizier des Schiffes und nicht ihr Vater. Reflexartig atmete sie erleichtert auf, so schrecklich der Anblick des Toten auch war.

Nur zwei Personen befanden sich auf der Kommandobrücke der *Melbourne*. Ein Mann von schmächtiger Statur stand am Ruder, während der andere – gut einen Kopf größer – im Sessel des Kapitäns saß. Beide waren asiatischer Herkunft. Ihre Haare waren militärisch kurz geschnitten, und sie trugen ebenfalls schwarze Kampfanzüge. Es war der Mann im Sessel, der Margot sofort ins Auge fiel. Schlank zwar, aber mit athletischer Figur, hatte Zheng Yijong eine düstere Aura, neben der die beiden glatzköpfigen Kommandosoldaten fast so harmlos wie die Mitglieder einer Pfadfindergruppe erschienen.

Er behielt seine lässig entspannte Haltung bei, während er Margot musterte. Seine Augen schimmerten wie schwarzes Eis. »Sie sind die Frau, die mit dem Helikopter hierhergekommen ist«, stellte er fest. Sein Englisch klang wie einstudiert, als hätte er seine Worte auswendig gelernt.

Margot nickte und schaute nach unten aufs Deck. Diese Augen. Sie konnte ihren Ausdruck nicht ertragen und wagte nicht, den Blick zu erwidern.

Zheng sah den kahlköpfigen Mann neben ihr fragend an. »Trifft das zu, Ning?«

Der Kommandosoldat nickte.

»Wo ist mein Vater?« Damit stellte Margot die Frage, die ihr schon seit einer Weile auf der Zunge brannte.

Zheng ließ den Blick an ihr auf und ab wandern, dann nickte er. »Ja, ich sehe die familiäre Ähnlichkeit. Ihr Vater befindet sich unter Deck. Sie dürfen ihm in Kürze Gesellschaft leisten … wenn Sie sich kooperativ verhalten.«

Er sah aus dem Fenster auf den freien Landeteller am Steuerbordbug. »Woher kommen Sie?«

Margot spürte seine Bereitschaft zu brutaler Gewalttätigkeit beinahe körperlich und versuchte gar nicht erst, seiner Frage auszuweichen. »Wir führten Untersuchungen im Balintang Channel durch. Unser Boot ist von einer Monsterwelle zum Kentern gebracht worden. Gerettet wurden wir von einem NUMA-Schiff, das einen Helikopter an Bord hatte. Diese Leute haben uns hierhergeflogen.«

»Erzählen Sie mir von diesem NUMA-Schiff.«

Margot zuckte die Achseln. »Das Schiff heißt *Caledonia*. Es ist ein modernes ozeanographisches Forschungsschiff, ausgerüstet mit den üblichen ROVs, AUVs und einem Tauchboot, glaube ich.«

»Was hat das Schiff in diesen Gewässern zu suchen?«

»Mir wurde erklärt, dass sie hier sind, um die Versäuerung in den tieferen Wasserschichten zu messen.«

»Ich verstehe.« Zheng faltete die Hände und betrachtete seine Fingerknöchel. »Und was genau haben Sie untersucht?«

»Wir hielten nach geologischen Auffälligkeiten Ausschau, die von der *Melbourne* später genauer überprüft werden sollten.«

»Auffälligkeiten, die auf das Vorhandensein von Diamanten hinweisen?«

»Ja, oder zumindest Anlass geben, ein solches Vorkommen möglich erscheinen zu lassen.«

Zheng nickte, und Margot atmete aus, wobei ihr bewusst wurde, dass sie die Luft angehalten hatte. Ihre Antwort entsprach offensichtlich dem, was die Mannschaft ihm erzählt hatte. Zeit, das Thema zu wechseln.

»Wo ist die Schiffscrew?«, fragte sie.

»Unten – und sicher untergebracht.« Zheng lächelte humorlos. »Sie wurden nicht misshandelt. Irgendwann brauchen wir ihre Kenntnisse und ihre Erfahrung. Das trifft übrigens auch auf Sie zu. Sind Sie Geologin?«

»Ich bin Geophysikerin.« Diese Art der Befragung nervte sie allmählich. »Weshalb sind Sie in dieser Region? Was wollen oder was suchen Sie hier?«

Zheng antwortete nicht. Stattdessen nickte er dem Glatzköpfigen fast unmerklich zu. Ning legte eine massige Hand um Margots Oberarm und drückte.

Margot glaubte, der Knochen würde jeden Moment brechen, aber sie presste die Zähne zusammen, um nicht laut aufzuschreien. Der Kommandosoldat lockerte den Griff und zog sie mit sich zur Tür. »Los. Gehen Sie.«

Er steuerte sie die Treppe hinunter und brachte sie in den Quartierbereich, zwei Etagen unter dem Oberdeck. Sie blieben vor einer Kabine an Ende eines Flurs stehen, vor der ein bewaffneter Soldat in einem Klappsessel lümmelte. Als er seinen Kumpan mit der Gefangenen sah, sprang er auf, schloss die Kabinentür auf und öffnete sie. Als die beiden die Türöffnung erreichten, stieß der Glatzköpfige Margot in die Kabine. Sie schaffte es nicht mehr, die Hände rechtzeitig hochzuheben, um sich abzustützen, prallte gegen ein Etagenbett und stürzte zu Boden. Gleichzeitig hörte sie, wie die Tür hinter ihr zugeschlagen wurde.

Sie rollte sich herum und kam schwankend auf die Füße. In ihren Augen flackerte das nackte Entsetzen. Nicht wegen der rohen Behandlung, sondern wegen des Anblicks, den der Mann im unteren Bett bot. Seine Kleider waren zerfetzt, getrocknetes Blut verklebte sein Haar. Das mit Blutergüssen übersäte Gesicht war so gut wie unidentifizierbar. Allerdings nicht für die Tochter des Mannes.

Alistair Thornton schob die Beine über die Bettkante und stand mühsam auf. Er war eine muskulöse Erscheinung mit einem Körper, der durch jahrelange Schufterei abgehärtet war. Dies zeigte sich auch in seinem zerfurchten Gesicht, dem energischen Kinn und der ausgeprägten Nase. Schmerzen und Wut flackerten in seinen blauen Augen, aber er zwang sich zu einem Lächeln.

»Mein Mädchen.« Er schlang die Arme um ihren Hals. »Du bist zurückgekommen.«

Tiefe Sorge lag in seiner Stimme. Sein Blick fiel auf ihre gefesselten Hände, und er befreite sie.

Behutsam berührte sie sein misshandeltes Gesicht. »Was haben sie mit dir getan?«, fragte sie und ließ ihren Tränen freien Lauf.

»Es war meine eigene Schuld. Ich wollte mich nicht damit abfinden, dass jemand anders das Kommando auf meinem Schiff übernimmt. So habe ich mir wegen des Ärgers, den ich machte, einen Gewehrkolben im Gesicht eingefangen.«

Margot wusste, dass ihr Vater knallhart sein konnte, wenn es darauf ankam oder er sich etwas in den Kopf gesetzt hatte. Er hatte Jahre im australischen Outback und im Dschungel von Neuguinea mit der Suche nach Bodenschätzen verbracht. Er hatte sich mit Straßenräubern und Kopfjägern herumgeschlagen und vollkommen allein eine erfolgreiche Bergbaufirma aufgebaut. Alistair Thornton war jemand, den man nicht unterschätzen sollte.

»Wer sind diese Leute, und was wollen sie?«

»Ich habe keine Ahnung.« Thornton schüttelte den Kopf. »Sie kamen längsseits und gaben sich als Vertreter des Philippines Department of Environment and Natural Resources aus. Aber natürlich sind sie keine Filipinos.«

»Angehörige einer chinesischen paramilitärischen Einheit?«

»Höchstwahrscheinlich. Sie interessieren sich offenbar brennend für unsere Messtechnik und die Leistungsfähigkeit unserer Scanner.

Anfangs meinten sie, sie wollten sich unser Schiff nur ausleihen, und beteuerten, dass niemand zu Schaden komme.« Ein bitterer Ausdruck erschien in seinen Augen, während er die Hände zu Fäusten ballte. »Und dann haben sie Murphy und White getötet. Sie warfen White wie einen Sack Zement über die Seitenreling.«

Murphy war der Erste Offizier der *Melbourne* und White der Chefingenieur. Und schon wieder spürte Margot, wie sie von einer Woge der Angst erfasst wurde. »Sind sie hinter Diamanten her?«

»Das war auch mein erster Gedanke, aber inzwischen glaube ich das nicht. Sie haben das Kommando über das Schiff übernommen, um etwas zu suchen, ich weiß nur nicht, was.« Mit einer Hand massierte er sein markantes Kinn. »Als sie ankamen, haben sie das reinste Chaos ausgelöst. Wir befanden uns auf der einen Seite des Schiffes und führten gerade einen Test durch, als sie an Bord kamen und ihre Waffen hervorholten.«

»Was ist mit …«

Thornton legte einen Finger auf ihre Lippen. Er sah sich im Raum um und deutete in Zeichensprache an, dass sie möglicherweise abgehört wurden.

Margot erbleichte. »Ich bin so froh, dass du hier bist. Wir wurden von mehreren Wellen von Norden überrollt. Die letzte war sehr groß.« Sie schilderte, wie sie aus dem Vermessungsboot gerettet und zuerst nach Aparri gebracht wurde.

»Gab es irgendwelche Todesopfer?«

»Ich glaube nicht. Es war zwar eine mächtige Welle, aber die Schäden blieben nur auf einen kleinen Bereich begrenzt.«

»Gott sei Dank.«

»Wohin wollen sie mit dem Schiff?«

Thornton bekam keine Gelegenheit mehr, die Frage zu beantworten. Ohne Vorwarnung wurde die Kabinentür aufgestoßen. Die beiden Wächter, die Margot nach der Landung des Helikopters in die Mitte genommen hatten, standen in der Türöffnung. Ning deutete mit einem Finger auf Thornton. »Sie. Zur Kommandobrücke.«

Margot hauchte ihrem Vater einen Kuss auf die Wange. Er strich mit den Fingern durch ihr Haar, dann verließ er die Kabine.

Als der Bergbauingenieur die Kommandobrücke betrat, saß Zheng an Thorntons Schreibtisch und las in einem technischen Handbuch, auf dessen Umschlag das Logo der Thornton Mining Company zu sehen war. Der Kommandosoldat, der in ein Geräteschema vertieft gewesen war, beendete die Lektüre und sah den Schiffseigner an. »Haben Sie die *Melbourne* entworfen und gebaut?«

»Sie entspricht genau meinen Berechnungen«, erwiderte Thornton nicht ohne einen Anflug von Stolz.

»Ihre Eigenschaften sind wirklich beeindruckend. Sowohl als Vermessungs- wie auch als Baggerschiff. Und vielleicht kann sie sogar noch mehr.«

Thornton sagte nichts und schaffte es kaum, seine Abneigung gegen den Mann zu kaschieren.

»Während Sie unten in Ihrer Zelle gesessen haben, haben uns einige Mitglieder Ihrer Crew die Unterwasserausrüstung des Schiffes erklärt. Aber niemand war in der Lage, uns zu beschreiben, wie man sie bedient und das Beste aus ihr herausholen kann.«

»Das liegt daran, dass Sie Reginald White getötet haben. Er war mein Vermessungsingenieur.« Thornton sagte es langsam und mit besonderem Nachdruck.

»Ja, nun, er hat sich auch nicht besonders kooperativ gezeigt, als wir wissen wollten, wie erfolgreich Ihre Suche war«, sagte Zheng. »Schade für ihn, da dieser Punkt momentan nicht von Interesse für uns ist.« Er stand auf und trat an die Konsole mit der Bezeichnung *Sonar-Station*.

»Das Schiff ist mit einem am Rumpf befestigten Mehrstrahl-Sonarsystem ausgerüstet, nicht wahr? Dies würden wir gern benutzen, um etwas zu suchen, das auf dem Meeresboden liegt. Ich verlange von Ihnen, dass Sie uns dabei behilflich sind, die Anlage für die gewünschte Wassertiefe und Abtastempfindlichkeit zu kalibrieren.«

»Und wenn ich nicht bereit bin, Ihnen zu helfen?«

Zheng reagierte mit der Andeutung eines Lächelns. »Dann wird Ihre Tochter einiges zu erleiden haben. Ning wird sich mit ihr beschäftigen.« Er deutete mit einem Kopfnicken auf den glatzköpfigen Kommandosoldaten.

Thornton biss die Zähne zusammen.

Der Steuermann, der mit einem Fernglas durch die Windschutzscheibe blickte, machte sich mit einem Warnruf bei seinem Kommandanten bemerkbar. »Chief, direkt vor uns befindet sich ein amerikanisches Schiff mit blauem Rumpf. Soweit ich erkennen kann, operiert es genau im Suchbereich.«

11

Das orangefarbene NUMA-AUV stieg wie ein springender Wal zur Wasseroberfläche auf. Die elektronischen Druckstrahlruder verstummten und stoppten, und der große Zylinder tanzte in dem stetig zunehmenden Wellengang des Ozeans. Er blieb nicht lange allein. Der türkisfarbene Rumpf der *Caledonia* schob sich schon bald längsseits an ihn heran, und eine Decksmannschaft, von Al Giordino beaufsichtigt und dirigiert, hievte das Unterwasserfahrzeug an Bord.

Das AUV wurde auf einen Satz hölzerner Stützbalken aufgesetzt, die man neben dem anderen AUV, der *Apollo*, die kurz zuvor zurückgekehrt war, aufgestellt hatte. Während ein Mannschaftsmitglied ein wasserdichtes Fach öffnete, um die Batterien auszubauen, holte Giordino eine steckbare Festplatte aus dem Bordcomputer. Er brachte sie in ein angrenzendes Labor, setzte sie in eine Computer-Workstation ein und begann, ihren Inhalt herunterzuladen.

Kurze Zeit später betrat Dirk Pitt das Labor und traf Al Giordino am Computer an, vor sich eine Tastatur, auf der er eine lange Serie von Befehlen tippte.

»Wie schnell kannst du die AUVs wieder zu Wasser und ihre Suche fortsetzen lassen?«, erkundigte er sich.

Giordino warf einen Blick auf seine Armbanduhr. »Die Batterien zu wechseln, sollte schon in Kürze erledigt sein, aber es besteht kein Grund, die Dinge zu überstürzen und sie wieder auf die Reise zu schicken, ehe wir nicht wissen, was sie bisher aufgezeichnet haben.«

Pitt zog sich einen Stuhl heran und setzte sich. »Willst du damit sagen, dass es mehrere Stunden dauern wird, um die Daten zu überprüfen?«

»Nur wenn wir sie manuell durchgehen müssen, aber Hiram Yaeger hat ein raffiniertes Programm geschrieben, das uns eine ganze Menge mühsamer Arbeit abnimmt.« Giordino tippte gegen den Bildschirm. »Wir haben einige Parameter des Objekts eingegeben, das wir suchen, und das Programm wird die Daten sieben und uns anschließend die wahrscheinlichsten Fundorte melden.«

»Kann das Programm zwischen natürlichen und von Menschenhand angefertigten Objekten unterscheiden?«

»Mit einer Genauigkeit von achtundneunzig Prozent. Gegenstände, die nicht eindeutig identifiziert werden können, landen in einem Zwischenspeicher, um erneut überprüft zu werden.«

»Klingt beeindruckend. Leg los.«

Giordino tippte weiter auf dem Keyboard und rief ein grobkörniges goldfarbenes Bild auf, das den Sonaraufnahmen von dem Meeresboden entsprach, wie er von den beiden AUVs aufgezeichnet worden war. Der Bildschirm blätterte mit hohem Tempo mehrere Minuten lang weiter, bis er bei einem dunklen, schattigen Gebilde anhielt.

»Der Computer hat zweiundvierzig Ziele identifiziert.« Giordino überflog eine Detailliste am Bildschirmrand. »Ich vermute, das erste Ziel können wir eliminieren.«

Er vergrößerte den Bildschirm und zog das Ziel, das von dem Programm mit einem roten Punkt markiert worden war, in die Mitte des Bildschirms. Dank der Vergrößerung füllte ein tonnenförmiges schwarzes Objekt den Bildschirm vollständig aus.

Pitt studierte das Bild und nickte. »Das ist ein ganz alltägliches Fünfundfünfzig-Gallonen-Fass. Was kommt als Nächstes?«

Giordino rief das nächste Zielobjekt auf. Auf dem Bildschirm erschienen drei halbrunde zusammengebackene Formen.

»Höchstwahrscheinlich einige Steine oder Felsen, bei denen sich der Computer nicht vollkommen sicher war«, sagte Giordino. An der vergrößerten Darstellung kam den beiden Männern nichts verdächtig vor.

Sie betrachteten noch mehrere unauffällige Objekte, ehe Pitt auf den Bildschirm tippte. »Dies dort könnte etwas sein, das man eingehender unter die Lupe nehmen sollte.«

Das Objekt warf einen rechteckigen Schatten auf den Meeresboden, der auf eine Länge von anderthalb Metern schließen ließ. Bei der Vergrößerung war deutlich zu erkennen, dass die eine Seite schartig und unregelmäßig geformt war, während die andere eine vollkommen glatte Kante aufwies.

»Es könnte sich um ein Raketenteil handeln«, sagte Giordino. »Ich markiere es, damit wir es uns noch einmal genauer ansehen.«

Sie inspizierten die restlichen Zielobjekte, wobei Giordino denen besondere Aufmerksamkeit schenkte und sie vormerkte, die wie von Menschenhand hergestellt aussahen. Während sie sich über das Raster bewegten, nahmen die Objekte an Größe zu, außerdem verringerte sich der Abstand zwischen ihnen, bis sie zu einem größeren Gebilde gelangten, das einen dreieckigen Schatten warf. Es lag am Rand des Prüffeldes des AUVs, sodass nicht allzu viele Details zu erkennen waren.

»Dies könnte entweder der Fund des Tages sein.« Giordino manipulierte das Bild mit mehreren Filtern. »Oder nicht mehr als ein Haufen Steine.«

»Nein«, widersprach Pitt. »Ich glaube, es ist das, was wir suchen.«

»Sozusagen der letzte Mohikaner«, meinte Giordino. »Mal sehen, wie die Positionen der Zielobjekte, die uns gefallen haben, angeordnet sind.«

Er tippte einen neuen Befehl und veränderte das Suchfeld in ein Dreieck, das sich von der Oberkante des Schirmbildes aus nach unten erstreckte. Dann fügte er die Positionsmarkierungen der Objekte hinzu, die ihr Interesse geweckt hatten. Als kleine rote

Punkte erkennbar, fügten sich die Punkte zu einer schnurgeraden Linie – ein wenig abgesetzt von der Mittelachse des Suchrasters – zusammen.

»Na also, sieh dir das an.« Giordino strahlte übers ganze Gesicht. »Eine hübsche Spur aus Brotkrumen, die von Westen nach Osten verläuft.«

»Sieht wirklich wie eine Trümmerspur aus.« Pitt klopfte seinem alten Freund anerkennend auf den Rücken. »Und ich hatte schon befürchtet, dass wir einige Wochen hier herumschnüffeln müssen.«

»Ich glaube, die Jungs von der Fernaufklärung hätten uns genauso drauf gestoßen.«

»Ich nehme an, ein Ausflug nach unten wäre jetzt angebracht, um nachzusehen, ob wir mit unserer Vermutung richtigliegen.«

Giordino nickte. »Lass mich noch die Datenpunkte in die *Stingray* übertragen, dann können wir uns gleich auf den Weg machen.«

Eine Stunde später kletterten die beiden Männer in ein gelbes Unterseeboot, das auf dem Achterdeck ruhte. Ehe er die Einstiegsluke schloss, blickte Pitt über die Schiffsreling auf einen schwarzen Punkt am Horizont. Ein schwarzes Schiff von unbestimmbarer Größe nahm offenbar Kurs auf ihre Position. Pitt betrachtete es wachsam, obgleich er wusste, dass es allem Anschein nach ein Containerschiff sein musste.

Vom Heck der *Caledonia* zu Wasser gelassen, begann das Unterseeboot seinen langsamen, von der Schwerkraft bestimmten Abstieg zum Meeresboden. Aus Kohlenstofffaser-Verbundwerkstoff erbaut, war die *Stingray* für Tauchtiefen von mehr als zwölftausend Fuß konstruiert. Zu Pitts und Giordinos Vorteil befanden sie sich in einer Region der Westphilippinischen See, in der die Wassertiefe weniger als eintausend Fuß betrug.

Das Unterseeboot war am westlichen Ende von Giordinos markierten Zielobjekten abgesetzt worden. Als das Echolot der *Stingray* anzeigte, dass sie sich einer steilen und zerklüfteten Zone des Meeresbodens näherten, justierte Giordino den Auftrieb des Bootes nach. Pitt aktivierte die elektrischen Druckstrahlruder und lenkte das Boot vorwärts. In der Tiefe machte sich zu Pitts Überraschung eine ungewöhnlich starke Querströmung bemerkbar, die drohte, das Boot von seinem Kurs abzudrängen.

»Der Computer zeigt an, dass wir während des Tauchvorgangs erheblich abgetrieben sind.« Giordino verglich die vom Trägheitsnavigationssystem ermittelten Daten mit den Zielkoordinaten. »Das erste Zielobjekt sollte in etwa zweihundert Metern Entfernung auf einem Kurs null-zwei-drei Grad zu finden sein.«

Pitt lenkte die *Stingray* auf den vorausberechneten Kurs zum ersten Zielobjekt. Die Scheinwerfer des Tauchboots rissen einen grauen, felsigen Hügel unter ihnen aus dem Dunkel. Einige wenige Tiefseefische bevölkerten die Formation. Während die *Stingray* sich dem ersten Zielobjekt näherte, wurde der Lichtschein ihrer Scheinwerfer von einem metallischen Objekt reflektiert. Pitt nahm eine minimale Kurskorrektur vor, näherte sich dem Metallfragment und blieb darüber stehen. Der an den Rändern gezackte Gegenstand war etwa dreißig Zentimeter lang und teilweise geschwärzt. Er ragte vom Boden auf, weshalb er wohl auch vom Sonar des AUVs aufgespürt worden war.

Giordinos Blick sprang zwischen dem Objekt und dem Bild auf seinem Monitor hin und her. »Es entspricht dem Sonartreffer.«

»Keine Ahnung, was das sein kann«, sagte Pitt, »aber es ist nicht mit Sediment bedeckt.«

»Sieht aus, als würde es sich lohnen, es aufzusammeln.«

Während Pitt das Unterseeboot näher heranmanövrierte, aktivierte Giordino einen Greifarm, der aus dem Bug ragte. Mit vielfach geübter Routine streckte er den mechanischen Arm aus und hob das gezackte Metallteil mit einer Aluminium-Greifhand auf. Er zog es zur *Stingray* zurück, hielt es vor dem Bullauge hoch, um es aus größerer Nähe zu betrachten, dann ließ er es in einen Drahtkorb fallen, der an den vorderen Kufen des U-Boots befestigt war.

Pitt führte sie zum nächsten Zielobjekt, wo sie ein ähnliches verformtes Metallteil auf dem Abhang eine Felsgrates entdeckten. Von der Unterseite des Trümmerteils hing ein Bündel zerfranster Elektrokabel herab. In nächster Nähe fand Pitt weitere Drähte im Schlick, die zu einer grünen Leiterplatte führten, die an einer Aluminiumklammer befestigt waren. Giordino klaubte die Gegenstände vom Meeresboden auf, dann nahmen sie das nächste Ziel ins Visier.

Sie bewegten sich von Fundstück zu Fundstück, jeder ausschließlich auf seine augenblickliche Aufgabe konzentriert. Dabei stellten sie zwar keine Vermutungen an, aber sie wussten beide, dass die Metallteile nur von der chinesischen Rakete stammen konnten. Sie untersuchten die Hälfte der Zielobjekte, sammelten weitere Trümmer und andere Überreste ein, die vom Sonar übersehen worden waren, bis der Korb gefüllt war und die Batterien der *Stingray* an Leistung verloren. Mit Hilfe eines Unterwassertransponders gab Pitt der *Caledonia* per Funk Bescheid, dass sie Vorbereitungen zum Auftauchen träfen. Giordino leerte die Ballasttanks, und sie begannen langsam zur Wasseroberfläche aufzusteigen.

Sie wurden von der Abenddämmerung, schwerer See und einem bedrohlichen Himmel begrüßt. Durch die vordere Sichtscheibe war ein Schiff zu sehen, aber es war nicht das NUMA-Schiff. Groß, schwarz und mit zahlreichen Kränen ausgerüstet, lag die *Melbourne* nur eine halbe Meile entfernt.

»Treten wir etwa jemandem auf seine Diamantmine?«, fragte Giordino. »Der Schlips kann es ja wohl kaum sein.«

»Möglicherweise. Ich weiß zumindest, dass wir ganz gut ohne Publikum zurechtkommen würden.«

Pitt schaltete eins der Druckstrahlruder ein und drehte das U-Boot, bis seine Nase nach Osten zeigte. In kurzer Entfernung erschien die *Caledonia* und kam sofort längsseits. Das NUMA-Schiff manövrierte sich zwischen das Tauchboot und die *Melbourne* und blockierte die Sicht des Letzteren, während die *Stingray* aus dem

Meer gehievt wurde. Das tropfnasse U-Boot war kaum auf dem Deck abgesetzt worden, als drei Mitglieder der NUMA-Crew sich des Inhalts des Sammelkorbs bemächtigten und ihn in ein abgesichertes Labor brachten. Kapitän Stenseth hielt sich in der Nähe auf und überwachte die Bergung der Fundstücke, während Pitt und Giordino aus der Einstiegsluke kletterten.

Stenseth hielt die grüne Leiterplatte hoch und wedelte damit herum. »Sieht aus, als hätten Sie beide einen Volltreffer gelandet.«

»Ich bin mir nicht sicher«, erwiderte Pitt, »dass wir genug gefunden haben, um daraus irgendetwas Sinnvolles zusammenzubasteln.«

»Das Pentagon ist anscheinend auf alles, was wir haben, richtig wild«, antwortete Stenseth. »Sie haben bereits Fotos von allem angefordert, was Sie heraufgeholt haben.« Er nickte in Richtung des Labors. »Haben Sie alles mitgebracht, was zu finden war?«

»Nein. Einige Objekte müssen wir noch überprüfen.«

»Sie sind um einiges größer«, warf Giordino ein.

Pitt wandte sich zur Reling um und deutete auf das andere Schiff, das sich inzwischen nach Süden zurückgezogen hatte und nun vom Heck der *Caledonia* aus zu sehen war. »Das ist doch Margots Schiff, die *Melbourne*.«

»Sie haben sich vor gut einer Stunde angeschlichen«, sagte Stenseth. »Bisher geben sie aber keinen Pieps von sich. Ich habe sie gebeten, Abstand zu halten, und erklärt, bei uns sei eine Unterwasseroperation im Gange. Aber sie haben nicht reagiert. Sondern sie parkten lediglich querab von uns. Könnten sie einen Schimmer haben, weshalb wir hier sind?«

»Das kann ich mir nicht vorstellen. Ich werde Margot anrufen und mich erkundigen, was sie vorhaben.«

»Na ja, das ist nicht unser eigentliches Problem«, sagte Stenseth, als ein Ruck durch das Schiff lief und es unter ihren Füßen heftig schwankte.

»Und was ist das Problem?«, fragte Giordino.

»Das Wetter. Eine Sturmfront ist gerade dabei, sich ziemlich schnell aufzubauen. Sie nähert sich von Südosten. Möglicherweise mit Taifunstärke. So wie es aussieht, wird sie uns für mindestens achtundvierzig Stunden zur Untätigkeit verdammen.«

»Bleibt uns noch genügend Zeit«, sagte Pitt, »um einen weiteren Tauchgang einzuschieben?«

»Das Radar zeigt, dass es schon in zwei Stunden ziemlich hässlich aussehen wird. Ich würde davon abraten.«

Pitt gab Giordino mit dem Kopf ein Zeichen. Sein Freund machte kehrte und begab sich im Laufschritt in einen Nebenraum.

»Was hat er vor?«, fragte Stenseth.

»Er holt frische Batterien für die *Stingray*. Es hat keinen Sinn abzuwarten, wenn wir unseren Job jetzt zu Ende bringen können.«

Stenseth, kein bisschen überrascht, nickte. »Die Vorstellung, Sie nachts bei rauer See an Bord zu holen, gefällt mir ganz und gar nicht.«

Pitt grinste. »Wir lassen das Licht brennen.«

Während das U-Boot für den nächsten Tauchgang präpariert wurde, folgte Pitt dem Kapitän zur Kommandobrücke und rief die *Melbourne* über den Schiffsfunk. Nach mehreren Versuchen antwortete eine unfreundliche Stimme mit starkem asiatischen Akzent.

»*Melbourne.*«

»Mein Name ist Pitt. Könnte ich, bitte, mit Margot Thornton sprechen?«

Nach einer kurzen Pause erwiderte die Stimme knapp: »Ist zurzeit nicht verfügbar.«

»Dann holen Sie bitte Mr. Thornton ans Mikrofon.«

Eine weitere Pause trat ein, gefolgt von der gleichen Auskunft.

»Dann bestellen Sie Margot, dass sie sich bei mir melden möchte, wenn sie wieder erreichbar ist«, sagte Pitt. Als er keine Bestätigung hörte, fragte er: »Weshalb sind Sie eigentlich hier?«

»Wir suchen nach Bodenschätzen«, lautete die wenig aufschlussreiche Antwort. »Und was tun Sie hier?«

»Wir führen Unterwasserkartographierungen durch«, sagte Pitt. »Unser U-Boot ist soeben im Einsatz. Bitte bleiben Sie auf Distanz.«

Ein Klicken des Funkgeräts auf dem anderen Schiff war die einzige Antwort.

»Was für ein geschwätziger Bursche«, stellte Stenseth ironisch fest.

Pitt blickte zu dem benachbarten Schiff hinüber, das nun in der zunehmenden Abenddämmerung strahlend hell erleuchtet war. Ein Kran erwachte an Steuerbord zum Leben, um irgendetwas über die Seite ins Wasser abzulassen. »Behalten Sie die Leute wachsam im Auge, Käpt'n, und versuchen Sie, so viel wie möglich aus Margot herauszuholen, falls sie sich noch meldet.«

Giordino schob den Kopf durch die Tür zur Brückennock. »Die frischen Batterien sind jetzt eingesetzt worden. Die *Stingray* ist startbereit. Wir können tauchen.«

Pitt folgte ihm zum Achterdeck, von wo sie mit dem U-Boot ins Wasser abgelassen wurden. Erste Schaumkronen erschienen auf den Wellen, als der zunehmende Wind bereits Gischtwolken in die Luft wirbelte. Die *Stingray* wurde auf der Wasseroberfläche kräftig durchgeschüttelt, während sie langsam versank, um zum Meeresboden hinabzutauchen.

»Was ist mit der *Melbourne* los?«, fragte Giordino.

»Keine Ahnung. Ich wollte mit Margot und ihrem Vater sprechen, aber sie waren nicht abkömmlich, soweit ich verstanden habe.«

Giordino entging der besorgte Ausdruck in Pitts Gesicht nicht. »Stimmt irgendetwas nicht?«

»Das kann man wohl sagen. Ihr Funker war ungewöhnlich grob und abweisend. Abgesehen von der offensichtlichen Tatsache, dass sie plötzlich ausgerechnet hier erschienen sind.«

»Meinst du, sie sind hinter dem her, was wir suchen?«

»Es könnte sein. Oder sie warten ab, ob unsere Suche erfolgreich ist.«

Giordino nickte. »Ich stimme mich mit der *Caledonia* ab, dass wir uns auf der anderen Seite befinden, wenn wir auftauchen. Vielleicht schaffen wir es sogar, in der Dunkelheit unbemerkt an Bord zu kommen.«

»Kein schlechter Gedanke, falls wir noch etwas von Bedeutung finden.«

Dass ihre Glückssträhne anhielt, erwies sich, als sie das nächste Zielobjekt ansteuerten und es als Trümmerteil des geplatzten Treibstofftanks der Rakete identifizierten. Giordino pflückte es aus dem Sand und platzierte es im Sammelkorb. Pitt lenkte das Tauchboot vorwärts, suchte den Meeresboden ab und lokalisierte die nächsten Ziele, von denen jedes ein mechanisches Bruchstück war, das Giordino einsammelte. Während er das letzte Fundstück in den Korb bugsierte, warf er einen Blick auf die Sonardaten.

»Viel ist nicht mehr zu erwarten. Soweit ich erkennen kann, warten in etwa fünfzig Metern Entfernung noch zwei oder drei Objekte auf uns.«

Pitt ließ die *Stingray* ein Stück aufsteigen und aktivierte die Druckstrahlruder. Das Gefälle des Steinhangs nahm ab und gestattete Pitt, das Tempo zu steigern, mit dem er über den Meeresboden glitt. Der Meeresboden war zunehmend mit Sand bedeckt, und in der von Giordino geschätzten Entfernung ragten zwei kleinere Gegenstände aus dem Meeresgrund hervor. Pitt steuerte auf die Fundstücke zu, die das Licht des U-Boots reflektierten, und blieb über ihnen stehen.

Bei genauerer Betrachtung konnten die Männer erkennen, dass es sich nicht um zwei separate Objekte handelte, sondern um ein voluminöseres Gebilde, das in einer Mulde ruhte und vom Sonar übersehen worden war. Der Metallhaufen bestand aus Pumpen, Ventilen und Einspritzdüsen, die um einen längeren Luftansaugstutzen angeordnet waren. Alles machte einen bemerkenswert intakten Eindruck.

Die beiden Männer sahen sich an, ohne den Gedanken auszusprechen, der in diesem Augenblick durch ihre Köpfe ging.

Sie hatten den Scramjet-Motor der Rakete gefunden.

12

Um die Gefahr, bemerkt zu werden, so weit wie möglich zu minimieren, näherte sich das kleine Schlauchboot dem NUMA-Schiff von achtern. Die *Caledonia* hatte sich an die Strömung angepasst und blieb dank eines dynamischen Positionierungssystems mit dem Bug zu den auflaufenden Wellen an Ort und Stelle.

Es war die perfekte Konstellation für Zhengs Enteroperation. Sobald sein Team heimlicher Taucher sich über den Rand gewälzt hatte, würde es, solange die Männer noch frisch waren, gegen die Strömung schwimmen. Wenn die Männer ihre Mission abgeschlossen hätten, könnten sie sich mit dem Boot weit genug vom Forschungsschiff entfernen und darauf warten, abgeholt zu werden.

Zheng lenkte das Boot durch die Dunkelheit und kämpfte, während es mit halber Kraft seinem Kurs folgte, gegen einen starken Querwind. Er gab gerade genug Gas, damit der Motor ein Minimum an Vortrieb entwickelte, um den Lärm und die Auspuffgeräusche so gering wie möglich zu halten. Der Seegang nahm von Minute zu Minute zu, aber das ist zu unserem Vorteil, dachte er. Höhere Wellen verbargen das kleine Boot auf einem Schiffsradar und reduzierten die Chance, dass ein Mannschaftsmitglied es mit bloßem Auge entdeckte. Außerdem wäre ein hoher Seegang eine bessere Tarnung für die Taucher im Wasser, selbst wenn es sie einige Kraft kosten würde, gegen die Turbulenzen anzukämpfen.

Ganz in Schwarz gekleidet, um neben dem frischen und ebenfalls schwarzen Farbanstrich eines der Schlauchboote der *Melbourne* nicht aufzufallen, musterte Zheng die beiden Männer vor ihm. Auch in Schwarz, trugen sie identische Nasstauchanzüge und Auftriebskompensatoren. Jeder war außerdem mit einer einzelnen Sauerstoffflasche und einem großen Tragnetz ausgerüstet.

Mehrere hundert Meter vor der *Caledonia* schaltete Zheng den Motor aus. »Bereit?«, fragte er, während die Wellen plätschernd gegen den starren Bootsrumpf schlugen.

Beide Taucher nickten. Sekunden später ließen sie sich rückwärts über den Bootsrand in das dunkle Wasser gleiten und tauchten ab.

Zheng verfolgte die Spur ihrer Luftblasen, während sie sich etwa sechs Meter tief absinken ließen. Von einem beleuchteten Kompass geleitet, schwammen sie zu dem NUMA-Schiff und behielten die Zeit im Auge, die seit ihrem Eintauchen ins Wasser verstrichen war. Die Strömung war sogar in größerer Tiefe noch sehr stark, und die Taucher mussten mit ihren Schwimmflossen kräftig paddeln, um sie zu überwinden und vorwärtszukommen.

Um einander in dem dunklen Wasser nicht zu verlieren, schwammen die beiden Männer fast auf Tuchfühlung Schulter an Schulter. Lediglich der silbrige Schimmer des Wellengangs über ihren Köpfen diente ihnen als Orientierungshilfe. Nach zehn Minuten hielten die Taucher inne. Einer der beiden knipste eine wasserdichte Bleistiftleuchte an. Keine zehn Meter vor ihnen konnten sie die geschwungene Form eines der Propeller der *Caledonia* erkennen, der den Lichtschein der Lampe mit mattem Glanz reflektierte.

Mit ausgeschalteter Lampe, die Arme vorgestreckt, schwammen die Taucher weiter, bis ihre Hände die großen Bronzeflügel berührten. Im Schatten des Rumpfs der *Caledonia* gönnten sie sich eine kurze Pause. Nachdem sie zu seiner Wölbung aufgestiegen waren, tasteten sie sich am Heckspiegel entlang zur Backbordseite, wo sie ein Stück weit aufstiegen und ihre Tragnetze von den Gürteln lösten.

Dichter unter der Wasseroberfläche war der Wellengang erheblich heftiger. Sie hatten Mühe, in Position zu bleiben, während ein Mann eine kugelförmige Masse Plastiksprengstoff, die mit einem Saugnapf versehen war, aus seinem Tragnetz angelte und am Schiffsrumpf befestigte. In nächster Nähe der Sprengladung verteilte er mehrere kleine Sprengkörper. Der zweite Taucher hielt einen Detonator mitsamt Zeitschaltuhr bereit und verband ihn mit den Sprengladungen. Er drückte auf einen mit einer Gummikappe geschützten Schaltknopf und aktivierte den Zündmechanismus. Ein LED-Display leuchtete auf und zeigte den Start eines zweistündigen Countdowns an.

Die Taucher ließen sich unter der *Caledonia* absinken. Nachdem sie ihren Kompasskurs um einhundertachtzig Grad geändert hatten, entfernten sie sich von dem Schiff. Diesmal hatten sie keine Mühe voranzukommen, da sie mit der Strömung schwammen, bis sie wenige Minuten später zur Meeresoberfläche aufstiegen. Für einen Augenblick ließen sie sich treiben, dann orientierten sie sich und fanden das dunkle Gummiboot fünfzig Meter weiter in Richtung der Strömung.

Zheng lenkte das Zodiac auf die Taucher zu und half ihnen ins Boot zu klettern, was ihnen wegen des mittlerweile beträchtlichen Wellengangs einige akrobatische Verrenkungen abverlangte. »Habt ihr die Ladung scharf gemacht?«, fragte er, während sie ihre Tauchausrüstungen ablegten.

»Ja, sie befindet im hinteren Abschnitt des Schiffes«, meinte einer der Taucher. »Dort wird sie einigen Schaden anrichten, ohne das Schiff ganz zu versenken. So wie Sie es gewollt haben.«

Zheng nickte. Er rutschte auf die Sitzbank am Bootsheck, startete den Außenbordmotor und lenkte das Boot in einem weiten Bogen zur Leeseite der *Melbourne*. Während sich das kleine Zodiac durch die sich stetig höher auftürmenden Wellen kämpfte, warf er einen kurzen Blick auf die blinkenden Lichter des NUMA-Schiffs, das, wie er wusste, in Kürze seine momentane Position verlassen würde.

Aber er war noch nicht ganz zufrieden. Eine wichtige Aufgabe lag weiterhin vor ihm, ehe die Nacht endete.

13

Summer umklammerte die Armlehne ihres Fensterplatzes, als der Jetliner zum Anflug auf den Taiwan Tabyuan International Airport abrupt steil abtauchte. Es war mindestens das dritte Mal, dass das Flugzeug unvermittelt abgesackt war und sie ihren Magen irgendwo in der Speiseröhre spürte. Sie schluckte krampfhaft und wünschte sich, dass die Maschine sich beeilte und möglichst bald festen Boden unter die Räder bekam. Dirk, der neben ihr saß, war in ein Automobilmagazin vertieft und bekam offensichtlich von den Kapriolen des Airbus A330 nicht das Geringste mit.

Sie wandte sich zum Fenster und blickte an den Regentropfen vorbei auf die dunklen Wolken dahinter. Die graue wogende Masse riss für einen kurzen Moment auf, ehe die Betonrollbahn unter ihnen erschien und das Flugzeug mit einem heftigen Ruck hart aufsetzte.

»Ich glaube, wir haben den Regen im Gepäck mitgebracht«, sagte Dirk und schaute auf die vor Nässe glänzende Asphaltdecke hinunter.

Der Regen hatte während der Fahrt mit dem Jeep von Aparri nach Tuguegarao eingesetzt und während des Pendlerflugs nach Manila noch deutlich zugenommen. Der vom Land in Richtung Ozean wehende Sturm hatte ihren Abflug von den Philippinen um zwei Stunden verzögert. Summer warf einen Blick auf ihre Armbanduhr und schickte anschließend eine Nachricht von ihrem Mobiltelefon, während die Maschine zum Flugsteig rollte. Ehe sich die

Kabinentüren mit einem Zischen öffneten, erhielt sie bereits eine Antwort auf ihr Telefon.

»Dr. Chen schreibt, er werde heute länger arbeiten und könne sich mit uns im Museum treffen, wenn wir lieber keinen neuen Termin für morgen ausmachen wollen.«

»Versuchen wir unser Glück.« Dirk holte den tibetischen Koffer aus dem Gepäckfach über seinem Kopf. »Morgen wird das Wetter sicher nicht sehr viel besser sein.«

»Er hat den Nachtwächtern Bescheid gesagt, dass sie uns einlassen«, fuhr sie fort, »falls wir es nicht schaffen sollten, bevor sie die Tore für die Nacht schließen.«

Sie holten ihr Gepäck vom Förderband, erledigten die Zollformalitäten und stiegen in ein Taxi, das sie nach Taipeh brachte. Bis zur Hauptstadt an der Nordspitze von Taiwan war es eine wahre Höllenfahrt durch den dichten Straßenverkehr. Während der Fahrer sich mit Bleifuß auf dem Gaspedal durch die Fahrzeugschlangen arbeitete, nahm Summer einigermaßen erstaunt zur Kenntnis, dass – trotz der viel schöneren und gepflegter aussehenden Fahrzeuge auf der Straße – die Verkehrsregeln kaum weniger missachtet wurden als in Manila.

Sie überquerten den Tamsui River, gelangten in den westlichen Teil der Stadt und fuhren dann nach Norden in einen eleganteren Vorort namens Shilin. Der Fahrer hielt vor einem weitläufigen Gebäudekomplex zu Füßen einer mit gepflegten Grünanlagen bedeckten Hügellandschaft an.

Das National Palace Museum war einer der bedeutendsten Kunsttempel der Welt und beherbergte eine herausragende Sammlung chinesischer Artefakte. Erbaut, um die alten Sammlungen der Verbotenen Stadt in Peking aufzunehmen, war der größte Teil der Artefakte dieser Sammlung von Chiang Kai-Shek im Jahr 1949 nach Formosa transportiert worden, ehe die Kommunisten das Land besetzten.

Dirk und Summer gingen an abfahrenden Busladungen von

Touristen vorbei und stiegen die Treppe am Haupteingang hinauf. Durch einen kunstvoll und reich verzierten Bogengang führte ihr Weg über einen langen, offenen Innenhof und eine weitere Treppe hinauf zum Hauptausstellungssaal. Das imposante Bauwerk ähnelte mit seinem hohen, geschwungenen Dach und den in den Himmel ragenden Säulen am Eingang einem buddhistischen Tempel. Einige letzte Touristen kamen durch die Türen des Gebäudes heraus, da das Museum längst geschlossen hatte. Summer ging zu einem Kassenschalter, der noch besetzt war, und wurde zu einem der Nebengebäude geschickt, die den Innenhof auf einer kleinen Anhöhe umgaben.

»Die tibetischen Artefakte sind in einem Anbau, dem Ostflügel, untergebracht«, informierte sie ihren Bruder. Sie gingen zum Gebäudeeingang, aus dem gerade ein langer Strom Angestellter herauskam. Sie befanden sich auf dem Weg in den Feierabend. Ein Angehöriger der Hauswache hielt sie auf, als sie auf die Glastür zugingen.

»Das Museum ist seit zwanzig Minuten geschlossen«, sagte er und hob eine Hand.

»Wir sind mit Dr. Chen verabredet.« Summer reichte ihm einen Zettel mit seinem Namen und den Kontaktinformationen.

»Folgen Sie mir«, sagte der Wachmann. Sie betraten das Foyer eines weitläufigen Ausstellungssaals. Seine Beleuchtung war bereits gedämpft worden, und sämtliche Touristen hatten ihn verlassen. Der Wachmann führte sie durch mehrere große Räume, die mit Gemälden, Wandteppichen und Skulpturen gefüllt waren, von denen zahlreiche den Buddha zeigten oder darstellten. Sie kamen in einen kleineren Nebensaal, in dem Musikinstrumente, Gebetsmühlen und Artefakte aus Stein und Bronze in Glasvitrinen ausgestellt waren. Der Wachmann blieb vor einer Tür an der Rückseite des Saals stehen und klopfte zweimal.

Dr. Chen Yuan zog die Tür auf und trat über die Schwelle. Der Direktor des Museums für buddhistische und tibetische Kunst war ein rüstiger älterer Mann, mit einem Sakko mit Hahnentrittmuster, einer Baumwollhose und Laufschuhen bekleidet. Er entließ den Wachmann mit einer Handbewegung, schaute zu den hochgewachsenen Besuchern auf und lächelte. »Willkommen im Museum. Ich freue mich, dass Sie wohlbehalten hier angekommen sind.«

»Vielen Dank, dass Sie uns auch noch nach Feierabend empfangen«, erwiderte Summer und schüttelte dem Museumskurator die Hand. »Ich muss uns entschuldigen, dass wir verspätet eingetroffen sind.«

»Das ist nicht schlimm, da ich in dieser Woche ohnehin jeden Tag länger arbeite als üblich. Wir haben zurzeit mit der Vorbereitung einer Sonderausstellung alle Hände voll zu tun. Kommen Sie, ich zeige es Ihnen.«

Er ging an einer Vitrine vorbei, in der Werkzeuge aus schwarzem Stein und Amulette arrangiert waren, und kam zu einem schmalen Glasschrank. Darin lagen ein Dutzend Holzstäbe, die an eine Sammlung dicker Lineale erinnerten. Jeder Stab war aus einem anderen Holz geschnitzt, und alle schienen unterschiedlich groß zu sein. An den Seiten waren sie mit den Gravierungen einzigartiger Symbole und bildlicher Darstellungen verziert.

»Wir haben soeben eine umfangreiche Sammlung von *zanpars* aus Nepal und Tibet erworben.« Chen lächelte stolz. »Es sind die ersten Exemplare, die erhalten geblieben sind und der Öffentlichkeit zugänglich gemacht werden.«

»Was ist ein *zanpar*?«, fragte Summer.

»Es sind ganz besondere Formen. Man drückt Teig, der aus Gerste und Yakbutter hergestellt wird, in die Gravierungen, um ein kleines Abbild zu erzeugen. Diese Abbilder wurden auf Altäre gelegt und sollten Glück bringen.« Er deutete auf einen dunklen *zanpar* aus Walnussholz. »Es ist nicht leicht zu erkennen, weil die Saalbeleuchtung heruntergedimmt wurde, aber dieser *zanpar* war im Jokhang-Tempel in Lhasa in Gebrauch.«

»Sie sind wunderschön«, sagte Summer.

Chen quittierte ihr höfliches Interesse mit einem weiteren Lächeln, dann schüttelte er den Kopf. »Ich sollte mich bei Ihnen entschuldigen. Sie müssen müde sein – von Ihrer Reise. Kommen Sie doch mit in mein Büro und setzen Sie sich.«

Sie kehrten in sein Büro zurück, das mit kleinen Kisten vollgestopft war. »Das sind weitere Objekte aus dem Magazin des Museums.« Er geleitete sie zu einem kleinen Tisch. Eine große Fensterscheibe aus Einwegglas erlaubte ihnen einen Blick in den Ausstellungssaal.

Der Kurator brachte Wasser in einem elektrischen Kessel zum Sieden und bereitete grünen Tee in einer antiken Porzellankanne zu. Nachdem er ihn einige Minuten hatte ziehen lassen, füllte er damit für jeden seiner Besucher eine Tasse und setzte sich zu Dirk und Summer an den Tisch.

»Habe ich richtig verstanden, dass Sie auf den Philippinen einige tibetische Artefakte gefunden haben, die dem Museum gehören?« Er bemühte sich, nicht allzu begehrlich auf den verwitterten Aluminiumkoffer zu blicken, den Dirk neben dem Tisch abgestellt hatte.

Summer reichte Chen die Visitenkarte, die sie bei den Kunstobjekten gefunden hatten, während Dirk den Koffer auf den Tisch legte und die Verschlüsse öffnete. Chen hielt die Karte ins Licht und las sie beinahe ehrfürchtig.

»Dr. Feng Zhoushan war ein angesehener Experte für tibetische Kunst, als die historische Sammlung zum ersten Mal in Taiwan ausgestellt wurde. Ich habe einige seiner Tagebücher und wissenschaftlichen Artikel gelesen. Während seiner häufigen Reisen in diese Region vergrößerte er die Anzahl der im Museum aufbewahrten tibetischen Artefakte um das Zehnfache. Aus unseren Aufzeichnungen geht hervor, dass er während einer Reise nach Indien den Tod fand, als sein Flugzeug in ein Unwetter geriet und irgendwo zwischen Taipeh und Hongkong abgestürzt sein muss.«

»Wir sind überzeugt, dass wir das Flugzeug, in dem er saß – eine Avro Lancastrian – gefunden haben«, sagte Dirk. »Sie liegt vor der nördlichen Küste von Luzon in der Brandung.«

»Die Maschine befindet sich in einem erstaunlich guten Zustand«, bemerkte Summer. »Wir sind zu ihr hinuntergetaucht und haben in ihrer Kabine diesen Koffer gefunden.«

Dirk klappte den Deckel auf und entfernte die Seidentücher, unter denen die Steinschnitzereien zum Vorschein kamen. Chens Augen leuchteten sofort auf. Er griff in den Koffer und entnahm ihm eins der wertvollen Stücke, das die Form einer Blumenblüte hatte. Chen studierte das Artefakt eingehend, wog es in der Hand und legte es dann in den Koffer zurück. Danach untersuchte er nacheinander jede der kleinen Skulpturen und deponierte sie nach abgeschlossener Inspektion behutsam wieder in ihrem jeweiligen Fach.

»Äußerst bemerkenswert«, sagte er. »Und dennoch, ich habe diese Stücke schon einmal gesehen.«

Er ging zu einem hohen Aktenschrank und durchsuchte eine der Schubladen. Er zog einen Ordner heraus und breitete dessen Inhalt auf dem Tisch aus. Es waren Schwarzweißfotos von allen acht schwarzen Steinschnitzereien.

»Mit was haben wir es zu tun?«, fragte Summer.

»Die Schnitzereien stellen die *Tashi Tagye* oder die ›acht glückverheißenden Symbole des tibetischen Buddhismus‹ dar. Diese erhielt der Buddha, als er das erste Mal erleuchtet wurde. Sie sollen seinem Besitzer Glück bringen und ihn beschützen. Jede dieser Schnitzereien hat ihre eigene Bedeutung. Die Lotusblüte zum Beispiel verkörpert die absolute Reinheit. Diese Symbole findet man überall in Tibet.«

»Dann sind diese Stücke gar nicht so einzigartig, oder?«, meinte Summer.

»Im Gegenteil, sie sind ausgesprochen selten, und zwar sowohl auf Grund ihres Materials, das *thokcha* genannt wird, als auch wegen ihrer Provenienz.« Er deutete auf einen bedruckten Bogen Papier, der zu den Fotos gehörte. »Diese Schnitzereien sind sehr alt. Man weiß, dass sie aus dem Nechung-Kloster in Lhasa stammen. Irgendwie müssen sie, kurz nachdem die kommunistischen Chinesen das Land überrannten, in private Hände gelangt sein. Dr. Fengs Notizen deuten darauf hin, dass er wegen einer vorübergehenden Ausstellung der Schnitzereien hier in Taipeh verhandelt hat. Zu diesem Zeitpunkt wurden sie fotografiert, bevor sie ausgestellt wurden. Die Schnitzereien gingen dann zusammen mit Dr. Feng bei dem Flugzeugabsturz verloren. Aber Sie haben sie jetzt vor dem vollständigen Untergang bewahrt.«

»Dann gehören sie gar nicht dem Nationalen Palastmuseum, oder?«, fragte Summer.

»Ich fürchte, nein. Feng war im Begriff, sie nach Indien zurückzubringen, als er ums Leben kam.«

»Möglicherweise befindet sich in dem Koffer ein Hinweis auf ihre Herkunft.« Summer tippte auf das Lederetikett mit dem Stempelabdruck unter dem Kofferdeckel.

»Ja, tatsächlich.« Chen entzifferte das Etikett. »Sie gehören offenbar einem Tibeter in Indien, zumindest gilt dies für das Jahr 1963. Hier steht auch der Name einer Person, die für das Tibetische Museum tätig war. Er lautet McLeod Ganj, Indien.« Er sah Dirk und Summer mit trauriger Miene an. »So gern ich sie hierbehalten und der Ausstellung hinzufügen würde, fürchte ich, dass sie rein rechtlich das Eigentum von jemand anderem sind.«

Dirk griff nach der Lotusblüte und ließ sie in die andere Hand fallen. »Diese Objekte sind sehr schwer. Nannten Sie vorhin nicht den Namen der Gesteinsart, aus der sie angefertigt wurden?«

»*Thokcha*«, sagte Chen. »Nur ist es nicht nur eine Gesteinsart.« Er lehnte sich in seinem Sessel nach hinten und blickte zur Decke. »Es gibt eine ganze Reihe widersprüchlicher Überlieferungen, aber die am weitesten verbreitete Legende berichtet, dass während der Himmelfahrt des ersten ernannten Dalai-Lamas im

Jahr 1578 ein Meteoritenschauer über Tibet niederging. Mehrere Meteoritentrümmer wurden eingesammelt und zu Altarbeigaben für die bedeutendsten Klöster umgearbeitet. Die Meteoritenobjekte werden *thokcha* oder Himmelseisen genannt. Wie Sie sehen und spüren können, weist das Material eine enorme Dichte auf. Während es einerseits sehr schwierig ist, dieses Material zu bearbeiten, haben die Tibeter entdeckt, dass wenn man das *thokcha* sehr stark erhitzt und im Schnee schockartig abkühlt, das Material relativ einfach zerkleinert und von einem geschickten Künstler umgeformt werden kann. Einige Stücke wurden zu Waffen und Werkzeugen geschnitzt, aber die größeren Bruchstücke hat man für die Herstellung religiöser Artefakte reserviert. Das berühmteste war eine große Statue, bekannt als Nechung-Götterbild.« Er schüttelte den Kopf. »Aber auch dies ist verschwunden. Es stammte aus demselben Kloster in Lhasa wie die Relikte, die Sie gefunden haben.«

Chen deutete auf den Flur. »Wir besitzen eine ansehnliche Sammlung von kleineren *thokcha*-Objekten, die zu Amuletten und anderen geweihten Gegenständen umgearbeitet wurden. Nur eine kleine Anzahl von Museen kann sich rühmen, solche Artefakte zu besitzen.«

»Wurden diese Schnitzereien demnach aus Meteoriten angefertigt?«, fragte Summer.

Chen nickte, während Dirk ihr die Lotusblüte reichte.

»Betasten Sie das Material, fühlen Sie es«, sagte Chen. »Es ist absolut einzigartig.«

Summer strich mit dem Finger über das glatte Relikt und war zutiefst beeindruckt von seiner Bedeutung, sowohl kulturell als auch geologisch. Sie drehte es in den Händen hin und her und bemerkte einen goldenen schmalen Streifen, der über eine Seitenfläche lief. »Brandspuren vom Eintritt in die Atmosphäre?«

Chen zuckte die Achseln. »Das ist durchaus möglich.«

»Diese Objekte sind sicher von größter Bedeutung«, sagte Dirk.

»Können Sie uns behilflich sein, sie zu ihrem rechtmäßigen Eigentümer zurückzubringen?«

»Natürlich. Aber vorher würde ich gern einige Farbfotos von ihnen machen.«

Chen holte eine Nikon D6 Kamera aus einem Wandschrank. Er platzierte die Schnitzereien auf einem weißen Tuch und fotografierte jedes Objekt aus unterschiedlichen Blickwinkeln. Kaum hatte er das letzte Bild im Kasten, als im Raum nebenan das Geräusch von berstendem Glas erklang.

Durch das Einwegfenster konnten sie verfolgen, wie eine dunkel gekleidete Gestalt den Inhalt einer der Ausstellungsvitrinen einsammelte.

14

»Was ist hier los?«, rief Chen Yuan entrüstet, sprang aus seinem Sessel auf und rannte aus dem Büro in die Ausstellungshalle.

Der Eindringling sah Chen ausdruckslos an und wandte sich wieder zu den Artefakten um. Bekleidet war er mit einer schwarzen Jeans und einem schwarzen Oberhemd. Er beugte sich über einen Präsentationskasten, in der einen Hand einen Rucksack und in der anderen einen stählernen Stab. Glasscherben bedeckten den Fußboden unter seinen Füßen.

Es war die Vitrine, in der die *thokcha*-Artefakte lagen. Der Dieb holte die kunstvoll geschnitzten schwarzen Exponate heraus und steckte sie in seinen Rucksack.

Chen ging auf den Mann zu und befahl ihm, dies sofort zu unterlassen. Während Chen sich ihm näherte, ließ der Eindringling den Rucksack fallen und wandte sich zu dem Kurator um. Er hob den Stahlstab und griff den Museumsdirektor an. Er holte aus, um wie mit einem Samuraischwert zuzuschlagen. Chen versuchte zwar zurückzuweichen, war jedoch einen Schritt zu langsam. Der Stab traf seinen Oberarm und brach mit einem gedämpften Knacken den Knochen.

Dirk und Summer stürmten aus dem Büro, während Chen zu Boden sank. Der Angreifer warf die restlichen *thokcha*-Artefakte in seinen Rucksack und sprintete zum Museumsausgang.

»Sieh nach, ob er okay ist«, sagte Dirk zu seiner Schwester, dann nahm er die Verfolgung des Diebs auf.

Er musste sich den Weg durch ein Labyrinth von Ausstellungsvitrinen suchen, um auf die andere Seite des Saals zu gelangen. Als er den ersten Ausstellungssaal erreichte, durchquerte der Dieb längst schon das Foyer und schlüpfte durch den Ausgang aus dem Gebäude.

Als Dirk hinter ihm her spurtete, verursachten seine Schuhe einen rasenden Trommelwirbel auf dem auf Hochglanz polierten Marmorfußboden. In der Nähe des Eingangs lag eine Gestalt ausgestreckt neben dem Sockel einer nepalesischen Drachenstatue. Es war der Wachmann, der sie zu Chens Büro geführt hatte. Dirk blieb stehen, um den Mann zu untersuchen. Ein Bluterguss färbte seine Schläfe dunkel, sonst aber waren keine weiteren Blessuren zu erkennen. Das Stöhnen und seine sich heftige hebende und senkende Brust zeigten, dass er am Leben war. Dirk faltete ein seidenes Tuch, das um den Sockel der Statue drapiert war, zu einem Kissen und schob dieses dann unter den Kopf des Wachmanns. Da er momentan nicht mehr für den halb bewusstlosen Mann tun konnte, setzte Dirk die Verfolgung fort.

Als er durch die Museumstür ins Freie gelangte, fand er dort eine vollkommen andere Szenerie vor, als er sie von ihrer Ankunft in Erinnerung hatte. Die Touristen und Angestellten hatten sich verlaufen, und das regennasse Gelände war menschenleer. Die Nacht war zwar hereingebrochen, aber die indirekte Landschaftsbeleuchtung tauchte alles in einen gelben Lichtschein. Dirk blickte nach rechts zum Hauptgebäude des Museums, das von Scheinwerfern angestrahlt wurde und vor dem dunklen Himmel wie ein funkelndes Märchenschloss erschien.

Weit vor ihm entdeckte er den Dieb, der einen steilen Hügel hinunterlief, der den Ostflügel des Museums von dem weiten Vorplatz trennte. Der Mann geriet aus dem Gleichgewicht, rutschte aus, stürzte und schlug mit dem Gesicht auf, sodass Dirk einige Schritte zu ihm aufholen konnte.

Dirk schwang sich über ein Begrenzungsgitter und folgte ihm.

Dabei rutschte er selbst immer wieder auf dem nassen Untergrund der Böschung aus und hatte Mühe, einen Sturz zu verhindern. Am Fuß des Hügels folgte er dem Mann durch eine Baumgruppe und auf eine Rasenfläche, die den Hauptweg umsäumte, dem sie gefolgt waren, um zum Museumseingang zu gelangen.

Der Dieb wandte sich in die entgegengesetzte Richtung zur Straßeneinfahrt, wo ein Zufahrtsweg von der Zhishan Road abzweigte, der von Taxis und Autobussen genutzt wurde, um Museumsbesucher abzuladen. Er blickte mehrmals über die Schulter, um sich zu vergewissern, wie dicht ihm Dirk auf den Fersen war.

Auf dem ebenen Terrain hatte Dirk mit seinen längeren Schritten deutliche Vorteile und begann aufzuholen und die Lücke zu verkleinern. Er behielt ein stetiges Tempo bei, was ihm dank der Kraftreserven, die er seinem regelmäßigen Schwimmtraining verdankte, nicht schwerfiel. Der Mann vor ihm war sportlich zwar durchaus fit, aber nicht schnell, und verlor mit jedem Schritt an Boden.

Als er das Ende der Rasenfläche erreichte, sprang der Dieb auf den mit Steinplatten belegten Zugangsweg und schlug die Richtung zur Straße ein. Außer Atem rannte er an einem älteren Paar vorbei, das soeben das Museumsgelände verließ, dann passierte er den Bogengang. Von dort verbreiterte sich ein schmaler Vorplatz zu einer breiten Freitreppe, die bis zur Straße hinabreichte.

Dirks Lunge brannte schmerzhaft, während er wenige Meter hinter dem Dieb den Bogengang erreichte. Er suchte die Umgebung nach Polizisten oder Angehörigen des Wachpersonals ab, fand jedoch nur einige vereinzelte Touristen. Er spornte sich zu höherem Tempo an. Der andere Mann vor ihm schwächelte inzwischen offenbar deutlicher.

Den Platz mit langen Riesenschritten überquerend, holte Dirk bis auf wenige Meter zu dem Dieb auf, als dieser das obere Ende der Treppe erreichte. Immer zwei Stufen auf einmal nehmend, rannte er die Treppe hinunter, während Dirk seinem Beispiel folgte.

Dirk sah, dass die Zufahrt vor ihnen nahezu leer war. Ein Taxi nahm gerade ein Paar am Fuß der Treppe auf, und ein Stadtbus verließ seinen Standplatz dicht hinter dem Taxi. Eine dunkle Limousine parkte in der Schleife der Museumszufahrt. Ihre Scheinwerfer blinkten kurz auf, während der Fahrer den Motor startete.

Der Dieb bemerkte es ebenfalls und schwenkte ab in Richtung des Wagens, als er die letzte Stufe erreichte. Knapp zwei Meter hinter und über ihm erkannte Dirk, dass seine größere Höhe ihm die letzte, beste Chance bescherte, den Mann zu fangen. Sein Ziel ins Auge fassend, stieß er sich von der letzten Stufe ab und griff nach dem Mann.

Er sprang beinahe zu kurz, aber dann streckte er die Arme aus und bekam den Rucksack des Mannes zu fassen, als er landete. Damit brachte er den Dieb zum Stehen und riss ihn auf die Knie herunter, sodass er Dirks Sturz auffing. Der Mann kam zwar wieder hoch und wollte die Straße überqueren, wurde jedoch mit einem kräftigen Ruck gestoppt.

Dirk hatte die Hand noch immer an seinem Rucksack und machte keinerlei Anstalten loszulassen. Als er begriff, dass er sich noch nicht befreit hatte, wirbelte der Dieb mit seinem Schlagstock herum. Da er schon mit einer Attacke gerechnet hatte, ließ Dirk den Rucksack los und versetzte ihm einen kraftvollen Stoß. Dann warf er sich zurück und konnte einem Treffer des Schlagstocks nur um Millimeter entgehen.

Der Mann stolperte vor dem wartenden Taxi auf die Fahrbahn, blieb jedoch auf den Beinen. Er schaute zum Gehsteig, warf einen Blick auf Dirk, der auf dem Boden lag, dann wirbelte er herum, rannte auf die wartende Limousine zu …

… und geriet direkt vor den anfahrenden Stadtbus.

Ehe dessen Fahrer reagieren konnte, rammte der Bus den Dieb zu Boden und überrollte ihn. Der Fahrer machte eine Vollbremsung und öffnete die vordere Drucklufttür, sprang aus dem Bus und beeilte sich, nach dem Opfer zu sehen.

Die Beine des Diebs ragten unter dem Fahrzeug hervor. Dirk half dem Fahrer, den Mann an den Füßen herauszuziehen, aber sein zerquetschter Oberkörper beseitigte jede Hoffnung, dass er noch am Leben war. Dirk registrierte, dass er einen militärisch kurzen Haarschnitt hatte und unter seiner Jacke in einem Schulterhalfter eine Pistole trug.

Der Busfahrer gestikulierte wild mit den Armen und beteuerte seine Unschuld, während sich der Taxifahrer und einige Touristen um die Unfallstelle drängten. Summer hatte bereits die Polizei alarmiert, darum war in der Ferne schon jetzt eine Sirene zu hören.

»Dies da gehört ihm nicht«, sagte Dirk, bückte sich, zog dem Mann den Rucksack von den Schultern und trat auf den Gehsteig. Auf der anderen Straßenseite heulte ein Motor auf. Die dunkle Limousine war langsam vorwärtsgerollt, damit ihr Insasse sehen konnte, was geschehen war. Dann machte der Wagen mit quietschenden Reifen einen Satz und raste davon, ehe die Polizei eintraf.

Es gelang dem Taxichauffeur, den Busfahrer zu beruhigen, dann kam er zu Dirk herüber. »Ich habe den Kampf beobachtet. Hat dieser Mann Ihren Rucksack gestohlen?«

»Nein. Er hat ein paar Artefakte aus dem Museum entwendet.«

Der Taxifahrer betrachtete den Rucksack neugierig. »Es muss etwas Wertvolles sein. Schmuck? Diamanten? Gold?«

»Nein.« Dirk schüttelte den Kopf und blickte zum Himmel. »Nur ein paar sehr alte Steine.«

15

Die Antriebseinheit der Rakete war länger, als die *Stingray* breit war. Pitt und Giordino untersuchten sie von allen Seiten, um zu entscheiden, wie sie am besten zu bergen und zu transportieren wäre. Pitt näherte sich schließlich dem Motor von einem Schräghang auf der einen Seite und musste zeitweise gegen eine starke Strömung ankämpfen, während er das Tauchboot zentimeterweise an den Motor heranbugsierte. Sobald er das Objekt genau vor sich hatte, ließ er die *Stingray* sinken und setzte sie auf dem Meeresboden auf, wo sie eine stabilere Position einnahm.

Giordino machte sich an die Arbeit, fuhr den mechanischen Greifarm aus und tastete die Antriebseinheit behutsam ab – auf der Suche nach einem Punkt, wo er sicheren Halt finden konnte. Er entdeckte eine kleine angeschweißte Platte und umfasste sie mit dem Greifwerkzeug.

»Drück die Daumen«, murmelte Giordino, dann hob er den mechanischen Arm an. Er zitterte einen Augenblick lang und hievte die Maschine schließlich aus ihrem Sandbett, wobei eine dichte Wolke Sediment aufgewirbelt wurde, die schon bald von der Strömung aufgelöst und mitgeschwemmt wurde.

»Wir haben Liftoff«, rief Pitt. »Jetzt brauchen wir nur noch Frachtraum, um unseren Fund nach Hause mitzunehmen.«

»Für den Sammelkorb ist das Ding eindeutig zu groß, aber ich glaube, ich kann den Arm weit genug zurückziehen, um die Maschine auf die vorderen Kufen zu laden.«

Giordino lenkte den Greifarm zu seinem Gehäuse zurück, wobei er den Raketenmotor mitnahm, bis er die Nase des Tauchboots streifte. Er senkte den Arm herab und setzte die Antriebseinheit auf den beiden vorderen Kufen des Tauchboots ab.

Die mechanische Greifhand ließ er an Ort und Stelle, verstärkte den Druck und drehte sie nach vorn, um ihren Fund sicher zu verankern. »Wenn du nicht auf die Idee kommst, beim Auftauchen einige Fassrollen einzuschieben, wird unser wertvoller Fund nicht herunterrutschen.«

»Ich werde die Landeklappen unten halten«, erwiderte Pitt. Während er die Hand nach den Kontrollen der Druckstrahlruder ausstreckte, fiel ihm seitlich neben dem Tauchboot ein Lichtschein auf. Er ließ das Boot vom Meeresgrund aufsteigen und drehte es, um mehr erkennen zu können. Dabei hatte er Mühe, das Tauchboot in der Strömung in Position und ruhig zu halten.

Weit entfernt in der Dunkelheit schimmerten etwa ein Dutzend winziger weißer Lichtquellen. Sie waren vertikal angeordnet wie Weihnachtslichterketten, die von der Wasseroberfläche herabhingen.

»Elektrische Neonfische?«, fragte Giordino.

»Eher tippe ich auf den langen Arm der *Melbourne.*« Pitt empfand einen schwach vibrierenden Schmerz in den Ohren. Er ging mit dem Tauchboot auf Vorwärtsfahrt, um sich einen genaueren Überblick zu verschaffen.

Sie waren noch gar nicht weit gekommen, als sie ein tiefes Summen wahrnahmen. Dabei konnten sie nicht entscheiden, ob es von draußen kam oder durch eine interne Vibration erzeugt wurde. Das Tauchboot begann zu bocken wie ein störrisches Pferd, während es sich abmühte, auf Kurs zu bleiben.

»Könnte dieses seltsame Phänomen von irgendwelchen Bergbauaktivitäten erzeugt werden?«, fragte Giordino.

»Keine Ahnung, aber die Strömung hat deutlich zugenommen.« Pitt erhöhte den Druck in den Strahlrudern, während das Tauchboot hin und her schwankte.

Dann erklang ein schrilles Jaulen wie von einer Jetturbine im Hochleistungsbetrieb. Das schneidende Geräusch drang in jeden Winkel des Tauchboots und füllte es vollständig aus. Beide Männer pressten die Hände auf die Ohren, um den peinigenden Lärm abzublocken. Pitt hatte das Gefühl, sein Schädel hallte davon wider. Er zwang sich, eine Hand um den Steuerknüppel zu legen – und versuchte, das U-Boot zu wenden. Dann wurden sie von einem zweiten Kraftimpuls getroffen.

Eine unsichtbare Wasserwand rammte die *Stingray* mit der Wucht einer Lawine. Der Meeresboden schoss unter ihnen vorüber, als das Tauchboot rückwärtsgeschoben wurde. Für einen Moment blieb seine Lage stabil, dann begann sich das vordere Ende aufzurichten. Der Raketenmotor auf den vorderen Kufen lenkte die Strömung ab und zwang den Bug aufwärts. Pitt versuchte, mit den Druckstrahlrudern dagegenzuhalten und das Gleichgewicht zu bewahren. Aber der Druck war zu groß. Die Nase des U-Boots stieg weiter in die Höhe, kippte nach hinten, und das Tauchboot wälzte sich auf den Rücken. Dann begann es, unkontrolliert zu rotieren.

»Ich werfe Ballast ab.« Giordino griff nach dem Kontrollhebel, der die Entleerung des vorderen Ballasttanks in Gang setzte und die Auftauchsequenz der *Stingray* einleitete.

Doch er konnte diese Aktion gar nicht mehr ausführen. Über den Meeresgrund rutschend, kollidierte das Unterseeboot mit einem Unterwasserberg. Der heftige Aufprall warf die Männer gegen die Rückenlehnen ihrer Sitze und presste ihnen die Luft aus den Lungen. Die Außenscheinwerfer erloschen und tauchten die Umgebung in undurchdringliche Schwärze. Im Innern des Tauchboots wurde es genauso dunkel, abgesehen von einer Konsole, auf der eine ganze Batterie von Warnlichtern hektisch blinkte.

Den beiden Männern blieb nur wenig Zeit, um zu reagieren, da das Tauchboot unkontrolliert weiterrollte – wie ein Steppenläufer in einem Orkan. Die Kraft der Strömung war so enorm, dass das zehn Tonnen schwere Boot den Abhang des Unterwasserbergs hinaufrollte, als existiere in den Tiefen des Ozeans keine Schwerkraft.

Beide Männer schafften es, die Beine so unter ihren Sesseln zu verkeilen, dass sie auf ihren Plätzen blieben, während die *Stingray* ihre Rollbewegungen beibehielt. Aber in ihrer näheren Umgebung existierte nur wenig freier Raum, daher wurden sie wiederholt gegen die Inneneinrichtung des Bootes geschleudert. Lose Handbücher, Wasserflaschen und Laptops entwickelten ein Eigenleben und flogen wie Miniraketen durch die Kabine und trafen sie mehrmals während der ständigen Rollbewegungen.

Dann wurden die Purzelbäume langsamer, aber nur weil die erhöhte Geschwindigkeit des Unterseebootes es über den Meeresboden tanzen ließ wie einen hüpfenden Stein über die Oberfläche eines Sees. Pitt versuchte die Druckstrahlruder einzusetzen, allerdings ohne Erfolg. Die Kräfte, die auf sie einwirkten, waren zu groß und unerbittlich. Im Chaos der herrschenden Dunkelheit verloren Zeit und Entfernung angesichts des nackten Kampfs ums Überleben jegliche Bedeutung.

Schließlich hatten sich die elementaren Kräfte ausreichend ausgetobt. Die *Stingray* setzte hart auf dem Meeresgrund auf, und ihre verbogenen Kufen bohrten sich ein letztes Mal in den Sand. Nach und nach beruhigte sich die See und kehrte zu ihrem ursprünglichen Zustand zurück. Die undurchdringliche Schwärze und die Stille in der Tiefe des Ozeans deckten das ramponierte U-Boot zu, das wie tot auf dem Meeresboden lag.

16

Der Ruck, der ohne Vorankündigung durch das Schiff lief, warf Stenseth beinahe aus seiner Koje. Der Kapitän der *Caledonia*, der sich eine kurze Ruhepause gegönnt hatte, war sofort hellwach und richtete sich auf. Ihm schoss der Gedanke durch den Kopf, dass der Sturm sie schneller als berechnet erreicht hatte. Er wartete auf das tiefe Abtauchen, das normalerweise auf jeden hohen Wellenberg folgte und ihn in die andere Richtung hätte werfen müssen. Aber nichts dergleichen geschah. Kam noch eine Monsterwelle? Das Schiff schwankte seitlich hin und her, aber nicht so heftig wie nach jener einsamen kapitalen Wasserwalze.

Der Chronometer über seinem Schreibtisch zeigte zehn nach zwei Uhr nachts. Er spritzte sich kaltes Wasser ins Gesicht und schlüpfte schnell in eine schneeweiße Uniform, die jeder noch so strengen Inspektion der Naval Academy standgehalten hätte, und verließ seine Kabine. Er stieg zur Kommandobrücke hinauf, wobei er registrierte, dass der Wind stark zugenommen hatte und mittlerweile eine raue See herrschte. Das Schiff lag relativ stabil im Wasser. Der Zweite Offizier, ein Mann namens Blake, beugte sich gerade über den Radarschirm. Er sah auf, als Stenseth eintrat.

»Sir, ich wollte Sie gerade anrufen.«

»Wurden wir breitseits von einer Welle erwischt, Mr. Blake?«

»Ja, Sir. Aus heiterem Himmel. Wir hatten die Nase im Wetter.« Er deutete zum Schiffsbug. »Aber es traf uns von der Seite. Wahrscheinlich war das wieder so eine Monsterwelle.«

Stenseth warf einen Blick auf ihre Position, die auf einem Überkopfmonitor angezeigt wurde. »Diese kam aber aus einer ganz anderen Richtung als die Wellen, die uns zuerst überrascht haben.«

»Sie soll durch seismische Aktivitäten ausgelöst worden sein«, sagte Blake. »Zumindest ist einer der Wissenschaftler an Bord davon überzeugt. Er meint, wir befänden uns im Herzen des Pazifischen Feuerrings. In dieser Region seien starke tektonische Aktivitäten zu beobachten, durch die enorme unterseeische Erdrutsche ausgelöst werden.«

»Das ist richtig«, bestätigte Stenseth. »Was wissen wir über den momentanen Status der *Stingray*?«

Blake warf einen Blick in das offene Logbuch. »Pitt und Giordino haben die hundertzwanzig Minuten auf dem Meeresgrund soeben überschritten. Sie haben noch etwa eine Stunde Zeit, dann müssen sie auftauchen.«

»Können wir mit ihnen kommunizieren?«

Blake griff nach dem Hörer des Schiffstelefons und wählte die Nummer des Tauchboot-Steuerzentrums. Er sprach kurz in die Sprechmuschel, dann legte er auf.

»Das Steuerzentrum meldet eine Störung im Kommunikationskanal. Sowohl die akustische Telefonverbindung als auch der USBL-Datentransponder reagieren nicht. Sie versuchen, die Verbindung wiederherzustellen. Die letzte Übertragung fand vor zwanzig Minuten statt, als alle Systeme noch einwandfrei gearbeitet haben.«

»Geben Sie mir Bescheid, sobald wir wieder etwas von ihnen hören.«

»Jawohl, Sir.«

Stenseth ging zur Brückennock und blickte durchs Backbordfenster hinaus. »Könnte es etwas mit unseren Nachbarn zu tun haben?«, fragte er laut. In einer halben Meile Entfernung funkelten die Lichter der *Melbourne* in der nächtlichen Schwärze.

»Sie haben vorhin irgendwelche Geräte in den Ozean hinabgelassen.« Blake reichte dem Kapitän ein Fernglas. »Soweit es bei diesen dürftigen Sichtverhältnissen erkennbar ist, waren es mit Kabeln ausgestattete technische Apparaturen, die sie an der Schiffsseite ins Wasser hinabgesenkt haben. Aber von ROVs haben wir nichts gesehen.«

Stenseth richtete das Fernglas auf das in der Nähe liegende Schiff. »Ich sehe die Ladebäume und die Kabel, die unter der Reling herunterhängen, aber momentan ist anscheinend nichts außerhalb des Schiffes im Einsatz. Sie müssen an Bord gehievt haben, was immer da draußen war. Merkwürdig, dass sie es über die Seite absetzten anstatt vom Heck aus.«

Während er das Fernglas herunternahm, hallte ein dumpfes, ersticktes Dröhnen über das Wasser. Das Deck erzitterte unter ihren Füßen, und das Heck hob sich deutlich für einen kurzen Moment, ehe es wieder in den Ozean zurücksank.

»Was zum Teufel war das denn?«, fragte der Zweite Offizier irritiert.

Stenseth griff nach dem Hörer eines summenden Brückentelefons.

»Maschinenraum. Reese am Apparat«, rief eine barsche Stimme schmerzhaft laut.

»Ich höre Sie sehr gut, Reese.«

»Tut mir leid, Sir. In meinen Ohren ist nach dem Knall ein Klingeln … die sind halb taub.«

»Was ist da unten los?«

»Kann ich nicht sagen, Sir. So wie es sich angehört hat, gab es eine Explosion. Irgendwo am Heck, möglicherweise außerhalb des Schiffes.«

»Konnten Sie irgendeinen Schaden feststellen?«

»Wir nehmen Wasser am hinteren Wandschott auf. Sieht nicht sehr gut aus. Wir könnten hier unten ein wenig zusätzliche Hilfe brauchen.«

»Ich schick Ihnen gleich ein paar Männer runter. Sind sonst alle okay?«

»Aye, Sir. Aber ich denke, wir müssen wohl mit Problemen rechnen.«

Stenseth legte den Telefonhörer auf und wandte sich an Blake. »Geben Sie Alarm. Ich brauche sofort ein Schadenskontrollteam im Maschinenraum. Anschließend gehen Sie runter und liefern mir einen vollständigen Bericht inklusive einer Prognose, womit wir schlimmstenfalls rechnen müssen.«

»Jawohl, Sir. Gibt es schon irgendwelche Erkenntnisse oder Vermutungen über die Ursache?«

Stenseth schüttelte den Kopf. »Die Explosion fand offenbar außerhalb des Schiffes statt. Wecken Sie den Dritten Offizier und veranlassen Sie, dass er das Heck einer gründlichen Inspektion unterzieht.«

Stenseth brauchte nicht lange zu warten, um zu erfahren, dass die *Caledonia* schwer beschädigt war. Ein großes Loch klaffte auf der Backbordseite dicht unterhalb der Wasserlinie im Schiffsrumpf. Mehrere Rumpfplatten waren in diesem Bereich verformt worden. Schadenskontrollteams nahmen das Leck in Angriff, während zusätzliche Helfer Lenzpumpen aufstellten und in Betrieb setzten.

Stenseth ging seine Optionen durch. Wenn der Maschinenraum überflutet wurde, bräche die gesamte Energieversorgung des Schiffes zusammen, dann wäre es antriebslos den Naturgewalten ausgeliefert. Dies wäre schon bei normalem Wetter eine gefährliche Situation, aber angesichts eines heraufziehenden Taifuns könnte es den Tod für Mann und Maus zur Folge haben. Unwillkürlich schüttelte er den Kopf. Das durfte er nicht riskieren und entschied, einen Funkspruch zur *Melbourne* zu schicken und um Unterstützung zu bitten.

Erstaunlicherweise reagierte das Bergbauschiff jedoch nicht auf seinen Hilferuf. Seine schlimmsten Befürchtungen wurden bestätigt. Irgendjemand auf der *Melbourne* wollte offenbar, dass sie sanken.

Dennoch hatte die Explosion nicht den Untergang der *Caledonia* herbeiführen sollen, vielmehr sollte sie wohl nur beschädigt werden. Wie Zheng erwartet hatte, war die bestens ausgebildete Mannschaft des NUMA-Schiffs in der Lage, das Eindringen des Wassers in Grenzen zu halten, allerdings waren die Schäden zu umfangreich, um es vollständig zu verhindern. Langsam, aber sicher füllte sich das Schiff mit mehr Seewasser, als die Pumpen bewältigen konnten. Kurze Zeit später teilte Blake dem Kapitän seine Einschätzung der Lage per Schiffstelefon mit.

»Wir haben das größere Leck halbwegs unter Kontrolle und sehen zu, dass wir die kleineren weitgehend schließen. Aber ich fürchte, das reicht noch nicht aus. Sämtliche Lenzpumpen sind in Betrieb, aber der Wasserstand nimmt noch immer stetig zu.«

»Wie lange wird es dauern, bis er so hoch ist, dass unsere Antriebsaggregate gefährdet sind?«

Im Kopf stellte Blake eine schnelle Berechnung an. »Vier, vielleicht fünf Stunden, wenn wir Glück haben.«

»Verstanden. Bestellen Sie dem Chefingenieur, er soll auf volle Kraft gehen, und zwar solange er kann. Brücke Ende.«

Stenseth ging zum Navigationsschirm und rief eine Landkarte der Region auf, in der sie zurzeit operierten. Vier Stunden bei schwerer See entsprachen einer Strecke von fünfzig bis sechzig Meilen. Er suchte die Gegend in ihrer näheren und ferneren Umgebung ab. Es bot sich jedoch nur ein einziger sicherer Hafen an – Kaohsiung an der Südküste von Taiwan. Stenseth zog mit der Computermaus eine gerade Linie quer über den Bildschirm, um die Entfernung zu berechnen. Fünfundachtzig Meilen.

»Taiwan oder gar nichts«, murmelte er. Er nannte dem Rudergänger den entsprechenden Kurs, als der Dritte Offizier im Laufschritt in den Raum der Kommandobrücke platzte.

»Mr. Blake, lassen Sie den Tender Nummer zwei mit Notrationen beladen, stellen Sie eine dreiköpfige Mannschaft zusammen und bereiten Sie alles vor, um ihn zu Wasser zu lassen«, befahl Stenseth. »Bringen Sie uns auf Kurs, sobald das Boot draußen ist. Sie kennen unser Ziel.«

Stenseth polterte den seitlichen Niedergang hinunter und rannte zu dem an achtern gelegenen Tauchboot-Kontrollzentrum. Heftige Windböen fegten heulend über das Deck, und ein leichter Regen prasselte auf seine Uniform, ehe er in dem mit Elektronik vollgestopften Raum Schutz fand. Zwei Frauen und ein Mann in blauen Overalls saßen an Workstations, vor sich eine Wand aus mehreren großen Videobildschirmen. Jeder der drei überwachte den Dateneingang an seinem Computer. Aber alle Monitore zeigten nicht mehr als gleichförmiges Schneegestöber.

»Was wissen wir über die *Stingray*?«, fragte er das Trio.

Die Frau, die ihm am nächsten saß, schüttelte den Kopf. »Tut mir leid, Käpt'n, aber wir haben jeden Kontakt mit ihnen verloren. Die Kommunikation ist vor etwa dreißig Minuten abgebrochen, und seitdem haben wir nichts mehr empfangen.«

»Keine Fehlermeldung oder irgendwelche Ortungsdaten?«

»Ich fürchte, wir haben überhaupt nichts. Sämtliche schiffsinternen Systeme arbeiteten offenbar vollkommen normal. Dann setzte unvermittelt eine Störung ein, die mehrere Minuten dauerte, und danach verstummte alles.« Sie sah Stenseth voller Sorge an. »Es ist sehr ungewöhnlich, Sir. Sprech- und Datenverbindung, alle mit doppeltem Backup-System ausgestattet, gingen innerhalb von fünf Minuten verloren.«

»Wann sollten sie planmäßig auftauchen?«

Die Frau sah auf ihren Bildschirm. »Von jetzt an gerechnet in etwa fünfzig Minuten. Für alle Fälle haben wir einen Ausguck in Position gebracht.«

Stenseth verzog das Gesicht. Zu lange an Ort und Stelle abzuwarten, würde jede Chance zunichtemachen, dass das Schiff aus eigener Kraft einen schützenden Hafen erreichte.

»Vielleicht können sie uns hören«, sagte er. »Informieren Sie die *Stingray*, dass die *Caledonia* ihre Position zwar verlassen muss, aber ein Hilfsschiff zurückbleibt und auf sie wartet.«

Die Frau wurde blass. »Sie wollen sie bei diesem Wetter sich selbst überlassen, Sir? Mr. Pitt ist da unten.«

Stenseth blickte auf das Oberdeck hinaus. Er war sich der möglichen Folgen seiner Entscheidung durchaus bewusst. »Das Überleben des Schiffes steht auf dem Spiel. Ich fürchte, wir haben keine andere Wahl. Versuchen Sie weiterhin, sie zu erreichen ... und geben Sie mir augenblicklich Bescheid, sobald Sie irgendetwas hören, egal was.«

Er trat auf das Deck hinaus, während ein großes, rundum geschlossenes Beiboot angehoben und über die Reling geschwenkt wurde. Stenseth sprach mit den drei Männern, die sich an Bord des Bootes befanden.

»Wir wissen nicht, in welcher Verfassung sich die *Stingray* befindet. Laut Plan sollte sie in einer Stunde auftauchen, aber es ist gut möglich, dass es schon früher geschieht. Bleiben Sie so lange wie möglich in dieser Position. Sie können sich nach Süden in den Windschatten einer der philippinischen Inseln zurückziehen, falls das Wetter dies erforderlich machen sollte. Es tut mir leid, aber den Vorhersagen nach wird es ziemlich rau werden. Sie haben einiges zu erwarten.«

»Wir haben schon Schlimmeres erlebt, Sir«, erwiderte ein stämmiger Matrose mit Baskenmütze auf dem Kopf. »Wir haben ausreichende Vorräte und eine umfangreiche medizinische Ausrüstung an Bord. Zudem wird dieser Eimer mit allem fertig, was die See für uns bereithält. Wir warten einfach so lange, wie es sein muss. Passen Sie gut auf das Schiff auf, Käpt'n, und machen Sie sich wegen uns keine Sorgen.«

»Danke. Sobald ich kann, kehre ich mit dem Schiff hierher zurück.«

Während das Boot in die See hinabgesenkt wurde, winkte er den

Männern zum Abschied und machte sich auf den Weg zur Kommandobrücke. Die *Caledonia* schwankte unter seinen Füßen und lag mit dem Heck deutlich tiefer im Wasser. Er betrat die Kommandobrücke, sah den Zweiten Offizier an und gab den schwersten Befehl seines Lebens. »Volle Kraft voraus, Mr. Blake. Bringen Sie uns nach Kaohsiung – am besten gestern.«

Während der Befehl an den Steuermann weitergeleitet wurde, trat Stenseth ans Seitenfenster und blickte voller Sorge aufs Meer hinaus. Dabei schickte er ein Stoßgebet zum Himmel, dass Pitt und Giordino in den aufgewühlten schwarzen Fluten noch am Leben waren.

17

Der drahtige Mann, der mit einem langen Gewand bekleidet war, kam aus dem Wohnbereich des Dalai-Lama und zog die Tür leise hinter sich ins Schloss. Er tappte einen Flur hinunter und betrat mehrere Türen weiter ein geräumiges Büro. Ebenso wie die Abschnitte des restlichen Gebäudes war es geschmackvoll gestaltet, mit einem matt glänzenden Parkettfußboden, einer Wandtäfelung aus Zedernholz und breiten Panoramafenstern, die einen ungehinderten Blick auf die schneebedeckten Gipfel des indischen Himalaya im Norden boten. Moderne Möbel, kombiniert mit antiken Teppichen und Wandbehängen, verrieten die fortschrittsorientierte und auf die Zukunft gerichtete Denkweise des Dalai-Lama, während er gleichzeitig darauf bedacht war, die Traditionen einer vierzehnhundert Jahre alten Religion zu bewahren und mit Leben zu erfüllen.

Ein Mann in einem weiten roten Mantel saß in tiefe Meditation versunken auf einem Stammesteppich, die Beine übereinandergeschlagen und die Augen geschlossen. Obgleich Anfang sechzig, hatte Khyentse Rinpoche ein Gesicht, das hinter der dicken Brille noch immer unschuldig und jungenhaft erschien. Als älterer Lama galt er als wiedergeborener Lehrer des Dharma und hatte eine hoch angesehene Position innerhalb der tibetischen Religion inne. Bei der Ankunft des Besuchers schlug er die Augen auf, es war ein Mann, fast im gleichen Alter wie er, der ihn mit sorgenvollem Blick ansah. »Wie ist der Zustand Seiner Heiligkeit?«

»Nicht gut.« Der schlanke Mann nahm auf einem Sofa Platz, während sich Khyentse Rinpoche vom Fußboden erhob und zu einem Sessel ging. »Sein Geist schwebt in Bergeshöhen, aber sein Körper zittert und schwankt wie die Mohnblumen im Wind. Zusätzlich zu seinen sonstigen Beschwerden hat er auch noch hohes Fieber, und ich mache mir große Sorgen wegen seiner Sicherheit, wenn das nicht bald nachlässt.«

»Wir müssen mit dem Schlimmsten rechnen«, bemerkte Rinpoche.

»Vor diesem Moment fürchte ich mich schon seit längerer Zeit.«

»Kuten, bist du nicht auf das vorbereitet, was folgen wird?«

Kuten war nicht der Name des Mannes, sondern ein Begriff für seine Aufgabe und die Pflichten als Verbindungsglied zum spirituellen Bereich. Sein offizieller Titel war *Medium des Staatsorakels von Tibet*. Aber bekannter war er als Nechung-Orakel. Das war eine Position, die ihren Ursprung im Kloster gleichen Namens in Lhasa hatte. Wenn er sich in einen trancegleichen Zustand versetzte, konnte der Kuten Verbindung mit Pehar aufnehmen, dem göttlichen Beschützer sowohl des Dalai-Lama als auch der aus dem Land vertriebenen tibetischen Regierung, um ihren Vertretern Prophezeiungen kundzutun und Ratschläge zu erteilen.

Der Kuten schüttelte mit einem verzweifelten Ausdruck in den Augen den Kopf. Er versuchte gar nicht erst, sein Unbehagen zu verbergen. »Wenn Seine Heiligkeit sich entschließen sollte, wieder aufzustehen, dann weiß ich jetzt schon, was als Nächstes folgen wird. Ich werde jedoch meinen Pflichten nicht nachkommen können, ohne mir vorher bei Pehar Rat zu holen.«

Rinpoche musterte den Kuten mit einem missbilligenden Stirnrunzeln. »Ich verstehe nicht. Du bist doch das Orakel. Du hast die Fähigkeit, Pehar heraufzubeschwören, was du schon bei vielen Gelegenheiten getan hast. Falls der Dalai-Lama uns verlässt, kannst du dich der Weisheit Pehars bedienen, um den nächsten Wiedergeborenen zu erkennen.«

Der Kuten schüttelte den Kopf. »Es trifft zu, dass ich als Medium für Pehar dienen kann. Aber zu einer Wiedergeburt ist seine physische Präsenz erforderlich, nur eben nicht durch mich. Erst dank des Nechung-Götterbildes wird der Pfad zu allen Dalai-Lamas erleuchtet. Das Nechung-Götterbild muss bei der physischen wie auch der spirituellen Verkündung Pehars, mit der uns der Weg zum nächsten Wiedergeborenen gewiesen wird, präsent sein. So ist es von jeher gewesen.«

»Aber die Auswahl darf nicht dem Zufall überlassen werden«, sagte Rinpoche. »Wir wissen, was die Chinesen beabsichtigen. Sie werden den nächsten Dalai-Lama vollkommen willkürlich auswählen und anschließend unter strenger Kontrolle halten. Wir müssen dafür sorgen, dass uns Pehar zum wahren Nachfolger führt.« Er stand auf und ging im Raum auf und ab. »Wo ist das Nechung-Gotterbild?«

»Es ist im Jahr 1959 während der Flucht des Dalai-Lama aus Tibet verloren gegangen.«

»Wurde irgendwann versucht, es zu suchen und wieder herbeizuschaffen?«

»Vor ein paar Wochen habe ich Norsang vom Sicherheitsdienst gebeten, eine entsprechende Untersuchung einzuleiten.«

»Meinst du Tenzin Norsang von den Leibwächtern des Dalai-Lama?«

Der Kuten nickte. »Ja. Er steht noch mit vielen der alten Krieger in Verbindung, die damals die Flucht des Dalai-Lama aus Tibet organisiert haben. Sein Vater war ein Mitglied der Chushi Gangdruk.« So lautete der Name der tibetischen Widerstandsbewegung, einer Guerillatruppe, die nach der chinesischen Invasion gegründet wurde.

»Natürlich. Warum fragen wir ihn nicht, was er herausgefunden hat?« Rinpoche griff nach dem Hörer des Schreibtischtelefons und wählte eine Nummer. Er führte ein kurzes Gespräch. Dann legte er auf. »Er ist im Hause und wird sofort heraufgeschickt.«

Kaum zwei Minuten später wurde angeklopft, und ein junger Mann erschien in der Türöffnung.

»Kommen Sie herein, Norsang, und setzen Sie sich.« Rinpoche schloss die Tür hinter ihm.

Muskulös und für einen Tibeter überdurchschnittlich groß, nahm der Leibwächter gegenüber dem Kuten Platz. Er bewegte sich mit kraftvoller Eleganz und strahlte eine entspannte Selbstsicherheit aus. Seine Kleidung entsprach westlicher Mode – Baumwollhose, ein Oberhemd mit Button-down-Kragen und farbige Socken. Die Schuhe hatte er am Eingang des Gebäudes zurückgelassen, wie es der Sitte des Landes entsprach.

»Vielen Dank, dass Sie unserer Bitte so schnell gefolgt sind«, sagte Rinpoche.

»Die Wünsche des Klosters sind mir stets Befehl.«

Wie viele, die in nächster Nähe des Dalai-Lama tätig waren, war Norsang in der zweiten Generation Bediensteter des geistigen Führers. Sein verstorbener Vater hatte damals ebenfalls in der persönlichen Schutztruppe des Dalai-Lama in Lhasa gedient. Im Gegensatz zu den meisten, die den Dalai-Lama betreuten, hatte Norsang ein College besucht und für einen kurzen Zeitraum sogar in der indischen Armee Dienst getan.

Ein unbehagliches Schweigen breitete sich in dem Raum aus.

»Wir würden gern erfahren, wie weit Ihre Untersuchungen hinsichtlich des Verbleibs des Nechung-Götterbildes gediehen sind«, sagte Rinpoche schließlich, da er erkannt hatte, dass der Kuten sich zu sehr vor der Antwort fürchtete, um die Frage selbst zu stellen.

»Es ist nicht so einfach, die Ereignisse der Vergangenheit wieder lebendig werden zu lassen und zu rekapitulieren«, sagte Norsang. »Ich sprach mit mehreren Familien, die während der 1950er Jahre in Lhasa wohnten und Söhne hatten, die seinerzeit im Nechung-Kloster studierten oder es während des nachfolgenden Jahrzehnts besuchten. Ich forschte auch in den zahlreichen örtlichen Museen nach historischen Daten und Berichten. Bedauerlicherweise«, sagte er, »gibt es nur noch wenige Überlebende aus dieser Zeit. Ich brachte in Erfahrung, dass, als die Chinesen im März 1959 weitere Streitkräfte nach Lhasa verlegten und Seine Heiligkeit daraufhin flüchtete, die Lage ziemlich unübersichtlich wurde und das nackte Chaos ausbrach. Wie Sie wissen, wurde viel Blut vergossen, und das Leben ist seitdem für all jene, die in Tibet blieben, unter dem Joch der Chinesen nahezu unerträglich geworden.«

»Was sich bis heute keinen Deut geändert hat«, sagte Rinpoche.

»Während dieser Zeit wurden die meisten Klöster zerstört. Einige hundert Mönche verschwanden sogar spurlos«, sagte Norsang. »Aber mehrere Lamas aus dem Nechung-Kloster konnten zusammen mit dem Dalai-Lama fliehen.«

»Ja, das ehemalige Orakel und drei Lamas, die an der Gründung des hiesigen Klosters beteiligt waren«, fügte der Kuten hinzu.

Norsang nickte. »Unglücklicherweise sind diese Männer aber längst verstorben. Ich konnte mit einigen Leuten sprechen, die sie und ihre Familien kannten. Sie alle waren besonders mutige und tapfere Männer.«

»Und was ist mit dem Nechung-Götterbild?«

»Es kam zu einer ziemlich überstürzten Flucht aus Lhasa«, sagte Norsang. »Das Orakel und die Nechung-Lamas hielten sich zum Zeitpunkt der Flucht zusammen mit dem Dalai-Lama im Potala-Palast auf. Ihnen blieb keine Zeit mehr, um zum Nechung-Kloster zurückzukehren und irgendeinen der wertvollen Artefakte oder sonstige Gegenstände von religiöser Bedeutung in Sicherheit zu bringen.«

»War es denn so, dass die Chinesen ins Land kamen«, sagte der Kuten, »und im Kloster alles kurz und klein schlugen?«

»Ja, aber der größte Teil der Zerstörungen fand später statt, in der 1960ern, während Maos Kulturrevolution. Dennoch kann ich keine Beweise finden, dass die Nechung-Götterstatue nach den Ereignissen im März 1959 im Tempel verblieben ist. Leider gibt es auch keine Hinweise darauf, wo sie inzwischen geblieben sein könnte. Möglicherweise wurde sie von den Chinesen zerstört oder nach Peking mitgenommen.«

»Oder auf dem Schwarzmarkt an einen privaten Sammler verkauft«, sagte der Kuten.

»Auch das ist möglich.«

»Könnte sie versteckt worden sein?«, fragte der Kuten.

»Vielleicht«, antwortete Norsang. »Soweit bekannt soll ein älterer Lama im Kloster zurückgeblieben sein, als die anderen geflohen sind. Sein Name lautete Thupten Gungtsen. Bedauernswerterweise verschwand er seinerzeit aus den historischen Aufzeichnungen. Man nimmt an, dass er zu einem Opfer der Ereignisse wurde.«

»Demnach besteht keine Hoffnung, das Nechung-Götterbild wiederzufinden.« Die Augen des Kuten glänzten feucht, als er den Kopf senkte und auf den Teppich starrte.

Norsang sah den Kuten für einen Augenblick bedauernd an und seufzte mitfühlend. »Ich fürchte, dass uns momentan nichts anderes übrigbleibt, als zu hoffen. Aber es gibt tatsächlich noch eine Spur, die ich verfolge. Ich habe einen Freund meines Onkels ausfindig gemacht. Er lebt nicht weit von hier in den Bergen und hat wiederholt von Thupten Gungtsen erzählt. Wenn Sie es erlauben, würde ich mich gern mit ihm unterhalten.«

»Würde sich die Mühe denn lohnen?«, fragte Rinpoche skeptisch.

Der Kuten beantwortete die Frage mit einem auffordernden Blick auf Norsang und der Andeutung eines Kopfnickens.

»Ich werde mich mit dem alten Mann treffen. Vielleicht weiß er etwas.« Norsang bemühte sich um einen zuversichtlichen Tonfall. »Er war ebenfalls ein Mitglied der Chushi-Gangdrug-Guerrillatruppe, die von der CIA ausgebildet wurde. Sein Name lautet Ramapurah Chodron.«

***

Die einsame Hütte, die auf dem Berghang auf der anderen Seite des tiefen Bachbetts stand, dem Tsuglagkhang-Komplex gegenüber, und in deren Mauern der Dalai-Lama residierte, erschien sogar für einen illegalen Hausbesetzer unbewohnbar. Ihre Lehmwände befanden sich in einem fortgeschrittenen Zustand des Verfalls, während das ramponierte Dach schon während des nächsten starken Regens fortgeschwemmt zu werden drohte. An einer Ecke der Teilruine waren Brandspuren eines Feuers zu erkennen, das dort vor längerer Zeit gewütet haben musste. Mehrere rostige Blechfässer und diverse Trümmerhaufen waren gleichmäßig auf dem Grundstück verteilt und fügten dem Flair von Zerfall und Trostlosigkeit noch eine besondere Note hinzu. Nur ein besonders aufmerksamer Beobachter hätte die Antennen entdeckt, die sich an dem vom Alter gezeichneten Kamin emporwanden und mit mattschwarzer Farbe bedeckt waren, um mit der Rußschicht zu verschmelzen, die das Mauerwerk bedeckte.

Mit ihrer direkten Sichtlinie zur Unterkunft des Dalai-Lama diente die Hütte als ausgezeichnete Beobachtungs- und Lauschstation für die beiden chinesischen Geheimagenten, die sich in diesem Bau eingenistet hatten.

Während das Treffen mit dem Kuten im Konferenzraum abgebrochen wurde, bearbeitete einer der Chinesen das Keyboard eines Laptops. Die heimliche Unterhaltung, von einem versteckten Transmitter auf dem Grundstück der Residenz aufgezeichnet und über das Tal gesendet, wurde zu einem Satelliten der Volksbefreiungsarmee weitergeleitet.

»War etwas Brauchbares dabei?«, fragte der zweite Agent, während er ein Paar Kopfhörer abnahm.

Nach kurzem Zögern nickte sein Kollege. »Ich denke schon. Wenn wir Glück haben, verhilft es uns dazu, diesem armseligen Dreckloch den Rücken kehren zu können, ehe der Winter einsetzt.«

18

»Gibt es irgendeine Spur von dem Unterseeboot?«

Leutnant Zheng Yijong von der Volksbefreiungsarmee war damit beschäftigt, sich eine Zigarette anzuzünden, während er die Frage stellte. Er stand mitten im Operationskontrollraum der *Melbourne*, der in diesem Augenblick Ähnlichkeit mit dem Gefechtsstand eines modernen Kriegsschiffs hatte. In dem nur matt erhellten Raum befanden sich ein Dutzend Computer-Workstations, jede mit einem großen Grafikbildschirm ausgestattet. Die Konsolen bildeten einen weiten Halbkreis und waren auf einen riesigen Videobildschirm an der Stirnwand des Raums ausgerichtet.

Auf dem Bildschirm waren ein halbes Dutzend Videofeeds zu sehen, die verschwommene Bilder vom Meeresboden zeigten. An einem Rand des Bildschirms waren drei zusätzliche Inputs vertikal angeordnet – das Display eines Dreihundertsechziggrad-Oberflächenradars, der Grafikschirm eines Unterwasser-Sonarscanners und eine dreidimensionale Animation des Meeresbodens direkt unter dem Schiff. Außerdem zeigte die Animation die technischen Geräte, die von der *Melbourne* ausgebracht worden waren – zahlreiche erleuchtete Kabel mit winzigen Sensoren an ihren Enden, die vom Schiff herabhingen, sowie ein kleines ferngesteuertes Unterwasserfahrzeug.

Einer von Zhengs Kommandosoldaten sah von seiner Workstation hoch. »Bisher hat das Sonar des ROVs nichts dergleichen aufgezeichnet.«

»Und welche Reichweite hat das Sonar?«

»Annähernd einhundert Meter.«

»Und was hat unser Gastgeber dazu zu sagen?« Zheng wandte sich zu Alistair Thornton um.

Der Bergbauunternehmer saß in einem Sessel und hatte die Hände auf dem Rücken gefesselt. Neben ihm hockte ein Asiate in einem weißen Laborkittel. Auf gleiche Art und Weise gefesselt, nahm er jedoch eine vornübergebeugte Haltung ein und war bewusstlos. Thornton hingegen war hellwach, obgleich getrocknetes Blut sein Haar verklebte und sein Oberhemd bedeckte. Sein Gesicht war angeschwollen, eine schwarz verfärbte Augenbraue bedeckte ein Auge und schränkte seine Sicht ein. Trotz der Misshandlungen, die er hatte ertragen müssen, blickte er mit wütend herausforderndem Blick zu Zheng hoch.

»Mr. Thornton?«, sagte Zheng ungeduldig. »Muss ich Ning bitten, Ihrer Gesprächsbereitschaft erneut auf die Sprünge zu helfen?«

Der Kommandosoldat mit dem kahl rasierten Schädel stand in der Nähe, einen blutbeschmierten hölzernen Schlagstock in der Hand, und federte auf den Füßen vor und zurück.

Thornton zwang sich zu einem Lächeln. »Das Tauchboot wurde genauso wie alles andere, das nicht niet- und nagelfest war, über den Grund des Ozeans gefegt, Sie verdammter Narr. Was haben Sie denn erwartet?«

»Mir kam es so vor«, sagte Zheng mit einem herablassenden Grinsen, »als wären Ihre Bergbauapparaturen besonders leistungsfähig und würden mit einer solchen Störung problemlos fertigwerden.«

Ein weiterer Soldat betrat den Raum und trat zu Zheng. »Ein Anruf für Sie, Genosse Leutnant, auf dem Satellitentelefon. Es ist Oberst Yan.«

Zheng nickte und wandte sich an einen seiner Untergebenen. »Lassen Sie die akustischen Sensoren heraufziehen. Das ROV soll jedoch weiterhin den Meeresboden absuchen. Stellen Sie fest, ob in diesem Gebiet weitere Trümmer zu finden sind.«

Er ging nach vorn zur Kommandobrücke. Ehe er den Anruf annahm, warf er einen Blick durch die Windschutzscheibe. Im Nordwesten wurden die Lichter der *Caledonia* stetig kleiner, während sie sich immer weiter entfernte. Um einiges näher, querab an Steuerbord, waren die Lichter eines kleinen Beiboots zu erkennen, die in der zunehmend raueren See auf und ab tanzten. Stirnrunzelnd wandte sich Zheng an den Soldaten, der das Ruder bediente. »Geben Sie mir Bescheid, sobald das NUMA-Schiff hinter dem Horizont verschwunden ist.«

Er trat zu einem Tisch in einer Nische im hinteren Teil der Kommandobrücke, wo ein militärisches Satellitentelefon an eine externe Antenne angeschlossen war. »Zheng am Apparat«, meldete er sich.

»Kannst du mir etwas Neues über eure augenblickliche Lage berichten?« Yans Stimme klang laut und deutlich, auch wenn die verschlüsselte Satellitenverbindung ein wenig zeitverzögert erfolgte.

»Ja, Genosse Oberst. Ich muss mich entschuldigen, dass ich mich nicht schon eher gemeldet habe. Wir haben das amerikanische Forschungsschiff deaktiviert, und es verlässt gerade jetzt diese Region. Sie haben ein kleines Boot zurückgelassen, das auf das Tauchboot warten soll, das zurzeit noch auf dem Meeresboden unterwegs ist. Wir haben das Tauchboot jedoch ins Visier genommen und werden es in Kürze ausschalten.«

»Inszeniere bloß keinen internationalen Zwischenfall, mein lieber Neffe.«

»Nein, Genosse Oberst, ganz sicher nicht. Es besteht kein Grund zur Sorge. Ein heftiger Sturm ist im Anmarsch, der für eine perfekte Tarnung sorgen wird. Sollten sich irgendwelche Verdachtsmomente ergeben, werden sie sich gegen das australische Schiff richten.«

»Ihr musstet es ja unbedingt entern. Das war ziemlich übereilt und hat vor allem ein neues Problem geschaffen.«

»Sie operierten in nächster Nähe der vermuteten Trümmerzone. Wir befürchteten, dass sie bereits etwas gefunden hatten, aber diese Befürchtung erweist sich jetzt als unbegründet. Da es sich um ein privates Schiff handelt, dachte ich, es sei das Vernünftigste, so zu handeln, wie wir es getan haben. Wir können mit dem Schiff unsere heimischen Gewässer aufsuchen und es dort versenken, ohne Aufsehen zu erregen, sobald wir unsere Operationen hier abgeschlossen haben. Durch reines Glück ist uns außerdem etwas sehr Wertvolles in die Hände gefallen.«

»Was ist mit den Amerikanern? Haben sie etwas gefunden oder gar geborgen?«

»Die Satellitenbilder, die Sie lieferten, legen den Schluss nahe, dass sie nicht mehr als einen Tauchgang hatten durchführen können, ehe wir im Suchgebiet eintrafen. Wir konnten eine Bergungsoperation beobachten, durch die sie bestenfalls einige kleinere Trümmerteile zutage fördern konnten. Es ist höchst zweifelhaft, dass sie etwas Wertvolles gefunden haben, selbst wenn es von der Rakete stammt. Und wie es aussieht, wird das U-Boot nie mehr auftauchen.«

»Das kann ich nur hoffen. Ein Bergungsschiff wurde jedenfalls bereitgestellt und wird in Kürze auslaufen und bei euch eintreffen. Wie steht es mit euren eigenen Bergungsaktivitäten?«

»Wir haben mit dem schiffseigenen ROV eine Suche eingeleitet, um die Region unter die Lupe zu nehmen, in der die Amerikaner operiert haben. Noch gibt es von dort nichts zu melden.«

»Na schön. Bleibt in der Gegend und sucht dort so lange ihr könnt, während ihr gleichzeitig auf andere Aktivitäten in eurer Nähe achtet.«

»Ja, Genosse Oberst. Der Sturm hat uns fast erreicht, daher werden wir wohl gezwungen sein, sämtliche Sucheroperationen erst einmal für ein oder zwei Tage zu unterbrechen. Haben Sie etwas von meinem anderen Team gehört?«

»Ja. Dr. Liu hat einige Spuren aufgenommen, und momentan sind sie unterwegs, um die Proben zu beschaffen, die er sucht. Dazu sind zusätzliche Operationen nötig – aber behutsame.«

»Die Männer der Rocket Force Special Operations werden Sie nicht im Stich lassen, Genosse.«

»Ich verlasse mich darauf.«

»Wir werden unser Bestes tun. Sind Sie gerade allein, Genosse Oberst?«

»Ja.«

»Dann muss ich Ihnen etwas mitteilen, das ich entdeckt habe und das vielleicht noch wichtiger ist als die Rakete. Es hat mit dem Bergbauschiff zu tun.«

Eine halbe Stunde später legte Oberst Yan den Hörer seines abhörsicheren Telefons wieder auf. Er lehnte sich in seinem Sessel zurück und blickte lange zur Decke seines Büros, um zu verarbeiten, was sein Neffe ihm soeben erzählt hatte. Dann beugte er sich vor, nahm einen Schnellhefter von seinem Schreibtisch und blätterte die Seiten durch. Obgleich er hatte machtlos mit ansehen müssen, wie die Nebeneinnahmen seines Jobs nach und nach reduziert worden waren, musste die allmächtige Bürokratie ihm den Empfang täglicher Geheimdienstberichte, auf die die hochrangigen Angehörigen des Militärs ein Anrecht hatten, außerdem offiziell streichen, was bisher allerdings noch nicht geschehen war.

Nachdem er einige Sekunden lang gesucht hatte, fand er die Seite, der sein Interesse galt. Er überflog sie und hielt bei einem fett gedruckten Absatz inne.

Der amerikanische Vizepräsident und der Präsident von Taiwan planen während des Besuchs der amerikanischen Marine in Kaohsiung eine Zusammenkunft, um über ein neues Verteidigungsbündnis zu beraten.

»Ausgezeichnet«, murmelte Yan halblaut und fühlte sich so gut wie schon seit Wochen nicht mehr. »Absolut perfekt.«

19

Dr. Chen saß aufrecht in seinem Krankenhausbett und unterhielt sich angeregt mit einem Mann in einem dunkelblauen Anzug, als Dirk und Summer den Raum betraten. Der Kurator blickte auf, und ein Lächeln des Erkennens glitt über sein Gesicht.

»Hier sind meine amerikanischen Freunde«, sagte er. »Das ist eine höchst freudige Überraschung.«

Summer hob die Vase mit Blumen, die sie in der Lobby gekauft hatte, hoch und stellte sie auf den Nachttisch. »Wie fühlen Sie sich?«

Chen tippte auf seinen linken Arm, der von der Schulter bis zum Handgelenk in einem weichen Gipsverband steckte. »Linksseitig ein wenig behindert und unbeweglich, ansonsten aber ganz gut. Summer, Dirk, darf ich Sie mit Mr. Lee Hong, dem stellvertretenden Direktor des Nationalen Palastmuseums, bekannt machen?« Er wandte sich an seinen Kollegen. »Hong, dies sind die Leute, die die *thokcha*-Artefakte geborgen haben.«

Der Mann schob seine Brille auf die Stirn, deutete vor Dirk und Summer eine Verbeugung an und schüttelte ihnen die Hand. »Das Museum ist Ihnen für Ihre Bemühungen und dafür, dass Sie Dr. Chen so tatkräftig geholfen haben, außerordentlich dankbar.«

»Das war doch eine Selbstverständlichkeit«, sagte Summer bescheiden.

Chen blickte zu Dirk. »Ich habe gehört, dass Sie dem Täter eine tollkühne Verfolgungsjagd geliefert haben.«

»Eigentlich wollte ich mir nur das Museumsgelände gründlich ansehen«, witzelte Dirk. »Ist der Wachmann wieder bei Bewusstsein?«

»Ja«, bestätigte Lee. »Er war für einige Zeit weggetreten, erholte sich dann jedoch ziemlich schnell, sobald er wieder bei Bewusstsein war. Offenbar hatte sich der Dieb in einer Toilette versteckt, bis das Gebäude geschlossen wurde. Der Wachmann überraschte ihn in der Lobby, nachdem er Sie in Dr. Chens Büro geführt hatte. Der Dieb erwischte ihn mit derselben Waffe, mit dem er auch den Arm unseres Freundes gebrochen hat.«

»Ein ordinärer Schlagstock, aber äußerst wirkungsvoll«, bemerkte Dirk. »Ich bin froh, dass die Artefakte unversehrt geborgen werden konnten. Dass dabei jedoch jemand den Tod gefunden hat, habe ich wirklich nicht gewollt. War er ein Verbrecher, der der Polizei bereits bekannt gewesen ist?«

»Nein«, sagte Chen. »Hong informierte mich gerade, dass der Mann kein Taiwanese war.«

Der Verwaltungsdirektor nickte. »Die Polizei setzte mich bereits davon in Kenntnis, dass er mit falschem Pass auf indirektem Weg vom Festland hierhergekommen sein muss. Aus diesem Grund konnten sie ihn noch nicht zweifelsfrei identifizieren.«

»Das Ganze klingt, als hätte er es speziell auf die *thokcha*-Artefakte abgesehen«, meinte Summer. »Sind diese Stücke denn so wertvoll?«

Chen deutete ein Achselzucken an, was ihm wegen des Gipsverbands nur unter Mühen gelang. »In einigen anderen Vitrinen befanden sich mit Sicherheit noch wertvollere Objekte. Aber private Sammler sind in ihren individuellen Wünschen gewöhnlich sehr wählerisch, falls dies der Auslöser für den versuchten Diebstahl gewesen ist.«

»Wobei mir etwas einfällt«, sagte Lee. »Haben Sie schon gehört, dass auf ähnliche Weise im Asian Civilisations Museum in Singapur eingebrochen wurde?«

Chen schüttelte den Kopf.

»Ich erfuhr es vom Museumsdirektor«, sagte Lee. »Auch bei dieser Gelegenheit wurden ausschließlich tibetische Objekte entwendet. Deren Sammlung von *thokcha*-Artefakten war zufälligerweise im Magazin eingeschlossen, aber es ist durchaus möglich, dass sie es gerade auf diese Exponate abgesehen hatten.«

»Das kann kein Zufall sein«, sagte Chen.

»Da muss jemand eine ganze Menge Geld haben«, sagte Dirk, »um zwei der größten und bedeutendsten Museen Asiens aufs Korn zu nehmen.«

»Viel Geld und verdammt viel Dreistigkeit.« Chen sah Summer an. »Sie sollten ständig die Augen offen halten und auf der Hut sein, solange Sie die Nechung-Schnitzereien in ihrem Gepäck haben.«

»Wir werden sicherlich froh sein, uns so schnell wie möglich von ihnen trennen zu können«, sagte Dirk.

»Was haben Sie vor?«, wollte Lee wissen.

Dirk wollte die Frage mit einem Achselzucken beantworten, aber Summer räusperte sich. »Ich habe mich schon mit dem stellvertretenden Direktor der NUMA in Verbindung gesetzt, der uns schließlich beauftragte, mit dem Koffer nach Indien weiterzureisen und ihn seinem Eigentümer zurückzugeben.«

»Das hast du nicht getan …«, sagte Dirk spontan.

Chen nickte. »Dies wird ein sehr lohnender Ausflug sein, dessen bin ich mir sicher. Bitte lassen Sie mich wissen, wie er verlief. Und vergessen Sie mich nicht«, fügte er mit einem Augenzwinkern hinzu, »falls Sie auf weitere tibetische Antiquitäten stoßen, die in unserem Museum ausgestellt werden könnten.«

Dirk und Summer wünschten Chen eine baldige Besserung und verabschiedeten sich. Während sie das Krankenhaus verließen, wandte sich Dirk mit einer Frage, die ihm auf der Zunge brannte, an seine Schwester. »Was sollte das mit dem Ausflug nach Indien heißen?«

»Ich bin gestern Abend nicht zur *Caledonia* durchgekommen, deswegen habe ich Rudi Gunn eine E-Mail geschickt. Er antwortete mit einem Okay, auf unserem Weg zu den Malediven einen Abstecher nach Indien zu machen. Wir sind heute Nachmittag für einen direkten Flug nach Neu-Delhi gebucht.«

Dirk sah seine Schwester an und schüttelte den Kopf. Selbst als Summer noch ganz jung war, hatte sie eine ausgeprägte Wanderlust an den Tag gelegt. Er verglich sie immer mit einem Hai, weil sie ständig ruhelos zu irgendeinem Ziel unterwegs war.

»Ich hatte angenommen, dass wir uns vor der Weiterreise noch ein wenig in Taiwan umsehen«, sagte er. »Ich denke an die Berge, die Seen und an die rund um die Uhr geöffneten Karaoke-Bars.«

Summer blieb plötzlich stehen und musterte ihn mit einem kühlen Blick.

»Ganz sicher nicht«, sagte sie mit strafendem Tonfall. »Ich habe dich schon einmal singen gehört, und das reicht mir für den Rest meines Lebens.«

20

Sicher zum tausendsten Mal drehte Margot Thornton eine Runde in der winzigen Kabine, in der sie eingesperrt war. Zwei Stunden waren verstrichen, seit die Kommandosoldaten ihren Vater mit vorgehaltener Waffe aus der Kabine geholt hatten, und sie befürchtete längst das Schlimmste. Immer wieder erschien vor ihrem geistigen Auge das Bild des ermordeten Ersten Offiziers. Murphys blutüberströmter Körper war auf dem Brückendeck achtlos liegen gelassen worden wie ein von einem Auto überfahrenes Wildtier. Die Eindringlinge waren kaltblütige Killer, und es bestanden nur verschwindend geringe Chancen, dass ihrem Vater ein anderes Schicksal drohte als Murphy, dem Ersten Offizier. Sie musste irgendwie Hilfe holen, aber das konnte sie nicht, wenn sie in einer Kabine eingeschlossen war. Sie musste sich unbedingt aus dieser Lage befreien.

Eine Idee, wie dies gelingen könnte, nahm Gestalt an, als sie mit der Zehenspitze gegen das Holzbein eines winzigen Schreibtisches stieß, der in eine Ecke der Kabine hineingezwängt worden war. Als ein Schmerzimpuls durch ihren Fuß zuckte und sie mit einem kurzen Sprung von dem Tisch zurückwich, registrierte sie, dass sich das Tischbein verdreht hatte und schief stand. Sie kehrte zum Tisch zurück, ergriff das Bein und versuchte, es zu drehen. Bereitwillig gab es nach, da es von nur einer einzigen dicken Schraube an Ort und Stelle fixiert wurde.

Margot entfernte das Tischbein, dann lehnte sie den Tisch mit den verbliebenen drei Beinen gegen die Stahlwand der Kabine, damit er aufrecht stehen blieb. Sie ergriff das Tischbein aus Ahornholz und schwang es durch die Luft wie einen Baseballschläger. Zwar war es weder eine Pistole noch ein Messer, aber vielleicht genau das, was sie in diesem Augenblick dringend brauchte.

Sie ging mit ihrer neuen Waffe in der Hand zur Tür, knipste die Kabinenbeleuchtung aus und tauchte den Raum in tiefe Dunkelheit. Nun wartete sie mehrere Minuten, damit ihre Augen sich an das Dämmerlicht gewöhnten, während sie sich auf einer Seite der Tür aufbaute. Margot holte tief Luft, dann streckte sie die Hand aus und schlug dreimal mit dem Tischbein gegen die Tür.

»Kann mir bitte jemand helfen?«, rief sie.

Sie erhielt keine Antwort.

Sie holte erneut tief Luft und wollte schon einen zweiten Hilferuf ausstoßen, als sie hörte, wie der Türknauf gedreht wurde. Sie holte mit dem Tischbein aus und hielt sich bereit, während die Tür aufgestoßen wurde.

Der Wächter machte einen vorsichtigen Schritt über die Schwelle. Dabei hielt er sein Sturmgewehr schussbereit in der Armbeuge. Die dürftige Flurbeleuchtung reichte nicht aus, um die Kabine so weit zu erhellen, dass Einzelheiten zu erkennen waren, daher tastete der Mann mit der linken Hand über die Wand neben der Tür und suchte den Lichtschalter. Margot konnte die Bewegung seines Arms ausreichend verfolgen, um darauf zu reagieren, und schlug mit aller Kraft zu.

Als die Deckenbeleuchtung aufflammte, nagelte das dickere Ende des Tischbeins die Hand des Wächters auf der stählernen Kabinenwand fest. Auf das Knirschen zermalmter Knochen folgte ein Schrei, während der Wächter die Hand zurückzog. Seine Knie gaben nach, und er sackte vor Schmerzen kurz in sich zusammen, ehe er sich abrupt wieder aufrichtete und seine Waffe in Anschlag brachte.

Doch Margot Thornton ließ ihm nicht die geringste Chance.

Sie holte abermals aus und schlug zu, diesmal noch kraftvoller als vorher, da sie nun ihr Ziel im Licht der Kabinenbeleuchtung besser erkennen und anvisieren konnte. Die hölzerne Waffe traf den Wächter am Kinn und zerbrach in zwei Hälften. Der Kopf des Wächters wurde nach hinten gerissen, und nun ging der Mann endgültig zu Boden.

Margot ließ das halbierte Tischbein fallen und näherte sich dem Wächter. Er lag auf dem Bauch, das Gesicht halb auf dem Boden, war bewusstlos, atmete jedoch noch. Sie krallte die Hände in einen Ärmel seiner Jacke und zog seinen Körper vollständig in die Kabine. Sie schloss die Tür und hob das Gewehr auf, das aus seiner Hand auf den Boden gerutscht war. Da sie bisher nur selten eine Schusswaffe abgefeuert hatte, entschied sie, das Sturmgewehr zurückzulassen, und versteckte es unter der unteren Matratze der Etagenkoje.

Sie zog die Laken von einer der Kojen herunter und benutzte sie, um die Beine des Wächters zusammenzubinden und seine Hände auf dem Rücken zu fesseln. Ein zusammengedrehter Kissenbezug war gerade lang genug, um ihn um seinen Mund wickeln zu können. Sie zuckte beim Anblick seines blutüberströmten Gesichts zusammen, als sie den Kissenbezug hinter seinem Kopf im Nacken verknotete.

Margot schlich auf allen vieren in den Korridor hinaus und machte sich auf den Weg zur nächsten Lukentür, durch die sie nach draußen gelangen konnte. Bei Nacht würden die Mitglieder der Schiffscrew sie auf dem Außendeck, wo zahlreiche technische Geräte und Apparaturen geeignete Versteckmöglichkeiten boten, nicht so leicht entdecken.

Aber was war mit ihrem Vater? Alistair Thornton wurde sehr wahrscheinlich entweder auf der Kommandobrücke oder im Untersee-Operationszentrum gefangen gehalten, wo er den Piraten nützliche Informationen zum ordnungsgemäßen Einsatz der Ausrüstung des Schiffes geben könnte. Ein freier Platz auf Deck neben einem Kran deutete darauf hin, dass ein Kabelgeschirr über die Backbordreling ins Wasser abgelassen worden war, daher war wohl eher damit zu rechnen, dass sich der Anführer der Räuberbande und sein Gefangener unter Deck aufhielten.

Sie schlich an der Stahlwand entlang zum Haupteingang des Operationszentrums, dann stoppte sie. Ihr fiel ein, dass der hintere Teil der Tauchboot-Steuerzentrale an einen Geräteraum grenzte, der über einen Zugang von der Steuerbordseite verfügte. Er böte einen deutlich sichereren Zugang zum Operationsraum.

Als sie kehrtmachte und sich nach achtern bewegte, wurde sie von einem Regenschauer überschüttet. In dem trüben Licht der Schiffsbeleuchtung erschienen die Decks vollkommen verlassen. Ihr Vater hatte gesagt, dass etwa ein Dutzend Kommandosoldaten das Schiff geentert hätten. Während sie sich durch die Schatten tastete, hoffte sie inständig, dass keiner von ihnen in diesem Augenblick Wache hielt.

Das Schiff schaukelte heftig in der Dünung, während sie zum Heck huschte. Solange es möglich war, drückte sie sich an die Stahlwand und hielt sich in deren Schatten. Während sie diesen Schutz verließ und sich ins Freie wagte, um sich an dem Gehäuse einer Winde vorbeizuschlängeln, erstarrte sie beim Anblick eines winzigen roten Lichtpunktes nicht weit von der Reling entfernt zur Salzsäule. Ein Wächter stand dort, machte einen Zug an einer Zigarette, stieß eine Rauchwolke aus und schnippte den Zigarettenstummel in hohem Bogen ins Meer. In seinem schwarzen Kampfanzug, das Sturmgewehr an einem Riemen vor der Brust, verschmolz er beinahe vollständig mit der Nacht.

Margot hielt den Atem an, dann duckte sie sich, presste sich mit dem Rücken an das Windengehäuse und machte sich unter der horizontalen Kabeltrommel so klein wie möglich. Der Kommandosoldat kam in ihre Richtung, allerdings blieb sein Blick hinaus auf die vom Regen gepeitschten Wellen gerichtet. Er hielt sich an der Reling fest, als das Schiff rollte und schwankte, bis er sich an dem Windengehäuse – und an Margot Thornton – vorbeigeschlängelt hatte.

Sobald er sich außer Sicht befand, atmete sie erleichtert aus und setzte ihren Weg fort. Sie schlich weiter zur Steuerbordseite des Schiffes und hielt alle paar Meter inne, um sich zu orientieren und ihre Umgebung zu kontrollieren. Während sie sich dem Eingang zum Geräteraum näherte, hörte sie über sich auf dem Deck Stimmengemurmel, das immer lauter wurde. Sie richtete sich halb auf, machte einige schnelle Schritte und legte eine Hand auf die Türklinke. Die Tür war verschlossen.

Die Stimmen kamen näher, und Margot entdeckte den tanzenden Lichtstrahl einer Stablampe, der sich in ihre Richtung bewegte. War ihre Flucht vielleicht schon entdeckt worden?

Die Seitenwand des Operationszentrums bot keinerlei Deckung, daher überquerte sie im Laufschritt das Deck zu einem dunklen Objekt dicht an der Reling. Es war eins der Beiboote des Schiffes, das unter einem schweren Kran bereitstand. Sie tastete sich an seinem Rumpf entlang zum Heck. Das Boot ruhte auf einem massiven Holzgestell, auf das man mittels einer Trittleiter hinaufsteigen konnte. Margot benutzte die Leiter, kletterte auf das Gestell, zog sich über den Heckspiegel und streckte sich auf dem Achterdeck aus. Das Boot verfügte über ein rundum geschlossenes Ruderhaus, daher robbte sie über das Deck, schlüpfte durch die Tür und kauerte sich unter den Pilotensitz.

Die Männer blieben stehen, und jetzt erklangen ihre Stimmen direkt neben dem Boot. Sie unterhielten sich in Mandarin, was Margot nicht beherrschte, aber ihr Tonfall klang angespannt und nervös. Sie verstummten, dann erklang plötzlich das Summen eines Elektromotors. Margot spürte, wie das Boot, das ihr als Versteck diente, leicht schwankte. Gleich darauf hörte sie ein Klappern, als jemand sich anschickte, an Bord zu klettern.

Schwere Stiefel stampften über das Fiberglasdeck, als ein Kommandosoldat sich dem Ruderhaus näherte. Margot machte sich unter dem Pilotensitz so klein wie möglich, während er zur Tür kam. Aber der Soldat machte keinerlei Anstalten, das Ruderhaus zu betreten. Stattdessen gelangte er mit einem Klimmzug auf das Dach des Deckaufbaus. Margot vernahm über dem Kopf das Geräusch eines Kabels, das über das Ruderhaus rutschte, und sie begann voller Entsetzen zu begreifen, was hier offenbar gerade geschah. Die Soldaten hatten keine Ahnung, dass sie sich in dem Boot versteckt hatte – und trafen Vorbereitungen, es zu Wasser zu lassen.

Ein Kranausleger senkte sich auf das Beiboot herab, und der Soldat auf dem Dach befestigte ein Drahtseil an dem Kranhaken. Er kletterte vom Dach herunter und warf einen Blick in das dunkle Ruderhaus, bemerkte jedoch nichts von ihrer Anwesenheit. Er ging zum Bootsheck und setzte sich auf den Rand des Heckspiegels, während die Kranseile sich Sekunden später straff spannten und das Boot von seinem Dockinggestell in die Luft hievten.

Margot spürte das dumpfe Pochen ihres Herzens, während sie überlegte, was sie nun tun sollte. Sie verließ die Deckung unter dem Steuermannssitz und robbte zu einem Gerätemagazin, zu dem eine kurze Leiter hinunterführte. Sich auf ihren Tastsinn verlassend, öffnete sie die schmalen Türen und stellte fest, dass die Schrankfächer mit Schwimmwesten und Notrationen gefüllt waren. Das hieß, dass im Ruderhaus kein geeignetes Versteck zu finden war.

In wenigen Sekunden würde das Boot ins Wasser hinuntergelassen werden. Dann dauerte es nicht mehr lange, bis sie mit unliebsamer Gesellschaft rechnen müsste. Auf den Knien kroch sie zur offenen Tür. Der Kommandosoldat saß noch immer auf der Kante des Heckspiegels und diskutierte mit einem Mitglied der Schiffscrew. Auf beiden Seiten des Bootsdecks befanden sich zwei lange Sitzbänke. Ansonsten gab es nichts, was sie als Deckung hätte nutzen können.

Das Boot schaukelte schwerfällig unter ihr, während es über die Reling geschwenkt wurde und zur Meeresoberfläche hinabsank. In

Ermangelung anderer Möglichkeiten schlich Margot zur seeseitigen Reling. Ein schmaler Steg verlief neben dem Ruderhaus zum Bug, und Margot rollte sich auf ihn. Sie zog die Beine an, um ihre Füße zu verbergen, dann streckte sie sich auf dem schmalen Laufgang aus und schloss die Augen, während drei bewaffnete Männer hinter ihr auf das Bootsdeck heruntersprangen.

21

Hiram Yaeger besetzte seinen üblichen Kommandoposten auf dem Scheitelpunkt eines großen hufeisenförmigen Tisches im NUMA-Computerressourcen-Zentrum. Vor sich hatte er eine vom Boden bis zur Decke reichende wandgroße Grafikkarte, auf der die übertragenen Datenströme des agentureigenen Netzwerks von Meeresbojen und -sensoren verfolgt werden konnten. Yaeger studierte gerade ein aktuelles Radarbild der Wetterüberwachung am oberen Rand des Videobildschirms, als Rudi Gunn den Raum betrat und sich neben ihm in einen Sessel sinken ließ.

»Haben Sie schon von der *Caledonia* gehört?«, fragte Gunn.

»Ja. Ich war eben dabei, mich darüber zu informieren, welche Wetterverhältnisse sie auf ihrer Fahrt nach Taiwan erwarten.« Er deutete auf den oberen Bereich des Bildschirms. »Sie ist der schwarze Punkt dicht unterhalb der Wolkenbank.«

Auf einem der quadratischen Fenster war eine Masse grauer Wolken zu erkennen, die vom einen Seitenrand zum anderen Seitenrand reichte. Ein kleiner Punkt war etwa in der Mitte der noch wolkenfreien Zone eingeblendet, während ein gelber Halbkreis darüber die Südküste von Taiwan darstellte.

»Sieht so aus, als hätte sie einen ziemlich wilden Ritt bis zum Ziel vor sich«, stellte Rudi Gunn fest.

»Ihr Kurs führt genau durch das Zentrum des Sturms. Das einzig Gute ist – navigationstechnisch betrachtet – die Tatsache, dass das Schiff und der Sturm sich in dieselbe Richtung bewegen.«

»Was wissen wir über Pitt und Giordino?«

»Die *Caledonia* hat uns sämtliche Daten ihrer Sucheroperation und die Diagnosedaten übermittelt. Ich habe Max damit gefüttert«, sagte Yaeger und meinte das künstliche weibliche Interface, das er geschaffen hatte, um mit dem hochmodernen Supercomputer hinter der Videowand zu kommunizieren. »Max tippt auf eine überraschende ungewöhnliche Unterwasserturbulenz in dieser Region. Die letzten vom Tauchboot übermittelten Daten lassen darauf schließen, dass Pitt und Giordino sich mit hoher Geschwindigkeit über den Meeresboden bewegten.«

»Was könnte die Ursache dafür gewesen sein?«, fragte Gunn.

»Das ist momentan noch ein großes Rätsel. Die diensthabenden Offiziere an Bord der *Caledonia* melden, dass sich ein Bergbauschiff namens *Melbourne* in der Nähe aufhielt und irgendwelche Aktionen ausführte.« Er rief eine Fotografie des Schiffes auf, die er im Internet gefunden hatte.

»Sieht aus wie ein großes gewerblich genutztes Schiff, erscheint jedoch in keiner Weise ungewöhnlich«, sagte Gunn. »Könnte eine Explosion stattgefunden haben?«

»Möglich wäre es. Unglücklicherweise ist uns die *Melbourne* nicht behilflich. So wie es aussieht, verweigert sie sogar jede Art von Kommunikation. Bei den augenblicklichen Wetterverhältnissen würde es mindestens achtundvierzig Stunden dauern, bis ein ROV an Ort und Stelle abgesetzt werden kann, um eine Suche zu starten.«

Gunn hatte zwar mit schlechten Nachrichten gerechnet, aber dass die Situation derart hoffnungslos war, versetzte ihm einen Schock. Selbst wenn Pitt und Giordino auf dem Meeresgrund noch am Leben waren, müssten sie eine halbe Ewigkeit warten, bis man ihnen zu Hilfe kommen konnte. »Ich habe den Vizepräsidenten informiert«, sagte er. »Wir treffen uns auf dem Capitol Hill, um Loren von den Vorfällen in Kenntnis zu setzen.«

Yaeger senkte den Blick und schüttelte den Kopf. »Ich wünschte mir von Herzen, ich könnte mit besseren Neuigkeiten aufwarten.«

»Bleiben Sie an der Sache dran, Hiram, und geben Sie mir Bescheid, sobald Sie mehr wissen.«

»Klar doch.«

Gunn machte Anstalten aufzustehen, aber Yaeger hielt ihn noch zurück. »Ehe Sie gehen, wollte ich noch einen anderen Punkt zur Sprache bringen, der nicht direkt mit dieser Geschichte zu tun hat. Summer hat mir per E-Mail Fotos von den tibetischen Steinschnitzereien geschickt, die sie auf den Philippinen gefunden haben.«

Gunn nickte. »Sie und Dirk sind momentan nach Indien unterwegs, um sie den rechtmäßigen Besitzern zurückzugeben.«

»Wie sich herausgestellt hat, wurden sie aus einem Material mit dem Namen *thokcha* hergestellt. Es ist ein tibetischer Ausdruck, der sich am treffendsten mit ›Himmelseisen‹ übersetzen lässt.«

Gunn runzelte die Stirn. »Himmelseisen? Sind damit etwa Meteoriten gemeint?«

»Richtig geraten. Wie unsere Ermittlungen bisher ergeben haben, hatte – wer auch immer in das Museum in Taipeh eingebrochen sein mag – es gerade auf Artefakte aus diesem Material abgesehen. Im Verlauf der letzten beiden Tage fanden ähnliche Einbrüche in Museen in Singapur, Hongkong und Neu-Delhi statt. Jedes Mal wurden Gegenstände aus der gleichen Substanz entwendet.«

»Man könnte meinen, dass ein reicher und besonders skrupelloser Sammler als möglicher Auftraggeber hinter diesen Diebstählen steckt.«

»Nein«, sagte Yaeger. »Die bisher zutage geförderten Indizien sprechen eher für eine staatlich geförderte Operation der Volksrepublik China. Der Dieb, der in Taipeh den Tod fand, war laut Auskunft der Polizeibehörden ein chinesischer Agent. Das Gleiche trifft wahrscheinlich auch auf die anderen Einbrecher zu.«

»Also steckt China dahinter«, sagte Gunn. »Waren die anderen Einbrüche erfolgreich?«

»Die Museumsverwaltung in Singapur hatte vor dem Einbruch den größten Teil der tibetischen Exponate ausgetauscht und im

Magazin eingelagert, sodass nur ein vergleichsweise kleines und unbedeutendes Artefakt gestohlen wurde. Die Polizei in Hongkong reagierte schnell genug und konnte den dortigen Einbruchsversuch rechtzeitig vereiteln. Ob und – wenn ja – was in Neu-Delhi gestohlen wurde, konnte ich bisher nicht in Erfahrung bringen.«

»Warum könnten die Chinesen so scharf darauf sein, tibetische Kunstwerke in ihren Besitz zu bringen?«

»Genau diese Frage habe ich Max gestellt. Eine der Theorien, die sie dazu äußerte, ist ausgesprochen interessant.«

Yaeger tippte auf ein paar Tasten seines Keyboards und rief das Foto einer winzigen Yak-Skulptur auf, die aus dem glänzenden schwarzen Material bestand. Das Foto war die Illustration eines Artikels aus einer wissenschaftlichen Zeitschrift.

»Max stieß auf diesen Aufsatz, der die Ergebnisse einer Untersuchung verschiedener *thokcha*-Artefakte zusammenfasste, die von der Universität von Adelaide durchgeführt wurde. Dabei interessierte man sich nicht für die kulturelle Bedeutung der Artefakte, sondern für die physikalischen Eigenschaften der getesteten Objekte. Chemische Analysen enthüllten, dass eine Reihe der Proben den Stein-Eisen-Meteoriten zuzuordnen sind und als Mesosideriten bezeichnet werden.«

»Ist dies von besonderer Bedeutung?«

»Das ist es schon, wenn man seine atomare Struktur eingehender betrachtet. Außer den üblichen Anteilen von Eisen und Nickel, die man in den meisten Meteoriten findet, enthalten einige Proben ungewöhnliche Verbindungen anderer seltener Elemente wie Hafnium, Tantalit und Reidite.«

»Okay«, sagte Gunn. »Was wissen wir sonst noch?«

»Mit diesen Elementen unter Laborbedingungen eine stabile Verbindung herzustellen ist ungemein schwierig, allerdings sind diese Verbindungen in bestimmten in der Natur gewonnenen Proben anzutreffen. Man nimmt an, dass es damit zu tun haben könnte, dass diese Verbindungen und ihre jeweiligen Bestandteile beim Eindringen in die Erdatmosphäre extremen Temperaturen sowie einem extrem hohen Druck ausgesetzt waren, als sie auf dem Boden aufschlugen. Aus welchem Grund auch immer, die Molekülstruktur wurde jedenfalls verändert, und zwar mit der Folge, dass das Material anschließend eine weitaus höhere Dichte aufwies. Infolgedessen haben wir es mit einer chemischen Verbindung zu tun, die bemerkenswerte thermale Eigenschaften aufweist. Das *thokcha* hält anscheinend Temperaturen stand, die über fünftausend Grad Celsius rangieren, womit es den Werkstoffverbindungen deutlich überlegen ist, die im Zuge unseres Raumfahrtprogramms zum Einsatz kommen.«

Gunn nickte langsam. »Das könnte ein ausreichender Grund sein, um sich Proben dieses Materials zu beschaffen.«

»Das denke ich auch. Ich unterhielt mich mit einem Freund bei der Air Force, der Bilder der Komponenten inspizierte, die Pitt und Giordino während der ersten Phase ihrer Suche aus dem Ozean geholt hatten. Er informierte mich, dass die chinesische Rakete mit einer rekordverdächtigen Geschwindigkeit unterwegs war, den Flug aber wegen thermischer Probleme wahrscheinlich nicht ordnungsgemäß abschließen konnte. Die bei Hyperschallgeschwindigkeit entstehende Reibung ist enorm, und den daraus resultierenden Meltdown zu verhindern, stellt ein kaum lösbares Problem bei der Entwicklung schnellerer Raketen dar. Möglicherweise glauben die Chinesen, dass irgendeine in den Meteoriten enthaltene Substanz dieses Problem beseitigen kann.«

»Sollte es ihnen gelingen, dieses *thokcha*-Material zu verwenden oder sogar in ausreichender Menge herzustellen und Raketenhüllen damit auszustatten«, spann Gunn Yaegers Gedanken weiter, »könnten sie ein Arsenal von Hyperschallwaffen produzieren – die schneller sind als alles, was sonst auf dem Planeten existiert.«

Yaeger nickte mit ernster Miene. »Das Pentagon hätte dem nichts entgegenzusetzen … und müsste damit rechnen, in einem duellmäßigen Preisschießen auf der ganzen Linie den Kürzeren zu ziehen.«

»Wir sollten diese Informationen schnellstens an die Air Force weiterleiten.« Gunn warf einen Blick auf seine Armbanduhr. »Ich werde außerdem den Vizepräsidenten unterrichten, der mich sicher schon ungeduldig erwartet.«

Die Fahrt vom NUMA-Gebäude auf dem Virginia-Ufer des Potomac zum Capitol dauerte weniger als zehn Minuten, da Gunn das Glück hatte, eine grüne Welle zu erwischen. Nachdem er in der Tiefgarage des Rayburn-House-Bürogebäudes geparkt hatte, eilte er in den vierten Stock hinauf. Er traf Vizepräsident James Sandecker dabei an, wie er im Flur mit einer Secret-Service-Leibwache im Schlepptau auf und ab ging.

»Tut mir leid, dass ich mich verspätet habe, Sir«, sagte Gunn.

»Auch ich bin erst vor einer Minute eingetroffen.«

James Sandecker war eine eher kleinwüchsige Erscheinung, die jedoch von einer geradezu imposanten Persönlichkeit überstrahlt wurde. Er wurde in Washington hochgeachtet und galt als erfahrener Administrator, dem niemand ein X für ein U vormachen konnte. Als pensionierter Admiral der Navy hatte er bis vor einigen Jahren die NUMA geleitet und Rudi Gunn als einen seiner ersten Assistenten eingestellt. Mit rotem Haar und ebenfalls rotem Spitzbart eine auffällige Erscheinung, die aus der eher grauen Schar subalterner Regierungsbeamten herausstach, fixierte Sandecker seinen Gesprächspartner mit leuchtend blauen Augen. »Gibt es etwas Neues von Pitt und Giordino?«

»Ich fürchte, nein. Der aufziehende Taifun erschwert die Suche nach ihnen ganz erheblich.«

»Wir sind es Loren schuldig, ihr die Wahrheit zu sagen.« Sandecker machte kehrt und öffnete eine Seitentür.

Es war das Büro von Congresswoman Loren Smith, einer langgedienten Repräsentantin des Bundesstaats Colorado und Ehefrau von Dirk Pitt. Eine freundliche Vorzimmerdame geleitete die

Männer – auch wenn sie von dem unerwarteten Erscheinen des Vizepräsidenten ein wenig aufgeschreckt war – sofort ins Privatbüro der Kongressabgeordneten.

Loren saß an ihrem Schreibtisch und bearbeitete den Text einer Umweltschutzverordnung, als die beiden Männer hereinkamen. Bekleidet mit einem Prada-Businesskostüm und mit den zimtbraunen Locken, die bis auf ihre Schultern herabwallten, war sie der lebende Beweis dafür, dass wahre Schönheit auch im Büroalltag ihren festen Platz haben konnte. Ihr warmes Begrüßungslächeln verflog, als sie die niedergeschlagenen Mienen der Männer gewahrte.

»Wir bedauern zutiefst, Sie zu stören, aber wir wollten Sie unbedingt wissen lassen, dass Dirk und Al vermisst werden«, erklärte Sandecker mit der für ihn typischen Unverblümtheit. Er wandte sich halb zu Gunn um. »Rudi kann Ihnen alle Details des Vorfalls schildern.«

Sie nahmen Loren gegenüber Platz und setzten sie über alles ins Bild, was sie bisher über das verschwundene Tauchboot hatten in Erfahrung bringen können. Lorens Augen füllten sich mit Tränen, aber sie stellte präzise Fragen, die ihre Mission und die Suche nach ihnen betraf.

»Ich denke«, sagte sie mit leiser Stimme, »dass ich die Suche aus nächster Nähe verfolgen sollte.«

»Zum Teil deshalb bin ich hier«, sagte Sandecker. »Wie Sie im Zuge Ihrer Tätigkeit für das Foreign Affairs Committee erfahren haben dürften, wird der Präsident ein wichtiges Verteidigungsabkommen mit Taiwan unterzeichnen, das unsere Position in dieser Region auf Dauer stärkt. Ich habe die Absicht, mich noch heute auf den Weg zu machen, um mit dem Präsidenten von Taiwan über eine formelle Ratifizierung des Abkommens an Bord eines unserer Zerstörer zu beraten. Ich dachte mir, dass Sie mich vielleicht begleiten wollen. Und Sie ebenfalls, Rudi.«

»Ja, natürlich«, erwiderte Loren.

»Danke, Mr. Vice President.« Gunn nickte. »Es käme mir sehr entgegen, die Suche an Ort und Stelle koordinieren zu können.«

Loren blickte aus dem Fenster auf den friedlichen Betrieb der Washington Mall und versuchte, sich in Gedanken in die Fluten des fernen Ozeans zu versetzen. »Meinen Sie, dass sie eine Chance haben?«

»Wir sprechen von Pitt und Giordino«, sagte Sandecker. »Ich denke, die beiden haben bessere Chancen als jedes andere Duo auf diesem Planeten.«

22

Innerhalb der *Stingray* lag ein schrilles Zischen in der Luft. Pitt, in dessen Kopf ein dumpfer Schmerz pulsierte, wollte nichts anderes als schlafen, doch das Geräusch war zu aufdringlich und störend. In Gedanken kletterte er vom Grund eines tiefen schwarzen Schachts aufwärts und zwang sich, die Augen zu öffnen. Die Welt, in die er blickte, war genauso dunkel, abgesehen von einer Reihe vielfarbiger Lichter, die über seinem Kopf hektisch blinkten.

Nach und nach fand er in die Wirklichkeit zurück und schüttelte heftig den Kopf, um den Nebel vor seinen Augen und auf seinen Gedanken zu vertreiben. Die Bewegung entfaltete die gewünschte Wirkung, erzeugte jedoch gleichzeitig einen brennenden Schmerz in seinem Kopf. Er tastete seinen Schädel ab und fand eine dicke Schwellung an der Seite. Während er um sein Gleichgewicht kämpfte, schlängelte er sich auf die Armlehne seines Pilotensitzes und erkannte, dass das Tauchboot auf der Seite lag. Sein Ellbogen streifte die Kontrollen des Helms, und ein einsames externes Licht erwachte flackernd zum Leben und erhellte den leeren, sandigen Meeresboden unmittelbar vor ihm.

»Al.« Giordino war zur Seite gesackt, und Pitt streckte die Hand aus, ergriff seine Schulter und schüttelte sie. Giordino antwortete mit einem leisen Knurren. Pitt wand sich aus seinem Sessel und kroch zur Rückenlehne von Giordinos Copilotensitz. »Bist du okay?«

»Ja, ja«, antwortete Giordino in einem wenig überzeugenden Tonfall.

Im Lichtschein der Warnlampen des Armaturenbretts konnte Pitt erkennen, dass an einer Seite von Giordinos Kopf eine hässliche Wunde klaffte, die auf der Kabinenwand eine Blutspur hinterlassen hatte. Pitt öffnete die Klappe eines Ablagefachs und holte einen Erste-Hilfe-Kasten heraus. Er verband die Wunde seines Freundes, während dieser nach und nach sein Bewusstsein wiedererlangte.

»Was zum Teufel hat uns gerade erwischt?«, fragte Giordino entgeistert. »Es fühlte sich wie eine Achterbahnfahrt an, die außer Kontrolle geraten ist.«

Pitt schüttelte den Kopf. »Eine Explosion war es offenbar nicht. Mir kam es eher wie eine länger anhaltende Strömung vor, als ob wir während des Frühjahrshochwassers in den Colorado geworfen worden wären. Begleitet wurde das Ganze von einem infernalischen Lärm.«

»In meinen Ohren höre ich noch immer ein Klingeln.« Er massierte eine schmerzende Schulter, dann bemerkte er ein zischendes Geräusch. »Offenbar kein externes Leck, soweit ich es beurteilen kann.« In dieser Wassertiefe würde sich auch ein nur winziges Loch in der Außenhülle des Tauchboots schnell zu einem größeren Leck verbreitert haben, durch das sich ein Wasserstrahl in Löschschlauchstärke ins Bootsinnere ergossen hätte.

Pitt deutete auf die undichte Stelle unter ihren Sitzen. »Eine Notfallreserveflasche Sauerstoff hat sich während unserer Wildwasserfahrt losgerissen und den Bootsrumpf perforiert. Für uns wahrscheinlich ein Glücksfall, da wir sonst durch das Geräusch des eindringenden Ozeans nicht geweckt worden wären.«

Während das Zischen nachließ, zog sich Giordino hoch und suchte kniend auf der schräg stehenden Kabinenwand Halt. »Auftauchen wäre im Augenblick sicherlich das Sinnvollste.«

Pitt reichte ihm eine Stablampe und ergriff selbst eine zweite. »Mal sehen, wie schlimm es unser Boot erwischt hat.«

Nachdem sie sich vergewissert hatten, dass sie keine schweren

Verletzungen erlitten hatten, begannen sie mit einer Inventur der Beschädigungen des Tauchboots. Der Boden war mit Trümmern der Instrumententafel und Bruchstücken elektronischer Komponenten bedeckt. Der losgerissene Sauerstofftank war einer von zweien, die Verteilerkästen und Kontrollinstrumente zertrümmert und den hinteren Abschnitt des U-Boots in ein Schlachtfeld verwandelt hatten. Giordino untersuchte die lebenserhaltenden Systeme, während Pitt den Ballasttank und dessen Kontrollen überprüfte, um das Boot aufzurichten und seine Lage zu stabilisieren.

»Der CO_2-Wäscher ist offenbar beschädigt und funktioniert vorerst nicht mehr«, stellte Giordino fest. »Unsere frische Bergluft hier drin dürfte schon bald ein wenig muffig werden.«

»Anscheinend hat jedes elektrische System etwas abbekommen.« Dirk Pitt hielt eine zerbrochene Leiterplatte hoch, die zu einem UKW-Radio gehörte. »Die externen Transponder sind tot. Schätze, dass wir vorerst kein Lebenszeichen von uns geben können.«

Giordino hob den Handapparat eines akustischen Unterwassertelefons hoch und sagte etwas in die Sprechmuschel. »Offenbar hat es noch Strom, aber von oben kommt keine Antwort.«

»Ich wette, dass wir uns außer Reichweite befinden. Irgendwann wird uns die *Caledonia* schon finden.«

Pitt saß im Pilotensessel und hantierte an einer geborstenen Kontrolltafel herum, um sie zum Leben zu erwecken, dann versetzte er ihr einen Faustschlag, in den er seine gesamte hilflose Wut hineinsteckte. »Die Ballasttanksteuerung reagiert nicht.« Er richtete seine Stablampe auf ein winziges Bullauge im Bootsrumpf und blickte zum Heck. »Der Backbordtank hat auf jeden Fall ein Leck. Auf der Steuerbordseite kann ich nichts erkennen. Wenn die Anzeige noch halbwegs genau ist, dürfte der Ballasttank zu achtzig Prozent gefüllt sein.«

»Noch sind die Batterien nicht vollständig erschöpft«, sagte Giordino. »Daher ist nicht alles verloren.«

»Dann können wir das System neu verdrahten.« Pitt öffnete einen Werkzeugbehälter und holte einen Schraubendreher hervor, den er benutzte, um einige Bodenplatten aufzuhebeln. Darunter befand sich auch ein kleines Abteil, in dem die Wasserpumpe des Backbordballasttanks untergebracht war. Mittlerweile hatte Giordino ein längeres Stück Elektrokabel von einem der nunmehr nutzlosen Anzeigeinstrumente des Armaturenbretts abgeschnitten und kam im Kriechgang zu Pitt herüber.

Da die zahlreichen Computer und elektrischen Systeme, ausgefallen waren und keine Betriebswärme mehr abstrahlten, begann die Innentemperatur der *Stingray* stetig zu sinken. Und da die abkühlende Luft nicht mehr gefiltert und umgewälzt wurde, erfüllte schon bald ein strenger Geruch das Innere des Tauchboots. Es dauerte zwar einige Zeit, bis sich die ansteigende Kohlendioxidkonzentration in der Atemluft bemerkbar machte, aber irgendwann setzte bei beiden Männern der Zustand einer leichten Benommenheit ein.

Sich wegen der unzureichenden Beleuchtung auf ihren Tastsinn verlassen zu müssen und die extreme Schräglage des Tauchboots erschwerten die Bedingungen erheblich, unter denen sie an ihrer Rettung arbeiteten. Als Giordino jedoch das Behelfsstromkabel mit einer Batterie verband, wurden die Männer mit dem Surren eines Pumpenmotors belohnt. Komprimierte Luft wurde in den Ballasttank gepresst und Wasser durch ein Ventil hinausgedrückt. Die beiden Männer spürten, wie der Boden unter ihren Füßen nach und nach die Horizontale einnahm, als der zunehmende Auftrieb wirksam wurde und der *Stingray* zu einer stabileren Lage verhalf.

»Zumindest können wir aufrecht sitzen, wenn wir sterben«, sagte Giordino und löste die Stromleitung von der Batterie, als der Druckmesser anzeigte, dass auch der letzte Rest Wasser den Ballasttank verlassen hatte.

»Ich würde es vorziehen, das Bewusstsein in einem Federbett zu verlieren.« Pitt nahm in dem Pilotensessel Platz. Er überprüfte die Antriebsaggregate, aber nur zwei der fünf Druckstrahlruder reagierten auf den elektronischen Startbefehl. »Ich bin dir wirklich dankbar, dass du uns aufgerichtet hast«, sagte er, »aber noch lieber wäre mir jetzt ein spürbarer Hauch frischer Luft.«

»Hast du das falsche Deo eingepackt?«

»Eau de Batteriesäure gehörte noch nie zu meinen Favoriten. Ich denke, wir müssen die Notfallgewichte abwerfen und schnellstens in Richtung Meeresoberfläche starten.«

»Mit Vergnügen.« Giordino ging auf die Knie hinunter, öffnete eine kleine Bodenplatte, unter der ein versenkter Handgriff zum Vorschein kam. Er klappte ihn hoch, wodurch ein eintausend Pfund schweres Bleigewicht ausgeklinkt wurde, das an der Unterseite des Bootsrumpfs befestigt war und in den Sand unter dem Boot sackte. Augenblicklich stieg die *Stingray*, noch immer mit leichter Schlagseite, vom Meeresboden auf.

Giordino kehrte in seinen Sessel zurück und verfolgte, wie dunkles, von dem aufgewirbelten Sand trübes Wasser am Sichtfenster vorbeiglitt. »Wie lange brauchen wir zum Auftauchen?«

»Mit den unterschiedlich gefüllten Ballasttanks sicherlich eine Stunde.«

Er massierte die Seite seines Schädels, die er sich aufgeschlagen hatte, als das Boot seinen wilden Tanz aufgeführt hatte. »Ich hoffe, dass uns oben jemand mit einem Steak und einem Eisbeutel erwartet.«

Pitt enthielt sich eines Kommentars. Während er in den dunklen Ozean vor dem Tauchboot starrte, bezweifelte er, dass es überhaupt jemanden gab, der sie erwartete.

23

Das Beiboot der *Melbourne* setzte auf der Wasseroberfläche auf – und begann zu bocken und sich wie ein wilder Rodeobulle aufzubäumen. Zwei Meter hohe Wellen warfen es hin und her, während sein röhrender Motor es in die stürmische Nacht hinausschob.

Das Boot beschrieb einen weiten Bogen und entfernte sich mit zunehmender Geschwindigkeit vom Schiff. Gischtwolken wehten über den Bootsrand. Während sich Margot auf dem schmalen Laufgang an eine kleine Eisenklampe klammerte, hatte sie das Gefühl, als würde sie jeden Augenblick in den Ozean geschleudert. Nicht lange, und jede Stelle ihres Körpers, die bisher vom Regen verschont geblieben war, troff nun von eisigem Meerwasser. Sie wagte es nicht, sich zu rühren, da es in der Kabine und auf dem Achterdeck keinen Punkt gab, von dem aus sie nicht zu sehen gewesen wäre. Halte durch und beweg dich nicht, hämmerte sie sich ein, überzeugt, dass sie es schaffen könnte, nicht bemerkt zu werden, bis das Boot zur *Melbourne* zurückkehrte.

Das Beiboot ging auf direkten Kurs zu den auflaufenden Wellen und gewann nach und nach an Tempo. Wiederholt spürte Margot, wie ihr Körper von der schmalen Unterlage abhob, für Sekundenbruchteile schwerelos erschien und dann wieder unsanft auf dem Laufsteg aufschlug. Sie blickte in Fahrtrichtung und glaubte, ihr Ziel erkennen zu können. Ein kleines Boot trieb etwa eine halbe Meile entfernt im Meer. Sie suchte die nachtschwarze See nach dem NUMA-Schiff ab, es war jedoch nirgendwo zu sehen.

Das Beiboot setzte seine Fahrt unbeirrt fort, und Margot konnte schließlich ein Arbeitsboot erkennen, das dem Fahrzeug glich, dem sie ihr Leben anvertraut hatte. Drei Männer standen in der beleuchteten geschlossenen Kabine. Als sie auf dem Radarschirm erkannten, dass sich das Beiboot auf eindeutigem Rendezvouskurs befand, schlüpften zwei Männer in lange Regenmäntel und traten aufs offene Deck hinaus.

Der Motor des NUMA-Boots blubberte im Leerlauf. Sein Bug zeigte nach Osten, während sich das Beiboot der *Melbourne* ihm von Steuerbord näherte. Für Margot war es ein kleiner Trost, dass die bewaffneten Männer auf der von ihr abgewandten Seite des Tenders in Position gegangen sein mussten.

Das NUMA-Boot behielt seine Position bei. Auf dem Tender kauerten zwei Männer unter der Backbordreling. Jeder von ihnen war mit einer QCW-Maschinenpistole mit Schalldämpfer bewaffnet. Margot spürte, wie das Beiboot sein Tempo drosselte und langsam weitertrieb. Sie kroch auf dem schmalen Laufsteg einige Zentimeter weiter und hob den Kopf, um einen Blick auf das andere Boot zu werfen. Im Licht der Scheinwerfer des Tenders waren sein türkisblauer Rumpf und seine ebenfalls türkisblauen Aufbauten zu erkennen. Die Aufschrift auf einem Schild am Ruderhaus identifizierte es als *Caledonia 2*. Also war es ein Arbeitsboot der *Caledonia*, aber wo war das NUMA-Schiff?

»Ahoi.« Ein NUMA-Crewmitglied auf dem Deck der *Caledonia 2* erschien im Lichtkegel des Beibootscheinwerfers und winkte.

Beide Kommandosoldaten erhoben sich aus ihrer Deckung unter der Reling und eröffneten ohne Vorwarnung das Feuer. Das gedämpfte Rattern der Maschinenpistolen ließ Margot einen eisigen Schauer über den Rücken rieseln. Dieses Gefühl steigerte sich zu namenlosem Entsetzen, als die beiden NUMA-Angehörigen, vom Kugelhagel zerfetzt, auf dem Bootsdeck zusammenbrachen. Geschockt wandte sie den Blick ab und schlang die Arme um den Kopf.

Obgleich sie die Augen bedeckt hatte, um das grauenvolle Geschehen nicht mit ansehen zu müssen, konnte sie hören und nahezu körperlich spüren, was als Nächstes geschah. Einer der Kommandosoldaten schleuderte eine Brandgranate auf das NUMA-Boot, auf dessen Deck sie aufschlug und ein Stück rollte, bis sie gegen die Tür des Ruderhauses prallte und liegen blieb. Durch die folgende Detonation wurde die Tür aufgesprengt, und eine Stichflamme schlug in den kleinen Raum der Kommandobrücke. Der dritte Mann der Bootsbesatzung wurde von der Druckwelle von den Füßen gerissen, erschien jedoch Sekundenbruchteile später in der Türöffnung, um sich in Sicherheit zu bringen.

Augenblicklich wurde er von einer doppelten Maschinenpistolensalve regelrecht zersiebt.

Der Tender schob sich zwecks eingehender Inspektion näher an das NUMA-Boot heran und stieß seitlich gegen seinen Rumpf. Während der Tender abprallte und nach Steuerbord zurückgedrückt wurde, wurde diese Seite von einer hohen Welle getroffen, die den Bug und die Reling überspülte und Margot ins Meer riss. Sie streckte die Arme aus, um sich noch an dem Boot festzuhalten, hatte damit jedoch keinen Erfolg und stürzte kopfüber ins Wasser.

Sekundenlang orientierungslos, konnte sie feststellen, dass das unfreiwillige Bad ihre Nerven beruhigte und sie zwang, sich auf eine Sache zu konzentrieren: ihr Überleben. Das bedeutete zunächst, nicht ins Visier der chinesischen Kommandosoldaten zu geraten. Aber war sie ihnen überhaupt aufgefallen?

Anstatt zur Wasseroberfläche aufzusteigen, bemühte sie sich, so tief wie möglich in die Dunkelheit abzutauchen, während sie sich darüber klar zu werden versuchte, was sie als Nächstes tun sollte. Möglicherweise hatten die Soldaten sie tatsächlich nicht gesehen. Sie dürften sich ausschließlich auf das NUMA-Boot konzentriert haben. Vielleicht schaffte sie es, unbemerkt an Bord des Tenders zu gelangen und auf diese Weise zur *Melbourne* zurückzukehren. Sie erwog das Für und Wider dieser Taktik, bis der zunehmende

Druck auf ihre Brust sie daran erinnerte, dass sie dringend Luft brauchte.

Mit mäßigem Beinschlag näherte sie sich der Meeresoberfläche und harrte für einen Augenblick aus, bis der Gischtkamm einer Welle über sie hinweggerollt war. In seinem Schutz tauchte sie endgültig auf und machte einen tiefen Atemzug.

Sie musste würgen und hatte Mühe, ein krampfartiges Husten zu unterdrücken.

Die Luft stank entsetzlich, und sie erkannte bald, dass sie sich dicht hinter dem Beiboot befand und dessen Motorabgase einatmete. Vorsichtig auf Distanz zu den im Leerlauf langsam rotierenden Propellern achtend, versuchte sie, an die Seite des Bootes zu gelangen, als der Motor plötzlich ein dumpfes Grollen von sich gab und das Boot sich in Bewegung setzte und zu entfernen begann. Sie intensivierte ihre Schwimmbewegungen, streckte einen Arm aus, tastete sich am Bootsrumpf auf der Suche nach einem Halt entlang und spürte, wie es ihren Fingern mehr und mehr entglitt und sich mit lautem Dröhnen entfernte.

Es beschrieb einen Bogen, und Margot machte sich unsichtbar, indem sie augenblicklich auf Tauchstation ging. Während sie sich mit entsprechenden Schwimmbewegungen in Position hielt, rauschte das Boot in nächster Nähe an ihr vorbei. Nach Luft ringend, tauchte sie auf und musste hilflos ansehen, wie sich die Positionslampen des Beiboots in Richtung der *Melbourne* entfernten.

Ihre Angst, ohne Aussicht auf Rettung im Meer zurückgelassen zu werden, verflog zumindest teilweise, als sie ein flackerndes Leuchten hinter sich wahrnahm. Sie drehte sich um und entdeckte ihre einzige Chance auf Rettung.

Es war das NUMA-Boot, dessen Deck und Ruderhaus von züngelnden Flammen erhellt wurden.

24

Eine mächtige Welle rollte über Margot hinweg und begrub sie mit einem tobenden Wirbel schäumender Gischt. Mit kraftvollen Kraulzügen kämpfte sie sich an die Oberfläche und spuckte einen Mundvoll Seewasser aus. Sie war von dem NUMA-Boot gut ein Dutzend Meter weiter entfernt, als die Strömung sie nach Westen abdrängte. Obgleich das Boot stellenweise in Flammen stand, lief der Inboardmotor mit niedriger Drehzahl weiter und hielt das Boot weitgehend in seiner fixierten Position.

Von wachsender Furcht getrieben, schwamm Margot hinter dem Boot her. Bohrender Hunger quälte sie, nachdem sie während ihrer Gefangenschaft kaum etwas zu essen bekommen hatte. Das Adrenalin, das ihr während der Flucht von der *Melbourne* auf dem Beiboot zu einem klaren Kopf und zu erhöhter Wachsamkeit verholfen hatte, war mittlerweile aufgebraucht. Während die nächste Welle über sie hinwegspülte, stellte sie fest, dass sie dem brennenden Schiff keinen Deut näher gekommen war.

Für einen kurzen Moment drohte sie der Versuchung zu erliegen, jegliche Hoffnung fahren zu lassen. Wie viel einfacher wäre es doch zu kapitulieren, diesen aussichtslosen Überlebenskampf einfach abzubrechen und sich in ihr Schicksal zu fügen. Aber dann dachte sie an ihren Vater. Es war durchaus möglich, dass er schon gar nicht mehr am Leben war. Aber wenn doch, dann hatte sie eigentlich keine Wahl. Sie musste versuchen, ihn zu retten.

Margot streckte sich, senkte den Kopf und begann nun entschlossen, in Richtung des NUMA-Boots zu kraulen. Sie mobilisierte ihre Kraftreserven und bewegte ihre müden Knochen durch die unruhige See, ohne sich auch nur eine kleine Pause zu gönnen. Der ständige Ansturm der Wellen, denen sie ausgesetzt war, vermittelte ihr das Gefühl, auf der Stelle auszuharren und im Wasser mal aufzusteigen und mal abzusinken, anstatt eine nennenswerte Strecke zurückzulegen. Aber dann fand sie ihren natürlichen Rhythmus und behielt ihn stetig bei. Nach mehreren Minuten äußerster Anstrengung hielt sie inne, um für einen Augenblick zu verschnaufen.

Zu ihrer Überraschung betrug die Entfernung zu dem NUMA-Boot weniger als zwanzig Meter. Da niemand das Ruder bediente, hatte das Boot seine Position verändert, lag nun parallel zu den Wellen und war stetig in Margots Richtung geschoben worden. Sie nahm ihre Bemühungen wieder auf, steigerte die Frequenz ihrer Schwimmzüge, bis ihre Hand das Boot berührte.

In einem Zustand nahezu vollständiger Erschöpfung klammerte sie sich so gut es ging an den schaukelnden Rumpf. Vor ihr lag ein weiteres Problem – wie sollte sie an Bord gelangen? Sie hielt sich von dem Heck fern, da die Propeller sie auch bei ihrer niedrigen Drehzahl in Stücke zerhacken würden. Ihre Position an der Seite beizubehalten, wäre beinahe genauso gefährlich, da die Wellen sie gegen das Boot drücken würden und sie Gefahr liefe, von dem schwankenden Rumpf erschlagen zu werden.

Sie schwamm auf die andere Seite des Bootes, wo sie vor den Wellen besser geschützt war, und suchte sich eine geeignete Position in dem achtern gelegenen Abschnitt.

Im Licht der Flammen studierte sie den Rhythmus der Wellen und die daraus resultierenden Bewegungen des Bootes. Als eine besonders hohe Welle das Boot auf der gegenüberliegenden Seite anhob, war sie bereit. Während der Rumpf auf ihrer Seite zum Wasser absackte, katapultierte sie sich mit einem kraftvollen Beinschlag in die Höhe und streckte sich nach der Seitenreling.

Ihre Finger rutschten über das Geländer und fanden eine Eckklampe. Sie klammerte sich daran, während das Boot in die entgegengesetzte Richtung kippte. Sie nutzte diese Bewegung und nahm den Schwung auf, um einen Fuß über den Bootsrand zu schwingen, und hielt sich dann in dieser Position, während das Boot sich wieder in ihre Richtung neigte.

Bei der nächsten Schaukelbewegung zog sie sich über den Bootsrand und rollte sich auf das Deck. Etwa fünf Zentimeter Wasser schwappten auf den Planken, aber ihr Kopf stieß gegen etwas Weiches. Sich herumrollend, zuckte sie beim Anblick eines der toten Crewmitglieder zurück. Sie suchte an der Seitenreling Halt und zog sich mühsam auf die Füße und in einen unsicheren Stand. Für einen Moment konnte sie den Blick von dem Toten und seinem Gefährten, der ein paar Schritte entfernt auf dem Deck lag, nicht abwenden. Schließlich wandte sie sich zu dem brennenden Ruderhaus um.

Die Brandgranate hatte die Tür weggesprengt und in dem kleinen Raum ein loderndes Feuer entfacht. Die Flammen züngelten an den Seitenwänden entlang und schlugen hoch bis zur Decke.

Margot blickte zum Achterdeck und hielt nach einem Hilfsmittel Ausschau, um das Feuer zu löschen. Sie fand, was sie suchte, in Gestalt eines leeren eimerähnlichen Kühlbehälters. Sie entfernte seinen Deckel, füllte ihn mit Meerwasser und schleuderte den Inhalt durch die offene Tür des Ruderhauses. Mit der nächsten Ladung zielte sie auf den schwelenden Leichnam des Steuermanns, der unter dem Ruder lag. Sie setzte ihren einsamen Kampf gegen die Flammen fort, bis der Boden des Ruderhauses mit einigen Zentimetern Wasser bedeckt war, und nahm dann die Seitenwände ins Visier. Flammenzungen schlugen über das Dach. Daher entleerte sie mehrere Eimerfüllungen auf die Kabine, weil allein der Regen nicht ausreichte. Und dann konzentrierte sie sich wieder auf den Innenraum.

Vollkommen erschöpft löschte sie mit einem letzten Wasserschwall einen kleinen Brandherd in einer Ecke des Ruderhauses, ehe ihr bewusst wurde, dass auf dem Boot vollkommene Dunkelheit herrschte. Sie hatte tatsächlich alle Flammen erstickt.

Margot ruhte sich einen Augenblick lang aus, dann wagte sie sich zum ersten Mal über die Schwelle des Ruderhauses. Sie wich sofort zurück. In der Kabine stank es nach Qualm, verbrannten Stromkabeln und versengtem Fleisch. Sie taumelte zurück aufs Bootsdeck und füllte ihre Lunge gierig mit einem tiefen Atemzug frischer Luft. Dicht neben ihr stand ein Generator, mit dem sie während ihrer Löscharbeiten mehrmals kollidiert war. Eine wasserdichte Plane schützte ihn vor dem strömenden Regen.

Margot öffnete die Schnallen der Verschlussgurte und schleifte die Plane ins Ruderhaus und deckte sie über die Leiche des Steuermanns. Während sie den Atem anhielt, klemmte sie einen Zipfel unter die Beine des Toten und zog diesen aufs Achterdeck hinaus. Sie schaffte es kaum bis nach draußen, ehe sie die Plane losließ, mit zwei schnellen Schritten die Reling erreichte und sich ins Meer übergab.

Fröstelnd im Regen stehend und die Seeluft atmend, stellte sie fest, dass der Inboardmotor in seinem Gehäuse unter ihren Füßen noch immer in Betrieb war. Die Wassermenge, die auf dem Achterdeck schwappte, hatte seit dem Moment, als sie an Bord gelangt war, deutlich zugenommen.

Sie stolperte in die Kabine zurück, öffnete die Seitenfenster, um frische Luft hereinzulassen, und stocherte dann in den halb verbrannten Trümmern herum. Sie fand die Überreste eines Sprechfunkgeräts neben dem teilweise geschmolzenen Kunststoffgehäuse einer Radaranlage. Ein defektes Monitorpaar stand neben anderen zerstörten elektronischen Instrumenten nach wie vor aufrecht auf der Konsole des Steuerruders.

Auf der rechten Seite des Pilotensitzes entdeckte sie auch die Überreste der Antriebssteuerung – eine nahezu kompakte Masse aus Plastik und Aluminiumelementen, die untrennbar mit der Kontrolltafel verschmolzen waren. Margot musste erkennen, dass sie damit keine Möglichkeit hatte, die Schubkraft des Motors zu erhöhen oder zu drosseln.

Sie legte eine Hand auf das Ruder, dankbar, dass es aus Stahl und nicht aus Holz bestand, zog die Hand jedoch mit einem Schmerzlaut ruckartig zurück. Zwar war das Speichenrad nicht geschmolzen, aber es strahlte noch immer die enorme Hitze des Feuers ab. Margot riss ein Stück der Vinylbespannung des Pilotensitzes ab, wickelte es um das Ruder und drehte es vorsichtig. Das Boot reagierte sofort. Sein Bug schwang zur Seite. Sie drehte das Rad weiter, bis Wind und Strömung sich in seinem Rücken befanden. Das heftige Schaukeln ließ nach, und das Boot nahm allmählich Tempo auf.

Ohne Kompass oder GPS richtete sich Margot einfach nach den Lichtern der *Melbourne*. Als ihr Boot im rechten Winkel zum Bug des Bergbauschiffs lag, richtete sie das Ruder auf Vorwärtsfahrt aus und wählte einen Kurs, von dem sie hoffte, dass er sie nach Norden führen würde. Dort vermutete sie ihre beste Chance, auf bewohntes Festland zu stoßen oder einem Frachtschiff zu begegnen.

Das Boot schwankte und rollte, während es sich weiter durch das Unwetter kämpfte. Margot war zu müde, um den Kurs des Bootes zu korrigieren. Sie wünschte sich nichts anderes, als die Truppe mörderischer Kommandosoldaten so weit wie möglich hinter sich zu lassen.

Mit einer Mischung aus unendlicher Traurigkeit, hilfloser Wut und Erschöpfung verfolgte sie, wie die Lichter des Schiffes – und damit ihr Vater – am Horizont verschwanden, bis die See ringsum und der Himmel über ihr zu einer homogenen schwarzen Masse verschmolzen.

25

Stenseth spürte es in den Füßen. Das Heck seines Schiffs tauchte von Stunde zu Stunde tiefer ins Wasser. Trotz der verzweifelten Bemühungen seiner Crew sank die *Caledonia* unaufhaltsam. Aber er gab die verschwindend geringe Hoffnung nicht auf, solange das Schiff noch etwas Fahrt machte und sich dem rettenden Hafen der taiwanesischen Küstenstadt Kaohsiung näherte.

Dort wartete der nächstliegende bedeutsame Freiwasserhafen, und sie hatten bereits fünfundvierzig Meilen der Strecke zurückgelegt. Das Problem bestand darin, auch die restlichen vierzig Meilen bis dorthin zu schaffen. Obgleich das Schiff stetig sank, kamen sie gut voran – was nicht zuletzt der Tatsache zu verdanken war, dass sich das Unwetter hinter ihnen befand und der Sturm in Fahrtrichtung blies und sie anschob.

Weitere drei oder vier Stunden zügiger Fahrt waren alles, was sie brauchten, aber Stenseth wusste, dass ihnen so viel Glück wahrscheinlich nicht beschieden wäre. Seine Befürchtungen fanden ihre Bestätigung, als nur kurze Zeit später auf der Kommandobrücke das Schiffstelefon klingelte.

»Brücke«, meldete er sich.

»Käpt'n, ich fürchte, wir müssen doch mit dem Schlimmsten rechnen«, sagte der Chefingenieur, ein Mann namens Giles, dessen Stimme in diesem Augenblick wie das aufgeregte Quaken eines Frosches klang. »Das Wasser steht fast kniehoch im Maschinenraum, schwappt um das Turbinengehäuse und droht jeden Moment die Hauptkontrolltafel zu überfluten. Offen gesagt, ich kann mich ohnehin nur wundern, dass sich unsere gesamte Elektrik und Elektronik nicht schon längst mit einem Kurzschluss verabschiedet hat. Ich fürchte, ich kann das Schiff nicht mehr allzu lange in Gang halten.«

»Verstanden. Tun Sie, was nicht zu vermeiden ist, legen Sie alles still und holen Sie Ihre Leute aus dem Maschinenraum. Anschließend sollten Sie versuchen, die Pumpen mit zusätzlichem Strom zu versorgen.«

»Wird gemacht. Tut mir leid, Sir.«

»Ich weiß, dass Sie alles getan haben, was in Ihrer Macht stand«, sagte Stenseth und trennte die Verbindung mit der Abmeldung: »Brücke Ende.«

Eine Minute später flackerte die Brückenbeleuchtung, als ein weiter vorn positionierter Generator die Stromversorgung übernahm. Der vertraute Klang und das Vibrieren des Antriebsystems verstummten, und die einsetzende Stille fühlte sich wie ein vollstrecktes Todesurteil an. Die gegen das Schiff brandenden Wellen erzeugten einen pulsierenden Donner, der das Schiff erzittern ließ. Die *Caledonia* war den Launen der See wehrlos ausgeliefert. Der erfahrene Kapitän hätte sich nichts Schlimmeres vorstellen können.

Er wandte sich an den Funkoffizier. »Rufen Sie die *Tianjin Queen* und geben Sie durch, dass unsere Energieversorgung zusammengebrochen ist.«

Stenseth blickte durch ein Seitenfenster auf ein kleines überladenes Containerschiff. Der Frachter war mit einer Ladung landwirtschaftlicher Geräte von Long Beach nach Hongkong unterwegs gewesen, als er den Notruf der *Caledonia* aufgefangen hatte und ihr zu Hilfe geeilt war.

»Die *Tianjin Queen* bestätigt den Empfang unseres Notrufs und bedauert, uns darüber informieren zu müssen, dass sie uns momentan nicht anbieten kann, uns in Schlepp zu nehmen«, sagte der Funkoffizier. »Ihr Kapitän teilt uns aber mit, dass er sein Schiff auf unserer dem Wind zugewandten Seite in Position bringen wird, um den Seegang zu mildern.« Der Funkoffizier blickte mit besorgter Miene hoch. »Sie halten sich drüben bereit, im Fall des Falles Mannschaften und Passagiere aufzunehmen.«

Stenseth studierte das Schiff in ihrer Nachbarschaft, das tief im Wasser lag. Neben den Frachtcontainern in ihren Laderäumen verschwand das flache Deck unter turmhohen Stapeln der genormten Frachtbehälter. Anscheinend war dieses Schiff erst vor Kurzem in Dienst gestellt worden, was bedeutete, dass seine Funktionen weitgehend automatisiert waren und es nur über eine Minimalbesatzung verfügte. Wahrscheinlich traute der Kapitän den wenigen Mannschaftsmitgliedern nicht zu, einen Schlepptrossen-Transfer zu versuchen, zumindest nicht in dem gegenwärtig überladenen Zustand der *Tianjin Queen*. Ein kleines Boot zu ihnen in Marsch zu setzen, wäre sicherlich noch um einiges riskanter.

»Halten Sie die Verbindung«, sagte Stenseth schließlich, während sein Schiff heftig schwoite und sich breitseits dem Wetter in den Weg legte. Seine Optionen waren nun erschöpft. Er hatte Kaohsiung per Funk um Hilfe gebeten, wurde jedoch dahingehend informiert, dass die Wetterverhältnisse während der nächsten Stunden zu schlecht seien, um einen Schlepper zu schicken. So würde ihm wohl nichts anderes übrig bleiben, als das Schiff aufzugeben.

Er trat an den Radarschirm, um sich einen letzten Überblick zu verschaffen, und hoffte auf ein Wunder. Eine Möglichkeit erschien in Gestalt eines kleinen Punktes in fünf Meilen Entfernung. Das Radarsignal deutete auf ein kleines Schiff hin, dessen Name laut Automatischem Identifikationssystem *Rover* lautete.

Er sah den Funker fragend an. »Versuchen Sie herauszukriegen, wer das ist.«

Der Funkoffizier führte einen kurzen Headset-Dialog, dann wandte er sich mit einem breiten Grinsen zum Kapitän der *Caledonia* um.

»Sir, die *Rover* ist ein Hochseeschlepper und bietet uns ihre Hilfe an. Sie ist auf Bitten des Taiwan Ocean Research Institute hierher ausgelaufen.«

Nun hatte Stenseth jeden Grund zu lächeln. Während ihre Bitte um einen Schlepper von den Hafenbehörden abgelehnt worden war, hatte das TORI, die taiwanesische Version der NUMA, sofort reagiert. Rudi Gunn musste persönlich um einen Gefallen gebeten haben.

Stenseth ergriff ein Fernglas und suchte das pechschwarze nächtliche Meer ab. Nur ganz vage konnte er ein großes Schleppschiff ausmachen, das sich ihrer Position näherte. Seine Miene hellte sich bei dem Anblick des verwitterten schwarzen Schiffsrumpfs auf, der sich durch die bewegte See kämpfte, wobei die Autoreifen, die an Tauen von der Reling herabhingen und als Fender dienten, von den hohen Wellen herumgewirbelt wurden.

Der Funker der *Caledonia* öffnete einen Sende- und Empfangskanal.

»Hier ist die *Rover*«, erklang eine raue Stimme. »Sind Sie manövrierunfähig?«

Stenseth angelte sich ein Mikrofon. »So könnte man es nennen. Vor etwa einer halben Stunde sind unsere Maschinen ausgefallen. Wir sind wirklich dankbar, dass Sie so schnell hierherkommen konnten.«

»Ihr Heck hängt ziemlich tief herunter.«

»Unser Rumpf ist beschädigt, und wir haben einen starken Wassereinbruch«, erwiderte Stenseth. »Ich will es keinesfalls schönreden, Käpt'n, aber Sie gehen ein erhebliches Risiko ein, wenn Sie uns an den Haken nehmen.«

»Keine Sorge«, wiegelte der Mann auf dem Schlepper ab. »Was schätzen Sie, wie viel Zeit bleibt Ihnen noch?«

Die klare, offene Ausdrucksweise des Fremden ließ Stenseth Hoffnung schöpfen. »Drei Stunden, vielleicht sogar vier, wenn wir Glück haben. Wir haben jede Pumpe in Betrieb und tun, was wir können.«

Eine längere Pause setzte sein, dann drang ein Knistern aus dem Lautsprecher des Funkgeräts. »Wir bringen Sie nach Hause. Halten Sie sich bereit, um die Zugleine einer Schlepptrosse aufzunehmen.«

Stenseth positionierte mehrere Männer seiner Crew am Bug, während der Schlepper sich gefährlich nahe an die Leeseite der *Caledonia* heranschob und dann in Richtung Bug manövrierte. Ein älterer Mann mit grauem Bart verließ das Ruderhaus und schlurfte gemächlich zur Heckreling. Er trug eine gelbe Regenjacke und hatte sein langes weißes Haar unter eine griechische Fischermütze gestopft. Ein schwarzer Dackel war ihm aus dem Ruderhaus gefolgt und trabte mit einigen Schritten Abstand hinter ihm her.

Der Mann drängte sich an einem jungen taiwanesischen Mannschaftsmitglied vorbei und schoss ein längeres Seilende auf, an dem eine kleine Boje befestigt war. Anstatt die Boje über die Reling zu heben und ins Wasser zu werfen, damit die Mannschaft der *Caledonia* sie auffischen und an Bord ziehen konnte, baute er sich an der Reling auf und schleuderte die aufgeschossene Leine zum Bug des NUMA-Schiffs hinüber. Die Leine wickelte sich gleichmäßig ab, bis die Boje an ihrem Ende sie strammzog und punktgenau auf dem Deck des Havaristen landete.

Ein Mitglied der NUMA-Crew ergriff die Leine und legte sie um ein Ankerspill in seiner Nähe. Stenseth, der das Manöver am Fenster der Kommandobrücke verfolgt hatte, funkte den Schlepper an. »Führungsleine wurde gesichert.«

»Roger«, antwortete die weiche Stimme einer Taiwanesin, die den Platz am Ruder eingenommen hatte. »Wir geben die Schlepptrosse frei.«

Die *Rover* setzte sich vorwärts in Bewegung, während der alte Mann und sein Helfer ein dickes Seil abwickelten, dessen Ende mit der Zugleine verknotet war. Die knapp zwanzig Zentimeter dicke Trosse aus geflochtenem Kevlar hätte mühelos ein Schlachtschiff ziehen können. Der Schlepper tanzte heftig in dem aufgewühlten Wasser, aber die beiden Männer und der Hund blieben auf den Füßen, während sich die Leine über das Schiffsheck schlängelte.

Auf der *Caledonia* zog eine Crew die dicke Trosse mit Hilfe der Ankerwinde an Bord und sicherte sie an einem Zwillingspoller auf dem Vorschiff. Der weißhaarige Mann stand auf dem Deck und achtete darauf, dass die Leine ungehindert auslief, während der Schlepper allmählich beschleunigte.

»Schlepptrosse wurde gesichert«, funkte Stenseth. »Meine Komplimente an Ihren Kapitän. Das war angesichts des schlechten Wetters ein bemerkenswertes Manöver.«

»Ich werde es Mr. Clive bestellen«, antwortete die Asiatin. »Halten Sie sich bereit, schon in Kürze Fahrt aufzunehmen.«

Der Schlepper pflügte durch die Wellen, bis die Trosse straff gespannt war. Dann gingen die beiden Dieselmotoren, von denen jeder eine Zugkraft von dreieinhalbtausend PS entwickelte, nach und nach auf volle Kraft. Die Propeller schraubten sich durchs Wasser, und der betagte Schlepper ging auf Vorausfahrt und zog das angeschlagene Schiff hinter sich her.

Von der Kommandobrücke der *Caledonia* aus gesehen, verschwand der Schlepper immer wieder auf gespenstische Weise hinter den Brechern, um kurz darauf wieder mit seiner Rauchfahne, die aus seinem Schornstein quoll und von der steifen Brise davongeweht wurde, aufzutauchen. Während sie auf nordwestlichen Kurs gingen, ließ das heftige Schwanken und Schaukeln des NUMA-Schiffs merklich nach, während sich beide Schiffe durch den Sturm kämpften.

Stenseth bedankte sich über Funk bei dem Containerschiff für seine bereitwillige Unterstützung und wünschte ihm weiterhin gute Fahrt auf seinem ursprünglichen Kurs, weil er davon ausging, dass sie sich in ein oder zwei Stunden dem Festland so weit genähert hätten, dass ihnen im Notfall die Küstenwache zu Hilfe kommen konnte.

»Wir machen immerhin zwölf Knoten«, stellte der Steuermann fest. »Für den alten Eimer ist das ziemlich beachtlich.«

Stenseth nickte und rechnete sich in Gedanken aus, dass sie bei diesem Tempo vier Stunden brauchen würden, um den Hafen zu erreichen.

Der Zweite Offizier der *Caledonia* betrat die Kommandobrücke mit vom Regen triefender Wetterjacke. Er blickte mit einem Ausdruck der Erleichterung durch das vordere Fenster, dann wandte er sich an Stenseth. »Wir konnten etwa achtzig Prozent der Lecks im Maschinenraum schließen, ehe wir ihn verlassen haben«, sagte er. »Alle Pumpen arbeiten ordnungsgemäß. Ich denke, wir machen unsere Sache ganz gut.«

»Danke, Blake. Sorgen Sie dafür, dass die Pumpen ständig überwacht werden. Wie es aussieht, können wir es um Haaresbreite schaffen.«

»Wird gemacht, Sir. Giles und seine Männer sind noch im Maschinenraum, werden jedoch ebenfalls in Kürze den Rückzug antreten und die Schotten dicht machen.« Er beugte sich zum Kapitän vor und senkte die Stimme. »Bleiben wir auch mit überflutetem Maschinenraum noch halbwegs manövrierfähig?«

Stenseth nickte. »In ruhigeren Gewässern ganz gewiss.« Er deutete auf einige mit Gischt gekrönten Wellen. »Bei diesem Seegang könnte es allerdings Probleme geben. Uns bleibt nichts anderes übrig, als das Beste zu hoffen.«

»Ich denke, wir können es schaffen«, meinte Blake zuversichtlich. »Aber da ist noch eine Sache. Auf dem Weg nach oben bin ich von der Unterwassercrew angesprochen worden.« Er blickte betreten auf seine Schuhspitzen. »Es scheint, als hätten sie den Kontakt mit dem Tender verloren.«

»Den Funkkontakt?«

»Sowohl den Funk- als auch den GPS-Kontakt, fürchte ich. Beides muss unvermittelt abgebrochen sein.« Er schüttelte den Kopf. »Scheint, als wäre die *Caledonia 2* mitsamt ihrer Crew einfach verschwunden.«

26

Margot schlug die Augen auf. Sie stellte fest, dass sie noch immer auf dem Pilotensitz saß, die Hände an dem vom Feuer geschwärzten Steuerrad. Lange konnte sie nicht geschlafen haben, denn sie fühlte sich noch immer erschöpft. Zum Glück war die Maschine des NUMA-Tenders noch in Betrieb und hielt das Schiff auf Kurs. Aber das Wetter hatte sich keinen Deut gebessert. Die Windböen rüttelten nach wie vor an den Bootsaufbauten, der Regen rauschte vom Himmel, und die schweren Brecher warfen das kleine Schiff wie einen Spielball herum. Neu schien ihr nur der trübe graue Lichtstreifen der Morgendämmerung am Horizont. Aber es war etwas anderes, das sie aufgeschreckt hatte.

Wasser. Gut zehn Zentimeter hoch, schwappte es über den Boden des Ruderhauses. Margot hob die nassen Füße hoch und verfolgte, wie es in eine kleine Bordküche, drei Stufen unterhalb des Ruderstandes, strömte. Sie erhob sich, ging zur Tür und ließ den Blick über das Achterdeck schweifen. Das Wasser stand am Heckspiegel, der gefährlich tief abgesunken war, etwa dreißig Zentimeter hoch. Ihr Magen drohte zu revoltieren, als sie die Leichen der drei Crewmitglieder entdeckte, die in dem schwappenden Wasser schaukelten.

Es war nicht zu leugnen, dass das Boot sank, und Margot konnte nur raten, weshalb. Die Granate und die Kugeln der Maschinenpistolen hatten dem Bootsrumpf ganz gewiss erheblichen Schaden zugefügt. Und woher sollte sie wissen, ob die Bilgenpumpe noch funktionierte? Der Motor, wie sie jetzt bemerkte, lief zunehmend unrund und hatte gelegentliche bedrohliche Aussetzer.

Für einen Augenblick kehrte Margot in die Vergangenheit zurück. Als sie noch ein Kind war, begleitete sie ihre Eltern regelmäßig auf Segeltouren im Hafen von Sydney. Die Familie besaß eine vierunddreißig Fuß große Küsten-Yawl, in Hongkong gebaut, die fast an jedem Wochenende die günstigen Winde dieses australischen Segelmekkas nutzte. Diese Törns waren ihre schönsten Erlebnisse, die ihr die glücklichsten Momente der Kindheit bescherten. Aber als Margot ein Teenager wurde, hatte dies alles ein Ende gehabt, nachdem ihre Mutter an Brustkrebs gestorben war. Die Erinnerungen waren für ihren Vater zu schmerzhaft, aus diesem Grund verkaufte er das Segelboot wenig später.

Viele Jahre waren verstrichen, aber Marion hatte nicht vergessen, dass das Segelboot ihrer Familie über eine manuelle Bilgenpumpe verfügt hatte, die zusammen mit den Schwimmwesten in einem dafür reservierten Schrankfach für Notfälle bereit lag. Auf dem NUMA-Boot müssten ähnliche Vorsichtsmaßnahmen getroffen worden sein. Sie kehrte ins Ruderhaus zurück und stieg in die kleine Bordküche hinunter. Dort war es zu dunkel, um irgendetwas erkennen zu können, daher musste sie sich auf ihren Tastsinn verlassen, als sie den winzigen Raum durchsuchte. Sie hielt inne, als sie eine Kaffeekanne berührte, die noch warm gehalten wurde. Sie fand eine Tasse, die über der kleinen Anrichte an einem Haken hing, füllte sie mit dem Gebräu, trank es und genoss seine Wärme, die sich in ihrem Körper ausbreitete.

Sie nahm mehrere Äpfel aus einem Hängekorb und verstaute sie in ihren Taschen, dann entdeckte sie einen kleinen Kühlschrank, der mit Sandwiches gefüllt war. Sie schlang eins, das dick mit Roastbeef und Käse belegt war, hinunter, danach trat sie sich selbst in den Hintern, dass sie sich gleich zu Beginn nicht sorgfältiger umgesehen hatte.

Ihre Lebensgeister waren nun aufgefrischt, und sie ließ die Bordküche hinter sich und entdeckte zwei Schlafkojen. Drei Reisetaschen standen auf der unteren Koje. Sie öffnete eine der Taschen, zog ein T-Shirt heraus, um ihr nasses gegen das trockene auszutauschen, und fand auch noch eine leichte Jacke als Schutz vor der nächtlichen Kälte.

Sie durchwühlte die restlichen Winkel des Abteils, öffnete Schranktüren und Schubladen. Dabei stieß sie auf diverse Leinen und Seile, Schwimmwesten und zusätzlichen Proviant, aber keine Bilgenpumpe. Sie schnappte sich eine der Schwimmwesten und tastete sich zum Ruderstand zurück. Während sie eine kurze Trittleiter hinaufkletterte, stieß sie mit einer Schulter gegen den Türknauf eines schmalen Ablagefachs.

Sie öffnete das Fach, griff hinein und ertastete die Windungen eines aufgeschossenen Plastikschlauchs. Sie zog ihn heraus, und zum Vorschein kam eine robuste Handpumpe, an die ein zweiter Schlauch angeschlossen war. Mit einem siegesgewissen Grinsen um die Lippen stellte sie die Pumpe in der trüben Beleuchtung des Ruderhauses auf. Sie wickelte den Ansaugschlauch ab, legte ihn auf das überflutete Achterdeck und fädelte die Abflussleitung durch ein Fenster, sodass sie am Bootsrumpf herabhing.

Den Ruderstand rechts neben sich, zog sie den Pumpenhebel bis zum Anschlag zu sich heran, denn drückte sie ihn in die entgegengesetzte Richtung. Der Widerstand nahm merklich zu, und gleichzeitig ertönte ein gurgelndes Geräusch, als Wasser in das System hinein und am anderen Ende wieder herausströmte.

»So schnell gehen wir nicht unter«, sagte sie laut und machte sich Mut, während sie den Pumpenhebel hin und her bewegte.

Sie pumpte etwa zwanzig Minuten lang, dann setzte sie sich in den Pilotensessel, um sich auszuruhen. Der graue Lichtschein der Morgendämmerung ermöglichte zumindest einen Ansatz von Fernsicht. Margot hielt nach Hinweisen auf nahes Festland oder nach einem anderen Schiff Ausschau, aber ohne Erfolg. Zwar hatte sich an der schwarzen Farbe der Wolkendecke nur wenig geändert, aber vorläufig hatte der Regen nachgelassen. Margot tippte das Steuerrad an, hielt das Boot im Wind und hoffte, irgendwann erleben zu dürfen, dass die Landmasse einer Insel in der Straße von Luzon im Fenster erschien.

Für eine weitere Stunde betätigte sie die Lenzpumpe, musste jedoch alle paar Minuten immer längere Pausen einlegen, da ihr die Arme zunehmend schwer wurden. Sie schaute wieder zum Achterdeck und versuchte sich einzureden, dass es mittlerweile höher im Wasser lag. Aber das Siegesgefühl verflüchtigte sich schnell, als der Motor zu husten begann. Sie überquerte das Boot und erreichte das Heck im selben Moment, als der Dieselmotor ein letztes Stottern von sich gab und verstummte.

Gespenstische Stille senkte sich auf den offenen Ozean herab, lediglich durch das Plätschern von Wellen gestört, die gegen den Bootsrumpf schlugen. Margot stand in der Türöffnung und wartete, bis das Boot in ein Wellental eintauchte und das Wasser auf dem Deck durch die achtern gelegenen Speigatten abfloss.

Vorsichtig, um auf den nassen Planken nicht auszurutschen, machte sie ein paar Schritte, öffnete eine Luke in der Mitte des Decks und legte den Inboard-Diesel frei. Der Dampfwolke ausweichend, die aus der Öffnung aufstieg, erwartete sie ein niederschmetternder Anblick.

Der Motorraum war zur Hälfte überflutet, und Margot konnte nur staunen, dass der Motor überhaupt so lange in Betrieb gewesen war. Ein Treibstofftank aus Aluminium auf der Rückseite des Motors wies eine Naht von Einschusslöchern auf, die bis unter die Wasserlinie reichte. Nicht der überflutete Motorraum hatte die Maschine ausgeschaltet, sondern die Tatsache, dass sich Meerwasser mit dem Treibstoff vermischt hatte. Und dieser Fehler ließ sich hier und jetzt nicht korrigieren.

Sie schloss die Luke, während die Gischt eines Brechers das Deck überspülte, und eilte zum Ruderhaus. Verzweifelt suchte sie den Horizont ab. Doch weder war Land noch ein anderes Schiff in

Sicht. Vor ihr erstreckte sich lediglich eine graue wogende Fläche, die mit weißen Schaumkronen durchsetzt war.

Sie kehrte auf ihren Platz an der Bilgenpumpe zurück und fuhr fort, den Hebel zu bewegen. Allerdings tat sie es vorwiegend, um ihre Angst in den Griff zu bekommen. Ganz ohne irgendeinen Antrieb wurde das Boot herumgeworfen und bekam die konzentrierte Wucht des Ozeans zu spüren. Manchmal erschien es Margot so, als wenn sich die Brecher aus allen Richtungen auf das NUMA-Boot stürzten. Dann schwankte das Boot wieder so heftig, dass sie Mühe hatte, sich überhaupt auf den Beinen zu halten.

Die Seewassermassen, die das Achterdeck überspülten, nahmen stetig zu. Margot legte eine kurze Pause an der Pumpe ein, die sie nutzte, um in eine Schwimmweste zu schlüpfen. Die Stunden des Bootes waren gezählt, aber wenigstens lief Margot nicht Gefahr, in der Kabine eingesperrt zu sein.

Da sie wusste, dass das Boot mit einer Rettungsinsel ausgerüstet war, machte sie sich auf die Suche nach dem auffälligen tonnenförmigen Behälter, in dem das mit einer automatischen Aufblasvorrichtung ausgestattete Boot auf seinen Einsatz wartete. Da sie den Behälter im Bereich des Schiffshecks nicht fand, kroch sie an der Seitenreling entlang, um am Bug nachzusehen, und wurde dabei von einer schweren See überschüttet. Da sie es auch hier nirgendwo sehen konnte, blickte sie zu dem einzigen Ort hinauf, wo die Rettungsinsel auf keinen Fall hätte deponiert sein sollen.

Und mitten auf dem Dach des Ruderhauses prangte der Glasfaserbehälter der Rettungsinsel. Wie sie befürchtet hatte, war er teilweise verschmort und während des Feuers aufgeplatzt. Eine klebrige schwarz-gelbe Plastikmasse – die Überreste des Floßes – war aus dem Behälter herausgequollen und hatte sich als zweite Schicht auf dem Ruderhausdach ausgebreitet und verhärtet. Mit dem Gefühl, eine vollständige Niederlage erlitten zu haben, kehrte Margot schwankend ins Ruderhaus zurück und nahm mit der Bilgenpumpe den Kampf gegen den Untergang wieder auf.

Der langsame Tod setzte zwanzig Minuten später ein, als eine breite Welle die Seitenreling überrollte und das Heck unter sich begrub. Der Bug stieg steil in die Höhe, während das Boot den Weg in die Tiefe antrat und langsam unter den Wellen versank. Margot nutzte den Schwung des sich aufs Heck stellenden Bootes, um aus dem Ruderhaus in hüfttiefes Wasser zu gelangen. Ein paar Sekunden später sackte das Boot unter ihr vollständig ab.

Donner rollte durch die dunklen Wolkenmassen am Himmel, während Margot in eine vollkommen verlassene See geriet. Noch nie in ihrem Leben hatte sie sich so einsam gefühlt.

27

»Wie konnte das passieren?« Während Zhengs Stimme vollkommen ruhig klang, loderte in seinen Augen ein rasendes Feuer.

»Sie … sie hatte eine Waffe«, murmelte der Soldat. Eine Seite seiner Kinnpartie war gerötet und angeschwollen, nachdem Margot sie fachgerecht bearbeitet hatte, und er verspürte bei jedem Wort, das er hervorbrachte, eine neue Schmerzwelle. Aber das war noch nichts gegen das heftige Pochen in seiner verbundenen linken Hand, die kraftlos an seiner Seite herabhing.

»Einen Stock?«

Der Wächter senkte den Blick.

Das war nicht die Reaktion, die Zheng sich wünschte. Er machte einen Schritt vorwärts, trat mit dem linken Fuß zu und traf die Hüfte des Mannes. Der Tritt streckte den ohnehin schon lädierten Mann auf das Deck der Kommandobrücke nieder. »Du bist eine Schande für die gesamte Einheit. Geh mir aus den Augen.«

Der Kommandosoldat kämpfte sich auf die Füße und machte einen überhasteten Abgang durch eine Seitentür. Zheng wandte sich an seinen Adjutanten, den kahlköpfigen Ning. »Haben Sie die Frau nicht gefunden?«

»Noch nicht. Keins der Beiboote des Schiffes oder eine der Rettungsinseln fehlt, aber sie wäre unglaublich dumm, wenn sie bei diesem Seegang zu fliehen versucht hätte. Sie muss sich irgendwo versteckt haben. Wir werden sie ganz sicher finden.«

Zwei Stunden lang durchkämmten sie jeden Quadratzentimeter des Schiffes, ehe Ning erkennen musste, dass er zu viel versprochen hatte.

Nachdem er die Nachricht zur Kenntnis genommen hatte, stattete Zheng dem Kontrollraum, von dem aus die Operationen der Einheit gesteuert wurden und wo Thornton gefangen gehalten und bewacht wurde, einen überraschenden Besuch ab. »Ihre Tochter wird vermisst«, sagte Zheng.

In den Augen des Bergbauingenieurs lag ein Funkeln der Genugtuung. Er warf einen Blick auf die Stricke, mit denen er an den Stuhl gefesselt war, auf dem er saß. »Ich fürchte, ich kann Ihnen da nicht weiterhelfen. Ich habe sie nicht gesehen.«

»Wo könnte sie sich verstecken?«

»Vielleicht haben ihr die neuen Passagiere auf dem Schiff nicht zugesagt, und sie ist unterwegs nach Luzon. Sie ist eine gute Schwimmerin, müssen Sie wissen.«

Instinktiv tastete Zheng nach dem Griff der QX-04 Pistole an seiner Hüfte, dann besann er sich eines Besseren und verließ den Operationsraum mit Ning im Gefolge. »Haben wir die Schiffscrew unter Kontrolle?«

»Ja, sie sitzen alle hinter Schloss und Riegel. Von der Mannschaft fehlt niemand.«

»Lassen Sie Thornton rund um die Uhr von zwei Männern bewachen«, befahl Zheng. »Sie wird bestimmt versuchen, an ihn heranzukommen, sobald sie an Bord gelangt ist.«

Zheng und Ning überquerten steifbeinig das schwankende Schiff und betraten die Kommandobrücke. Die Sichtweite betrug weniger als eine Meile bei einem mit Regenwolken bedeckten grauen Himmel.

Zheng sah den Rudergänger fragend an. »Gab es bisher irgendeinen Hinweis auf das NUMA-Boot?«

»Nein, Genosse.«

»Das Boot ist ganz sicher verbrannt und gesunken«, meinte Ning.

Zheng dachte einen Augenblick lang nach. »Was ist, wenn sie es irgendwie geschafft hat, an Bord zu gelangen?«

»Das Boot war schwer beschädigt. Es könnte bestenfalls nur noch einige wenige Meilen abgetrieben sein, ehe es endgültig gesunken ist.«

Zheng ging zum Kartentisch und studierte eine Seekarte der Meeresstraße. Er zeichnete mit einem Finger eine imaginäre Linie von ihrer Position nach Nordwesten in Richtung des Sturms. Dort waren, gut zwanzig Meilen entfernt, zwei winzige Inseln zu erkennen. Er deutete mit dem Finger darauf.

»Sobald sich die See sich beruhigt hat, trommeln Sie ein Team zusammen und nehmen Sie diese Inseln unter die Lupe. Ich will ganz sicher sein können, dass sie tot ist.«

28

Margot Thornton war nicht tot, aber dieses Schicksal rückte von Minute zu Minute näher. Auch wenn die Temperatur des Ozeans erträgliche sechsundzwanzig Grad betrug, setzten Wind und Wellengang sie einem erhöhten Risiko der Unterkühlung aus. Sie vollführte leichte Paddelbewegungen und suchte eine Position, in der ihr Rücken eine ständige Angriffsfläche für Wind und Wellen darstellte. Irgendeine Stimme in ihrem Innern riet ihr, nach Norden zu schwimmen, aber sie war zu erschöpft, um merklich vorwärtszukommen. Hilflos war sie der See und ihren heftigen Turbulenzen ausgeliefert.

Nach und nach ließ der Wind ein wenig nach, und auch die Wellen wurden flacher. Aber gelegentliche Brecher überrollten sie weiterhin mit qualvoller Regelmäßigkeit. Die Luft anhalten zu müssen, wann immer eine der Wellen sich über ihren Kopf hinwegwälzte, vertrieb jede Hoffnung auf eine Phase, in der sie sich würde ausruhen können. Der Wind, der an ihrem nassen Haar zerrte, verursachte ein heftiges Zähneklappern bei ihr, und sie verfluchte sich selbst, das NUMA-Boot nicht auch nach einer Tauchkombination oder wenigstens einem Nasstauchanzug durchsucht zu haben.

Ihre anfängliche Furcht vor der stürmischen See wurde von hilfloser Verzweiflung verdrängt, je länger sie dem Ansturm der Naturgewalten ausgesetzt war. Woge auf Woge überrollte sie, raubte ihr die letzten Energiereserven und schaltete nach und nach ihren Überlebenswillen aus. Ihr Geist verabschiedete sich bereits in die frühen Stadien eines Deliriums. Sie starrte zu den grauen Wolken über ihrem Kopf hinauf und war von ihrer allumfassenden Macht ganz gebannt. Nach einer Weile glaubte sie, die Arme hochrecken und sie berühren zu können. Sie wollte zwischen den Wolken herumlaufen wie ein Kind auf einem grenzenlosen Himmelsspielplatz. Sie schlug mit Armen und Beinen, aber ohne den geringsten Erfolg. Sie müsste sich näher herankämpfen. Aber irgendetwas hielt sie zurück.

Es war die mit Pressluft gefüllte klobige Schwimmweste.

Sie streifte sie ab und streckte die Arme zum Himmel. Aber anstatt unter den Wolken zu tanzen, versank sie im Wasser. Während sie mühsam nach Luft rang, wurde sie in die Wirklichkeit zurückgerissen und kämpfte sich wieder zur Wasseroberfläche hinauf. Sie machte einen tiefen Atemzug und hielt Ausschau nach ihrer Schwimmweste, aber die war nicht mehr zu sehen. Vielleicht war es auch besser so. Sie konnte in diesem Moment allem ein Ende machen, indem sie sich einfach absinken ließ.

Sie richtete den Blick wieder zum Himmel, schloss die Augen und hielt sich einige Minuten lang wassertretend an der Meeresoberfläche. Als ihre Arme und Beine müde wurden, entschied sie, dass es an der Zeit war. Sie schlug die Augen auf, atmete ein letztes Mal tief ein und entspannte sich, während eine Welle über sie hinwegwusch. Aber bevor sie vollends unterging, geriet etwas in ihr Blickfeld.

Es war der Oberkörper eines Mannes, der gerade aus den Wellen auftauchte.

29

War real, was sie gesehen hatte? Oder hatte ihre Fantasie ihr nur etwas vorgegaukelt? Margot konnte sich in diesem Augenblick nicht sicher sein, aber ihr Instinkt trieb sie an aufzutauchen. Während sie die Wassertropfen aus den Augen schüttelte, konnte sie den Mann nicht mehr sehen, entdeckte jedoch in geringer Entfernung ein gelbes Objekt im Wasser. Ein lautes Plätschern ertönte, als wieder eine größere Welle über sie hinwegrauschte.

Margot kam hustend und Wasser ausspuckend wieder hoch und erblickte Dirk Pitt neben sich. Er ergriff ihren Arm und lächelte sie beruhigend an. »Ziemlich einsame Gegend für ein Bad, würde ich meinen.«

Margot konnte nur nicken, ehe sie die Kräfte verließen und sie auf seine Schulter sackte.

Pitt kraulte mit einem Arm zur *Stingray* und hatte sich die Frau unter den anderen Arm geklemmt. Das gelbe Unterseeboot lag tief im Wasser und schaukelte in dem Seegang, der die oben liegende Einstiegsluke umspülte. Giordino schob den Kopf heraus und setze seinen stämmigen Körper entsprechend ein, um zu verhindern, dass sich größere Wassermengen ins Innere des Tauchboots ergossen.

Pitt erschien neben dem Boot und stemmte Margots Körper zur Einstiegsluke hinauf. Giordino kletterte heraus und hielt sich mit einer Hand am Rand der Öffnung fest. Er beugte sich hinunter und schob einen Arm unter Margots Achselhöhlen.

Mit einer Lässigkeit, die er seiner natürlichen Kraft verdanken konnte, hievte Giordino die Frau aus dem Wasser und stellte sie aufrecht neben sich. »Im Einstieg ist nur Platz für eine Person«, sagte er. »Können Sie aus eigener Kraft hinunterklettern?«

Er wartete nicht lange auf ihre Bestätigung, sondern hob sie stattdessen hoch und ließ sie durch die Einstiegsöffnung hinunter. Während sie auf dem Deck im Innern des Tauchboots in sich zusammensank, wandte sich Giordino um und reichte Pitt eine Hand. Ein schwerer Brecher traf die *Stingray* im gleichen Augenblick und riss beide Männer beinahe mit sich, ehe Pitt am Ende von Giordinos kranähnlichem Arm aus dem Wasser auftauchte. Giordino schoss durch die Öffnung abwärts gefolgt von Pitt, der die Luke schloss und sie somit dem Zugriff der tobenden See entzog.

Margot lag ausgestreckt auf dem Deck, und die beiden Männer hoben sie in den Copilotensessel. Sie nahm ihre Umgebung nur bruchstückhaft wahr, schüttelte nach und nach den Schock und die Auswirkungen ihrer vollkommenen Erschöpfung ab, konnte jedoch ein durch ihre einsetzende Hyperthermie hervorgerufenes Zittern nicht unterdrücken.

Pitt fand eine leichte Jacke und drapierte sie um ihre Schultern, während Giordino ihr einen Schluck Wasser aus einer Wasserflasche anbot. »Leider sind uns die Donuts und der heiße Kaffee gerade ausgegangen.«

Sie starrte ihre Retter geschockt an. »Was … was tun Sie hier draußen?«

»Wir waren gerade zu einer Unterwasser-Erkundungsfahrt gestartet, als wir von einer plötzlich aufkommenden Strömung über den Meeresboden gefegt wurden«, sagte Pitt. »Unglücklicherweise wurden dabei fast alle elektrischen Einrichtungen des Bootes lahmgelegt. Wir haben es zwar geschafft, wieder aufzutauchen, mussten jedoch feststellen, dass die *Caledonia* spurlos verschwunden war.« Er sah die Frau prüfend an. »Eine wesentlich wichtigere Frage ist aber, wie es kommt, dass Sie während eines Taifuns … im Meer herumschwimmen?«

Margot schüttelte den Kopf und versuchte, ihre Gedanken zu ordnen. Sie wusste nicht, wo sie anfangen sollte.

»Sie haben die *Melbourne* gekapert und den Ersten Offizier und den Chefingenieur getötet. Sie nahmen meinen Vater gefangen und haben ihn in ihrer Gewalt …« Sie trank einen Schluck aus Giordinos Wasserflasche. »Ich konnte mich dann aus der Kabine befreien, in die sie mich eingesperrt hatten.«

»Wer hat die *Melbourne* gekapert?«, fragte Pitt.

Margot zuckte die Achseln. »Ein militärisches Sonderkommando. Chinesen, vermute ich. Sie trugen unmarkierte Uniformen, waren jedoch schwer bewaffnet.«

»Welchen Grund könnten sie gehabt haben, Ihr Schiff anzugreifen?«, fragte Giordino.

»Das weiß ich nicht. Um Diamanten zu erbeuten, vielleicht. Mein Vater meinte, sie könnten an dem Schiff wegen seiner technischen Fähigkeiten, umfangreiche Unterwasser-Untersuchungen durchzuführen, interessiert sein.«

Pitt und Giordino wechselten einen vielsagenden Blick.

»Geht es Ihrem Vater gut?«, wollte Pitt wissen.

»Ich denke schon …« Tränen glitzerten in ihren Augen. »Sie haben ihn zwar geschlagen, aber er ist ein starker Mann.« Sie bemerkte, dass beide Männer ebenfalls ramponierte Gesichter hatten und dass Giordino einen blutigen Kopfverband trug.

»Was ist mit Ihrem Boot geschehen?«, fragte Pitt.

»Nachdem ich mich aus meiner Kabine befreit hatte, hörte ich Stimmen auf dem Deck. Ich versteckte mich in einem Beiboot und musste erleben, dass es zu Wasser gelassen wurde. Ich klammerte mich an die Seitenreling, während es Kurs auf ein kleines Boot Ihres Schiffes nahm. Ich konnte seinen Namen lesen. Es war die *Caledonia 2*.«

»Ja«, sagte Giordino. »Sie ist ein Rettungstender.«

»Was mit Ihrem Schiff geschehen ist, weiß ich nicht«, sagte Margot. »Ich habe es nicht mehr gesehen. An Bord des NUMA-Bootes waren drei Männer. Anscheinend warteten sie auf etwas.«

»Sie warteten auf uns«, sagte Giordino leise. »Offenbar wurde die *Caledonia* woanders gebraucht und musste ihre Position verlassen.«

Er und Pitt wussten genau, dass Stenseth das Tauchboot niemals im Stich gelassen hätte, es sei denn besondere Umstände hätten ihn dazu gezwungen. Beiden war klar, dass die chinesischen Soldaten auf der *Melbourne* wussten, welche Absichten das NUMA-Schiff verfolgte.

»Was geschah als Nächstes?«, fragte Pitt.

Margot schloss für einen Moment die Augen, ehe sie weitersprach. »Die bewaffneten Männer auf dem Boot haben sie erschossen. Sie hatten nicht die geringste Chance.« Sie schüttelte den Kopf, als sie von der Erinnerung eingeholt wurde. »Die Chinesen nahmen danach das Boot unter massives Feuer – und setzten es anschließend in Brand. Etwa zu diesem Zeitpunkt spülte mich eine Welle vom Tender ins Meer. Ich war zu geschockt, um an Bord zurückzuklettern. Außerdem hatte ich Angst, dass sie auch mich erschießen würden. Daher blieb ich im Wasser, bis sie abdrehten und sich entfernten, dann bin ich zu dem NUMA-Boot geschwommen. Ich habe das Feuer gelöscht und konnte das Boot noch eine Zeitlang manövrierfähig halten, doch am Ende ist es versunken. Ich wäre wahrscheinlich ertrunken …« Ihre Stimme versiegte, während sie zu Pitt hochschaute.

»Al hatte geschworen, eine Meerjungfrau gesehen zu haben, daher bin ich ausgestiegen, um ihm zu beweisen, dass er sich geirrt hatte. Ein Riesenglück, dass unsere Pfade sich kreuzten.«

»Können Sie Hilfe anfordern?«, fragte sie.

»Unser Funkgerät und die meisten elektronischen Geräte mussten bei unserem Tanz über den Meeresboden dran glauben«, sagte Giordino. »Ein paar meiner Gehirnzellen sind wahrscheinlich ebenfalls draufgegangen.« Er massierte die verletzte Seite seines Schädels.

Margot lehnte sich erschöpft zurück. Sie blickte durch die Sichtscheibe und verfolgte, wie ein Brecher über das Tauchboot hinwegrollte.

»Noch ist nicht alles verloren.« Pitt schwang sich in den Pilotensessel. »Wir haben ein wenig Antriebskraft zur Verfügung, und der Strom in den Batterien dürfte für einige Stunden ausreichen.«

»Dies und eine bathymetrische Karte der Straße von Luzon.« Giordino deutete auf eine Karte, die er zwischen ihren Proviantvorräten gefunden hatte, und befestigte sie mit Klebeband an der Wand. »Wenn wir nur wüssten, wo wir waren.«

»Um das festzustellen, könnte Margot uns unter Umständen helfen«, sagte Pitt. »Wissen Sie noch, um welche Uhrzeit Sie an Bord des Tenders gelangten, ehe er zu seiner Fahrt startete?«

Die erschöpfte Frau zuckte die Achseln. »Es war spät, etwa gegen Mitternacht, vermute ich.«

»Haben Sie irgendeine Vorstellung, wie hoch Ihre Geschwindigkeit war und welchen Kurs das Boot genommen hat?«

»Die Propeller rotierten knapp über Leerlauf. Ich lenkte es mit dem Rücken zum Wind. Ich kann mich aber nicht erinnern, wie lange es her ist, dass der Motor stoppte und das Boot sank. Vielleicht drei oder vier Stunden?«

Pitt warf einen Blick auf das orangefarbene Zifferblatt der Doxa-Taucheruhr an seinem Handgelenk. »Gehen wir mal davon aus, dass es sechs Stunden bei drei Knoten waren. Dann kommen wir auf rund zwanzig Meilen Entfernung – von dem Punkt, an dem wir auf Tauchstation gingen.«

Er strich mit dem Finger über die Karte und deutete auf ihre mutmaßliche Position. Blaues Wasser umgab den Punkt, abgesehen von zwei winzigen dunklen Flecken im Westen.

»Damit haben wir etwas Glück im Unglück«, sagte Pitt. »Zwei kleine Inseln sind auf der Karte zu erkennen, und bis dorthin liegen höchstens zehn Meilen vor uns. Bis nach Taiwan wäre der Weg um einiges länger.«

»Und richtig lang«, sagte Giordino, »wenn Windrichtung oder Strömung sich ändern.«

»Also auf zu den Inseln.« Pitt schaltete die noch einsatzfähigen Druckstrahlruder ein und brachte das Tauchboot auf Kurs nach Westen.

Das Unterseeboot bockte und schwankte, während es sich mühsam durch die kochende See arbeitete. Margot machte es sich im Sessel bequem und schlief sofort ein, während Giordino ihren Energieverbrauch überwachte. Pitt nahm die Hände nicht von den Kontrollen und kämpfte sich durch das von hohen Wellen aufgewühlte Wasser. Aber er achtete kaum auf die Gefahr, in der sie schwebten. Er konnte nur an *eine* Sache denken.

Angesichts des heftigen Sturms und der Ankunft der chinesischen Kommandosoldaten stellte sich für ihn die entscheidende Frage: War die *Caledonia* überhaupt noch in Betrieb, oder lag sie schon längst auf dem Grund des Ozeans?

30

Das NUMA-Forschungsschiff war in der Tat noch flott, allerdings mit starken Einschränkungen. Das Heck hing herab wie das Hinterteil eines kauernden Hundes, der seinen Schwanz nachzieht. Aber die *Caledonia* hatte die schweren Seen hinter sich gelassen, die ihr Überleben bedroht hatten. Noch immer im Schlepp, war sie um die Südspitze von Taiwan herumgelahmt und befand sich jetzt in den ruhigeren Gewässern in Küstennähe im Anmarsch auf den Hafen von Kaohsiung.

Den Wassermassen des Sturms entronnen, zog sie andere Schlepper und Rettungsschiffe wie ein Magnet an. Zusätzliche Pumpen und Generatoren wurden mitsamt dem Personal, um sie zu bedienen, an Bord gebracht, und die überfluteten Abschnitte wurden erneut in Angriff genommen. Das Leck der *Caledonia* war unverzüglich abgeschottet und der Wassereinbruch gestoppt worden. Als das Schiff Kaohsiung erreichte und zum Trockendock am nördlichen Ende der Handelskais geschleppt wurde, hatte sich sein Tiefgang um fast anderthalb Meter verringert.

Die Zugtrosse wurde von dem schwarzen Schlepper eingezogen, der den Ort des Geschehens nach einem flüchtigen Abschiedswinken des bärtigen Kapitäns verließ. Die anderen Schlepper näherten sich, um sich an der Rettungsaktion zu beteiligen, nahmen am Heck entsprechende Positionen ein und drückten das Schiff behutsam ins geflutete Trockendock.

Stenseth verfolgte von einer Brückennock aus, wie das Schiff in die Mitte des Beckens bugsiert und dort gesichert wurde. In mit Wasser gefüllte Pontons an der Basis und an den Seiten wurde schließlich Druckluft eingelassen.

Während das Schiff und das Dock zentimeterweise aus dem Hafenbecken aufstiegen, erschien der Chefingenieur der *Caledonia*, ein stämmiger Texaner namens Homer Giles, auf der Brückennock. Er war völlig durchnässt, und sein Gesicht schien ausgiebig mit Öl verschmiert, aber seine Zähne blitzten, als er Stenseth angrinste. »Wir haben es geschafft, Sir. Sie ist sicher im Hafen. Ich glaube, dass wir sogar den größten Teil des Maschinenraums gerettet haben.«

»Ein kleines Wunder.« Stenseth sah den Ingenieur an und deutete mit einem Kopfnicken auf den Havaristen. »Was war oder ist mit dem Maschinenraum? Was meinen Sie? Vor ein paar Stunden wurde gemeldet, dass er überflutet und abgedichtet sei.«

»Nun, Sir, es war wirklich äußerst knapp. Wir haben sämtliche Pumpen betrieben, die uns zur Verfügung standen. Ich und Hobbs sind dringeblieben und haben zusätzlich zwei manuelle Pumpen bedient. Wir gaben uns alle Mühe, dass die Turbine nicht absoff und trocken blieb. Ich denke, es ist uns gelungen.«

»Sie sind vollkommen verrückt, Giles.« Stenseth klopfte dem Ingenieur anerkennend auf den Rücken. »Wir werden es sicher schon bald genau wissen, sobald das Schiff vollends aufgetaucht ist und trockenliegt. Machen Sie sich frisch und ruhen Sie sich aus. Es wird ein paar Stunden dauern, ehe wir eine gründliche Inspektion vornehmen können.«

»Aye, Sir, Ihr Wunsch ist mir Befehl.« Giles verließ die Brückennock über einen Niedergang. Den schwerfälligen Bewegungen des Mannes war seine völlige Erschöpfung deutlich anzusehen.

In Abstimmung mit der Hafenverwaltung stellte Stenseth einen Reparaturplan auf, während das Schiff im Trockendock endgültig stabilisiert wurde. Während zusätzliche Lenzpumpen die überfluteten Bereiche trockenlegten, warf der Kapitän einen Blick in den Maschinenraum und suchte danach das Videozentrum auf.

Der Zweite Offizier unterhielt sich soeben per Videokanal mit Rudi Gunn in Washington. Der Vizedirektor der NUMA trug ein zerknittertes Oxfordhemd ohne Krawatte und saß hinter einer Batterie leerer Kaffeebecher auf seinem Schreibtisch. Er sah aus, als hätte er das Gebäude schon seit Tagen nicht verlassen.

Gunn sah, wie Stenseth ins Bild trat. »Wie sieht es bei Ihnen aus, Bill?«

»Wie es scheint, hat das Schiff alles ohne schlimmere Schäden überstanden«, antwortete Stenseth. »Aber wir vermissen noch immer ein Tauchboot und einen Rettungstender.«

»Ja. Blake hat mich davon in Kenntnis gesetzt. Wir haben bereits die Navy in Okinawa gebeten, ein paar P-3-Orion-Suchflugzeuge in die Region zu schicken. Außerdem ist eine Fregatte dorthin unterwegs. Wir werden der Taiwan Coast Guard noch einmal Dampf machen, während wir eine Satellitensuche starten. Wir werden sie ganz sicher finden.«

Stenseth runzelte die Stirn. »Wettermäßig sieht es hier ziemlich übel aus, Rudi. Der Wind hat Taifunstärke. Hier wagt sich momentan niemand vor die Tür. Und Flugzeuge werden nicht allzu viel erkennen, solange sich die Wetterlage nicht beruhigt hat.«

»Vielleicht wird das GPS-Signal des Hilfsbootes durch den Sturm gestört«, meinte Gunn.

Blake schüttelte den Kopf. »Wir haben das Signal schon vor längerer Zeit verloren. Gleichzeitig ist der Funkkontakt abgebrochen. Seitdem haben wir nichts mehr von ihnen gehört oder gesehen.«

»Auch kein Lebenszeichen von Pitt?«, fragte Rudi Gunn nach.

»Nichts«, antwortete Blake.

Gunn wurde blass. Er war zusammen mit Pitt zur NUMA gestoßen, kurz nachdem die Agency gegründet worden war. Für ihn war Pitt mehr als nur ein Boss. Er war ein Freund und fast so etwas wie ein Bruder, den er nicht hatte.

»Ob Taifun oder kein Taifun, ich werde auf jeden Fall dafür sorgen, dass eine Suche gestartet wird, und wenn ich mich selbst dorthin auf den Weg machen muss.« Gunn bemühte sich, seinen Zorn zu zügeln. »Was meinen Sie, Bill, was dort draußen passiert sein könnte?«

»Irgendetwas hat unser Heck aufgerissen«, sagte Stenseth. »Möglicherweise eine externe Explosion. Alles, was ich Ihnen darüber erzählen kann, ist, dass dieses Bergbauschiff, die *Melbourne*, zu dem Zeitpunkt nur eine halbe Meile entfernt war und dass von dort nicht auf unsere Notrufe reagiert wurde.«

»Meinen Sie, dass Schiff und Besatzung mit dieser Geschichte zu tun hatten?«

»Das nehme ich tatsächlich an. Was mir hinsichtlich Pitts und Giordinos und des Rettungstenders allerdings zusätzliche Sorgen bereitet.«

»Wo befindet sich die *Melbourne* zurzeit?«, fragte Gunn. »Sind sie in der Nähe geblieben?«

Blake drückte auf einige Tasten des Laptops, der vor ihm auf dem Schreibtisch stand. »Das AIS fängt kein Signal auf. Entweder sind sie verschwunden, oder sie halten sich bedeckt, wo immer sie geblieben sind.«

»Vielleicht waren sie hinter dem her, woran auch wir interessiert gewesen sind«, sagte Gunn. »Aber Sie meinten, es sei ein australisches Schiff und kein chinesisches.«

»Das ist richtig«, bestätigte Stenseth. »Es befindet sich in privatem Besitz und gehört einer australischen Bergbaufirma namens Thornton Mining.«

»Ein Bergbauschiff …«, sagte Gunn. »Selbst wenn sie ein ergiebiges Unterwasservorkommen gefunden hätten, welchen Grund sollten sie haben, ein ozeanographisches Forschungsschiff anzugreifen?«

»Keine Ahnung«, erwiderte Stenseth kopfschüttelnd. »Aber einen Grund muss es geben. Und zwar einen gewichtigen.«

31

Die Erschöpfung forderte von allen drei Insassen des Tauchboots ihren Tribut. Während Margot im Copilotensessel selig schlief, konnten sich Pitt und Giordino diesen Luxus nicht leisten. Sie befanden sich in einem Rennen gegen die Zeit. Genauer ausgedrückt, in einem Rennen gegen die noch verbliebenen Stromreserven des Unterseeboots.

Sobald die Akkuladung aufgebraucht war, wären sie der Willkür der See ausgeliefert. Während im benachbarten Südchinesischen Meer und in der Straße von Taiwan normalerweise ein reger Schiffsverkehr herrschte, dürfte der Sturm die meisten Schiffe nach Norden und nach Süden abgedrängt haben. Schlimmer aber war, dass die vorherrschenden Meeresströmungen in diesem Teil der Straße von Luzon in nordöstlicher Richtung verliefen. Während der Sturm durchzog, könnte die *Stingray* in eine neue Richtung – zum Beispiel in den Osten Taiwans – abgedrängt werden. Und in dieser nur sehr sparsam frequentierten Region könnten sie wochenlang treiben, ohne von irgendjemandem gesehen zu werden.

In Kenntnis dieser Möglichkeit blieben Pitt und Giordino hellwach und konzentriert. Pitt lenkte das Tauchboot im Schneckentempo durch die heftig bewegte See nach Westen, und zwar in der Hoffnung, auf Festland zu stoßen, wenn nicht sogar einem Frachter zu begegnen.

Während Pitt von seinem Pilotensessel aus gegen den Wellengang kämpfte, stand Giordino auf den Leitersprossen unterhalb der

Einstiegsluke, wo sein Oberkörper ungeschützt den Elementen ausgesetzt war, während er den Horizont absuchte. Schwere Brecher spülten wiederholt über das tief im Wasser liegende Tauchboot. Wie ein Kastenteufel tauchte Giordino dann ab und zog die Luke zu, während die Wellen gegen das Boot brandeten, um gleich wieder aufzuspringen und sich hinauszulehnen, sobald sie sich verlaufen hatten. Dabei konnte er nicht vermeiden, von einer dichtauf folgenden zweiten Welle überrascht zu werden. Von Salzwasser triefend, schüttelte er die unfreiwillige – wenn auch warme – Dusche ab und hielt weiter Ausschau nach Rettung.

Er zog sich vor einer der nächsten Wellen ins Boot zurück und überprüfte den Stand der Akkuladung, wobei sein Magen sich mit einem lauten Knurren bemerkbar machte.

Indem er sich an seinen eigenen Hunger erinnerte, wandte Pitt sich zu ihm um. »Wie wäre es, wenn du dir bei einem nächsten Bad in den Wellen einen verirrten Thunfisch schnappen würdest?«

»Die sind klug genug, um tief unter den Schaumkronen herumzuschwimmen.« Giordino tippte gegen einen Spannungsmesser. »Akkuladung auf fünfzehn Prozent gesunken.«

Pitt nickte. »Die Batterien haben schon länger gehalten, als ich erwartet hatte. Was hältst du davon, wenn wir die Druckstrahlruder noch für zehn Minuten laufen lassen und den Rest in Reserve behalten?«

»Ich würde sagen, dass dieser Plan bei der augenblicklichen Lage ebenso gut ist wie jeder andere.«

Giordino kletterte wieder die Leiter hinauf, wartete ab, bis das Schwanken des Tauchboots nachließ, und schob sich ein weiteres Mal durch die Luke nach draußen.

Die Szenerie ringsum war vollkommen monochromatisch. Koksgraue Wolkenberge, aus denen graue Regenschauer herabrauschten, hatten sich über der schiefergrauen See zu einer dichten Decke zusammengeschoben. Giordino richtete wiederholt den Blick auf den nebelverhangenen Horizont auf der Suche nach irgendeiner

Auffälligkeit. Eine Windböe wehte ihm eine Gischtwolke ins Gesicht und blendete ihn für einen kurzen Moment. Während er sich das Salzwasser aus den Augen wischte, erregte etwas in der Ferne seine Aufmerksamkeit. Ein grüner Fleck.

Er hatte keine Gelegenheit, sich einen genaueren Eindruck zu verschaffen, da sich gerade zwei schräg aufeinander zulaufende Wellen am Bootsheck vereinigten und die Oberseite des Tauchboots überspülten. Giordino ließ sich ins Bootsinnere fallen und landete auf dem mit Wasser bedeckten Kabinendeck. Mit einem lauten metallischen Klirren schloss er die Luke hinter sich.

»Willst du dir an Bord einen Swimmingpool einrichten?«, fragte Pitt.

Giordino schüttelte sich das Wasser vom Kopf. »Tatsächlich dachte ich daran, einige Zeit in der Wüste zu verbringen, wenn wir hier lebend wieder rauskommen sollten.«

»Das Surfen würde dir fehlen.«

»Vielleicht.« Giordino stieg auf eine Leitersprosse. »Tu mir den Gefallen und geh auf den Kurs dreihundert Grad, während du den Antrieb eingeschaltet lässt.«

»Hast du was gesehen?«

»Wahrscheinlich war es nur eine Halluzination.«

Pitt justierte ihren Kurs mit Hilfe des Reserveblasenkompass unterhalb der Konsole defekter Bordelektronik.

Giordino kehrte wieder in den Sturm zurück und ignorierte eine Serie kleiner Wellen, die ihn trafen, während er sich noch einmal auf den Horizont konzentrierte. Ein dichter Regenschauer verdunkelte kurzfristig den Himmel und reduzierte die Sichtweite. Nach ein paar Minuten erreichte das Tauchboot den Schauer. Wie ein Standbild behielt Giordino seine Position bei und spähte voraus, während er gleichzeitig darauf achtete, mit seinem Oberkörper und den Armen die Einstiegsöffnung zu versperren, damit der Regen nicht ins Boot eindringen konnte. Die Tropfen erzeugten ein metallisches Trommeln, während sie auf den Bootsrumpf prasselten, und attackierten unbarmherzig Giordinos ungeschützten Kopf.

Nach und nach ließ der Wolkenbruch jedoch nach. Der Himmel im Westen hellte sich auf, und der Regen versiegte bis auf ein leichtes Nieseln. Gleichzeitig vergrößerte sich Giordinos Blickfeld, und seine Sichtweite erweiterte sich.

Eine kleine grüne Fläche tauchte auf ihrem Kurs auf und verschwand gleich wieder im wogenden Dunst. Mit der flachen Hand schlug Giordino auf den Rumpf des Tauchboots und grinste über das ganze vom Regen glänzende Gesicht. Es war keine Halluzination gewesen.

Er hatte Land gesichtet.

32

North Island maß an ihrer breitesten Stelle weniger als eine Meile und ragte mit einer klassischen kegelförmigen Silhouette aus dem Meer. Auf der Karte nur ein kaum beachteter Fleck, war sie die zweitnördlichste Insel des philippinischen Archipels. Die Ehre, den ersten Platz in dieser Rangfolge einzunehmen, gebührte einer deutlich größeren Landmasse namens Mavulis, die sich einige Meilen entfernt befand. Die steile östliche Flanke von North Island, in einem üppigen Grün leuchtend, war mit Gras bewachsen, doch ein dunkler Küstenstreifen deutete auf eine zerklüftete Felsbarriere in Höhe der Wasserlinie hin.

Pitt konnte in dem wieder zunehmenden Regen und zwischen den Wellen, die in kurzen Abständen über das Sichtfenster spülten, ein paar Blicke auf die Insel erhaschen und schüttelte mit skeptischer Miene den Kopf. »Eine hohe felsige Küstenlinie erscheint unter den momentan herrschenden Bedingungen nicht gerade einladend.«

Giordino stimmte ihm zu. »Auf dieser Seite der Inselküste habe ich nirgendwo eine Strandmatte mit einem Willkommensgruß gesehen.«

»Hoffen wir, dass die Leeseite einen freundlicheren Anblick bietet, wenn wir – angeschlagen, wie wir sind – überhaupt dorthin gelangen.«

Ihr Akkustrom hatte sich ziemlich plötzlich verringert. Pitt hatte die Druckstrahlruder stillgelegt und darauf vertraut, dass

Wind und Strömung sie bis zu der Insel bringen würden. Der Sturm blies stetig nach Nordwest, und als sie sich der Insel näherten, schaltete Pitt mehrmals für Sekunden die Strahlruder ein, um den Kurs zu halten und ihr Tempo etwas zu steigern. Der Wellengang erledigte den Rest und trug sie um die nördliche Spitze der Insel herum.

Giordino begab sich wieder auf seinen Posten in der offenen Einstiegsluke, warnte vor gefährlichen Felshindernissen und rief Pitt, dessen Sicht aus dem Boot durch die Wellen beeinträchtigt wurde, ständig notwendige Kurskorrekturen zu. Während das U-Boot die Landspitze umrundete, folgte Pitt auf seinem weiteren Kurs den Konturen der Insel, bis die Nase der *Stingray* herumschwang und das Boot sich gar nicht mehr vorwärtsbewegte. Pitt spürte es sofort und erhielt die Bestätigung, als der Abstand vom Ufer plötzlich zunahm.

»Wir machen keine Vorwärtsfahrt mehr«, meldete er Giordino. »Aber noch ist ein Rest der Akkuladung vorhanden.«

Von den Wellen herumgewirbelt, konnte Pitt erkennen, wie die Insel immer weiter von ihnen wegrückte.

Giordino lehnte sich aus der Einstiegsluke und entdeckte unweit des Hecks eine grüne Masse. »Ich glaube, wir sind in einen Kelpwald gerauscht, der vom Sturm losgerissen wurde und jetzt offenbar die Druckruder verstopft.«

Ehe Pitt sich dazu äußern konnte, kletterte Giordino durch die Einstiegsluke heraus und ließ sich ins Wasser gleiten. Er tauchte neben dem U-Boot auf und tastete sich daran entlang bis zu der Batterie Druckstrahlruder am Heck. Indem er auf Tauchstation ging, konnte er erkennen, dass zwei der äußeren Ruder während des wilden Ritts über den Meeresboden verbogen worden waren, aber auch, dass drei Ruder in der Mitte allem Anschein nach noch einwandfrei funktionieren mussten. Wie er befürchtet hatte, waren sie mit einem dichten Knäuel Seetang verstopft, das von einer Heckwelle auf die Ansauggitter gedrückt worden war.

Er stieg zur Wasseroberfläche hoch, um seine Lunge mit einem tiefen Atemzug regenfeuchter Luft zu füllen, dann tauchte er wieder ab und begann, die Einlassgitter der Strahlruder von den schleimigen grünen Pflanzensträngen zu befreien. Dabei konnte er nur mit einer Hand arbeiten, da der Wellengang ihn zwang, sich mit einem Arm am Bootsrumpf abzustützen und sich gleichzeitig an einem Rudergehäuse festzuhalten, um von den Turbulenzen der aufgewühlten See nicht mitgerissen zu werden.

Nachdem er die letzten Pflanzenreste entfernt hatte, stieg er zum Tageslicht auf und nahm ein leises Plätschern im Wasser wahr, während eine starke Welle ihn von der *Stingray* wegzerrte. Eine Festmacherleine war im Wasser gelandet. Er wandte den Kopf und folgte ihr hinauf zur Einstiegsluke, wo Pitt stand und das andere Ende in der Hand hielt. Giordino streckte sich nach der Leine aus und ließ sich von Pitt zum Boot ziehen. Von einer Welle, die ihn und die *Stingray* passierte, hochgehoben, erkletterte er den Rumpf des Tauchboots.

Pitt grinste. »Eifersüchtig, dass du nicht baden konntest wie Margot und ich?«

»Nein, ich wollte nur nicht zu spät zur Strandparty kommen.« Giordino deutete auf die Insel.

Pitt stieg die Leiter hinunter. »Ich wäre schon glücklich, wenn es dort überhaupt einen Strand gäbe.«

Während Giordino wieder seinen Platz in der Einstiegsluke einnahm, rutschte Pitt in den Pilotensessel und aktivierte die Strahlruder. Das Tauchboot ging wieder auf Vorwärtsfahrt. Pitt kämpfte gegen die Strömung, während er die windgeschützten Gewässer auf der Leeseite der Insel aufsuchte. Nachdem sie nur phasenweise einigermaßen zügig vorangekommen waren, verringerte sich die Frequenz der Brecher, die das Tauchboot durchschüttelten, allmählich. Pitt folgte dem Verlauf der Küste auf der Leeseite der Insel dicht hinter der Brandungslinie. Die Sichtscheibe wurde von immer neuen Brechern überspült, wodurch er gezwungen war, sich auf Giordinos Navigationsanweisungen zu verlassen. Soweit er erkennen konnte, setzte sich die Küstenlinie nahezu vollständig aus zerklüfteten, abweisenden Felsformationen zusammen.

»Jetzt langsam weiter«, rief Giordino. Ein paar Minuten später meldete er sich wieder. »Wir nähern uns einer kleinen Bucht. Außer ihr kann ich nichts Entsprechendes erkennen, das sich für uns eignen könnte.«

»Dann versuchen wir eben dort unser Glück«, erwiderte Pitt. »Wir haben ohnehin fast keinen Saft mehr.« Er versuchte das rot blinkende Warnlicht der Spannungsanzeige zu ignorieren.

Giordinos Anweisungen folgend, steuerte er auf einen hufeisenförmigen Einschnitt in der Felsenküste der Insel zu. Hohe, schäumende Wellen brandeten gegen das Ufer und formten eine weiße Barrikade. Beide Männer wussten, dass unter den Brechern unsichtbare Untiefen lauern mochten, auf denen das Tauchboot mitten in der Brandung stranden konnte und den Brechern schutzlos ausgeliefert wäre.

Umringt von tobenden Wassermassen, suchte sich Giordino vorsichtig eine sichere Route und gab die Kurskorrekturen an Pitt auf dem Pilotensessel weiter.

Die Reaktionen des Bootes auf die Steuerimpulse erfolgten im gleichen Maß träger, wie die Wucht der Brandung sich stärker bemerkbar machte. Woge auf Woge überrollte sie, drohte, Giordino aus der Einstiegsöffnung zu reißen, und fand einen Weg ins Innere des Bootes.

Pitt verlor jegliche Sicht auf die Insel, da das Bullauge ständig mit Gischt bedeckt war. Er behielt die Kontrollen aber sicher im Griff und justierte den Kurs ständig nach, sobald Giordino ihm entsprechende Anweisungen zurief. Das Tauchboot tanzte hin und her und wurde von jedem Brecher vorwärtsgeschoben und von dem Sog der sich zurückziehenden Wassermassen ruckartig gebremst. Sein Bauch schleifte über weichen Sand, dann kollidierte er mit einem soliden Hindernis.

Die durcheinanderlaufenden Wellen der Brandung neigten das Boot zur Seite, sodass Giordino beinahe aus der Einstiegsluke rutschte. Als er eine besonders große Woge bemerkte, die sich in nächster Nähe aufbuckelte und bedrohlich auf sie zugerollt kam, tauchte er die Leiter hinab und schloss die Luke, ehe der Brecher sie erreichte.

Das Bootsinnere versank für einen Augenblick in vollständiger Dunkelheit, dann stellte die *Stingray* ihr Gleichgewicht wieder her. Pitts ruhige Stimme drang aus dem Halbdämmer, der nur von den Anzeigen der Kontrolltafel erhellt wurde. »Ist das etwa deine Vorstellung von einer gemütlichen Anfahrt?«

»Irgendjemand hat offenbar vergessen, das Korallenriff auf der Karte einzuzeichnen«, erwiderte Giordino.

Er blieb, wo er war, da das Tauchboot auch unter den günstigsten Bedingungen nicht über die nötige Leistung verfügte, um die Brandung zu überwinden.

Die *Stingray* schaukelte weiterhin heftig hin und her. Ab und zu hörten und spürten sie, dass der Rumpf über den Meeresboden schrammte. Dann wieder kollidierte das Tauchboot anscheinend mit einer Felsmauer, verharrte für Sekunden vollkommen bewegungslos, bis die Brandungswellen das Boot offenbar befreiten und weiter dem Strand entgegendrückten.

Margot wurde von der Turbulenz allmählich geweckt und starrte nun verständnislos auf die Schaumflocken, die das Sichtfenster bedeckten. »Was ist los?«

»Al ist auf Festland gestoßen«, sagte Pitt. »Und versucht gerade, uns dorthin zu bringen.«

Giordino nutzte den kurzen Moment scheinbarer Stabilität, um aus der Einstiegsluke zu blicken. Er zog sich aber eilends wieder zurück, als eine Welle über sie hinwegrollte. »Ich denke, die Brandungszone haben wir fast überwunden«, sagte er, »trotzdem könnte es passieren, dass wir die Einfahrt zur Bucht verfehlen.«

Für weitere lange Minuten wurden sie herumgeschleudert, dann ließ der wilde Tanz allmählich nach. Durch die Sichtscheibe konnten sie einen kurzen Blick auf die schmale Einfahrt werfen, und Giordino nahm wieder den Platz des Navigators ein. »Bring uns so scharf es geht nach Steuerbord«, rief er aus der Einstiegsluke.

Pitt aktivierte die Strahlruder. Die letzten Energiereste des Bordakkus transportierten sie in die gewünschte Richtung. Es reichte aus, um sie wenigstens ein Stück in die Bucht hineinzubugsieren. Die Wellen schoben das Tauchboot die restliche Strecke vor sich her. Die *Stingray* trieb ein kurzes Stück durch die sandige Bucht, dann setzte sie in der Nähe einiger mit Moos bedeckter Felsen auf dem Untergrund auf.

Giordino sprang ins seichte Wasser und wickelte die Festmacherleine um einen der Felsen. Er kletterte wieder an Bord zurück und half Margot, die vom Schlaf noch leicht benommen war, auf den Strand hinunter.

Pitt folgte. Er schloss die Luke hinter sich, dann richtete er sich auf dem Bootsrumpf auf. Für einen Augenblick betrachtete er den Bug des U-Boots. Im ruhigen Wasser konnte er die vorderen Kufen der *Stingray* erkennen. Es war unglaublich, aber der geborgene Teil der chinesischen Rakete befand sich noch immer im Griff des mechanischen Arms, der den wilden Ritt an Land offenbar unbeschadet überstanden hatte.

Pitt sprang vom Boot herunter und watete an den Strand, wo Margot und Giordino auf ihn warteten. Ein scharfer Wind peitschte über den Strand und fuhr durch die Bäume und Büsche, die auf dem schmalen Streifen fruchtbaren Landes wurzelten. Während Pitts Füße den Sand berührten, öffnete der Himmel seine Schleusen und empfing sie mit einem heftigen Wolkenbruch.

Giordino stand im Regen, einen Arm um Margots Schultern gelegt, und grinste Pitt triumphierend an. Er war nass bis auf die Haut, und zwischen seinen Lippen klebte der Stummel einer nassen Zigarre.

»Wir haben tatsächlich festen – wenn auch nicht ganz trockenen – Boden unter den Füßen«, sagte er. »Ist das nicht großartig?«

TEIL II

33

Zwei Visa für Reisen nach Indien erwarteten Dirk und Summer auf dem Taipei Songshan Airport, ehe sie zum Direktflug nach Neu-Delhi an Bord ihrer Maschine gingen. Nachdem sie an diesem Abend in der indischen Hauptstadt gelandet waren, übernachteten sie in einem Flughafenhotel und flogen am Morgen mit einer Zubringermaschine nach Dharamsala weiter.

Vierhundert Kilometer nördlich von Neu-Delhi gelegen, war Dharamsala eine Kleinstadt auf den oberen Berghängen des Kangra Valley am Fuß des Himalaya. Mit ihrer Höhenlage und imposanten Kulisse aus zerklüfteten Berggipfeln war die Region seit jeher für englische Kolonialbewohner ein beliebter Ferienort gewesen, wohin sie vor der drückenden Sommerhitze aus Delhi und Kalkutta flüchten konnten. In jüngerer Zeit hatte sich die Stadt zu einer beliebten Basis für Trekker und Bergsteiger entwickelt, die dort testen konnten, ob ihre Fähigkeiten ausreichten, um es mit dem Himalaya aufzunehmen. Am bekanntesten war die Stadt jedoch als Ziel buddhistischer Pilger aus der ganzen Welt, die sich hier einfanden, um wenigstens einmal in ihrem Leben den Dalai-Lama persönlich zu sehen, dessen Residenz sich auf dem Berg, fünfzehn Kilometer vom Stadtzentrum entfernt, befand.

Nach der Landung auf dem Kangra Airport im unteren Tal einige Kilometer südlich erwartete Dirk und Summer ein klarer, frischer Tag. Die mit Schnee bedeckten Gipfel im Norden erschienen wie eine Reihe mit Zuckerguss überzogener Pyramiden, die an dem saphirblauen Himmel kratzten.

»Sieh dir nur diese Berge an«, schwärmte Summer. »Einfach fantastisch und atemberaubend.«

»Die Heimat des Schnees«, sagte Dirk und zitierte die Sanskrit-Definition des Wortes *Himalaya*. »Wie man sehen kann, wird ihnen der Name in jeder Hinsicht gerecht.«

Sie holten ihr Gepäck und den Koffer mit den *thokcha*-Artefakten, dann stiegen sie vor dem Flughafengebäude in ein Taxi ein. Der Fahrer des schmuddeligen Nissan Kleinwagens, ein schüchterner junger Mann, sprach nur wenig, während er die knapp acht Kilometer lange Strecke zu der ausgedehnten Stadt im oberen Teil des Tales zurücklegte. Sie durchquerten die Stadt auf einer holprigen, mit Kopfsteinen gepflasterten Straße und passierten auf ihrem Weg das von Menschen wimmelnde Stadtzentrum und zahlreiche Kaufläden und Teegärten.

Das nördliche Ende der Stadt hinter sich lassend, folgten sie einer kurvenreichen Serpentinenstraße zu der kleineren Ansiedlung McLeod Ganj, die auf einem bewaldeten Bergrücken klebte. Der Taxifahrer setzte Dirk und Summer vor einem kleinen modernen Hotel namens Imperial ab, das im Schatten eines dichten Zedernwäldchens stand. Im Hotelrestaurant gönnten sie sich eine Mittagsmahlzeit aus Reiscurry und Tandoori Chicken, dann verließen sie das Hotel mit dem Artefaktenkoffer.

Summer zog einen Touristenstadtplan zu Rate, den sie sich an der Hotelrezeption genommen hatte. »Der Angestellte am Empfang meinte, das Tibet Museum sei nur zwei Straßen entfernt.«

»Nach den langen Flügen in den engen Maschinen wäre mir ein kleiner Fußmarsch ganz recht«, sagte Dirk.

Sie wanderten von dem Waldgelände, in dem ihr Hotel stand, einen Hügel zum Zentrum der Stadt hinunter. Der seltsame Name, McLeod Ganj, war eine Kombination aus Sir Donald McLeod –

so hieß ein in Indien eingesetzter Kolonialgouverneur – und dem persischen Wort für Stadtviertel, *ganj*.

Dirk und Summer fanden den Ort auch noch aus einem anderen Grund bemerkenswert. Während die Gebäude im Großen und Ganzen so unscheinbar und trist erschienen wie in jeder anderen indischen Stadt, die sie bisher besucht hatten, konnte man dies von den Menschen in den Straßen nicht behaupten. Tibetische Mönche in hellroten Gewändern bestimmten das Straßenbild zusammen mit westlichen Urlaubsreisenden, langhaarigen Rucksacktouristen und Pilgern aus allen Regionen der Welt. Die vielen belebten Cafés, Hostels und B&Bs stillten die Bedürfnisse eines nicht versiegenden Stroms von Besuchern dieses abgelegenen Ortes. Als Sitz der thailändischen Exilregierung und neue Heimat des Dalai-Lama hatte sich McLeod Ganj mit Little Lhasa einen zweiten Namen erworben.

Südlich des Stadtzentrums gelangten sie zu einer Straßengabelung. Summer sprach eine junge Frau in Bluejeans und Moncler-Daunenweste an. »Können Sie uns verraten, wo wir das Tibet Museum finden?«

»Ja, es steht auf dem Lhasa Tsuglagkhang, wie das Anwesen des Dalai-Lama genannt wird«, antwortete sie. »Folgen Sie einfach der Straße den Berg hinunter, und dann biegen Sie nach rechts ab.«

Sie bedankten sich bei der Frau und setzten ihren Weg fort, bis sie auf eine Ansammlung von Menschen trafen, die sich vor einem Tor drängten. Die Aufschrift auf einem großen grünen Schild machte auf den Eingang zum Tsuglagkhang aufmerksam. Während sie eine Sicherheitskontrolle passierten, schenkten die Wachen dem Koffer besondere Aufmerksamkeit.

»Ist dies die Residenz des Dalai-Lama?« Dirk betrachtete die Ansammlung in kräftigen Farben gehaltener Gebäude ringsum.

Summer nickte. »Hier ist auch ein Kloster. Im Reiseführer steht, das Gelände und zwei Tempel stünden für Besucher offen und das Museum ebenfalls.«

Während sie sich anschickten, das Gelände zu überqueren, drang das Mahlen und Husten eines Motors, der nicht anspringen wollte, an Dirks Ohren. Durch ein Tor zu einem Hof entdeckte Dirk einen altersschwachen Pritschen-Pickup, hinter dessen Lenkrad ein Mönch in seiner Kutte saß und den Starter betätigte.

Dirks Bastlermentalität meldete sich augenblicklich, und er steuerte geradewegs auf das Fahrzeug zu. Nachdem er es erreicht hatte, stellte er zu seiner Überraschung fest, dass er einen in Amerika gebauten 1953er International Harvester vor sich hatte. Sein dunkelgrüner Lack war zerkratzt und verblasst, und die Holzrungen um die Ladefläche waren vom Wetter gegerbt und ausgeblichen. Trotz dieser Abnutzungserscheinungen vermittelte er einen sauberen und sorgfältig gewarteten Eindruck.

Dirk nickte dem Mann zu, während er ans offene Seitenfester trat. »Schöner Lastwagen. Will er nicht anspringen?«

»Nein«, klagte der Mönch. »Er ist alt und müde und mag nicht arbeiten, wenn es kalt ist.« Er lächelte. »Genauso wenig wie ich.«

Dirk blickte ins Führerhaus. Die Tankanzeige stand auf VOLL, aber der Choke war nicht gezogen. »Haben Sie es mal mit dem Choke versucht?«

Der Mönch streckte die Hand aus und zog den Knopf, der einen Metallstab aus dem Armaturenbrett herauszog. »Das hilft auch nichts.« Der Mönch drehte wieder den Zündschlüssel, und der Starter winselte.

Dirk hob eine Hand und stoppte seine Bemühungen. »Lassen Sie mich mal nachschauen.«

Er stellte den Koffer ab, ging zum vorderen Ende des Lastwagens und öffnete seine hohe gewölbte Motorhaube. Der Sechszylinder-Reihenmotor war mit einem dünnen Schmierfilm bedeckt und entwickelte – wenn er ganz neu war – eine Leistung von einhundert PS. Der Motorraum sah weitgehend sauber und aufgeräumt aus, aber als Dirk sich leicht zur Seite beugte, entdeckte er den Choke-Anschluss, der lose auf der Reihe der Zylinderköpfe lag. Er griff in den Motorraum und entfernte den Luftfilter, um den Vergaser freizulegen. Dann steckte er den Anschluss in die Klemme an der Seite des Vergasers, setzte die Luftfilter wieder ein und schloss die Motorhaube.

»Der Choke ist jetzt verbunden.« Er fasste an dem Mönch vorbei und zog den Choke-Hebel aus dem Armaturenbrett heraus. »Geben Sie ein wenig Gas und versuchen Sie es noch einmal.«

Der Mönch befolgte die Anweisungen, und der Motor startete augenblicklich. Der Mönch sah Dirk strahlend an. »Möge der Herr stets gnädig auf Sie herabschauen.«

Dirk erwiderte das Lächeln und winkte, während der Mönch den Wagen aus dem Hof des Anwesens hinauslenkte. Er wandte sich zu Summer um, die das Geschehen verfolgt hatte und ungeduldig mit dem Fuß wippte. »So?«

»Ich habe nur für ein wenig gutes Karma gesorgt.«

Sie folgten einem Weg zu einem Ziegelbau mit Stuckfassade und einem Namensschild mit der Aufschrift *The Tibet Museum*. In seinem Innern fanden sie eine beeindruckende Sammlung von Fotografien und Artefakten, die von der chinesischen Besetzung Tibets und dem daraus resultierenden Exil der Regierung in Nordindien Zeugnis ablegten.

Summer näherte sich einer älteren Frau, die an einem Informationsstand saß. »Wir haben einige tibetische Artefakte gefunden, die aus dem Besitz des Museums stammen sollen und die wir gern zurückgeben würden.«

Dirk legte den Koffer auf den Schaltertisch, öffnete ihn und deutete auf das Etikett im Deckel.

»Unser Kurator hält sich zurzeit im neuen Museum in Gangchen Kyishong auf«, sagte die Frau. Dann inspizierte sie das Etikett ein wenig genauer und schüttelte den Kopf. »Ich fürchte, die Objekte gehören gar nicht dem Tibet Museum.«

»Uns wurde erklärt«, erwiderte Summer, »dass dieses Etikett darauf hinweist, das sich diese Objekte früher einmal in der Obhut des Museums hier in McLeod Ganj befunden haben.«

»Das trifft zwar zu, aber es ist nicht unser Museum«, gab die Frau zurück. »Laut dem Etikett sind die Objekte eine Leihgabe des Ramapurah Chodron an das Tibet Club Museum. Das ist eine vollkommen andere Einrichtung.«

»Das Tibet Club Museum?«, fragte Dirk. »Existiert es überhaupt noch?«

Die Frau nickte mit missbilligender Miene. »Ja. Sie finden es am anderen Ende der Stadt.« Sie notierte die Adresse auf einem Blatt Papier, das sie Summer reichte. »Mittlerweile ist es drei Uhr. Sie müssten dort gerade jetzt die Tore für Besucher öffnen.«

Dirk und Summer wechselten einen fragenden Blick, bedankten sich bei der Frau und verließen das Museum.

»Das falsche Museum?« Summer schüttelte den Kopf. »Wie viele tibetische Museen gibt es hier?«

»Na ja, zumindest haben wir die richtige Stadt erwischt.«

Sie kehrten auf dem Weg, auf dem sie gekommen waren, ins Stadtzentrum zurück, dann folgten sie der Wegbeschreibung, die sie erhalten hatten und die sie eine Schotterstraße hinunterführte. Vor einem alten Gebäude, das mit Schindeln aus Zedernholz verkleidet war, blieb Summer stehen. Ein kleines Schild neben der Eingangstür, auf Englisch und mit verschnörkelten tibetischen Symbolen beschriftet, identifizierte es als das *Tibet Club Museum*. Darunter waren die Öffnungszeiten vermerkt: *Open 3–2*.

»Das muss es sein«, sagte Summer. »Seltsame Besuchszeiten für ein Museum.«

»Offenbar ist es nicht nur ein *Museum*, sondern auch ein *Club*.« Dirk öffnete die Tür und machte einen Schritt zur Seite, um seiner Schwester den Vortritt zu lassen.

Sie fanden sich in einem Raum wieder, der weder einem Nachtclub noch einem Museum ähnelte, sondern eher dem Wohnzimmer eines englischen Landsitzes glich. Stammesteppiche lagen auf dem dunklen Holzfußboden und bedeckten mehrere Sofas und Polstersessel. Neben Letzteren standen Leselampen, die ein angenehm gedämpftes Licht verströmten. Regale, vom Fußboden bis zur Decke reichend, waren an zwei Wänden verankert und mit Büchern, Skulpturen, kunstvoller Keramik und farbenprächtigen handgewebten Stoffen gefüllt.

Eine andere Wand war mit Fotografien beklebt, vorwiegend Schwarz-Weiß-Aufnahmen, die Szenen aus dem tibetischen Alltagsleben und private Porträts zeigten. Die vierte Wand wurde von mehreren gläsernen Ausstellungsvitrinen und einem langen auf Hochglanz polierten Schanktresen bestimmt. Reihen von Flaschen hochprozentiger Getränke wurden hinter der Theke auf beiden Seiten von einem Paar massiver Drachen aus Stein bewacht, die sehr alt aussahen.

Ein schwacher, aber angenehmer Geruch nach Weihrauch und Bourbon lag in der Luft. Der matt erleuchtete Raum schien leer zu sein, als Summer und Dirk ihn betraten. Eine junge Frau kam hinter der Bar hoch, in den Händen ein Tablett mit leeren Gläsern. Bekleidet mit einer gelben Bluse, einer Wollweste und einer tibetischen *chupa*, wandte sie sich zu den Besuchern um. Mit ihrer dunklen Hautfarbe, einem breitflächigen Gesicht und dunklen mandelförmigen Augen war sie zweifellos eine Tibeterin.

»Darf ich Ihnen etwas zu trinken bringen?«, fragte sie in nahezu akzentfreiem Englisch.

»Noch nicht gleich, danke.« Dirk legte den Koffer auf die Bar, »Wir sind hierhergekommen, um einige Artefakte zurückzubringen.«

Die junge Frau nickte. »Ich hole den Inhaber.« Sie verschwand in einem Raum hinter der Bar. Kaum eine Minute später kehrte sie mit einem Mann zurück, der wie eine robuste Version des Schauspielers Billy Bob Thornton aussah.

»Rob Greer«, stellte er sich freundlich vor. »Was kann ich für Sie tun?«

Überrascht, dass der Mann Amerikaner war, stellte Dirk sich und Summer vor. »Sind Sie der Eigentümer?«, fragte er.

»Ja«, antwortete Greer. »Ich war – bin – gelernter Fotograf und habe vor Jahren an einer Expedition teilgenommen, um die Geschichte und den Zustand der Klöster in Tibet zu dokumentieren. Es sind meine Fotos dort drüben an der Wand«, sagte er mit Stolz in der Stimme und deutete quer durch den Raum. »Ich bin nach McLeod Ganj gekommen, um den Dalai-Lama und Mitglieder der Exilregierung zu fotografieren und bin dann einfach hiergeblieben.« Er lächelte verträumt. »Ich habe dieses Etablissement erworben, als ich die Tochter des Eigentümers heiratete.«

Dirk berichtete von ihrem Fund auf den Philippinen, und Summer öffnete den Koffer auf der Bar.

»Sie haben den ganzen weiten Weg damit hierher zurückgelegt?«, fragte Greer zweifelnd.

»Der Kurator das Nationalen Palast Museums in Taiwan meinte, dies seien bedeutende kulturelle Relikte«, sagte Summer. »Wir waren zu den Malediven unterwegs, daher war ein Abstecher hierher kein allzu großer Umweg. Mein Bruder und ich arbeiten für die NUMA.«

»Die NUMA kenne ich«, sagte der Mann. »Mal sehen, was Sie da mitgebracht haben.«

Dirk entfernte das schützende Seidentuch, nahm vorsichtig eine der Schnitzereien aus ihrem Fach und reichte sie Greer über die Bar. »Wir hatten angenommen, sie gehörten dem Tibet Museum auf dem Gelände der Dalai-Lama-Residenz.«

»Viele Jahre lang haben wir bessere Preise für die Antiquitäten gezahlt, die aus Tibet herausgeschmuggelt wurden«, erklärte Greer. »Infolgedessen haben wir auch eine kostbarere Sammlung erworben, als sie das Tibet Museum vorweisen kann.« Er deutete auf eine Glasvitrine. »Wir besitzen zum Beispiel einige Götterfiguren aus Jokhang, die man bis ins siebzehnte Jahrhundert zurückdatieren kann. Das Tibet Museum kann nichts vorweisen, das auch nur annähernd so alt ist.«

Er setzte eine Lesebrille auf, die an einer Schnur um seinen Hals hing, und ergriff das Artefakt. »Eine *thokcha*-Schnitzerei.« Er legte sie auf seine Handfläche. »Sehr schön.«

Dirk und Summer verständigten sich mit einem Blick und nickten. »Wir haben gehört«, sagte Summer, »dass sie aus Meteoriten geschaffen wurden.«

»Das ist richtig«, sagte Greer. »Ich besitze ein kleines Exemplar, ein Amulett, im Regal hinter Ihnen. Tibet mit seinen weiten, offenen Hochebenen lud geradezu zur Meteoritensuche ein. Das Himmelseisen, wie die Einheimischen es nennen, stand immer in hohem Kurs. Je nach Zusammensetzung kann es ausgesprochen schwierig sein, die Fundstücke zu bearbeiten. Daher sind bearbeitete Exemplare, speziell in dieser Größe und Qualität, äußerst selten.«

Er untersuchte jede Schnitzerei sorgfältig und studierte jedes Detail, während er die gesamte Kollektion durchging. »Die acht Glück verheißenden Symbole des Buddhismus. Der kostbare Schirm, das goldene Rad, das Siegesbanner, zwei Fische aus Gold, das Schatzgefäß, die Lotusblüte, das Muschelhorn und der endlose Knoten.« Er legte die letzte Schnitzerei in den Koffer zurück. »Eine seltene und wirklich begehrenswerte Kollektion, ohne Zweifel.«

»Die Objekte sollen aus dem Nechung Kloster in Lhasa stammen«, sagte Summer.

Greer nickte, enthielt sich jedoch eines Kommentars.

»Aus dem Etikett geht hervor, dass sie sich in der Obhut des Tibet Club Museums befunden haben, oder trifft das nicht zu?«, fragte Dirk.

Greer studierte das Etikett. »Ja, so steht es dort. Natürlich weiß ich über die damaligen Ereignisse so gut wie gar nichts, und ich weiß auch nicht, wer dieser Chodron ist. Sie sagten, das Flugzeug aus Taiwan sei im Jahr 1959 abgestürzt? Das ist also viele Jahre vor meiner Ankunft geschehen, aber mein Schwiegervater war so etwas wie ein fanatischer Sammler.« Er wandte sich an die junge Frau. »Talai, servier diesen Leuten etwas zu trinken, während ich nach hinten gehe und in den alten Aufzeichnungen nachschaue.«

Nachdem Greer sich entfernt hatte, bestellte Summer eine Tasse grünen Kangra-Tee, während Dirk sich für ein Simba, ein indisches Bier, entschied. Über den Klängen einer Bigband aus den vierziger Jahren, die aus verborgenen Lautsprechern drangen, konnte Dirk die Stimme des Barbesitzers hören, der leise telefonierte. Etwa zehn Minuten später erschien Greer wieder im Gastraum und legte einen dicken Ordner handschriftlicher Rechnungen auf die Bar.

»Ich fürchte, bisher hatte ich kein Glück.« Greer griff unter dem Bartresen nach einem Schnapsglas und schenkte sich einen kräftigen Schuss aus einer verstaubten Bourbonflasche ein. »Der alte Mann führte ziemlich genau Buch über die Artefakte, die er erworben hatte, aber ich finde keine Eintragung, die sich auf diese Objekte hier bezieht.« Er kippte den Bourbon in einem Zug hinunter und stellte das leere Glas auf die Bar.

»Vielleicht wurden sie dem Club nur geliehen und waren gar nicht erworben«, sagte Summer.

»Ja, aber derart seltene Objekte müssten eigentlich irgendwo vermerkt worden ein.« Greer griff in den Koffer und nahm eine der Schnitzereien heraus. Sie zeigte flatternde Fahnen an einer reich verzierten Fahnenstange. »Das ist mein Lieblingsstück, das Banner. Ein Symbol des Sieges buddhistischer Denkweise über Ignoranz, Negativität und andere verderbliche Kräfte.«

Er musterte Dirk und Summer mit ernstem Blick. »Sie denken vielleicht, ich sei irgendein habgieriger Sammler, der die armen verzweifelten Tibeter, die es geschafft hatten, aus ihrer von Invasoren unterdrückten Heimat zu fliehen, ausgenutzt hat. Tatsache ist jedoch, dass ich nichts davon verkauft habe.« Seine Augen wanderten durch den Raum, aber sein Blick verlor sich in weiter Ferne.

»Die Chinesen rücken Tibet mit einer Planierraupe zu Leibe«, sagte er. »Nachdem sie jahrzehntelang Klöster geschleift und Artefakte geplündert haben, überschwemmen sie die Kultur nun mit Scharen bezahlter Einwanderer aus allen Winkeln Chinas. Außerdem haben sie der intakten Umwelt ganz offen den Kampf angesagt. Riesige chinesische Staudämme trocknen bereits den Mekong und den Brahmaputra aus. Als Nächstes kommt der Indus an die Reihe. Nicht mehr lange, und diese Seite des Himalaya wird sich in eine Wüste verwandelt haben.«

Er schüttelte den Kopf. »Sechzig Jahre Unterdrückung sind nicht genug. Mittlerweile breiten sie sich auch hier schon überall unauffällig aus. Es wird nicht aufhören, bis auch die letzten Spuren der einheimischen Sprache, der Kultur und der Religion von der tibetischen Hochebene entfernt wurden.«

Er schenkte sich aus der Bourbonflasche nach und deutete mit einer ausholenden Handbewegung auf den Raum. »Es mag nicht viel sein, aber all das wird nach Tsuglagkhang und ins dortige Museum wandern, wenn ich gestorben bin. Ein Rest Tibets wird überleben, selbst wenn es nirgendwo sonst als in Indien möglich ist.«

Die Eingangstür wurde laut krachend aufgestoßen, und ein korpulenter Mann betrat den Club. Er fixierte die Anwesenden, dann schloss er die Tür hinter sich und verriegelte sie. Alle Blicke waren auf ihn gerichtet, während er weiter in den Raum hereintrat.

Der Mann war ziemlich klein und trug einen dicken Mantel. Eine dunkelblaue Mütze bedeckte seinen Kopf und war in seine Stirn gezogen, aber nicht tief genug, um seine bösartigen schwarzen Augen zu verbergen. Er durchquerte den Raum mit dreister, herausfordernder Selbstsicherheit und blieb wenige Schritte von der Bar entfernt stehen. Er griff in seinen Mantel, holte eine Maschinenpistole hervor und richtete sie auf die Versammelten.

»Sie alle«, sagte er mit deutlichem Akzent auf Englisch. »Auf den Boden.«

34

»Moment mal.« Greer trat hinter der Bar hervor. »Sie können nicht einfach …«

Doch das Wort wurde ihm vom Bellen der Pistole abgeschnitten. Die Kugel traf Greer hoch oben in der Schulter, wie an dem Blutfleck zu erkennen war, der sich augenblicklich auf seinem Hemd ausbreitete. Talai stieß einen Schrei des Entsetzens aus.

»Auf den Boden«, wiederholte der Schütze seinen Befehl.

Summer tastete nach einem Geschirrtuch, während sie den Augenkontakt mit dem Schützen aufrechterhielt. Sie presste es gegen Greers Schulter und half ihm, sich auf den Fußboden zu setzen, während Talai und Dirk neben ihnen auf die Knie hinuntergingen.

»Das Geld liegt in der Kasse«, sagte Greer. »Nehmen Sie es und lassen Sie uns in Ruhe.«

»Halten Sie den Mund.« Der Eindringling richtete seine Pistole auf Dirk, den er als die größte Gefahr betrachtete, und dann ging er zur Bar. Er konzentrierte sich sofort auf den offenen Koffer, zog die Schutztücher über den Schnitzereien beiseite und untersuchte eine nach der anderen. Er legte sie wieder in den Koffer, trat von der Bar zurück und betrachtete nachdenklich die Gefangenen auf dem Fußboden. Er gab Summer mit der Pistole ein Zeichen. »Sie … stehen Sie auf.«

Dirk machte Anstalten zu reagieren, aber der Fremde richtete die Pistole sofort auf seinen Kopf. »Bleiben Sie, wo Sie sind.«

Summer kam langsam auf die Füße, und der Fremde nahm sie

wieder ins Visier. »Schließen Sie den Koffer und nehmen Sie ihn von der Bar.«

Summer befolgte seine Anweisungen, schloss und verriegelte den Koffer, dann hob sie ihn von der Bar herunter.

Der Bewaffnete wandte sich an das Trio auf dem Fußboden. »Sie bleiben hier und tun gar nichts. Wenn Sie versuchen sollten, uns zu verfolgen, werde ich sie töten. Und wenn Sie die Polizei rufen, verliert sie ebenfalls das Leben.«

Dirks Blick wanderte zu seiner Schwester. Er war mehrere Schritte von dem Bewaffneten entfernt, meinte aber, er könnte es unter günstigen Umständen schaffen, gegen seine Knie zu springen. Er wusste, dass Summer sich an der Attacke beteiligen würde, aber ihr Blick warnte ihn. Der Anblick des blutenden Clubinhabers sagte ihr, dass ein solcher Versuch das damit einhergehende Risiko nicht wert war. Der Mann mit der Maschinenpistole war einfach zu gefährlich.

Dirk lag auf dem Boden, rührte sich nicht und verfolgte hilflos, wie Summer zur Eingangstür dirigiert wurde. Auf Anweisung des Schützen streckte sie die freie Hand aus und entriegelte die Tür, dann legte sie die Finger um den Türknauf.

Plötzlich flog die Tür auf, und sie wich zurück, während ein anderer Mann den Club betrat. Er war hochgewachsen und breitschultrig und hatte ein bulliges, aber durchaus freundliches Gesicht. Er lächelte Summer an, begann, sich bei ihr zu entschuldigen – und erhielt von hinten einen wuchtigen Schlag auf den Schädel.

Summer verschlug es den Atem, als er zu ihren Füßen auf dem Boden zusammenbrach und ein weiterer Mann in der Türöffnung erschien. Er senkte den Kolben seines Sturmgewehrs chinesischer Produktion, den er benutzt hatte, um den Tibeter niederzuschlagen, und starrte Summer drohend an. Zu dem ersten Besucher sagte er ein paar Worte, dann verstaute er die Waffe unter seinem Mantel und verschwand nach draußen.

Summer bückte sich, um nachzusehen, ob der Tibeter noch atmete, spürte jedoch gleichzeitig, wie der Lauf einer Pistole gegen ihre Wirbelsäule gerammt wurde. »Gehen Sie.«

Sie stieg über den liegenden Mann hinweg und gelangte ins Tageslicht.

Eine kleine weiße Limousine stand mit laufendem Motor in der Nähe, hinter dem rechtsseitigen Lenkrad befand sich der zweite fremde Besucher. Summer wurde zur hinteren Tür dirigiert und stieg ein. Den Koffer mit den Artefakten stellte sie zwischen ihre Füße. Der kleinere Besucher zwängte sich neben sie und hielt sie weiterhin mit seiner Waffe, die er in seinen Schoß legte, in Schach. Der Fahrer trat aufs Gaspedal, und der Wagen schoss die Straße hinunter.

Durch die Heckscheibe warf Summer einen Blick zum Club, der in einer Staubwolke hinter ihnen zurückblieb, und fragte sich, ob sie ihren Bruder jemals wiedersehen würde.

35

Im Gastraum des Tibet Club Museums sprang Dirk Pitt jun. auf die Füße und half Greer auf einen Barhocker. »Sind Sie einigermaßen okay?«

»Es war nur ein Streifschuss.« Der Clubeigentümer verzog schmerzhaft das Gesicht, während er das Geschirrtuch gegen seine Schulter presste.

»Wer waren diese Kerle? Woher wussten sie von dem Koffer?«

»Keine Ahnung«, sagte Greer. »Vielleicht waren es Kunstdiebe. Oder chinesische Agenten mit dem Auftrag, Ansehen und Position des Dalai-Lama zu schwächen. Weiß der Himmel, was sie wollten. Von diesen Typen wimmelt es in der Stadt. Haben Sie etwa vor, sie zu verfolgen?«

»Na klar«, antwortete Dirk und rannte zur Tür.

»Seien Sie vorsichtig.«

Im Vorraum war Tenzin Norsang aus einer kurzen Bewusstlosigkeit aufgewacht und versuchte, auf die Füße zu kommen. Er sah sich um. Greer saß auf einem Barhocker und hatte eine blutige Schulter, aber Dirk kam auf ihn zugesprintet.

Norsang griff in seine leichte Jacke und holte eine Glock 19 Automatik hervor, die er auf Dirks Brust richtete. »*Ga ka-da*«, rief er. »Stopp!«

Dirk bremste sofort und streckte die Hände in die Höhe.

Greer rief dem Mann auf Tibetisch etwas zu, was ihn veranlasste, die Waffe sinken zu lassen. Dirk schlängelte sich an ihm vorbei, murmelte etwas von Pistolen, die ihm unter die Nase gehalten wurden, und stürmte durch die Tür nach draußen.

Kurz vor dem Ende der Straße erhaschte er einen letzten Blick auf die weiße Limousine, ehe sie um die Ecke bog und außer Sicht geriet. Summers rotes Haar war im Heckfenster deutlich zu erkennen. Suchend blickte sich Dirk nach irgendeiner Möglichkeit um, die Jagd aufzunehmen, aber kein anderer Wagen war auf der Straße zu sehen, lediglich etwas Fußgängerbetrieb. Ein Motor hustete hinter ihm, und er drehte sich um und entdeckte ein blassgrünes Fahrzeug, das sich mit mäßiger Geschwindigkeit näherte.

Es war der International Harvester Pickup-Truck, den zu starten Dirk einige Zeit früher am Tag geholfen hatte, mit demselben Mönch hinter dem Lenkrad. Dirk rannte in die Straßenmitte, gestikulierte mit den Armen, und der Wagen hielt an. Dirk eilte zur Fahrertür, riss sie auf und stieg ein, wobei er den Mönch auf die andere Seite der Sitzbank schob.

»Meine Schwester ist in Gefahr«, erklärte er, während er den ersten Gang des Schaltgetriebes einlegte. »Ich muss mir Ihren Lastwagen ausleihen.«

Während sich der Pick-up in Bewegung setzte, flog die Beifahrertür auf, und Norsang hechtete auf seinen Platz und klemmte den Mönch zwischen ihnen ein. Dirk trat das Gaspedal bis aufs Bodenblech durch, steigerte rasant das Tempo des Trucks, wobei er mit einem kurzen Lenkradschlenker einem streunenden Hund auswich, der vor ihnen die Straße überquerte.

Der International Harvester war weder schnell noch wendig, aber die schmalen, gewundenen Straßen von McLeod Ganj waren grob gepflastert und hätten auch einen Lamborghini heruntergebremst. Dirk lenkte den Truck eine steile, kurvenreiche Straße hinunter, die an einer Kreuzung endete, deren Straßen mit den Verkaufsständen fliegender Händler gesäumt waren. Er warf einen schnellen Blick in beide Richtungen, konnte die weiße Limousine jedoch nirgendwo entdecken.

»Nach rechts«, sagte Norsang. »Nach links, hinter Tsuglagkhang, endet die Straße in einer Sackgasse«, fügte er mit einem Anflug des klassischen Queen's English hinzu.

Dirk bog wie empfohlen nach rechts ab und folgte einer Straße, die sich eine lang gestreckte Bergschulter hinaufwand.

»Nur zwei Straßen führen aus McLeod Ganj hinaus«, erklärte Norsang. »Diese hier ist die meistbenutzte und schnellste Verbindung nach Dharamsala.«

Dirk musste in den zweiten Gang herunterschalten, um das Tempo zu halten, während die Straße bergauf verlief. Schwankend überwand der Pick-up die Kuppe, wo die Straße einen Schwenk nach Osten machte und oberhalb der Stadt einen schütteren Zedernwald durchquerte. In nur einem halben Kilometer Entfernung war die weiße Limousine gelegentlich in den Lücken zwischen den Bäumen zu erkennen.

Als der Harvester eine weite, sanfte Kurve vor sich hatte, warf Dirk einen Blick auf seinen tibetischen Navigator. Im Gegensatz zu dem kahlköpfigen Mönch neben ihm hatte Norsang das lange Haar nach hinten gekämmt und zu einem Pferdeschwanz zusammengerafft. Mit seiner athletischen Figur und so, wie er gekleidet war, sah er aus, als sei er geradewegs einem L.L.-Bean-Katalog entstiegen.

»Wer sind Sie eigentlich?« Dirk schaltete wieder in den dritten Gang, während der Lastwagen sein Tempo steigerte.

»Mein Name ist Tenzin Norsang. Ich arbeite für das Namgyal-Kloster und für die tibetische Exilregierung.«

»Führen alle Angestellten des Klosters eine Glock 19s mit sich?«

»Nein«, antwortete Norsang, ohne sich weiter zu diesem Thema zu äußern.

»Und warum hat der Inhaber des Tibet Clubs Sie gerufen?«

Norsang hob eine Augenbraue. »Er hatte den Verdacht, dass Sie mit gestohlenen Antiquitäten handeln, die für unser Volk von außerordentlicher religiöser Bedeutung sind.«

Für ein kurzes Stück verlief die Straße schnurgerade, und die Limousine vor ihnen begnügte sich mit einer normalen Geschwindigkeit. Dirk behielt den Fuß auf dem Gaspedal, bis der Pick-up wild hüpfend über die raue Straße ratterte, als wolle er jeden Moment zu einem Tiefflug abheben.

»Zu schnell. Zu schnell«, jammerte der Mönch und klammerte sich so krampfhaft an das Armaturenbrett, dass seine Fingerknöchel weiß hervortraten.

»Wir haben uns unsere Geschichte nicht aus den Fingern gesogen«, sagte Dirk und ignorierte die Klagen des Mönchs. »Wir haben den Koffer mit den Schnitzereien in einem Flugzeug entdeckt, das auf den Philippinen abgestürzt war. Wir verfolgen damit keine finanziellen Interessen und wollten lediglich den rechtmäßigen Eigentümer der Artefakte ausfindig machen.«

»Mr. Greer war sich dessen nicht so sicher, aber ich glaube Ihnen.«

Die Straße verließ die bewaldete Bergschulter und schlängelte sich in mehreren Serpentinen hinab bis an den nördlichen Stadtrand von Dharamsala. Dirk behielt ihr rollendes Zielobjekt im Auge, während es unter ihnen die erste Spitzkehre bewältigte. Die engen Kurven begünstigten das kleinere Fahrzeug, und es begann schon, den Lastwagen immer weiter hinter sich zu lassen.

»Wissen Sie, wer diese Leute sind?«, fragte Dirk.

»Höchstwahrscheinlich chinesische Agenten«, antwortete Norsang.

»Haben Sie irgendeine Idee, wohin sie unterwegs sein könnten?«

»Wenn sie Chinesen sind, werden sie in Dharamsala ein Versteck haben. Und das wird erfahrungsgemäß bestens getarnt sein.«

Dirk zirkelte den International Harvester um die erste Haarnadelkurve, wobei die abgenutzten Reifen des Trucks quietschend protestierten. Die Limousine verließ bereits die nächste Kurve weit vor ihnen. Noch ein oder zwei Straßenbiegungen und sie erreichte das rettende Straßenlabyrinth von Dharamsala. Dirk verfolgte den weiteren Weg des Personenwagens, verschaffte sich einen Eindruck von dem steilen Gelände zwischen den Haarnadelkurven und berechnete einen geeigneten Angriffswinkel.

»Festhalten!« Er kurbelte am Lenkrad.

Der altersschwache Lastwagen sprang über den Bordstein und stürzte sich die steile Böschung hinab. Der Mönch rang mühsam nach Luft und begann, ein tibetisches Gebet zu sprechen, während die drei Männer auf der Sitzbank hin und her geworfen wurden.

Dirk gelang es, den Harvester auf dem Berghang in Geradeausfahrt zu halten, dann trat er auf die Bremse. Sie schaffte es kaum, das Tempo des Fahrzeugs zu drosseln, während sich die Räder durch weiches Erdreich wühlten. Der Truck schwankte und hüpfte und rumpelte über Felsbrocken und niedrige Büsche hinweg, während er auf dem steilen Abhang stetig an Tempo zulegte.

Aus dem Augenwinkel sah Dirk die weiße Limousine von links auf sie zukommen. Ihr Fahrer hatte den querfeldein fahrenden Truck noch nicht bemerkt, sondern folgte ohne sichtbare Eile der Straße, die sich an den Fuß des Berges anschmiegte und einen zunehmend geraden Verlauf nahm.

Rein zufällig blickte der Fahrer hoch und entdeckte den Pick-up, der den Berghang hinabraste, wobei er eine dichte Staubwolke aufwirbelte und wie eine Fahne hinter sich herzog. Er befand sich auf direktem Kollisionskurs mit der Limousine.

Der Fahrer zögerte einen kurzen Moment, dann rechnete er sich aus, dass er den Truck hinter sich lassen und ein unsanftes Rendezvous vermeiden könnte. Er gab Vollgas und lenkte den Wagen nach links, um den Abstand zu dem blassgrünen Geschoss zu vergrößern.

Dirk sah, wie sein Zielobjekt beschleunigte, und gab das Bremspedal frei. Der Pick-up erreichte den Fuß des Berges und vollführte ebenfalls einen Satz über den Bordstein. Seine uralte Federung ächzte gequält. Die Vorderräder krachten auf die Straße, und die Reifen platzten gleichzeitig, während der Truck über die Fahrbahn schleuderte. Dessen Insassen verfolgten, wie die Limousine ihren Weg kreuzte.

Die Limousine kam beinahe unbeschadet davon, aber Dirk riss das Lenkrad ein kleines Stück nach rechts. Es reichte aus, um mit dem rechten Kotflügel die Flanke der Limousine zu touchieren. Der leichte Zusammenstoß warf das Heck des Wagens herum, bis er von dem gegenüberliegenden Bordstein unsanft gebremst wurde. Der Schwung des Harvesters trug ihn weiter, über den Bordstein hinweg und gegen die hölzerne Seitenwand eines leeren Marktstandes.

Stille trat ein, während der aufgewirbelte Staub zu Boden sank. Summer war leicht benommen, nachdem sie mit dem Kopf gegen die Kopfstütze des Vordersitzes gestoßen war, ansonsten aber unverletzt. Ihr war es besser ergangen als den beiden Bewaffneten. Der Fahrer hatte sich am Innenspiegel eine tiefe Kopfwunde zugezogen und versuchte, die Blutung zu stoppen. Der Schütze auf dem Rücksitz war mit dem Kopf gegen das Seitenfenster geschlagen und saß vornübergebeugt und vollkommen benommen auf seinem Platz.

Summer wartete nicht ab, bis sie sich erholt hatten. Sie zog den Türgriff hoch, warf sich mit der Schulter gegen das Hindernis und rollte sich aus dem Wagen, den Koffer mit den Artefakten fest und sicher in den Armen.

Die Insassen des Lastwagens, der nicht weit entfernt gestrandet war, hatten eine ähnliche Kollektion von Schnittwunden und Prellungen zu verzeichnen, jedoch nichts Schlimmeres, weil der Verkaufsstand einen Großteil der Aufprallwucht absorbiert hatte. Dirk versuchte auszusteigen, aber die Tür auf seiner Seite hatte sich im Rahmen verkeilt. Norsang hatte die Beifahrertür bereits geöffnet und schob ein ganzes Bündel geborstener und zersplitterter Holzbretter beiseite, während er sich aus dem Führerhaus herauskämpfte und schwankend stehenblieb.

Er sah Summer in der Nähe des Wagens auf der Straße knien, während der Fahrer versuchte, das gestoppte Fahrzeug neu zu starten. Er nahm auf dem Rücksitz eine Bewegung wahr und konnte beobachten, wie der kleinwüchsige Bewaffnete sich aus der offenen

Tür herauslehnte. Er sah zu Summer, dann richtete er den Blick auf Norsang, der auf ihn zuging. Der Schütze zielte mit seiner Pistole auf den Tibeter und begann zu feuern.

Die ersten beiden Kugeln gingen weit daneben. Die dritte traf Norsangs Arm, während er nach seiner Glock griff.

Der nächste Schuss hätte ihn getroffen und wahrscheinlich getötet, aber Summer sorgte dafür, dass die Kugel nach oben abgelenkt wurde. Sie beugte sich ein Stück vor, holte mit dem Aluminiumkoffer aus und traf den Kopf des Schützen an derselben Stelle, mit der er gegen das Fenster geprallt war. Er kippte nach vorn aufs Gesicht und ließ die Pistole fallen. Die weiße Limousine startete nur Sekunden später.

Der Fahrer trat aufs Gaspedal, und der Wagen machte einen Satz vorwärts. Summer rollte sich zur Seite, während der Schütze vom Rücksitz auf den Boden rutschte. Gleichzeitig schlug die Wagentür zu und traf seinen Kopf. Der Wagen schlingerte die Straße hinunter, wobei ein Hinterrad hin und her wackelte. Aber der Fahrer behielt das Tempo bei. Er bog in eine Gasse ein und verschwand im Straßengewirr von Dharamsala.

Summer schaute sekundenlang hinter der Staubwolke her, die von ihm aufgewirbelt wurde und sich langsam verzog, dann richtete sie sich auf, kam auf die Füße und wandte sich zu dem außer Gefecht gesetzten grünen Lastwagen um. Wenn ihr in diesem Moment nicht gegenwärtig gewesen wäre, wie knapp sie dem Tod entronnen war, hätte sie über die drei aus mehreren kleinen Wunden blutenden Insassen schallend lachen können. Der auffällig attraktive Tibeter stand vor dem Autowrack und presste eine Hand auf die Schusswunde in seinem linken Trizeps. Der Mönch in seiner roten Kutte hatte eine blutende Platzwunde, die quer über seinen kahlen Schädel verlief. Und Dirk, mit einem Kratzer an einer Wange und einer Schnittwunde am Kinn, umklammerte eins seiner Knie.

»Bist du okay?«, erkundigte er sich besorgt bei ihr.

»Ich? Klar. Nur meine Garderobe hat ein wenig gelitten«, sagte sie und klopfte sich den Staub ab. »Aber ihr drei seht aus wie durch die Mangel gedreht.« Sie ging zu Norsang hinüber und untersuchte seinen blutenden Arm. »Sind Sie von einer Kugel getroffen worden?«

»Wenn Sie nicht so schnell reagiert hätten, wäre es für mich um einiges schlimmer ausgegangen. Vielen Dank.«

Summer verfolgte, wie der Mönch neben dem Pick-up zu Boden sank und ein Gebet anstimmte. Sie wandte sich an ihren Bruder. »Ich glaube, dass er für deine Fahrkünste nicht allzu viel übrighat.«

»Ich wüsste nicht, was ihm daran nicht gefallen haben könnte«, sagte Dirk mit Unschuldsmiene. »Ich habe ihm schon versprochen, für sämtliche Schäden aufzukommen.«

»Das war wirklich ein verrücktes Manöver, aber ich bin froh, dass du es riskiert hast.« Sie betrachtete abermals den International Harvester, dann richtete sie den Blick auf den Betenden in seiner roten Kutte. »Sehe ich das richtig? Das ist doch der Lastwagen von heute Morgen – und der Mönch auch, oder?«

Dirk nickte und lachte triumphierend.

»Das ist er. Ich glaube, was wir hier haben, ist das, was in diesen Breiten als gutes Karma bezeichnet wird.«

36

Ein Sicherheitsteam der tibetischen Exilregierung erschien am Ort des Geschehens, ehe die örtliche Polizei eintraf, alle Beteiligten einsammelte und die gesamte Gruppe nach McLeod Ganj zurückbrachte. Im Tsuglagkhang-Komplex wurden sie in eine Sanitätsstation gebracht, wo ihre Verletzungen und sonstigen Blessuren fachgerecht versorgt wurden. Norsangs Schusswunde war die schlimmste Verletzung, aber die Kugel hatte zum Glück den Knochen verfehlt. Nachdem die Wunde gesäubert und bandagiert worden war, wurde der Regierungsagent mit Antibiotika vollgepumpt.

Ehe er entlassen wurde, betrat jedoch der ältere Lama, Khyentse Rinpoche, den Raum und schloss die Tür hinter sich. Er deutete auf den Verband um Norsangs Oberarm. »Sind Sie verwundet worden?«

»Nur leicht.«

»Ich habe eben mit dem Sicherheitschef gesprochen. Er sieht seine Vermutung bestätigt, dass es sich bei den Eindringlingen um chinesische Agenten handelt. Weshalb könnten sie die Amerikanerin entführt haben?«

»Sie hatten es auf die Relikte abgesehen, die die Amerikaner bei sich hatten. Sie stammen angeblich aus dem Besitz des Nechung-Klosters.«

»Meinen Sie etwa das Nechung-Götterbild?« Eine Vorstellung, die ihn offenbar mit Entsetzen erfüllte, wie seiner Stimme anzuhören war, die er gewöhnlich stets unter Kontrolle hatte, sodass sie nichts von seinen Emotionen verriet.

»Nein, kleinere Relikte. Aber es ist ein interessanter Zufall. Angeblich gehören sie Ramapurah Chodron. Ich werde ihn so bald wie möglich darauf ansprechen. Aber ich befürchte, dass die Chinesen über unser Interesse an dem Nechung-Götterbild längst unterrichtet sind.«

»Woher könnten sie das wissen?«

»Sie müssen das Telefongespräch belauscht haben, das ich aus dem Tibet Club Museum geführt habe. Ich habe wiederholt davor gewarnt, dass unsere sämtliche Kommunikation aus dem Komplex ohne weitere technologische Schutzmaßnahmen abgehört werden kann – ohne großen Aufwand.«

»Ich werde dieses Thema beim nächsten Treffen mit Seiner Heiligkeit zur Sprache bringen. Was die Amerikaner betrifft, so sind sie tatsächlich, was und wer sie zu sein behaupten. Ihr Vater ist der Chef einer bedeutenden ozeanografischen Behörde. Verbündete innerhalb der Regierung können uns immer von Nutzen sein, daher sollten wir auf jede mögliche Art und Weise mit ihnen zusammenarbeiten.«

»Das wird geschehen.«

Dirk und Summer warteten in einem kleinen Besprechungszimmer auf Norsang, wo man ihnen Tee serviert hatte, während Dirks Verletzungen behandelt wurden.

»Ihr Flügel ist zum Glück noch intakt, wie ich sehe«, meinte Dirk, während der Tibeter sich neben ihm niederließ.

Norsang hob den Arm, der in einer Tragschlinge lag. »Es ist wirklich nur ein Kratzer.« Er sah Summer an. »Wären Sie nicht gewesen, wer weiß wo ich jetzt wäre.«

Sie tippte auf den Koffer mit den Kunstwerken neben ihren Füßen. »Ich hatte zum Glück eine wirkungsvolle Waffe zur Hand.«

»Ich bin froh, dass keiner von Ihnen ernsthaft verletzt wurde. Derartige Gewaltexzesse sind hier in höchstem Maße unerwünscht.«

»Vielleicht können Sie uns wenigstens ansatzweise darüber aufklären, was genau hier heute geschehen ist.« Summer füllte eine Tasse mit Tee aus der Kanne und reichte sie dem Sicherheitsmann.

»Natürlich ist es reine Spekulation, aber alles spricht dafür, dass die chinesische Regierung dahintersteckt. Die tibetische Exilregierung und Seine Heiligkeit, der Dalai-Lama, der hier im Exil lebt, sind China ein ständiger Dorn im Auge. Es ist kein Geheimnis, dass sie dem Dalai Lama und dem Volk der Tibeter, das sie unterdrücken, die Pest an den Hals wünschen und beide drangsalieren, wo sie nur können. Daher wimmelt es in Dharamsala von Spionen und Beobachtern.«

»Auch von solchen, die Touristen eine Pistole vor die Nase halten und sie ausrauben?«, fragte Dirk.

Norsang schüttelte den Kopf. »Das war ein höchst ungewöhnlicher Vorfall.« Er deutete auf den Koffer. »Sie interessieren sich ganz offensichtlich brennend für die Artefakte.«

»Die Wahrscheinlichkeit ist gering, aber man könnte uns seit Taiwan im Visier gehabt haben«, sagte Summer. »Sowohl in Taiwan wie auch in Singapur hat man versucht, uns zu berauben.«

»Das ist durchaus möglich«, sagte Norsang. »Sie könnten aber auch Telefongespräche zwischen Mr. Greer und mir abgehört haben.«

»Sind Sie ebenfalls daran interessiert, mit tibetischen Artefakten zu handeln?«, fragte Dirk mit einem Anflug von Sarkasmus in der Stimme.

»Ich habe zwar keine Ahnung, welches spezielle Interesse sie ausgerechnet an diesen *thokcha*-Relikten haben könnten, aber in dieser Region kaufen und beschlagnahmen sie alles, das dem Dalai-Lama zu erhöhter Aufmerksamkeit, mehr Ansehen oder einem Zuwachs an Macht und Einfluss verhilft.«

»Inklusive dieser Schnitzereien?«

Norsang nickte. »Wenn sie tatsächlich aus dem Nechung-Kloster stammen, sind sie für das Orakel hier von besonderem Wert. Er würde sie gewiss sehr gern in Augenschein nehmen, aber er nimmt heute Nachmittag an Beratungen teil. Ich hatte mir überlegt, dass wir in der Zwischenzeit Ramapurah Chodron aufsuchen können.«

»Wer ist das?«, fragte Summer.

»Laut Mr. Greer«, antwortete Norsang, »ist er der Eigentümer Ihrer Artefakte.«

***

Das winzige Haus stand am Ende eines Waldwegs nordwestlich von McLeod Ganj. Es klebte regelrecht über einem Steilhang. Eine Kulisse schneebedeckter Gipfel, Teil des Dhauladar-Massivs, ragte dahinter majestätisch in den Himmel. Das aus Stein und Holz erbaute Haus mit seinem Gemüsegarten an der Seite machte einen sorgfältig gepflegten Eindruck. Doch zurzeit – im Oktober – kümmerten nur wenige Pflanzen auf den Beeten dahin und hatten Mühe, sich gegen die Herbstkälte durchzusetzen.

»Der ideale Ort, um der Zivilisation zu entfliehen«, stellte Summer fest.

Dirk deutete auf eine kleine Hütte mit Plumpsklo nicht weit entfernt zwischen den Bäumen. »Allerdings auch ohne einige grundlegende Annehmlichkeiten.«

Sie folgten Norsang über einen schmalen Fußweg. Er blieb stehen und blickte zur Straße zurück, wo zwei Sicherheitsleute, die ihnen in zwei separaten Fahrzeugen gefolgt waren, Posten bezogen hatten. Ebenso wie Norsang waren sie in der indischen Armee ausgebildet worden, hatten in der National Security Guard, einer kleinen Elitetruppe, gedient, wo sie in Terrorismusabwehr gedrillt worden waren, um den Dalai-Lama wirksam schützen zu können.

Summer bemerkte einen Rauchfaden, der sich aus dem Kamin kräuselte, während sie sich der Vorderveranda näherten und Norsang an die Tür klopfte. Aus soliden Balken gezimmert, wurde sie von einem alten Mann in einem Flanellhemd aufgezogen. Deutlich über achtzig Jahre alt, war er von kräftiger Statur. Seine dunklen Augen musterten die drei Besucher misstrauisch, doch dann entspannte sich das wie aus Stein gemeißelte Gesicht zu einem warmen Willkommenslächeln.

»Tenzin Norsang, sind Sie es wirklich?«

Norsang machte einen höflichen Diener vor dem älteren Mann. »Ja, Ram-la. Es ist schön, Sie zu sehen.«

»Als wir uns das letzte Mal begegneten, waren Sie nicht größer als eine Bergziege. Ist Ihr Großonkel gesund und wohlauf?«

»Ja, er meistert sein Alter mit einem starken Herzen. Ich soll Ihnen bestellen, dass Sie ihn einmal besuchen sollen.« Norsang wandte sich um und stellte Dirk und Summer vor.

»Amerikaner? Vor vielen Jahren bin ich einmal in Amerika gewesen. Dort war es fast genauso kalt wie im Himalaya. Bitte, kommen Sie doch herein.«

Ramapurah Chodron ging voraus und konnte ein leichtes Humpeln nicht verbergen, während er sie zu einem kleinen Sofa und einem Sessel geleitete. Er nahm eine Teekanne von einem Holzofen und füllte flache Tassen mit ihrem Inhalt. Summer stellte fest, dass der Tee eine gelbe Farbe hatte, überraschend salzig schmeckte und ungewöhnlich fettig war. Ihr fiel ein, gelesen zu haben, dass der Tee in diesen Breiten in einem aufwendigen Verfahren mit Yakbutter vermischt und in einem großen Topf den ganzen Tag über warmgehalten wurde. Vor allem in Tibet galt sogenannter Buttertee als Nationalgetränk. Sie trank einen vorsichtigen Schluck und entschied, dass der Geschmack gewöhnungsbedürftig war.

»Ram und mein Großonkel«, berichtete Norsang, »haben zusammen in der Chushi Gangdruk gedient, einer tibetischen Guerillatruppe, die vor vielen Jahren gegen die Chinesen gekämpft hat.«

An der Wand entdeckte Dirk eine Fotografie von einigen jungen männlichen Tibetern in militärischen Kampfanzügen, die in Habtachthaltung im Schnee standen. Im Hintergrund erkannte er an einem Fahnenmast die Staatsflagge von Colorado. »Sie waren in Colorado?«

»Ja, wir wurden zusammen mit Angehörigen der CIA in einem geheimen Trainingslager in den Bergen ausgebildet«, sagte Ram voller Stolz. »Man brachte uns bei, verschlüsselt miteinander zu kommunizieren und in den Bergen Funkgeräte einzusetzen.« Er grinste. »Außerdem haben wir jeden Tag Rindfleisch, Kartoffeln und Schokolade gegessen.«

»Meine Freunde hier haben einige wichtige Artefakte aus der alten Zeit gefunden, die aus Ihrem Besitz stammen sollen«, sagte Norsang. »Ich würde Ihnen in diesem Zusammenhang außerdem auch noch über eine andere Angelegenheit gern ein paar Fragen stellen.«

Summer legte den Koffer auf einen niedrigen Tisch und klappte ihn auf, während Ram ihre Teetassen auffüllte. Sie erklärte, was sie gefunden hatten, während sie eine der Schnitzereien herausnahm und aus ihrem Seidentuch auswickelte. Sie reichte Ram die geschnitzte Muschelschale. Der alte Mann ergriff sie andächtig mit beiden Händen.

Seine Augen weiteten sich, während er das Objekt studierte und wie ein unermesslich wertvolles Kunstwerk hin und her drehte. »Haben Sie alle acht Stücke?«, fragte er, ohne in den offenen Koffer zu schauen.

»Ja«, sagte Summer. »Gehören sie Ihnen?«

Ram schloss die Augen, lehnte sich in seinem Sessel zurück und umfing die Schnitzerei mit beiden Händen. Anscheinend weilte er in diesem Augenblick in Gedanken an einem anderen Ort und in einer anderen Zeit. Nach einigen Sekunden schlug er die Augen wieder auf und nickte verstehend. »Also sind sie tatsächlich auf dem Weg von Taiwan verloren gegangen«, sagte er mit leiser Stimme.

»Wie kamen sie ausgerechnet hierher?«, wollte Norsang wissen.

»Sie sind der Grund, dass ich in McLeod Ganj bin.« Ram rieb mit dem Finger über die Schnitzerei. »Sobald meine Verwundung so weit verheilt war, dass ich aus Tibet fliehen konnte, reiste ich nach Nepal weiter und blieb dort für einige Monate. Dann kam ich hierher. Als ich eintraf, lernte ich einen Offizier der Chushi Gangdruk kennen, der meine Verwundungen sah und darauf bestand, mich zum Essen einzuladen.« Er tippte mit einem Finger auf sein rechtes Bein. »Wir suchten ein entsprechendes Etablissement in der Stadt auf … der Name lautete Tibet Club, wenn ich mich richtig erinnere.«

Summer nickte. »Das kennen wir. Wir sind dort gewesen.«

»Ich zeigte die Relikte meinem Freund, aber ein anderer Mann wurde darauf aufmerksam, der zusammen mit dem Inhaber an einem Tisch in unserer Nähe saß. Er war ein Nationalchinese aus Formosa und äußerte den Wunsch, die Relikte für sein dortiges Museum zu erwerben.«

»Lautete sein Name Feng?«, fragte Dirk.

Ram trommelte mit den Fingerspitzen auf der Armlehne seines Sessels, während er nachdachte. »Es könnte sein«, sagte er und nickte. »Er bot mir eine Menge Geld an, aber ich konnte die Relikte nicht verkaufen. Sie gehörten doch dem Kloster.« Er trank einen Schluck Tee. »Dann fragte er mich, ob er sie für die Dauer einer Ausstellung in Formosa ausleihen könnte. Ich äußerte meine Bedenken, bis er anbot, dem Kloster eine namhafte Spende zukommen zu lassen. Sowohl mein Freund wie auch der Inhaber des Tibet Club Museums, ein Mr. Hunt, verbürgten sich für den Mann. Er sagte, er werde drei Monate später nach Dharamsala zurückkehren und dem Kloster bei dieser Gelegenheit die Relikte zurückgeben. Ich gestattete ihm, die Relikte in seine Obhut zu übernehmen und ließ sie bei Mr. Hunt zurück, damit er ihren Transport organisierte.« Ram blickte auf den Koffer mit den separaten Ablagefächern.

»Bei dieser Gelegenheit habe ich die Relikte zum letzten Mal gesehen.« Ram schüttelte den Kopf. »Der Mann ließ sich nicht mehr blicken, daher nahm ich an, er habe die Objekte gestohlen.

Ich schämte mich so sehr, dass ich dem Kloster gegenüber nichts davon erwähnte. Ich konnte mich später vergewissern, dass er die Spende tatsächlich geleistet hatte. Aber ich hatte keine Ahnung, dass er bei dem Versuch ums Leben gekommen ist, die *thokcha*-Relikte zurückzugeben.«

»Ich würde gern wissen«, sagte Dirk, »wie Sie in den Besitz der Schnitzereien gelangt sind.«

Ram sah Norsang fragend an. Dieser bedeutete ihm mit einem Kopfnicken, die Frage zu beantworten.

»Meine Familie wurde 1956 während eines Aufstands in der Nähe meines Zuhauses in der Nähe von Tsetang von den Chinesen getötet. Mit anderen Männern aus meinem Dorf schloss ich mich einer Rebellentruppe an, die einen Guerillakrieg gegen die Besetzer führte. Wir erhielten später Unterstützung durch Ihre CIA und wurden in Amerika ausgebildet. Im März 1959 nahmen die Spannungen in Lhasa deutlich zu, und man befürchtete, dass die Chinesen den Dalai-Lama entführen würden. Eine Gruppe unserer Leute sprang mit Fallschirmen ab, um ihm bei seiner Flucht zu helfen.«

Summers Unterkiefer sackte herab. »Sie haben dem Dalai-Lama geholfen, aus Tibet zu fliehen?«

»So ist es nicht gelaufen. Ich habe ein Team zum Nechung-Kloster geführt, wo wir das Orakel evakuieren sollten.« Er hielt für einen Moment inne, während er in Gedanken die Ereignisse der Nacht rekapitulierte.

»Doch wir stellten fest, dass der Dalai-Lama und das Orakel Lhasa bereits mit einem vorausgesandten Aufklärungs-Team verlassen hatten. Ich traf im Kloster noch einen älteren Mönch an und konnte ihn überreden, mit uns zu kommen. Er wollte sich uns jedoch nur unter der Bedingung anschließen, dass wir ihm halfen, seine bedeutendsten heiligen Relikte in Sicherheit zu bringen.«

Er deutete auf den Koffer. »Er übergab mir diese Objekte, die ich daraufhin in meiner Jacke verstaute.«

»Dann stammen sie also tatsächlich aus dem Nechung-Kloster?«, fragte Norsang.

Ram nickte. »Jetzt wissen Sie auch, weshalb ich mich schämte, das Kloster darüber zu informieren, dass sie verschwunden waren.«

»Aber wusste der ältere Mönch nicht darüber Bescheid?«, fragte Summer.

»Doch. Das wusste er. Sein Name lautete Thupten Gungtsen. Ich werde diesen Namen nie vergessen. Unglücklicherweise überlebte er die Flucht nicht. Er starb zusammen mit all den anderen …« Seine Stimme verstummte.

Die Besucher schwiegen und ließen dem alten Mann ausreichend Zeit, sich zu sammeln.

»Ein Flugzeug der CIA wagte den riskanten Flug nach Lhasa, um uns herauszuholen. Wir kamen kaum vom Boden hoch, als die Chinesen uns mit ihren Handfeuerwaffen unter Beschuss nahmen. Sie beschädigten einen der Flugzeugmotoren, aber wir konnten uns in der Luft halten und flogen weiter. Das Wetter war schlecht, wir gerieten in einen Schneesturm. Das Flugzeug wurde von den Windböen hin und her geschleudert. Wir kollidierten mit einer Bergspitze, und ich stürzte durch die Tür hinaus. Die Maschine hielt sich noch für eine Weile in der Luft, dann stürzte sie ab. Und ich hatte die Relikte immer noch sicher in meiner Jacke.«

Dirk, Summer und Norsang beugten sich vor. »Wie haben Sie es geschafft, diesen Sturz zu überleben?«, wollte Summer wissen.

»Ich bin auf einem Gletscher gelandet, der mit Neuschnee bedeckt war. Als ich das Bewusstsein wiedererlangte, konnte ich mich kaum bewegen. Ich hatte mir einen Beckenbruch zugezogen und ein Bein gebrochen.« Er deutete auf seinen rechten Unterschenkel. »Ich robbte auf den Ellbogen durch die Nacht. Gegen Morgen ließ der Sturm nach, und ich wurde halbtot von einigen umherreisenden nepalesischen Kaufleuten gefunden. Sie pflegten mich gesund und halfen mir, die Berge zu überqueren und nach Nepal zu gelangen.«

Während Dirk und Summer dem Bericht des alten Mannes wie gebannt zuhörten, betrachtete Norsang mit neu erwachtem Interesse die Schnitzereien. Ram blieb seine Reaktion nicht verborgen.

»Sie können die Artefakte zum Namgyal-Kloster mitnehmen und sie dem Nechung-Orakel übergeben.«

»Ein wahrlich großzügiges Geschenk«, sagte Norsang. »Das Orakel wird sicherlich sehr dankbar sein.«

»Er sollte ihren Findern danken.« Ram deutete mit einem Kopfnicken auf Dirk und Summer.

»Natürlich. Ram-la, ich möchte meine Frage noch einmal wiederholen: Ist es richtig, dass Sie diese Objekte erworben haben, nachdem Seine Heiligkeit aus Lhasa hinausgebracht wurde?«

»Ja, aber es geschah innerhalb von Stunden oder höchstens eines Tages.«

»Und die Chinesen hatten den Tempel nicht geplündert?«

»Es wimmelte hier von chinesischen Milizen, aber ich wüsste nicht, dass irgendetwas entfernt oder zerstört wurde. In der Stadt herrschte vollkommene Panik. Chinesische Streitkräfte waren im Westen der Stadt aufmarschiert, und es machten Gerüchte die Runde, dass sie Vorbereitungen trafen, den Dalai-Lama gefangen zu nehmen. Deshalb trafen wir nach kurzer Beratung die Entscheidung einzugreifen.«

»Im Kloster befand sich noch ein anderes heiliges Relikt.« Norsang hielt für einen Moment inne. »Es wurde Nechung-Götterbild genannt. Wissen Sie, ob es sich damals noch dort befand?«

»Es stand noch auf seinem Platz. Aber der Mönch hat es mitgenommen.«

»Welcher Mönch?«

»Thupten Gungtsen. Ich habe ihn vorhin schon einmal erwähnt. Ein sehr tapferer und mutiger Mann. Und stark. Er trug das Götterbild den weiten Weg bis zum Flugplatz. Es muss mindestens zwanzig Kilo gewogen haben.«

»Wurde es mitgenommen? Befand es sich mit Ihnen zusammen in der Maschine, die Lhasa verließ?«

»Ja«, sagte Ram. »Es ging mit Gungtsen und meinen Männern verloren, als die Maschine abstürzte.«

Summer sah, wie Norsangs Gesicht bleich wurde. »Welche Bedeutung hat dieses Nechung-Götterbild?«

»Nechung ist eins der bedeutendsten Klöster in ganz Tibet«, erklärte Norsang. »Es war der historische Sitz des Staatsorakels, zumindest bis 1959.«

»Was«, fragte Dirk, »ist das Staats-Orakel?«

»In Tibet«, erklärte Norsang, »ist ein Orakel ein wieder auferstandenes Individuum, das die Funktion eines Mediums für eine spirituelle Gottheit hat. Es handelt sich um eine Art Sprachrohr. Orakel spielen eine wichtige Rolle bei der Interpretation von bestimmten Ereignissen und der Vorhersage der Zukunft. Das Nechung-Orakel ist unser wichtigstes Medium. Es – oder genauer die Person, die diese Funktion wahrnimmt – spricht für Pehar, den göttlichen Beschützer des Dalai-Lama und der tibetischen Exilregierung. In dieser Rolle als Staats-Orakel ist er einer der wichtigsten Berater Seiner Heiligkeit.«

»Lebt das Nechung-Orakel, und befindet es sich hier in McLeod Ganj?«, fragte Summer.

»Natürlich«, antwortete Norsang. »Aber das Nechung-Götterbild …«

»Das Nechung-Götterbild ist für das Orakel von großer Bedeutung, nicht wahr?«, sagte Ram. »Das ist jedenfalls das, was Gungtsen mir versichert hat.«

Norsang nickte langsam. »Es ist für die älteren Lamas ein wichtiger Punkt, vor allem für die Zeit, nachdem der derzeitige Lama seinen letzten Atemzug getan hat.«

»Vor allem hinsichtlich seiner Wiedergeburt«, meinte Ram.

»Diese Angelegenheit ist von besonderer politischer Bedeutung«, sagte Norsang. »Die Chinesen sind brennend daran interessiert, den nächsten Dalai-Lama zu bestimmen, um die Kontrolle über alle Tibeter zu erhalten – auch über diejenigen, die außerhalb der Landesgrenzen leben. Wenn sie im Besitz des Götterbildes wären, könnten sie ihren Forderungen mehr Nachdruck verleihen … oder möglicherweise den Dalai-Lama von der Wiedergeburt abhalten.«

»Wurde das Nechung-Götterbild«, fragte Summer, »aus *thokcha* angefertigt?«

»Ja.«

»Das allein macht es für die Chinesen zu einem Objekt der Begierde.«

Norsang musterte den alten Mann. »Könnte es den Flugzeugabsturz unbeschadet überstanden haben?«

»Klar, möglich wäre das auf jeden Fall«, sagte Ram. »Soweit ich weiß, wurde das Wrack unmittelbar nach dem Unfall nicht gefunden. Natürlich sind seitdem viele Jahre verstrichen, aber der Absturz hat in einer abgelegenen und nahezu unberührten Gebirgsregion stattgefunden.«

Norsang hielt es nicht mehr auf seinem Platz. Er stand auf und ging in dem kleinen Raum auf und ab. Er blieb stehen und kniete sich vor dem alten Widerstandskämpfer hin. »Ram-la, was meinen Sie, könnten Sie möglicherweise den Ort, an dem das Flugzeug aufgeschlagen ist, näher bestimmen?«

Ram legte Norsang eine Hand auf die Schulter und schüttelte bedauernd den Kopf. »Ich könnte höchstens ganz grob die Region festlegen.« Er humpelte zu einem Bücherregal und kehrte mit einer abgegriffenen Landkarte des Himalaya zurück. Er breitete sie auf dem Tisch aus und studierte sie einige Sekunden lang.

Dann fuhr er mit einem Finger von ihrem Standort im Norden Indiens an der Kette des Himalaya nach Osten quer über Nepal entlang. An einer kleinen Ausbuchtung indischen Territoriums, die ins Bergland zwischen Nepal und Bhutan hineinragte, blieb er mit dem Finger stehen.

»Dort war es, in dieser Region namens Sikkim.« Er trat an einen

Schreibtisch, suchte in einer Schublade nach einem Vergrößerungsglas und kehrte zur Landkarte zurück. »Ich wurde einen Berghang hinuntergetragen und durch ein lang gestrecktes Tal zum Haus eines Hirten in Rakamo gebracht, und von dort weiter zum Dorf Dumbung.« Er suchte es auf der Landkarte, konnte es jedoch nicht finden.

»Augenblick, es war in der Nähe von Lachung.« Er deutete auf eine kleine Stadt, die auf der Karte eingezeichnet war, dann wanderte er mit dem Finger nach Nordosten und folgte den Konturen der Bergkette. »Dambung lag hier irgendwo in der Nähe, vielleicht sieben Kilometer von Lachung entfernt. Dies könnte das Tal sein.« Er deutete auf eine einsame Schlucht, die sich zwischen zwei hohen Gebirgskämmen nach Norden erstreckte. »Die Basis der Berge am Ende des Tals. Ich glaube, dort ist es gewesen, wo ich gefunden wurde.«

Norsang prägte sich die Ortsbeschreibung des alten Mannes ein. »Darf ich mir diese Landkarte ausleihen?«

»Gewiss doch.« Ram ergriff einen Bleistift und zeichnete einen Kreis um die Region.

Einen Moment lang setzte sich Norsang auf einen Stuhl. »Danke, Ram-la. Ich werde das Nechung-Götterbild dort in den Bergen suchen. Falls Ihnen noch irgendetwas dazu einfallen sollte, bitte ich Sie, mit dem Kloster in Tsuglagkhang Verbindung aufzunehmen.«

Der alte Mann tippte auf den Kreis, den er auf die Karte gezeichnet hatte. »Sie müssen sehr vorsichtig sein. Tibets Grenze verläuft hinter dem östlichen Hang des Tales. Sie dürfen auf keinen Fall die Grenze überschreiten. Sollten die Chinesen Sie dort aufgreifen, verschwinden Sie für den Rest Ihres Lebens in einem Arbeitslager.«

»Die Berge, die Sie beschrieben haben, liegen in Indien«, sagte Norsang. »Es besteht keine Notwendigkeit, tibetischen Boden zu betreten.«

»Dennoch, es ist eine ziemlich unwirtliche Gegend, um sich dort allein auf die Suche zu machen.«

»Ja …« Norsang betrachtete die Landkarte mit einer Mischung aus Hoffnung und Furcht.

Eine unbehagliche Stille setzte ein, bis Dirk seine Schwester ansah und sich dann an Norsang wandte. »Wir werden Ihnen helfen.«

»Sie?« Norsang musterte die Zwillinge verwundert. »Sie haben bereits mehr als genug getan.«

»Wir können noch mehr tun«, gab Dirk zurück. »Wir haben Zugang zu Satellitenbildern und Computermodellierungsprogrammen, mit denen sich das Suchgebiet einengen lässt. Wenn das Nechung-Götterbild so wichtig ist, dürfen wir nicht untätig bleiben. Wir helfen Ihnen wirklich gern.«

»Wir haben umfangreiche Erfahrung im Lokalisieren von Schiffswracks«, fügte Summer hinzu. »Ein Flugzeug haben wir ja bereits auf den Philippinen gefunden. Es könnte doch Spaß machen, noch ein zweites aufzustöbern.«

»Sie betrachten einen Ausflug in den Himalaya als Vergnügen?« Ram sah Norsang ein wenig verwundert an, dann brachen beide Männer in Gelächter aus.

Summer konnte nichts Lustiges darin erkennen und wechselte einen sorgenvollen Blick mit ihrem Bruder.

»Was«, fragte sie im Flüsterton, »haben wir jetzt getan?«

37

Es war Margot, die ihn entdeckte: einen kleinen Unterstand, versteckt zwischen einigen Sträuchern nicht weit vom Strand entfernt. Sie, Pitt und Giordino verließen die vom Wind umtoste Bucht, wo die Tropfen des Wolkenbruchs ihre Haut wie mit Nadelstrichen traktierten. Sie fanden unter den niedrigen tropischen Pflanzen ein wenig Schutz, während sie sich stolpernd einen Weg zu dem kleinen Bauwerk suchten.

Es war aus entsprechend zurechtgesägten Palmenstrünken um den Fuß eines mächtigen Banyanbaums zusammengefügt worden. Miteinander verflochtenes Astwerk als Dach, das mit Palmwedeln bedeckt worden war, sperrte den Regen nahezu vollständig aus. Margot fand den schmalen Eingang, der sich zum Festland öffnete, auf der Rückseite. Im Innern tastete sie sich um eine Feuerstelle herum und fand Schutz vor dem Sturm. Pitt und Giordino folgten ihr, und die drei stellten fest, dass die Hütte weitaus geräumiger war, als sie von außen erschien. Ein Bündel Feuerholz war in einer Ecke neben einem gusseisernen Eisentopf aufgestapelt worden, während sich eine aus einem Baumstamm geschnitzte Sitzbank quer über die Rückwand der Hütte erstreckte. Der sandige Boden war mit Zigarettenstummeln bedeckt, und Pitt bemerkte verstaubte Fischgräten und -knochen in der Feuerstelle und daneben eine leere Schnapsflasche.

»Es ist vielleicht nicht gerade das Taj Mahal«, meinte Giordino, »aber es scheint mir allemal besser, als am Strand abzusaufen.«

Sobald Pitts Augen sich an den Halbdämmer in dem Unterstand gewöhnt hatten, bemerkte er ein teilweise verrostetes Fischmesser und Reste eines Fangnetzes an der hinteren Wand. »Dies ist offenbar eine Fischerhütte, die als Zuflucht vor schlechten Wetterverhältnissen dient.«

»Oder es ist eine Partyhütte.« Giordino hob die Schnapsflasche hoch und schüttete ein Glas voll Sand aus.

Pitt nahm Giordino die Flasche aus der Hand. »Warum sorgst du nicht für ein bisschen Wärme?« Er deutete auf den Brennholzstapel. »In der Zwischenzeit versuche ich, ein paar Drinks zu zaubern.«

»Das ist ein Angebot.«

Giordino nahm eine Handvoll Holzscheite von dem Brennholzstapel. Mit einigen dickeren Ästen konstruierte er ein Gitter über der Feuerstelle. Darauf legte er dünnes Reisig und häufte darum herum kleinere Zweige auf, wobei er einen Vorrat an dickeren Zweigen neben der Feuerstelle bereitlegte. Mit seinem Zippo-Feuerzeug, das er regelmäßig für seine Zigarren benutzte, zündete er das Reisig an und legte, sobald die Flammen hochzüngelten, dickere Äste aufs Feuer. Wenige Minuten später wärmte ein loderndes Feuer das Innere der Hütte.

Pitt nahm die Schnapsflasche sowie zwei weitere, die er neben der Bank entdeckte, verließ die Hütte und suchte sich an einer der äußeren Ecken eine Stelle, wo Regenwasser in einem stetigen Rinnsal vom Dach herunterströmte. Mit dem Wasser spülte er die Flaschen sorgfältig aus. Dann füllte er sie mit dem Regenwasser, kam in die Hütte zurück und stellte die Flaschen aufrecht in Giordinos Feuer.

»Meinst du nicht, dass die Flaschen in der Hitze platzen und ihr Inhalt meine liebevollen Bemühungen um eine heimelige Atmosphäre zunichtemachen könnten?«, fragte Giordino.

»Möglich wäre es, aber das Glas ist doch ziemlich dick. Ich würde nur empfehlen, sie sofort aus dem Feuer zu holen, sobald das Wasser zu sieden beginnt.«

Sie beobachteten ihr ungewöhnliches Kochgeschirr mehrere Minuten lang, bis die ersten großen Blasen darin aufstiegen. Dann nahm Giordino zwei Äste zu Hilfe und zog die Flaschen zur Seite, damit sie abkühlen konnten.

»Ich kann es kaum glauben«, sagte Margot, während sie sich neben das Feuer kauerte. »Offenbar bin ich mit zwei perfekten Boy Scouts auf der sprichwörtlichen einsamen Insel gestrandet. Das nenne ich wahres Glück im Unglück.«

Giordino streckte sich auf dem sandigen Boden aus. »Im Augenblick ärgere ich mich nur, nicht auch noch eine Leistungsplakette im Hängemattenbau erworben zu haben.«

Als das aufgekochte Regenwasser ausreichend abgekühlt war, um trinkbar zu sein, tobte der tropische Sturm mit voller Wucht. Die kleine Insel lag im Herzen einer Region, die als Typhoon Alley berüchtigt war. Alljährlich zogen rund zwei Dutzend Wirbelstürme durch diese Gegend, nachdem sie sich auf dem offenen Pazifik nicht weit von den Marianeninseln aufgebaut hatten. Dieser Sturm war nach historischen Maßstäben zwar eher schwach, erreichte jedoch Taifunstatus, da seine Windgeschwindigkeit zweifellos mehr als fünfundsechzig Knoten betrug.

Windböen fegten durch die Hütte und wirbelten die Asche aus der Feuerstelle hoch. Aber der Unterstand war solide gebaut, hielt dem Sturm stand und war weitgehend regendicht. Für die Schutzsuchenden gab es wenig zu tun außer abzuwarten, bis der Sturm nachließ, und das war ihnen nur recht. Erschöpft von ihren Strapazen, streckten sie sich neben dem Feuer aus. Sobald ihre Kleider einigermaßen getrocknet waren, fielen ihnen die Augen zu, und sie schliefen bis zum nächsten Tag durch. Als Margot aufwachte, war Giordino bereits damit beschäftigt, das Feuer neu anzufachen.

Er sah, wie sich ihre Gefährtin rührte. »Gut geschlafen?«

»Wie eine Tote.« Sie richtete sich auf und blickte sich in ihrer Notbehausung um. »Wo ist Dirk?«, fragte sie, als sie sah, dass sein Schlafplatz verwaist war.

»Er versucht, irgendetwas Essbares zu beschaffen.« Giordino zwinkerte ihr zu. »Ich hoffe, Sie sind nicht allzu hungrig.«

Pitt erschien wenige Minuten später, auf den Armen mehrere Mangos und ein großes hellgrünes Objekt, das die Form einer Grapefruit hatte.

»Das Frühstück ist serviert«, sagte er. »Verhungern ist vorerst aufgeschoben.«

Er griff nach dem Fischmesser, das sie in der Hütte gefunden hatten, hielt seine Klinge einige Sekunden lang in die Flammen von Giordinos Feuer und schnitt anschließend die Mangos in Scheiben.

»Sie sehen aus wie gemalt und sind offenbar schon reif«, sagte Margot und kostete einen Bissen.

Pitt deutete mit dem Kopf zum Eingang. »Gleich um die Ecke steht ein Baum, der damit beladen ist.«

Margot betrachtete die grüne Frucht. »Und was haben Sie sonst noch anzubieten?«

»Eine Brotfrucht. Ich habe sie weiter oben auf dem Baum gefunden. Ich dachte, wir könnten sie mal probieren. Vielleicht schmeckt sie uns.«

»Kann man sie roh essen?«

»Wenn sie reif sind, auf jeden Fall. Diese hier sollten wir jedoch kochen oder braten, um sicherzugehen.«

Pitt zerteilte die Brotfrucht in Würfel und röstete sie wie Marshmallows an einem Stock über dem Feuer. Margot biss in das erste Stück, kaute mehrmals und nickte. »Schmeckt wie Kartoffel.«

»War Käpt'n Bligh nicht hinter Brotfrucht her, als seine Leute auf der *Bounty* meuterten?«, fragte Giordino.

»Genau«, sagte Pitt lachend, »aber kommt bloß nicht auf dumme Gedanken.«

Nachdem sie die Frucht verzehrt hatten, trat Pitt zum Hütteneingang und warf einen prüfenden Blick hinaus. »Der Regen hat erst einmal nachgelassen. Ich denke, ich sollte die Pause nutzen und auf den Hügel in der Mitte der Insel steigen und mir einen Überblick verschaffen.« Er wandte sich an Margot. »Haben Sie Lust, mich zu begleiten?«

»Klar. Ein wenig Bewegung wird mir sicher guttun.«

»Während ihr eurer Liebe zur Natur frönt«, sagte Giordino, »werde ich nachschauen, wie die *Stingray* den Sturm und die Landung auf diesem Eiland überstanden hat.«

Pitt und Margot machten sich nach Süden auf den Weg und wanderten über den Strand bis zum Ende der Bucht, wo der Sand in schwarzen Stein überging. Danach folgten sie dem Küstenverlauf an einer Hügelkette entlang bis zu einer kurzen Felsschulter. Sie sahen mehrere Minuten lang zu, wie sich die Wellen des Ozeans an den Felsen unter ihnen schäumend brachen, bevor Pitt den Kopf in den Nacken legte und nach oben blickte.

Die höchste Bergspitze der Insel war von der Felsschulter aus zu sehen, und Pitt prägte sich einen Weg dorthin ein, ehe er mit Margot im Schlepptau in das dichte Buschwerk auf dem Berghang über ihnen eindrang. Die westliche Hälfte der Insel war mit üppiger tropischer Vegetation bewachsen, und Pitt musste während des Aufstiegs mehrmals anhalten und sich orientieren, um nicht von seiner Route abzukommen.

»Sie haben mir nicht verraten, dass wir ständig bergauf steigen würden.« Margot blieb bei einer Ansammlung Bambuspflanzen stehen, um zu verschnaufen.

»Bis zum Gipfel ist es nicht mehr weit«, tröstete Pitt sie.

Sie marschierten mehrere Minuten lang weiter und ließen die Gebüschzone hinter sich. Pitt machte einen kleinen Schwenk nach Süden, wo das Gelände weniger zerklüftet und mit Gras und niedrigen Sträuchern bewachsen war. Etwa einhundert Meter unterhalb des Gipfels nahm die Steilheit schlagartig zu, und das Gras fand auf dem nackten Fels keinen Halt mehr. Vor ihnen lag ein schmaler Korridor aus rotem Lehm, der von den Regenmassen noch glitschig war.

Sie bewegten sich zwar vorsichtig über den Steilhang, konnten jedoch nicht vermeiden, gelegentlich auf dem glatten Untergrund auszurutschen und ihre Kleider mit nassem Lehm zu besudeln. Pitt ging zu einer Felsleiste voraus, auf der einige entwurzelte Bäume lagen, wo sie jedoch nicht mehr von Lehmpfützen aufgehalten wurden und Margot sich eine kurze Rast gönnen konnte.

»Nach unten sollten wir uns einen einfacheren, saubereren Weg suchen«, schlug Pitt vor, während er sich den Lehmschlamm von den Hosenbeinen abwischte.

Margot betrachtete ihr besudeltes Outfit und lachte. »Ich will hoffen, dass Al uns in die Hütte zurücklässt.«

Es war nur noch eine kurze Kletterpartie zu dem felsigen Gipfel des Inselbergs, von wo sie einen ungehinderten Blick auf ihr vorübergehendes Zuhause hatten. Zwar hatte es inzwischen aufgehört zu regnen, aber der Wind pfiff mit ziemlicher Wucht über die Bergkuppe, und Margot zitterte schon bald vor Kälte, während sie die Insel nach Anzeichen von menschlichem Leben absuchten. Ozeanwellen donnerten gegen das Ostufer. Fast die ganze östliche Hälfte des Eilands bestand aus einem steilen, kahlen Berghang, der am Ende abrupt zum Meer abfiel. Aber die westliche Hälfte war vor dem herrschenden Wind geschützt und dicht mit tropischer Flora bewachsen.

Pitt ließ den Blick über die Küste der Insel wandern und kam zu dem Schluss, dass es nur einen einzigen Punkt gab, an dem man an Land gehen konnte, und dass sie ihn in der kleinen Bucht gefunden hatten. Von seinem Standort aus konnte Pitt den winzigen Ring nahezu rundum geschützten Wassers sowie das Tauchboot und Giordino erkennen, der daneben stand und es inspizierte.

»Dirk, hier drüben.«

Margot blickte nach Südosten, hatte den Arm ausgestreckt und deutete hinaus aufs Meer. Das Haar flatterte, vom Wind erfasst, wild um den Kopf.

Jenseits der Insel waren Himmel und See immer noch eine brodelnde graue Masse. Dunkle Gewitterwolken wälzten sich in endloser Folge von Osten heran und luden ihre Regenmassen über dem Ozean ab. Der Wind peitschte die Wellen zu schweren Brechern hoch, die mit einem deutlich hörbaren Donnern die Küste überspülten.

Aber draußen auf dem Meer, weit vor Margots Fingerspitze, entdeckte Pitt etwas anderes. Ein kleines Boot näherte sich der Insel.

Es war ebenfalls grau.

38

Das kleine Verkehrsflugzeug schwang sich aus einem kristallklaren Himmel herab. Während es die Tragflächen wackelnd in der Horizontalen ausrichtete, setzte es auf der einzigen Rollbahn des erst vor Kurzem eröffneten Pakyong Airport auf. Dirk verließ als erster Passagier das Flugzeug, sprang die letzten Stufen der Fahrtreppe auf den Asphalt hinunter und reckte die Arme in der frischen Bergluft. Summer und Norsang stiegen wenige Schritte hinter ihm aus. Ihnen folgten zwei tibetische Personenschützer. Dirk und Summer konnten ihre vielsilbigen Namen nicht ohne weiteres aussprechen, daher nannten sie den größeren der beiden Tash und den kleineren Arie.

Summer blickte zu den hohen grünen Bergen hinauf, die den Flugplatz einrahmten. »Ich sehe keinen Schnee. Vielleicht haben wir Glück, und es wird dort oben nicht so kalt sein wie befürchtet.«

»Mach dir keine falschen Hoffnungen«, warnte Dirk. »Ich habe mir die Satellitenfotos angesehen. In der Höhe, in die wir vordringen wollen, verschwindet alles unter einer dichten Schneedecke.«

Sie hatten von Neu-Delhi gut siebenhundert Meilen nach Osten zurückgelegt und befanden sich nun in dem indischen Staat Sikkim. Im nordöstlichen Winkel Indiens gelegen, war Sikkim ein schmaler Gebietsausläufer, der in den Himalaya hineinreichte und von Nepal im Westen, Bhutan im Osten und Tibet im Norden und Nordosten begrenzt wurde. Mehr als ein Drittel der Fläche Sikkims war zum Nationalpark erklärt worden, und seine Berge, zu denen der dritthöchste Gipfel der Welt gehörte, galten als unwegsamste und einsamste Region der Himalaya-Kette.

»Holen wir zuerst unser Gepäck«, sagte Norsang. »Eigentlich sollte ein fahrbarer Untersatz für uns bereitstehen.«

Dirk und Summer hatten vor dem Start der Maschine in Neu-Delhi noch in aller Eile Bergstiefel, Wärmejacken und eine Campingausrüstung gekauft. Nach eingehendem Studium der Satellitenfotos, die Hiram Yaeger ihnen aus der NUMA-Zentrale übermittelte, hatte Dirk darauf bestanden, ein Fachgeschäft für Tauchausrüstungen aufzusuchen. Während sie einen überdimensionalen Rucksack vom Gepäckfließband angelten, bemerkte Summer, wie die drei Tibeter sich vergewisserten, ob ihre Glock-Pistolen den Flug im Gepäckabteil der Maschine unbeschadet überstanden hatten.

Im Terminal begaben sie sich zum Schalter der Autovermietung, wo ein bärtiger Mann Norsangs Reisepass inspizierte und sich nach ihren Reiseplänen erkundigte.

»Wir haben eine Trekking-Tour durch den Kangchendzönga Nationalpark geplant«, sagte Norsang.

»Haben Sie eine Reisegenehmigung? Die brauchen Sie nämlich in Nord-Sikkim, das in vielen Regionen für Touristen gesperrt ist.«

Norsang zeigte ihre Genehmigungen vor, die sie in Neu-Delhi beantragt und dank der Hilfe der Central Tibetan Administration ohne lange Wartezeit erhalten hatten.

Der Mann übergab Norsang die Schlüssel eines Vans und erklärte ihm den Weg zum Parkplatz. »Auf der Straße müssen Sie aber mit Erdrutschen rechnen, also fahren Sie bitte vorsichtig.« Sobald die Gruppe das Gebäude verlassen hatte, holte er ein Mobiltelefon hervor und tippte eine Rufnummer ein, während er die Gruppe durch ein kleines Fenster beobachtete.

Die Besucher luden ihre Siebensachen in einen ramponierten weißen Tata Van, und Norsang übernahm das Lenkrad. Sie fuhren nach Norden, kurvten durch mehrere Täler und erreichten nach einer kurzen Bergstrecke die Stadt Gangtok. Auf der Kuppe eines Hügels erbaut, war die Hauptstadt von Sikkim im neunzehnten Jahrhundert die wichtigste Station auf der Handelsroute zwischen Lhasa und Kalkutta gewesen. In jüngerer Vergangenheit hatte Gangtok sich zu einer Basis des Ökotourismus sowie zu einem ständig wachsenden Geschäftszentrum entwickelt, nachdem im Jahr 2006 ein nahe gelegener Gebirgspass nach Tibet für den Handelsverkehr wiedereröffnet worden war.

Nachdem sie in einem vegetarischen Restaurant eine Mittagsmahlzeit eingenommen hatten, fanden sie einen kleinen Supermarkt und erstanden dort einen Wochenvorrat an Lebensmitteln und Trinkwasser. Während sie ihre Einkäufe in dem Van verstauten, fragte Summer: »Gibt es dort, wohin wir wollen, Lastenmaultiere?«

»Nein«, sagte Norsang. »Aber wenn wir Glück haben, vielleicht einige Yaks.«

Sie ließen die Zivilisation und das moderate Klima von Gangtok hinter sich und drangen nach Norden ins Himalaya-Massiv vor. Die üppige Vegetation ging in eine alpine Wildnis über, während sie stetig an Höhe gewannen. Schon bald sank die Temperatur merklich, und mit Schnee bedeckte Gipfel säumten ihre Route. Im Westen füllte die alles beherrschende Erscheinung des Kangchendzönga, ein riesiger über achttausend Meter hoher Berggipfel, von Zeit zu Zeit den Horizont.

Je weiter sie vordrangen und ein enges Tal nach dem anderen durchquerten, desto steiler wurden die Berghänge zu beiden Seiten. Die Straßen waren holperig und schmal und wurden getreu der Warnung des Agenten der Autovermietung häufig durch Erdrutsche unterbrochen. Nord-Sikkim zeichnete sich durch eine Kombination instabiler Geologie und reger seismischer Aktivität aus. Sobald jahreszeitlich bedingt heftige Monsunregen hinzukamen, nahm die Zahl der Erdrutsche sprunghaft zu. Norsang musste mehrere hohe Schutthügel früherer Erdrutsche mit Hilfe gewagter

Rangiermanöver überwinden. Mehrmals waren sie sogar genötigt, anzuhalten und auszusteigen, um größere Felsbrocken von der Piste zu räumen, damit der Van seine Fahrt fortsetzen konnte.

Bei Anbruch der Dunkelheit machten sie in der kleinen Stadt Lachung Halt, wo sich zwei Gebirgsflüsse vereinigten.

»Wir bleiben über Nacht hier«, sagte Norsang. »Die Hauptstraße macht einen Schwenk nach Westen, aber wir müssen weiter nach Norden fahren. Soweit ich erkennen kann, gibt es nach dieser Ortschaft keine Verpflegungs- oder Übernachtungsmöglichkeiten mehr.«

»Mir gefällt es hier.« Summer ließ den Blick über die kleine, aber farbenfrohe Gebirgsstadt schweifen. »Eine weiche Bettdecke ist mir allemal lieber als ein Schlafsack.«

»Außerdem ergibt sich eine gute Gelegenheit«, sagte Norsang, »dass wir uns an die deutlich dünnere Höhenluft akklimatisieren.«

Sie fanden ein kleines Gästehaus und buchten fünf Zimmer. Als Summer ihren Rucksack schulterte und eine steile Treppe hinaufschleppte, sank sie in die Knie und musste sich am Geländer festhalten, während sie mühsam nach Luft rang.

»Willkommen auf Höhe sechstausend Meter«, sagte Dirk, der ebenfalls nach Luft schnappte.

Norsang stand auf dem Treppenabsatz und bog sich vor Lachen über die Schwächeanfälle des Zwillingspaars. Wie viele Tibeter fand er die Bemühungen Zugereister, mit den lokalen Umweltbedingungen fertigzuwerden, äußerst erheiternd.

Die Gruppe versammelte sich zum Abendessen im Restaurant des Gästehauses. Tash und Arie suchten sich einen Tisch im hinteren Teil des Speiseraums, während Dirk, Summer und Norsang in der Nähe des Eingangs saßen. Heißer Sikkim-Tee wurde serviert, und dann bestellten sie eine Auswahl vegetarischer Gerichte der indischen und nepalesischen Küche.

»Kein Bier nach unserer langen Autofahrt?«, fragte Summer, als Dirk für sich lediglich Tee bestellte.

»Ich habe schon mal auf die harte Tour lernen müssen, dass sich extreme Höhe und Alkohol nicht vertragen«, sagte er, als ihn die Erinnerung an einen Anfall von Höhenkrankheit während eines Helikopter-Skitrips nach Telluride einholte.

Als Vorspeise für alle wurden nepalesische Mehlklöße, *momos* genannt, aufgetragen. Nachdem sich alle bedient hatten, wollte Norsang wissen, wie sie bei der Suche vorzugehen geplant hatten. Dirk faltete eine Satellitenkarte, die er aus seinem Zimmer mitgebracht hatte, auseinander und breitete sie auf den freien Teil des Tisches aus.

»Diesen Plan habe ich erhalten, bevor wir McLeod Ganj verlassen haben«, erklärte er. »Unser Computerexperte bei der NUMA hat versucht, ein Suchraster auf Basis der Informationen, die Ram uns gegeben hat, und der verfügbaren Berichte der CIA zu berechnen.«

Norsang betrachtete das Foto. Zu sehen war ein lang gestrecktes Tal, das an dem unteren Rand des Bildes begann und im Osten und Westen von hohen Bergketten flankiert wurde. Das Tal endete an einer Ansammlung schneebedeckter Gipfel, die sich auf dem oberen Drittel des Fotos verteilten. An mehreren Punkten wurde das Foto von hellgelben Linien und Quadraten überlagert.

»Wo genau liegt diese Gegend?«, fragte Norsang.

»Gar nicht so weit von hier entfernt. Ram erzählte uns, er sei zuerst zu einem Haus in einem Ort namens Rakamo gebracht worden, und erholt habe er sich dann in dem Dorf Dambung. Der Name Rakamo sorgte für einige Verwirrung bei uns, da er anscheinend gar nicht mehr existiert. Aber Hiram Yaeger, unser Computerexperte, fand ihn schließlich auf einer alten Landkarte, und er hat ihn auf dieses Satellitenbild übertragen.« Er deutete auf einen gelben Kreis am unteren Rand des Bildschirms.

»Wenn Sie genau hinschauen«, sagte Summer, »können Sie etwas erkennen, das wie die Überreste eines alten Hauses oder irgendeines Bauwerks aussieht.«

Norsang studierte das Foto einige Sekunden lang und nickte. »Ja, jetzt sehe ich es. Daneben befindet sich eine Lichtung. Vielleicht eine Weide. Ram berichtete, die Händler hätten ihn zum Haus eines Hirten weiter im Tal gebracht. Wahrscheinlich besaß dieser Hirte eine Herde Yaks.«

»Dies muss das Tal sein, das wir suchen.« Dirk fuhr mit dem Finger an einer Linie aus Punkten entlang, die bis etwa zur Mitte der Fotografie verlief. »Er konnte nicht nach Rakamo gebracht werden, es sei denn, sie wählten diesen Weg. Ich nehme an, dass man mit einiger Sicherheit vermuten kann, dass er in den Bergen am nördlichen Ende des Tals gefunden wurde.«

Das Tal verlief nach Norden, beschrieb die Andeutung eines Bogens nach Osten, bevor es in einer Sackgasse endete. Eine steile, hohe Bergkette, die von Südwesten nach Nordosten verlief, riegelte das Tal ab. Lang gestreckte Gletscher schoben sich von den nördlichen und südlichen Gipfeln der Bergkette ins Tal hinunter, während auf den niedriger gelegenen Anhöhen mehrere kleine grüne Seen verstreut waren. Das gesamte Terrain machte einen äußerst unwegsamen und abweisenden Eindruck.

»Wie heißen diese beiden Berge?« Norsang deutete auf ein auffälliges Gipfelpaar, das den oberen Rand des Satellitenbildes ausfüllte.

Dirk schüttelte den Kopf. »Wir konnten keinen Namen finden. Das Gebiet gehört zu einem Naturpark und ist ziemlich abgelegen und unberührt. Das Tal im Westen wird Yumthang Valley of Flowers genannt, weil dort über vierzig Rhododendronarten gedeihen. In der Blütezeit von Mai bis Mitte Juni erstrahlt das Tal in allen Regenbogenfarben. Aber touristisch spielt sich dort gar nichts ab. Im Osten verläuft die Grenze nach Tibet. Etwa in der Mitte des Tals steht eine Schutzhütte, in der Wanderer Zuflucht finden können. Ansonsten gibt es keinerlei Hinweise wie Straßen oder Weganlagen, die auf regelmäßige menschliche Aktivitäten schließen lassen. Die einzige Ansiedlung, Yumthang, ist wegen der extremen Schneefälle sogar zwischen Dezember und März geschlossen.«

»Sie müssen bedenken«, fügte Norsang hinzu, »dass im Himalaya mehr als fünfzig Gipfel zu finden sind, deren Höhe mehr als siebentausend Meter beträgt. Die niedrigeren sind so zahlreich, dass bis heute niemand daran gedacht hat, sie mit Namen zu versehen. Aber das alles gibt Anlass zu der Hoffnung, dass unser Zielobjekt noch nicht aufgestöbert wurde und sich noch immer dort befindet, wo es seinerzeit gelandet ist. Was glauben Sie, wo könnte das Flugzeug abgestürzt sein?«

»An dieser Stelle wird es problematisch«, sagte Dirk. »Wir wissen nicht, wie weit sich Ram von dem Berg entfernt hat ... oder auch von *welchem* Berg. Er ist mehrere Stunden lang durch den Schnee gekrochen, und zwar bergab, wie er es beschrieben hat. Könnte er eine oder zwei Meilen zurückgelegt haben? Oder vielleicht sogar mehr?«

»Ram ist ein ziemlich zäher Bursche. Trotz der widrigen Umstände und seiner prekären Lage traue ich ihm einiges zu.«

»Das ist gut zu wissen, wenn wir unser ursprüngliches Suchraster zu Grunde legen. Der Computer wurde sowohl mit den Daten des angenommenen Flugwegs zwischen Lhasa und Darjeeling als auch mit den Wetterbedingungen gefüttert, die dort zum Zeitpunkt des Absturzes geherrscht haben dürften.«

»Konnte Hiram das Ziel des Flugzeugs bestimmen?«, fragte Summer.

»Die tibetischen Guerillas hatten in dieser Region ihre Basis und starteten ihre jeweiligen Operationen von dort aus. Hiram fand Hinweise, dass die Civil Air Transport, eine Fluglinie der CIA, regelmäßige Flüge nach Darjeeling durchführte, um die Guerillaoperationen in Tibet zu unterstützen. Er stieß außerdem auf Hinweise auf eine C-47, die im März 1959 verschüttging. Für ihn passt das alles zusammen. Er startete eine Computersimulation des Absturzes und wählte als Ursache einen Maschinenschaden und das schlechte Wetter.«

»Woher kann der Computer so etwas wissen?«, wunderte sich Norsang.

»Er konnte sich auf Erkenntnisse aus dem Zweiten Weltkrieg stützen«, sagte Dirk. »Es ist kaum zu glauben, aber an die sechshundert Flugzeuge gingen seinerzeit über dem ›Buckel‹, wie der Himalaya damals genannt wurde, verloren. Sie bildeten die Luftbrücke, mit der die Nationalchinesen mit allem Lebensnotwendigem während des Krieges versorgt wurden. Die Maschinen flogen bis zu drei Einsätze pro Tag und waren jeweils im Abstand von zweieinhalb Minuten unterwegs. Bis zu sechshundertfünfzigmal pro Tag wurde die Strecke geflogen. Die Maschinen – betagte C-46er und C-47er – hatten mit heftigen Windturbulenzen und mit der Vereisung der Tragflächen und Propeller über dem Himalaya zu kämpfen. Hinzu kamen in zunehmendem Maß mechanische Probleme. Daher waren ständig Suchtrupps im Einsatz, um sämtliche brauchbaren Teile der gestrandeten Maschinen einzusammeln und sie bei notwendigen Reparaturen als Ersatzteile zu verwenden.«

»Sechshundert Maschinen. Wie grässlich«, sagte Summer. »Woher wissen wir dann, dass wir der richtigen Maschine auf der Spur sind?«

»Die üblichen Versorgungsrouten verliefen viel weiter östlich, daher brauchen wir uns deswegen keine Sorgen zu machen.« Dirk konzentrierte sich wieder auf das Satellitenbild. »Aus den Computersimulationen ergibt sich, dass das Flugzeug gegen den Nordosthang eines der beiden Berge am Ende des Tals geprallt ist.« Er deutete auf zwei gelbe Quadrate, die die nördlichen Bergspitzen markierten. »Der Gipfel im Südwesten ist höher, daher empfiehlt der Computer, dort mit der Suche zu beginnen.«

»Das leuchtet ein«, sagte Norsang. »Was haben diese anderen gelben Quadrate zu bedeuten?« Er deutete auf ein halbes Dutzend Markierungen nördlich der beiden Berggipfel.

»Dies sind weitere Suchraster, fürchte ich. Tatsache ist, dass dieses Flugzeug an jedem Punkt dieser Region abgestürzt sein könnte.«

»Ich habe meine Schneeschuhe nicht mitgenommen«, klagte Summer, als sie die weißen Hauben auf den Bergspitzen bemerkte.

»Das ist eine weitere Gefahr«, griff Dirk diesen indirekten Hinweis auf. »Das Wrack könnte mit Schnee bedeckt sein, was unsere Hoffnungen, es mit unseren bescheidenen Mitteln zu finden, auf null reduzieren dürfte. Aber im Augenblick sind nur die höchsten Punkte mit einer Schneeschicht bedeckt.«

»Es scheint, als wäre in diesem Herbst nur wenig Schnee gefallen«, sagte Norsang. »Für diese Höhe erscheint der Untergrund erstaunlich schneefrei. Was denken Sie, wo wir unsere Suche starten sollen?«

»Diese beiden ersten Quadrate versprechen den größten Erfolg. Aber sie liegen auch am höchsten, und sie zu erreichen, wird sicher eine echte Strapaze sein. Heute Abend wird Hiram noch einige weitere Szenarien durchrechnen und die Erfolgsaussichten bei den anderen Positionen berechnen. Ich setze mich am besten nach dem Abendessen mit ihm in Verbindung, solange unsere Internetverbindung noch einigermaßen stabil ist.«

Dirk verstaute die Fotos, während der Rest ihrer Mahlzeit serviert wurde. Sie begannen mit einer Nudelsuppe, auf die ein Gemüsecurry mit Reis und Linsen folgte. Dirk gab der Verlockung nach und versuchte es mit *tongba*, einem heißen Hirsebier, das traditionsgemäß aus einem Bambuskrug getrunken wurde.

Als alle ausreichend gesättigt waren und der Tisch abgeräumt worden war, entschuldigte sich Dirk, um nachzuschauen, ob Hiram eine neue E-Mail geschickt hatte. Zum Nachtisch bestellten Norsang und Summer *Lassi*, jenes gesüßte, fermentierte Joghurtgetränk, das vor allem in Indien sehr beliebt ist.

»Sind Sie das erste Mal im Himalaya?«, fragte Norsang.

»Ja. Ich habe für die Berge nicht allzu viel übrig. Dirk und ich sind auf Hawaii aufgewachsen und haben die meiste Zeit unseres Lebens in Meeresnähe verbracht.«

»Ich habe mir immer gewünscht, einmal ans Meer zu reisen«, sagte Norsang, »aber auch die Berge sind ein sehr wichtiger Ort. Ich hoffe, dass Sie ihre Schönheit erkennen und unsere bevorstehende Wanderung für Sie zu einem Erlebnis der Erleuchtung wird.«

»Hat der Himalaya für Tibeter eine besondere spirituelle Bedeutung?«

»Nicht nur für Tibeter, sondern für alle Buddhisten«, sagte Norsang. »Wir glauben, dass viele Götter und Göttinnen hier residieren, aber auch böse Geister und Dämonen trifft man dort an. Die *nyen* zum Beispiel, das sind böse Wesen, die in den Bergen hausen. Andere Geister leben in den Quellen und den Flüssen.«

»Also im Wasser.«

»Ja. Es heißt, dass in jedem See ein Drache lebt.«

»Müssen wir uns vor ihnen fürchten? Fügen sie uns Schaden zu?«

»Wer sie stört, muss mit Verletzungen oder Krankheiten rechnen, aber ich bin ganz sicher, dass sie einer schönen Frau aus Hawaii nichts antun.« Er lächelte.

»Aber Sie glauben an die Geister und begegnen ihnen mit Respekt.«

»Ich glaube, dass es niemals klug ist, andere Menschen zu verletzen, weder in dieser Welt noch in der nächsten.«

Summer war von dem Mann fasziniert. Wie die meisten Buddhisten legte er eine tiefe Gelassenheit und eine immer gleichbleibende Freundlichkeit an den Tag. Die innere Ruhe, die er ausstrahlte, fand sie beeindruckend.

»Eine Frage beschäftigt mich, auf die ich gern eine Antwort wüsste«, sagte sie. »Wie vereinbaren Sie Ihren Glauben mit der Notwendigkeit, Waffen zu tragen und im Zuge Ihrer Tätigkeit möglicherweise Gewalt anwenden zu müssen?«

»Dies ist ein äußerst schwieriges Thema für mich«, antwortete er. »Aber der Dalai-Lama ist das Sinnbild unseres Glaubens. Daher steht für mich der Schutz unseres Glaubens stets an erster Stelle und überwiegt sämtliche Widersprüche.«

»Haben Sie immer in Dharamsala gewohnt?«

»Ja, bis auf die Zeit, die ich in der indischen Armee diente. Meine Großeltern flohen in den fünfziger Jahren während der chinesischen Besetzung aus Tibet. Sie überquerten die Berge im

Winter mit nichts am Leib außer ihrer Kleidung und ließen sich in Dharamsala nieder. Mein Vater war ein begeisterter Bergsteiger, und wir unternahmen zahlreiche Touren. In Tibet gibt es vier heilige Berggipfel, die zu besuchen wir stets gehofft hatten, aber das wird uns jetzt nicht mehr möglich sein.«

»Können Sie nicht mehr nach Tibet zurückkehren?«

»Nicht in der augenblicklichen Situation.« Seine sonst so freundliche Miene verhärtete sich, und Summer erkannte einen Anflug von Traurigkeit in seinen Augen. Er bemerkte ihren Blick und erwiderte ihn mit einem Lächeln.

»Ich bin auch noch nie auf Hawaii gewesen«, gab er zurück. »Vielleicht können Sie mich eines Tages dort herumführen und mir beibringen, wie man Hula tanzt.«

Summer legte eine Hand auf seinen Arm und lachte. »Wenn Sie versprechen, die bösen Geister von uns fernzuhalten, während wir in den Bergen unterwegs sind, sind wir im Geschäft.«

39

»Wie finde ich denn das?«, sagte Pitt und deutete auf das noch weit entfernte Boot. »Die Rettung naht bereits mit Riesenschritten.«

Margot krampfte eine Hand um seinen Arm und drückte ihn schmerzhaft. »Das ist das Boot der Soldaten. Sie kommen nicht hierher, um uns zu retten«, sagte sie mit vor Angst bebender Stimme. »Sie kommen, um mich zu töten.«

Pitt sah genauer hin und erkannte das graue Unterstützungsboot, das neben der *Melbourne* gelegen hatte, als er Margot mit dem Hubschrauber auf dem Bergbauschiff absetzte.

Er wandte sich zu ihr um und sah sie verblüfft an. Er war davon ausgegangen, dass sie nach dem Tauchboot Ausschau hielten. »Warum sollten sie sich durch den schweren Seegang kämpfen und nach Ihnen suchen?«

»Sie haben festgestellt, dass ich nicht mehr auf ihrem Boot bin, und sich zusammengereimt, dass ich geflüchtet sein muss. Vielleicht wurde ihnen klar, dass ich sie dabei beobachtet habe, wie sie Ihre Leute ermordeten.«

»Könnten sie es auch noch aus anderen Gründen auf Sie abgesehen haben?«

Margot senkte den Blick. »Ein Grund könnte die *Melbourne* sein. Offenbar haben sie ihre wahren Fähigkeiten erkannt. Sie haben meinen Vater bereits einmal gefoltert und dürften diese Prozedur wiederholt haben, nachdem sie feststellten, dass ich verschwunden war.« Sie sah zu Pitt hoch. Tränen rannen über ihr Gesicht.

»Welche Art von Fähigkeit?«

»Unterseeische Ultraschallkavitation.« Sie wischte sich die Tränen ab. »Wir sind eher zufällig auf diese Methode gestoßen. Mein Vater experimentierte mit akustischen Wellen unterschiedlicher Frequenz, um Lava und leichte Sedimentschichten auf dem Meeresboden aufzubrechen und auf diese Weise ihren Abbau zu ermöglichen. Man nennt diese Technik Sonolyse.«

»Um zu tieferen Erdschichten im Meeresboden vorzudringen.«

»Genau. Um dort nach Diamanten zu suchen und sie zutage zu fördern. Der Einsatz von akustischen Wellen löst die Kavitation in den winzigen mit Wasser gefüllten Taschen unterseeischer Lava aus. Die Kavitation erzeugt Blasen in den Wassereinlagerungen, die mit hohem Druck expandieren und die Lava nach und nach zertrümmern. Auf diesem Weg sind wir unter die Lavaschichten gelangt, um dort nach Diamanten zu suchen. Als mein Vater die ersten Tests durchführte, waren die Ergebnisse auf dem Meeresboden eher bescheiden, aber er konnte eine erstaunliche Nebenwirkung beobachten.«

»Er konnte die unterseeischen Strömungen dergestalt verändern, dass tsunamiähnliche Wellenformationen entstanden.«

»Woher wissen Sie das?«

»Die NUMA untersucht Möglichkeiten, Tsunamis mit Hilfe von Gravitationswellen abzuschwächen oder umzuleiten. Wir sind weit von einer Lösung dieses Problems entfernt, aber es klingt, als hätte Ihr Vater einen anderen Weg gefunden.«

»Nicht ganz. Projekt Waterfall, wie wir es nennen, kann keine physischen Wellen erzeugen. Aber an den entsprechend geeigneten Orten zur Anwendung gebracht, können unterseeische Strömungen unter Ausnutzung des Kavitationseffekts umgeleitet und verstärkt werden und in letzter Konsequenz lässt sich damit Entstehen eines Tsunamis auslösen. Vor allem in Regionen wie zum Beispiel in der Straße von Luzon und in den Gewässern ringsum, wo besonders starke Tiefseeströmungen anzutreffen sind.«

»Seeleute nennen diese Region Devil's Sea«, sagte Pitt. »Soll das heißen, dass dieses System Oberflächenwellen auslösen kann?«

Margot nickte zögernd. »Zuletzt galt sein besonderes Interesse diesem Punkt, und er hatte schon eine Reihe von Tests durchgeführt. Dann schloss die taiwanesische Regierung einen Vertrag mit ihm, der ihn verpflichtete, die Technologie weiterzuentwickeln. Eigentlich hatte er das Interesse daran verloren, aber das Angebot war derart großzügig, dass er es sich anders überlegte. Er konnte den Bau der *Melbourne* finanzieren, und die Taiwanesen gestatteten ihm, seine Diamantensuche gegen eine Beteiligung an seinem Profit in ihren Hoheitsgewässern fortzusetzen … Er ist nun mal mit Leib und Seele Bergmann. Es war schon sein Kindheitstraum, und er hat in seinem Leben nie etwas anderes tun wollen.«

»Die Taiwanesen? Wie beabsichtigen sie, diese Technologie einzusetzen?«

Mit der Schuhspitze zeichnete Margot einen Halbkreis in den Sand. »Sie wollen so etwas wie einen Schutzwall bauen. Und an strategisch wichtigen Punkten auf der Westseite der Insel mehrere Exemplare der von meinem Vater entwickelten Geräte installieren. Um Feinde abzuwehren.«

»Eine Tsunami-Verteidigung?«

Margot nickte. »Für den Fall, dass Festland-China einen Angriff von See aus startet. Taiwan wäre dann in der Lage, die Angriffsflotte auszulöschen, bevor sie die Küste erreicht.«

»Ist so etwas möglich?«

»Mein Vater und die taiwanesischen Ingenieure, die an der technischen Entwicklung mitarbeiten, sind davon überzeugt. Die Unterwasserturbulenzen, die in der Straße von Luzon anzutreffen sind, reichen weit hinauf nach Norden, bis in die Straße von Taiwan. Wenn die Technologie optimiert und an den geeigneten Positionen installiert werden kann, ist so gut wie alles möglich.«

»Demnach waren die Monsterwellen, die Aparri getroffen und Ihr Vermessungsboot versenkt haben, keine Launen der Natur.«

»Leider nein. Die chinesischen Kommandosoldaten kamen offenbar während einer Testserie an Bord und störten den Ablauf. Die Signalgeber des Systems blieben für längere Zeit in Betrieb und erzeugten zahlreiche Wellen. Als wir getroffen wurden, war ich gerade auf der Suche nach einem anderen geeigneten Ort, wo das System erneut getestet werden sollte.«

»Mir war sofort aufgefallen, dass Sie kein herkömmliches Sonar-System zu Wasser gelassen hatten«, sagte Pitt. »Kennen sich die Soldaten damit aus?«

Margot zuckte die Achseln. »Mein Vater meint, dass sie dem System keinerlei Beachtung schenkten, als sie uns enterten. Offensichtlich glaubten sie, ein Schiff gekapert zu haben, das irgendwelche wissenschaftlichen Unterwassermessungen durchführte. Vielleicht waren sie anfangs nur hinter Diamanten her, aber ich fürchte, dass sie mittlerweile die besonderen Fähigkeiten des Schiffes entdeckt haben dürften.«

»Ich weiß, woran sie in Wirklichkeit interessiert sind.« Pitt berichtete von der abgestürzten Hyperschallrakete und deutete auf das sich nähernde Boot. »Durchaus möglich, dass sie eher Al und mich suchen und gar nicht an Ihnen interessiert sind.«

»Das passt irgendwie zu dem, was ich von der Kommandobrücke aus beobachten konnte«, antwortete Margot. »Sie haben etwas im nördlichen Bereich der Straße gesucht. Aber egal was sie im Sinn haben, wir sind auf jeden Fall in Gefahr.«

»Und wahrscheinlich noch viel mehr Menschen als nur wir.« Pitt betrachtete das graue Boot, das mit rasantem Tempo durch die Wellen pflügte. »Ich muss schnellstens zu Al zurück und ihn warnen. Für Sie ist es wahrscheinlich besser, wenn Sie hier oben bleiben und sich außer Sicht halten.«

Er deutete auf die Nordwestseite der Bergkuppe, wo ein Waldstück an den mit Gras bewachsenen Steilhang heranreichte, der sich bis zur Spitze des Hügels erstreckte. »Steigen Sie zu diesen Bäumen hinunter und verstecken Sie sich zwischen den Felsen. Bleiben Sie dort, bis Al oder ich zu Ihnen kommen und Sie holen.«

Margot gefiel es zwar ganz und gar nicht, allein zurückgelassen zu werden, aber sie begriff, in welcher Gefahr sie schwebte. »Ich warte dort. Seien Sie vorsichtig.« Sie suchte sich einen Weg hinunter zu den Bäumen und fand eine Lücke zwischen einigen Felsbrocken, in der sie auf Tauchstation gehen konnte.

Pitt machte kehrt, um sich in die andere Richtung und weiter hangabwärts zu entfernen. Um den schlüpfrigen nassen Lehm zu vermeiden, bewegte er sich noch ein Stück nach Norden, ehe er den Abstieg begann. Als er ein kurzes Stück ins Unterholz zwischen den Bäumen eingedrungen war, entdeckte er einen schmalen Bergbach und nutzte diesen als Wegweiser und Fußpfad den Berg hinunter.

Der Untergrund war noch immer schlüpfrig und trügerisch, und Pitt verlor mehrmals beinahe den Halt. Er musste sein Tempo drosseln, als ihm eine Ansammlung von Bambuspflanzen den Weg versperrte. Nachdem er sich zwischen den hohen Schösslingen hindurchgearbeitet hatte, gelangte er zu einem Steilabfall, der mit dichtem Gestrüpp bewachsen war. Das Bachbett hatte eine Lücke im Gestrüpp geschaffen, die einen ungehinderten Blick auf die See ermöglichte. Er watete durch den schmalen Bach bis zum Rand der Bucht, wo sich das Rinnsal in den Ozean ergoss.

Giordino stand dort bis zur Hüfte im Wasser und hantierte an den Druckstrahlrudern des Tauchboots herum, als Pitt im Laufschritt zu ihm kam.

Giordino betrachtete Pitts mit Lehm beschmutzte Kleidung. »Könnte es sein, dass ich die Schlammringkampf-Meisterschaft verpasst habe?«

»Dir sind mit Sicherheit ein paar spektakuläre Bauchlandungen entgangen«, antwortete Pitt. »So wie es aussieht, kommt Ärger auf uns zu: ein bewaffneter Trupp von der *Melbourne*, der sich bestimmt nicht besonders freuen wird, uns hier anzutreffen.«

»Wie haben sie es geschafft, uns hier aufzuspüren?«

»Keine Ahnung. Könnte auch sein, dass sie Margot suchen.«

»Ist sie okay?«

»Ja, ich habe sie oben auf dem Hügel zurückgelassen.« Pitt deutete auf das Tauchboot. »Wir müssen den Raketenmotor loswerden. Meinst du, es ist noch genug Saft vorhanden, um den Greifarm anzuheben?«

»Warte ab. Gleich werden wir es wissen.«

Giordino kletterte ins Tauchboot und hangelte sich zum Copilotensessel. Gespannt hielt er die Luft an, während er den Greifarm aktivierte. Zu seiner Überraschung reagierte er sofort und stieg, ohne zu zögern, in die Höhe. Dann ließ die Greifklaue den Raketenmotor los. Giordino konnte den Greifarm etwa einen halben Meter zur Seite bewegen, ehe die Kontrollleuchten erloschen, weil die Batterien endgültig erschöpft waren.

»Ich denke, heute können wir nicht mehr mit Wundern rechnen«, sagte er, während er durch die Lukenöffnung herauskletterte.

»Mit Wundern sicher nicht. Aber auf unsere Muskeln können wir uns hoffentlich verlassen.« Pitt stützte sich mit einer Hand auf den Motor.

Er wartete, bis sein athletischer Freund ins Wasser sprang und ihm zu Hilfe kam. Gemeinsam versuchten sie, den Raketenantrieb von den Kufen des Tauchboots herunterzuziehen. Das Aggregat wog mehrere hundert Pfund, aber sie konnten es etappenweise mit entsprechendem Krafteinsatz bewegen.

Sobald sie den Motor vom Tauchboot heruntergewuchtet hatten, stellten sie zu ihrer Erleichterung fest, dass sie ihn über den relativ fest gebackenen Sandboden ziehen konnten. Sie entfernten sich mit ihrer Last knapp zehn Meter von der *Stingray*. Dann tauchten sie und zerrten den Raketenantrieb so weit wie möglich in tieferes Wasser. Sie tauchten wieder auf, schwammen zum U-Boot, kletterten auf seinen Rumpf und begutachteten ihr Werk. Die bewegte See in der Bucht und die Wassertiefe dort, wohin sie ihren Fund geschleift hatten, reichten aus, um ihn so gut wie unsichtbar zu machen.

»Was wir nicht alles für unser Vaterland tun«, murmelte Giordino und wischte sich Salzwasser aus den Augen.

Die beiden Männer wateten an Land und überquerten den Strand zu der kleinen Schutzhütte, wo Pitt sich das Fischmesser angelte.

Giordino lugte durch einen Spalt in der Bretterwand der Hütte. »Jetzt bekommen wir Gesellschaft.«

Das graue Mannschaftsboot kam in der südlichen Einfahrt der Bucht in Sicht. Dort verharrte es für einen Augenblick, dann änderte es den Kurs und pflügte durch die Brecher, um in die Bucht zu gelangen.

Pitt und Giordino rannten geduckt durch den dichten Wald und stiegen ein Stück auf, ehe Pitt unvermittelt scharf nach Süden abbog.

»Abkürzung?«, fragte Giordino.

»Nein, aber dort kommen wir schneller vorwärts und haben gleichzeitig einen besseren Überblick.«

Pitt führte sie quer über den Berghang bis zu dem zerklüfteten Hohlweg mit dem Bach auf seinem Grund. Er kletterte ein Stück aufwärts, bis er eine Lücke im Laubdach der Bäume erreichte. Nach ein paar Metern kauerte er sich hinter einige größere Felsbrocken mitten im plätschernden Wasser des Bachs.

Giordino folgte ihm, dann begutachtete er das Bachbett, das sich vom höchsten Punkt der Insel herabschlängelte. »Wie eine natürliche Leiter, um rauf und runter zu steigen.«

»Ich wünschte, ich hätte sie etwas früher gefunden«, sagte Pitt. »Weiter unten wird sie vom Gestrüpp verdeckt.«

Sie blickten in den schmalen Einschnitt hinunter, der dicht vor dem Strand hinter einer Wand aus Bäumen und dichtem Buschwerk verschwand. Zu ihrer Rechten hatten sie einen ungehinderten Blick auf das graue Boot, das in diesem Moment in die Bucht einfuhr und neben dem NUMA-Tauchboot auf Grund lief.

40

Ehe der Bug des Bootes den Strand berührte, schaltete Ning bereits das Funkgerät ein und rief Zheng, der auf der *Melbourne* darauf wartete, dass er sich meldete.

»Das NUMA-U-Boot«, sagte er und machte keinen Hehl daraus, wie überrascht er war. »Es ist hier auf der Insel.«

»Wer immer das Boot benutzt hat – sind diese Leute am Leben?«

»Das weiß ich nicht. Wir werden es überprüfen.«

»Schnappt sie lebend, wenn es geht«, sagte Zheng. »Ich will wissen, was sie geborgen haben.«

Das Boot glitt dicht neben der *Stingray* auf den Sand. Ein vierköpfiges Kommandoteam verteilte sich mit Sturmgewehren im Anschlag um beide Boote, während Ning mit gezückter Pistole zum Tauchboot hinüberwatete.

Er ließ einen prüfenden Blick über den Rumpf gleiten, registrierte die tiefen Kratzer in der Farbschicht, die beschädigten Scheinwerfer und die Druckstrahlruder, dann wagte er sich in die Einstiegsöffnung und ließ sich dort hinabgleiten. Er sah sich im Innern um, fand nichts, was ihm Informationen über die Insassen hätte liefern können, und kletterte wieder heraus. Er sprang ins Wasser hinunter und untersuchte den leeren Sammelkorb am Bug. Dann umrundete er das Tauchboot, kontrollierte seine nähere Umgebung, und kehrte zu seinen Leuten zurück.

Einer der Soldaten deutete landeinwärts zum Waldrand. »Ich

glaube, dort zwischen den Bäumen steht so etwas wie eine kleine Hütte.«

Ning folgte dem Finger des Kommandosoldaten, dann nickte er. Gleichzeitig bemerkte er ein Paar Fußspuren, die den Strand in südlicher Richtung dorthin, wo der Wald endete, überquerten. Er gab einem der Soldaten ein Zeichen, ihn zu begleiten, und stapfte durch den Sand zu der Hütte. Bis auf einige Flaschen Wasser und Reste frisch geschälter Mangofrüchte war sie leer. Er bückte sich und hielt eine Hand dicht über die Feuerstelle. »Die Asche ist warm. Sie waren vor Kurzem noch hier.«

Er kehrte an den Strand zurück und blickte zum Gipfel des Inselbergs hinauf, und dann versammelte er seine Leute um sich.

»Die dem Wind ausgesetzte Seite der Insel ist vollkommen kahl. Dort kann sich niemand verstecken, also werden sie sich wohl in den Dschungel über uns zurückgezogen haben.« Er deutete zum südlichen Ende des Waldes. »Zwei Männer folgen diesen Fußspuren so weit sie können und steigen dann am Rand des Waldes entlang auf den Inselberg.«

Er wandte sich um und deutete in die andere Richtung. »Die anderen entfernen sich etwa fünfzig Meter von der Hütte und beginnen dort mit dem Aufstieg. Wir treffen oben auf dem Gipfel zusammen und steigen in breiter Front durch den Wald über uns ab. Versucht, sie lebend zu fangen.«

»Und was ist, wenn sie bewaffnet sind?«, fragte einer der Männer.

»Wenn sie sich nicht ergeben wollen«, sagte Ning, »macht kurzen Prozess und tötet sie.«

41

Pitt und Giordino zählten fünf bewaffnete Männer auf dem Strand. Nachdem sie in der Nähe der Hütte außer Sicht gerieten, erschienen zwei der Kommandosoldaten wenig später wieder am Strand und folgten Pitts und Margots Fußspuren nach Süden.

Giordino verrenkte sich fast den Hals, als er über die Felsen blickte, hinter denen sie Deckung gesucht hatten. »Ich kann nicht erkennen, wohin die anderen gegangen sind.«

»Wenn sie die andere Richtung eingeschlagen haben, geht es dort nirgendwo anders hin als den Berg hinauf. Wodurch sich für uns die reelle Chance ergibt, das Boot zu kapern.«

Giordino nickte. »Soweit ich erkennen konnte, haben sie niemanden an Bord zurückgelassen.«

»Wir sollten Margot suchen«, sagte Pitt, »und die Gelegenheit nutzen, uns zu verstecken.«

Eilig stiegen sie in dem schmalen Bachbett auf und legten nur kurze Pausen ein, um Luft zu holen, wenn sie außer Atem gerieten. Sie ließen die Baumgrenze hinter sich, und Pitt wandte sich nach Norden in Richtung des Waldstücks unterhalb des Berggipfels.

Margot sah die beiden Männer näher kommen und richtete sich in ihrem Versteck hinter den Felsen auf. Während sie sich bemerkbar machte, indem sie ihnen winkte, ging sie einen Schritt vorwärts, verlor das Gleichgewicht, als sie stolperte, und stürzte. Als sie nicht sofort wieder aufstand, rannten Pitt und Giordino zu ihr hinüber.

»Ich bin okay«, beeilte sie sich zu versichern, knickte jedoch ein, als sie einen Schritt vorwärts machte. »Es ist mein Knöchel. Tut mir schrecklich leid.«

»Kein Grund zur Sorge«, sagte Giordino. »Ihnen stehen zwei kräftige Schultern zur Verfügung, auf die Sie sich stützen können.« Er half ihr, auf die Füße zu kommen.

»Sind sie hinter uns her?«, fragte Margot.

»Ja, sie kommen von beiden Seiten und wollen uns in die Zange nehmen«, sagte Pitt. »Aber ich habe einen Weg gefunden, auf dem wir schneller nach unten zum Strand kommen. Wir wollen versuchen, uns ihr Boot zu schnappen.«

Margot legte jedem Mann einen Arm um die Schultern, und sie halfen ihr, den freien Abhang nach Süden zu überqueren. Sie biss die Zähne zusammen, als ein Schmerzimpuls durch ihr Bein schoss, und versuchte, ihren linken Fuß zu belasten, aber es reichte nicht aus, um sich ohne fremde Hilfe vorwärtszubewegen.

Sie hatten die ungeschützte Basis des Gipfels schon fast erreicht und näherten sich der Öffnung des Gebirgsbachs, als Pitt ganz plötzlich stoppte. »Runter«, flüsterte er.

Sie duckten sich in eine flache Bodenwelle. Rechts von ihnen erstreckte sich das dichte Buschwerk vierzig oder fünfzig Meter weit, bis es in einen steilen Hang glitschigen roten Lehms überging, der zum Strand abfiel. Es war derselbe Berghang, den Pitt und Margot anfangs erstiegen hatten. Auf halber Höhe des Lehmfeldes waren zwei von Nings Kommandosoldaten zu sehen, Sturmgewehre schussbereit im Anschlag, die ihren Spuren in Richtung Berggipfel folgten.

»Sie waren ein bisschen schneller, als ich erwartet hatte«, sagte Pitt.

»Gehen Sie ohne mich weiter«, sagte Margot. »Mir wird nichts passieren. Sie werden mich bestimmt nicht töten.«

Pitt ignorierte ihren Vorschlag und wandte sich zu Giordino um. »Bring sie zu den Büschen hinüber und seht zu, dass ihr das

Bachbett erreicht. Ich lasse mir etwas einfallen, um sie aufzuhalten. Steigt zum Strand runter. Wir treffen uns dort.«

Giordino zögerte keine Sekunde. »Sorry, meine Liebe, dies ist nicht der Zeitpunkt für lange Diskussionen.« Er schob einen Arm unter Margots Achselhöhlen und hob sie wie eine Stoffpuppe an. Seine kräftigen Beine trugen ihn mitsamt seiner Last zu den Büschen hinunter, um in dem Dickicht zu verschwinden, ehe Margot Gelegenheit bekam zu protestieren.

Pitt arbeitete sich durch das Gestrüpp, bis vor ihm ein schmaler Felsgrat erschien, der ihm ein wenig Deckung bot. Von dort aus konnte er die beiden Soldaten beobachten, die sich den Berghang hinaufmühten. Auf dem rutschigen Lehmuntergrund ständig um ihr Gleichgewicht kämpfend, blickten sie nur sporadisch nach oben.

Über ihnen ging der Berghang in einen Steilabschnitt über, auf dem Pitt und Margot während ihres Aufstiegs unter einer Gruppe abgestorbener Bäume eine kurze Rast eingelegt hatten. Pitt entdeckte in der Nähe ihres Rastplatzes einen etwa vier Meter langen umgestürzten Baumstamm.

Er fasste den kleinen Felsvorsprung als nächstes Ziel ins Auge. Um zu vermeiden, von unten entdeckt zu werden, müsste er den Berghang ersteigen und sich dann im Schutz der toten Bäume von oben ihrem alten Rastplatz nähern. Er hatte nur wenig Zeit, um seinen Plan in die Tat umzusetzen, wartete jedoch einige Sekunden lang, bis einer der Soldaten ausglitt und auf die Knie sackte. Pitt erhob sich, rannte den Berghang hinauf und wandte sich nach Süden.

Der nasse Untergrund unter seinen Füßen bot ihm kaum sicheren Halt, und so trat er ein paar Steine los, die klirrend und polternd in der Tiefe verschwanden, aber schließlich erreichte er den Felsvorsprung.

Hinter einem wuchtigen Felsen ließ er sich ins Gras fallen. Mühsam nach Luft ringend, wünschte er sich die Lunge eines jüngeren

Mannes. Die Kletterpartie zum Gipfel und der kurze Sprint hatten ihn einiges an Energie gekostet. Als sich sein Herzschlag ein wenig beruhigt hatte, wagte er einen Blick über den Rand der natürlichen Steinbrüstung.

Keinerlei Anzeichen im Verhalten der Soldaten deuteten darauf hin, dass sie ihn gesehen hatten. Sie konzentrierten sich ausschließlich auf ihren Aufstieg und waren mittlerweile weniger als dreißig Meter von dem Felsvorsprung entfernt.

Pitt kroch auf allen vieren zu dem umgestürzten Baumstamm und kauerte sich dahinter. Er legte sich auf den Rücken, stemmte die Füße gegen den Stamm und testete seine Lage auf dem steilen Gelände. Der Stamm löste sich von dem nassen Untergrund und vollführte eine leichte Rollbewegung, bis auf sein unteres Ende, das sich nicht vom Fleck rühren wollte. Pitt stellte fest, dass ein Wurzelstrang noch in der Erde vergraben war. Mit den Händen versuchte er, den Strang frei zu legen, aber er reichte zu tief ins Erdreich hinein. Also nahm Pitt wieder seine Rückenlage ein und trat nun kraftvoll gegen den Baumstamm. Glücklicherweise war die Wurzel bereits so weit verrottet, dass sie unter dem Druck seiner Füße nachgab und sich nach einigen weiteren gezielten Fußtritten löste.

Er kroch zur Mitte des Baumstamms zurück und warf einen letzten Blick den Berghang hinab. Die Soldaten hatten ihr Ziel noch nicht erreicht. Den steilsten Abschnitt – die Hügelkuppe – hatten sie noch vor sich. Pitt stemmte die Füße abermals gegen den Baumstamm und versetzte ihm einen kraftvollen Stoß, sodass er sich in Bewegung setzte und den Felsvorsprung hinabzurollen begann.

Der abgestorbene Baum nahm Tempo auf, während er sich herabwälzte. Einer der Soldaten rief eine Warnung, als er den Baumstamm auf sich zukommen sah. Er sprang zur Seite, um nicht von ihm weggefegt zu werden, und seine Füße verloren prompt den Halt auf dem Steilhang. Er stürzte auf den Rücken und rutschte abwärts, wobei sein Gewehr durch den nassen Lehm pflügte, ehe der Soldat die Fersen in den weichen Untergrund grub und seine Talfahrt stoppte.

Der zweite Soldat zögerte beim Anblick des Baumstamms, ehe er sein Glück mit einem Satz nach rechts – von seinem Partner weg – versuchte. Doch er schaffte es nicht.

Der dicke Baumstamm rollte über seinen linken Fuß und nagelte ihn für einen Augenblick in seiner Position fest. Die Sehnen und Bänder in seinem Knie rissen, als wäre er von einem Lineman der Baltimore Ravens zu Boden gestreckt worden. Er atmete pfeifend aus, während die kompakte Masse Holz ihn überrollte, bergabhüpfte und erst liegen blieb, als sie in ein tiefer gelegenes Dickicht aus niedrigen Büschen und Sträuchern krachte.

Pitt wartete nicht ab, um die Wirkung seiner Taktik zu begutachten, sondern stieg eilends wieder zum Gipfel hinauf. Er vermutete, dass mindestens einer der Soldaten ihn entdeckt hatte, daher änderte er seine Laufrichtung. Er rannte nach Norden, passierte das obere Ende des Bachbetts, ehe er ins Buschwerk eindrang. Er musste stehen bleiben, um zu Atem zu kommen, lehnte sich einen Moment lang gegen einen Akazienbaum, ehe er sich durch die Büsche wühlte und zum Bachbett zurückkehrte. Als er den Bach erreichte, blieb er stehen und spitzte die Ohren.

Er konnte die Soldaten hören, die sich in einiger Entfernung unterhielten. Nach Pitts Berechnung befanden sie sich noch immer auf dem morastigen Berghang und in sicherer Entfernung von seiner momentanen Position. Da er sich einigermaßen sicher fühlte, begann er den Abstieg durch das Bachbett.

Er ließ sich während des Abstiegs Zeit und achtete darauf, gleichmäßig zu atmen, während er gleichzeitig die Schmerzen in seinen Beinen ignorierte. Wachsam hielt er nach möglichen Verfolgern Ausschau und suchte gleichzeitig nach Margot und Giordino. Auf einem freien Abschnitt des Bachs entdeckte er die beiden tief unter sich. Ihrem großen Vorsprung nach zu urteilen, schien Margot mittlerweile trotz ihrer Fußverletzung schneller voranzukommen.

Pitt legte auf halbem Weg bergab eine kurze Pause ein, dann eilte er weiter, bis er den kleinen Aussichtspunkt erreichte, an dem er und Giordino kurz vorher angehalten und sich orientiert hatten. Er warf einen kurzen Blick auf den Strand und auf das Mannschaftsboot. Dort war niemand zu sehen. Pitt folgte dem gewundenen Bachbett bis zu dem Dickicht am Rand der Baumgruppe am Inselufer.

Er ging am Strand entlang und hielt sich nach Möglichkeit in der Deckung des Buschdickichts auf, bis er auf Margot stieß, die hinter einem Baumstamm kauerte. Er kam zu ihr hinüber und kniete sich neben sie. »Alles okay?«, erkundigte er sich im Flüsterton.

Sie lächelte, als sie ihn erblickte. »Al ist unten am Wasser und überprüft die Boote.« Sie deutete durch die Büsche. Giordino stand im Wasser zwischen dem Mannschaftsboot und dem Tauchboot. Dann watete er an den Strand und kam im Dauerlauf zu ihnen.

»Das Licht brennt, aber niemand ist zu Hause«, sagte er und schien über Pitts frühzeitiges Erscheinen nicht im Mindesten überrascht zu sein.

Pitt ließ den Blick über den Strand schweifen und nickte. »Okay, riskieren wir es.«

Er und Giordino halfen Margot auf die Füße und stützten sie, während sie den Strand überquerten. Zwar humpelte sie noch immer, aber inzwischen konnte sie ihren linken Fuß offenbar wieder leicht belasten, ohne vor Schmerzen einzuknicken.

Sie erreichten die Wasserlinie und wateten auf das Mannschaftsboot zu. Giordino erreichte es als Erster und streckte eine Hand nach der Reling aus, um sich an Bord zu ziehen. Im gleichen Moment erklang das abgehackte Stakkato einer Maschinenpistole. Nicht weit vor ihnen schlugen Kugeln ins Wasser ein.

Sie fuhren zu dem NUMA-Tauchboot herum, das nur wenige Schritte von ihnen entfernt war. In der offenen Luke stand ein Mann in einem Kampfanzug, in der Armbeuge eine QCW.05 Maschinenpistole.

»Miss Thornton«, säuselte Ning mit hasserfüllter Miene. »Wie schön, Sie wiederzusehen. Und auch Ihre Freunde.«

42

Als der weiße Van früh am Morgen den unbefestigten Parkplatz des Gästehauses verließ, bedeckten Eiskristalle den Boden in Lachung. Norsang passierte einen Apfelgarten am Ende der Stadt und bog auf eine nach Norden führende Seitenstraße ab, die parallel zu dem gewundenen Lachung River verlief. Nach etwa fünf Meilen folgte er einer noch schmaleren Straße, die den Fluss auf einer wackligen Holzbrücke überquerte.

Nach kurzer Fahrt erreichten sie das kleine Dorf Dambung, in das Ram viele Jahre zuvor nach seinem Sturz aus dem Flugzeug transportiert worden war. Norsang lenkte den Van im Schleichtempo an dem kleinen indischen Armeeposten vorbei. Dankbar stellte er fest, dass er nicht besetzt war, und passierte einige weit verstreut stehende Wohnhäuser. Als sie zu einem kleinen Gebirgsbach gelangten, der in einem schmalen nördlich gelegenen Seitental entsprang, lenkte Norsang den Van an den Straßenrand und wandte sich zu Dirk um. »Ist dies der Punkt?«

Dirk nickte, nachdem er ihre Position mit Hilfe eines tragbaren GPS-Empfängers überprüft hatte. »Ab hier müssen wir uns sportlich betätigen.«

Sie luden ihre Rucksäcke aus dem Gepäckabteil, teilten die Lebensmittelvorräte unter sich auf und verabschiedeten sich von ihrem Van. Norsang führte sie durch ein Untergehölz und stieg am Ufer des Bachs in der Talmitte entlang die steile Anhöhe am Ende des Tals hinauf. Schon nach wenigen Schritten geriet Summer außer Atem. »Dies«, stieß sie keuchend hervor, »wird sicher … ein harter Tag.«

»Mach dir keine Sorgen … versuch gar nicht erst, mit den tibetischen Bergziegen mitzuhalten«, riet ihr Dirk. »Lass es einfach gemütlich angehen.«

Summer nickte und ließ die erhabene Schönheit der Umgebung auf sich einwirken, um sich von den Strapazen, die sie erwarteten, abzulenken. Der Hotelbesitzer hatte ihnen erklärt, dass die Region auch die »Schweiz von Sikkim« genannt wurde, und sie konnten sehen, weshalb. Steile, zerklüftete Berge ragten auf beiden Seiten in den Himmel, während das enge Tal, durch das sie wanderten, selbst jetzt – Ende Herbst – üppig begrünt war. Einige Rhododendronbüsche standen zwischen den dichten Gruppen von Fichten und Kiefern noch immer in voller Blüte.

Das Wetter war klar und mild, die trockene Luft kühl und rein, und Summer entschied, dass es nur wenige schönere Regionen gab, in denen einem Wanderer eine solche Kulisse geboten wurde, selbst wenn man dabei immer wieder außer Atem geriet und stehen bleiben musste, um zu verschnaufen. Sie blickte zu ihrem Bruder hinüber, der außer seinem Rucksack auch eine prall gefüllte Reisetasche schleppte. Er hatte sich die Tasche auf den Rucksack gepackt, sodass sie seinen Kopf überragte. Sie sah so schwer aus, dass Summer sich sagte, dass sie keinen Grund habe, sich zu beklagen.

Sie hielten sich an die Überreste eines alten Wanderwegs am Bachufer, der in dem lang gestreckten Tal stetig anstieg. Beim Anblick der hohen Berge an seinem Ende fielen die drei Tibeter auf die Knie und streckten sich auf dem Untergrund aus. Dirk und Summer waren für diese Rast dankbar, während die Buddhisten zu ihren Göttern beteten.

Schon bald setzten sie ihren Weg fort. Die beiden tibetischen Leibwächter, die an die Höhe gewöhnt waren, legten ein zügiges Tempo vor und ließen die anderen immer weiter hinter sich. Norsang ließ sich ein wenig zurückfallen, um in Dirks und Summers Sichtweite zu bleiben, die die Nachhut bildeten und sich mit einem mäßigen Tempo begnügten.

Summer legte ihrem Bruder eine Hand auf den Arm und hielt ihn für einen kurzen Moment an. »Hörst du das?«

»Was?«

»Ich glaube, es ist ein leises Summen.«

»Moskitos vielleicht? Außer dem Plätschern des Wassers kann ich gar nichts hören.« Er deutete auf den schäumenden Bach. »Oder dem Rauschen des Blutes in meinen Ohren.«

Das Tal zog sich mehrere Meilen hin. Als es einen Schwenk nach links machte und in einer hufeisenförmigen Schlucht endete, hielten sie an, um sich mit einer Mahlzeit zu stärken. Dirk und Summer holten die drei Tibeter ein, die gerade über einem offenen Feuer eine Kanne Tee aufbrühten, und betrachteten die Steilhänge ringsum. Beherrscht wurde das Panorama von zwei mit Schnee bedeckten Gipfeln – einer im Nordwesten und der andere östlich von ihnen. Sie waren durch einen schmalen braunen Grat unterhalb ihrer Gipfel miteinander verbunden. Ein vertikales Band glitzernden Eises erstreckte sich von dem nordwestlichen Gipfel bis fast hinunter zu ihrer Position und speiste den Bach, der unter ihnen durchs Tal floss, mit Schmelzwasser.

Summer konnte den Blick nicht von den mächtigen aufragenden Bergen lösen. »Wo ist mein Sherpa, und wo ist meine Sauerstoffflasche?«

»Beides mitzunehmen, wäre vielleicht eine gute Idee gewesen«, sagte Dirk. »Die Berge sind an die sechseinhalbtausend Meter hoch. Unglücklicherweise sind wir hier ganz allein.«

Norsang reichte jedem eine dampfende Tasse Tee mit Yakbutter, mit dessen Geschmack sich anzufreunden den Zwillingen noch nicht so leichtfiel. »Die Suppe ist gleich fertig. Danach wandern wir weiter«, sagte Norsang. »Wir haben am Nachmittag eine anstrengende Kletterpartie vor uns, aber danach sind wir in der günstigen

Position, auch gleich auf der anderen Seite des Felsgrates suchen zu können.«

»Wie sieht unsere Route aus?«, fragte Dirk.

»Offenbar gibt es einen ziemlich direkten Weg zum Felsgrat, der klettertechnisch nicht allzu schwierig erscheint.«

»Und wo«, fragte Summer, »schlagen wir unser Nachtlager auf?«

»Unterhalb des Grates ist ein kleines Plateau zu erkennen, das einen vielversprechenden Eindruck macht.« Er las jedoch die Zweifel in Summers Augen und lachte. »Haben Sie Angst vor den Bergen oder vor der Klettertour?«

»Ganz eindeutig vor der Klettertour.«

»Machen Sie sich keine Sorgen. Die Götter haben uns klares Wetter geschickt. Das ist ein gutes Vorzeichen.«

Ihre Mittagsmahlzeit bestand aus warmer Linsensuppe und geröstetem Brot aus Gerstenmehl. Die Sonne stand am wolkenlosen Himmel, als sie wenig später ihren Marsch fortsetzten. Eine frische Brise, die von den oberen Berghängen herabstrich, vertrieb für einen kurzen Moment die Sonnenwärme, während die Bergsteiger den steilen Gipfelhang als letzte Etappe des Aufstiegs in Angriff nahmen. Der Leibwächter namens Arie, ein erfahrener Himalaya-Trekker, übernahm auf dem unteren Berghang die Führung. Als das Gelände stetig steiler wurde, wählte er einen Zickzack-Kurs, ständig auf der Suche nach dem gangbarsten Weg durch die Felslandschaft.

Nach einer Stunde konzentrierten Kletterns legte die Gruppe eine Rast ein. Dabei fiel Summer auf, dass die Tibeter dicke Äste und trockenes Holz sammelten und auf ihre Rucksäcke packten.

»Feuerholz«, erklärte Norsang, als er ihre fragenden Blicke bemerkte. »Es wird nicht mehr allzu lange dauern, bis wir die Baumgrenze hinter uns lassen.«

Summer hob den Kopf, um das vor ihnen liegende Terrain in Augenschein zu nehmen, und stellte fest, dass die Berghänge über ihnen nahezu vollkommen kahl waren. Kein Baum, kein

Strauch war mehr zu sehen. »Aber wir haben doch Gaskocher im Gepäck.«

»Sie können uns ruhig altmodisch nennen, aber wir ziehen ein offenes Feuer vor, wenn wir ein Lager aufschlagen«, sagte Norsang.

Summer zuckte die Achseln und band sich ebenfalls einige Stöcke auf den Rucksack. Sie setzten den Aufstieg fort. Je höher sie vordrangen, desto strapaziöser wurde ihre Route und desto häufiger wurden ihre Pausen. Gelegentlich mussten sie größere Felsblöcke überklettern oder Geröllhaufen, die ihnen den Weg versperrten, weiträumig umgehen. Am späten Nachmittag erreichten die Tibeter den Gebirgskamm und begannen, auf dem windgeschützten Plateau, das Norsang als geeigneten Rastplatz ausgewählt hatte, ihr Lager aufzuschlagen. Dirk und Summer holten sie kurze Zeit später ein und befreiten sich dankbar von ihren Rucksäcken, während sie schnaufend und keuchend die dünne Bergluft einatmeten.

Norsang sah die Erschöpfung in ihren Mienen und tröstete sie mit einem anerkennenden Lächeln. »Diese Kletterpartie hatte es in sich, aber Sie haben Ihre Sache wirklich gut gemacht.«

»Ich werde heute Nacht jedenfalls wie ein Toter schlafen«, sagte Dirk. »Ganz gleich ob mit oder ohne Sauerstoff.«

Summer schlug mit der flachen Hand auf den glatten Felsbrocken, auf dem sie saß. »Oder ob in einem Bett oder auf nacktem Erdboden.«

Norsang lachte. »So schlimm wird es ganz sicher nicht sein.« Er deutete auf Tash, der soeben im Begriff war, ihre Zelte in einem Halbkreis zu errichten.

Summer erhob sich und ließ den Blick nach Süden und nach Westen schweifen, über die Berghänge hinweg, die sie soeben überwunden hatten. Sie war zu sehr damit beschäftigt gewesen, sich bergauf zu kämpfen und darauf zu achten, wohin sie ihre Füße setzte, um der Szenerie ringsum Beachtung zu schenken. Was sich vor ihr ausbreitete, war aus ihrer erhöhten Perspektive eine perfekte Ansichtskartenidylle aus grünen Tälern und in den wolkenlosen blauen Himmel ragenden Berggipfeln. »Es ist wunderbar. Einfach atemberaubend. Die Strapazen haben sich wirklich gelohnt.«

»Das Panorama auf der anderen Seite ist sogar noch beeindruckender«, sagte Norsang. »Kommen Sie, schauen Sie es sich an.« Er stand ebenfalls auf und kletterte zu dem Felsgrat über ihnen hinauf. Dirk und Summer folgten ihm mit deutlich weniger Elan. Das Gipfelplateau maß nur wenige Quadratmeter und fiel auf der anderen Seite steil ab. Norsang blieb auf einer von der Sonne erwärmten Schieferplatte des schmalen Felsgrates stehen und wartete auf das Zwillingspaar.

Ein frischer Wind fegte gerade über die Höhen, aber Summer spürte die Kälte nicht, während sie das überwältigende Bild des Himalaya in sich aufnahm, der sich in einer scheinbar endlosen Kette zerklüfteter, schneebedeckter Felsbastionen nach Westen ausdehnte.

Norsang deutete auf einen hohen Gipfel, der das Panorama beherrschte. »Das ist der Kangchendzönga, der dritthöchste Berg der Welt. Knapp dreieinhalbtausend Meter höher als unser augenblicklicher Standplatz.«

»Und wo ist der Mount Everest?«

»Der Chomolungma, wie er in Tibet genannt wird, befindet sich etwa einhundertzwanzig Meilen westlich von uns.«

Dirk betrachtete ihre unmittelbare Umgebung. Sie standen auf einem Felsgrat, der zwei hohe Gipfel miteinander verband. In Ermangelung eines offiziellen Namens hatte er den Berg zu ihrer Linken, westlich gelegen, Whisky getauft, und dem kleineren Gipfel im Nordosten den Namen November verliehen. Wie sein südlicher Steilhang bestand seine nördliche Seite ebenfalls aus einem lang gestreckten Gletscher, der fast zwei Meilen zu einem unwegsamen zerklüfteten Plateau abfiel. Am Fuß des Gletschers befand sich der blaugrüne See, den er auf dem Satellitenfoto gesehen hatte.

Aber der erste Suchbereich erstreckte sich direkt vor ihnen – ein mit Feldbrocken und Geröll bedeckter Abhang, der zum Plateau und dem See steil abfiel. Dirk trat an den Rand des Felsgrates, blickte auf den welligen Berghang hinab und hielt Ausschau nach Anzeichen für die Existenz eines Flugzeugwracks.

»Ich habe mir auch schon einen schnellen Überblick verschafft, aber nichts gefunden«, sagte Norsang. »Wir werden morgen eine gründlichere Suche starten.«

Summer legte eine Hand um Dirks Oberarm und zog ihn zu ihren Zelten. »Er hat recht. Es ist viel zu windig, um noch länger hier herumzustehen. Lass uns etwas essen.«

Die letzten Strahlen der untergehenden Sonne tauchten die Bergspitzen in eine wahre Explosion orangefarbenen Lichts, während sie kehrtmachten. Sie erreichten ihren Lagerplatz gerade noch rechtzeitig, um die letzten Momente eines malerischen Sonnenuntergangs mitzuerleben. Kurz bevor die Sonne endgültig verschwand, nahm Summer am Rand ihres Gesichtsfeldes einen Lichtblitz wahr. Sie wandte sich zu ihrem Bruder um. »Hast du das gesehen?«

»Was meinst du?«

»Eine Art Reflex, kurz bevor die Sonne unterging.«

»Wo?«

Summer deutete auf den Felsgrat in Richtung Whisky. »Dicht unterhalb des Kamms, ehe er zum Gipfel aufsteigt. Etwa einhundert Meter von hier entfernt.«

Dirk gab Norsang, der dabei half, das Abendbrot vorzubereiten, ein Zeichen. »Wir sind gleich wieder zurück.« Er wandte sich zu Summer um. »Führ uns hin.«

Während sich der Himmel violett färbte, stieg Summer auf und über den Felsgrat. Dabei hielt sie sich dicht unterhalb der Krone, um dem scharfen Wind zu entgehen. Das Gelände war mit erdfarbenen Felsen und Geröllhaufen durchsetzt. Dazwischen glitzerten je nach Lichteinfall kleine Eisflächen. Unmittelbar vor ihr verlief vom Whiskygipfel ein weißer Eisstrom abwärts und parallel zu dem Weg, auf dem sie aus dem Tal aufgestiegen waren.

Der Reflex, den sie wahrgenommen hatte, war am Rand des

Gletschers aufgeblitzt, aber dort war nichts Auffälliges zu sehen, als sie sich dem Punkt näherten. War es vielleicht doch nur das Eis gewesen?

Sie blieb stehen, um ihren Atem zu beruhigen, dann machte sie einen Schritt vorwärts – und sah es. Unter ihnen und hinter einem Haufen größerer Steine lag ein flaches, glattes Stück Metall. Sie deutete darauf.

»Ich sehe es«, sagte Dirk.

Von Neugier angestachelt, kletterten sie eilig den Steilhang hinab. Als sie sich ihrem Fund näherten, verlor Summer auf dem losen Geröll für einen kurzen Moment den Halt. Sie stützte sich an einem Felsen ab, dann sprang sie auf eine Felsleiste neben dem Objekt hinunter.

Es war dreieckig und knapp drei Meter lang. Auf der runden Spitze an einem Ende waren Reste brauner Farbe zu erkennen, die der Wind mit Sand und Schnee abgeschliffen hatte. Das nackte Metall darunter war ausreichend hell und blank geblieben, um die Sonnenstrahlen zu reflektieren. Summer trat näher heran. Das Material war ein Aluminiumkeil, etwa fünfzehn Zentimeter dick. Eine Kante war rau und schartig, während der gegenüberliegende Rand eine Delle aufwies, ansonsten aber glatt und gerundet erschien. Obgleich nur dieses Objekt einsam und allein auf dem Berg lag, hatte sie, was seine Herkunft betraf, nicht die geringsten Zweifel.

Summer hatte die Tragflächenspitze eines Flugzeugs gefunden.

43

Eine oberflächliche Inspektion des Berghangs, bevor die nächtliche Dunkelheit einsetzte, ergab keine weiteren Trümmerfunde. Dirk und Summer, denen Norsang sich angeschlossen hatte, brachen die Suche widerstrebend ab und kehrten mit Hilfe ihrer Taschenlampen ins Lager zurück. Tash und Arie hatten ein Feuer entfacht und einen Fleischeintopf zubereitet.

Dirk ließ sich von Arie eine dampfende Schüssel reichen und setzte sich auf einen Stein. Er deutete auf den Berg, den er Whisky getauft hatte, und schüttelte den Kopf. »Irgendwie ergibt es keinen Sinn. Wir befinden uns hier auf dem Südhang. Eine von Lhasa anfliegende Maschine müsste doch eigentlich auf der nördlichen Seite herunterkommen, wo Hiram unsere Suchraster verteilt hat.«

»Wind und Wetter können hier ziemlich heftig sein«, wandte Norsang ein. »Vielleicht haben sie sich im Schneesturm verflogen.«

Summer nickte. »Ich habe den Unfallbericht einiger Überlebender gelesen, die während des Zweiten Weltkriegs mit einer C-47 in Tibet abgestürzt sind. Sie überflogen den Buckel und mussten feststellen, dass sie ganze dreihundert Meilen vom Kurs abgekommen waren.«

»Das ist zwar nicht die Antwort, die ich hatte hören wollen«, gab Dirk zu, »aber du hast recht. Trotzdem haben wir keine weiteren Wrackteile gefunden.«

»Wir schauen uns am Morgen noch einmal dort um«, sagte

Summer. Nachdem sie ihre Schüssel geleert hatte, reckte sie sich und gähnte. »Der, wie ich hoffe, nicht allzu früh anbricht.«

Sie half den anderen beim Aufräumen, dann ging sie sofort zu Bett. Die Tibeter legten sich kurze Zeit später schlafen, aber Dirk blieb noch neben dem langsam erlöschenden Feuer sitzen. Obgleich er rechtschaffen müde und erschöpft war, rekapitulierte er noch einmal in Gedanken das Gespräch mit Ram und versuchte, sich den Verlauf des Fluges von Lhasa hierher vorzustellen. Schließlich erhob er sich und blickte zum nächtlichen Himmel hinauf.

Nur wenige Wolken waren zu sehen, und ein dichter Teppich heller Sterne funkelte über ihm. Für einige Sekunden verlor sich sein Blick in der unermesslichen Weite des Firmaments, bis er zwei Sternschnuppen entdeckte, in die Gegenwart zurückfand und sein Zelt aufsuchte.

Wenn er den Blick auf den Berghang gerichtet hätte anstatt zum Himmel, wäre ihm vielleicht ein anderes Leuchten aufgefallen – drei kleine Lichter, die sich tief unter ihm durch den Wald bewegten.

TEIL III

44

Margot blickte durch das Fenster des Ruderhauses zum grauen Horizont hinüber und kämpfte gegen einen heftigen Brechreiz an. Es war nicht nur der starke Seegang, der einen Anfall von Übelkeit bei ihr verursachte. Der Anblick von Nings Gestalt am Bug des Mannschaftsbootes und sein überhebliches Grinsen waren wie ein brutaler Schlag unter die Gürtellinie. Hinzu kam der Zustand ihres Vaters und was sie sonst noch vorfinden würde, wenn sie auf die *Melbourne* zurückkehrten. Während ihr Magen revoltierte, blickte sie durch das hintere Fenster und sagte sich, dass ihre Lage zumindest nicht so schlecht und aussichtslos war wie Pitts und Giordinos.

Die beiden Männer saßen auf dem offenen Achterdeck, mit den Rücken an den Heckbalken gefesselt. Sie waren triefnass sowohl vom Seewasser, das auf dem Deck herumschwappte, als auch von den Wellen, die über die Reling schlugen und sie durchschüttelten. Trotz dieser wenig gemütlichen Umstände unterhielten sich die beiden Amerikaner gutgelaunt und unbeschwert wie Touristen während einer Besichtigungsfahrt durch die City von London.

Margot hatte in ihrem bisherigen Leben noch niemanden wie diese beiden kennengelernt. Ihr Vater war wirklich das, was man landläufig als einen harten Burschen bezeichnen würde, aber für Pitt und Giordino schien Angst ein absolutes Fremdwort zu sein. Es war, als ob das Band zwischen ihnen durch jede gemeinsam überstandene Katastrophe nur noch weiter gefestigt worden wäre und jeden der beiden noch unangreifbarer gemacht hätte. Ihr Selbstvertrauen erfüllte Margot mit einem vollkommen unerwarteten Anflug von Hoffnung und half ihr, ihre Angst im Zaum zu halten und sich nicht aufzugeben.

Das Boot schwankte heftig, und eine hohe Welle wusch über das Achterdeck und die beiden Männer hinweg. Giordino schüttelte sich das Wasser aus dem Gesicht und den Haaren. »Ist unser Treibanker noch vorhanden?«

Pitt, der sitzend einen Kopf größer war, blickte über den Heckspiegel zur *Stingray*, die in etwa dreißig Metern Entfernung hinter ihnen an einem Schleppseil hin und her schlingerte. »Unsere Seekuh hängt noch an der Angel. Ich wundere mich, dass sie seine Luke nicht geöffnet und das Boot längst versenkt haben.«

Pitt lächelte bitter. »Vielleicht wollen sie es noch benutzen, um damit nach Raketenteilen zu suchen.«

Die beiden hatten auf der Insel für einen Augenblick die Luft angehalten, als der glatzköpfige Kommandosoldat einem seiner Helfer den Befehl gab, an dem Tauchboot eine Schleppleine zu befestigen. Obwohl sich das Mannschaftsboot direkt über dem versunkenen Raketenantrieb befunden hatte, als sie das Schleppseil verankerten, hatte niemand das Aggregat unter Wasser bemerkt. Als sich das Mannschaftsboot und die *Stingray* wieder in den Sturm hinauswagten, war der Raketenantrieb in der Bucht zurückgeblieben.

Pitt verfolgte, wie eine hohe Welle gegen die Backbordseite des Bootes brandete und sie mit einer Gischtwolke überschüttete. Nachdem das Wasser abgeflossen war, wandte er sich halb zu Giordino um. »Was ich dich schon die ganze Zeit fragen wollte, hast du bei deinen Bemühungen, unser Tauchboot am Strand zu reparieren, irgendeinen Erfolg erzielt?«

»Nicht nur einen, sondern gleich mehrere«, erwiderte Giordino. »Die Funkanlage kann man wohl als Totalverlust verbuchen, aber ich konnte die Flügelräder zweier weiterer Druckstrahlruder ausbessern, deren Lamellen bei der Achterbahnfahrt über den Meeresgrund verbogen worden waren. Außerdem funktioniert ein weiterer Scheinwerfer wieder. Was den Wert den Bootes für unsere Freunde ein wenig steigern und unsere Überlebenschancen ebenfalls verbessern dürfte.«

»Möglicherweise haben sie es wegen der an Bord gespeicherten Daten nicht geflutet. Meinst du, sie können mit den Vermessungsprotokollen etwas anfangen?«

»Wir haben während der letzten Tauchfahrt keinerlei Videoaufzeichnungen gemacht, daher können sie höchstens den Verlauf unseres Suchprogramms und unsere jeweiligen Positionen nachvollziehen. Das reicht zwar aus, um uns einen Strick um den Hals zu legen, aber nicht, um nachzuprüfen, was wir vom Meeresgrund aufgesammelt haben.«

Das war zumindest ein Lichtblick. Während Pitt an den Raketenmotor in der Bucht dachte, versetzte ihm Giordino einen Rippenstoß. »Sieht so aus, als ob wir gleich zu Hause einträfen.«

Pitt blickte in Fahrtrichtung des Mannschaftsbootes und entdeckte die *Melbourne*. Das große Bergbauschiff dampfte nach Nordwesen, drosselte jedoch seine Fahrt und stoppte, als das Mannschaftsboot wenig später längsseits kam. Das Tauchboot wurde von einem der Schwerlastkräne des Schiffes an Bord gehievt und auf dem Achterdeck deponiert. Zwei Kommandosoldaten beeilten sich, es mit einer ausreichend großen Plane zuzudecken.

Mit einem Sturmgewehr im Anschlag dirigierte Ning die Australierin ein Fallreep hinauf auf das Hauptdeck der *Melbourne*. Pitt und Giordino, deren Handfesseln gelöst wurden, damit sie die Leiter überwinden konnten, folgten unter der Bewachung durch zwei bewaffnete Kommandosoldaten. Dann trieb Ning die drei Gefangenen vor sich her zur Kommandobrücke.

Zheng lümmelte im Sessel des Kapitäns und musterte die Besucher herablassend. Er erhob sich langsam und durchquerte den Raum wie eine Wildkatze auf der Lauer. Direkt vor Margot blieb er stehen, während sie den Kopf senkte, um seinem Blick auszuweichen.

»Miss Thornton, Sie haben uns verlassen, ohne sich zu verabschieden.«

»Wo ist mein Vater?«

»Momentan ist er noch am Leben und sitzt unten in der Offiziersmesse. Und jetzt verraten Sie uns doch einmal, wie Sie das Schiff verlassen haben.«

Als Margot keinerlei Anstalten machte, die Frage zu beantworten, holte Zheng blitzartig aus und schmetterte ihr die offene Hand ins Gesicht. Der Schlag fegte sie zur Seite und hätte sie sicherlich zu Boden gestreckt, wenn Pitt sie nicht aufgefangen hätte. Wut loderte nach Pitts Reaktion in Zhengs Augen hoch, aber Giordino reagierte als Erster. Er machte einen halben Schritt vorwärts und traf mit einem dampfhammerartigen Uppercut Zhengs Kinnlinie. Zheng wurde fast aus den Schuhen gewuchtet. Der Anführer des Kommandotrupps kippte nach hinten und landete im Kapitänssessel.

Ein überrumpelter Ning rammte den Kolben seines Sturmgewehrs gegen Giordinos verlängerten Rücken, sodass er auf die Knie sackte. Dann hob er den Lauf und richtete die Mündung auf Pitt, während die anderen Soldaten ihre Waffen in Anschlag brachten.

Ning ließ die Mündung seiner Waffe zwischen Pitt und Giordino hin und her springen. »Noch eine einzige Bewegung und Sie alle werden sterben.«

Zheng kämpfte sich mühsam auf die Füße und baute sich wieder vor den Gefangenen auf. Nach Giordinos Treffer schwankte er, und er hatte einen glasigen Ausdruck in den Augen. Er versuchte zu lächeln, als hätte der Schlag keinerlei Wirkung gehabt, doch dann hatte er Mühe, sich auf den Füßen zu halten.

»Ja, und nun zu unseren anderen Gästen aus dem Tauchboot«, sagte er. »Was haben Sie auf dem Meeresboden gefunden und heraufgeholt?«

Er deutete mit einem Finger auf Giordino, der sich schwankend vom Deck hochstemmte. »Sie. Antworten Sie.«

Giordino richtete sich auf. »Seemuscheln.«

Diesmal sah er den Schlag kommen und wappnete sich, als Nings Gewehrkolben gegen seine Rippen krachte. Er sank auf ein Knie zurück, während er versuchte, den Schlag abzufedern. Mit schmerzverzerrter Miene kam er in den Stand zurück.

»Wir haben in der Straße von Luzon wissenschaftliche Unterwassermessungen durchgeführt«, sagte Pitt.

Ning stieß Pitt mit dem Gewehrkolben vor die Brust. »Halten Sie den Mund. Wir haben nicht mit Ihnen geredet.« Der Soldat versuchte, ihn mit dem Gewehrlauf nach hinten zu schieben, aber Pitt rührte sich nicht vom Fleck. Ning wandte sich wieder zu Giordino um. »Antworten Sie. Was haben Sie gemacht, und was haben Sie gefunden?«

Giordino deutete mit dem Kopf auf Pitt. »Das, was er gerade gesagt hat. Und wir haben sogar einige Seemuscheln gefunden.«

Diesmal traf der Gewehrkolben die Magengrube, trieb Giordino die Luft aus der Lunge und streckte ihn aufs Deck. Diese brutale Behandlung hätte die meisten Männer für längere Zeit außer Gefecht gesetzt, aber nicht Giordino. Ning verfolgte mit kaum verhohlenem Staunen, wie der kleine Italiener wieder auf die Füße kam und ihn wütend anstarrte, während er nach Luft schnappte.

Ning trat einen Schritt zurück, richtete das Gewehr auf Giordinos Kopf und krümmte den Finger um den Abzug.

»Bringt sie raus«, befahl Zheng, der sich mittlerweile wieder gefangen hatte. »Ich habe jetzt keine Zeit für solche Spielchen.«

Er fixierte die beiden Amerikaner. »Wir haben Ihr Tauchboot. Ihre Videokameras werden uns sicher verraten, was Sie gefunden haben. Und wenn nicht, dann wird Ning Ihnen später einen weiteren höchst unangenehmen Besuch abstatten.«

Ning und die anderen Soldaten eskortierten die drei Gefangenen nach draußen. Während Margot die Hand nach Pitts Arm ausstreckte, um sich darauf zu stützen, ergriff Zheng noch einmal das Wort.

»Einen Moment«, sagte er.

Margot blickte starr geradeaus, spürte jedoch den Blick des Anführers geradezu körperlich in ihrem Rücken.

»Miss Thornton bleibt hier«, befahl er mit eisiger Stimme. »Ich möchte, dass sie mir noch ein wenig länger Gesellschaft leistet.«

45

Die Bergsteiger erwachten bei Sonnenaufgang und begannen sofort, die nähere Umgebung der Tragflächenspitze nach weiteren Trümmern der C-47 abzusuchen. Die Gruppe trennte sich und stieg mehrere hundert Meter auf dem Berghang ab und arbeitete sich Schritt für Schritt wieder nach oben bis zum Felsgrat. Dann nahmen sie sich den Bergrücken zwischen den Gipfeln von Whisky und November vor.

Sie fanden nicht eine einzige Schraube oder Niete.

Nachdenklich betrachtete Summer die Eisplatte unter der Tragflächenspitze. »Wäre es möglich, dass das restliche Flugzeugwrack in den Gletscher eingesunken und rundum vom Eis eingeschlossen ist?«

»Möglich ist es durchaus, aber nicht sehr wahrscheinlich«, sagte Norsang. »Während der vergangenen fünfzig Jahre ist im Himalaya ein rapider Rückgang der Vergletscherung zu beobachten. Wenn das Flugzeug nach dem Absturz im Eis eingeschlossen war, dürfte es mittlerweile vollkommen freigelegt sein.«

»Wir können hier eigentlich nicht viel mehr tun, als das Gelände weiter unten noch durchzukämmen«, sagte Dirk. »Ich schlage vor, wir sollten das ursprünglich ins Auge gefasste Suchgebiet auf der anderen Seite des Felsgrates unter die Lupe nehmen.«

»Ich bin dafür«, sagte Norsang und sah Summer fragend an. »Und Sie?«

»Ich auch«, sagte sie lächelnd. »Ich habe das Gefühl, als ob auf der anderen Seite des Berges Shambhala auf uns wartet, das gelobte Land.«

Sie packten ihre Zelte zusammen, überquerten den Felsgrat und deponierten ihre Ausrüstung in einer geräumigen Felsnische. Die Nordhänge der Berge hielten in Gestalt von breiten Gletschern, die sich von den Gipfeln bis in die Niederungen erstreckten, mehr Eis für sie bereit. Das Fünferteam verteilte sich über eine halbe Meile offenen Terrains zwischen den beiden Eisströmen und bewegte sich systematisch bergab. Dabei verbrachten die fünf den größten Teil des Vormittags damit, auf dem Felsgrat nach Spuren des Flugzeugs Ausschau zu halten. Auch wenn Dirk und Summer noch immer unter heftigen Kopfschmerzen litten, die durch die Meereshöhe, in der sie sich bewegten, hervorgerufen wurden, spürten sie doch, dass sie sich allmählich an die deutlich dünnere Luft gewöhnten.

Nachdem sie mehrere hundert Meter des Geländes unterhalb des Felsengrates durchgekämmt hatte, querte die Gruppe nach Westen und stieg wieder zum Grat auf. Arie konzentrierte sich auf den Bereich am Rand des Suchgebiets und war seinen Gefährten ein Stück voraus, als er dicht vor seinen Füßen eine Entdeckung machte. Er winkte. »Hier ist etwas!«

Die anderen stiegen zu Arie auf, der sich nur wenige Schritte unterhalb des Felsgrates befand. Der Tibeter scharrte mit der Spitze seines abgetragenen Bergstiefels auf dem Boden herum. Norsang bückte sich und grub mit den Händen ein rundes Objekt aus dem Erdreich.

Es war ein etwa fünfzehn Zentimeter großes Rad mit einer gegabelten, mit Rost bedeckten Spindel. Reste eines schmalen Gummireifens klebten noch in der Laufrille. Das Gummi war rissig, ausgetrocknet und hatte sich grau verfärbt. Norsang hielt das Rad hoch, damit alle es sehen konnten.

»Eindeutig ein Spornrad«, stellte Dirk fest.

Summer wühlte in ihrer Anoraktasche und holte die Vergrößerung eines Fotos hervor. Es zeigte eine Douglas C-47 Skytrain.

Summer deutete auf den Heckabschnitt des Flugzeugs. »Dieses Rad sieht genauso aus.«

»Hier müssen noch weitere Trümmer liegen.« Norsang legte das Rad wieder auf den Boden zurück.

Sie suchten den Boden um den Punkt herum ab, inspizierten den Bereich bis zum Grat und nach Westen bis zum Rand des Gletschers. Als sie keine weiteren Flugzeugtrümmer fanden, begannen Dirk und Norsang halb vergrabene Steine umzudrehen und die dünne Erdschicht aufzukratzen, die sich auf dem Eis angesammelt hatte. Aber ebenso wie die Tragflächenspitze war das Spornrad ein einzelnes, isoliertes Bruchstück, das sich auf rätselhafte Weise auf den Berggipfel verirrt hatte. Keine verbogenen Rumpfplatten oder zerschmetterten Motorreste waren weit und breit zu sehen, noch nicht einmal winzigste Fragmente der Frachtmaschine.

Der Suchtrupp legte eine Pause ein, um sich mit einem Imbiss zu stärken, und diskutierte über den Fund, während die Sonne über den wolkenlosen Himmel wanderte und ihre Strahlen von dem Whisky-Gletscher funkelnd reflektiert wurden. Norsang bemerkte, wie Dirk das Gelände aufmerksam studierte. »Vielleicht ist es nicht unsere Bestimmung, das Flugzeug zu finden. Es hatte viele Leute an Bord.«

»Oder wir haben die Hinweise längst gesehen«, bemerkte Dirk, »und deuten sie nur nicht richtig.«

»Könnte die Maschine irgendwo tiefer auf dem Berghang vergraben sein, wo sie jetzt unsichtbar ist?«, fragte Norsang. »Vielleicht hat der Wind sie im Lauf der Jahrzehnte mit Staub und Schnee zugedeckt.«

»Das glaube ich nicht«, sagte Dirk. »Es war ein ziemlich großes Flugzeug mit zwei schweren Sternmotoren. Davon müsste eigentlich mehr zu sehen sein. Nein, ich glaube, dass seine Reise ganz woanders geendet hat.«

Summer sah ihn stirnrunzelnd an. »Wie kommst du darauf?«

»Angenommen, das Flugzeug kam von Norden … oder besser,

von Nordwesten, also von Lhasa.« Dirk sah sich um und deutete in die entsprechende Richtung, dann versuchte er sich vorzustellen, welche Bedingungen zu diesem Zeitpunkt geherrscht hatten. »Ein Schneesturm tobte, wahrscheinlich wehte ein starker Wind, und die Sicht war so gut wie null. Ram erwähnte, dass einer der Motoren einen Treffer abbekommen hatte, daher war es möglicherweise schwierig, die Maschine hoch genug in der Luft zu halten, oder sie gerieten in eine Böe, die sie nach unten drückte. So oder so näherten sie sich diesem für sie unsichtbaren Felsgrat und tippten ihn ganz kurz an. Ich sehe es vor mir. Das Spornrad wird abgerissen. Und durch diesen heftigen Stoß wird Ram aus dem Flugzeug geworfen.«

Dirk drehte sich um und deutete zum Felsgrat hinauf. »Die linke Tragflächenspitze schrammt auf dieser Seite am Grat entlang. Dabei bricht nicht die gesamte Tragfläche ab, sondern nur die Spitze, die hoch geschleudert wird und über den Grat fliegt.«

Summer nickte. »Sie landet fast genau auf der gleichen Höhe des Berghangs wie das Spornrad, das wir auf dieser Seite gefunden haben.«

»Was darauf schließen lässt, dass das Heck ziemlich hart aufschlug und das Rad verloren hat«, sagte Dirk, »aber das Flugzeug wurde gleichzeitig hochgeworfen. Und zwar hoch genug, um noch für einen kurzen Moment in der Luft zu bleiben und ein Stück weiterzufliegen.«

»Ram hatte keinen Aufprall gehört, ehe er das Bewusstsein verlor«, sagte Norsang. »Sondern nur ein lautes Rumpeln.«

Summer machte ein paar Schritte und erreichte ihren Bruder. Sie blickte nach Südwesten zum Whisky-Berghang. »Das bedeutet, dass die Maschine es bis zum Gletscher geschafft haben könnte.«

»Der im Jahr 1959 um einiges größer gewesen sein dürfte«, sagte Norsang. »Wahrscheinlich reichte er sogar bis hierher, wo wir gerade stehen.«

Summer schirmte die Augen vor der Sonne ab und studierte die

Eismasse. »Es ist nichts zu sehen, und auch auf Hirams Satellitenfoto war nichts zu erkennen.«

»Aber nur, weil die Maschine dort nicht liegen blieb«, sagte Dirk. »Der Berghang ist dicht unterhalb des Gipfels ziemlich steil. Wenn das Flugzeug eine Bauchlandung hinlegte und auf dem Eis aufschlug, könnte sie über den gesamten Berghang abgerutscht sein.«

Die drei ließen die Blicke über das mit Eis bedeckte Gelände vom Whiskygipfel bis hinunter zu einer Senke schweifen. Am Ende des Eisfeldes war ein grüner Schimmer zu erkennen.

»Meinst du etwa den See?«, fragte Summer zweifelnd.

»Warum nicht? Oder siehst du irgendwo eine Spur von dem Wrack?«

»Aber das ist ein See.« Norsang schüttelte den Kopf. »Wir haben keine Möglichkeit, dort zu suchen.«

»Doch, die haben wir.« Dirks Miene verzog sich zu einem breiten Grinsen. »Wisst ihr, ich habe während des Aufstiegs nicht umsonst den Packesel gespielt.«

46

Mao Jing blickte an den kahlen Felshängen empor und machte einen tiefen Atemzug. Einen Himalaya-Gipfel zu erklimmen war nicht das, worauf er mental vorbereitet war. Während seine Männer bestens trainiert und in guter körperlicher Verfassung waren, musste er sich eingestehen, dass er in den vergangenen Monaten weich geworden war und seine gute Form eingebüßt hatte. Seine verdeckte Tätigkeit in Sikkim bestand kaum aus mehr, als indische Truppenbewegungen an der Grenze zu beobachten, was er normalerweise von einem komfortablen Hotelzimmer aus bewerkstelligen konnte.

Noch nie zuvor hatte er Befehle von solcher Dringlichkeit erhalten wie den, der jetzt von ihm verlangte, den Angehörigen des tibetischen Sicherheitsdienstes – Tenzin Norsang – und seine Begleiter zu überwachen. Seine Anweisungen waren unmissverständlich. »Verfolgen Sie die Leute und verschaffen Sie sich alles, was sie gefunden haben und finden werden … und zwar um jeden Preis.«

Den letzten Teil der Anweisung fand er ungewöhnlich. Wenn man auf dem Terrain eines Feindes oder Widersachers operierte, lautete die erste Regel, Heimlichkeit zu wahren und nicht aufzufallen. Normalerweise mussten sich Mao und seine Agenten in Sikkim auf Zehenspitzen bewegen und als fliegende Händler oder sogar als Yakhirten auftreten. Aber das schien nun nicht mehr nötig zu sein. »Um jeden Preis«, murmelte er vor sich hin. Was damit gemeint war, konnte kaum klarer ausgedrückt werden.

Als chinesischer Spion für die Volksbefreiungsarmee war Mao über Norsangs Ankunft in Sikkim durch den Agenten der Autovermietung, einen bezahlten Informanten, unterrichtet worden. Er hatte sich einen geeigneten Parkplatz an der Hauptstraße nach Gangtok gesucht, dort auf den weißen Van gewartet und war diesem bis zum Hotel in Lachung gefolgt. An diesem Tag hatte er Verstärkung durch drei schwer bewaffnete Agenten in einem vierradgetriebenen Geländewagen erhalten, beladen mit ausreichend Proviant und umfangreicher Überlebensausrüstung.

Im Schutz der Dunkelheit hatten sie einen GPS-Sender an dem Van angebracht und ihn am nächsten Morgen mit ausreichendem Abstand beschattet, während er nach Dambung fuhr. Als die tibetische Gruppe ihren Weg zu Fuß fortsetzte, hatten die Chinesen eine Drohne gestartet, die ihren weiteren Weg aus großer Höhe über dem Talgrund überwachte.

Für eine Stunde hatten sie zwischen den verkrüppelten Kiefern an der Baumgrenze ausgeharrt, nachdem ihr Jagdwild die Zelte abgebrochen, zusammengepackt und anschließend den Felsgrat nach Norden überschritten hatte. Während des restlichen Vormittags hatte Mao seine Männer den steilen Berghang hinaufgeführt. Sie machten auf dem Felsband Rast, auf dem die Tibeter am Abend vorher ihr Lager aufgeschlagen hatten, dann kraxelte Mao zum Felsgrat hinauf und warf einen Blick auf die gegenüberliegende Seite.

Das Hochgebirgspanorama im Osten und Westen sowie die trockene Hochebene Tibets im Norden waren überwältigend. Dann konzentrierte sich Mao auf den Berghang direkt unterhalb seiner Position. Zuerst war von der Gruppe der Tibeter nichts zu sehen. Dann veränderte er seine Position und suchte das tieferliegende Gelände ab. Und gut sechshundert Meter unterhalb seiner Position entdeckte er am Fuß des Berghangs die Gestalten am Ufer eines Bergsees.

Mao kramte ein Fernglas aus seinem Rucksack und richtete es

auf die Gestalten. Zwei Männer fachten ein Feuer an, während ein hochgewachsener Mann und eine Frau am Rand des Gletschers standen, wo er an den See grenzte.

Vier Personen. Eigentlich sollten es fünf sein. Er suchte die Umgebung des Sees ab, dann nahm er den Berghang ins Visier und tastete ihn Meter für Meter ab. Mit besorgter Miene blickte er hoch, als einer seiner Agenten zu ihm heraufkam und sich neben ihm ausstreckte.

»Was ist los?«, fragte der Mann, als er Maos Gesichtsausdruck bemerkte.

»Ich sehe nur vier Personen. Einer der Männer fehlt.«

Der andere Agent ließ den Blick über das Gelände wandern und kam zu dem gleichen Ergebnis. »Denken Sie, dass sie bereits etwas gefunden haben? Einer von ihnen könnte vom See aus nach Westen in Richtung Yumthang Valley weitergegangen sein.«

Mao nickte widerwillig und nahm die vier Gestalten erneut aufs Korn. Es sah nicht so aus, als würden sie ihre augenblickliche Position in Kürze verlassen. Vielleicht wussten sie, dass sie verfolgt wurden, und verschafften sich einen zeitlichen Vorsprung, während einer von ihnen sich mit den Artefakten im Gepäck längst auf den Weg gemacht hatte? Wenn dies der Fall sein sollte, hätte er keine andere Wahl, als sofort zu reagieren.

»Holen Sie die anderen hierher«, sagte Mao. »Und zwar so unauffällig wie möglich. Wir steigen zu ihnen hinunter und sehen nach, was sie vorhaben.«

»Und wenn sie uns entdecken?«

»Dann werden wir uns bemühen, sie nicht alle zu töten.«

47

Summer betrachtete die Tauchausrüstung, die Dirk in seiner Reisetasche mitgeschleppt hatte, und schüttelte den Kopf. Sie war ziemlich bescheiden und bestand aus einem Trockentauchanzug, einer Maske mit Schnorchel und einem Paar kurzer Leichtgewichtsflossen. Ein Regulator mit einem einzelnen zweistufigen Mundstück war an eine kleine Aluminiumtauschflasche angeschlossen, die gewöhnlich als Notfalltank eingesetzt wurde. Kleiner als nur halb so groß wie eine Normflasche, enthielt sie nur achthundert Liter Pressluft.

»Keine Tarierweste, kein Tauchcomputer, kein Atemregler.« Sie schüttelte den Kopf. »Allein zu tauchen, in großer Meereshöhe, in einem unbekannten Gewässer, mit nur einer Reserveflasche. Und das bei einer Wassertemperatur von höchstens fünf Grad Celsius. Ich vermute mal, das verstößt gegen jede Sicherheitsregel für gefahrloses Tauchen.«

»Wenn wir ein paar Rupien investiert und ein Yak angeschafft oder auch nur gemietet hätten, um unseren Proviant zu transportieren, wäre möglicherweise eine vollständige Ausrüstung zusammengekommen«, sagte Dirk. »Hier heraufzuschaffen, was ich in der Tasche hatte, war schon schwer genug.«

»Was meinst du denn, wie viel von dem See du mit dem mickrigen Luftvorrat absuchen kannst?«

»Ich bleibe zuerst an der Oberfläche und sehe mir an, was ich auf dem Grund erkennen kann. Allzu tief scheint der See nicht zu sein.«

»Und was willst du als Gewicht benutzen?«

Dirk wühlte in seinem Rucksack und zog eine weit geschnittene Anglerweste mit zahlreichen Reißverschlusstaschen heraus. »Wenn du mir hilfst, ein paar dicke Steine zu suchen, die ich in die Taschen stecken kann, steht einem ersten Tauchgang nichts mehr im Weg.«

»Absolut irre«, sagte sie. »Du bist vollkommen verrückt.«

Dirk grinste seine Schwester an. »Du bist ja nur neidisch, weil du nie erzählen kannst, dass du im Himalaya getaucht bist.«

Er zog seine äußere Kleidung aus, schlüpfte in den Trockentauchanzug und stopfte sein Haar unter die Kopfhaube. Dann kletterte er von dem felsigen Ufer hinab, watete in den Gebirgssee, zog sich die Schwimmflossen über die Füße und setzte die Tauchmaske auf. Er gab Summer mit dem Daumen das Okay-Zeichen, dann streckte er sich auf der Wasseroberfläche aus und steuerte auf die Mitte des Sees zu, während er durch den Schnorchel atmete.

Das eisige Wasser verursachte auf den ungeschützten Partien seines Gesichts ein leichtes Brennen, aber die anfängliche Kälte, die seinen Körper umgab, verflüchtigte sich schnell, als die isolierenden Luftpolster zwischen Tauchanzug und Körper sich erwärmten. Durch Moränen innerhalb des Beckens vor Wind geschützt, war die Oberfläche des Sees nahezu spiegelglatt. Winzige Sedimentpartikel, Steinmehl genannt und durch glaziale Erosion erzeugt, verhalfen dem See zu seiner grünen Farbe, trübten jedoch gleichzeitig das ansonsten kristallklare Wasser. Trotzdem betrug die Sichtweite fast zehn Meter. Allerdings gab es, wie Dirk feststellen musste, außer mit braunem Schlamm bedeckten Felsen und glatt geschliffenen runden Findlingen nur wenig zu sehen.

Obgleich der See nicht besonders groß war, konnte man an vielen Stellen nicht bis auf seinen Grund blicken, sodass Dirk befürchtete, dass ihm das versunkene Flugzeug entgangen sein könnte. Er überquerte den See mehrmals in unterschiedlichen Richtungen, wobei er gelegentlich mit großen Eisschollen kollidierte, die vom Gletscher abgebrochen waren und im Wasser trieben.

An einer Stelle, nicht weit vom nördlichen Ufer entfernt, hielt er inne, aber nicht, weil er etwas gesehen hatte, sondern, weil er etwas Ungewöhnliches fühlte. Die Wassertemperatur um seine Tauchmaske steigerte sich unvermittelt von bitterkalt zu nahezu unerträglich heiß. Auf dem steinigen Seegrund konnte er nichts Ungewöhnliches erkennen, das diese Erscheinung hätte erklären können, bis ihm einfiel, dass Norsang während ihrer Fahrt von Gangtok hierher einige heiße Quellen erwähnt hatte. Offenbar befand sich ein solcher geothermaler Schlot auf dem Grund des Gebirgssees.

Während Norsang am Ufer entlangging, schwamm Dirk zum südlichen Ufer hinüber, wo der Gletscher in den See mündete. Der Seegrund geriet außer Sicht, als er die Mitte des Sees erreichte. Doch er schwamm weiter, blickte nach unten und paddelte kraftvoll mit den Füßen. Als der braune Boden wieder unter ihm erschien, nahm er am Rand seines Gesichtsfeldes eine leichte Verfärbung wahr. Etwas Grünes hob sich von dem steinigen Grund ab. Mehr konnte er jedoch nicht erkennen. Er umkreiste den Bereich, ohne irgendwelche Einzelheiten identifizieren zu können, dann merkte er sich die Position mit Hilfe verschiedener Landmarken am Seeufer. Er beendete seine Orientierungstour und kehrte zum Ausgangspunkt seines Schnorchelausflugs am Ostufer zurück.

Während Dirk aus dem See stieg, kam Norsang im Laufschritt zum Wasser herunter. »Haben Sie irgendetwas gesehen?«

»Der See ist ein wenig tiefer, als ich erwartet hatte«, erwiderte Dirk leicht außer Atem. »Ich habe auf dem Grund so etwas wie einen Farbfleck entdeckt, aber es könnte auch nur eine Gesteinsformation gewesen sein.«

Summer runzelte skeptisch die Stirn. »Meinst du, ein Tauchversuch würde sich lohnen?«

»Ich denke schon.« Er kam an Land. »Wie weit bist du mit meiner Weste?«

Summer hielt ein dickes und offenbar schweres Kleidungsstück hoch. »Ich habe die Pressluftflasche und den Atemregler so gut es ging daran befestigt.« Sie deutete auf einige Klettbandstreifen. »Etwa dreißig Pfund Steine habe ich hineingepackt. Wenn das zu viel ist und du auf den Grund des Sees hinabsinkst, hast du es auch verdient, da unten zu bleiben.«

Er lachte. »Ich wusste doch, dass ich mich auf deine tatkräftige Unterstützung verlassen kann.«

Norsang half Summer, die Weste hoch und offen zu halten, während Dirk sie über seinen Trockentauchanzug streifte. Summer hatte bereits den Regulator an die Pressluftflasche angeschlossen, aber Dirk verband einen zusätzlichen dünnen Druckschlauch mit einem Ventil am Tauchanzug. Er ließ ein wenig Druckluft einströmen, um den Auftrieb des Anzugs zu erhöhen, dann watete er ins Wasser zurück. »Bin gleich wieder zurück«, sagte er, rückte die Tauchmaske zurecht und entfernte sich mit kräftigen Beinschlägen.

Er schwamm zur Südseite des Gletschersees und orientierte sich an einem Paar Findlinge, die er sich als Markierungspunkte eingeprägt hatte. Nachdem er einige Male hin und her geschwommen war, fand er das grüne Objekt auf dem Grund des Sees.

Er tauschte den Schnorchel gegen den Regulator aus und ließ aus seinem Tauchanzug durch ein Ventil im Ärmel ein wenig Luft ab. Summer hatte genau die richtige Menge Steine in die Weste gepackt, und er sank langsam in die Tiefe. Er drehte sich um und strebte mit gleichmäßigen Schwimmzügen abwärts, wobei er bewusst langsam atmete, um mit seinem begrenzten Vorrat an Pressluft so lange wie möglich unter Wasser operieren zu können.

Mit jedem Meter, den er bei diesem Tauchversuch zurücklegte, nahm die Trübung des Seewassers merklich ab, sodass er schon bald bis auf den Grund in etwa fünfzehn Metern Wassertiefe blicken konnte. Gleichzeitig verdunkelte sich der See, als die Nachmittagssonne hinter den Bergen versank.

Dicht über dem Seeboden stoppte er und schlug die Richtung ein, in der das grüne Objekt lagerte. Als es nach einigen Paddelschlägen mit den Schwimmflossen in sein Gesichtsfeld geriet, hatte er das Gefühl, als setzte sein Herzschlag für einen Moment aus.

Die Silhouette eines zweimotorigen Flugzeugs schälte sich aus dem Dunkel.

Seine tief angesetzten Tragflächen und der bauchige Rumpf bestätigtem ihm, dass es sich um eine C-47 handelte. Dirk näherte sich ihr von hinten und stellte fest, dass das Flugzeug aufrecht stand. Die alte Transportmaschine war weitgehend intakt, auch wenn ihr ein Höhenleitwerk fehlte und die linke Tragflächenspitze abgebrochen war. Er schwamm am Rumpf entlang nach vorn und sah, dass die Nase der Maschine beim Aufprall eingedrückt worden war.

Dirk machte kehrt und schwamm über die linke Tragfläche und den Motor, dessen dreiflügeliger Propeller zerschmettert worden sein musste, als das Flugzeug auf den Gletscher gestürzt war. Denn es war der Gletscher, auf dem die C-47 gelandet war. Allem Anschein nach war die Maschine den Berghang unversehrt hinabgerutscht und in den See eingetaucht, der zum damaligen Zeitpunkt höchstwahrscheinlich wesentlich kleiner gewesen war.

Er paddelte schnell um das verbeulte Vorderende der Maschine herum und schwamm dann an der rechten Seite des Rumpfs entlang. Hinter der Tragfläche stand eine Frachtklappe einladend offen. Es war dieselbe Klappe, durch die Ramapurah Chodron sechzig Jahre zuvor aus dem Flugzeug gestürzt war. Dirk glitt durch die Öffnung, dann murmelte er einen Fluch, weil er es versäumt hatte, eine Unterwasserlampe auf den Tauchgang mitzunehmen.

Der Rumpf des Skytrains wies zahlreiche Fenster auf, deren Glasscheiben jedoch im Laufe des jahrelangen Aufenthalts im Gletschersee blind geworden waren. Dirk hatte nicht die Zeit abzuwarten, bis sich seine Augen an das düstere, trübe Innere der Frachtkabine gewöhnt hatten. Er schwamm nach vorn, entschlossen, mit der Suche nach dem Nechung-Götterbild im Cockpit zu beginnen und jeden Winkel des Flugzeuginneren unter die Lupe zu nehmen.

Er kam nur ein paar Zentimeter weit, als sein Ellbogen gegen ein Hindernis in der Türöffnung stieß. Es war ein Paar Stiefel. Er wich zurück, als eine genauere Inspektion ergab, dass die Knochen ihres ursprünglichen Trägers aus den Schäften herausragten.

Das eisige klare Wasser hatte das Flugzeug mitsamt seinem Inhalt in einem nahezu unberührten Zustand erhalten. Eine lange Bank verlief auf jeder Rumpfseite, und Dirk schwamm über sie hinweg und war bemüht, mit seinen Schwimmflossen kein Sediment aufzuwirbeln. Dunkle Hügel lagen auf den Bänken, die er aber vorläufig ignorierte.

Im Cockpit herrschte mattes Dämmerlicht, das durch die Fenster der Führerkanzel hereindrang. Dirk erreichte die offene Tür und schob den Kopf hindurch.

Das Cockpit der C-47 weckte längst verschüttete Erinnerungen bei ihm. So ähnlich hatten die Armaturenbretter der altertümlichen Schulbusse seiner Kindheit ausgesehen. Auf einer schlichten flachen Konsole waren die Fluginstrumente vor einem Paar einfacher Pilotensessel angeordnet. Vor jedem Sitz befand sich ein Steuerknüppel, gekoppelt mit einem Steuerrad. Alles sah aus, als ob es eigentlich in ein Museum gehörte. Die Skalen waren deutlich zu sehen und ablesbar. Der Höhenmeter zeigte einen Wert von achtzehntausend Fuß. Die Farbe auf den Steuerknüppeln glänzte wie frisch aufgetragen. Und der Schädel und das Knochenbündel auf jedem Sessel waren vom Alter kaum wahrnehmbar vergilbt.

Dirk wusste, dass die dunklen Haufen auf dem Boden und den Bänken hinter ihm aus menschlichen Überresten bestanden. Wenn sich das Nechung-Götterbild wirklich an Bord befinden sollte – und das musste eigentlich der Fall sein –, würde er wohl oder übel diese grässlichen Überbleibsel untersuchen müssen. Er warf einen Blick auf die Doxa-Taucheruhr, die er über den Ärmel seines Trockentauchanzugs gestreift hatte. Vierzehn Minuten – und damit die Hälfte der Zeit, die er sich mit dem Inhalt der Reserveflasche auf dem Grund des Sees aufhalten konnte – waren bereits verstrichen.

Er drehte sich um und ließ den Blick durch die dämmrige Kabine wandern. Es gab nur eine Möglichkeit, das Flugzeuginnere mit einiger Aussicht auf Erfolg zu durchsuchen. Er ging auf die Knie hinunter, kroch über den Mittelgang, die Arme zu beiden Seiten ausgestreckt, und klopfte die Bänke und den Boden darunter ab. Sehr weit kam er nicht, ehe er die Umrisse eines Sturmgewehrs und eines Patronengurts auf einer Seite und Stiefel und Knochen auf der anderen Seite ertastete.

Dirk kam sich vor, als robbte er mit verbundenen Augen durch eine Krypta. Er unterdrückte seinen Ekel – sein Luftvorrat schwand rapide dahin –, berührte Stiefel, Uniformen, Waffen und Knochen. Er verzichtete darauf, die Menge der menschlichen Überreste zu zählen, und erreichte die Hecktür, durch die willkommener Lichtschein hereindrang. Nur noch ein kurzer Rumpfabschnitt bis zum Heck der Maschine lag vor ihm und wartete darauf, durchsucht zu werden.

Mit einigen Beinschlägen glitt er vorwärts und strich dabei mit den Fingern über die Bodenplatten der Flugzeugkabine. Er stieß auf der rechten Seite auf kein Hindernis und prallte mit dem Kopf gegen die geschlossene Luke des Flugzeughecks. Dann machte er kehrt, tastete die gegenüberliegende Seite ab und berührte etwas Kleines, Rundes, Hartes. Seine Finger schlossen sich um den Gegenstand, er hob ihn auf, nahm ihn zur Türöffnung mit und hielt ihn ins Licht. Es war eine Handgranate.

Dirk legte sie behutsam unter die Bank auf der Steuerbordseite und kehrte ins Flugzeugheck zurück. Seine Hände wanderten über ein Skelett, dessen Bestandteile auf der einen Gangseite über den Boden verteilt waren. Er tastete die Überreste ab, als es geschah. Die Pressluftflasche gab noch einen halben Atemzug her, dann nichts mehr.

Er hatte gewusst, dass dies passieren würde, und jeden Augenblick damit gerechnet. Gleichzeitig hatte er jedoch gehofft, das Flugzeug rechtzeitig verlassen zu können, ehe es geschah. Hinzu kam, dass er nicht gefunden hatte, weshalb er getaucht war, obgleich er fast den gesamten Innenraum der gestrandeten Maschine inspiziert hatte.

Als sich der Luftmangel bei ihm bemerkbar machte, berührte er die menschlichen Überreste und blickte sehnsüchtig zur offenen Tür, die nicht mehr weit entfernt war. Mit ein, zwei leichten Paddelschlägen seiner Schwimmflossen wollte er die kurze Strecke überwinden, als seine rechte Hand etwas berührte, das rechts neben ihm an der Kabinenwand lehnte. Er hielt inne und bedeckte seinen Fund mit der Handfläche.

Er war glatt, aber fest und gab nicht nach. Das Objekt maß knapp über einen halben Meter. Dirk streckte die andere Hand aus und nahm es mit beiden Händen in den Griff. Groß, schwer und mit runden Konturen konnte es eigentlich nur ein Gegenstand sein. Das Nechung-Götterbild.

Dirk starrte durch die Dunkelheit in Richtung der Knochen, von denen er wusste, dass sie sich hinter ihm befanden. Waren es vielleicht die ausgestreckten Arme des Mönchs, die in seinen letzten Sekunden die heilige Statue umschlungen hatten? Der Gedanke erzeugte eine Gänsehaut auf seinem Rücken, aber er hatte eine weitaus akutere Sorge.

Ein dumpfes Pochen entstand in seinem Kopf, und der Drang, zur Wasseroberfläche aufzusteigen, wurde übermächtig. Aber er könnte es keinesfalls mit dem Objekt zusammen versuchen, weil er das niemals schaffen würde.

Er setzte das Götterbild ab und schälte sich aus seiner mit Steinen gefüllten Anglerweste. Er spuckte das Mundstück aus, ließ Weste, Pressluftflasche und Atemregler auf den Seegrund sinken und ergriff die schwere kunstvoll geformte *thokcha*-Skulptur.

Er stieß sich ab, schlängelte sich durch die Seitentür, wo er sofort absackte. Das Nechung-Götterbild wog mindestens zehn Pfund mehr als seine behelfsmäßige Tarierweste. Er müsste den Mangel an Auftrieb durch reine Körperkraft überwinden.

Dirk richtete sich auf, ging leicht in die Hocke, stieß sich vom Seeboden ab und führte heftige Paddelschläge aus. Die fehlende Atemluft trieb ihn an, seine Anstrengungen zu verstärken, und er führte kraftvolle, gleichmäßige Schwimmbewegungen aus, wobei er kontrolliert stetig ausatmete, um seiner Lunge keinen Schaden zuzufügen.

Er hatte sich nicht sehr lange im Flugzeugwrack aufgehalten, sodass er auch in dieser extremen Höhe keine Dekompressionspausen einlegen musste. Mit aller Kraft strebte er dem abnehmenden Tageslicht entgegen.

Sein Kopf schoss geradezu durch die Wasseroberfläche, und er machte einen tiefen Atemzug. Er angelte sich seinen Schnorchel, ehe das Götterbild ihn wieder nach unten zog. Mit den Armen um die Statue blieb ihm nichts andres übrig, als nur mit Beinschlägen zum nächsten Ufer zu schwimmen, wobei er wie ein Delfin alle paar Sekunden auftauchte, um Luft zu holen.

Er war zu sehr damit beschäftigt, festen Boden unter die Füße zu bekommen und das Götterbild nicht zu verlieren, um auf das Ufer zu achten. Erst als das Wasser nur noch bis zu seinen Hüften reichte, hob er seinen Fund ans Licht. Schließlich richtete er sich vollends auf und watete ein paar Schritte weit. Er stemmte das Nechung-Götterbild über seinem Kopf triumphierend in die Luft. »Ich habe es gefunden!«

Stille.

Erst dann schaute er zum Seeufer und erblickte sein Begrüßungskomitee. Es bestand aus zwei Chinesen, die Sturmgewehre im Anschlag hielten, deren Mündungen auf seine Brust gerichtet waren.

48

Die chinesischen Agenten waren ungesehen über die Bergflanke abgestiegen, wo sie in ihren braunen Kampfanzügen mit der felsigen Landschaft fast nahtlos verschmolzen. Die vier Männer hatten sich über den Berghang verteilt und bereits bis auf fünfzig Meter dem Seeufer genähert, als sie von Tash entdeckt worden waren.

Der Tibeter griff nach seiner Handfeuerwaffe, wurde jedoch vom nächsten Kommandosoldaten durch einen Feuerstoß aus einer Maschinenpistole niedergestreckt. Arie, der nur wenige Schritte von ihm entfernt stand, verteidigte sich auch noch mit einigen Schüssen, ehe er in einem Kreuzfeuer zusammenbrach.

Norsang ergriff Summers Hand, zog sie auf den Boden herunter, und sie robbten hinter einige Felsen, die ihnen Deckung boten. Er zückte seine Glock, schaltete Tash' Mörder mit zwei perfekt platzierten Schüssen in den Oberkörper aus und duckte sich, als eine Salve aus einer Maschinenpistole über seinen Kopf hinwegpfiff. Er richtete sich auf, um einen anderen Agenten ins Visier zu nehmen, als eine Handgranate durch die Luft wirbelte und dicht neben seinen Füßen landete. Er holte aus, um sie mit einem wuchtigen Tritt zu entfernen, aber sie explodierte, ehe sein Fuß sie erreichte.

Einem grellen Blitz folgte ein donnernder Knall, der den Untergrund erschütterte. Es war keine tödliche Splittergranate, sondern nur eine Betäubungsladung. Sie blendete Summer und Norsang vorübergehend und legte ihren Hörsinn lahm. Als Norsang die Nachwirkungen abschütteln konnte, war es zu spät. Die Mündung eines Sturmgewehrs bohrte sich in seinen Rücken, und er hatte keine andere Wahl, als seine Pistole fallen zu lassen.

Summer war bereits aufgesprungen, stand vor einem anderen bewaffneten chinesischen Agenten und streckte die Arme in die Höhe. Norsang erhob sich und sah Summer mit einem Ausdruck des Bedauerns an. Sie reagierte mit einem entschlossenen Blick in Richtung ihrer Widersacher.

»Was wollen Sie?«, rief sie so laut sie konnte. Ihre Ohren waren nahezu vollkommen taub und hatten sich von dem Knall noch nicht erholt.

Das dritte noch lebende Mitglied des chinesischen Teams, ein Mann namens Mao, mit dunkler, lederartiger Haut, stand über ihnen auf dem Berghang und untersuchte die Leichen von Tash und Arie. Er richtete sich auf und kam mit gezogener Waffe zu ihnen den Berghang hinunter. Er näherte sich Summer und Norsang fast bis auf Tuchfühlung und blieb vor ihnen stehen.

»Der andere Mann … wo?«, fragte er in gebrochenem Englisch.

Summer spielte die Ahnungslose und musterte ihn mit ihrem besten »Ich weiß nicht, wovon Sie reden«-Blick, aber ihre Mühe war vergeblich. Nur eine Sekunde später tauchte Dirk in der Mitte des Sees auf und schwamm dann zum Ufer. Die drei Chinesen kauerten sich hinter die Felsen, bis Dirk in Ufernähe durchs seichte Wasser watete, wo er von zwei bewaffneten Chinesen erwartet wurde.

Dirk ließ das Nechung-Götterbild am Rand des Gletschers fallen und wurde anschließend über das Geröllfeld zu Summer und Norsang eskortiert.

»Haben Sie es gefunden?«, fragte Norsang halblaut.

»Ja, aber ich wünschte, ich hätte es dort zurückgelassen«, flüsterte Dirk. »Woher kommen diese Typen?«

»Mund halten.« Mao ging an den Gefangenen vorbei zum Gletscherrand, bückte sich und studierte das Götterbild einige Minuten lang. Er lächelte, zog ein Satellitentelefon aus einem Rucksack und versendete eine Textnachricht. Dann holte er ein gewöhnliches

Mobiltelefon hervor und benutzte es, um mehrere Fotos von dem Götterbild zu schießen. Er komprimierte die Fotos, verband das Mobiltelefon durch ein Datenkabel mit dem Satellitentelefon und übertrug die Fotos. Schließlich lud Mao die Fotos via Satellit zu seinem Agentenführer hoch.

Während er noch auf eine Antwort wartete, benutzten die beiden anderen Kommandosoldaten Kabelbinder, um ihren Gefangenen die Hände auf den Rücken zu fesseln. Dann stießen sie jeden Gefangenen zu Boden und fesselten ihre Füße. Mao konzentrierte sich noch immer auf sein Telefon, daher kümmerten sich die beiden Kommandosoldaten um ihren toten Kameraden, nahmen ihm die Waffen ab und beerdigten ihn in einem flachen Graben, den sie danach mit Steinen auffüllten.

Diese zuvorkommende Behandlung ließen sie Tash und Arie nicht zukommen. Stattdessen schleiften die Kommandosoldaten ihre Leichen zum See und füllten die Taschen ihrer Kleidung mit Steinen. Einer der Agenten deutete mit einem schrillen Lachen auf eine abgebrochene Eisscholle und sagte etwas zu seinem Kollegen. Der zweite Mann nickte.

Sie zerrten die beiden Körper auf die Eisscholle, stießen diese ins Wasser und beobachteten, wie sie in die Mitte des Sees trieb. Der Eisbrocken zerfiel nach einiger Zeit, und die beiden Leichen verschwanden unter der Wasseroberfläche. Diese nasse Bestattung löste bei den Männern am Seeufer weiteres schrilles Gelächter aus.

Summer konnte den Anblick nicht ertragen und starrte ihre Peiniger voller Abscheu an.

Mao las mehrere Textpassagen, die auf dem Display seines Satellitentelefons erschienen, dann verstaute er das Telefon in einer Tasche seines Kampfanzugs. Er hob das Nechung-Götterbild hoch, schleppte es zu seinen Gefangenen hinüber und stellte es Norsang vor die Füße. »Sie haben ein Artefakt gefunden, für den meine Regierung sich brennend interessiert.«

»Es ist eine religiöse Reliquie, die dem Namgyal-Kloster gehört.«

»Offensichtlich ist Ihr Fund nicht nur von religiöser Bedeutung und hat darum einen weitaus höheren Wert«, sagte Mao. »Sie werden ihn für uns nach Tibet bringen.«

Er sprach mit einem seiner Agenten, der das Hauptfach von Norsangs Rucksack leerte und das Götterbild hineinstopfte. Der Agent zog Norsang auf die Füße hoch und durchtrennte seine Hand- und Fußfesseln. Er zwang den Tibeter, den Rucksack zu schultern, dann fesselte er seine Hände mit Kabelbindern vor seinem Leib.

Der Agent ging zu Mao hinüber, deutete auf den Gletschersee und sagte etwas zu seinem Anführer. Mao rief den anderen Agenten zu sich, und sie ergriffen Summers Arme und zogen die Gefangene rückwärts auf den Gletscher und setzten sie auf eine Eisscholle, die über das Wasser hinausragte. Mit Dirk verfuhren sie auf gleiche Weise und platzierten ihn neben seine Schwester. Sie schoben beide hin und her, bis sie Rücken an Rücken saßen. Dann fesselten sie ihre Hände hinter ihnen mit einem dritten Kabelbinder aneinander.

»Mir gefällt gar nicht, was ich da sehe«, flüsterte Summer.

»Ich nehme an, wir werden sie bald los sein. Jetzt haben sie ja, was sie wollten«, sagte Dirk.

Aber die Chinesen waren noch nicht fertig. Der Agent mit dem schrillen Lachen kam zu Dirk und zog ein Messer aus einer Gürtelscheide. Er trat hinter Dirk, raffte im Nacken seinen Tauchanzug zusammen und schlitzte ihn mit einem horizontalen Schnitt mit dem Messer auf. Dann verließ er den Gletscher und sammelte mehrere Steine, die er in den Tauchanzug stopfte. Als Dirk sich zur Seite warf, um dem Ballast auszuweichen, rammte der Agent einen Ellenbogen gegen seine Schläfe.

Mao, der am Ufer stand, beobachtete das Geschehen ungehalten. Er rief dem Agenten zu, er solle sich beeilen. Der Mann trat zurück, dann sprang er auf dem Eis mehrmals auf und ab. Auf einer Seite entstand ein Riss, und der Agent veränderte seine Position, um ihn zu erweitern.

»Was tun Sie da?« rief Norsang. »Lassen Sie das!«

Der Tibeter wollte den Amerikanern zu Hilfe kommen, aber Mao hielt ihn zurück. Er holte mit dem Kolben seines Sturmgewehrs aus, erwischte den Sicherheitsmann in der Magengrube und schickte ihn zu Boden. Ein Knirschen und Knacken erklangen. Mao und der Tibeter hoben die Köpfe und sahen, wie der Agent von der Gletscherkante zurückwich, als die überhängende Eisscholle abbrach.

Unter schallendem Gelächter setzte der Agent einen Fuß auf den Rand des flachen Eisbergs und schob ihn auf den See hinaus.

Auf dem Eis sitzend und darauf achtend, sich nicht zu rühren, trieben Dirk und Summer auf den Gletschersee hinaus.

49

In Erwartung seines Besuchers ging Zheng auf der Kommandobrücke ungeduldig auf und ab. »Genosse, ein unbekanntes Flugzeug nähert sich uns auf dem Radar.«

Zheng kam zum Radarschirm und schob den Steuermann beiseite. Der winzige Punkt auf dem Radarschirm kam von Nordwesten zügig auf ihre Position zu. Zheng trat ans Seitenfenster, um nachzusehen, um was es sich handelte. Offenbar interessierte es sich für sie, aber die grauen Wolken bildeten eine dichte Decke und verhüllten alles, was sich in größerer Entfernung befand.

Der nicht näher gekennzeichnete Changhe Z-11J Leichthubschrauber folgte seinem Kurs dicht über den Wellen und bewahrte seit seinem Abflug von einer an der Küste gelegenen Militärbasis in der Provinz Guangdong konsequente Funkstille. Heftige Gegenwindböen und gelegentliche Regenschauer sorgten für riskante Flugbedingungen, aber der Pilot hatte kaum eine Möglichkeit, seinen Flugplan zu modifizieren. Er schaute kurz zu dem Oberst neben ihm, der diesen anonymen Flug über das Südchinesische Meer ungeachtet des schlechten Wetters befohlen hatte.

Schweißtropfen rannen dem Piloten übers Gesicht, als die *Melbourne* in Sicht kam. Er umkreiste sie zweimal, nachdem er um Landeerlaubnis gebeten hatte, und wartete darauf, dass das Schiff drehte, um der Maschine eine weitgehend sichere Landung zu ermöglichen. Während das Helipad des Schiffes unter ihm auf und nieder stieg, wurde ihm ein weiteres Mal klar, dass er bei diesen

Bedingungen gar nicht hätte in der Luft sein, geschweige denn eine Landung auf einem operierenden Schiff hätte riskieren dürfen.

Da ihm in diesem Augenblick aber keine andere Wahl blieb, ging er über dem Pad langsam in den Sinkflug und beobachtete aufmerksam sein Absinken und Hochsteigen. Als ein besonders hoher Wellenberg das Schiff in die Höhe hob, brachte er die Rotorflügel in Landestellung und ließ die Maschine fallen, sodass sie vor der nächsten Welle hart aufsetzte.

Oberst Yan schenkte sich einen Kommentar zu der erfolgreichen Landung des Piloten, und er wartete auch nicht darauf, dass die Rotoren zum Stillstand kamen, sondern stieß die Seitentür auf und sprang hinaus. Aufgrund der heftigen Bewegungen des Schiffes kam er auf dem Deck beinahe zu Fall, behielt jedoch das Gleichgewicht und eilte zu einer Seitentreppe, an deren Kopf Zheng stand und ihn erwartete.

Der jüngere Mann salutierte vor seinem Onkel. »Willkommen, Genosse Oberst. Wir hatten gar nicht erwartet, dass Sie bei diesem Wetter fliegen würden«, sagte er mit besorgtem Tonfall.

»Es war ein unangemeldeter Flug, der unumgänglich war.« Yan deutete auf den Helikopter, während abermals leichter Regen einsetzte. »So blieb eine totale Geheimhaltung am besten gewährleistet. Wo können wir uns ungestört über unsere Planänderungen unterhalten?«

»In der Offiziersmesse, Genosse. Bitte hier entlang.«

Die Offiziersmesse der *Melbourne* hatte das Flair eines Fünf-Sterne-Restaurants mit dickem rotem Teppichboden und mehreren abstrakten Ölgemälden an den Wänden. An den Essbereich grenzte ein Salon mit Ledersesseln und -sofas sowie einem großen Flachbildfernseher. Zheng geleitete Yan zu einem Sesselpaar in einer Nische. Auf dem niedrigen Tisch, an dem sie Platz nahmen, lag ein Stapel mit Seekarten und Dokumenten.

»Nun, Yijong«, sagte der Oberst, »entspricht das, was du mir über das Schiff erzählt hast, den Tatsachen?«

»Mehr als ich anfangs anzunehmen gewagt habe«, erwiderte Zheng. »Wir haben an Bord einen Wissenschaftler gefunden – seines Zeichens Ingenieur – namens Yee. Er ist Taiwanese und hat zugegeben, für das Ministerium für nationale Verteidigung tätig zu sein.« Er deutete auf den Tisch. »Diese Unterlagen fanden wir in seiner Kabine.«

Yan blätterte den Papierstapel durch. Es waren vorwiegend Navigationskarten von Teilen der Straße von Taiwan vor der Westküste der Insel. An verschiedenen Punkten waren gehäuft Ansammlungen roter Dreieckssymbole zu sehen, und zwar in einem schmalen Streifen, der etwa zwanzig Meilen vor der Küste von Norden nach Süden verlief.

»Welche Bedeutung haben diese roten Markierungen?«, fragte Yan.

»Dort befinden sich die berechneten Positionen der Unterwasser-Ultraschallstationen des Projekts Waterfall.«

Yan sah ihn verständnislos an. »Projekt Waterfall?«

»Eine in der Planung befindliche Verteidigungsmaßnahme gegen Angriffe, die vom Wasser kommen. Die aufeinander abgestimmten akustischen Stationen erzeugen eine Wasserwand, die eine angreifende Flotte vernichten kann.«

»Weshalb hat unser Geheimdienst niemals Wind davon bekommen?«

»Yee hat erklärt, dass es sich um ein streng geheimes Programm handele, das zusammen mit Mr. Thornton entwickelt wurde. Außerdem befindet es sich noch in einem sehr frühen experimentellen Stadium.«

»Eine Wand aus Wasser? Das kann nicht dein Ernst sein.«

»Wir konnten selbst feststellen, wie wirkungsvoll diese Technik ist, als wir das Schiff enterten. Sie führten gerade einen Test durch und waren schon dabei, ihn abzubrechen, als wir sie dabei störten. Das Schiff erzeugte eine hohe Welle. Ich habe es mit eigenen Augen gesehen.«

»Ja, das erzähltest du mir. Und dies kann wiederholt werden?«

»Zumindest so viel hat Yee mir bestätigt.«

»Wie lange dauert es noch, bis dieses System gezielt eingesetzt werden kann?«

Zheng zuckte die Achseln. »Yee hat das Bewusstsein verloren, während wir ihm die letzten Fragen stellten.«

Yan verengte die Augen zu schmalen Schlitzen. »Ich würde gern wissen, wie dieses System funktioniert.«

»Ich veranlasse, dass der Erfinder es Ihnen erklärt. Er ist der Mann, der dieses Schiff gebaut hat.« Er holte ein tragbares Sprechfunkgerät aus einer Tasche und rief einen seiner Untergebenen.

Einige Minuten später wurde ein abgekämpfter und ausgezehrt wirkender Alistair Thornton in den Raum geführt und nicht weit von den beiden Offizieren entfernt auf einen Stuhl gesetzt. Yans militärische Uniform weckte offenbar sein Interesse, aber für Zheng hatte er nur Verachtung übrig, wie seine Miene unmissverständlich verriet.

»Der Oberst«, sagte Zheng, »möchte über das Projekt Waterfall erschöpfend informiert werden.«

»Ich sagte doch schon«, erwiderte Thornton mit sachlicher Stimme, »dass ich nicht mehr mit Ihnen rede.«

»Ich denke, dass Sie sich dies sicher noch einmal überlegen werden.« Zheng sagte einige Worte ins Mikrofon seines Funkgeräts.

Die Tür des Raums wurde geöffnet, und Margot betrat die Offiziersmesse, gefolgt von Ning, der die Mündung einer Pistole gegen ihren Nacken drückte. Thornton richtete sich bei dem plötzlichen Erscheinen seiner Tochter ruckartig auf. Sie sahen sich mit einem Ausdruck tiefer Erleichterung – aber auch Verzweiflung – an, während Margot neben ihrem Vater auf die Knie niedersank und seine Hand ergriff.

»Geht es dir gut?«, fragte Thornton.

Margot nickte und zwang sich zu einem Lächeln.

»Was für ein rührendes Wiedersehen«, kommentierte Zheng.

»Wenn Sie wollen, dass es dabei bleibt, werden Sie dem Oberst alles über das Projekt Waterfall erzählen.«

»Projekt Waterfall ist … ein Phantom.« Thornton starrte auf den Boden. »Es existiert zurzeit nur auf dem Reißbrett. Ich habe keine Ahnung, ob es jemals funktionieren wird.«

»Aber«, wandte Yan ein, »Sie haben doch bereits riesige Wellen erzeugt, oder etwa nicht?«

»Er hat es getan.« Thornton deutete mit finsterer Miene auf Zheng.

»Also ist es möglich«, schlussfolgerte Yan.

Thornton nickte widerstrebend. »Ja, aber man muss den richtigen Ort und die geeigneten Bedingungen wählen. Hier in der Straße von Luzon, wo wir uns zurzeit noch aufhalten, reagieren bestimmte Zonen mit ungewöhnlich starken unterseeischen Strömungen besonders empfindlich, wenn sie speziellen akustischen Signalen ausgesetzt werden.«

»Signalen, die diese Strömungen an die Wasseroberfläche umlenken können, wo sie sich dann zu einer vernichtenden Welle auftürmen.« Zheng tippte auf den Papierstapel auf dem Tisch. »Ich habe es dort gelesen. In Yees Aufzeichnungen und Protokollen.«

»Und diese Oberflächenwelle – dieser Tsunami – kann in eine bestimmte Richtung gelenkt werden?«

Thornton schwieg, bis Ning hinter Margot trat und mit einer Hand über ihr Haar strich.

»Ja, das ist die Theorie, auf die man sich geeinigt hat«, antwortete Thornton. »Eine Reihe von Sensoren überwacht die Bewegungen des Wassers. Sobald ein bestimmtes Muster wahrgenommen wird, senden die Transponder akustische Wellen mit einer Amplitude, die den physikalischen Fluss verändert. Wenn diese Signale eine ausreichende Stärke haben, lässt sich die jeweilige Fließrichtung des Wassers willkürlich verändern.«

Yan zog eine Seekarte aus dem Stapel, die die Gewässer vor der Hafenstadt Kaohsiung an der Südwestküste von Taiwan zeigte. Er deutete auf eine Reihe roter Dreieckssymbole zwanzig Meilen vor der Küste. »Diese Region hier … ist dies eine Zone, in der das System zum Einsatz kommt?«

»Das … das weiß ich nicht«, sagte Thornton.

Ning raffte eine Handvoll von Margots Haar zusammen und riss sie mit einem Ruck von Boden auf die Füße hoch. Ein Schmerzensschrei drang über ihre Lippen. Thornton machte Anstalten, von seinem Stuhl aufzuspringen, aber Zheng packte sein Hemd und hielt ihn auf seinem Platz fest. Einer der anderen Soldaten richtete seine Waffe auf Thornton.

»Beantworten Sie die Frage«, verlangte Zheng.

Tränen rannen über Margots Wangen, während sie sich bemühte, sich so still wie möglich zu verhalten.

»Lassen Sie sie los«, rief Thornton. »Ihr verdammten Tiere!«

Zheng nickte. Ning senkte den Arm, behielt jedoch Margots Haar im Griff.

»Ja«, presste Thornton mit knirschenden Zähnen hervor. »Dort befindet sich eine der Verteidigungsanlagen Taiwans.«

»Demnach müssen die Bedingungen für den Einsatz des Waterfall-Systems in diesem Gebiet ideal sein«, schlussfolgerte Yan.

Thornton starrte ihn nur wortlos an.

Yan deutete auf die Karte und wandte sich an Zheng. »Bring das Schiff in diese Position. Wir werden das System zum geeigneten Zeitpunkt aktivieren. Aber die Welle sollte dann in die entgegengesetzte Richtung gelenkt werden. Ich möchte Taiwan mit einem großen ›Wasserfall‹ überraschen.«

»Sind Sie wahnsinnig?« Thornton sprang von seinem Stuhl hoch. »Damit würden Sie ein Drittel des Staatsgebietes vernichten. Die Zahl der Todesopfer würde in die Millionen gehen. Überdies würden Sie … wahrscheinlich den Dritten Weltkrieg auslösen.«

Yan sah Thornton mit einem amüsierten Blick an und grinste nur.

50

Dirk und Summer beobachteten von ihrem eisigen Aussichtsplatz, wie einer ihrer chinesischen Verfolger ihre Rucksäcke in den See warf und dann seinen Kumpanen folgte, die Norsang den Berghang hinauftrieben. Der Tibeter blickte verzweifelt und voller Sorge zu seinen Freunden zurück, bis ein Gewehrlauf in seinen Rücken gerammt wurde.

»Von uns wird nichts übrig bleiben, das an unsere Existenz erinnert«, sagte Summer.

»Glaub mir«, erwiderte Dirk, während er sich gegen seine Handfesseln wehrte, »auf dem Seegrund wird von uns noch für einige Zeit erheblich mehr zu sehen sein als nur eine undeutliche Spur.«

»Wie wäre es, wenn wir versuchten, irgendwo anders abzusaufen als in der Mitte des Sees?«

»Ich warte nur darauf, dass sie sich weit genug entfernt haben.« Dirk blickte zum östlichen Ufer, wo er jeden Schritt der Chinesen, die sich bereits ein paar hundert Meter den Berghang hinaufgearbeitet hatten, verfolgen konnte. »Ich glaube, jetzt können wir unser Glück ungefährdet versuchen.«

»Schon bald wird es zu dunkel sein, um uns noch sehen zu können.« Summer deutete mit dem Kopf auf den Himmel, der mit der heraufziehenden Abenddämmerung nach und nach verblasste. »Falls unser Eisberg so lange durchhält.«

Ihre schwimmende Plattform bot ihnen reichlich Platz, aber erste Eisbrocken waren bereits an den Rändern abgebrochen. Dirk streckte die Beine aus und reichte mit den Füßen nicht bis zur Kante der Eisscholle. »Versuch näher an mich heranzurutschen. Bei drei.«

Summer grub die Absätze ins Eis und rückte zu ihrem Bruder, während sie sich vorwärtsbewegte. Summer hielt beim Schaukeln der Plattform die Luft an. Eine Kante sank unter die Wasseroberfläche und tauchte gleich wieder auf, sodass sich ein Schwall eisigen Wassers auf der Scholle verteilte.

Dirk räusperte sich. »Dieses Ding hier ist ziemlich wacklig.«

»Bring uns nur irgendwie zum Ufer«, flüsterte Summer, als ein großes Stück Eis auf ihrer Seite abbröckelte.

Die beiden hatten ihre Positionen so weit verändert, dass Dirks Füße ins Wasser eintauchten. Mit gefesselten Knöcheln führte er leichte, unbeholfene Beinschläge aus. Die Scholle setzte sich aber tatsächlich in Richtung des nördlichen Ufers in Bewegung.

»Ich will dich nicht kritisieren«, sagte Summer, »aber für mich sieht es aus, als ob das östliche Ufer näher ist.«

»Stimmt.« Dirk blickte über die Schulter, um ihre Richtung zu überprüfen. »Aber der Seegrund im Norden hat ein geringeres Gefälle.«

»Für den Fall, dass wir es nicht schaffen?«

»Für den Fall, dass wir es nicht schaffen.«

Weitere Stücke brachen ab und verkleinerten ihr Floß kontinuierlich. Summer spürte das heftige Schwanken, begleitet von leisen Knacklauten. »Ich glaube nicht, dass wir bis dorthin kommen.«

Die Scholle sank während ihrer Paddelstrecke tiefer, bis sie in knapp zehn Zentimeter Wasser saßen. Summer verfluchte das eisig kalte Wasser, vor dem sie nicht so geschützt war wie Dirk in seinem aufgeschnittenen Trockentauchanzug. Ein weiterer Eisbrocken machte sich selbstständig, und Dirk schlug mit den Beinen so kräftig, wie seine gefesselten Füße es erlaubten. Das eingetauchte Eis erwies sich mittlerweile als ein wenig stabiler, und seine geschrumpften Ausmaße ließen es schneller durchs Wasser gleiten. Doch das würde nicht mehr lange so weitergehen.

Als sie etwa zehn Meter vom Ufer entfernt waren, zerbrach die Plattform unter ihnen in zwei Hälften. Dirk und Summer rutschten in den Gletschersee und verschwanden unter seiner Oberfläche.

***

Eine halbe Meile den Berghang im Osten hinauf, stieß der Chinese, der sie auf die Eisscholle gesetzt hatte, einen Freudenschrei aus und ließ wieder ein schrilles Gelächter folgen.

Norsang blieb stehen, wandte sich um und starrte in der zunehmenden Dunkelheit auf den See hinunter. Zwei leere Eisschollen tanzten in der Mitte einer sich ausbreitenden Bugwelle.

»Möge der Drache ihren Seelen gnädig sein«, murmelte er, dann setzte er seine erzwungene Kletterpartie zum Gipfel des Bergs fort.

51

Summer spürte das eisige Wasser auf ihrer Haut wie tausend Nadelstiche. Sie rang nach Luft und kämpfte dann gegen einen unwillkürlichen Reflex an, unter Wasser einzuatmen. Sie stemmte sich gegen ihre Fesseln, während ihre Gedanken rasten.

Was sie in diesem Augenblick erlebte, war eine Schockreaktion auf die Kälte, und sie wusste, dass sie innerhalb nur einer Minute ertrinken würde, wenn sie dem Impuls nachgäbe. Obgleich ihr Herz wie ein Dampfhammer schlug, zwang sie sich, vollkommen entspannt zu bleiben, was ihr zum Glück nicht allzu schwerfiel, weil sie auf eine jahrelange Erfahrung als Taucherin zurückblicken konnte.

Hinter ihr machte Dirk Ähnliches durch, wenn auch nicht ganz so heftig wie sie. Das kalte Gletscherwasser drang durch den Schlitz auf seinem Rücken in den Tauchanzug ein und steigerte das Gewicht der Steine, die sich noch in seinem Anzug befanden. Aber der wasserdichte Stoff des Anzugs bewirkte, dass sich das eingedrungene Wasser nach und nach erwärmte und seine Haut vor weiterer Kälte schützte. Viel schlimmer war für ihn die Erkenntnis, dass er Summer mit sich auf den Grund des Sees hinabgezogen hatte. Anderenfalls hätte sie sich vielleicht aus eigener Kraft befreien und ans Seeufer schwimmen können.

Er bemühte sich nach Kräften, sich den unangenehmen Begleitumständen nicht zu ergeben, und konzentrierte sich auf den felsigen Untergrund, der schnell näher kam. Er entdeckte ein paar aufragende Felsen. Und während er und Summer weiter in die Tiefe sanken, versuchte er, sie an den nächsten heranzumanövrieren. Mit seiner Schwester im Schlepptau drehte und verrenkte er sich, um sich mitsamt seiner Last in Position zu bringen.

Er spreizte die Füße über dem Felsen, den er ansteuerte. Dirk hatte Mühe, seine aufrechte Haltung beizubehalten, während seine Füße auseinanderstrebten, sodass er rittlings auf dem Felsen landete. Als die Innenseiten seiner Füße an dem Felsen entlangschrammten, beugte er die Knie und setzte sein gesamtes Gewicht ein. Darum bemüht, seine gefesselten Füße und Unterschenkel zu befreien, ließ er sich auf den Felsen fallen.

Die Wucht reichte aus, um den Kabelbinder zu sprengen. Dirk kämpfte darum, seine aufrechte Haltung beizubehalten und den Felsen als Halt zu benutzen. Wenigstens bot sich ihnen jetzt eine echte Chance. Während Summers Körper gegen seinen Rücken schlug, kam er zum Stehen und setzte die Beine ein, um sich vorwärtszuarbeiten. Sich nach vorne beugend, damit Summer sich auf seinem Rücken halten konnte, begann er über den Seegrund zu schreiten.

Sie mussten etwa sechs bis sieben Meter überwinden, ehe sie seichtes Wasser erreichten, eine Strecke, die sie an Land innerhalb von Sekunden bewältigt hätten. Aber unter Wasser, ohne Atemluft, einen Schräghang hinaufsteigend und mit seiner Schwester auf dem Rücken sowie mit einer Ladung Steine in seinem Taucheranzug, sah es ganz anders aus.

Er kam nur taumelnd voran, musste gegen die Widerstände des Wassers ankämpfen, während die Kälte und die Kraftanstrengung sein Bedürfnis nach frischer Luft unermesslich steigerten. Aber mit auf dem Rücken gefesselten Händen sein Gleichgewicht zu halten war die schwierigste Aufgabe, die er bewältigen musste. Für einen kurzen Augenblick zog er in Erwägung, an einem Felsen anzuhalten und zu versuchen, die Handfesseln zu sprengen, wie er es mit den Fußfesseln getan hatte, aber dazu hatte er momentan weder die Zeit, noch konnte er sich in diesem Moment einen möglichen Misserfolg leisten.

Er wusste, dass Summer eine gute Schwimmerin und ebenso wie er in bester körperlicher Verfassung war. An einem normalen Tag wäre ein Aufenthalt von zwei bis drei Minuten unter Wasser ohne Luftvorrat für sie beide kein Problem gewesen. Aber Dirk war bereits durch seinen vorangegangenen Tauchgang geschwächt, und die Wirkung der in dieser Meereshöhe extrem dünnen Luft war seiner allgemeinen Kondition nicht gerade zuträglich. Hinzu kam das eisig kalte Wasser des Gletschersees.

Auf seinem Rücken fühlte sich Summer wie ein totes Gewicht an. Er wusste, dass sie einen Kälteschock erlitten haben musste. War sie überhaupt noch bei Bewusstsein? Oder bereits ertrunken?

Diese Fragen kurbelten seine Adrenalinproduktion an, und er strebte mit roboterhafter Zielstrebigkeit vorwärts. Er stolperte an einem breiten Felsen vorüber, erreichte einen mehr oder weniger glatten Schräghang und nahm ihn in Angriff. Sein Kopf fühlte sich an, als steckte er in einem Schraubstock, und sein Herz drohte jeden Augenblick aus seiner Brust zu springen. Er sah die Wasseroberfläche dicht über sich, dann spürte er eine leichte Turbulenz, als Summer als Erste hindurchbrach. Er stolperte noch ein paar Schritte weiter, dann reckte auch er den Kopf über das Wasser und atmete gierig ein. Für einen Moment verschlug es ihm die Sprache, als die kalte Bergluft nach und nach den Sauerstoffvorrat seines Organismus auffüllte.

»Bist … du … okay?«, brachte er schließlich keuchend hervor, während er sich und seine Last in Richtung Ufer schleppte.

Summer lebte, denn ihr verzweifeltes Ringen nach Luft hatte an Lautstärke deutlich zugenommen. Sie murmelte auch eine Antwort, aber alles, was Dirk hören konnte, war ihr Zähneklappern.

Während sie immer noch eine geduckte Haltung einnahm, trug er sie aus dem See aufs Trockene und ließ sich am Ufer auf einen Findling sinken, um sich auszuruhen. Der Himmel hatte sich tintenblau verfärbt, während sich die Dämmerung auf die Landschaft herabsenkte. Er suchte die Bergflanke ab und konnte kaum die vier Gestalten erkennen, die inzwischen etwa eine Meile des Berghangs überwunden hatten und klein wie Ameisen erschienen.

Er wandte sich um, und sein Blick blieb an einigen scharfkantigen Steinen vor seinen Füßen hängen. »Summer, wir müssen die Fesseln von deinen Händen entfernen. Ich werde zuerst versuchen, die Schlinge, die uns beide aneinander fesselt, an einem Stein zu durchtrennen. Kannst du mir dabei helfen?«

Ein Laut drang über ihre zitternden Lippen, den er glaubte, als Zustimmung deuten zu können.

Dirk richtete sich halb auf, stützte seine Schwester so gut es ging, und bewegte sich mit kleinen Schritten zu einem spitzen Felsen in der Nähe. Rückwärts bugsierte er sich und seine Last darüber und sagte: »Wir müssen uns jetzt fallen lassen. Bei drei. Eins … zwei … drei.«

Er sackte in die Hocke, und Summer folgte seinem Beispiel allein dank ihres Gewichts. Während ihre Hände mit Kabelbindern fixiert worden waren, wurden beide Fesseln lediglich durch eine lockere Schlinge zusammengehalten. Die Spitze des Felsens wurde in die Schlinge eingefädelt, als Dirk und Summer abwärts sackten und ihr gemeinsames Gewicht die Schlinge zerriss.

Summer stürzte zu Boden, während Dirk nach vorn auf die Knie sank. Er richtete sich auf, rutschte wieder rückwärts zum Felsen und scheuerte mit dem Kabelbinder über die schartige Kante, um das Plastikband zu zerschneiden. Nach ein oder zwei Minuten schob er die Fessel über die Steinspitze und ließ sich ein weiteres Mal nach unten sacken, während er sich mit den Handgelenken gegen die Schlinge stemmte. Beim zweiten Versuch gab die Fessel schließlich nach. Er schüttelte die Arme, um sie zu lockern, massierte seine Handgelenke und dankte im Stillen seinem Schicksal, dass die Chinesen keine widerstandsfähigeren Plastikbänder als Fesseln verwendet hatten.

Dann drehte er sich eilends um und half seiner Schwester, sich aufzurichten. Ihr Aussehen erschreckte ihn. Ihre Lippen waren blau angelaufen, sie zitterte heftig, und in ihren normalerweise hellgrauen Augen lag ein glasiger, vollkommen leerer Ausdruck. Ihr drohte der Tod durch Unterkühlung.

»Halte durch, Schwesterlein, gleich wird dir wärmer.« Er streifte seinen Tauchanzug ab und schüttelte die Steine heraus. Da ihre Füße und Hände noch gefesselt waren, konnte er sie nur so gut es ging darin einwickeln. Sie hatte nicht die Kraft, ihm beim Sprengen der anderen Fesseln zu helfen, daher knotete er die leeren Ärmel des Tauchanzugs vor ihrer Brust zusammen und zog die Kapuze über ihren Kopf, um den Prozess der Auskühlung ihres Körpers wenn nicht vollkommen zu stoppen so doch wenigstens zu verzögern.

Er wusste, dass sie schnellstens trockene Kleidung anziehen und aufgewärmt werden musste. Sowohl Zündhölzer als auch trockene Kleider befanden sich in ihren Rucksäcken, eingeschweißt in Kunststoffbeutel, in denen sie hoffentlich auch unter Wasser trocken geblieben waren. Aber die Rucksäcke aus dem See zu bergen und ein Feuer anzufachen würde ihn vielleicht zu viel wertvolle Zeit kosten, die Summer möglicherweise nicht mehr hatte.

Trotzdem hatte er keine anderen Optionen. Er erhob sich, um zum östlichen Ende des Gletschersees zu rennen und die Rucksäcke zu suchen. Doch während er in diese Richtung schaute, blieb sein Blick an etwas hängen, das im Westen über dem See aufstieg. Es war eine kleine Nebelschwade, die über einem schmalen Abschnitt des Sees schwebte. Dirk beobachtete die Erscheinung einige Sekunden lang, dann lächelte er. Es war kein Nebel. Sondern Wasserdampf. Der von der heißen Unterwasserquelle stammte.

»Komm schon, Summer, wir gehen noch einmal baden.« Er zog sie auf die Füße hoch. Sie protestierte murmelnd, während Dirk sie hochwuchtete, sich ihren Körper auf die Schulter lud und zum See trug.

Ein Dutzend Meter weiter nach Westen stieg er ins Wasser. Anstatt eisiger Nadelstiche spürt er hier eine tropische Wärme. Er watete auf der Suche nach dem wärmsten Punkt vor dem Ufer herum, dann setzte er seine Schwester ins Wasser. Er zog ihr die Schuhe und die Jacke aus, warf beides ans Ufer, dann faltete er den Trockentauchanzug zusammen und stopfte ihn als Polster hinter ihren Rücken. Für einen Moment ließ er sie allein, stieg ans Ufer und suchte den Boden ab, bis er einen Brocken Granit mit einer scharfen Kante an der Seite fand. Diese benutzte er, um die Fesseln an ihren Händen und um ihre Fußknöchel zu zerschneiden.

Da ihre Hände und Beine nun wieder frei waren, konnte sich Summer im warmen Wasser ausstrecken und so tief eintauchen, dass es ihr bis dicht unters Kinn reichte. Die erhoffte Wirkung ließ nicht lange auf sich warten. Augenblicklich besserte sich die Farbe ihrer Haut, und der helle Glanz kehrte in ihre Augen zurück.

»Genieß das warme Bad«, sagte er. »In ein paar Minuten bin ich wieder zurück.«

Sie sah ihn dankbar an. »Das kann nur der Odem des Drachen sein«, brachte sie mit Mühe hervor. Noch waren ihre Lippen steif vor Kälte und wollten ihr nicht gehorchen.

Dirk wanderte in der zunehmenden Dunkelheit zum östlichen Ende des Uferabschnitts. Unter dem Tauchanzug hatte er eine Sweathose und ein Langarmshirt getragen, aber beides war nun durchnässt, und er erschauerte, als ein kalter Wind über den See wehte. Doch es waren seine Füße, die in der schlechtesten Verfassung waren. Der Tauchanzug hatte integrierte Fußteile, daher hatte er sich lediglich Socken über die Füße gestreift. Seine Zehen wirkten jetzt taub, während seine Fußsohlen von dem steinigen Untergrund, auf dem er sich bewegte, wundgescheuert waren.

Er schickte ein kurzes Dankgebet zum Himmel, als er seine Bergstiefel zwischen zwei größeren Felsbrocken fand, wo er sie zurückgelassen hatte. Er zog die Socken und seine Kleider aus und watete in den See, wo sich die eisige Kälte seines vollkommen ungeschützten Körpers qualvoll bemächtigte.

Im seichten Uferbereich entdeckte er Summers Rucksack und holte ihn an Land, dankbar, wenigstens für einen kurzen Moment das Wasser hinter sich lassen zu können. Seine Füße und Beine waren bereits vollkommen gefühllos, während er wieder in den See zurückkehrte. Dort fand er auch seinen eigenen Rucksack, trug ihn aufs Trockene und unterdrückte den Impuls, seinem Unbehagen mit einem lauten Fluch Luft zu verschaffen. Er wühlte in dem Gepäckstück herum und stellte zu seiner Erleichterung fest, dass die Innenfächer nahezu vollständig trocken geblieben waren. Er schlüpfte in frische Unterkleidung und eine feuchte Daunenjacke und zog sich eine wollene Strickmütze über den Kopf.

Dann griff er nach seinen trockenen Bergstiefeln und hüpfte anschließend auf und ab, um sich anzuwärmen. Als er spürte, dass sein Blutkreislauf wieder in Gang kam, stieg er auf dem Berghang bis zu dem Punkt hinauf, wo Tash und Arie den Tod gefunden hatten. Sie waren gerade dabei gewesen, Tee aufzubrühen, als sie überfallen wurden. Dirk raffte ein Bündel trockenes Feuerholz zusammen, das die Tibeter mitgebracht hatten, und trug es zu seinem Rucksack. Diesen leerte er, stopfte das Feuerholz hinein und schulterte ihn. Summers Rucksack hängte er sich über die andere Schulter. Während seines Rückmarsches durch die Dunkelheit stolperte er nur ein einziges Mal, bewältigte die Strecke jedoch dank der Bergstiefel in weitaus kürzerer Zeit als vorher.

Summer war zwar noch immer leicht benommen, aber schon wieder ansprechbar. Sie beklagte sich, dass ihre Ohren eiskalt waren. Dirk inspizierte das Seeufer und fand eine kleine Senke, die von einem niedrigen Steinwall umgeben war. Sie war windgeschützt und hatte den Vorteil, dass sie vom östlichen Ufer nicht zu sehen war.

Dorthin richtete Dirk den Blick und entdeckte dicht unterhalb des Berggipfels mehrere Lichter. Die Chinesen hatten ebenfalls ihr Lager aufgeschlagen und vertrauten offenbar darauf, am nächsten Tag über die Grenze nach Tibet zu entkommen.

Dirk sprang in die Senke hinab, baute aus Steinen eine Kochstelle und zündete mit den Streichhölzern aus seinem Rucksack das Holz an. Als er das Feuer zu seiner Zufriedenheit zum Brennen gebracht hatte, kehrte er zum See zurück und half Summer, aus dem Wasser zu waten. Dampf stieg von ihrer Kleidung auf, als sie ein paar erste unsichere Schritte machte und sich schließlich wieder frei bewegen konnte.

»In dem warmen Wasser ist es richtig angenehm gewesen. Ich wollte es gar nicht verlassen.« Sie begann wieder mit den Zähnen zu klappern, als sich ihre nasse Kleidung schnell abkühlte.

Dirk steuerte sie zu der Kochstelle hinüber, wo sie in trockene Kleidung wechselte und sich dann neben dem Feuer niederließ. Dort hatte Dirk bereits ihre Bergstiefel und ihre Jacke zum Trocknen bereitgelegt und eine Kanne Tee gekocht.

Aus ihrer Kollektion Fertiggerichte wählte er zwei Portionen Reis mit Röstzwiebeln sowie Spam – englisches Dosenfleisch – als Beilage aus. Summer erholte sich schnell von ihrem unfreiwilligen Bad im Gletschersee und hörte auch auf zu zittern, sobald ihr langes Haar inzwischen ganz getrocknet war.

»Meinst du, sie haben Norsang bis nach Tibet mitgenommen?«, fragte sie.

»Nein.« Dirk stand auf und deutete auf die Bergflanke im Osten. »Zumindest noch nicht. Momentan campieren sie oben am Felsgrat.«

Summer erhob sich ebenfalls und trat neben ihren Bruder an den Rand der Senke. Sie folgte seinem Finger und entdeckte einen kleinen Lichtpunkt hoch oben unterhalb des Berggipfels. »Sind sie das?«

Dirk nickte.

»Jetzt haben sie Norsang und das Nechung-Götterbild«, sagte sie. »Er wird für den Rest seines Lebens in einem tibetischen Gefängnis schmoren. Wir müssen ihn unbedingt befreien.«

Dirk sah seine Schwester skeptisch an. »Du wärest eben noch beinahe an Unterkühlung gestorben.«

Sie ergriff seinen Arm und schüttelte ihn. »Ich bin wieder ganz da. Wir müssen es versuchen. Das weißt du genauso gut wie ich.«

Dirk sah die Entschlossenheit in ihren Augen, dann wanderte sein Blick zu dem flackernden Licht auf dem Berg.

»Okay. Anscheinend ist das alles, was wir tun können«, sagte er. »Unser Bestes versuchen.«

52

Die letzten Glutreste des Lagerfeuers erloschen gegen drei Uhr morgens. Dirk beendete den Schlaf seiner Schwester mit einem behutsamen Rippenstoß, ehe sie von der Kälte geweckt wurde. »Bist du noch immer scharf aufs Bergsteigen?«

»Klar«, erwiderte sie. »Ich fühl mich jetzt schon viel besser.«

Dirk bereitete auf dem Campingkocher für jeden eine Tasse Tee zu, mit dem sie ein paar Müsliriegel hinunterspülten. Ausreichend gestärkt, schulterten sie ihre Rucksäcke und folgten der Uferlinie des spiegelglatten Gletschersees. Hoch oben auf dem Berghang waren die gelben Lichter unterhalb des Felsgrates nicht mehr zu sehen.

»Meinst du, sie sind noch da oben?«, fragte Summer.

»Ja. Das Licht brannte ziemlich lange und wurde nicht vom Fleck bewegt, so als ob sie es dort fest installiert hätten.«

Sie ließen das östliche Ufer des Sees hinter sich und begannen den anstrengenden Aufstieg über die Bergschulter. Der Himmel meinte es gut mit ihnen und war wolkenlos, wodurch sie in den Genuss silbernen Sternenlichts gelangten und einen spektakulären Viertelmondaufgang beobachten konnten. Weniger erfreut waren sie über die eisige Temperatur, die sie dem wolkenfreien Himmel ebenfalls verdankten. Summer rieb sich die Hände warm, während sie sich die ersten Höhenmeter des Steilhangs hinaufarbeiteten. Nur wenige Minuten angestrengten Kletterns waren nötig, um Körpertemperatur und Herzfrequenz merklich zu erhöhen.

Sie kletterten schweigend und wechselten nur dann einige geflüsterte Worte, wenn sie alle paar Minuten anhielten, um Atem zu schöpfen. Ihr Überlebenskampf auf dem See hatte sie mehr Kraft gekostet, als sie bereit waren zuzugeben. Und das Ringen nach Sauerstoff wurde in dieser Höhe auch nicht einfacher. Aber Norsangs Leben und die Wiederbeschaffung des Nechung-Götterbildes waren für sie mehr als wichtig genug, um die Strapazen und die von Schmerzen gepeinigten Körper zu ertragen.

Ihr Weg führte sie am Gletscherrand entlang nach Süden. Am liebsten wären sie auf den Gletscher gewechselt, wo sie dank des glatteren Untergrunds sicherlich schneller vorangekommen wären. Aber sie befürchteten, dass ihre dunklen Schatten auf dem hellen Eis leichter auszumachen waren. Sie hofften zwar, dass die Chinesen es nicht für nötig hielten, eine Wache aufzustellen, wollten sich jedoch nicht darauf verlassen und kein unnötiges Risiko eingehen.

Sie wurden langsamer, je höher sie vordrangen, sowohl vor Erschöpfung aber auch, weil sie sich zunehmend darum bemühen mussten, keine verräterischen Geräusche zu verursachen. Etwa einhundert Meter vom höchsten Punkt des Felsgrates entfernt legten sie hinter einem mächtigen Findling eine Rast ein. Dirk warf einen vorsichtigen Blick um eine Kante des Felsbrockens. Das Lager der Chinesen befand sich dicht unterhalb des Grates. Zwei Zelte waren auf einer schmalen Anhöhe aufgeschlagen worden, ansonsten aber war auf dem felsigen Gelände nichts Auffälliges zu sehen.

»Sind sie dort?«, fragte Summer zwischen zwei keuchenden Atemzügen.

»Ja. Ich kann zwei Zelte sehen.«

»Hält jemand Wache?«

»Ich kann nichts dergleichen erkennen, aber wir sollten lieber davon ausgehen, dass jemand wach ist.« Er befreite sich von seinem Rucksack und riskierte einen zweiten Blick. »Das Gelände auf der linken Seite ist unebener und mit großen Steinen übersät, die mehr Deckung bieten. Wir sollten dorthin queren, weiter aufsteigen und uns dann von oben anschleichen. Die Rucksäcke können wir ja hier liegen lassen.«

Er öffnete seinen Rucksack und holte ein kleines Klappmesser und einen dicken Stock heraus, an dessen Ende ein runder Stein mit einer Schnur befestigt war.

Summer betrachtete das Objekt verwundert. »Was ist das denn?«

»Ein Tomahawk. Ich habe ihn gebastelt, nachdem du eingeschlafen warst.« Er hatte gegen Mitternacht eine weitere Runde um den See gemacht und nach Tashs und Aries Pistolen gesucht. Aber offensichtlich hatten die Chinesen sie aufgesammelt und an sich genommen, also hatte er sich seine eigene Waffe angefertigt. Er hatte einen dicken Knüppel gefunden, ihn an einem Ende gespaltet und einen keilförmigen Stein in den Spalt eingefügt. Anschließend hatte er ihn mit den Verschlussschnüren seines Rucksacks umwickelt. Wenn diese Konstruktion stabil und widerstandsfähig war, hätte er damit eine ideale Nahkampfwaffe.

Summer bewunderte die handgefertigte Streitaxt gebührend, schüttelte dann jedoch den Kopf. »Nett, aber genau betrachtet müssen wir uns mit Stöcken und Steinen gegen geballte Artillerie behaupten.«

»Am liebsten würde ich eine Kanone in Stellung bringen, wenn ich eine hätte.« Er reichte Summer den Tomahawk und nahm das Messer in die Hand. »Los, gehen wir.«

Sie brauchten eine halbe Stunde, um den Felsgrat zu erreichen, dann tasteten sie sich quer über den Steilhang und gelangten zu der schmalen Felsflanke, die links von den Zelten endete. Sie schlichen auf allen vieren dicht unterhalb des Felsgrates entlang und fanden Deckung in einer Felsnische, von der aus sie das Lager überblicken konnten. Dann robbten sie zum Rand der Nische und blickten stumm auf das Lager hinunter.

Bis auf das gelegentliche Rascheln der Zeltwände, wenn der Wind an ihnen entlangstrich und sie zum Flattern brachte, war dort alles ruhig. Die einzigen Anzeichen von Leben in den Zelten waren mehrere Rucksäcke, die an einem hohen Felsbrocken lehnten. Die Zwillinge studierten das Lager zehn Minuten lang, konnten jedoch keinerlei Hinweis darauf entdecken, dass jemand Wache hielt oder sich in der Umgebung der Zelte bewegte.

Dirk und Summer zogen sich von der Felskante zurück und kauerten sich in die Nische.

»Ich habe niemanden gesehen«, flüsterte Summer.

»Ich auch nicht. Bleibt zu hoffen, dass alle schlafen.« Ihm schoss kurz der Gedanke durch den Kopf, dass die Gruppe das Lager vielleicht aufgegeben hatte und auf dem Luftweg von dem Berg heruntergeholt worden war, aber sie hatten keinen Hubschrauber gehört.

»Wie sollen wir ihn herausholen?«, wollte Summer wissen.

»Ich untersuche die Rucksäcke auf Waffen. Wenn ich nichts dergleichen finde, schlitze ich mit dem Messer eines der Zelte auf und hoffe, dort so etwas wie eine Waffe zu finden – und mir einen der Kerle als Geisel schnappen zu können.« Dirk wog das Messer in der Hand, dann nahm er es fest in den Griff. »Vielleicht kannst du die Rückseiten der Zelte im Auge behalten.«

Summer nickte. Es mochte zwar kein besonders raffinierter Plan sein, aber ihre Optionen waren nun einmal begrenzt. Die Chinesen könnten Tenzin Norsang bei Tagesanbruch über die tibetische Grenze bringen, wo zusätzliche Hilfstruppen bereitstünden. Ihnen blieb nichts andres übrig, als sofort ihr Glück zu versuchen.

Sie folgte Dirk nahezu lautlos wie eine Katze den Steilhang hinunter und hielt ein paar Schritte von den Zelten entfernt, die dicht nebeneinander standen, inne.

Auf Zehenspitzen bewegte sich Dirk an ihnen vorbei zu der Reihe Rucksäcke, die vor dem Stein abgestellt waren. Norsangs Rucksack fiel ihm sofort ins Auge. Sein Gewicht ließ darauf schließen, dass er noch immer das Nechung-Götterbild enthielt. Während Dirk den Rucksack zurückstellte, hörte er zu seinen Füßen ein Scharren und gewahrte eine plötzliche Bewegung. Im

Schatten des Felsbrockens, abgeschirmt von den Rucksäcken, lag jemand auf dem nackten Untergrund und schlief unter einer Decke.

Dirk ging auf ein Knie hinunter und raffte den Saum der Decke mit einer Hand zusammen. Er riss die Decke beiseite und wollte mit dem Messer in der anderen Hand zustoßen. Er erstarrte, denn der Schläfer war Norsang. Er lag auf der Seite, Arme und Beine gefesselt und an einem Pflock festgebunden, der hinter seinem Rücken in den Erdboden gerammt war.

Mit von Schlafentzug geröteten Augen schaute Norsang hoch, sichtlich geschockt vom Anblick Dirks, der mit erhobenem Messer neben ihm kauerte.

Dick schüttelte stumm den Kopf, stieß mit dem Messer zu und durchtrennte die Plastikfesseln und das Seil. Norsang rollte herum, erhob sich auf die Füße und bewegte Beine und Arme, um den Blutkreislauf wieder in Gang zu bringen.

Auch wenn niemand ein Wort gesagt hatte, war ihr leises Rascheln und Scharren nicht unbemerkt geblieben. Dirk und Norsang fuhren herum, als bei dem näher stehenden Zelt ein Geräusch erklang, als ob ein Reißverschluss geöffnet wurde. Ein chinesischer Agent schlug die Einlassklappe zurück und streckte den Kopf heraus, während er gleichzeitig nach einer Pistole griff. Er blinzelte zu den beiden Männern hinüber, dann stieß er ein wütendes Knurren aus und hob die Waffe, um zu feuern.

Doch von der gegenüberliegenden Seite des Zeltes näherte sich ein Schatten. Es war Summer, die mit zwei, drei schnellen Schritten die Entfernung überwand und mit dem Tomahawk ausholte und den Mann mit einem in hohem Bogen ausgeführten Schlag mit der Kriegsaxt angriff. Der Chinese hörte, wie sie näher kam, und wandte sich halb um, was ihm wahrscheinlich das Leben rettete. Die Steinaxt streifte den Schädel des Mannes nur, als der Holzstiel gegen seine Stirn prallte. Im selben Moment drückte er ab. Der Knall hallte vielfach von den Felsbastionen ringsum wider, während die Kugel über Dirks und Norangs Köpfe hinwegpfiff. Der Schütze sackte zu Boden und presste eine Hand auf seine blutige Schädeldecke.

Während Summer, vom Schwung ihres Angriffs mitgerissen, vorwärtsstolperte, trat sie gegen eine Zeltstange, die zur Seite wegknickte, sodass die Zeltplane den Mann zudeckte. Summer blieb auf den Füßen und startete durch. »Lasst uns von hier verschwinden«, stieß sie hervor, während sie an Dirk und Norsang vorbeirannte und sich bergauf entfernte.

Die beiden Männer brauchten keine gesonderte Aufforderung. Dirk schnappte sich Norsangs Rucksack, und die beiden machten Anstalten, Summer zu folgen. Aber Norsang machte nur einen einzigen Schritt, ehe er zu Boden sank.

Dirk packte ihn am Arm und zog ihn hoch. »Los, hoch! Ausruhen können wir uns später.«

»Es sind meine Beine. Sie sind vollkommen taub. Bitte … gehen Sie ohne mich weiter.«

Dirk ignorierte die Aufforderung und zerrte den großen Tibeter den Steilhang hinauf. Norsang gab sich alle Mühe zu gehorchen, halb kriechend, halb rennend, während das Blut prickelnd durch seine Beine strömte.

Hinter ihnen drang ein Fluch aus dem anderen Zelt. Eine Stablampe flammte auf, und ihr Lichtstrahl huschte über den Berghang. Er riss Dirk und Norsang aus dem Dunkel, gerade als sie den Grat erreichten. Eine Sekunde später ratterte die Salve einer Maschinenpistole durch die Nacht.

Die beiden Männer warfen sich auf den Boden, als Kugeleinschläge ihre Füße mit Staub überschütteten. Sie kämpften sich vorwärts, überquerten den Felsgrat und rutschten auf der gegenüberliegenden Seite über ein Geröllfeld abwärts. Auf einem ebenen Geländeabschnitt, in dem Dirk ihren früheren Lagerplatz erkannte, hielten sie an.

Summer kam im Laufschritt zu ihnen und half beiden Männern

auf die Füße. »Kommt schon! Tempo! Wir müssen schnellstens absteigen und die Baumgrenze erreichen.«

»Das schaffen wir niemals rechtzeitig«, sagte Norsang, während sie die Flucht fortsetzten. Das Gefühl kehrte langsam und unter Schmerzen wieder in seine Beine zurück, aber es würde doch einige Minuten dauern, bis er sie wieder uneingeschränkt benutzen könnte.

Summer zog an seinem Arm und zwang ihn, sich zu bewegen. »Wir helfen Ihnen.«

Dirk hatte sich Norsangs anderen Arm über die Schulter gelegt. Er schaute weder bergab noch zum Felsgrat hinauf, wo der bewaffnete Chinese sicherlich schon bald erscheinen würde. Stattdessen richtete er den Blick nach Westen auf den niedrigeren Abschnitt des Felsgrates, der zu der Bergspitze führte, die er Whisky getauft hatte.

»Nein, er hat recht«, sagte Dirk. »Keiner von uns wird es zu Fuß bis zu den Bäumen schaffen. Aber ich glaube, ich weiß, wie wir schneller dort hinunterkommen.«

53

Die beiden unverletzten Agenten erreichten nur wenig später die Krone des Felsgrates und wagten einen Blick auf die südliche Bergflanke. Mao erhob sich mit einer Pistole und einer Stablampe in der Hand und ließ den Lichtstrahl über den felsigen Steilhang wandern. Sein Partner trug ein Sturmgewehr über der Schulter und bemühte sich, eine Nachtsichtbrille vor den Augen zu justieren.

Die Nachtsichtbrille war eigentlich unnötig, da Dirk, Summer und Norsang ihre Position verrieten. Nicht visuell, sondern akustisch.

Von der oberen Kammlinie am Rand des Gletschers drang ein metallisches Klirren zu ihnen. Mao lenkte den Lichtstrahl der Stablampe in diese Richtung.

In fünfzig Metern Entfernung erhellte der Lichtkegel schwach die Gestalt Norsangs. Der Tibeter lag auf dem Bauch. Dirk und Summer beugten sich von zwei Seiten über ihn und schleiften ihn im wahrsten Sinne des Wortes über die Felsen.

Mao brauchte nur eine Sekunde, um zu erkennen, dass sie ihn auf einer großen Metallplatte hinter sich herzog, wobei das metallisch kratzende Geräusch verursacht wurde. Mao machte einen Schritt in ihre Richtung und feuerte reflexartig aus seiner Pistole zwei Schüsse ab. Er wandte sich zu seinem Kumpan um. »Komm, wir haben sie.«

Die Tragflächenspitze der C-47 bestand hauptsächlich aus Leichtaluminium. Die Unterseite war vollkommen heil und glatt und rutschte problemlos über die Felsen, selbst mit dem zusätzlichen Gewicht Norsangs als Traglast. Aber Dirk und Summer hatten nur noch geringe Energiereserven. Ihnen wurde die Luft sichtlich knapp, und sie hatten Mühe, in Bewegung zu bleiben. Sie legten ein wenig an Tempo zu, als Maos Pistolenkugeln über ihre Köpfe hinwegflogen.

»Ich glaube … sie wollen … dass wir anhalten«, stieß Summer zwischen rasselnden Atemzügen hervor.

Dirk schaute hangabwärts. »Nur noch höchstens zehn Meter bis zum Gletscher. Das können wir schaffen.«

Die Tragflächenspitze in ihren Händen wurde schlagartig leichter. Norsang war heruntergerutscht und kam nun auf die Füße. »Machen Sie weiter«, sagte er. »Meinen Beinen geht es besser. Ich spüre sie wieder.«

Dirk verfiel auf seiner Seite der Tragflächenspitze fast in Laufschritt, während Summer an der gegenüberliegenden Kante Mühe hatte, mit ihm Schritt zu halten. Das Metall schrammte kreischend über den steinigen Untergrund wie Fingernägel über eine Wandtafel, während sie sich dem Eispanzer näherten. Nur ein schmaler Graben trennte sie noch von dem Gletscher. Sowohl Dirk als auch Summer verloren den Boden unter den Füßen, als sie auf der steilen Grabenwand abrutschten und in die Senke stürzten, sodass die Tragflächenspitze auf ihnen landete.

Offensichtlich vor Schmerzen taumelnd, erreichte Tenzin Norsang sie Sekunden später. Er ließ sich in den Graben hinabgleiten, packte ein Ende des Tragflächenfragments und schob es auf der gegenüberliegenden Steilwand nach oben. Dirk und Summer kämpften sich auf die Füße und halfen ihm, die Flügelspitze vollends aus dem Graben heraus und aufs Gletschereis zu schieben.

Summer gelangte auf die Eisfläche und half Norsang, aus dem Graben herauszuklettern. Dirk zog sich am Eisrand hoch, hatte jedoch größere Mühe, weil er auch noch die schwere Last des Nechung-Götterbildes in seinem Rucksack bewältigen musste. Er blickte zum Felsgrat zurück und entdeckte den tanzenden Lichtstrahl der Stablampe sowie die schattenhaften Gestalten der beiden bewaffneten Agenten. Sie waren für Dirk nahe genug, um erkennen zu können, dass der Mann mit dem Sturmgewehr stoppte und seine Waffe hob, um zu schießen.

»Alle runter.« Er riss Summer und Norsang zu Boden.

Das chinesische Gewehr bellte eine Sekunde später und schickte eine Geschosssalve in ihre Richtung. Der Kugelregen stanzte eine Naht quer über die Flügelspitze.

Als das Gewehrfeuer verstummte, eilte Dirk zu der vorderen Kante der Aluminiumplatte und begann, sie den mit Eis bedeckten Abhang hinunterzuschieben. »Alle Mann an Bord«, sagte er, während die Platte Tempo aufnahm.

Norsang machte einige eilige Schritte und kam dann dicht neben dem Rand der Platte zu Fall. Summer warf sich vorwärts, half, den Aluminiumschlitten anzuschieben, und sprang ebenfalls auf, als er ihren Händen zu entgleiten drohte. Dirk folgte eine Sekunde später und schirmte Summer, die neben Norsang Platz gefunden hatte, auf ihrer freien Seite ab.

Erneut brandete auf dem Felsgrat Schießlärm auf, diesmal wurde außer mit dem Sturmgewehr auch mit der Pistole auf sie geschossen. Aber die Fliehenden bildeten nun ein sich allzu schnell bewegendes Ziel, gerieten bald außer Reichweite der Stablampe und waren nur noch ein Schatten in der eisglatten Landschaft. Beide Schützen leerten die Magazine ihrer Waffen, ohne jedoch eine Wirkung zu erzielen.

Der obere Abschnitt des Berghangs war äußerst steil, und der Behelfsschlitten erreichte schnell eine Schwindel erregende Geschwindigkeit. Summer hatte ein Gefühl im Magen, als befände sie sich auf dem Steilabsturz einer Achterbahn. Da sie von beiden Männern eingeklemmt wurde, konnte sie die Finger nur um die vordere Kante der Tragflächenspitze krallen, um Halt zu finden. Mit dem Kopf voraus wenige Zentimeter über dem Untergrund dahinzurasen, steigerte das Gefühl eines atemberaubenden Tempos. Summer schloss die Augen mehr aus Angst als aus dem Bestreben, sie vor den nadelspitzen Eiskristallen zu schützen, die der Fahrtwind in ihr Gesicht schleuderte.

Während die Geschwindigkeit zunahm, warfen die Querrippen und Löcher auf der Gletscheroberfläche die Flügelspitze immer heftiger hin und her. Eine längere Senke verhalf der Aluminiumplatte zu einer kurzen Luftreise. Als wie wieder aufschlug, wurden alle drei Passagiere beinahe abgeworfen. Summer verlor vollständig den Halt, aber Norsang packte ihre Jacke und zog sie wieder nach unten.

Sie glitten an der Gletscherkante entlang und kamen den nackten Felsen auf der linken Seite gefährlich nahe. Dirk rutschte zentimeterweise nach hinten, bis seine Füße über die hintere Kante hinausragten. Dann versuchte er, die Stiefelspitzen ins Eis zu drücken, um ihre Fahrt abzubremsen. Der Berghang war jedoch zu steil, um damit eine Wirkung zu erzielen. Aber zumindest schaffte er es, die Platte ein wenig zu lenken. Er streckte das rechte Bein zur Seite aus und hackte die Schuhspitze ins Eis, wodurch die Flügelspitze leicht nach rechts schwenkte. Indem er den Druck auf seinen rechten Fuß verstärkte, manövrierte er die Platte nach und nach in die Mitte des Gletschers und konnte so einen sicherlich tödlichen Absturz auf die Felsen auf beiden Seiten verhindern.

Je mehr sie an Höhe verloren, desto schmaler wurde der Gletscher. Gleichzeitig verringerte sich das Gefälle. Auch wenn ihre Geschwindigkeit nicht mehr so Furcht erregend war, ließen sie den Felsgrat doch sehr schnell weit hinter sich. Nicht lange und sie erreichten die Baumgrenze, wo dichtes Gebüsch und zuerst einzelne verkrüppelte, dann hohe Bäume an ihnen vorüberflogen.

Der Gletscher verengte sich abermals, und sie rauschten durch eine flache Rinne. Sie schaukelten hin und her, als befänden sie sich auf einer Bobbahn, bis die Eisrinne in einen unebenen Abhang überging. Das Eis unter ihnen sackte wieder steil ab und erlaubte ihnen nun einen Blick auf den vor ihnen liegenden Gletscher. Die Sichtweite betrug nicht mehr als einhundert Meter, die innerhalb eines Herzschlags überwunden wurden.

Aber dieser kurze Moment reichte aus, um den Schlittenfahrern zu zeigen, dass ihre Glückssträhne ein Ende hatte: Ein Dickicht aus dunklen Bäumen wuchs direkt vor ihnen aus dem Berghang.

54

Kurz nach Anbruch der Dunkelheit landete die amerikanische Regierungsmaschine Air Force Two auf dem Kaohsiung International Airport in Süd-Taiwan. Die Boeing C-32 rollte ein Stück und stoppte vor einem privaten Hangar, neben dem schon eine kleine Fahrzeugkolonne wartete. Kein Hupkonzert ertönte, kein Pulk von amtlichen Würdenträgern stand bereit, nur der Direktor des American Institute in Taiwan, der auch die Amtsgeschäfte des amerikanischen Botschafters wahrnahm, und ein paar seiner Helfer und Mitarbeiter hatten sich eingefunden. Es war genau die Art von Empfang, um die Vizepräsident James Sandecker ausdrücklich gebeten hatte.

Der Verteidigungspakt, den Sandecker in seinem Aktenkoffer mit sich trug und der bereits vom Präsidenten unterzeichnet worden war, würde mit Sicherheit die ohnehin angespannten Beziehungen mit der Volksrepublik China anheizen. Aus diesem Grund hatte Sandecker darauf bestanden, seinen Besuch möglichst unauffällig über die Bühne gehen zu lassen. Eine private Unterzeichnungszeremonie mit dem Präsidenten Taiwans würde um zehn Uhr vormittags an Bord eines Schiffs der U.S. Navy stattfinden, weit entfernt von den neugierigen Augen der Medien.

»Willkommen in der Republik China. Mr. Vice President«, sagte der AIT-Direktor, während Sandecker die Bordtreppe des Regierungsjets herunterkam.

»Schön, Sie wieder zu sehen, Hank.« Sandecker schüttelte ihm die Hand. »Ich bin Ihnen dankbar, dass Sie die Presse ferngehalten haben.«

»Sie glauben, dass Sie am Morgen zum Taoyuan Airport fliegen«, erwiderte Henry Buchanon mit einem Augenzwinkern. »Wir werden die ganze Zeremonie abgeschlossen haben, ehe jemand von dem wahren Ablauf des Geschehens Wind bekommt.« Er deutete quer über die Rollbahn. »Es ist nur eine kurze Fahrt von hier bis zum Dock, wo ein Tender bereit liegt, um Sie an Bord der USS *Johnson* zu bringen.«

»Wir würden auf dem Weg dorthin gerne einen Umweg machen, wenn Sie nichts dagegen haben.« Sandecker wandte sich um und machte den ATI-Direktor mit Loren Smith und Rudi Gunn bekannt, die ihm die Treppe hinunter gefolgt waren.

»Aber ganz und gar nicht. Was immer Sie wünschen«, sagte Buchanon. »Möchten Sie noch ein Restaurant aufsuchen? Oder ein Hotel, um sich frisch zu machen?«

»Nein.« Sandecker lächelte. »Ein Trockendock.«

Die kleine Autokolonne bog im Handelshafen auf das mit grobem Sand bedeckte Areal einer Schiffswerft ab und blieb neben einem großen Trockendock stehen. Die *Caledonia* erschien darin wie ein Spielzeugschiff in einer leeren Badewanne, auf Stützbalken über einem Wasserrest ruhend und von Dutzenden Scheinwerfern beleuchtet. Ein Schweißer erzeugte einen dichten Funkenregen, während sich eine emsige Schar Arbeiter an dem beschädigten Rumpf des Schiffes zu schaffen machte.

Gunn übernahm die Führung, schlug den Kragen seines Mantels zum Schutz vor dem frischen Wind hoch, lokalisierte die Gangway des Schiffes und geleitete Sandecker und Loren Smith an Bord. Die Kommandobrücke machte einen verlassenen Eindruck, daher stieg er in die Unterwasser-Operationszentrale hinunter.

In diesem Raum im Herzen des Schiffes ging es wie in einem Bienenstock zu. Ein großer Videoschirm, der normalerweise Einzelheiten des Meeresbodens wiedergab, war mit Satellitenbildern und mit schematischen Radar-Wetterprofilen bedeckt. Jede Workstation war besetzt, während mehrere Personen, Kapitän Stenseth inklusive, neben dem Bildschirm standen und sich miteinander unterhielten. Das Murmeln ihrer Stimmen wurde leiser, als einer nach dem anderen bemerkte, dass der Vizepräsident der Vereinigten Staaten das Operationszentrum betreten hatte.

Stenseth kam zu den Besuchern hinüber, um sie zu begrüßen. »Schön, dass auch Sie den Weg zu uns gefunden haben, Loren und Mr. Vice President. Ich hatte nicht erwartet, dass Sie Rudi begleiten würden.«

»Wir wollten uns ein Update bezüglich des Standes der Suche holen«, sagte Sandecker.

Bill Stenseth sah die Sorge in ihren Augen, vor allem Lorens Blicke sprachen Bände. Sie sah aus, als ob sie während des Flugs von Washington um den halben Erdball keine Sekunde geschlafen hätte.

»Das Wetter war eine absolute Katastrophe«, sagte Stenseth. »Wie Sie ganz sicher wissen werden, ist hier ein schwerer Taifun hindurchgezogen, auf Grund dessen sämtliche regionalen Flugaktivitäten und damit auch unsere Suchflüge eingestellt wurden. Außerdem verfälschte er unsere Satellitendaten, sodass die meisten Fotos nicht zu gebrauchen sind. Wir konnten schließlich am späten Nachmittag eine P-3 Orion von Okinawa aus in die Luft bringen und eine weitere Maschine der Taiwan Air Force. Leider hatten sie nicht mehr allzu viel Tageslicht zur Verfügung, um das Tauchgebiet eingehender unter die Lupe zu nehmen.«

»Haben Sie eine Spur von dem Begleitboot?«, wollte Rudi Gunn wissen.

Stenseth schüttelte den Kopf.

Loren sah ihm forschend in die Augen. »Und von dem Unterseeboot?«

»Auch davon nicht, fürchte ich. Gleich morgen früh fangen wir wieder an, und zwar bei wesentlich besseren Wetterbedingungen.

Beide Schiffe können durchaus von dem Sturm sehr weit abgetrieben worden sein«, versuchte er hoffnungsvoll zu klingen. »Wir werden auf jeden Fall unsere Suchgebiete deutlich ausweiten. Die Navy schickt drei Schiffe, die uns eine entscheidende Hilfe sein werden.«

»Was ist denn mit dem anderen Schiff, das sich in der Nähe aufgehalten hat?«, fragte Gunn.

»Meinen Sie die *Melbourne*? Offensichtlich verließ sie die Region ebenfalls, allerdings haben wir keine Ahnung, wo sie sich zurzeit befindet. Sie hat ihr automatisches Schiffsortungssystem stillgelegt, was ziemlich ungewöhnlich ist.«

»Besteht die vage Möglichkeit, dass sie während des Taifuns gesunken ist?«

»Nein, das glaube ich nicht. Wir nehmen sogar viel eher an, dass Hiram Yaeger sie aufgespürt haben könnte.« Stenseth trat an eine Workstation. »Rufen Sie doch mal das letzte Satellitenbild auf, das Yaeger uns geschickt hat«, bat er den Mann, der den Computer bediente.

Ein verschwommenes Bild von der Meeresoberfläche, die teilweise von einer dichten Wolkendecke verhüllt wurde, erschien auf dem Bildschirm. Ein dunkles, längliches Objekt, das offenbar im Begriff war, den Aufnahmebereich zu verlassen, war am oberen Rand des Bildschirms zu erkennen.

»Wir sind uns nicht sicher, aber wir vermuten, dass dies die *Melbourne* sein könnte«, sagte Stenseth. »Wenn ja, dann ist sie offenbar nach Nordwesten und damit nach Taiwan unterwegs … zumindest vor ein paar Stunden könnte sie das noch gewesen sein.«

»Ist es möglich«, fragte Sandecker, »dass Pitt und Giordino an Bord dieses Schiffes sind?«

»Diese Möglichkeit ist nicht von der Hand zu weisen, allerdings schien ihnen nicht gerade der Sinn danach zu stehen, als die Gefahr bestand, dass die *Caledonia* sinken könnte.«

»Sobald das Wetter es erlaubt, sollten Sie ein Schiff dorthin schicken, um nachzuschauen«, sagte Sandecker. Mit Dirk Pitt und Al

Giordino verband ihn trotz aller Distanz, die sein hohes Amt mit sich brachte, eine enge Freundschaft, und ihr Verschwinden erschütterte ihn zutiefst, obgleich er sich bemühte, es sich nicht anmerken zu lassen. »Stehen Ihnen alle Mittel, die Sie brauchen, zur Verfügung?«

»Ja, Sir. Wir koordinieren unsere Aktionen mit der Navy und mit dem taiwanesischen Militär. Alle tun, was in ihrer Macht steht.«

»Ich bleibe hier auf dem Schiff, um mich nützlich zu machen«, sagte Rudi Gunn. »Wir geben Ihnen Bescheid, sobald wir irgendwelche Neuigkeiten haben.«

»Sehr gut.« Sandecker wandte sich um und ergriff Lorens Hand. »Sollen wir uns auf den Weg zu unserem Navy-Quartier machen? Sie sehen aus, ob wäre Ihnen nach Ausruhen zumute. Es war schließlich ein anstrengender Tag.«

Loren nickte, folgte Sandecker zur Tür der Operationszentrale, dann hielt sie inne und drehte sich um. »Brechen Sie die Suche nicht ab«, sagte sie zu Gunn und Stenseth. »Er und sein Freund sind hier irgendwo. Ich bin mir ganz sicher.«

Die beiden Männer nickten. Nachdem Loren den Raum verlassen hatte, wandte sich Rudi an den Kapitän. »Besteht irgendeine reale Hoffnung?«

Stenseth schüttelte langsam den Kopf. »Natürlich soll man die Hoffnung niemals aufgeben, aber in diesem Fall wohl eher nicht.«

»Na schön, dann sollten wir vielleicht Sandeckers Idee aufgreifen«, schlug Gunn vor, »und Ausschau halten, wo die *Melbourne* geblieben ist.«

55

Der Gletscher beschrieb einen scharfen Knick nach links, ehe er sich auf der Bergflanke verbreiterte. Die Tragflächenspitze durch diese Biegung zu manövrieren, erschien vollkommen unmöglich, und Dirk war sich darüber auch im Klaren. Er grub abermals die Spitzen seiner Bergstiefel in dem vergebenen Bemühen ins Eis, das Tempo ihres Expressfahrzeugs zu drosseln, während er gleichzeitig seine Mitfahrer warnte. »Seid bereit abzuspringen«, rief er. »Gleich kommen die Bäume.«

Im hellen Sternenlicht funkelte der Eisstrom vor ihnen blausilbern und wurde von den schwarzen Spitzen hoher Kiefern gesäumt. Eiskristalle und Wind peitschten Dirks Gesicht und trieben ihm die Tränen in die Augen, während er ihre Route begutachtete. Eine schwarze Mauer wuchs vor ihnen in die Höhe, als der Gletscher einen abrupten Schwenk nach links machte.

»Jetzt!«, rief er.

Ihm wurde in diesem Moment bewusst, dass Summer zwischen ihm und Tenzin Norsang eingekeilt und in ihrer Bewegungsfreiheit entscheidend eingeschränkt war, daher legte er einen Arm um sie, raffte ihre Jacke zusammen und zog sie mit sich, während er sich von der Flügelspitze herabrollte. Die Gletscheroberfläche war steinhart, und so rutschte er rasant weiter, mit der ausgestreckten Summer als lebende Traglast auf ihm.

Er war auf seiner Seite, und Eis regnete in den Halsausschnitt seiner Jacke, während sie ihre rasante Talfahrt fortsetzten. Er stemmte die Absätze seiner Schuhe so gut es ging in die Eispiste, aber er konnte keinen ausreichenden Druck entwickeln, und die glatte, harte Oberfläche bot keinerlei Angriffspunkt in Gestalt von deutlichen Unebenheiten oder sonstigen Hindernissen.

Die Tragflächenspitze raste vor ihnen her, schrammte über den Gletscher und schleuderte eine Wolke Eissplitter in die Luft, die alles einhüllte und verbarg, ob Norsang ebenfalls den Absprung riskiert hatte. Dirk blieb nur wenig Zeit, über das Schicksal des Tibeters nachzudenken, als eine dunkle Wand von Bäumen sein Gesichtsfeld ausfüllte. Er grub seine Stiefelabsätze kräftiger in den Untergrund und konnte hören, dass Summer seinem Beispiel folgte, während sie verzweifelt darum bemüht waren, ihre Geschwindigkeit zu verringern.

Nicht weit vor ihnen verstummte plötzlich das metallische Scharren der Tragflächenspitze, gefolgt von einem lauten blechernen Krachen, als die Aluminiumplatte ins Dickicht segelte. Der Laut veranlasste Dirk, auch noch einen Ellbogen als Bremse in die Gletscheroberfläche zu hacken, um ihren Schwung zu bremsen. Aber es reichte nicht aus.

Dirk und Summer glitten am Rand des Gletschers eine leichte Böschung hinauf und wurden weiter hochgeschleudert. Mehrere Sekunden lang flogen sie durch die Dunkelheit. Als sie auf dem Untergrund aufschlugen, ratterten und rumpelten sie durch verkrüppeltes Buschwerk und über abgestorbene Äste und Zweige und wurden dann vom Stamm einer kräftigen Birke gestoppt. Das verringerte Tempo hatte sie vor dem Schicksal der Tragflächenspitze bewahrt, die von ihrem Schwung viel weiter durch die Luft getragen wurde und dann gegen eine Gruppe hoher Kiefern prallte.

Dirk blieb für einen Moment liegen, rührte sich nicht und führte eine schnelle Inventur seiner Blessuren und Schmerzherde durch, während er nach Luft und um gleichmäßigen Atem rang. »Bist du okay?«, erkundigte er sich schließlich.

»Ja.« Summer kam schwerfällig auf die Füße. »Das muss man dir lassen. Als Matratze bis du wirklich erstklassig, bis auf das Götterbild. Das hat meiner Wirbelsäule überhaupt nicht gutgetan.« Sie massierte ihren Rücken, dann reichte sie Dirk eine Hand, während er aufstand.

»Auf das Eis an und in meiner Hose hätte ich gern verzichtet.« Dirk schüttelte die Beine. »Wo ist unser Freund geblieben?«

Summer wandte sich nach Osten und suchte die Büsche ab. »Norsang?«, rief sie. »Hilf mir suchen«, bat sie ihren Bruder, und beide drangen ins Unterholz ein und kämpften sich durch die Büsche.

Auf ihrem Weg stießen sie auf die Reste der Tragflächenspitze, die am Fuß zweier Kiefernstämme lag. Das vollkommen zerkratzte und verformte Aluminium war eine sinnfällige Bestätigung für Dirks weise Entscheidung, diesen riskanten Weg zu wählen, um ihren Gegnern zu entkommen. Aber Norsang war jetzt nirgendwo zu sehen. Sie trennten sich und kehrten zum Gletscher zurück.

Schließlich entdeckte ihn Summer in einem niedrigen Dickicht. Soweit sie erkennen konnte, rührte er sich nicht. Doch als sie zu ihm hineilte und neben ihm auf ein Knie herunterging, hob er den Kopf. »Tenzin, sind Sie verletzt?« Sie suchte in der Dunkelheit an seinem Körper nach sichtbaren Spuren einer ernsten Blessur.

»Ja«, antwortete er und richtete sich auf den Ellbogen auf. »Mein Kopf hat Bekanntschaft mit einem Felsen gemacht, als ich den Gletscher hinuntergerutscht bin.« Er richtete sich vollends auf und betastete behutsam die Schwellung an der Seite des Kopfes. »Haben Sie und Dirk den Höllenritt unversehrt überstanden?«

»Wir sind so weit okay.« Dirk kam zu ihnen herüber.

»Haben Sie noch das Nechung-Götterbild?«

Dirk drehte sich halb um und zeigte ihm, dass er den Rucksack mit seinem wertvollen Inhalt noch immer auf dem Rücken trug. Als er auf Norsang blickte, entdeckte er einen dunklen Fleck unter Norsangs linkem Arm.

»Sind Sie verletzt?«, fragte Dirk.

»Ich glaube, dass meine alte Wunde wieder aufgeplatzt ist.«

»Lassen Sie mich mal nachschauen.« Summer war ihm dabei behilflich, seine Jacke und seinen Pullover auszuziehen. Sie fand einen winzigen Blutfaden, der aus der früheren Schusswunde in seinem Trizeps heraussickerte, und legte eine Hand auf den Wundverband. »Ich denke, Sie könnten eine frische Bandage vertragen.«

»In der Außentasche meines Rucksacks müssten Sie eigentlich eine Erste-Hilfe-Tasche finden«, sagte Norsang.

Dirk öffnete den Reißverschluss der Tasche und fand das kleine Verbandsset. Summer trug eine antiseptische Salbe auf die Wunde auf und umwickelte den Arm dann mit frischem Verbandsmull.

»Vielen Dank«, sagte Norsang und betrachtete bewundernd ihr Werk. »Das sieht richtig professionell aus.«

»Das sind nun mal die Erfahrungen eines langen Lebens an der Seite meines abenteuerlustigen Bruders.«

»Können Sie gehen?«, fragte Dirk.

»Ja, meine Beine sind wieder vollständig zu gebrauchen.« Vom Boden hochgekommen, machte er zunächst keinen besonders standfesten Eindruck. Dann stampfte er mit den Füßen auf, um seine komplette Wiederherstellung zu bezeugen.

Dirk blickte den Gletscher hinauf. Ein winziger Lichtpunkt bewegte sich in Gipfelnähe. »Wir haben einen gesunden Abstand zu unseren Freunden. Wie wäre es, wenn wir es weiterhin so halten?«

»Das wird ihnen sicherlich ganz und gar nicht gefallen.« Norsang ging voraus zum Gletscher. »Sie müssen uns von Dambung … oder Gangtok bis hierher verfolgt haben.«

»Mir kommt es ziemlich seltsam vor,« sagte Summer, »dass sie anscheinend gar nicht wussten, was es mit dem Götterbild auf sich hatte, ehe wir es bargen.«

»Irgendwie stören mich auch die Worte des Bewaffneten«, sagte Norsang. »Er meinte, dass das Nechung-Götterbild für seine Regierung nicht nur als religiöses Objekt einen besonderen Wert hat, sondern auch noch in vollkommen anderer Hinsicht.«

»Wir haben von Vermutungen gehört«, sagte Dirk, »dass die Chinesen eigentlich hinter dem Material her sind, aus dem es gefertigt wurde – *thokcha* lautet der Name. Es hat offenbar ganz besondere thermale Eigenschaften und Fähigkeiten, die es für bestimmte militärische Anwendungen geeignet erscheinen lassen.«

Norsang blickte zu dem fernen Licht unterhalb des Berggipfels hinauf. »Wenn sie darin eine potentielle Waffe sehen, werden sie sicher keine Hemmungen haben, auch die extremsten Mittel anzuwenden, um es in ihren Besitz zu bringen.«

Der Tibeter machte kehrt und begann, sich einen Weg den Gletscher hinab zu suchen. Dirk und Summer folgten ihm dichtauf. Sie marschierten etwa eine Stunde lang, ehe sie eine Rast einlegten, einen Müsliriegel durch drei teilten und eine halbe Flasche Mineralwasser leerten, die sie aus dem Rucksack herauskramten. Sie waren nicht zuletzt von der Meereshöhe erschöpft, in der sie sich momentan aufhielten und an die sie sich noch nicht vollständig angepasst hatten, verschwendeten jedoch keinen Gedanken an eine längere Ruhepause. So legten sie ein stetiges und zügiges Tempo vor.

Als das Morgengrauen den Himmel allmählich färbte und aufhellte, erreichten sie den Punkt, wo der Gletscher aufhörte und der Bergbach unter der Gletscherzunge hervorsprudelte. Sie wechselten auf sein westliches Ufer und folgten seinen eisigen Fluten, wobei sie die gleiche Route nahmen, die sie vorher schon ins Tal geführt hatte.

Summer begrüßte eine Stunde später die ersten warmen Sonnenstrahlen, die sich über die Bergspitzen tasteten. Es schien, als ließe sich das vertraute Terrain viel schneller überwinden, und schon bald durchquerten sie eine dicht bewachsene Region und fanden zu ihrem Van zurück.

»Ich hoffe doch, dass jemand daran gedacht hat, den Schlüssel abzuziehen und einzustecken.« Summer ließ sich auf einen großen runden Stein fallen, um sich auszuruhen.

Norsang kramte in seinen Hosentaschen herum und zauberte die Wagenschlüssel hervor. Er hielt sie hoch und klimperte mit ihnen, dann warf er sie Summer zu, die sie geschickt auffing. »Ich denke, es ist besser, wenn Sie sich ans Lenkrad setzen. Ich habe nur einen gesunden Arm.«

Während ihres Dialogs betrachtete Dirk ein Fahrzeug mit Vierradantrieb, das hinter ihrem Tata Van geparkt war. Norsang folgte ihm, als er zu dem Wagen hinüberging, um ihn zu inspizieren.

Es war ein Toyota Fortuner SUV, in Indien gebaut und beigefarben lackiert. Seinem äußeren Zustand nach zu urteilen war er häufig in Gebrauch und mit neuen Geländereifen ausgerüstet. Durch das Seitenfenster neben dem Fahrersitz entdeckte Dirk ein modernes Sprechfunkgerät in einer Halterung auf dem Armaturenbrett und in einer Schale auf der Mittelkonsole die leere Packung einer chinesischen Zigarettenmarke.

Dirk nickte vor sich hin. »Ich glaube, dieser Wagen gehört unseren Verfolgern.«

Norsang versuchte sein Glück, zog am Griff der hinteren Tür und machte große Augen, als der Griff nachgab und die Tür aufschwang. Er beugte sich ins Wageninnere, dann sah er Dirk an. »Ich glaube, Sie haben recht. Sehen Sie sich das mal an.«

Dirk warf einen Blick in den Wagen. Eine große weiße Drohne lag auf der hinteren Sitzbank.

»Als wir zu unserer Fahrt gestartet sind, meinte Summer doch einmal, sie habe ein summendes Geräusch gehört. Sie haben uns offenbar von Anfang an verfolgt.« Er antwortete auf Norsangs fragenden Blick mit einem Kopfnicken. »Das muss ihr Wagen sein.«

Er holte sein Klappmesser aus der Hosentasche und stieß seine Klinge in die Seitenwand eines Hinterreifens, aus dem sofort zischend die Luft entwich.

Norsang lächelte geradezu selig, während er die gleiche Prozedur bei einem der Vorderreifen vollzog. »Ich denke, ein längerer

Fußmarsch wird ihnen nicht schaden«, sagte Norsang, dann ging er zu dem Van.

Summer hatte den Tata bereits gestartet und gewendet. Dirk wollte dem Tibeter folgen, zögerte jedoch und kehrte zum Toyota zurück. Er öffnete die hintere Tür und nahm die Drohne und ihre Fernsteuerung von der Rückbank an sich.

Summer stoppte neben dem Toyota und musterte ihren Bruder mit einem leicht verwirrten Blick. »Seit wann interessierst du dich für Spielzeug?«

»Das tu ich gar nicht«, erwiderte Dirk. »Ich bin es nur leid, ständig von irgendwelchen Leuten verfolgt zu werden.«

56

Während das lahmgelegte SUV im Rückspiegel hinter ihr kleiner wurde, kurvte Summer durch die Ortschaft Dambung und nahm Kurs nach Westen. Die ungepflasterte Straße war leer, als sie die kleine Brücke über den Lachung River erneut überquerte und die Richtung zu der Stadt gleichen Namens einschlug. Während sie der Straße nach Süden durch eine Waldlichtung folgte, erklang hinter ihr ein lautes Stampfen und Dröhnen.

»Ein Helikopter«, meldete Dirk nach einem Blick durch das hintere Fenster. »Er fliegt ziemlich niedrig und interessiert sich für uns.«

Der Van wurde von dem Abwind der Rotorflügel durchgeschüttelt, während der Hubschrauber mit hohem Tempo über sie hinwegflog. Der Chopper ließ den Van mindestens einhundert Meter weit hinter sich, dann drosselte er das Tempo und wendete in einem weiten gemütlichen Bogen.

Als die Maschine vollständig in Sicht kam, konnte Norsang auf ihrem Rumpf eine rote Insignie aus einem fünfzackigen Stern und Schriftzeichen in der Mitte mit gelber Umrandung erkennen. »Ein chinesischer Hubschrauber«, sagte er.

Der CAIC Z-10 war ein moderner Angriffshubschrauber für die Panzerabwehr. Der ausgesprochen schlanke Flieger mit der Bezeichnung »Heftiger Blitzstrahl« wurde von zwei Piloten gelenkt. Seine Feuerkraft wurde offenbar, als er am Himmel in Position ging. Der Lauf einer Dreißig-Millimeter-Maschinenkanone ragte aus seiner Kinnpartie, während Panzerabwehrraketen unter den mittschiffs positionierten Tragflächenstummeln hingen. Als der Helikopter dem Verlauf der Straße folgte und sich auf den Van ausrichtete, waren seine Absichten offensichtlich.

Summer rammte den Fuß aufs Bremspedal. Dann kurbelte sie am Lenkrad und erzeugte eine dichte Staubwolke. Während der Tata ins Schleudern geriet und sich zu drehen begann, schlug Summer das Lenkrad noch weiter ein und nahm den Fuß vom Bremspedal. Das vordere Ende des Wagens prallte auf die Randböschung, wurde auf die Schotterstraße zurückgeworfen und wies in die entgegengesetzte Richtung. Summer gab Vollgas.

»Wir brauchen eine Deckung«, sagte sie. »Und zwar schnellstens.«

»Bleib dran«, sagte Dirk von der Rückbank. »Vor uns sehe ich Bäume.«

Der Van erreichte einen gewundenen abschüssigen Abschnitt der Straße, während der Copilot des Helikopters einen Visierlaser ins Ziel brachte und eine Rakete abfeuerte. Das schlanke Projektil verließ seine Position neben dem Rumpf des Helikopters mit einem Flammenschweif, verfehlte das Ziel jedoch um Haaresbreite und schlug in einen Erdwall hinter dem Van ein. Die dröhnende Explosion ließ den Van erzittern und überschüttete ihn mit Schotter und Erde, fügte ihm jedoch keinen mechanischen Schaden zu. Die aufwallende Staubwolke schenkte Summer einige wertvolle Sekunden relativer Deckung, während sie versuchte, ein höheres Tempo aus dem Van herauszukitzeln.

Der weiße Tata hüpfte wie auf Sprungfedern die unbefestigte Straße entlang. Da die Rückbank nicht mit Sicherheitsgurten ausgestattet war, machte Dirks Schädel bei jeder Bodenwelle schmerzhaft mit dem Wagendach Bekanntschaft. Hinter ihm löste sich ein stählerner Reifenmontierhebel aus seiner Halterung und flog klirrend im Gepäckraum herum. Dirk griff hinter sich, fing das Werkzeug ein und legte es neben sich auf den

Sitz. Eine weitere Ablenkung konnte Summer in diesem Moment nicht gebrauchen.

Die Straße schlängelte sich für weitere fünfzig Meter durch eine Wiese und fiel dann in einen schmalen Hohlweg ab, der von vereinzelten Kieferngruppen gesäumt wurde.

»Diese Bäume könnten die Rettung sein«, sagte Dirk. »Abhängen können wir unsere Verfolger nicht, aber wir können uns zwischen den Bäumen verstecken. Halt bei der ersten Baumgruppe an, die dicht genug ist, um uns Deckung zu geben.«

Summer nickte, sämtliche Sinne darauf fokussiert, den Kleinbus in der Spur zu halten. Ihre Fingerknöchel glänzten weiß, als sie das Lenkrad umklammerte und die Kurven mit einem Tempo nahm, das als halsbrecherisch zu beschreiben eine groteske Verharmlosung gewesen wäre. Dirk und Norsang starrten wie gebannt auf die hohen Kiefern und dachten nichts anderes, als dass sie diesen Schutz um jeden Preis erreichen mussten, bevor der Helikopterpilot abermals feuerte.

Norsang sah den Stress in Summer Pitts Gesicht und tätschelte ihr Knie. »Ihr Geist ist stark.«

Unter den gegebenen Umständen mochte dies zwar eine seltsame Art moralischer Unterstützung sein, aber sie hatte die erhoffte Wirkung. Summer spürte, wie sie sich ein wenig entspannte. Gleichzeitig schärfte sich ihr Blick. Während sie die Straße vor sich sah, entstand in ihrem Geist ein anderes Bild. Als wenn sie durch die Bäume hindurchschauen könnte, stellte sie sich den Van an einem sicheren Ort mitten im Wald vor.

Hinter ihr verfolgte der Pilot, wie sich der Rauch verzog, und erkannte, dass der Van noch immer in Bewegung war, die Straße hinunterraste, eine Staubwolke aufwirbelte und wie eine Schleppe hinter sich herzog.

»Daneben.« Der Pilot stieß über sein Headset einen wütenden Fluch aus.

»Visiere erneut für einen zweiten Schuss«, meldete der Copilot.

Der Pilot korrigierte die Position des Steuerknüppels, schob den Gashebel nach vorn und steigerte die Geschwindigkeit, während er durch die Rauchwolke stieß. Er konnte den Van jetzt deutlich vor sich sehen, wie er schlingernd dem Verlauf der Straße folgte. Er gewahrte außerdem den Kiefernwald, aber der stellte bei der bevorstehenden Zerstörung des Fahrzeugs kein Hindernis dar. Ihm war doch ebenfalls klar, dass sie, nachdem sie den Wagen gestoppt hätten, landen und schnellstens das Nechung-Götterbild bergen müssten. Es wäre also das Beste, den Van noch draußen unter freiem Himmel zum Stehen zu bringen, daher müssten sie sich beeilen.

Er näherte sich ihrem Ziel auf weniger als einhundert Meter und befahl dem Copiloten eine weitere Panzerabwehrrakete zu aktivieren und abschussbereit zu machen.

»Ziel aufgefasst«, sagte der Copilot.

Der Pilot beobachtete, wie der Tata den Rand des Wäldchens erreichte, dann gab er das Kommando.

»Feuer.«

57

Sobald der Van die erste Baumreihe passiert hatte, trat Summer auf die Bremse und rammte den Fahrthebel des automatischen Getriebes in die PARKEN-Position. Das Fahrzeug rutschte über die Schotterstraße, während sie rief: »Alle raus aus dem Wagen!«

Dirk hatte die Seitentür bereits aufgestoßen. Die Drohne und der Reifenheber waren ihm im Weg, daher schob er beides hinaus, dann machte er einen Satz durch die Türöffnung. Dank seiner Standfestigkeit und seiner schnellen Reflexe blieb er irgendwie auf den Füßen und rannte noch ein Stück neben dem Fahrzeug her, bis er sein Gleichgewicht wieder vollständig unter Kontrolle hatte, und schlug sich dann seitlich in die Baumgruppe.

Norsang war ihm auf den Fersen gefolgt und dicht hinter ihm, nachdem er eine knappe Sekunde gewartet hatte, dass der Tata sein Tempo verringerte, ehe er ebenfalls absprang. Er stürzte, rollte zweimal über den Waldboden, danach sprang er wieder auf die Füße und folgte Dirk. Er hatte die Baumgruppe schon fast erreicht, als die Rakete einschlug.

Sie alle hätten wahrscheinlich den Tod gefunden, hätte Summer nicht so abrupt gebremst, wodurch eine dichte Staubwolke hochgewirbelt wurde. Der Hubschrauberpilot hatte gezögert, als die Wolke den Van vollkommen verschluckte. Da er keinerlei Ambitionen hatte, den Befehl eines vorgesetzten Offiziers zu missachten, hatte er die Rakete auf Befehl des Piloten in die Staubwolke abgefeuert, ohne ein klares Schussfeld zu haben.

Er hatte einen Deut zu niedrig gezielt. Die Rakete verließ den Helikopter mit einem Flammenschweif, bohrte sich in den Erdboden und explodierte knapp hinter den Hinterrädern des Vans.

Der Knall war für Dirk und Norsang ohrenbetäubend, während sie in einem dichten Trümmerregen zu Boden hechteten. Die Explosion warf den Van um und schleuderte ihn in eine hoch lodernde Flammenwolke.

Dirk versuchte, durch das Inferno aus Qualm und Feuer zu blicken und Summer zu finden. Er schaute zu den Bäumen auf der gegenüberliegenden Straßenseite hinüber, aber dort war sie nicht. Mit einem unguten Gefühl in der Magengegend sah er sie etwa fünfzehn Meter hinter dem brennenden Fahrzeug ausgestreckt auf der Straße liegen. Sie war offenbar rechtzeitig von Bord gegangen, hatte sich jedoch das Knie verrenkt, als sie auf den Füßen gelandet und gestürzt war. Da sie nicht mehr laufen konnte, versuchte sie, den Schutz der Bäume kriechend zu erreichen.

Dirk machte Anstalten aufzustehen, als er auf seinem Arm eine Hand spürte.

»Ich hole sie.« Norsang zog Dirk nach unten, während er selbst aufsprang und zu Summer hinüberrannte.

Sie waren jedoch nicht die Einzigen, die sie entdeckt hatten. Der Z-10 hatte sich genähert, um das Schlachtfeld zu inspizieren, und sowohl der Copilot als auch der Pilot sahen sie zu den Bäumen robben.

»Um sie auszuschalten, reicht die Dreißig-Millimeter-Kanone«, entschied der Pilot.

Der Copilot aktivierte die in der Nase des Hubschraubers installierte Kanone, die durch die Bewegungen des Headsets gesteuert wurde. Während er versuchte, sie ins Visier zu nehmen, richtete Summer sich auf, kam auf die Füße und wollte einige Schritte machen. Ihr rechtes Knie gab nach, aber Norsang erschien wie aus dem Nichts, um sie zu stützen. Gemeinsam hüpften sie in die Deckung der nahen Baumgruppe.

»Schalte ihn gleich mit aus«, befahl der Pilot.

Er drehte den in der Luft schwebenden Flieger, um das flüchtende Paar besser verfolgen zu können, wodurch er jedoch den Feuerstoß des Copiloten in dem Moment ablenkte, als er abdrückte. Die Kugeln gruben sich dicht hinter den Fersen der beiden ins Erdreich. Der Copilot behielt den Finger auf dem Abzug und folgte Summer und Norsang weiter mit dem Lauf der Kanone, während sie hinter einer mächtigen Kiefer in Deckung gingen.

Die Maschinenkanone gab noch mehrere weitere Feuerstöße ab und löste einen waren Regenschauer aus Borke und Holzsplittern aus. Dann verstummte die Kanone, der Copilot hatte das Magazin leergeschossen.

»Siehst du sie?« Der Pilot blickte über die Schulter des Copiloten hinweg in die Baumgruppe, konnte jedoch niemanden entdecken.

»Wir sollten zwei Raketen auf ihre Position abfeuern, um auf Nummer sicher zu gehen«, sagte er, »und dann landen wir. Mach die HJ-9's scharf.«

Er legte den Helikopter auf die Seite, flog eine enge Wende, bis er wieder über der Straße schwebte, nur ein kurzes Stück von dem brennenden Van entfernt.

Auf dem Boden duckte sich Dirk hinter eine Kiefer, während der Helikopter kurz auf ihn zu schwenkte, ehe er kehrtmachte. Summer und Norsang kauerten hinter einem dicken Baumstamm wenige Schritte von der Straße entfernt. Die beiden waren vielleicht vom Helikopter aus gar nicht zu sehen, aber das würde den Chinesen sicher nicht davon abhalten, sie weiter unter massiven Beschuss zu nehmen.

Er kroch einige Meter weit durch die Baumgruppe. Bis er sich dicht hinter dem Hubschrauber befand. Nicht weit entfernt lag die Drohne halb auf die Seite gekippt am Straßenrand, wo er sie aus dem Van gestoßen hatte. Dirk robbte hinüber, ergriff sie mitsamt der Fernsteuerung und sicherte sich auch den Montierhebel.

Dann kehrte er zum Straßenrand zurück in eine Position vor

dem Hubschrauber und setzte die Drohne ab. Sie war ein großes, schweres Modell mit einem Durchmesser von mehr als einem halben Meter und wurde von vier Rotoren angetrieben. Dirk verkeilte den stählernen Reifenmontierhebel zwischen der an ihrem Rumpf befestigten Kamera und ihren Landekufen. Dann kroch er in den Schutz der Bäume zurück und startete sie.

Selbst mit der schweren Last des Montierhebels an Bord erhob sich die Drohne zügig in die Luft. Dirk hatte schon früher ein solches Fluggerät gelenkt und wusste, wie er damit umgehen musste, aber er brauchte einige Sekunden, in denen er den Joystick hin und her bewegte, um eine Vorstellung von dessen Sensibilität und Präzision zu erhalten.

Ein lautes Rauschen erklang über seinem Kopf, als eine zweite Rakete gestartet wurde und ihre Halterung unter dem linken Tragflächenstummel verließ.

Sie bohrte sich zwanzig Meter vor den Baumstämmen in den Boden, hinter denen sich Summer und Norsang versteckt hatten. Die Detonation erschütterte den Untergrund und wirbelte Zweige und Holzsplitter hoch durch die Luft. Dirk konnte, wenn auch nur einen kurzen Moment, das Paar sehen und erkannte, dass es unversehrt geblieben war. Der Pilot lenkte den Hubschrauber im Schritttempo etwa zwanzig Meter die Straße hinunter und wechselte erneut in den Schwebeflug, diesmal direkt vor Summer und Norsang.

Dirk ließ die Drohne steigen und lenkte sie parallel neben dem Hubschrauber her. Dabei achtete er darauf, dass sie in einer Position hinter der Abwindsäule des größeren Flugkörpers blieb. Als der Helikopter stoppte und in der Luft stehen blieb, ließ Dirk die Drohne über dem Schwanzende des Z-10 blitzartig senkrecht in die Höhe schießen.

Der Pilot hatte nur das Ziel im Auge. »Aktivieren und erneut schießen.«

Auf seinem leicht erhöhten Platz hinter dem Copiloten nahm er etwas aus den Augenwinkeln wahr. Er drehte sich halb um und entdeckte ein dunkles Objekt, das über ihnen flog. Er fasste es genauer ins Auge und erkannte zu seiner Überraschung, dass es sich um eine Drohne handelte. Dann verrenkte er sich fast den Hals, als er verfolgte, wie der Apparat über dem Hubschrauberheck schnell an Höhe gewann und plötzlich wie ein Stein in die Tiefe sackte.

Er rammte die Füße auf die Anti-Drehmoment-Pedale, um das Heck aus der Absturzrichtung zu drehen, aber seine Reaktion erfolgte zu spät. Wenn es sich auch außerhalb seines Gesichtsfeldes abspielte, hörte er doch das Ergebnis, als Dirk die Drohne direkt in die Baugruppe manövrierte.

Der Heckrotor des chinesischen Hubschraubers war aus einem Kompositmaterial angefertigt, das jeder Kollision mit kleinen Schrott- und Trümmerteilen und sogar einem Beschuss mit Handfeuerwaffen widerstehen konnte. Er zerbröselte den Kunststoffrahmen der Drohne, aber dann geriet ihm das Stahlwerkzeug in die Quere. Die dicke Stahlstange riss zwei der vier Rotorflügel aus ihrer Verankerung, während sie die beiden anderen verbog. Der Trümmerteile prallten gegen die Heckkonstruktion des Helikopters und trennten den rechten Stabilisator ab.

Ohne ausgleichende Gegenkraft in der horizontalen Flugebene begann der Z-10 um seine eigene Achse zu rotieren. Der Pilot bemühte sich zwar, der Kraft entgegenzuwirken, aber da er so niedrig über dem Erdboden schwebte, hatte er keine Chance. Die Maschine verlor an Höhe, während sie sich korkenzieherartig vorwärtsbewegte. Dann kappten die Flügel seines Hauptrotors die Baumspitzen. Der Z-10 machte einen Satz vorwärts und bohrte sich mit der Nase zuerst in die Erde.

Jede Überlebenschance für seine Insassen löste sich in Wohlgefallen auf, als der Copilot auf den Abschussknopf der aktivierten Rakete fiel und diese bei der ersten Grundberührung explodierte.

Der daraus resultierende Feuerball war mehr als doppelt so groß wie der bei der Explosion des Tata Vans, da der gesamte Resttreibstoff und das Waffenarsenal des Helikopters die Wucht der Explosion noch um einiges steigerten. Mehrere Schockwellen liefen durch den Wald, während sich eine schwarze pilzförmige Wolke über den Baumspitzen in den Himmel wölbte.

Sobald sich die Splitter des zertrümmerten Hauptrotors ins Erdreich gebohrt hatten, rappelte sich Dirk in der gegenüber stehenden Baumgruppe auf. Er wischte einige Blutstropfen von seinem Unterschenkel ab, wo ihn ein herumfliegender Splitter des zertrümmerten Hauptpropellers verletzt hatte, und überquerte die Straße. Summer und Norsang kamen eine Minute später humpelnd zwischen den Bäumen hervor.

»Knöchel?«, fragte Dirk.

»Knie«, erwiderte Summer. »Wurde eingeklemmt, als ich aus dem Van sprang. Aber auf jeden Fall besser als die Alternative.«

Sie deutete auf die noch immer schwelenden Überreste des Fahrzeugs. Die drei wandten sich um und betrachteten den Hubschrauber aus sicherer Entfernung. Da war nur wenig zu erkennen. Die Nase und der vordere Rumpfabschnitt waren bei dem Absturz und durch die Raketenexplosion zerstört worden. Der Motor- und Antriebskomplex brannte lodernd in einem Graben, während die Überreste der Schwanzpartie weitestgehend unversehrt in der Straßenmitte lagen.

»Ihr Spielzeug war nicht nur wertvoll, sondern auch tödlich«, stellte Norsang fest.

»Dasselbe Gerät haben sie benutzt, um uns bis ins Tal zu verfolgen und am Ende Ihre Kameraden zu töten«, sagte Dirk.

Summer deutete auf den roten chinesischen Stern mit gelber Umrandung auf dem Bruchstück einer Rumpfplatte vor ihren Füßen. »Meinen Sie, dass sie keine Ruhe geben und ein zweites Team hinter uns herschicken?«

Ihre Frage wurde nur ein paar Sekunden später beantwortet, als ein Paar grau lackierter Kampfjets in geringer Höhe über sie hinwegdonnerten. Als sie in einen weiten Bogen einschwenkten, um sie ein zweites Mal zu überfliegen, entdeckte Dirk eine Insignie, die aus einem grünen, einem weißen und einem orangefarbenen Streifen bestand, auf den Seitenleitwerken. Er hob einen Arm und winkte. »Sie gehören zur Indischen Luftwaffe.«

Die SU-30s aus russischer Produktion kreisten mehrere Minuten lang über ihnen, bis sich ein Armeelastwagen, gefolgt von einem leichten Einsatzfahrzeug, mit hohem Tempo auf der Straße von Lachung fahrend näherte und schließlich bei ihnen anhielt. Ein halbes Dutzend bewaffneter Soldaten sprang von der Ladefläche herab und baute sich rund um den Hubschrauber auf. Der Anführer der Einheit, ein schlanker Soldat im Leutnantsrang mit dunklen Augen, stieg aus dem kleineren Fahrzeug und kam zu den drei Ausländern herüber.

»Wer sind Sie?«, fragte er mit einem wachsamen Tonfall. »Und was tun Sie hier?«

»Wir sind von einer Bergwanderung zurückgekehrt und wollten eine Rast einlegen«, antwortete Dirk. »Plötzlich erschien wie aus dem Nichts dieser Hubschrauber im Tiefflug über der Straße und kollidierte mit unserem Wagen. Gehört er zu Ihnen?«

Der indische Offizier musterte Dirk, ohne mit der Wimper zu zucken. »Ich muss Ihre Papiere kontrollieren.«

»Ich fürchte, unsere Pässe und Visa haben sich in dem Kleinbus befunden.«

Der Leutnant wandte sich an Norsang. »Wer sind Sie?«

»Tenzin Norsang, Sir. Ich arbeite bei der Tibetischen Exilregierung in Dharamsala.«

»Sie sind ziemlich weit weg von zu Hause. Finden Sie nicht?« Er studierte Norsang ein wenig genauer. »Ich habe mit Mitgliedern der Exilregierung gedient. Sind Sie in der Army gewesen?«

»Bei der National Security Guard.«

Der Inder runzelte die Stirn, während er sich abwandte. Er wusste, dass die Guard eine Eliteeinheit der Spezialstreitkräfte war. Er inspizierte das schwelende Hubschrauberwrack mehrere

Minuten lang, dann richtete er den Blick auf den Van. Gemessenen Schrittes kehrte er zu dem Trio zurück.

»Wie es scheint, ist Ihr Van nach Norden gefahren, in die Berge, als er beschädigt wurde.«

»Er wurde ziemlich schlimm erwischt«, bestätigte Dirk mit dem Anflug eines Lächelns.

»Hat einer von Ihnen die Grenze nach China überschritten?« Der Inder sah jeden von ihnen sekundenlang abwartend an. Als alle mit Nachdruck verneinten, nickte er und meinte: »Ich kann Ihnen anbieten, Sie nach Gangtok zu bringen. Sie werden Ihre Angelegenheiten von dort aus regeln müssen. Folgen Sie mir.«

Als er den Weg zu seinem Einsatzwagen einschlug, hielt ihn Norsang ihn mit einer Geste auf. »Warten Sie. Etwas sehr Wichtiges hat sich in unserem Gepäck befunden.« Er sah Dirk Hilfe suchend an.

Dirk schüttelte den Kopf und scharrte mit einem Fuß im Geröll des Straßenbelags. »Ich fürchte, ich habe es im Van zurückgelassen.«

Norsang ging zu ihrem Fahrzeug, die anderen folgten ihm. Es war nicht mehr als ein verbeulter, qualmender Trümmerhaufen. Seine weiße Außenhaut trug schwarze Brandspuren, während sein verkohltes Innenleben noch immer schwelte. Die Beifahrerseite wies weniger starke Beschädigungen auf, und der Tibeter entschied sich für die hintere Tür, die nach Dirks Sprung ins Freie zugeschlagen war.

Er versuchte, sie aufzuschieben, aber die Tür bewegte sich nur dreißig Zentimeter weit, ehe sie sich knirschend in ihrem verzogenen Rahmen verkeilte. Im Wageninneren war nur wenig zu sehen. Die Polster der Vordersitze waren verbrannt, und lediglich die Sesselrahmen und verkohlte Sprungfedern waren davon noch übrig. Die Lehne des Fahrersitzes war abgebrochen und in die Lücke vor dem Rücksitz gerutscht, der ansonsten leer war.

Norsang zog die Reste eines versengten blauen Schultergurtes heraus, der, wie er erkannte, zu seinem Rucksack gehörte. Er hielt ihn hoch und zeigte ihn den anderen. »Es ist nicht mehr da.«

Dirk schüttelte den Kopf, dann drängte er sich an Norsang vorbei und beugte sich selbst in den Innenraum, um sich einen Überblick zu verschaffen. Während die Rückbank ebenfalls leer war, traf dies nicht auf den Fußraum vor ihr zu. Dirk streckte die Hand nach der Rückenlehne des Fahrersitzes aus. Sie war noch glühend heiß, aber er griff beherzt zu, zog sie aus der Lücke heraus und warf sie beiseite.

Norsang und Summer kamen zu der offenen Tür und schauten ins Wageninnere. Als sie sichtlich erstarrten und keinen Ton von sich gaben, blickte der indische Armeeoffizier über ihre Schultern.

»Was ist das?«, fragte er.

Aufrecht auf dem Wagenboden sitzend, vollständig intakt und glänzend, als wäre es durch die unfreiwillige Feuerbehandlung sogar gründlich aufpoliert worden, lieferte das Nechung-Götterbild die gewünschte Antwort.

58

Zwei bewaffnete Kommandosoldaten eskortierten Pitt und Giordino zum Achterdeck der *Melbourne*. Sie blieben vor einem Paar Stahltüren in der Seitenwand des an achtern gelegenen Deckhauses stehen. Die erste Tür bestand aus massivem Stahl und verfügte über eine Klinke, die mittels einer Kette an einem Haken in der Stahlwand des Deckaufbaus befestigt war. Die zweite Tür rechts daneben besaß in Kopfhöhe ein Bullauge mit getönter Glasscheibe und wurde durch ein Vorhängeschloss gesichert, in dem noch der Schlüssel steckte.

Zwischen beiden Soldaten entspann sich eine kurze Diskussion, an deren Ende sie sich für die rechte Tür entschieden. Einer der Soldaten nahm das Schloss ab und öffnete die Tür, der andere dirigierte Pitt und Giordino mit dem Lauf seines Gewehrs in den kastenförmigen Deckaufbau.

Hinter ihnen fiel die Tür zu. Dann folgte das Geräusch eines metallischen Klickens, als das Vorhängeschloss einrastete. Pitt wartete einige Sekunden, bis er sicher sein konnte, dass die Männer sich entfernt hatten, ehe er die innere Torklinke betätigte und sich vergewisserte, dass sie tatsächlich eingeschlossen waren.

Giordino tastete den Türrahmen ab, fand einen Lichtschalter und legte ihn um. Noch ehe die Leuchtstoffbirne an der Decke knisternd aufflammte und ihr trübes Licht verbreitete, konnte er an dem Geruch erkennen, wo sie sich befanden. Ein Dutzend Fünf-Gallonen-Fässer Farbe waren vor der Rückwand des Abteils aufgestapelt. In einem Regal lagen und standen bündelweise Malerpinsel und kleinere Farbdosen.

»Der Farbenspind.« Giordino schwang ein Bein über eins der Fässer und setzte sich. Doch selbst diese mühelose Aktion ließ ihn zusammenzucken, als sich die Nachwirkungen der Misshandlungen durch Nings brutale Hände schmerzhaft bemerkbar machten. »Hätte es uns noch schlimmer treffen können?«

»Ich denke an die untere Bilge«, sagte Pitt. »Immerhin können wir die Farbe der Wände ändern, wenn uns ihr Anblick zu langweilig wird.«

»Vom Einatmen der Farbdämpfe zu sterben, könnte außerdem um einiges angenehmer sein, als das zu ertragen, was unsere chinesischen Freunde mit uns vorhaben.«

»Wie geht es deinen Rippen?«, fragte Pitt, während er im Raum umherging und sich prüfend umsah. Er fand eine dicke Rolle Klebeband, die auf einer Farbdose lag, und warf sie zu Giordino hinüber, der sie im Schoß auffing.

»Geprellt, aber nicht gebrochen, glaube ich.« Giordino verwarf den Gedanken, seine Rippen zu tapen. »Ich spüre nur dann Schmerzen, wenn ich atme.«

Pitt setzte seine Inventur des Farbenspinds fort. »Ein Dutzend Farbeimer, ein Kanister Kerosin und einige weitere Rollen Klebeband.«

»Keine große Hilfe, um sich aus einem Stahlbehälter zu befreien.« Giordino warf die Rolle Klebeband zu Pitt zurück.

Er betrachtete die Tür, knipste das Licht aus, dann presste er das Gesicht gegen das Bullauge und schaute auf das Deck hinaus. Dort war niemand zu sehen. Er knipste das Licht wieder an, riss mehrere längere Streifen Klebeband von der Rolle ab, spannte sie über das Bullauge und bedeckte die Glasscheibe.

»Fühlst du dich etwa beobachtet?«, fragte Giordino verwundert.

Pitt schüttelte den Kopf. »Das Geräusch von zersplitterndem Glas geht mir immer furchtbar auf die Nerven.« Er nahm eine der metallenen Farbdosen in die Hand und holte in weitem Bogen damit aus. Er ging zur Tür und rammte den Boden der Dose gegen das zugeklebte Bullauge. Das Geräusch von berstendem Glas war deutlich zu hören. Pitt pulte vorsichtig an den Rändern des Klebebands herum, bis er die gesamte zerbrochene Scheibe in einem Stück aus dem Rahmen nehmen konnte.

Während er das Glas in ein Regalfach legte, grinste Giordino anerkennend. »Du könntest als Einbrecher Karriere machen. Meinst du, sie haben den Schlüssel wieder im Schloss stecken lassen?«

»Man sollte die Hoffnung nie aufgeben.« Pitt entfernte sämtliche verbliebenen Glassplitter aus dem Rahmen des Bullauges und schob dann vorsichtig den Kopf durch die Öffnung.

Das Bullauge war groß genug, um den Kopf oder einen Arm und die Schulter hinauszustrecken, aber nicht beides gleichzeitig. Draußen herrschte mittlerweile vollkommene Dunkelheit, und er konnte die untere Kante des Vorhängeschlosses nicht genau erkennen. Er zog den Kopf wieder zurück und ersetzte ihn durch seinen Arm. Jetzt fand er die die Türklinke, tastete sie mit den Fingern ab und suchte das Schloss. Der Schlüssel war verschwunden, und als er probeweise an dem Schlossbügel zog, erhielt er die Bestätigung, dass es eingerastet war.

Er zog den Arm in ihr Gefängnis zurück. »Keine Chance, fürchte ich.«

»Einen Versuch war es wert.« Giordino spürte einen Windhauch, der durch die Öffnung hereindrang. »Zumindest verflüchtigen sich die Farb- und Kerosindämpfe so weit, dass wir ein bisschen freier atmen können.«

»Kerosin …«, sagte Pitt nachdenklich.

Er schob den Kopf abermals durch die Bullaugenöffnung und betrachtete die Türangeln. Er konnte zwei Stück erkennen, und beide befanden sich, wie es schien, in Reichweite seines Arms. Die Stahltür wies zwei nach unten gerichtete Zapfen auf, die an ihrem Rahmen befestigt waren und in zwei massive Scharnierauflagen eingepasst waren, die an die Stahlwand des Deckaufbaus angeschweißt waren. Eine schwere Schraubenmutter sicherte jeden Zapfen am unteren Ende und verhinderte, dass er aus dem Führungsring herausrutschte oder herausgehebelt werden konnte.

Pitt zog den Kopf zurück und nahm den Blechkanister Kerosin aus dem Farbenregal und hielt ihn vor die Bullaugenöffnung, um zu überprüfen, ob er sich ohne Schwierigkeiten hindurchbugsieren ließ. Mit dem Handrücken an der Tür abwärtsgleitend, führte er die Kerosindose zur oberen Angel und träufelte die Flüssigkeit auf Zapfen, Scharnierauflage und Schraubenmutter. Diese Taufe wiederholte er bei der unteren Angel.

Pitt wusste, dass Kerosin, ein Petroleumdestillat, bei verwitterten und korrodierten Verbindungen als Lösungs- und Schmiermittel eingesetzt werden konnte. Er wartete eine halbe Stunde, stellte fest, dass ein Wachtposten die Tür passierte, ohne dass ihm das fehlende Bullaugenfenster auffiel, dann träufelte er eine zweite Dosis auf die Türangeln. Er verschloss die Dose, wickelte sie in einen Putzlappen, dann benutzte er die Dose als Hammer und schlug damit gegen jede der beiden Schraubenmuttern. Er hielt inne und lauschte auf die sich nähernden Schritte eines Soldaten, aber er hörte nur gelegentliches Klopfen, das von irgendwo weit entfernt im Schiff zu ihnen drang.

»Meinst du, die Scharniere werden nach dieser Prozedur nachgeben«, fragte Giordino, als Pitt den Kerosinkanister ins Regal zurückstellte.

»Die reelle Chance besteht, denn so alt ist das Schiff noch nicht.«

»Schon möglich, aber ich habe hier keinen Schraubenschlüssel gesehen … oder irgendein anderes Werkzeug.«

Pitt grinste. »Du vergisst unser universelles treues Klebeband.«

Er wickelte einen etwa armlangen Streifen von der Rolle ab, faltete ihn sorgfältig dreimal auf die Breite der Schraubenmuttern übereinander. An einem Ende fügte er ein kurzes Stück von gleicher

Breite hinzu, sodass es mit der klebrigen Seite nach außen herabhing.

Pitt säuberte die Schraubenmuttern der Türangeln mit einem Lappen, dann führte er das Klebeband durch das Bullauge. Er ertastete die obere Angel und wickelte das klebrige Ende um die Schraubenmutter. Anschließend legte er das zusammengefaltete Klebeband mehrmals im Uhrzeigersinn um die Mutter und zog das Band stramm. Schließlich fasste er mit beiden Händen durch das Bullauge, ergriff das lose Ende des Klebebands und zog daran.

Das Klebeband hielt dem Zug zwar stand, aber die Mutter gab keinen Deut nach. Pitt machte mehrere Versuche, dann holte er wieder die Kerosindose und schlug damit gegen die Schraubenmutter. Abermals ergriff er das Klebeband und zog daran. Diesmal spürte er ein minimales Nachgeben. Nicht ganz sicher, ob es nicht nur dadurch hervorgerufen wurde, dass das Klebeband sich dehnte, umschlang er die Schraubenmutter ein weiteres Mal und zog. Diesmal nahm er ganz deutlich eine winzige Drehung wahr.

Die Sicherungsmutter wollte nicht nachgeben und wehrte sich bis zum Ende gegen seine Klebebandkonstruktion, aber mit wiederholten Schraubversuchen bewegte er sie bis zum Ende des Zapfens und konnte sie schließlich mit den Fingern abschrauben. Er holte sie in den Spind herein und legte sie auf Giordinos Handfläche. »Das war Nummer eins, Nummer zwei folgt hoffentlich auf dem Fuße.«

»Dann hatten ja all die Stunden, die du an deinen Oldtimern herumgeschraubt hast«, sagte Giordino, »doch auch ihren praktischen Sinn.«

Pitt nahm die untere Angel in Angriff, aber diesmal ohne Erfolg. Er musste weiter hinunterreichen und konnte keinen adäquaten Zug ausüben. Er zerrte und kämpfte mehrere Minuten lang gegen den Widerstand an, bis das Klebeband zu reißen begann. Er ging zum Regal und bastelte ein neues Schraubwerkzeug aus dem Klebeband, wobei er gelegentlich die Arme ausschüttelte, um die

Durchblutung seiner Muskeln anzuregen und die Müdigkeit aus ihnen zu vertreiben.

»Lass mich mal einen Versuch machen«, sagte Giordino, als Pitt einen frischen Streifen Klebeband vorbereitet hatte.

»Ich bin mir nicht sicher, ob du überhaupt bis dorthin reichst. Schon für mich wird es verdammt schwierig.«

Das Bullauge befand sich kaum in Giordinos Kopfhöhe, daher schob er einen umgedrehten Fünf-Gallonen-Eimer vor die Tür und stellte sich darauf. Er nahm Pitt das Klebeband aus der Hand, schob sie hinaus und schaffte ganz knapp, es um die untere Schraubenmutter zu wickeln. Er holte tief Luft, zuckte von dem aufbrandenden Schmerz in seiner Seite zusammen, und zog ruckartig an dem Klebeband.

Dann sprang er vom Eimer herab und massierte seine Hand, die vom Klebeband gerötet und wund war, und richtete sich langsam auf. »Ich glaube, jetzt dürftest du keine Schwierigkeiten mehr haben, die Mutter vollends von ihrem Partner zu trennen.«

Und tatsächlich, Giordino hatte sie gelockert. Pitt setzte die Bemühungen fort und löste die Mutter schließlich von dem unteren Zapfen.

Pitt lehnte sich mit der zweiten Mutter in der Hand in den Deckaufbau zurück. »Gut, dass du regelmäßig deinen Spinat gegessen hast.«

Giordino kam zur Tür und schickte sich an, sie aus der Scharnierauflage zu heben, als Pitt ihm ein Zeichen gab, damit zu warten.

»Ich glaube, dass wir schon in Kürze mit dem Erscheinen des Wachtpostens rechnen müssen.« Pitt warf einen Blick auf seine Armbanduhr. »Wenn ich mich nicht irre, unternehmen sie alle halbe Stunde einen Rundgang.«

Giordino nickte und knipste das Licht aus. Beide Männer standen vor der Tür und schauten durchs Bullauge. Wie Pitt prophezeit hatte, erschien ein paar Minuten später ein Kommandosoldat in dunklem Kampfanzug. Und wie schon zuvor hatte der Mann nur Augen für die aufgewühlte See, während er sich nach achtern entfernte.

Pitt und Giordino gewährten ihm einen Vorsprung von fünf Minuten, ehe sie gemeinsam die schwere Stahltür von den Scharnierauflagen herunterwuchteten und an der Seite gegen die Außenwand des Deckaufbaus lehnten. Mit lautlosen Schritten wagten sie sich aufs Deck hinaus. Da niemand zu sehen war, nahmen sie sich die Zeit, die Tür wieder ordnungsgemäß einzusetzen. Während die Zapfen in die Scharnierauflagen rutschten, vernahm Pitt gedämpfte Klopflaute. Sie ertönten in dem Abteil nebenan.

Er hielt Giordino zurück, der den Ort des Geschehens schon verlassen wollte. »Al, wir sollten mal nachschauen, wer oder was sich hinter Tür Nummer zwei befindet.«

Pitt entfernte die Sicherungskette, drückte auf die Klinke und öffnete die Tür. Fauliger Gestank drang in seine Nase. Ein ausgezehrter Mann mit einem Dreitagebart stand in der Türöffnung und starrte Pitt mit leeren Augen an. In seiner Hand befand sich ein Stück Holz von einer Kiste, mit dem er gegen die Wand des Deckaufbaus geschlagen hatte.

Seine Augen weiteten sich, als er sah, dass Pitt und Giordino keine Kampfanzüge trugen und keinerlei Waffen in den Händen hielten. »Wer sind Sie?«, fragte er mit kratziger Stimme.

»Mitgefangene«, antwortete Pitt. »Wie viele sind Sie?«

Der Mann trat beiseite, sodass Pitt es mit eigenen Augen sehen konnte. Etwa zwanzig Mannschaftsmitglieder lagen auf dem Boden des Deckaufbaus. Alle machten einen geschwächten Eindruck. Viele schienen dem Tod nahe zu sein.

»Wie lange sind Sie schon hier?«, fragte Pitt.

Der Mann versuchte zu zählen. Sein Geist war jedoch vollkommen benebelt. »Es müssten drei Tage sein, glaube ich. Wir alle sind ziemlich dehydriert.«

Giordino zog Pitt zurück aufs Deck und senkte die Stimme.

»Ich glaube nicht, dass sie eine große Hilfe sein werden, falls wir versuchen sollten, das Schiff mit einem Handstreich unter Kontrolle zu bekommen.«

»Nein. Sicher nicht. Sie brauchen medizinische Hilfe. Und das so bald wie möglich.«

Giordino deutete zum Schiffsheck. »Sie schleppen ihr Enterboot hinter dem Schiff her. Es könnte die beste Möglichkeit sein, von hier zu verschwinden.«

Pitt schaute mit zusammengekniffenen Augen zu dem Boot, das auf den dunklen Wellen hin und her schwankte, und nickte. »Versuch, das Boot längsseits zu holen. Ich sorge dafür, dass sie sich am Heck versammeln.«

Während Giordino das Deck überquerte und verschwand, kehrte Pitt in den Deckaufbau zurück. Dem Mann in der Türöffnung schien die frische Luft gutzutun. Der Ausdruck seiner braunen Augen wurde schon lebhafter.

»Wie heißen Sie?«, fragte Pitt.

»Chuck Sonntag. Ich bin der Navigator dieses Schiffes. Sind die Terroristen noch an Bord?«

Pitt nickte. »Wir müssen jeden Ihrer Leute so schnell wie möglich zum Heck schaffen. Können Sie uns dabei behilflich sein?«

»Und ob.«

Sonntag schaute sich in dem Raum um, der normalerweise als Lager für Batterien, Ladegeräte und Testapparaturen diente.

»Jeder, der noch fit genug ist, aus eigener Kraft aufzustehen, sollte es jetzt tun«, sagte Sonntag. »Wir machen den Abmarsch, Leute, aber Klappe halten. Helft euch gegenseitig, wenn es nötig ist.«

Sonntag teilte jedem der kräftigeren Männer einen Partner zu, der sich kaum auf den Beinen halten konnte. Ein junger entkräfteter Filipino blieb allein übrig. Pitt half dem Mann auf die Beine und legte sich einen seiner Arme um die Schultern.

Pitt führte die angeschlagene Gruppe nach achtern und achtete darauf, dass die Männer sich dicht an der Wand hielten, um nicht vorzeitig entdeckt zu werden. Sonntag bildete die Nachhut, schloss die Tür ihres Gefängnisses und half den Nachzüglern. Pitt erreichte die Rückseite des Aufbaus auf dem Achterdeck und geleitete die Männer über eine freie Fläche zur *Stingray*, in deren Schatten sie sich zusammenkauerten. Das NUMA-Tauchboot ruhte ein paar Meter von der Heckreling entfernt auf Stützbalken. Es hing noch immer am Kranhaken und war mit einer großen Schutzplane bedeckt.

Nicht weit entfernt auf der Backbordseite bediente Giordino eine elektrische Winde und holte das Mannschaftsboot in ihrer Kiellinie heran. Pitt trat neben ihn, als das Boot längsseits gebracht wurde, wobei seine Flanke wegen des leichten Seegangs gegen den Rumpf der *Melbourne* stieß. Pitt sprang an Bord und fand eine Heckleine, die er zu Giordino hinüberwarf, damit er das Boot sicherte.

Die Mannschaftsmitglieder der *Melbourne* wurden in kleinen Gruppen an Bord geholt. Giordino half, jeden Mann zu Pitt auf das schwankende Boot hinabzulassen. Ein langer überdachter Salon mit Sitzbänken auf beiden Seiten befand sich vor dem Ruderhaus und bot ausreichend Platz für alle Crewmitglieder. Als der letzte Mann aufs Deck des Bootes hinübergewechselt war, kletterte Pitt auf das Dach und schwang sich über die Reling der *Melbourne*, wo Giordino und Sonntag im Schatten der *Stingray* auf ihn warteten.

»Sind Sie fit genug, um das Boot zur Küste zu lenken«, fragte Pitt den australischen Navigator.

»Ich glaube schon. Kommen Sie nicht mit uns?«

Pitt schüttelte den Kopf. »Wir wollen versuchen, auch noch Margot und ihren Vater zu befreien.«

»Ich halte das Boot für Sie in Position.«

»Nein, das wäre zu gefährlich. Einige Ihrer Männer sind fast tot. Bringen Sie sie so schnell wie möglich an Land. Wir schnappen uns den Helikopter, wenn wir die Thorntons befreien können.«

»Wahrscheinlich ist es am besten«, riet ihm Giordino, »wenn Sie sich ein gutes Stück zurückfallen lassen, ehe Sie die Maschine starten.«

»Ich mache einen weiten Bogen um das Schiff«, sagte Sonntag. »Keine Sorge.«

»Durchaus möglich, dass man Sie per Radar einfängt, aber das Festland scheint nicht allzu weit entfernt zu sein.« Pitt deutete auf ein helles Leuchten am nordöstlichen Horizont.

Sonntag schüttelte jedem der Männer die Hand. »Danke, dass Sie uns rausgeholt haben. Viel Glück.«

Pitt reichte ihm eine Hand, damit er gefahrlos ins Boot hinuntersteigen konnte, während Giordino die Bugleine löste. Sonntag stolperte mit einem anderen Mannschaftsmitglied zum Bug des Bootes, löste das Schlepptau und warf es in die See, Dann gab er Pitt und Giordino mit dem Daumen das Okay-Zeichen, während er zum Ruderhaus ging.

Pitt verfolgte, wie das Boot zur *Melbourne* auf Distanz ging und in der Dunkelheit verschwand, als Giordino ihm auf die Schulter klopfte. Pitt blickte hoch und entdeckte einen bewaffneten Wächter, der offenbar einige Minuten früher als üblich zu seinem Rundgang auf das Backborddeck hinunterstieg.

59

Pitt und Giordino standen vollkommen exponiert dort, wo die Reling am Schiffsheck einen scharfen Knick machte, erstarrten jedoch zu totaler Reglosigkeit. Vor ihnen auf dem Hauptdeck schlenderte der Wachtposten ohne Eile am Deckaufbau des Vorderschiffes vorbei. Als er an der Reling stehenblieb und auf die See hinausblickte, rannten sie geduckt über das offene Deck zur *Stingray* und verkrochen sich im Schatten unter ihrem Rumpf.

Der Wachtposten begann seinen Rundgang und ging zum Hecküberhang, wo er an der Backbordreling stehenblieb. Er machte kehrt, um das Achterschiff zu überqueren, stoppte jedoch an der Winde. Lose Wickel des Schlepptaus baumelten an der Trommel und schlängelten sich über das Deck zur Backbordreling, wo sie schlaff über die Seite herabhingen.

Der Mann hakte ein Sprechfunkgerät von seinem Gürtel los, schaltete es ein und sprach ins Mikrofon, während er wieder an die Reling trat und den leeren Ozean hinter dem Schiff absuchte.

Er hatte kaum die ersten Worte ausgesprochen, als er Schritte auf dem Deck hörte, sich umwandte und einen hochgewachsenen dunkelhaarigen Mann auf sich zustürmen sah.

Pitt stürzte sich im gleichen Moment auf den Wachtposten, als dieser sich umwandte. Seine Schulter traf die Magengegend des Kommandosoldaten und presste ihm die Luft aus der Lunge. Er wurde von Pitt, der sich regelrecht um ihn gewickelt hatte, gegen die Seitenreling geschmettert, dann stürzten beide Männer zu Boden.

Der Kommandosoldat schien für einen kurzen Augenblick benommen, war dabei jedoch durch einen für ihn glücklichen Zufall auf Pitt gelandet. Er richtete sich auf und versuchte sein Gewehr in Anschlag zu bringen, als ein dunkler Schatten über ihm auftauchte. Er schaute hoch, um von einem Schwinger Giordinos überrascht zu werden, der wie ein Dampfhammer sein Kinn traf. Der Wachtposten sackte auf dem Deck in sich zusammen, während Pitt sich auf die Füße kämpfte.

»Danke für Unterstützung«, sagte er, während Giordino sich, vom eigenen Schwung mitgerissen, an der Reling festhielt. »Bist du okay?«

Giordino richtete sich auf und presste eine Hand gegen die rechte Seite seines Brustkorbs. »Ich glaube, ich hätte ihm lieber eins mit links verpassen sollen.«

Das Dröhnen der Schiffsmaschinen verstummte unter ihren Füßen, und sie nahmen weitere Lichter und Aktivitäten auf dem vorderen Teil des Schiffes wahr.

»Wir sollten ihn lieber von hier wegschaffen.« Pitt packte den Wachtposten am Kragen, während Giordino das Gewehr des Mannes aufhob.

Pitt schleifte den bewusstlosen Soldaten quer über das Deck zum Tauchboot, wo er eine kurze Rast einlegte. Da sich auf dem Backborddeck nichts rührte, zog er den Mann weiter bis zu dem Deckaufbau, in dem die Schiffscrew gefangen gehalten worden war. Giordino zog die Tür auf und machte Platz, während Pitt den Mann hineinzog. Dann schloss er sie, knipste das Licht an und inspizierte die ungekennzeichnete Uniform des jungen Chinesen.

»Er hat wohl eher deine Größe«, sagte Pitt zu Giordino. »Was hältst du davon, ins Lager der Bösen überzuwechseln?«

»Aber nur, wenn ich spätestens heute Abend kündigen kann.« Er reichte Pitt das Gewehr, befreite den Wachtposten von seiner Uniform und zog sie über seine eigene Kleidung. Die Nähte an Ärmeln und Hosenbeinen drohten von seinen Proportionen gesprengt zu werden, aber nachdem er Ärmel und Hosenbeine ein wenig umgeschlagen hatte, passten die Sachen einigermaßen.

Giordino vervollständigte die Verkleidung, indem er sich die schwarze Mütze aufsetzte, die der Wachtposten getragen hatte. »Kommandobrücke oder Offiziersmesse?«

»Ihr Kommandant meinte, dass sich Thornton in der Offiziersmesse befindet«, sagte Pitt. »Daher lass uns dort zuerst unser Glück versuchen.«

Pitt löschte das Licht und öffnete die Tür. Während sie aufs Deck hinaustraten und die Tür mit der Kette sicherten, hörten sie, wie die Maschinen des Z-10 auf dem Steuerbord-Helipad warmliefen.

»So viel zu einem Rundflug nach Hause«, sagte Giordino.

»Sie wollen offenbar das Mannschaftsboot verfolgen«, sagte Pitt. »Wir müssen sie um jeden Preis aufhalten.«

Sie rannten los und suchten sich einen Weg zu einem schmalen Verbindungsdeck, über das sie zur Steuerbordreling gelangten. Um sie herum schien das Schiff zu hektischem Leben zu erwachen, als Generatoren ansprangen und Kräne ihre Ausleger herumschwenkten. Aber kein Mannschaftsmitglied war zu sehen, das die Aktivitäten überwachte oder koordinierte.

Die beiden Männer orientierten sich in Bugrichtung und schlängelten sich zwischen einer reichhaltigen Kollektion schwerer Maschinerie hindurch, bis sie den Helipad sichteten. Dort hatten zwei Kommandosoldaten Posten bezogen, und einer blickte in ihre Richtung. Pitt und Giordino gingen hinter einer Kabeltrommel in Deckung.

»Sie machen es uns nicht gerade leicht, einen gezielten Schuss anzubringen«, sagte Giordino.

»Wir sollten uns lieber eine Position vor dem Pad suchen

und den Chopper abschießen, während er gegen den Wind startet.«

Diese Chance bot sich ihnen nicht. Während sie hinter der Kabeltrommel hervorlugten und die weiteren Schritte ihres Vorhabens planten, erhob der Z-10 sich vom Helipad, schoss vorwärts und wurde von der Dunkelheit vor dem Schiff verschluckt.

60

Der Wachtposten hatte Ning angefunkt, der im Sturmschritt auf die Kommandobrücke trat. »Mir wurde gemeldet, dass wir das Mannschaftsboot verloren haben«, sagte er zu Zheng und zu Yan. »Mein Mann, den ich als Wache abkommandiert hatte, meldet sich nicht, aber ich habe zwei andere Kommandos losgeschickt, um die Angelegenheit zu untersuchen und aufzuklären.«

»Eine Flucht?«, fragte Yan.

»Ich weiß es nicht, Genosse. Es ist auch möglich, dass sich das Schlepptau bei der rauen See gelöst hat oder gerissen ist. Sollen wir umkehren?«

Zheng trat ans Radargerät und suchte die Umgebung ab. Ein kleiner weißer Fleck ließ erkennen, dass sich ein Objekt in der Nähe befand. Er studierte ihn für einen Moment, dann schaute er zu Ning, ein Funkeln kalter Wut in den Augen. »Das Boot treibt nicht, sondern bewegt sich aus eigener Kraft nach Osten. Auf unserer Backbordseite. Ist das für Sie nicht offensichtlich?«

Ning wurde bleich. »Ich lasse ein Schlauchboot zu Wasser und verfolge sie höchstpersönlich.«

Zheng schüttelte den Kopf. »Sie werden es kaum schaffen, sie bei diesem Wellengang rechtzeitig einzuholen. Lassen Sie den Helikopter starten. Der ist schneller.«

»Aber er ist unbewaffnet.«

Yan starrte Zheng an. »Sie können das Boot nicht aus der Luft versenken.«

»Das brauchen wir auch gar nicht zu tun«, sagte er. »Es reicht aus, es zu stoppen und lahmzulegen. Und das schafft auch ein guter Schütze.«

Zheng suchte sich einen Platz hinter der Frontscheibe der Kommandobrücke und deutete in Fahrtrichtung. Die ersten hellgrauen Lichtstreifen der Morgendämmerung erschienen am Himmel, aber sie waren noch zu sparsam, um das Leuchten am Horizont weit vor ihnen zu überstrahlen.

»Das ist Kaohsiung in Taiwan«, erklärte er. »Wir befinden uns mitten in der Hauptverteidigungszone des Projekts Waterfall.« Er tippte auf den Radarschirm. »Wir brauchen nichts anderes zu tun, als das Mannschaftsboot lange genug aufzuhalten, bis wir das System initiieren können. Dann werden wir sie versenken – zusammen mit dem amerikanischen Zerstörer, der unterwegs ist, um den Küstenstreifen Taiwans anzugreifen.«

Nings Funkgerät meldete sich mit einem Knistern, und er nahm den Ruf mit besorgter Miene an. »Unser Mann, der als Wächter abkommandiert war, wurde in dem verschlossenen Raum gefunden, in dem die Mannschaft eingesperrt gewesen ist. Alle sind verschwunden – zusammen mit den beiden Männern aus dem Tauchboot.«

»Der Helikopter soll starten«, gab Zheng den Befehl. »Auf der Stelle!«

Während Ning fluchtartig die Kommandobrücke verließ, trat Yan an den Ruderstand und betrachtete die flackernden Lichtpunkte an der Küstenlinie. »Wie lange wird es dauern, das System zu Wasser zu bringen und zu aktivieren?«

»Weniger als eine Stunde«, antwortete Zheng. »Die meisten Phasen der Bereitstellung erfolgen automatisch und werden von Computern überwacht und gesteuert.«

»Ich hätte es zwar vorgezogen, bis zu dem geplanten diplomatischen Treffen zu warten, aber vielleicht ist es von Vorteil, wenn ein solcher Angriff schon etwas früher erfolgt.« Er wandte sich zu seinem Neffen um. »Starte den Tsunami so bald wie möglich. Nutzen wir die Chance und machen Taiwan dem Erdboden gleich – und zerstören auch das amerikanische Kriegsschiff, ehe sie ihren ersehnten Verteidigungspakt unterzeichnen können.«

61

Sonntag holte aus den Maschinen des Mannschaftsbootes alles an Leistung heraus, was in ihnen steckte. Die Antriebshebel standen in Position VOLLE KRAFT VORAUS. Es hätte zur Folge, dass der Ritt durch die hohen Wellen eine ziemlich raue Angelegenheit würde, aber das war ihm egal. Sobald sie weit genug von der *Melbourne* abgetrieben waren und die Maschinen gestartet hatten, verfolgte er nur noch ein einziges Ziel: seine Mannschaft so schnell wie möglich an Land zu bringen.

Er blickte in regelmäßigen Abständen zu den Lichtern des großen Bergbauschiffs, während er im Norden eine halbe Meile entfernt an ihm vorbeirauschte. Das Schiff verfolgte ihn nicht. Tatsächlich hatte es sogar gestoppt, wie es schien. Wahrscheinlich um ein kleines Boot abzusetzen, das Jagd auf das Mannschaftsboot machen sollte, so vermutete er. Aber dieses Mannschaftsboot war in der aufgewühlten See ziemlich schnell, und außerdem hatte er bereits einen komfortablen Vorsprung.

Es war ein Angehöriger des Küchenpersonals – ein Koch –, der sich mit ihm im Ruderhaus aufhielt und die Verfolger entdeckte. »Sir, es ist ein Hubschrauber. Vom Schiff.«

Sonntag fuhr herum und erblickte die blinkenden Navigationslichter des chinesischen Z-10, der vor der *Melbourne* herflog, dann einen weiten Bogen beschrieb und sich dem Mannschaftsboot aus Bugrichtung näherte.

»Die Männer sollen in Deckung gehen.« Sonntag ließ das Flugzeug nicht mehr aus den Augen, nachdem er es einmal lokalisiert hatte.

Der Helikopter kam im Tiefflug heran und wechselte auf die Steuerbordseite des Mannschaftsbootes. Seine Seitentür stand offen, und ein Kommandosoldat beharkte das Boot mit einem Sturmgewehr, während der Chopper an ihm vorbeiflog. Die Kugeln durchschlugen das Ruderhaus und die Decke des Salons, fanden einen Weg durch die gegenüberliegende Wand, verschonten jedoch die Mannschaftsmitglieder, die sich auf dem Boden so klein wie möglich machten.

Der Z-10 umrundete das Schiffsheck, dann kam er mit dem Ruderhaus auf gleiche Höhe.

Sonntag konnte das Rattern der Waffe über dem Dröhnen der Bootsmotoren und dem Stampfen der Helikopterrotoren zwar nicht hören, aber er sah die Mündungsblitze und warf sich aufs Deck. Das Ruderhaus explodierte in einem Schauer aus Glassplittern und Plastiktrümmern, als der Schütze das Feuer auf seine Fenster konzentrierte. Sonntag streckte eine Hand aus und drehte das Ruder vom Boden aus, während mehrere kurze Feuerstöße die Ruderkonsole, den Navigationsbildschirm und die Funkanlage zerbröselten.

Der Kugelhagel ließ erst nach, als Sonntags Lenkmanöver den Kurs des Bootes abrupt änderten und es direkt unter den Helikopter brachten.

»Cookie, alles in Ordnung?«, fragte er den Küchenchef, der sich in eine sitzende Position hochgezogen hatte und an der Wand lehnte. Der rechte Ärmel seiner Kochjacke war mit Blut durchtränkt, und er umklammerte den Ellbogen mit der linken Hand.

»Nur ein Kratzer, Sir. Ich bin okay.«

Sonntag kroch zur Steuerkonsole und bewegte das Ruder des Schiffes ruckartig hin und her, um dem Piloten das Zielen zu erschweren.

Der Z-10 unternahm einen weiteren Anflug, drehte eine Runde

und hängte sich nun hinter das Boot. Sonntag hoffte, dass ihnen die Munition ausgegangen war, aber so viel Glück war ihm nicht beschieden.

Der Chopper tastete sich über das Heck des Bootes und versuchte, seine Zickzackbewegungen zu imitieren. Sonntag blickte aus dem zertrümmerten Heckfenster, um zu verfolgen, wie sich der der Passagier des Helikopters aus der offenen Tür lehnte und einen kleinen Gegenstand fallen ließ.

Es war eine Handgranate, die nicht weit vom Heckspiegel auf dem Deck aufschlug, hochsprang und dann detonierte. Sonntag sah den Blitz und hörte den Knall, aber das war noch nichts im Vergleich mit dem, was eine Sekunde später geschah. Granatsplitter durchschlugen das dünne Achterdeck und drangen bis in die Treibstofftanks des Bootes vor, die sich dicht darunter befanden. Die Dämpfe in den Tanks entzündeten sich und erzeugten einen gigantischen Feuerball.

Nur ganz knapp der Eruption entgehend, fiel der Hubschrauber zurück und blieb einige Meter hinter dem getroffenen Schiff in der Luft stehen. Von ihrer erhöhten Beobachtungsposition aus verfolgten die Insassen entspannt, wie das Heck des Mannschaftsbootes von einem rasenden Flammeninferno verschlungen wurde.

62

Die *Melbourne* war zu neuem Leben erwacht. Obgleich ihre für ein Schiff ihrer Größe vergleichsweise gewaltigen Turbinenmotoren verstummt waren, hatte das dynamische Positionierungssystem des Schiffes die Aufgabe übernommen, es mit Hilfe computergesteuerter Druckstrahlruder über der taiwanesischen Verteidigungsanlage zu fixieren. Automatisierte Kräne auf beiden Seiten des Schiffes ließen schwimmende Ausleger zu Wasser, die jeweils eine Länge von mehr als zwanzig Metern hatten. Ein dichtes Geflecht von Kabeln und Leitungen spannte sich zu den drei großen gelben Bojen, die zwischen den Auslegern verteilt waren, von denen aus die Kabel mit akustischen Signalgebern an ihren Enden in die Tiefe abgelassen werden konnten. Projekt Waterfall wurde für den bisher umfangreichsten Test präpariert.

Pitt und Giordino kauerten in einem schmalen Verbindungsgang und beobachteten, wie mehrere Kommandosoldaten halfen, die Geräte und Apparaturen entsprechend den Anweisungen eines älteren Asiaten in einem weißen Laborkittel zu Wasser zu lassen. Er schwankte leicht und musste sich offenbar an einer Seitenreling abstützen, während Ning, der neben ihm stand, den Lauf einer Pistole in seinen Rücken bohrte.

Pitt suchte sich mit Giordino einen Weg zum Backborddeck, wo gerade eine ähnliche Szene ablief. Über dem dumpfen Dröhnen des Z-10 in der Ferne war schwacher Schusslärm auszumachen, der über das Wasser zu ihnen drang. Mit einem Gefühl zorniger Bitterkeit mussten beide Männer hilflos mit ansehen, wie über dem Mannschaftsboot ein riesiger orangefarbener Feuerball in den Himmel aufstieg.

Die beiden Männer suchten sich einen Weg durch ein Gewirr von Kränen, Kabeltrommeln und verschiedenen auf Deck verteilten Apparaturen und Aggregaten, während sie gleichzeitig darum bemüht waren, jeden Kontakt mit den Soldaten zu vermeiden. Die wenigen Soldaten, die das akustische System einsatzbereit machten, waren viel zu beschäftigt, um die beiden Gestalten zu bemerken, die durch die Schatten auf dem Hauptdeck schlichen. Als sie den vorderen Deckaufbau erreichten, fand Pitt auf Anhieb den Eingang zur Offiziersmesse, und sie benutzten ihn lautlos.

Margot und Alistair Thornton saßen mit auf den Rücken gefesselten Armen an einem Tisch am Ende des Raums. Ein bewaffneter Wächter saß ihnen gegenüber auf der anderen Seite des Tisches und studierte eine Seekarte, während er eine Zigarette rauchte.

»Ich sehe nur einen. Er sitzt ganz hinten«, sagte Pitt im Flüsterton zu Giordino, dann verschränkte er die Hände hinter sich auf dem Rücken und stolperte in den Raum. Er zog sich seine schwarze Mütze tiefer in die Stirn und folgte Pitt. Er tat so, als stieße er ihm den Lauf eines Sturmgewehrs in den Rücken, während er sich im Schatten des größeren Mannes hielt.

Der Wächter sprang auf und richtete sein Gewehr auf Pitt. Er trat vom Tisch zurück, entspannte sich jedoch, als er den schwarz gekleideten Waffenträger hinter Pitt gewahrte.

Während er Margot und ihrem Vater keinerlei Beachtung schenkte, ging Pitt direkt auf den Wächter zu, blieb vor dessen freiem Stuhl stehen und schaute auf ihn hinunter, als ob er um Erlaubnis bäte, sich hinzusetzen. Der Wächter schluckte den Köder. Er nickte und richtete den Lauf seines Gewehrs auf den Stuhl.

Pitt machte einen plötzlichen Satz nach vorn, streckte die freien Hände nach dem Gewehrlauf aus und rammte ihn gegen die Wand. Der Wächter wehrte sich und versuchte, den Gewehrlauf freizubekommen, wobei er Pitts scheinbaren Bewacher vollkommen ignorierte. Giordino tat einen Schritt in seine Richtung und schmetterte den Kolben seines Gewehrs seitlich gegen Kopf des Wächters. Dieser verlor jegliches Interesse an seiner Waffe, ließ sie los und sackte bewusstlos auf den Boden. Pitt schnappte sich das Gewehr und hängte es über seine Schulter.

Margot hatte im letzten Moment einen Schrei unterdrückt, als sie erkannte, dass sie Giordino, verkleidet als Kommandosoldat, vor sich hatte. Nun entspannte sie sich erleichtert.

»Sind Sie beide einigermaßen okay?« Ohne auf eine Antwort zu warten, löste Pitt ihre Fesseln. Er konnte sehen, dass Thornton brutale Prügel hatte einstecken müssen.

»Ich bin ja so froh, Sie wiederzusehen«, sagte Margot und untersuchte ihren Vater, sobald ihre Hände frei waren.

»Mir geht es gut, Liebes«, sagte Thornton mit müder Stimme, während seine Tochter seine Handgelenke massierte. Er fasste über den Tisch und trank einige Schlucke von dem Kaffeerest, der in der Tasse des Wächters übrig geblieben war.

Er hielt inne, als er von draußen einige Poltergeräusche hörte, wie die Kabel, die ins Meer abgelassen wurden, gegen den Schiffsrumpf prallten und daran entlangscheuerten. »Sie wollen es wirklich tun.« Er schüttelte den Kopf. »Diese verdammten Teufel wollen es tatsächlich versuchen.«

»Was wollen sie versuchen?«, fragte Giordino, nachdem er sich vergewissert hatte, dass der Wächter noch immer weggetreten war.

»Taiwan mit einem Tsunami überschwemmen.« Thornton deutete mit einer wütenden Handbewegung auf die Landkarte auf dem Tisch und schlug mit der Faust darauf.

Pitt sah Margot fragend an, und sie nickte. »Es ist wahr«, sagte sie. »Sie haben das Schiff in Position gebracht, um Projekt Waterfall zu aktivieren und Taiwan damit aufs Korn zu nehmen. Können Sie den Lärm draußen hören? Sie lassen schon die Anlage zu Wasser.«

»Sind Sie sicher, dass sie wissen, wie man dieses System einsetzt?«, fragte Giordino.

Thornton senkte den Kopf und nickte langsam. »Dr. Yee, leitender Ingenieur im Verteidigungsministerium von Taiwan, er und ich haben zwar versucht, sie so gut es ging zu täuschen, aber dann haben sie sämtliche Pläne und Bedienungsanweisungen gefunden. Sie setzten uns unter Druck und schreckten auch nicht vor Folter zurück, um die nötigen Informationen zu bekommen, die nötig waren, um das System zu verstehen und anzuwenden.« Er sah seine Tochter an. »Als ich ihn das letzte Mal gesehen habe, war Yee nur noch ein Schatten seiner selbst.«

»Sind Sie sicher, dass es hier funktionieren wird?«, fragte Pitt.

»Ja. Sie haben das Schiff offensichtlich zu einer der Waterfall-Verteidigungspositionen hierhergelenkt.« Er deutete auf einige rote Markierungen auf der Landkarte. Pitt erkannte, dass der Punkt, auf den er deutete, etwa zwanzig Meilen südwestlich von Kaohsiung entfernt war.

»Dies ist eine der Regionen, wo die Taiwanesen ein permanentes System zu etablieren beabsichtigten«, sagte er. »Sie haben die Gewässer hier einer intensiven Prüfung unterzogen, langwierige Messungen durchgeführt und dabei festgestellt, dass dies ein idealer Ort ist, um das System auf Dauer einzurichten. Es gibt hier tiefe Unterwasserschluchten, starke Tiefenunterschiede und starke Grundströmungen.«

»Aber kann dieses Schiff hier tatsächlich … einen Tsunami auslösen«, fragte Giordino, »und diesen gezielt gegen Taiwan richten?«

»Ohne Frage«, sagte Thornton. »Und aus der Sicht Taiwans betrachtet, hätte man keinen ungünstigeren Ort finden können.«

Er fuhr mit dem Zeigefinger an der südwestlichen Küste der Insel entlang. »Dieser Teil Taiwans ist eine niedrige, flache Ebene. Ein schwerer Tsunami würde weit landeinwärts vordringen und unermessliche Schäden anrichten. Zwei der größten Städte des Landes, Tainan und Kaohsiung, würden vollständig vernichtet werden.«

Während Pitt und Giordino versuchten, sich die Wirkung eines Angriffs dieser Art auszumalen, räusperte sich Margot und ergriff das Wort. »Da ist noch etwas, das Sie wissen sollten. Der Zeitpunkt des Angriffs ist nicht willkürlich gewählt. Der Offizier, der mit dem Hubschrauber hierhergekommen ist, berichtete, dass der amerikanische Vizepräsident gerade eingetroffen sei, um einen Verteidigungspakt mit Taiwan zu unterzeichnen. Er hält sich auf einem Schiff der Navy auf, das vor Kaohsiung ankert – also ganz genau auf dem Weg, den die Monsterwelle nehmen wird.«

»Sandecker ist hier?«, fragte Giordino.

Margot nickte. »Der chinesische Geheimdienst informierte diesen Offizier, dass beobachtet wurde, wie der Vizepräsident gestern in Begleitung einer Kongressabgeordneten eintraf. Sie befinden sich an Bord eines Zerstörers, wo der Pakt geschlossen werden soll. Die Zeremonie soll heute Morgen stattfinden.«

Ihre Worte trafen Pitt wie ein Schlag in die Magengrube. Seine Frau Loren saß im House Foreign Affairs Committee und war mit dem Vizepräsidenten eng befreundet. Das konnte kein Zufall sein. Die Kongressabgeordnete, die James Sandecker begleitete, musste Loren Smith sein.

»Warum wollen die Chinesen Taiwan angreifen, während sich der Vizepräsident dort aufhält?«, fragte Giordino. »Damit riskieren sie doch einen Krieg mit den USA.«

»Keine Ahnung«, sagte Margot. »Ich vermute dahinter eine nichtautorisierte Operation.«

»Sie tun es, weil sie uns die Schuld in die Schuhe schieben können«, sagte Alistair. »Es ist ganz einfach. Erst töten sie uns, und dann versenken sie nach der Unterzeichnung die *Melbourne.* Für die Chinesen wird es ein großer Propagandaerfolg sein, den Falken in Taiwan die Schuld an einem Verteidigungssystem zuzuschieben, das nach hinten losging.«

Er trank den letzten Schluck vom Kaffee des Wächters. »Wer weiß, vielleicht haben sie auch die Absicht, dieses Desaster als einen

Schritt zur Wiedervereinigung zu nutzen. China könnte als Retter in Erscheinung treten, der medizinische Hilfe bereitstellt. Oder sie nutzen das aus der Katastrophe resultierende Chaos, um eine militärische Übernahme zu inszenieren. So oder so erreichen sie, was sie sich wünschen. Sie holen sich Taiwan zurück und verändern die Machtverhältnisse in der Region grundlegend.«

Noch während er sprach, drang ein schrilles Jaulen aus dem Innern des Schiffes an ihre Ohren, und die Beleuchtung der Offiziersmesse flackerte einige Sekunden lang. Das dauerte eine oder zwei Minuten, dann verstummte es.

»Das war der erste Impuls«, sagte Thornton mit einem besorgten Ausdruck in den Augen. »Jetzt haben sie das System an Ort und Stelle eingerichtet und aktiviert.«

»Muss man nun damit rechnen, dass eine Monsterwelle entsteht?«, fragte Giordino.

»Noch nicht. Das System baut eine Folge von Impulsen auf, die nach und nach so etwas wie einen Venturi-Effekt erzeugen. Jeder Zyklus dauert etwa zehn Minuten. Die Oberflächenwelle entsteht gewöhnlich während des dritten oder vierten Zyklus.«

»Wie lässt sich der Vorgang stoppen?«, fragte Pitt.

Mit ernster Miene schüttelte Thornton den Kopf. »Das System ist hochgradig automatisiert und wird von der Operationszentrale aktiviert. Letzteres gleicht einer Stahlkammer im Zentrum des Schiffs. Als ich das letzte Mal dort war, hatten sie drei oder vier bewaffnete Männer im Innern postiert und einen draußen. Dort einzubrechen und das Kommando zu übernehmen ist absolut unmöglich.«

»Was ist mit der Energieversorgung?«, fragte Giordino. »Können wir die Stromquellen ausschalten?«

»Das könnte eher möglich sein.« Er massierte sein Kinn. »Das System wird von einer speziellen Turbine unterhalb des Operationszentrums angetrieben, aber man kommt nur von dort an sie heran. Wir könnten versuchen, die Kabel, die den Strom hinausleiten, zu unterbrechen, oder Akustikleitungen kurzzuschließen. Aber das eine wie das andere dauert einige Zeit, und wir würden das Risiko eingehen, an Deck gesehen zu werden.«

Eine Schiffssirene plärrte plötzlich in der Offiziersmesse los, begleitet von dem Geheul eines Dutzends anderer Sirenen, die alle gleichzeitig überall im Schiff aktiviert wurden.

Pitt schaute zu der Sirene in einem Deckenwinkel und sah die Videokamera, die gleich daneben installiert war. »Wir haben jetzt keine Zeit mehr«, entschied er. »Jemand hat uns hier gesichtet. Verschwinden wir lieber.«

Pitt führte die Gruppe zum Backborddeck, wo sie hören konnten, wie im vorderen Teil des Schiffs Kommandos erteilt wurden. Mit Gewehren bewaffnete Männer erschienen am Schiffsbug und bewegten sich in ihre Richtung.

Giordino deutete auf das brennende Mannschaftsboot und den Hubschrauber, der darüber schwebte. »Ich vermute, dass unser Chopper nicht mehr verfügbar ist.«

Zumindest nach außen hin war Pitt die Ruhe selbst. Er analysierte die Szene und suchte nach der besten Fluchtmöglichkeit. Aber was für ihn in diesem Augenblick an erster Stelle stand, war die Information, dass Loren und Sandecker in Gefahr waren, von der kommenden Katastrophe hinweggefegt zu werden. »Wir sollten diese gastliche Stätte auf dem Weg verlassen, auf dem wir hierhergekommen sind«, sagte er.

Giordino nickte. »Ich halte sie auf und treffe mit euch am Schiffsheck zusammen.« Er ging hinter einem Generator in Verteidigungsstellung und brachte sein Sturmgewehr in Anschlag. Wenige Sekunden später kamen zwei schwarz gekleidete Gestalten in Sicht, und er eröffnete das Feuer, schaltete einen Mann aus und zwang den anderen, schnellstens in Deckung zu hechten.

Pitt ergriff Margots Hand und zog sie nach achtern. Thornton schloss sich ihnen als Nachhut an. Rennen konnte sie mit ihrem Fußknöchel noch nicht, aber auch humpelnd kam sie schnell voran, wobei Pitt ihr behilflich war. Sie erreichten das achtern gelegene Deckhaus, während hinter ihnen Schusslärm aufbrandete.

Als sie den Lagerraum erreichten, wo die Mannschaft gefangen gehalten worden war, stoppte Pitt und riss die Tür auf. »Thornton, schaffen Sie es, eine oder zwei Batterien zu tragen?«

Der kampferprobte alte Ingenieur folgte Pitt in den Raum und erschien nur Sekunden später mit zwei großen Zwölf-Volt-Batterien, die er sich unter die Arme geklemmt hatte, als wären es Brotlaibe. Pitt folgte ihm mit zwei weiteren Batterien und ging zur *Stingray* auf dem Achterdeck voraus. Er setzte die Batterien ab, nahm das Gewehr von der Schulter und drückte es Thornton in die Hände.

»Ich brauche hier ein paar Minuten. Schießen Sie auf alles, was sich bewegt. Außer auf Al.«

»Mit Freuden.« Thornton stellte Margot an der Heckreling ab, wo sie einen idealen Platz fand, um sich anzulehnen und gleichzeitig das Geschehen auf dem Schiffsdeck verfolgen zu können. Thornton hatte einen ungehinderten Blick die Backbordreling entlang und quer über das Achterdeck vor dem Heckspiegel. Er verfolgte, wie Pitt ins Tauchboot kletterte und einen Moment später mit einer Handvoll Werkzeug wieder herauskam.

Pitt öffnete ein Fach in der Basis der *Stingray* und holte vier Batterien heraus. Dann ersetzte er sie durch die Batterien aus dem Deckaufbau.

Der Schusslärm hatte nachgelassen, aber das Rotorflappen des Z-10 wurde laut, als der chinesische Helikopter zum Schiff zurückkehrte. Von Zheng auf der Kommandobrücke gewarnt, hatte der Pilot seine Landescheinwerfer eingeschaltet und ließ den Chopper das Backborddeck der *Melbourne* im Zeitlupentempo entlangkriechen. Das helle Licht fing schon bald den dunklen Schatten Giordinos ein, der an der Backbordreling entlangsprintete.

Giordino tauchte hinter einer Winsch ab, wandte sich um und wollte auf den Helikopter feuern, aber sein geborgtes Gewehr meldete mit einem Klicken, dass das Magazin leer war. Giordino schleuderte die Waffe über die Reling und ergriff die Flucht. Gewehrfeuer brandete erneut auf, als der Chopper den Abstand zum Schiff verringerte und Giordino im Licht seiner Scheinwerfer badete.

»Schießen Sie die Lichter aus«, rief Pitt dem Australier zu.

Er zerrte die Plane zur Seite, die die *Stingray* bedeckte, und schwang sich ins Führerhaus des großen stationären Krans hinter dem Tauchboot. Er machte sich mit den Bedienungselementen vertraut und startete den Motor, der die Hydraulik des Krans aktivierte.

Thornton stand an der Reling, nahm den Z-10 in aller Seelenruhe ins Visier und feuerte mehrere Kugeln ab. Da er in der Australian Army gedient hatte und leidenschaftlicher Tontaubenschütze war, war ihm der Umgang mit Schusswaffen keineswegs fremd. Zwei der Landescheinwerfer des Helikopters zerschellten, und der Pilot drehte schnellstens ab.

Thornton richtete die Waffe auf die Backbordreling und wartete, bis ein heftig atmender Giordino im Laufschritt auftauchte und ihn erreichte, bevor er ein weiteres Mal in die Dunkelheit feuerte. Ein Gewehr fiel klappernd aufs Deck, als er einen Kommandosoldaten ausschaltete, der es auf den NUMA-Mann abgesehen hatte.

»Danke«, sagte Giordino, während er mühsam nach Luft rang.

Kaum hatte er das Wort ausgesprochen, als ein Abschnitt der Reling neben ihm von dem Feuerstoß einer automatischen Waffe zertrümmert wurde. »Waffe fallen lassen!«

Giordino und Thornton fuhren herum und erblickten Ning, der am Heckspiegel stand, nachdem er sich unbemerkt über das Steuerborddeck herangeschlichen hatte. Ein erwartungsvolles Grinsen spielte um seine Lippen, und er hatte ein Sturmgewehr an der Schulter im Anschlag, dessen Mündung auf Margots Herzgegend gerichtet war.

63

Thornton packte sein Gewehr fester.

»Runter!«, übertönte Nings Stimme den Motorenlärm des Z-10, »oder sie stirbt auf der Stelle.«

Den Soldaten voller Abscheu musternd, hielt Thornton das Gewehr in der ausgestreckten Hand und ließ es aufs Deck fallen. Dann machte er einen Schritt zur Seite, ging zur Reling und trat neben seine Tochter. Margot fasste nach seiner Hand und schmiegte sich im hinteren Winkel der Reling an ihn.

Ning sah sich prüfend um. Er richtete sein Gewehr auf Giordino und gab ihm mit dem Lauf ein Zeichen, zu den anderen hinüberzugehen.

Pitt hatte sich geduckt, als Ning in seine Richtung blickte, saß nun jedoch kerzengerade in der Kabine und versuchte, sich über die Wirkungsweise der zahlreichen Kontrollen klar zu werden. Im gleichen Augenblick schwebte der Hubschrauber neben dem Achterdeck des Schiffes, den letzten noch unversehrten Landescheinwerfer auf die drei Gefangenen gerichtet. Sein Rotor deckte das Geräusch des Kranmotors zu. Während Pitt zu Giordino blickte, um Zeit zu gewinnen, wusste er genau, was jetzt zu tun war.

»Was …?«, rief Giordino. Er reckte die Arme hoch, tat jedoch so, als ob er Nings Aufforderung nicht verstehe.

Ning, im Begriff, ihn augenblicklich zu erschießen, entschied, dass es ihm mehr Vorteile brächte, wenn er es Zheng überließ, seine

Rachegefühle selbst zu befriedigen. »Bewegen Sie sich«, rief er und schwenkte den Gewehrlauf.

Giordino nickte und begann, im Schneckentempo auf Margot und Alistair Thornton zuzugehen. Dabei legte er ein Humpeln an den Tag, als ob er verletzt sei.

Gleichzeitig betätigte Pitt äußerst behutsam die Kranbedienung und konnte beobachten, wie sich das schlaffe Tragseil, an dessen Ende die *Stingray* an einem Haken hing, allmählich straffte. Pitt hielt die Hubkontrolle bei dieser niedrigsten Einstellung. Die Kabeltrommel kämpfte Millimeter für Millimeter gegen das Gewicht des Tauchboots und hievte es vom Deck in die Höhe. Pitt ließ es weitere anderthalb Meter aufsteigen, dann stoppte er den Vorgang.

Ning wandte dem Tauchboot den Rücken zu und hatte von dessen Bewegung nichts mitbekommen, während er Giordino zu den anderen Gefangenen hinübertrieb. Aber der Gewehrschütze im Helikopter hatte Pitts Aktivitäten mitbekommen und winkte Ning zu. Da er sich bei ihm nicht bemerkbar machen konnte, öffnete er die Seitentür der Hubschrauberkabine und feuerte auf die Steuerkabine des Krans.

Das Fenster vor Pitt zerschellte, aber er zuckte nicht zurück. Er hatte nur eine einzige Chance, es richtig zu machen, und keine Zeit zu vergeuden. Er legte die Hände auf die Kontrollen und schwenkte den Kranausleger nach rechts in Richtung Backbordreling. Dann stoppte er ihn, fuhr den Ausleger weiter aus und versetzte das Tauchboot in eine Schaukelbewegung, die es näher an die Backbordreling heranbrachte. Mit der linken Hand löste er gleichzeitig die Sperre des Tragseils, dann hielt er den Atem an.

Beim Klang von Gewehrfeuer hatte Ning zuerst zum Z-10 hinübergesehen. Der in der Maschine sitzende Schütze hatte ein Ziel hinter Ning anvisiert, sodass Ning herumwirbelte, als Glas splitterte. Auf ihn wartete das im freien Fall herabstürzende Tauchboot, das ihn regelrecht festnagelte und unter seiner zehn Tonnen schweren Masse begrub. Lediglich das Dröhnen des Helikopters kaschierte den Ton, den seine – von dem massiven Gewicht zerquetschten – splitternden Knochen machten.

Ungläubig verfolgte der Helikopterschütze das Geschehen. Er legte abermals auf Pitt an, aber als er abdrückte, ertönte nur ein Klicken. Offensichtlich ohne Munition, befahl er dem Piloten den Rückflug zum Helipad und funkte die Kommandobrücke der *Melbourne* an.

Giordino sicherte sich Nings Sturmgewehr und betrachtete die Beine des Kommandosoldaten, die unter dem Tauchboot hervorragten wie die Beine der Bösen Hexe des Ostens unter Dorothys Haus. Er hob die Waffe, aber der Helikopter umrundete bereits den Bug, um auf der gegenüberliegenden Seite des Schiffes zu landen.

»Einsteigen.« Pitt deutete in der Kranführerkabine auf die *Stingray*.

Giordino rief Margot und Thornton herüber und schob jeden der beiden zur Hälfte eine Leiter hinauf, die es ihnen ermöglichte, auf das Tauchboot zu klettern. Während sie durch die Einstiegsluke rutschten, folgte ihnen Giordino über die Außenleiter. Seine Füße hatten das Deck kaum verlassen, da hob Pitt die *Stingray* in die Luft und schwenkte sie am Teleskopausleger über die Heckreling hinaus.

Während sie das Schiff hinter sich ließen, entdeckte Giordino zwei weitere Kommandosoldaten, die über das Backborddeck sprinteten. Er hob das Sturmgewehr und feuerte, während er sich mit einer Hand an der Lukenöffnung festhielt. Von genauem Zielen konnte wegen der Schaukelbewegung des Tauchboots keine Rede sein, aber die Schüsse reichten aus, um die Soldaten aufzuhalten und Pitt zu warnen. Giordino blickte zur Kranführerkabine und sah, dass Pitt in diesem Augenblick auf die Steuerbordseite des Schiffes deutete. Giordino nickte verstehend, während die *Stingray* unter den Hecküberhang sank und in den Ozean stürzte.

Giordino richtete sich auf und hakte das Kranseil los, als es schlaff wurde, und schlängelte sich dann durch die offene Einstiegsluke. Ein Schütze erschien an der Reling und feuerte auf das schwimmende Schiff, während er die Luke schloss und vor sich die Leiter abwärtsgleiten ließ.

»Bitte Platz machen.« Giordino zwängte sich an Margot vorbei und schob sich auf den freien Pilotensessel. Thornton nahm den Sessel des Copiloten ein, hatte die Hände auf einem Kippschalter und lenkte das Tauchboot bereits von der *Melbourne* weg.

»Ich war so frei, die Strahlruder zu aktivieren«, sagte er, »aber die Ballaststeuerung hat offenbar eine Macke.«

Über sich konnten sie hören, wie Kugeln gegen den Rumpf des Tauchboots prasselten.

»Es gibt da einen Trick.« Giordino betätigte einen Fernschalter, den er auf North Island notdürftig installiert hatte. Mit ihm ließ sich der einzelne noch intakte Ballasttank fluten. Er ließ die Pumpe etwa eine Minute lang laufen, bis das Tauchboot etwa drei Meter tief gesunken war. »Ab jetzt übernehme ich das Kommando, wenn Sie nichts dagegen haben«, sagte er, während er die Hand um den Steuerknüppel legte.

»Was ist mit Dirk?«, fragte Margot.

Giordino gab keine Antwort. Er orientierte sich und wendete die *Stingray*.

»Sie kehren doch nicht etwa zum Schiff zurück, oder?«, sagte Thornton. »Dort wartet man nur darauf, uns zu töten.«

Giordino nickte, während er die Hand ausstreckte und den einzigen noch intakten Außenscheinwerfer einschaltete.

»Tut mir leid, aber der Mann braucht Hilfe.«

64

Giordinos ungezielter Feuerstoß hatte Pitt gerettet.

Die beiden Kommandosoldaten, die das Tauchboot im Visier hatten, waren zu sehr darauf fixiert, Giordino mattzusetzen, um einen Gedanken an Pitt zu verschwenden. Als die *Stingray* unter den Wellen versank und sie sich zu der zertrümmerten Kranführerkabine umdrehten, war Pitt verschwunden.

Er schlich über das Achterdeck und hielt sich dabei so dicht wie möglich an der Wand des Deckaufbaus. Der Lärm des chinesischen Hubschraubers, der gerade auf dem vorderen Helipad landete, begrüßte ihn bereits, als er die andere Seite des Schiffes erreichte. Er legte einen Schritt zu, rannte um die Ecke des Deckhauses … und kollidierte mit einem Kommandosoldaten, der auf dem Steuerborddeck in die entgegengesetzte Richtung sprintete.

Wie Gummibälle prallten die beiden Männer voneinander ab. Der Soldat – er war der Kleinere der beiden – kippte nach hinten und landete dicht vor der Reling auf seinem Hinterteil. Pitt wich zwar stolpernd zurück, konnte sich jedoch auf den Füßen halten. Er änderte schnellstens seine Bewegungsrichtung und kam auf den liegenden Mann zu. Der überrumpelte Soldat blieb auf Tauchstation, schwang jedoch den Gewehrlauf herum und richtete ihn sofort nach vorn, während sich Pitt bereits auf ihn stürzte.

Der Mann feuerte, ehe er begriff, dass Pitt es gar nicht auf ihn abgesehen hatte. Er zielte daher zu tief, riss jedoch im Moment des Abdrückens den Gewehrlauf einen winzigen Deut hoch und zerfetzte den Absatz von Pitts Schuh, als dessen Träger über die Reling verschwand.

Pitt tauchte mit einem lehrbuchmäßigen Kopfsprung ins Wasser ein und machte ein paar kraftvolle Schwimmzüge, um in eine größere Tauchtiefe vorzudringen. Er öffnete die Augen und verschaffte sich einen schnellen Überblick. Das Wasser war von den Auswirkungen des Sturms immer noch trübe, aber er entdeckte auf Anhieb, wonach er Ausschau hielt. Es war ein mattes grünes Leuchten vor der Steuerbordseite der *Melbourne*. Pitt schlug diese Richtung ein, schwamm etwa zwanzig Meter weit, bis er zu der Wasseroberfläche aufstieg.

Er tauchte lange genug aus dem Wasser auf, um mit einem tiefen Atemzug frische Luft in seine Lunge zu pumpen, und ließ sich dann gleich wieder absinken. Der Kommandosoldat auf dem Schiff, der die Wasserfläche nach ihm absuchte, eröffnete das Feuer, aber erst nachdem Pitt sich wieder in eine sichere Tiefe zurückgezogen hatte.

Das Licht der *Stingray* hatte sich ihm mittlerweile genähert. Giordino wartete in sicherer Distanz, bis er Pitt ausmachte. Sie trafen in knapp drei Metern Tiefe aufeinander. Pitt hielt sich an dem stählernen Griff der Einstiegsluke fest und schlug mit der anderen Hand dreimal gegen den Bootsrumpf. Giordino reagierte, indem er den Scheinwerfer kurz ausschaltete und alle Strahlruder aktivierte, während er sich schnellstens von der *Melbourne* zurückzog. Pitt brauchte sich nur festzuhalten, während er durch das Wasser gezogen wurde. Da er sich nicht anstrengen musste, war es für ihn auch keine Mühe, den Atem anzuhalten.

Giordino blickte auf die Uhr, hielt den Antrieb für fast zwei Minuten bei voller Kraft, ehe er ein weiteres Klopfen an der Einstiegsluke vernahm. Er tauchte eilig auf und schaltete den Antrieb aus. Margot öffnete die Luke auf Giordinos Anweisung und streckte den Kopf hinaus.

Pitt sah sie grinsend an, während er sich am Lukenrand festhielt.

»Haben Sie … noch Platz … für eine nasse Ratte?«, fragte er zwischen tiefen Atemzügen.

»Jetzt bin ich wohl an der Reihe, Sie aus dem Meer aufs Trockene zu ziehen«, sagte sie. »Al meint, Sie sollten sich beeilen.«

Pitt zog sich durch die Öffnung und verriegelte die Luke hinter sich. Er kletterte ins Tauchboot hinunter, in dem einiges Gedränge herrschte, während Giordino es in tieferes Wasser dirigierte. Thornton erhob sich und bot Pitt den Copilotensessel an.

»Wie Sie uns rausgeholt haben, war einfach großartig, mein Freund.« Er teilte sich mit Margot den knapp bemessenen Raum hinter den Pilotensesseln. »Nehmen Sie Platz und ruhen Sie sich aus.«

Pitt ließ sich in den angebotenen Sessel sinken, wobei aus seiner triefnassen Kleidung eine ansehnliche Menge Wasser ausgedrückt wurde und auf den Boden plätscherte.

Giordino grinste ihn fröhlich an. »In diesen Gewässern trifft man wirklich auf die seltsamsten Tramper.«

»Danke, dass Sie angehalten haben«, erwiderte Pitt. »Wie steht es mit unserem Energievorrat?«

»Die neuen Batterien sind ein wahrer Segen. Wir haben mehr als siebzig Prozent Ladung in Reserve. Möglicherweise ist das genug, um Taiwan zu erreichen.«

»Wir dürfen die *Melbourne* nicht hinter uns lassen«, sagte Thornton. »Sie werden in kürzester Zeit eine vernichtende Welle erzeugen.«

»Wir müssen das noch irgendwie verhindern«, antwortete Giordino.

»Jetzt dürfte das nicht mehr zu schaffen sein«, sagte Thornton. »Jedenfalls nicht von uns und mit einem winzigen Unterseeboot.«

»Wir brauchen das Ganze ja gar nicht zu stoppen«, hielt Pitt dagegen. »Wir müssen nur die Richtung ändern.« Er deutete auf die Sichtscheibe des Bullauges. »Die akustischen Signalgeber werden an Kabeln von den Auslegern heruntergelassen. Wenn wir uns die

Kabel schnappen und sie auf andere Weise anordnen? Könnte dies die Welle zerstreuen oder umlenken?«

Thornton dachte einen Moment lang nach. »Ja, das würde es.« Seine Miene hellte sich auf. »Die Sensoren und Transponder werden von Computern gesteuert und reagieren entsprechend der dynamischen Prozesse im Wasser, aber all das wird durch eine Art Pufferwand vor dem Schiff bestimmt. Wenn wir die Position des akustischen Schirms verändern, wirkt sich dies unweigerlich auf die Laufrichtung der Welle und möglicherweise auch auf ihre Höhe aus.«

»Ich erinnere mich an einige Laborexperimente, in deren Verlauf unterschiedliche Schirmformationen getestet wurden«, sagte Margot. »Wenn der Steuerbordschirm um neunzig Grad gedreht wurde, veränderte sich der Winkel der Wellenformation. Legt man die augenblickliche Position zugrunde, würde sich die Welle in nördlicher Richtung fortpflanzen, wodurch die *Melbourne* allerdings in eine gefährliche Position in nächster Nähe des zentralen Strudels rücken würde.«

»Der Steuerbordausleger sollte sich eigentlich nicht allzu weit vor uns befinden«, sagte Giordino und schaltete den Außenscheinwerfer ein, dann erhöhte er die Leistung der Druckstrahlruder und lenkte das Tauchboot vorwärts. Während die *Stingray* durchs Wasser glitt, versetzte ein schrilles Heulen das gesamte Boot in Vibrationen, die nach und nach an Intensität zunahmen.

»Dies ist der zweite Aktivierungszyklus«, sagte Thornton. »Damit werden bereits erste deutlich spürbare Wellenbewegungen erzeugt.«

»Das haben wir ja auch schon am eigenen Leib gespürt«, meinte Giordino, »als wir unsere Untersuchungen auf dem Meeresboden durchgeführt haben. Unser Boot wurde wie eine leere Konservendose durchs Wasser gewirbelt.«

Das Tauchboot setzte seine Fahrt fort, während sich seine Insassen an den Sichtscheiben drängten und nach dem akustischen

Schirm Ausschau hielten. Giordino nahm die ersten Vibrationen bereits an den Kontrollen wahr, und schließlich wurde das Boot von heftigen Stößen durchgeschüttelt.

»Vielleicht sind wir längst zu weit vorgedrungen und haben es … verfehlt«, sagte Pitt.

»Ja. Kehren Sie sofort um«, befahl Thornton in angespanntem Tonfall. »Es könnte sein, dass wir uns bereits in der Kavitationszone befinden.«

Giordino lenkte die *Stingray* in eine weite Kurve, aber sie hatte sie kaum zur Hälfte durchmessen, als sie in Querrichtung abgelenkt wurde. Das Boot erbebte, während Giordino Mühe hatte, es in stabiler Lage zu fixieren und auf Kurs zu halten.

»Wir sinken«, meldete Pitt. »Irgendetwas drückt oder zieht uns nach unten.«

Er aktivierte Giordinos Ballastpumpensteuerung, um dem Sinkvorgang entgegenzuwirken. Giordino setzte die Strahlruder mit der gleichen Absicht ein, hatte damit jedoch nicht den geringsten Erfolg. Es schien, als stürzte das Tauchboot im freien Fall in die Tiefe.

Plötzlich verkehrte sich alles ins Gegenteil, und das Tauchboot schoss aufwärts. Margot kam sich vor wie auf einer Achterbahn. Das Wasser um sie herum schien zu kochen, dann brachen sie durch die Meeresoberfläche. Das schwere Boot stieg meterhoch in die Luft, danach sackte es zurück und tauchte wieder in die See.

Während sich die Turbulenzen beruhigten, richtete Giordino das *Stingray* nach Norden aus und deaktivierte den Antrieb. Durch die Sichtscheibe konnten sie verfolgen, wie eine hohe Welle unter einem sich grau färbenden Himmel nach Osten rollte.

»Wir haben uns in der Endzone befunden«, erklärte Thornton. »Das war unser Glück. Sonst wären wir mitgespült worden.«

»Das war also der zweite Aktivierungszyklus«, stellte Pitt fest.

»Der nächste«, sagte Thornton, »wird ein wahres Monster sein.«

Giordino drehte die *Stingray* in Richtung *Melbourne*, die in etwa einhundert Metern Entfernung im Wasser lag und ihnen den Bug zuwandte.

Pitt fixierte den australischen Ingenieur. »Wie viel Zeit bleibt uns bis zur nächsten Welle?«

»Acht, vielleicht neun Minuten«, antwortete Thornton. Er fuhr sich mit den Fingern durchs Haar und schüttelte den Kopf.

»Das reicht nicht einmal ansatzweise, um die Welle zu stoppen.«

65

Niemand an Bord des Mannschaftsbootes sah, wie die *Stingray* aus der Tiefe aufstieg. Aber als einer der Männer auf dem brennenden Schiff Alarm schlug und verkündete, dass eine Riesenwelle auf sie zugerollt käme, hatte Chuck Sonntag nicht die geringsten Zweifel hinsichtlich ihres Ursprungs. Nur wenige Minuten zuvor waren sie schon von einer kleineren Monsterwelle heimgesucht worden. Sonntag wusste, dass sie nur der Vorläufer von etwas viel Schlimmerem war.

Mit Schwung entleerte er einen weiteren Eimer Meerwasser auf das brennende Achterdeck. Er befand sich am Rand vollständiger Erschöpfung, da er nahezu vollkommen allein den Kampf gegen das Feuer aufgenommen hatte, nachdem es ihm gelungen war, einige Mannschaftsmitglieder in Sicherheit zu bringen.

Als vom Z-10 Hubschrauber aus nicht mehr geschossen wurde, die Maschine abgedreht hatte und sich entfernte, schöpfte Sonntag Hoffnung, dass sie vielleicht doch noch eine Chance hatten. Nachdem sich der anfängliche, von dem austretenden Treibstoff gespeiste Feuersturm gelegt hatte, hatte er einen Großteil der noch lodernden Flammen ersticken können. Dass das Boot am Ende sinken würde, war ihm vollkommen klar, aber zu ertrinken erschien ihm für die Männer ein weitaus humanerer Weg in die Ewigkeit zu sein, als bei lebendigem Leib zu verbrennen. Trotzdem wollte er die Hoffnung nicht fahren lassen, dass ein passierendes Schiff von dem Inferno Notiz genommen und seinen Kurs geändert hatte, um genauere Erkundigungen einzuziehen.

Er ließ den leeren Löscheimer sinken und blickte über den Heckspiegel. Draußen auf der Meeresoberfläche entdeckte er eine Turbulenz, die sich mit rasantem Tempo näherte.

»Achtung! Haltet euch fest«, rief er den entkräfteten Männern im Salon zu. »Gleich werden wir von einem Kaventsmann erwischt!«

Er stützte sich am Türrahmen ab und beobachtete gebannt, was auf sie zukam.

Sie befanden sich noch so nah bei der *Melbourne*, dass die Welle kaum Gelegenheit gehabt hatte, sich aufzubuckeln oder gar zu brechen – was aber geschehen würde, sobald sie die Untiefen vor der Küste erreichte und überquerte. Die Wassermassen erschienen vollkommen glatt und symmetrisch, beinahe friedlich, während sie über die See wanderte.

Sie traf das Mannschaftsboot nahezu lautlos, rollte sich unter das Heck und hob es in den dunklen Himmel hinauf. Dieser Impuls versetzte dem Schiff einen Stoß und schob es ein Stück vorwärts, bis die Welle unter dem Rumpf hindurchgewandert war und den Bug aufsteigen ließ, während das Heck absackte. Losgerissene Einrichtungsgegenstände und technische Gerätschaften rutschten mit lautem Getöse durch das Boot, während es sich aufrichtete, doch immerhin blieb es intakt. Sonntag klammerte sich an den Türrahmen, während das Schiff unter seinen Füßen bockte wie ein störrisches Pferd, und er verfolgte, wie die niedrige Wasserwand vorwärts über das Deck wusch, dann am Heck in sich zusammenfiel und vom Achterdeck gurgelnd durch die Speigatten abfloss. Zu seiner Verblüffung hatte diese kurze Überflutung die restlichen Flammen gelöscht.

Der Navigator der *Melbourne* schaute nach den Besatzungsmitgliedern im Salon, dann kehrte er an Deck zurück, um sich einen Überblick über die Beschädigungen zu verschaffen. Weißer Dampf stieg zischend von dem durchglühten Motor und den nunmehr leeren Treibstofftanks auf, aber das Feuer war tatsächlich erloschen. Andere Schäden blieben unglücklicherweise unsichtbar. Der Bootsrumpf war durch die Explosion und das Feuer aufgerissen worden, und das Boot nahm Wasser auf.

Die Zeit war abgelaufen, daran führte kein Weg vorbei, dachte er. Vielleicht machte er sich auch nur etwas vor. Er hatte alles erdenklich Mögliche getan, um das Boot manövrierbar und über Wasser zu halten, aber das Ende war nah. Außerdem war er viel zu erschöpft, um auch nur einen Finger zu rühren. Mit diesem Zustand der Erschöpfung kam auch die nüchterne Erkenntnis, eine Niederlage erlitten zu haben. Während Sonntag den Blick über das Trümmerfeld gleiten ließ, kam der Küchenchef der *Melbourne* humpelnd über das Deck zu ihm. Er hatte einen Arm in eine notdürftig zusammengeknotete blutige Tragschlinge gebettet. »Hat sie wirklich das Feuer gelöscht?«, fragte er mit einem schiefen Grinsen.

»Ja, aber die nächste Welle wird nicht so freundlich sein.« Sonntag begann, den Tatsachen ins Auge zu schauen, und verabschiedete sich von der Wunschvorstellung, dass sie eine reelle Überlebenschance hatten, dann aber zögerte er, als er den abgekämpften Mann neben sich betrachtete. Seine weiße Kochjacke war mit schwarzen Rußflecken übersät. Die rechte Seite war mit Blut getränkt. Ein Bluterguss unter dem einen Auge verunstaltete sein Gesicht, sein Haar war versengt, und er sah noch erschöpfter aus, als Sonntag sich in diesem Augenblick fühlte. Trotzdem spielte ein zuversichtliches Grinsen um seine Lippen.

Sonntag legte einen Arm um die Schultern des Schiffskochs. »Wissen Sie was, Cookie? Wir sollten uns auf die Suche nach der Bilgenpumpe machen. Ich habe richtig Lust, etwas für meine Fitness zu tun. Schaden kann es sicher nicht.«

66

»Rudi, sind Sie noch wach?« Hiram Yaegers Stimme hatte eine Reise um die halbe Welt hinter sich, als sie aus dem Bildschirmlautsprecher im Videokonferenzraum der *Caledonia* drang.

»Ich bin hier.« Gunn ließ sich in einen Sessel vor dem Bildschirm fallen. Aber er bekam Yaeger nicht zu Gesicht, sondern nur ein Foto von wallenden grauen Wolken, das dieser geschickt hatte.

Nachdem er auf dem im Trockendock liegenden Schiff eingetroffen war, war Gunn nicht zu Bett gegangen. Stattdessen hatte er mit Yaeger in Washington eine stundenlange Videokonferenz geführt und mit ihm beraten, was sie tun könnten, um Pitt und Giordino aufzuspüren. Dass die Uhr kurz vor fünf Ortszeit zeigte, hatte für ihn kaum eine Bedeutung, da sein Organismus sich noch gar nicht an die zwölf Stunden Zeitunterschied angepasst hatte.

»Ich habe gerade mit der taiwanesischen Küstenwache telefoniert«, sagte Gunn. »Das Wetter hat sich ausreichend gebessert, um einen Such- und Rettungshubschrauber beim ersten Tageslicht aufsteigen zu lassen.«

»Freut mich zu hören«, gab Yaeger zurück. »Ich kann mit einem umfangreichen Download an Satellitenbildern von Süd-Zentral-Taiwan aufwarten. Laut Zeitstempel war das Material gerade mal zwei Stunden alt, als ich es in meiner Mailbox fand.«

»Ich hoffe, es sieht besser aus«, sagte Gunn, »als die unerschöpfliche Masse von Wattebällchen, auf die wir die ganze Nacht starren durften.«

Die beiden Männer hatten sämtliches verfügbare Satellitenmaterial nach Hinweisen auf die *Stingray*, das Begleitboot der *Caledonia*, und auf das australische Bergbauschiff durchgekämmt. Auf Grund der Heftigkeit des Taifuns waren die meisten Bilder allerdings vollkommen wertlos.

»Ehe ich dazu komme«, sagte Yaeger, »da ist noch etwas anderes, das von Interesse sein könnte.«

Das Wolkenpanorama verschwand vom Bildschirm und wurde durch das Livebild eines langhaarigen Mannes in T-Shirt und mit *Blind-Faith*-Baseballmütze ersetzt, der an einem Konferenztisch saß. »Eine unserer DART-Bojen hat vor einer Minute einen kleinen Warnhinweis gesendet.«

DART, oder Deep-ocean Assessment and Reporting of Tsunamis, ist ein Bojensystem im Pazifik, das weiträumige starke Veränderungen des Wasserdrucks in Meeresgrundnähe aufzeichnet, die üblicherweise den Weg eines Tsunamis begleiten.

»Und von wo?«, fragte Gunn.

»Von einer Position neunzehneinhalb Meilen süd-südwestlich von Kaohsiung. Ich hab's auch nur deshalb mitgekommen, weil ich diese Region gerade auf dem Bildschirm aufgerufen hatte.«

»Warten Sie einen Moment.«

Gunn verließ den Konferenzraum und trat auf ein angrenzendes Deck hinaus. Er blickte über das Trockendock hinweg auf den Hafen von Kaohsiung, in dem um diese frühe Stunde noch nichts von der alltäglichen Geschäftigkeit zu spüren war – außer kleinen gelegentlichen Wellen, die gegen die Piers plätscherten. Er kehrte in den Konferenzraum zurück. »Hier ist alles ruhig. Von einem Alarm ist nichts zu hören. Hat denn irgendwo in der Nähe ein Erdbeben stattgefunden?«

»Wir haben einige seismische Unregelmäßigkeiten aufgezeichnet. Vielleicht rührten sie von einem minderschweren Erdrutsch her. Die Druckabweichung reichte offenbar nicht aus, um einen vollständigen Alarm auszulösen, aber ich werde die Region im Auge behalten.«

»Als ob wir keine anderen Sorgen hätten«, sagte Gunn. »Auf jeden Fall danke. Mal sehen, was die Kameras liefern.«

Yaegers Bild verblasste. An seiner Stelle erschien ein verschwommener Blick aus extremer Vogelperspektive auf den Ozean.

»Das ist um einiges besser«, stellte Gunn fest.

»Dieser Satellit verfügt über ein Synthetic Aperture Radar zur Bilddarstellung, daher können wir keine besondere fotografische Qualität erwarten, aber das System kann durch die meisten Wolkendecken hindurchblicken. Dieses Bild müsste auch diese Position zeigen, an der das Tauchboot von der *Caledonia* zu Wasser gelassen wurde.«

Soweit erkennbar, waren auf der Wasseroberfläche keinerlei fremde Objekte zu erkennen, daher riefen sie einige weitere Bilder von der Region auf. Sie stoppten bei einem Bild, das ein Schiff zeigte. Es pflügte mit Kurs nach Nordwesten durch die bewegten Wellen.

»Können Sie dies mal heranzoomen?«, bat Gunn.

Während das Bild vergrößert wurde, nickte er. »Dies gleicht den Fotos, die Sie auf der *Melbourne* gefunden haben. Allem Anschein nach ist sie nicht nach Taiwan unterwegs.«

»Mal sehen, ob ich noch jüngere Fotos finde, die näher am Land aufgenommen wurden«, sagte Yaeger.

Der Bildschirm verdunkelte sich für einen kurzen Moment, dann erschien eine weitere Serie Satellitenbilder. Auf zwei Bildern war eindeutig die nördliche Küste Taiwans das Ziel des Schiffes.

»Sieht so aus, als wolle das Schiff nach Kaohsiung«, sagte Yaeger. »Vielleicht sind Pitt und Giordino an Bord.«

»Wir können es nur hoffen.«

Gunn studierte das Bild eingehend. »Hiram, lässt sich anhand des Aufnahmeortes und -zeitpunkts nicht ungefähr bestimmen, wo die *Melbourne* sich momentan befindet?«

»Warten Sie einen Augenblick.«

Yaeger gab die Frage an Max weiter, den Supercomputer, mit

dem er in der NUMA-Zentrale arbeitete. Innerhalb von Sekundenbruchteilen registrierte er Zeit und Ort der Bilder, analysierte den Kurs und die Geschwindigkeit des Schiffes und rief auch die Wetterbedingungen in der Region ab. Yaegers Miene wurde blass, als er das Ergebnis las. »Sie werden es nicht glauben.«

»Na los, raus damit«, drängte Gunn.

»Sie sollte neunzehn Komma sechs Meilen süd-südwestlich von Kaohsiung sein.«

67

Zheng stieg zur Kommandobrücke der *Melbourne* hinauf, nachdem er sich auf dem Oberdeck von der Hubschraubercrew über den aktuellen Stand der Dinge hatte ins Bild setzen lassen. Die Meldung von Nings Tod versetzte ihn kurzzeitig in Panik. War es möglich, dass er die Kontrolle über die Ereignisse verlor? Dann riss er sich zusammen. Er konnte es sich auf keinen Fall erlauben, vor seinem Onkel Schwäche zu zeigen. Er atmete tief durch, gab sich einen Ruck und trat neben seinen Onkel.

Der Oberst stand gerade im hinteren Teil des Brückenraums und schaute Dr. Yee über die Schulter.

Der taiwanesische Ingenieur hatte nach den ständigen Misshandlungen während der letzten Tage Mühe, sich in seinem Sessel vor der Steuerkonsole aufrecht zu halten. Sein weißer Laborkittel war stellenweise steif von getrocknetem Blut, das sich außerdem nach einem besonders brutalen Schlag Nings gegen seinen Kopf unter dem Sessel angesammelt hatte. Der Ausdruck seiner Augen war unmissverständlich. Lange würde es nicht mehr dauern, bis sein Körper das Handtuch warf und das Leben aus ihm heraussickerte. Yee wusste dies zwar, hatte jedoch nicht mehr die Energie und den Willen, sich dagegen zu wehren.

Er saß vor einer Workstation, auf deren Monitor das dreidimensionale Bild der Wassersäule zu sehen war, die sich vor dem Schiff wie ein auf dem Kopf stehender Tornado vom Grund des Ozeans in die Höhe schraubte.

Yan richtete sich auf und blickte durch das Backbordfenster dorthin, wo nur wenige Minuten zuvor das Mannschaftsboot lodernd gebrannt hatte. Die Flammen waren in sich zusammengefallen, und er konnte von dem Boot in der morgendlichen Dämmerung keine Spur mehr erkennen. Yan wandte sich an seinen Neffen. »Hat der Helikopter es geschafft, das Beiboot zu versenken?«

»Nein, aber es war nicht mehr manövrierfähig«, antwortete Zheng. »Wenn es während dieser Welle nicht gesunken ist, wird es bei der nächsten dazu kommen.« Ein kurzer Seitenblick auf den Radarschirm verriet ihm, dass sich das Boot noch immer in einem schwimmenden Zustand befand, aber dies behielt er vorsichtshalber für sich.

»Was hatte dieses Durcheinander auf dem Achterdeck zu bedeuten?«, fragte Yan.

»Die beiden Männer auf dem Tauchboot. Sie haben der Mannschaft geholfen, mit dem Boot zu fliehen. Offensichtlich blieben sie selbst jedoch an Bord und befreiten Thornton und seine Tochter.«

»Sie sind auch entkommen?« Yan musterte seinen Neffen mit einem vernichtenden Blick.

»Ja, aber jetzt sind sie so gut wie tot«, versuchte Zheng seinen Onkel zu beruhigen. »Sie haben sich über das Heck mit ihrem Tauchboot im Ozean absetzen lassen, aber ihr Boot war völlig nutzlos. Es war stark beschädigt, und seine Batterien waren erschöpft, als wir es an Bord holten. Es dürfte mit seinen Insassen mittlerweile auf dem Meeresgrund liegen.«

Eine Tür der Brückennock wurde aufgestoßen, und der bewaffnete Wächter, der mit Pitt zusammengestoßen war, kam herein. »Genosse Oberst, einer der Piloten des Tauchboots ist entkommen. Er hat das Boot ins Meer hinabgelassen und ist an Bord zurückgeblieben. Er sprang ins Wasser, und wir feuerten auf ihn, aber er konnte fliehen.«

»Wohin sollte er geflohen sein?«, fragte Zheng. Das Gefühl hilfloser Wut schnürte ihm zunehmend die Luft ab. »Ringsum ist nichts als freier Ozean.«

»Das Tauchboot. Wir vermuten, dass es ihn aufgefischt hat.«

»Das Tauchboot war gar nicht manövrierfähig. Sein Antrieb war lahmgelegt«, sagte Zheng, und seine Stimme wurde schneidend.

Der Kommandosoldat zögerte. Er druckste verlegen herum. »Wir … konnten es sehen. Ein Scheinwerfer brannte, und es bewegte sich durchs Wasser.«

Eine Ader trat an Zhengs Schläfe hervor und pulsierte, aber er hielt sich im Zaum und vermied es, seinem rasenden Zorn Luft zu machen. »Das ist unmöglich«, murmelte er nahezu lautlos.

»In welche Richtung hat es sich entfernt?«, wollte Yan wissen.

»Es trieb an Steuerbord, dann ging es auf Vorausfahrt und nahm Tempo auf. Aber wir haben es aus den Augen verloren, als uns die Welle erreichte, es befand sich jedoch ganz sicher vor dem Schiff.«

»Dann haben Sie ja Glück, Genosse Leutnant«, sagte Yan zu Zheng. »Ihr Schicksal dürfte spätestens mit der nächsten Welle besiegelt sein. Ist es nicht so, Professor?«

Yee nickte zaghaft. Er blickte starr auf den Computermonitor und wagte es nicht, seinen Peinigern in die Augen zu schauen.

»Wurde der nächste Aktivierungszyklus gestartet?«, fragte Zheng.

»Ja«, antwortete Yee leise. »Ihre Männer im Operationsraum bereiten alles für einen dritten Impuls in fünf bis sechs Minuten vor.«

»Werden wir unser Ziel dann erreicht haben?«, fragte Yan. »Folgt dann der dritte Tsunami?«

Yee antwortete nicht sofort, weil ihm etwas ins Auge gefallen war. Es war eine Bewegung in der Nähe des an Steuerbord treibenden akustischen Schirms, der die Strömungsverhältnisse innerhalb der Wassersäule veränderte. Er löste den Blick vom Monitor und richtete ihn verstohlen auf ihre Geiselnehmer. Dabei spielte gleichzeitig der Anflug eines Lächelns um seine Lippen.

»Ja, das ist dann der dritte Tsunami.«

68

Der akustische Schirm materialisierte sich vor der *Stingray* wie ein Vorhang aus schimmernden Perlenschnüren, die weit in die Tiefe hinabhingen. Dutzende der langen dünnen Kabel erstreckten sich bis zum Meeresboden. Auf den Kabeln waren in regelmäßigen Abständen von jeweils einem halben bis einem dreiviertel Meter metallene Sensoren und Transponder aufgereiht. Dicht unterhalb der Wasseroberfläche verschmolzen sie zu einem einzigen Netzwerk dickerer Kabel, die von einem Schwimmbalken mitsamt Boje getragen wurden. Drei Schwimmbalken trugen je einen separaten Vorhang aus Sensoren auf beiden Seiten der *Melbourne*.

»Wir sollten an dem fernen Ende anfangen«, sagte Pitt, »und versuchen, sie einzusammeln.«

Es war seine Idee gewesen, zu tauchen und die Position der akustischen Signalgeber zu verändern. Die Balken an der Wasseroberfläche waren zu schwer und sperrig, um von dem Tauchboot bewegt zu werden. Außerdem liefen sie Gefahr, von den Kommandosoldaten auf dem Schiff entdeckt zu werden. Hinzu kam, dass die oberen Kabelabschnitte zu schwer waren, daher mussten sie tiefer abtauchen, um ihr Vorhaben in die Tat umzusetzen.

Der Ozean war in diesem Bereich mit knapp zweihundert Metern Wassertiefe relativ seicht, und Pitt erinnerte sich, dass an einigen Schnüren winzige Positionslichter angebracht waren, die unter Wasser gut zu sehen waren. Pitt flutete den Ballasttank, während Giordino die *Stingray* in steilem Winkel zum Schirm hinuntersteuerte, und in siebzig Metern Tiefe erschienen die Schnüre mit den akustischen Signalgebern.

Giordino lenkte das Tauchboot wie einen angreifenden Sturzkampfbomber. Er sank mit voller Kraft in einem eleganten Bogen in Richtung Meeresboden und nahm Kurs auf die Reihe herabhängender Schnüre am Ende des Vorhangs. Gleichzeitig aktivierte Pitt den Greifarm und fuhr ihn auf der rechten Seite des Tauchboots bis auf seine gesamte Länge aus. Er krümmte die mechanische Hand zum Boot hin, um eine Art Haken zu schaffen. Giordino sah die Schnurreihe und justierte den Kurs des Bootes so, dass es sich von der linken Seite den Schnüren näherte. Er hatte die erste Schnurreihe fast erreicht, als er die ersten Töne des schrillen Heulens wahrnahm.

Giordino ignorierte den Laut und lenkte das Tauchboot auf den Vorhang zu. Die erste Schnur berührte mit einem metallischen Klirren den mechanischen Greifarm. Das Tauchboot blieb in Vorwärtsfahrt und fing die nächste nur wenige Meter entfernte Schnur ein. Der ausgestreckte Greifarm verhinderte, dass die Schnüre sich verhedderten, und hielt sie zueinander auf Distanz, während sie eine nach der anderen eingesammelt wurden.

Als sie sich der letzten Schnur näherten, die vom ersten Schwimmbalken herabhing, spürte Giordino an den Kontrollen einen ersten Widerstand, hervorgerufen durch das zunehmende Gewicht, das unter ihnen hing.

»Mr. Thornton«, fragte Pitt, »gibt es einen besonders günstigen Winkel, in dem wir sie aufeinander ausrichten sollen?«

Thornton angelte sich ein Klemmbrett und fertigte eine Skizze mit Winkeln und Kurven an. Gleichzeitig schrieb er einige mathematische Gleichungen auf. Giordino hatte bereits damit begonnen, den zweiten Schnurvorhang zusammenzuraffen, als Thornton sich vorbeugte, um die Frage zu beantworten.

»Mehr als einen Schätzwert kann ich Ihnen nicht anbieten. Aber wenn die Chinesen das System nicht außer Kraft setzen, haben wir eine Chance. Sollten Sie es jedoch schaffen, den dritten Vorhang einzusammeln, würde ich einen Kurs zehn Strich nach Norden wählen.«

»Über den Bug der *Melbourne*?«, wunderte sich Pitt.

Thornton nickte mit düsterer Miene. »Das ist das Beste, das wir unter den gegebenen Umständen versuchen können, um den Backbordschirm wenigstens ansatzweise zu neutralisieren. Wir werden dann zwar genau im Zentrum des Geschehens sein, aber zumindest wird die geplante Wellenformation grundlegend gestört. Und Taiwan wird vor der Oberflächenturbulenz weitgehend verschont.«

Er presste die Hände auf die Ohren, als die hochfrequenten Signale an Lautstärke und Intensität zunahmen. Das Tauchboot strebte weiter und sammelte den zweiten Schirm Signalgeber ein. Die *Stingray* wurde dabei durch die wachsende Anzahl langer Vorhangschnüre bis auf Kriechtempo abgebremst, danach lief ein Ruck durch das Tauchboot und es vollführte einen kleinen Sprung vorwärts. Für seine Insassen unsichtbar, hatte der Schwimmbalken nachgegeben und sich aus seiner Verankerung gelöst, sodass der gesamte Schirmabschnitt herumschwang.

Das beträchtlich angewachsene Kabelbündel zog das Tauchboot nach rechts, während Giordino sich der letzten Anordnung von Vorhangschnüren näherte. Seine Hände flogen über die Kontrollen, während er sich bemühte, das Tauchboot auf Kurs zu halten. Einige Warnlichter begannen zu blinken und illuminierten die nackte Angst in den Mienen Margots und ihres Vaters. Dabei entging ihr nicht, dass die beiden Männer in den Pilotensesseln einen vollkommen entspannten Eindruck machten und nicht im Mindesten unter Stress standen.

»Die letzte Schnur wird gesichert«, kündigte Pitt mit lauter Stimme an.

Giordino nickte. »Drehe auf null-eins-null Grad.« Während er die letzte Signalgeberschnur einfing und die Kurskorrektur vornahm, begann das Tauchboot zu schaukeln. Das akustische Sperrfeuer gewann an Heftigkeit, bis alle Insassen des Bootes mit den Händen die Ohren bedeckten.

Pitt verspürte heftige Kopfschmerzen und wehrte sich gegen eine aufsteigende Übelkeit, wusste jedoch, dass diese Unannehmlichkeiten ihre geringste Sorge waren. Zu ihrer Linken war das matte Leuchten der Backbordseite der *Melbourne* in einiger Entfernung zu erkennen. Aber dann wurde ihre Aufmerksamkeit auf ein ganz anderes Geschehen gelenkt.

Aus der Tiefe stieg eine dunkle, trichterförmige Masse auf. Sie zeichnete sich durch ein exponentielles Wachstum aus, als sie nach und nach das gesamte Gesichtsfeld vor ihnen ausfüllte.

»Haltet euch bloß fest«, warnte Pitt. »Das wird ein Höllenritt.«

Thornton konnte nur staunen, als er zum ersten Mal aus der Unterwasserperspektive sehen konnte, was für eine enorme Kraft seiner Erfindung innewohnte. Während das Phänomen näher kam, konnten sie erkennen, dass es ein gigantischer Wasserwirbel war, der seine dunkle Farbe den vom Grund des Ozeans hochgewirbelten Sand- und Schlickmassen verdankte.

Es war wie ein Blindflug in ein Schwarzes Loch. Giordino hielt die Kontrollen in Position, während die Vorhanglichter auf der Backbordseite außer Sicht gerieten und die Turbulenzen stetig zunahmen. Dann befanden sie sich mitten im Mahlstrom.

Die Strömung katapultierte das Boot mit Höchstgeschwindigkeit zur Seite und schüttelte die Insassen brutal durch. Die meisten akustischen Schnüre befreiten sich aus der Greifhand, aber diejenigen, die von der Greifhand festgehalten wurden, peitschten gegen das Tauchboot. Der einzige Außenscheinwerfer der *Stingray* wurde als Erstes zertrümmert, dann folgten die Schaufelräder der Strahlruder und schließlich die Rotorgehäuse.

Margot klammerte sich mit einer Hand an die Einstiegsleiter, hielt mit der anderen ihren Vater fest und schloss die Augen. Sie konnte das schrille Heulen nicht aussperren und auch nicht den Lärm der Schnüre mit den Sensoren und Signalgebern, die auf den Bootsrumpf einprügelten wie Tausende von Bullenpeitschen. Doch dies alles war im Vergleich mit den Bewegungen des Tauchboots noch harmlos, als es mit geradezu tödlichem Tempo durch die Dunkelheit geschleudert wurde.

Während dieses wilden Höllentanzes gelang es Pitt, den mechanischen Greifarm einzufahren und den Ballasttank zu leeren, aber dies hatte keinerlei spürbare Auswirkungen auf ihre unkontrollierte Achterbahnfahrt. Ebenso wie die anderen Insassen des Bootes konnte er nur versuchen, so gut wie möglich durchzuhalten und auf das Ende zu warten.

Der Sturmwind, der mit ihnen spielte, wurde heftiger. Die *Stingray* schien mit Überschallgeschwindigkeit und vollkommen steuerlos durchs Wasser zu fliegen. Margot schlug die Augen auf und konnte verfolgen, wie eine schwarze Erscheinung vor ihrem Bullauge auftauchte. Sie kam ihr wie eine wogende Wand schwarzer Dunkelheit vor. Sekunden später kam es zu einer heftigen Kollision. Ihr Kopf schlug gegen die Einstiegsleiter, und sie sackte in die Arme ihres Vaters, überzeugt, dass ihre Fahrt in die Unterwelt beendet war.

69

Zheng stand am vorderen Brückenfenster und beobachtete eine Turbulenz im Wasser vor dem Schiff. Seine Wut darüber, dass die Gefangenen von der *Melbourne* hatten entkommen können, war schnell verraucht. Desgleichen hatte sich jegliches Bedauern über den Tod Nings verflüchtigt. Er stolzierte mit einem überheblichen Lächeln im Gesicht auf und ab. Zu wissen, dass er und nicht Oberst Yan den vernichtenden Angriff ausgelöst hatte, der den Schandfleck der chinesischen Geschichte ein für alle Mal beseitigen würde, erfüllte ihn mit tiefer Befriedigung. Schon bald würde man ihn als Helden der Kommunistischen Partei feiern, aber vielleicht würde auch sein Onkel rehabilitiert und wieder zu Ansehen und Einfluss gelangen.

»Sie baut sich auf«, sagte er zu niemand Bestimmten. »Ich kann es deutlich sehen.«

Ein neuer Kommandosoldat betrat die Kommandobrücke und salutierte vor dem Oberst und vor Zheng. »Die Sprengladungen sind im unteren Laderaum deponiert worden. Sie wurden darauf programmiert, in zwei Stunden hochzugehen.«

»Sehr gut«, sagte Zheng. »Warten Sie, bis die nächste Oberflächenwelle in Gang gesetzt wurde, dann sammeln Sie das Team und bringen sich auf dem Versorgungsboot des Schiffes in Sicherheit. Ich werde einen Notruf an die Taiwanesen absetzen. Der Oberst und ich werden mit dem Helikopter verschwinden.«

Zheng wandte dem Mann den Rücken zu, der trotzdem salutierte und die Kommandobrücke verließ.

»Wie lange müssen wir noch warten?«, wollte Zheng von Dr. Yee wissen. »Müsste sie nicht schon längst an der Wasseroberfläche zu sehen sein?«

»Noch eine oder zwei Minuten«, antwortete Yee.

Das Brückentelefon klingelte, und Zheng nahm den Hörer ab. Er lauschte einen Augenblick lang, dann knallte er den Hörer auf die Gabel. Er zog seine Pistole und ging auf Yee zu.

»Sie melden, irgendetwas im Operationsraum sei nicht in Ordnung. Die Signale von dem Schirm auf der rechten Seite seien verzerrt und lückenhaft.«

Yee zuckte die Achseln und legte einen Finger auf den Bildschirm seines Computers. Er ließ sich Zeit mit seiner Antwort. »Ja … irgendetwas ist nicht ganz so, wie es sein sollte. Es scheint, als ob die Schwimmbalken an Steuerbord nicht richtig in Position sind.«

Zheng trat ans Steuerbordfenster. Yan kam zu ihm und blickte ihm über die Schulter. Im ersten Licht des Morgens konnte er erkennen, dass die drei Tragbalkensysteme im Wasser trieben, nur bildeten sie keinen rechten Winkel mit dem Schiff, wie es eigentlich hätte der Fall sein müssen. Alle drei Balken waren ein Stück vorgezogen worden und trieben quer vor dem Schiffsbug.

»Was bedeutet das?«, fragte Yan.

»Die Turbulenz des Wassers lässt sich nicht mehr steuern«, sagte Yee sachlich.

Zheng hob seine Pistole und drückte zweimal ab. Zwei rote Flecken erschienen auf der Brust von Yees weißem Laborkittel, und der Wissenschaftler brach zusammen.

»Was ist geschehen, Yiyong?«, rief der Oberst. »Ich verlange, sofort …«

Zheng bekam keine Gelegenheit mehr zu antworten, als ein heftiges Zittern durch das Schiff lief. Das Deck schwankte unter ihren Füßen, und beide Männer hatten Mühe, das Gleichgewicht zu behalten und auf den Beinen zu bleiben.

Was Zheng zu sehen bekam, als er aufs Meer hinausblickte, ließ ihm die Haare zu Berge stehen. Ein schmaler Wasserwall stieg aus der Tiefe auf und lief mittschiffs unter der *Melbourne* durch. Die Wassersäule schoss als nahezu kompakte Masse aufwärts und drückte das Schiff hoch. Es sah aus, als ruhte es auf einem Podest. Bug und Heck, nicht mehr im Wasser und vom Auftrieb gestützt, sackten ab und bildeten einen grotesken Winkel zueinander. Das gesamte Gewicht des Schiffes balancierte für einen kurzen Moment auf einem kurzen Mittelabschnitt des Kiels.

Ein donnernder Schrei erklang irgendwo unter den Männern auf der Kommandobrücke. Aber es war kein menschlicher Schrei. Es war die Klage der Stahlplatten, die unter einer Belastung nachgaben, der standzuhalten niemals geplant war. Sekunden später zerbrach der Kiel wie ein trockener Baumast. Ohne ihr Rückgrat zerbarst die *Melbourne* von den unteren Zonen des Rumpfs bis hinauf zu den oberen Decks mit einem ohrenbetäubenden Ächzen. Die aufsteigende Wassersäule stützte das Schiff gerade lange genug, damit es in der Mitte in zwei Hälften brach.

Während die Schiffshälften auseinanderwichen, ergoss sich eine wahre Lawine von fliegenden Trümmern auf ihre Planken, während Kräne, Winden und Generatoren über die Decks rutschten und in den Wellen verschwanden. Zheng musste hilflos zusehen, wie der Z-10 wie ein Kinderspielzeug von seinem Helipad geschleudert wurde und im Ozean verschwand.

Zheng hielt sich am Fensterrahmen fest, während Yan nach vorn geworfen wurde und sein Körper gegen den Ruderstand krachte. Yan schaffte es, die Hände um die Speichen des Rades zu krampfen, während Blut aus einer Kopfwunde strömte. Er sah Zheng mit einem Ausdruck gequälter Schicksalsergebenheit an und schloss resignierend die Augen.

Er würde sie nicht mehr aufschlagen.

Der Ausleger eines Hochkrans auf dem Backborddeck machte sich selbstständig und stürzte auf die Kommandobrücke herab.

Yan fand auf der Stelle den Tod, als der Ausleger das Dach des Brückenraums traf und wie ein Kartenhaus zerquetschte. Zheng, der ein Stück entfernt stand, konnte dem Ausleger noch ausweichen, wurde jedoch von der Wucht seines Aufpralls zu Fall gebracht.

Die Wassersäule, die das Schiff in die Höhe gestemmt hatte, verflachte sich zu einem rollenden Hügel, der sich nach Nordwesten entfernte, allerdings nicht bevor er den Heckabschnitt der *Melbourne* zum Kentern gebracht hatte.

Der Bugabschnitt sank aufrechtstehend ins Meer, stabilisierte sich in dieser Position, bis eindringendes Wasser für eine starke Schlagseite sorgte. Zheng versuchte, in der zum Teil zertrümmerten Kommandobrücke aufzustehen, aber seine Beine wurden von der eingedrückten Decke festgenagelt. Ein stechender Schmerz in seinem linken Bein signalisierte ihm, dass es gebrochen war. Er streckte eine Hand nach der Seitentür aus, um sie als Halt zu benutzen und sich zu befreien. Aber er kam nicht ganz an sie heran. »Genosse Oberst? Sind Sie da?«, rief er.

Die Brücke strafte ihn mit Schweigen, aber das restliche Schiff antwortete ihm. Ächzlaute verbogener Metallstrukturen in den überfluteten Rumpfsektionen wetteiferten mit dem Rauschen einströmender Wassermassen und dem Zischen eingeschlossener Luftblasen. Als Zheng begriff, dass er langsam ertrinken würde, versuchte er, den Prozess abzukürzen und eigenhändig seinem Leben ein Ende zu setzen. Aber ihm war die Pistole aus der Hand geprellt worden, als die Decke unter dem Kranausleger nachgegeben hatte, und in den Trümmern verloren gegangen.

Zheng hatte zehn Minuten Zeit, über sein Leben nachzudenken, ehe Wasser in die Kommandobrücke eindrang, der Bug unter den Wellen verschwand und er in die Tiefe gesogen wurde.

70

Rudi hielt Lorens Hand in seiner, während der Such- und Rettungshubschrauber der taiwanesischen Küstenwache vom Kaohsiung Airport aufstieg und im Tiefflug den Handelshafen überquerte. Die *Caledonia* war durch das Fenster auf Gunns Seite zu sehen, und er blickte auf das türkisblaue Forschungsschiff hinunter. Aufrecht im Trockendock ruhend, erinnerte es ihn an einen Schwan, der auf dem Trockenen viel weniger elegant erschien als im Wasser.

Der Morgen war ziemlich hektisch verlaufen, seit er und Yaeger die *Melbourne* in weniger als zwanzig Meilen Entfernung entdeckt hatten. Ein erstes Ersuchen an die Küstenwache, einen Kutter auslaufen zu lassen, um das Gebiet durchzukämmen, hatte keinerlei Reaktion zur Folge gehabt, bis Gunn den Vizepräsidenten an Bord des Navy-Zerstörers *Lyndon B. Johnson* weckte. Er musste unwillkürlich grinsen, als er sich vorstellte, wie Sandecker in seinem Bademantel auf der Kommandobrücke des Zerstörers stand und den Präsidenten Taiwans um halb sechs Uhr morgens anrief, um ihn um Unterstützung zu bitten.

Die Neuigkeiten waren alles andere als erfreulich. Ein Fischerboot, das in der Nähe war, meldete, beobachtet zu haben, wie die *Melbourne* zerbrochen und gesunken war. Als es sich dem Unglücksort näherte, entdeckte es das Mannschaftsboot antriebslos im Wasser treibend und leistete Erste Hilfe, bis die Küstenwache eintraf. Wie durch ein Wunder hatten alle Mannschaftsmitglieder dank des heldenhaften Einsatzes von Sonntag und dem Schiffskoch überlebt.

Es war Sonntag, der mit der entmutigenden Neuigkeit aufwarten konnte, dass Pitt und Giordino sich tatsächlich an Bord des australischen Schiffes aufgehalten hatten und dort geblieben waren, um Thornton und seine Tochter zu retten. Das Hilfsmittel, mit dem sie hatten fliehen wollen, war nicht aufzufinden. Sonntag bestätigte, beobachtet zu haben, wie der Z-10 Hubschrauber zerstört wurde, kurz bevor die *Melbourne* gesunken war.

Aber die taiwanesischen Behörden weigerten sich, seiner Aussage Glauben zu schenken, dass das Schiff, zeitweise unter chinesischem Kommando stehend, versucht haben sollte, das Land mit einem künstlich erzeugten Tsunami anzugreifen.

Gunn hingegen wusste, dass genau dies zutraf. Ozeanografische Daten, die von Yaeger gesammelt und aufbereitet wurden, zeigten schließlich, dass drei große Wellen ihren Ursprung genau an der Position des zerstörten Schiffs hatten, von denen die letzte gigantisch war und sich nach Nordwesten ausgebreitet hatte. Noch waren keine Schadensmeldungen aus der Provinz Fujian an der Westküste Chinas eingegangen, aber man rechnete mit erheblichen Verwüstungen in dieser Region.

Niemand, inklusive Sonntag, konnte sich erklären, weshalb es offensichtlich eine Panne gegeben hatte. Nachdem zwei Wellen wie beabsichtigt Kaohsiung heimgesucht hatten, bewegte sich der letzte – vernichtende – Tsunami in eine andere Richtung und verschonte nicht nur Taiwan, sondern auch Loren Smith und Sandecker an Bord der USS *Johnson*.

Aber Gunn wusste es. Ohne irgendeinen Beweis anführen zu können, war ihm klar, dass Pitt und Giordino in einem Akt bewusster Selbstaufopferung dahintersteckten. Das Ganze trug eindeutig ihre Handschrift.

Während der Hubschrauber die Hafeneinfahrt passierte und auf den offenen Ozean hinausschwebte, musterte Rudi seine Begleiterin von der Seite. Sie hatte darauf bestanden, ihn auf diesem Flug zu begleiten, und war sogar vor ihm am Flughafen erschienen. Sie bewahrte eine stoische Ruhe, als Gunn die letzten Neuigkeiten übermittelte, und bewahrte sogar dann noch ihre Haltung, als seine Stimme ein leichtes Zittern nicht vermeiden konnte. Sie kannte Pitt und seinen unbeugsamen Kampfgeist besser als jeder andere Mensch, und war nicht bereit, die Hoffnung aufzugeben.

Der Helikopter überflog die *Lyndon B. Johnson* mit ihren kantigen Aufbauten dicht vor der Küste. Eine Flaggenschnur war zwischen der Spitze des höchsten Mastes und dem Bug aufgespannt. Sandecker befand sich noch an Bord. Die Feierlichkeiten zur Unterzeichnung des Verteidigungspakts – dessen Bedeutung plötzlich um einiges zugenommen hatte – mit dem Präsidenten von Taiwan sollten schon in Kürze beginnen.

Sie flogen ein paar Minuten lang nach Südosten, bis zwei weitere Schiffe unter ihnen auftauchten. Eins war das Mannschaftsboot, das von einem Patrouillenboot der Küstenwache in Schlepp genommen worden war. Obgleich es sehr tief im Wasser lag, konnte Gunn auf seinem Deck mehrere Matrosen erkennen, die einige Lenzpumpen bedienten. Ihm entgingen auch nicht die Brandschäden am Heck, die beinahe seinen Untergang besiegelt hätten.

Der Helikopter flog einen weiten Kreis, dann ging er wieder auf östlichen Kurs. Nach einer Meile näherten sie sich zwei weiteren Schiffen. Eins war ein großer weißer Kutter der taiwanesischen Küstenwache namens *Yilan*, das andere ein kleines betagtes Fischerboot, das als Erstes am Unglücksort eingetroffen war. Beide Schiffe suchten das Gebiet nach Überlebenden ab.

Dass sie sich am Ort des Untergangs befanden, erkannte Gunn an der großen Öllache auf der bewegten See. Bestätigt wurde dies, als die *Yilan* ein kleines Schlauchboot zu Wasser ließ, um einen Leichnam zu bergen. Der Helikopter manövrierte sich nahe genug heran, sodass Rudi und Loren deutlich erkennen konnten, dass der

Tote einen schwarzen Kampfanzug trug und anscheinend asiatischer Nationalität war.

Ansonsten gab es auf der Meeresoberfläche kaum etwas zu sehen, das darauf hinwies, dass an dieser Stelle ein großes Bergbauschiff gesunken war. Der Chopper nahm ebenfalls die Suche aus der Luft auf und flog über dem Gebiet in breiten Bahnen hin und zurück.

»Dort, was ist das?« Loren deutete auf ein rundes gelbes Objekt, das in der kabbeligen See kaum zu erkennen war. Sie gingen zwecks genauer Inspektion in den Tiefflug und identifizierten eine Boje, die an einem tief im Wasser liegenden massiven Balken befestigt war, der ein dichtes Gewirr von Kabeln und Schnüren als Anhängsel hinter sich herzog.

Der Helikopter ging für eine Weile über dem Treibgut in den Schwebeflug, dann nahm er die Suche wieder auf. Sie blieben noch für zwei weitere Stunden in der Luft und weiteten das Suchgebiet aus, ehe der Pilot meldete, dass sie zur Flugbasis zurückkehren müssten.

Sie überflogen das Suchgebiet ein letztes Mal, ehe sie Kurs auf Kaohsiung nahmen. Rudi streckte seinen Arm aus und drückte Lorens Hand. »Die taiwanesische Marine schickt in ein paar Stunden ein Bergungsschiff mit einem ROV in dieses Gebiet. Wir nehmen jeden Zentimeter Meeresboden unter die Lupe, aber wir müssen uns der Realität stellen. Es ist möglich, dass sie tatsächlich auf dem Ozean verschollen sind.«

Loren blickte auf die grauen Wellen hinunter, dann schüttelte sie leicht den Kopf. »Es ist möglich, dass sie auf dem Meer verschollen sind«, sagte sie, während eine Träne in ihrem Augenwinkel glitzerte, »aber ich glaube nicht, dass dies der Fall ist.«

71

»Wir hängen fest.«

Jiang Ji blickte aus seinem engen Ruderhaus nach achtern, wo sein bezahlter Maat wie ein verzweifelter Anhalter mit den Armen ruderte. Eine Sekunde später lief ein Zittern durch das Boot, als es abrupt stoppte. Jiang schaltete den Motor in den Leerlauf und ging zum Achterdeck.

Sein Boot war klein, weniger als fünfundzwanzig Fuß lang, aber wie die meisten privaten taiwanesischen Fischerboote war es bunt verziert und wirkte in seiner einfachen Funktionalität geradezu elegant. Es hatte einen hohen Bug mit spitzem Bugspriet, der in einen schlanken Rumpf mit stumpfem Heck überging. Hellblaue und goldene Zierlinien schmückten den weißen Rumpf, und die Aufbauten verliehen dem Arbeitsschiff ein festliches Flair.

Jiang blickte zum Ufer, ehe er sich dem verhakten Netz widmete, das sein Boot hinter sich herzog. Sie waren weniger als eine Viertelmeile von der südlichen Spitze Qimeis entfernt, einer bergigen grünen Idylle, die zu den Penghu Islands gehörte. Einst unter französischer und danach unter japanischer Verwaltung, lag die Inselkette vierzig Meilen westlich von Taiwan und war seit dem Zweiten Weltkrieg Teil der Republik China.

Jiang berechnete ihre Position anhand einiger Landmarken auf der Insel, dann schüttelte er den Kopf. Er fischte seit Jahren in dieser Gegend und war niemals an einem Hindernis hängen geblieben. Wie alle einheimischen Fischer mit bescheidenem Einkommen mied er jegliche Nähe zu bekannten Hindernissen, da die Kosten für ein beschädigtes Netz leicht den Wert des täglichen Fangs übersteigen konnten.

Er schaute zu seinem Helfer am Heck hinüber, einem barfüßigen Jungen in T-Shirt und abgeschnittener Jeans, der in diesem Moment an dem Netz hinter dem Boot zog. Das Netz trieb straff gespannt an der Wasseroberfläche, ehe es nach etwa sechs Metern in der Tiefe verschwand.

»Es kommt frei«, meldete der Junge.

Das Netz bauschte sich um ihre Füße, während der Junge es Hand über Hand ins Boot zog.

»Warte!«, rief Jiang, während er eine Hand hob. Das Netz hatte sich um irgendetwas gewickelt und verfangen. Eine Wolke von Luftblasen stieg auf und zerplatzte an der Wasseroberfläche, gefolgt von einem großen gelben Objekt.

Jiang rieb sich die Augen, als ein Tauchboot, drapiert mit einem Fischernetz, durch die Wasseroberfläche brach. Das Unterseeboot sah aus, als sei es reif für den Schiffsfriedhof. Es war zerkratzt und verbeult und wies auf der Oberseite einen breiten schwarzen Streifen von einem unsanften Kontakt mit einem anderen Schiff auf. Die Fassungen der nach vorn gerichteten Scheinwerfer waren zertrümmert und befanden sich etwa im gleichen Zustand wie die Düsen der Strahlruder am Heck. Noch überraschender war die Tatsache, dass sich eine Naht von Einschusslöchern quer über den Einstiegsturm und den oberen Teil des Rumpfs zog.

Jiang und sein Helfer starrten das Boot an. Durch eine milchige Sichtscheibe konnten sie im Innern die Gesichter dreier Männer und einer Frau erkennen. Nach einigen Sekunden wurde die obere Luke geöffnet. Ein Mann mit wettergegerbtem Gesicht und dunklem Haar streckte den Kopf aus der Einstiegsöffnung und winkte den beiden Fischern fröhlich zu.

»Entschuldigen Sie«, sagte Pitt mit einem müden Lächeln. »Kennen Sie den Weg nach San José?«

EPILOG

72

Der würzige Duft von Zedern lag in der Luft, als ein frischer Wind von den Höhen des Himalaya herabwehte und mit seinem frostigen Hauch den unmittelbar bevorstehenden Winter ankündigte. Summer, die mit ihrem Bruder die Hauptstraße von McLeod Ganj hinunterschlenderte, spürte die Kälte und erschauerte. Sie zog den Reißverschluss ihrer Daunenjacke hoch und vergrub die Hände in den Taschen. »Die Berge sind zwar wunderschön und in jeder Hinsicht ein Erlebnis, aber ich bin froh, wenn wir noch vor dem ersten Schneefall von hier verschwinden können.«

»Wir können eher deutlich früher damit rechnen als später.« Dirk schaute zu der Masse dunkler Wolken hinauf, die die Berggipfel westlich der Stadt teilweise verhüllten.

Sie näherten sich dem Eingang zu dem Tsuglagkhang-Komplex, der kurz vor Beginn des Winters nur noch von wenigen Touristen besucht wurde. Tenzin Norsang erwartete sie bereits am Eingang und geleitete sie durch die Sicherheitskontrolle.

»Vielen Dank, dass Sie noch hierherkommen konnten, bevor Sie nach Indien abreisen«, begrüßte er sie. »Es ist mir eine ganz besondere Freude, Sie noch einmal wiederzusehen.« Auch wenn er mit ihnen beiden sprach, hatte er nur Augen für Summer.

Sie erwiderte seinen Blick. »Wir wären auf keinen Fall abgereist, ohne uns zu verabschieden.«

»Kommen Sie bitte hier entlang. Dort wartet jemand, mit dem ich Sie gerne bekannt machen würde.«

Norsang führte sie durch den Komplex. Auf dem Weg zum Tempel passierten sie eine Reihe bronzener Gebetsmühlen, die mit kunstvollen Gravuren verziert waren. Dirk blieb für einen Augenblick stehen, um eine zur Hand zu nehmen und in Drehung zu versetzen. Dabei achtete er darauf, sie im Uhrzeigersinn kreisen zu lassen.

»Jede enthält ein individuelles Gebet, das auf der Außenseite eingraviert ist«, erklärte Norsang.

»Welches Gebet habe ich erwischt?«, wollte Dirk wissen.

Norsang wartete, bis das Rad anhielt, dann las er die Inschrift. »Unerwarteter Reichtum wartet auf Sie«, sagte er und lachte.

Sie gingen am Tsuglagkhang-Tempel vorbei, in dessen Innenhof eine Gruppe Mönche in roten Gewändern auf dem Boden saß und betete. Norsang ging weiter zu einem angrenzenden Gebäude. Es war Teil des Namgyal-Klosters, das für die Öffentlichkeit geschlossen war.

Nach dem Durchqueren einer lang gestreckten offenen Halle betraten sie ein Büro an ihrem Ende. Ein älterer Mann in einem roten Mantel saß an einem Schreibtisch, der mit hohen Stapeln Dokumente und anderen Papieren beladen war. Norsang verbeugte sich, während er das Büro betrat. »Ich habe meine Freunde mitgebracht, die mir in Sikkim geholfen haben.« Er wandte sich an das amerikanische Paar. »Dirk, Summer, dies ist Khyentse Rinpoche.«

Der ältere Lama lächelte, als die Besucher sich vor ihm verbeugten.

»Ich freue mich, Sie kennenzulernen.« Und er erhob sich, um sie zu begrüßen. »Tenzin hat mir berichtet, welche Abenteuer Sie bestehen mussten, um das Nechung-Götterbild in Sicherheit zu bringen. Es bedeutet sehr viel für das Kloster und für ganz Tibet.«

»Es war uns eine Ehre, dazu beitragen zu dürfen, dass es zu seinen rechtmäßigen Besitzern zurückkehren konnte«, antwortete Dirk. »Ich denke doch, dass es jetzt in Sicherheit ist, oder?«

»Das ist es in der Tat. Möchten Sie es sehen?«

Dirk und Summer nickten.

»Aufgrund seiner enormen Bedeutung haben wir besondere Vorsichtsmaßnahmen ergriffen, um seinen Aufenthaltsort in dem Komplex zu schützen«, erklärte der Lama. »Deshalb muss ich Sie auch bitten, sich mit verbundenen Augen dorthin führen zu lassen.«

Er griff in die Schreibtischschublade und holte zwei weiße seidene Schals hervor. Er reichte sie Norsang, der sie um die Köpfe der beiden Amerikaner schlang und verknotete.

»Wenn Sie mir jetzt eine Zigarette anbieten«, scherzte Dirk, »würde ich mir das Ganze vielleicht noch einmal überlegen.«

»Ich muss Sie bitten, diesmal nicht zu rauchen«, erwiderte der Lama, der den Witz offenbar nicht verstand. »Und jetzt machen Sie bitte kehrt. Summer, Sie können Tenzin eine Hand auf die Schulter legen, und Sie, Dirk, legen eine Hand auf die Schulter Ihrer Schwester. Tenzin wird Sie führen.«

Der Sicherheitsmann geleitete sie mit Rinpoche als Nachhut im Gänsemarsch aus dem Kloster. Der Schal saß ziemlich locker um Summers untere Gesichtshälfte, sodass sie den Boden sehen konnte, auf dem sie sich bewegten. Sie überquerten einen weiteren offenen Innenhof und ließen das Hauptgebäude hinter sich. Norsang führte sie eine Steintreppe hinab, dann blieb er vor einem kleinen Holzgebäude stehen, das halb in den Berghang hineingebaut war.

Eine Schubkarre, die mit Zementsäcken beladen war, parkte neben einer schmalen Tür, die Norsang öffnete, um hindurchzugehen. Summer erblickte einige Schaufeln und Rechen, die an einer Wand lehnten, und tippte auf den Geräteschuppen eines Gartens. Sie sah außerdem ein Paar auf Hochglanz polierter schwarzer Anzugschuhe und Beine einer sorgfältig gebügelten langen Sporthose. Beides gehörte zwei Männern, die vor der hinteren Wand des Holzbaus Posten bezogen hatten.

Im örtlichen Kangri-Dialekt sagte der Lama etwas zu den Männern, woraufhin sie zur Seite traten. Einer der beiden schob eine falsche holzgetäfelte Wand auf, hinter der eine schmale Wendeltreppe zum Vorschein kam. Norsang führte Summer zu der Treppe, legte ihre Hand auf das Geländer und erklärte den weiteren Weg, bis sie und Dirk mit ihm die Treppe hinunterstiegen. Sie hörten, wie hinter ihnen die Wandtür geschlossen wurde, während der Lama ihnen die Stufen hinab folgte.

Für einen Augenblick blieben sie auf dem Treppenabsatz stehen, wo Summer den exotischen Duft von Wacholder und Weihrauch einatmete.

»Sie dürfen die Schals jetzt abnehmen«, sagte der Lama mit leiser Stimme.

Sie entfernten ihre Augenbinden, und Summer verschlug es bei dem Anblick, der sich ihr darbot, auf Anhieb den Atem. Sie standen in einer kleinen Höhle, deren Decke sich nur wenige Zentimeter über ihren Köpfen befand. Summer konnte nicht erkennen, ob sie natürlichen Ursprungs oder künstlich geschaffen worden war, da ihre Wände mit weinroten und goldenen Wandteppichen bedeckt waren. Lampen in den Ecken erhellten den Raum, und Kerzen verbreiteten einen warmen, heimeligen Lichtschein.

Sie brauchte einen Moment, um das Nechung-Götterbild zu erkennen, das auf einem kunstvoll gestalteten Altar am Ende der Höhle platziert worden war. Die *thokcha*-Schnitzerei stand auf einem hohen Podest und war mit Goldbrokat drapiert. Kleinere goldene Stauen, mehrarmige Kerzenleuchter und handgeschnitzte Holztafeln in roten und goldenen Farbschattierungen umrahmten das hochgeschätzte religiöse Relikt.

Vor dem Sockel des Nechung-Götterbildes lag ein wahrer Schatz an Opfergaben, darunter Schwerter, Spiegel, goldene und silberne Trinkbecher und zahlreiche Kerzen. Neben dem Altar entdeckte Dirk einen Helm aus massivem Gold, der mit Pfauenfedern verziert war und auf einem Ständer aus Holz ruhte. Er wusste aus Norsangs Schilderungen, dass dies der Kopfschmuck des Nechung-

Orakels war, der getragen wurde, wenn er sich in Trance versetzte, um sich mit der Göttin Pehar zu verständigen.

Auf der anderen Seite des Altars fiel Summer ein Paar Muschelschalen ins Auge, die neben einem Teller, gefüllt mit frischen Früchten, lagen. Während die Szenerie in ihrer Vielfalt sicher verwirrend war, hatte ihr allerdings nicht der Altar mit seiner Pracht den Atem verschlagen. Sondern es war die Anwesenheit des Dalai-Lama persönlich.

Der aus seiner Heimat verbannte Führer Tibets und des tibetischen Buddhismus saß vor dem Altar auf dem Boden. Als er die Besucher eintreten hörte, stand er auf und kam zu ihnen herüber, um sie zu begrüßen. Dirk, Summer und Norsang und der Lama verbeugten sich gemeinsam, als der Dalai-Lama sich näherte.

»Wer sind diese baumhohen Besucher, die du hierhergebracht hast?«, fragte er mit einem freundlichen Lächeln. »Wir brauchen wohl eine höhere Decke, damit sie ausreichend Platz haben.«

»Dirk und Summer Pitt, Ihre Heiligkeit«, stellte Norsang die Amerikaner vor. »Wir hätten das Nechung-Götterbild niemals wieder in Besitz nehmen können, wenn sie uns nicht geholfen hätten.«

»Ja, natürlich, ich schulde Ihnen unendlichen Dank«, sagte er mit einem Kopfnicken. »Das Orakel hat meine Genesung von der letzten Krankheit der Rückkehr des Götterbildes zugeschrieben. Er war sehr unglücklich über mein Ableben, das schon als sicher und unmittelbar bevorstehend erachtet wurde, und zwar ohne das Götterbild noch einmal gesehen zu haben. Aber nun kann er vollkommen beruhigt sein.«

Summer freute sich über die Herzenswärme und den Humor des Mannes, zwei Eigenschaften, die sie bei einer solchen weithin verehrten Persönlichkeit nicht erwartet hätte.

Aber der Dalai-Lama wurde für einen Moment ernst. »Vielleicht«, sagte er und deutete auf den Altar, »haben Sie mir damit ein neues Leben geschenkt und eine größere Hoffnung für die nächste Generation Tibeter.«

»Möge Ihr Geist ewig leben«, sagte Dirk.

»Und auch der Geist Ihres Schöpfers«, sagte der Dalai-Lama, nun mit einem traurigen Lächeln.

Khyentse Rinpoche, der hinter der Gruppe wartete, räusperte sich zum Zeichen, dass der Besuch beendet war. Der Dalai-Lama ließ sich Zeit, weil er ihnen noch die Hände schütteln wollte. »Es war sehr freundlich von Ihnen, mich zu besuchen. Noch einmal vielen Dank, dass Sie Tenzin geholfen haben.«

Summer verspürte eine nie empfundene Ehrfurcht, aber auch ein seltsames Verlangen. Während Norsang sich erhob, um ihr mit dem Schal wieder die Augen zu verbinden, hob sie eine Hand. »Ihre Heiligkeit. Eine Frage, wenn es erlaubt ist?«

Die Augen des Dalai-Lama leuchteten auf. »Sie kennen bereits die Antwort«, sagte er, ehe sie die Frage stellen konnte.

Summer zögerte. »Ein glückliches abenteuerliches Leben?«, fragte sie.

Der Dalai-Lama lachte. »Für Ihr junges Alter sind Sie ausgesprochen weise.« Er wandte sich um und kehrte zum Altar zurück.

Norsang verknotete wieder die Augenbinden und geleitete Dirk und Summer aus dem Altarraum hinaus. Nachdem sie ins Kloster zurückgekehrt waren, legten sie die weißen Seidentücher auf Rinpoches Tisch und verabschiedeten sich von dem älteren Lama. In Summers Geist herrschte nach der Begegnung mit dem Dalai-Lama ein wildes Durcheinander, während sie den Komplex durchquerten.

»Ich wollte Sie noch darüber informieren, dass ich auch Ramapurah Chodron über unsere Bergtour und die erfolgreiche Wiederbeschaffung des Nechung-Götterbildes in Kenntnis gesetzt habe«, erzählte Norsang. »Er nahm die Nachricht hocherfreut zur Kenntnis.«

»Ohne ihn hätten wir es niemals geschafft«, bemerkte Dirk.

»Er kommt nächste Woche zu Besuch. Das Kloster gedenkt Thupten Gungtsens in einer feierlichen Zeremonie.«

»Ich hoffe, Sie erlauben Ram, ein wenig den Kiebitz zu spielen, wie Sie es uns gestattet haben«, sagte Summer.

»Ich vermute, es wird gestattet.«

Sie näherten sich dem Ausgang des Komplexes, und hier dirigierte sie Norsang ein Stück zur Seite. »Da ist noch etwas, das ich Ihnen zeigen muss.«

Er führte sie zu einer Garage in der Nähe des Haupteingangs. Darin stand der alte International Harvester, den Dirk beinahe zerlegt hätte. Die vorderen Kotflügel waren ausgebeult worden, und man hatte ihm eine Lage frischen grünen Lacks spendiert.

»Er lebt wieder«, sagte Dirk staunend.

Norsang zog die Schlüssel aus der Tasche und drückte sie Dirk in die Hand. »Der Dalai-Lama möchte Ihnen das Fahrzeug als Zeichen der Dankbarkeit zum Geschenk machen. Er hat den Reparaturauftrag gegeben, noch bevor wir nach Indien gingen.«

Dirk nahm die Schlüssel zögernd an. »Danke.«

»Jetzt hast du sogar ein eigenes ›Papamobil‹«, sagte Summer und bemühte sich, ernst zu bleiben.

»Also, ich denke, ich kann ihn nach Washington verschiffen lassen«, sagte Dirk. »Bei Dads Oldtimer-Kollektion im Hangar ist noch jede Menge Platz.«

Er machte Anstalten, sich auf den Fahrersitz zu schwingen, bemerkte jedoch eine große Holzkiste auf der Ladefläche. »Was ist das?«, fragte er.

Norsang stieg hinten ein und hebelte den Deckel auf. Der Inhalt bestand aus einer Kollektion schwarzer glänzender Steine unterschiedlicher Formen und Größen. Aus einigen waren Götterfiguren geschnitzt worden, während andere vollkommen unbearbeitet wirkten. Tenzin nahm ein faustgroßes Exemplar aus der Kiste und warf es Dirk zu, der es auffing.

»Das sind *thokcha*«, sagte er. »Meteoriten. Aus dem gleichen Material wie das Nechung-Götterbild. Sie stammen aus dem tibetanischen Hochland, und soweit ich weiß, sind sie sehr selten.«

»Das verstehe ich nicht«, sagte Dirk. »Warum sollte der Dalai-Lama uns gleich eine ganze Kiste voll überlassen?«

»Es war die Entscheidung des Orakels«, sagte er. »Es war das Ergebnis seiner ersten Zeremonie als Medium im Beisein des Nechung-Götterbildes.«

Dirk sah Summer an und zuckte die Achseln.

»Warum sollte das Orakel auf eine solche Idee kommen?«, fragte Summer.

»Keine Ahnung«, antwortete Norsang. »Das Orakel meinte, es sei ein notwendiges Geschenk und dass Ihr Land wüsste, was damit zu tun sei.«

Der Tibeter ging zur Gebäudefront und öffnete eine Garagentür, die auf die Straße führte. Dirk stieg ein und startete den Motor, dann lehnte er sich hinaus und drückte Norsang die Hand.

»Richten Sie dem Dalai-Lama unseren Dank aus«, sagte er.

»Mögen all Ihre Reisen Sie stets sicher ans Ziel bringen, mein Freund.«

Norsang wandte sich um und ging zu Summer hinüber, die auf der anderen Seite des Lastwagens stand. Sie schauten einander tief in die Augen, dann umarmte und küsste er sie. »Ich hoffe, dass wir uns bald wiedersehen. Wenn nicht, wird mein Geist im nächsten Leben auf deinen Geist warten.«

Summer brachte nur ein leises »Auf Wiedersehen« über die Lippen, dann rutschte sie auf den Beifahrersitz.

Dirk legte den Gang ein, rollte aus der Garage und winkte Norsang zu, während er auf die Straße abbog, die ins Zentrum von McLeod Ganj führte. Während der Wagen beschleunigte, sah er seine Schwester an.

Summer hatte einen leicht verträumten Gesichtsausdruck und schien in einer anderen Welt zu sein.

»Bist du okay?«, fragte er.

»Ja«, erwiderte sie. »Ich hatte nur soeben die Erkenntnis, dass ein Leben nach dem Tod vielleicht doch nicht so übel ist.«

73

Die B-2 Spirit raste durch einen hellen wolkenlosen Himmel. Wie ein endloser Teppich breitete sich eine leere Fläche stillen blauen Wassers unter den Deltaflügeln der Maschine aus. Indem er sich knapp nördlich des Äquators hielt, befand sich der Tarnkappenbomber genau im Zentrum des Indischen Ozeans.

Die Klappen des Bombenschachts glitten auf. Auf Knopfdruck des Missionskommandanten, der neben dem Piloten saß, fiel ein einziger Marschflugkörper aus dem Abteil.

Der Bomber schwenkte sofort nach Süden, während die weiße Rakete sich noch für einen Moment im freien Fall befand, bis ihr Antrieb ansprang. Ein Feststoff-Antriebsbooster brannte für ein paar Sekunden, ehe ein Prototyp-Scramjet ansprang und die Rakete mit einer Beschleunigung anschob, die einen Hochleistungs-Kerosindragster vor Neid hätte erblassen lassen.

Ein Überschallknall rollte durch den leeren Himmel, während die Rakete schon nach Sekunden die Schallgrenze durchbrach. Aber die Beschleunigung ließ keinen Deut nach, als die Rakete die Mach-25-Marke hinter sich ließ. Das Satelliten-Navigationssystem lenkte sie in winzigen Schritten auf einen Weg zu einem Punkt des Ozeans innerhalb der Ronald Reagan Ballistic Missile Defense Test Site bei den Marshall-Inseln.

Doch sie sollte dort niemals ankommen.

Kurz nachdem der Marschflugkörper gestartet war, stieg eine andere Rakete auf. Diese, ein landgestütztes Abfangmodell, startete eintausend Meilen weiter nördlich von der Pacific Missile Range Facility auf der Hawaii-Insel Kauai.

Wie ein Bluthund mit Plasmaantrieb nahm die Abfangrakete die Spur des Marschflugkörpers mit Hilfe eines komplexen Netzwerks aus Satelliten- und Bodenradar-Inputs auf. Sie verfügte über einen ähnlichen Scramjet-Motor, jedoch ermöglichte seine spezielle Bauart Geschwindigkeiten, die Mach 30 überstiegen. Die Rakete jagte durch den Morgenhimmel, zu schnell, um mit bloßem Auge verfolgt zu werden, da sie zehn Mal so schnell unterwegs war wie eine Gewehrkugel. Lediglich eine winzige Dampfspur wies auf ihre Existenz und ihren Vorbeiflug hin. Mit geringerer, aber immer noch mörderischer Geschwindigkeit unterwegs, veränderte der Marschflugkörper willkürlich von Zeit zu Zeit seine Flugrichtung, um den Verfolger abzuschütteln. Doch alle Bemühungen waren vergeblich, da die Abfangrakete aufholte und einen vorausberechneten Punkt der Flugbahn des Jagdwilds ansteuerte. Hoch oben über dem blauen Pazifik führte die verfolgende Rakete ein perfektes Abfangmanöver aus, kollidierte mit dem Marschflugkörper und vernichtete ihn mit der geballten Wucht ihrer kinetischen Energie. In der Pacific Missile Range Facility auf Kauai sprangen die Ingenieure und militärischen Beobachter von ihren Plätzen auf und brachen in lauten Jubel aus, als die Flugdaten auf die Bildschirme übertragen wurden.

Es war der erste erfolgreiche Test der neuen hyperschallschnellen Abfangrakete mit dem Codenamen Lama Defender 1.